U0663332

中国当代文学选本

Collection of Modern Chinese Literature

（第 8 辑）

王昕朋　主编

中国言实出版社

图书在版编目(CIP)数据

中国当代文学选本 . 第 8 辑 / 王昕朋主编 . -- 北京 : 中国言实出版社 , 2021.12

ISBN 978-7-5171-3869-3

Ⅰ . ①中… Ⅱ . ①王… Ⅲ . ①中国文学—当代文学—作品综合集 Ⅳ . ① I217.1

中国版本图书馆 CIP 数据核字（2021）第 189098 号

中国当代文学选本（第8辑）

出 版 人：王昕朋
责任编辑：肖　彭
责任校对：赵　歌

出版发行：中国言实出版社
地　址：北京市朝阳区北苑路180号加利大厦5号楼105室
邮　编：100101
编辑部：北京市海淀区花园路6号院B座6层
邮　编：100088
电　话：64924853（总编室）　64924716（发行部）
网　址：www.zgyscbs.cn　E-mail：zgyscbs@263.net

经　销：新华书店
印　刷：北京中科印刷有限公司
版　次：2022年1月第1版　2022年1月第1次印刷
规　格：710毫米 × 1000毫米　1/16　29.5印张
字　数：472千字

定　价：68.00元
书　号：978-7-5171-3869-3

《中国当代文学选本》编委会

编委（以姓氏笔画为序）

王　干
王　山
王昕朋
古　耜
付秀莹
李少君
陈毅达
梁鸿鹰
曾　攀

主编　王昕朋

目录

CONTENTS

主持人：王干

王干，文学批评家，鲁迅文学奖得主，“新写实小说”倡导者。

Wang Gan is a literary critic, winner of Lu Xun Literature Prize, and an advocate of "new realistic novel".

中篇

推荐语

老作家冯骥才依然灵性十足，这部《跛脚猫》讲述了灵魂与现实的碰撞，呈现了人与动物的神秘关联。当年曾经以《高女人和她的矮丈夫》的荒诞而温馨的风格名震文坛，如今一曲哀婉而又荒诞的挽歌足以警醒世人。

年轻作家贾若萱的《圣山》是非常讲究叙述技巧的小说，在这部不长的中篇小说里，作家尝试了三种叙述形态，“我”的过去时，张小婷的写作时，马丽静的未来时，展现“95后”一代作家的青春记忆和现实语境。小说在虚实之间行走，人物在不断变换的视角中慢慢浮现，留给读者无尽的想象。

林森一直在努力开创属于他自己的文学天地。在大多数作家停滞于乡村文明与城市文明的纠结之际，他果断地将自己的笔触深入到海洋文明的书写中。《唯水年轻》是部有象征意义的小说，让人联想到海明威的《老人与海》和王蒙的《海的梦》，但林森的《唯水年轻》则是当下生活的书写，最主要的是他把视角深入到海底，这是真正的“海的眼”。海水的纯净让主人公有回到家园的亲切，与之形成对比的则是世俗生活的浑浊和复杂。潜水摄影的构思，来自生活的积累，也源自作家内心的需求。

陈玺的作品有着强烈的陕西作家的风韵，尤其是秉承了路遥、陈彦的现实主义的风骨，对现实生活的描写，真切而自然。同样是写秦腔，同样是写人与戏的关系，《戏中人》写女主人公因演包拯而具备了男性的性格，而在面对现实生活复杂处境时，她的变异和泼辣，是戏的影响还是生活的扭曲？

阿航的《桃花红李花白》貌似一个爱情故事，其实又不是一个爱情故事。这篇小说讲述了当下生活的很多横截面，商场的风云，市场的形态，“同学”的怀旧，城市的无序，最终的三角恋，幻化成精神的自我救赎，而救赎往往沦为语言的空洞，执念和坚守显得尤为珍贵。小说的节奏很快，阿航的语言有着现代人的快捷和机智，“桃花红，李花白”，禅语一般。

【作者简介】冯骥才，1942年生于天津，祖籍浙江宁波，中国作家、文学家、民间艺术工作者、画家。中国民间文艺家协会名誉主席、国务院参事。冯骥才早年在天津从事绘画工作，后专职文学创作和民间文化研究。冯骥才文学作品题材广泛，形式多样，已出版各种作品集百余种。代表作《啊！》《雕花烟斗》《高女人和她的矮丈夫》《神鞭》《三寸金莲》《珍珠鸟》《一百个人的十年》《俗世奇人》等。作品被译成英、法、德、意、日、俄、荷、西、韩、越等十余种文字，在海外出版各种译本四十余种。

Feng Jicai was born in Tianjin in 1942 and his ancestral home is Ningbo, Zhejiang Province. He is a Chinese author, writer, folk art worker, and painter. Feng is the honorary Chairman of the Chinese Folk Artists Association and the Counselor of the State Council. Feng Jicai was engaged in painting work in Tianjin in early years, and later dedicated to full-time literary creation and folk culture research. Feng Jicai's literary focused on a wide range of subjects and various forms, and have published more than 100 collections of various works. His masterpiece including *Ah!, Carved Tobacco Pipe, Tall Woman and Her Short Husband, God Whip, Three-inch Golden Lotus, Pearl Bird, Ten Years of a Hundred People, Wonderful Normal People* and so on. His works have been translated into more than ten languages, including English, French, German, Italian, Japanese, Russian, Dutch, Spanish, Korean, and Vietnamese, and more than forty translations have been published overseas.

跛脚猫

冯骥才

一

今天一醒来就觉得不对劲，我竟然感觉到我无所不能。这感觉并非虚妄，还有点自我的神奇感，分明就在我的身上。我不知道这感觉从何而来，也不知道我忽然有了何种特异的能力。我现在还躺在床上没做任何事情呢！没有一点具体的事实可以证明我这个感觉并非虚妄——我凭什么觉得自己无所不能了？我是不是哪儿出了毛病？我神经出问题了吗？

我坐起身来。从里屋走到外屋。我觉得身体有一种飘飘然的感觉。我好像驾驭着一阵风瞬间到了我的外屋，我好像不是“走”到外屋的。我对面是两个放着许多书和一些艺术品的柜子，还有一张堆满稿纸与文案的书桌。迎面墙上挂着一幅我的书法，上边写的是我自己的一句格言：弃物存神。此言何意，我后边再说。反正我从来不书写古人或名人的诗文，我瞧不上那些只会抄录别人名言名句的写字匠们。那些人舞笔弄墨，却不通诗文，只会按照古人的碑帖照猫画虎写几笔字——还不是“写字匠”？

我天天早晨起来，到了外屋，都会面对着这面墙。不知为什么，今天这面墙却似乎有点异样，好像可以穿越过去。我居然觉得自己可以像崂山道士那样一下穿过墙去。不想便罢，这么一想，我身上那种无所不能的奇特的感觉便突然变得“真实”起来。我开始有点害怕，我怕我身上发生了什么可怕的变异。外星人在我身上附体了吗？

未知总是难以拒绝的诱惑。我不由自主地向对面的墙走去，这时已分明感到自己身体无比轻盈，好似神仙一般飘然而至墙前。我的墙那一边是一户人家。但我住的是连体的公寓房，和隔壁的人家不走一个楼门，完全不知墙那边的住户是谁。我伸出手，隔着书桌去触摸墙壁，我想试一试墙壁是不是一个实体，证实一下自己脑袋里的“穿墙而过”是不是一个莫名其妙的荒唐的臆想？但是，极其神奇又可怕的事出现了。当我的手指一触到墙壁时，好像进入一个虚无的空间里，好似什么也没碰到，同时却惊奇地看到我的手指居然毫无感觉地进入墙中，我再往前一伸，我的手连同胳膊竟然也伸进去，进而我的身体也完全没有任何阻碍地穿过书柜；在骤然而至的惊慌中，我完全失去重心，身子向前一跌，一瞬间我闯进一个黑乎乎、无依无靠的空间里。我差点一头栽倒，慌忙平衡住自己。这时，我闻到一种沉闷的、温暖的、混着一种很浓的香水味儿的空气，渐渐我发现一间拉着厚厚窗帘而十分幽暗的房间，一点点在我眼前呈现出来。我已经站在一个完全陌生的房间里——我邻居的家里。我惊讶，我奇异，我恐慌，不管这到底是怎么回事，反正我真的“穿墙而过”了！这是怎么回事？一种童话和魔幻故事里才有的奇迹，竟然在我身上发生了？

我努力使自己镇静下来。这时，我发现这邻居家的屋内只有一人，这人还在熟睡。我穿墙过来时竟然没有发出声音把这人吵醒，我是在梦游吧，还是死了？难道我现在是一个游魂野鬼？

突然，我发现熟睡这人是个女子。她趴在床上睡。一头黑黑的卷发，头发下边一段粉颈，一条雪白的胳膊连带着光溜溜的肩膀从被窝里伸出来。我是一个还没有找到老婆的男人，头一次看到在床上裸睡的女人，也有一点心旷神怡。我忽然想到——她是不是那个在电视台做主持的极其著名的女人——蓝影吧！我只知道她不久前刚搬进我这个高档小区玫瑰园，没想到她就住在我的隔壁！她非常漂亮，真像天仙一样。她名气很大，但她十分傲慢，我只在小区门口碰到过她一次。她走路时从额前垂下的头发挡住了上半张脸，使人无法看清楚她的面孔。她走路时哪儿也不看，明显谁都不想搭理。漂亮的女人全都傲慢。可是现在她却赤裸裸躺在我面前——虽然下半身裹着一条薄被。我心魂荡漾起来。我想，反正我现在没什么可怕的了，即便有了麻烦，转身一步还可以再穿过墙壁跑回自己的屋去。这想法居然使我“色胆包天”！我居然过去哧溜一下没有任何障碍就钻进她的被窝。她的被窝里一股浓浓的暖烘烘的肉体的香味，弄得我有点疯狂。可就在这时，我忽然发现眼前一对很亮的亮点，金黄色，像灯珠。这是什么？被窝里怎么会有这种怪东西？这对灯珠好似紧紧直对着我，同时我还听到一种呼哧呼哧的声音，好似动物在发怒，忽然这东西猛地一蹿把被子揭开。我一慌跳下床，扭头再看时，这女子只穿一条内裤、光着身子趴在那里，旁边一团硕大的黑乎乎的东西，原来是只非常肥大的黑猫——她的宠物！刚才那对金黄色的亮点，原来是黑猫的眼睛。黑猫正对我怒目相视。我看傻了，呆呆立在屋子中央。

就在我不知所措时，蓝影忽然翻身坐起来，我马上会被她发现，跟着她会惊叫和呼救。我的麻烦降临！可是，事情完全出乎我的意料，她居然没有看到我。只见她半睡半醒、迷迷糊糊地对着床上的黑猫说："你又把我闹醒了，我下午还得录节目呢！"说着她一边揉着眼，一边下了床朝我走来。

她马上要与我撞个满怀！这时，她揉眼的手已经放了下来，而且离我只有一步之遥。我正转身要跑，可是这一瞬间我惊奇地发现，她那双带着睡意的眼睛竟然没有看到我——我就站在她面前，她怎么没有看见我？她是一个盲人？我好像神经错乱了。

接下去发生的情况，更叫人惊奇。当她光溜溜的翘着乳房的身子挨到我时，我也没有任何感觉。她居然穿过我的身子，一无所碍地走到我的身后，径直去到卫生间。此时我已经知道，现在的我已不是一个实体，不再是一个实有的人！而且我与那个英国作家威尔斯写的"隐身人"不一样，威尔斯的隐身人只是别人看不见他，他却是一实体，别人可以摸到他。我不同，我不再是一个生命实体，我只是一团空气那样，我是虚无的。我看得见一切，别人却看不见我。我虽然可以闻到气味，听得见声音，但我对任何东西没有"触觉"，所以当我与任何物体相碰时都不会发出声音。我忽然焦急和恐慌起来，因为我与这世界已经没有任何关系了。

我对于别人来说已经是不存在的吗？我说话别人听不见；我看得见所有东西，却摸不到任何东西，更挪动不了任何东西。我还是一个生命吗？我还有人的什么需求吗？我还会饿吗？还会感受到冷热吗？还需要睡觉吗？还用去卫生间吗？我除去能随便进入任何空间，还有什么更特异的"本领"？我是不是突然死了，现在只是一个人间传说中的那种无处可归的游魂？难道人死之后就像现在我与蓝影这样——阴阳相隔？尽管人间的事我全能看到却丝毫奈何不得；哪怕你活着时能主宰一切，颐指气使，到头来却照样一无所能？当我想到我无法再与任何人说话、交谈，我认识的人全可以看见，他们却看不见我，我便感到了一种极大的恐怖。我感觉自己进入了一种绝对的无边孤独中。这种“死亡的孤独”可跟活着的人的孤独完全不一样了。

蓝影从卫生间走出来。

当我再次看到她赤裸的身子时，已与刚才的感觉完全不同了。我对她已没有刚才那种感觉。她穿上一件很薄、光溜溜、浅紫色的睡衣回到床上，没有再睡，而是抓起手机，开始一通忙。查看微信，写回信，只有一次用语音回复时说了一句话：“你这烂话还是说给‘91’去听吧！”完全不知道她这话是说给谁的，“91”是什么意思？只见她说完话把手机调到静音扔在一边，身子一歪，扑在床上接着呼呼大睡。

我还是不甘心自己已经“离开人间”，想再试一试自己是否真的不再是一个“人”了。当我用手去摸她的肌肤时，我的手指竟然魔幻般伸进她的身体，没有触觉，好像伸进一片虚空里。我想游戏般再做一点荒唐的事，但我不能。那只蹲在床上的又黑又壮的肥猫似乎对我充满警惕。它面对着我嗷嗷叫，想要咬我，可是它扑上来时，却像在咬一团空气，原来它也奈何不到我！这样一来，我就有了安全感。于是，我、蓝影、黑猫不可思议地搅成一团，彼此不能产生任何关系，这情景真是奇妙至极！我却已经明白，我和现实的世界已经阴阳两界，彼此无关。可能这黑猫身上有某种灵异，对我这个“游魂”有一点特殊的敏感。古埃及人不是说猫有九条命吗？但我不必担心它，它丝毫不能伤害我。它在阳界，我在阴界，我们阴阳相隔。它在真实的物质的世界里，我在诡异的虚幻的世界里。我本身就是一种虚幻。

现在，我已经确信，自己不再是一个人，不再是一个知名的作家，我连笔都拿不了。人间的一切从此与我没有关系。那么我现在该干什么？不知道。我已经没有任何欲望与需求了。眼前只有这女人叫我发生了兴趣，并不是因为她是一个非常著名和美丽的女人，而是她与我原先对她的印象有某些脱节。

二

首先，我发现原来蓝影并不那么漂亮！她体型还算标致，当然这也离不开紧身衣和特制的胸罩的帮衬。至于面孔，那就需要在化妆台前下一番苦功夫了。每个女人都是最会打扮自己的，她们知道用什么妙法高招为自己遮掩天生的瑕疵与缺欠。如果没有亲眼看到她卸妆后的面容，真不会想到她原本竟然如此这般平淡无奇。虽然不丑，但离着屏幕上那个美若天仙、令人倾倒的蓝影却判若两人。

由此，我更加相信一款流行的化妆品的广告用语：女人的美丽是打扮出来的。这是女人的真理。

我不懂得女人的那些名牌化妆品，不识“女人香”，更不懂得使用眼影、眼线、描眉、香粉、唇膏、唇线、胭脂、香水那些诀窍，所以我写作时一碰到女人这些东西就捉襟见肘，不知怎么下笔。现在，我开了眼，惊讶地看到她用化妆台上这一大堆东西，怎样一点点把自己“装修”得如同一朵娇艳的花儿。她居然还有一个碗儿形状的假发！她这么年轻就谢顶了吗？可是当她把这假发往头顶上一扣，就更加漂亮、精神、年轻，至少年轻八岁以上。

在她着装时，我领略到这女人品位的不凡。她身上每件东西都不华丽，也不夸张；一条干干净净、洗得发白发旧的牛仔裤，一件淡淡的土红色的圆领衫，外边一件松松的白色的麻布褂子，让她一下子从房间的背景中脱颖而出。她这些衣服看似普通，细瞧质地都很考究。我相信她的衣服不一定都是名牌，名牌只是为了向人炫耀，美的气质才真正表达个人的修养。她不戴任何首饰，挎包只是一个由一块土布裁制成的简简单单的袋子。但这一切都谐调一体，正好优雅地衬托她那张楚楚动人的脸。

她走出屋前，将一碟子猫食和一小盆水放在屋角。那只一直守在我附近的黑猫跑了过去。这时，我发现这猫左前腿竟然有残，好像短了一截，哦，是一只跛脚猫！它跑起来一瘸一拐很难看。她这样一位名女人，住在这讲究的公寓里，应该养一只雪白、蓬松、蓝眼睛的波斯猫才是，为什么要养这样一只又大又蠢又瘸又丑又凶的黑猫？

她出去，关门锁门，但锁不住我。我一伸腿就神奇地穿过屋门，紧跟在她后边。她走进电梯，我也穿过电梯门，站在电梯里。电梯上只有我和她两个人，面对面地站着。我看得见她，她却丝毫看不见我，这感觉异常奇妙。这使我不再觉得阴阳相隔多么可怕，因为我能够去到我任何想去的地方，看到我想看到的一切！我变得神通广大了！世界原先给我看到的更多是它的正面和表面，但出于作家的本质，更要看它的里面和背面，因为事物的正面常常不是它的真相。

我跟着她出了电梯，穿过走廊，走出楼门穿过小区到了街上。一到街上，她那神气陡然变得十分高傲，谁也不看，好像别人都在看她。前边不远停着一辆很漂亮的黑色的奔驰车。她过去一拉车门就钻进去，好像是她的专车，开车的人并没下车迎她。她钻进汽车顺手把门带上，车子就发动了。我不能被撇下，赶紧跑上去一拉车门，我忘了我的手根本抓不了车门的把手，可是我的手却伸进车子。我马上意识到我现在所拥有的神力，身体向前一跃，整个人飞进已经开动起来的车子，正好坐在她身边。我朝她笑笑，她根本不知道我的存在，一边掏出手机来看，一边对着前边开车的人说："你车上的香奈儿的味儿是谁的？"

前边开车的人说："你诈我。我车上只有你的香味儿。我身上也只有你的香味儿。"说着回头一笑。我看到一张中年男子清俊潇洒的脸，不过他那带着笑的神气可有点像狐狸。这张脸我好像在哪儿见过，一时想不起来。

蓝影说："我从来不用香奈儿，你不用糊弄我，我也不管你的那些烂事。我只想知道，你给我选的车到底是哪个牌子？我不能总坐你的车。叫狗仔队发现了，放在网上，你不怕你那黄脸婆叫你罚跪？”

开车那人说：“你总得叫我先把这房子贷款缴上。到了年底就没问题了。你只管放心。”

蓝影说：“你说话这口气我可不爱听，好像我是债主。”

开车那人笑道：“我是在还我的情债还不行？谁叫我是个情种呢。”跟着他换一种柔和的口气说，“即便将来你有了自己的车，我还是心甘情愿来接你，只想和你待这么一会儿。我这点心思你怎么就是不懂？”

蓝影居然被这人几句话改变了心态。她忽然笑了，红唇中露出雪白的牙齿，她向前欠着身子说：“你不是说要带我去黄港一家农家乐去吃海鲜？哎，你怎么不说话呀，滑头？”说话的口气变得和蔼可亲。

开车这人在蓝影的嘴里叫滑头。这大概是她对他专用的一个外号。

滑头说：“我哪儿都想带你去，可哪儿也不敢去。你那张脸谁不认得？”

“这么说我的脸有罪？”蓝影装作生气。

“脸有什么罪，我是说你的脸太漂亮了，谁看了一眼就忘不了！”

滑头真是太会说话了。一句话又把蓝影说高兴了。其实滑头就是滑舌。

蓝影说：“那咱们就约好了，还去慕尼黑吧。我总怀念阿尔卑斯山上那小木屋，就咱两个人，再赶上那天外边下着大雨，多好。”蓝影说得很有兴致，但滑头没有接过她的话，她忽而转口又说，“不说那个了，你早不再是那时那个‘白马王子’了，哼！”她好像一下子又回到气哼哼的现实里。蓝影这人的心理和情绪原来这么不稳定。

滑头说：“这些事咱们回头商量，你也不是能够说走就走。现在你马上就到电视台了。先问你，今晚你几点回家，我去看你好吗？”

蓝影说：“今天不行，我今天要接连录两个节目。哎，你还是把车子停在我们台的楼后边吧。”

滑头说：“遵命，小姐。晚上我可是有宝贝叫你开眼——开心。”

蓝影眼睛登时一亮，她说：“骗我，你只是借口想见我！告我什么宝贝？”

滑头说："这么轻易地说出来还是什么宝贝。集团这两天正忙着改制，不停地开会。我今天晚上散会也早不了，不过我完事保证把宝贝送去，交给你就走，决不会——性骚扰。"他向后偏过脸，又露出狐狸那样的神气。

蓝影媚气地一笑："好，晚上见，手机定时间。咱有约在先，只准你那破宝贝进屋，人不能进来。"说完推开车门下车。

我也跟着穿越过车门来到街上。

在穿过街道时，蓝影好像心不在焉，不远一辆轿车飞驰而来。我看她有危险，赶紧上去抓她，想把她拉住。但我只是本能地去抓，忘了自己什么也抓不到。蓝影被对方车子紧急的喇叭的尖叫声惊醒，机警地往后一退躲过了车子，我却栽出去，正被飞驰的车子撞上，我心想完了，但是我忘了，人间的一切惊险灾难已经都与我无关。我像一团透明的空气那样，眼瞧着飞来的车子从我身上穿过，唰地飞驰而去，任何感觉也没有。我被自己的神奇惊呆。

于是，我开始享受自己拥有的这种无比的神奇，我勇敢地站在大街中央，任由往来疾驰的车子在我身上驰过；我狂喜于一辆辆车子迎面奔来时，好似它们故意要撞死我，结果却从我身上流光一般一闪而过。还有一只挺大的飞鸟眼看撞在我的脸上，却也毫无感觉地在我的脸上消失了，回头一看那鸟，那感觉好似一架飞机疾速地穿过一团白云。我最后干脆躺在街上，任由各种车子在我身上碾来碾去。当一辆重型吊车轧过我的身体时，我感觉我已是街面的一部分。这种感觉让我狂喜异常。

这时，我忽然想起蓝影，起身一看，蓝影早不见了。

三

我去到电视台找她，她肯定已经到了台里。这个重要的新闻单位向来守卫得很严。由于各种在社会轰动的电视节目与响当当的人物都在这里诞生，这样一幢方方正正、乏味呆板的大楼反而让人觉得高深莫测。当初，我的那部二十万字的长篇小说《没有翅膀的天使》一炮打响时，电视台曾把我请到这里做过直播访谈，我那次的经历和感受却不美好。第一次面对摄像机的镜头说话，强烈的镁光灯又把我照得头昏目眩。当我想到千千万万的人正在电视机前听我说话，我生怕话说得不好叫人低看了我，更怕同行耻笑，原本想好的一些精彩的话竟然全忘了，脑袋里一片空白，你知道这“一片空白”是什么感觉吗？脑袋死机了，我像一个白痴，那种感觉非常恐怖。自从那次，我发誓再也不上电视。作家用笔说话，本来就不该靠一张嘴巴。

但是我今天来电视台，当然不是为了上电视，而是这位大名鼎鼎的女主持人把我吸引来的。我可不是盲目的追星族，我也说不好她身上的什么东西在引起我的好奇。

电视台大门严紧的守卫对我形同虚设。我大摇大摆地径直穿门而入，守卫们全然不知。我真像好莱坞大片里的超人了。

电视大楼一分为二，两边各有一个门。一边进去是行政区，一边是制作区。蓝影肯定在制作区这边，我上次被采访也是在这边。这边的人多，但与我无干，我直冲冲向里走，迎面而来的很多很杂的人全都一无所碍从我身上流水般地穿过，就像时间从我身上穿过。

这大楼的首层很高，中间一条又长又宽的大走廊，横着摆了一排排椅子，乱哄哄坐着不少人，都是被请来做演播现场的观众。这些人等在那里不大耐烦了，有的说话，有的在吃东西，有的打瞌睡。走廊的另一边有许多门，门上边用挺大挺醒目的阿拉伯数字标着号码，门里边都是演播厅。我上次做直播访谈在第 6 号。我不知蓝影会在哪个演播厅里录节目，只能从第 1 号依次找下去。第 1 号演播厅正在录戏曲，第 2 号播送新闻，第 3 号没有工作，没有灯火通明，只有几个人在修机器……我随心所欲穿墙越壁。在穿过新闻演播厅后台一个小屋时，撞见了一个胖胖的中年男子正挤在门后边紧紧拥抱着一个娇小的女子狂吻。我吓一跳，跟着我明白对于他们我是不存在的。于是我站在那儿看了一会儿。那男子原本是戴眼镜的，此刻眼镜碍事，他手里拿着摘下来的眼镜，只顾贪婪地亲吻。他狂撕疯咬般的吻姿真像一只饥饿的动物。我是小说家，对人性的方方面面都不缺乏想象，可是一旦与这样的现实面对面，还是不免惊讶。这不是一个一本正经面对公众的工作场所吗，不是夜总会啊。他们的一本正经全是装出来的吗？这女子是谁，她是主播吗？这位手拿眼镜、发疯一般的胖子又是谁？

我没心思关心他们，我要找蓝影，我穿墙回到演播厅外边的大走廊。这时，大走廊前边好像出现了什么情况，乱哄哄挤着许多人，有人大声呼喝，我奔过去挤进人群。现在我挤进人群中是毫不费力的，因为我不占有空间。我突然看到被围堵和夹峙在人群中间的是一个夺目的女人，正是蓝影！她左右都有一两个身体结实、留平头的男人为她排难解纷，这些人大概就是人们常说的保镖了。她好像已经很习惯这种场面，丝毫不紧张，很从容。脸上的神情中混合着两种对立的东西，一是亲近的微笑，一是淡漠的疏离，我不知她是怎么把这两种彼此相反的东西混在一起的。反正此刻的她需要这两种东西。作为公众人物的形象她要表现出一种亲和；在过分热情的粉丝面前她又要拉开距离。这时一个人大声询问她：

“你和曹友东还有联系吗？今年情人节他送你什么礼物了？”

曹友东是谁？不知道。我只知道这种问题一定来自一个娱乐媒体。跟着一个女子尖声问她：

“听说你搬家了，你是搬到‘清溪畔’别墅里去了吗？谁帮你买的房子？”

这答案我知道。当然，不是清溪畔。我和她住的那个小区叫作玫瑰园，是个高档公寓。显然这个小编还都是捕风捉影，没有摸清她的底细。

这时，她一扭头正好面对我，她朝我看了一眼，我一怔，她怎么会看到我了，难道我还阳了？很快我明白了——我回过头去，只见我身后不远的地方站着一个男人，原来她是透过我，看一眼我身后这男人。我还发现，这人就是刚刚在新闻演播厅那个狂吻小女子的戴眼镜的胖男人。

她只看这人一眼，掉头就拐进 8 号门，8 号演播厅外有几间房子，她推门走进一间，是一个化妆间。里边设施很简单，左右是化妆用的长桌，几把椅子，两面墙全是镜子。镜子相互映照，屋子显得挺大。我发现一个很奇怪的现象，镜子里没有我，我跑到镜子前使劲看，还是空空如也，没有自己。现在我没有任何恐慌了，有没有都无所谓了，反正我自己还能够感觉到自己。

我从人群中出来，站到了屋角。其实我站在屋子中间也不碍任何人的事。我选择屋角，只是出于一种想要好好旁观一下的心理。

蓝影坐在那里派头挺足，看她的举止和神气，她似乎很享受自己这种派头。她不时面对镜子看一看自己，好像她挺欣赏自己。有人给她斟茶倒水，还有人来给她按摩肩背和颈椎；她不叫闲人进来，也不和人说话，不准任何人打扰她。当然，在登场演播之前她有理由需要平静。只是过了一会儿，一个络腮胡子、长得很结实的人拿着一卷纸跑进来，与她研究节目一些关键的细节怎么处理。我从他们的交谈中，听到她今天主持的是一个竞猜节目，内容与文学有关，这叫我分外感兴趣。但是我有一点怀疑——这样一个花瓶式的女人有足够的修养能撑起这个文学节目吗？

随后就进来一位化妆师给她上妆。这位化妆师看上去很时髦，头发染成棕红色，脑袋后边梳成一个马尾，耳朵上戴着奶白色的听音乐的耳麦，这使他一边走一边随着耳朵里的音乐晃肩扭腰。他脸上皮肤粗得像牛皮，穿一件文化衫，手里提着一个花花绿绿的化妆箱。别看他外表花里胡哨，化妆技术却超高明。在极短的时间里一通忙活，便叫蓝影加倍放出光彩。照在镜子里的蓝影露出满意的笑容。这化妆师说：“其实你的双手也很美。哪天你做一档靠手说话的节目，你叫摄制组多架一台摄像机，专拍你手的特写，我给你的两只手好好捯饬一下，保证出彩。”

蓝影笑道：“看来我得跟着刘谦表演变魔术了。”

化妆师说：“我教你一手魔术。”说着居然把手从蓝影胸前的领口伸进去。这人胆子竟如此之大!

可是蓝影并没有发怒，只一打他的手说：“你不怕人看见！”

化妆师笑嘻嘻说：“我不怕，你怕。”说完把手抽出来，提起化妆箱又说一句，“节目完了早卸妆，你脸上的色斑可见多了。”说完便走了。

原来电视后边，远比电视上的节目叫人惊奇得多。

化妆室只剩下蓝影一人。虽然还有我，但我是不存在的。

化妆后的她依旧坐在那里，在等待节目开始吗？这当儿，她忽然显得很疲惫，垂下头来，似乎在想什么。再抬起头来面对镜子时，她的眼睛神情特别。我跑过去，与她面对面，反正我不存在，我可以近在咫尺地瞧她。我惊讶地发现她眼睛好似秋天的旷野，一片空茫、荒芜、冷漠。我从没看过这种眼神。这眼神与她外表的光鲜和高傲可不一样。我想到了我写过的一句话：

眼神的深处一直通着灵魂。

四

当蓝影穿着她标志性的蓝色长裙从幕后信步走到强光通彻的舞台上，真是太美、太动人、太夺目，优雅从容，仪态万方。美的自信使她更美。她的魅力带着压倒一切的气势。尽管演播厅的观众席最多不过二百人，但瞬间爆发出的欢叫与惊呼声有如排山倒海，蓝影站在舞台中央，面含微笑、落落大方地接受人们对她忘我的喜爱。只有真正的大明星才有这种气质。这种气质是既叫你感到亲切，她又高高在上，与你拉开距离，叫你觉得她高不可攀。

她这条蓝色的长裙做工考究，材质柔中有韧，光泽撩人，然而这裙子上却几乎没有一点装饰，它一定来自一位顶级的崇尚简约的服装师之手，把一切高深的功力都用在剪裁上。这剪裁是一种造型，刚好把她体型优美的线条勾勒出来，高贵之中还含着隐隐的性感。其余便只有一条天青色的薄纱，绕过她挺直的后背，再穿过她双臂的臂弯，长长又缥缈地垂下来。这就足够了。不应该再用什么华丽的饰品出来炫耀，打扰人们去关注她那张美艳绝伦的脸。

同时，我还领略到刚才那位带点流气的化妆师技术的高超。我在蓝影的家里看过她素颜时本来的面目，也看过她化妆后如何焕然一新。刚刚在化妆室里，那位化妆师只是给她再做一点提升而已，可是不知那个化妆师用了什么绝妙的手段或材料，使她这张脸给舞台的强光一照，加倍地焕发光彩，透明、纯净、明媚，却不失含蓄和内在。她似乎告诉你，真正女人的美不是向外夸张，而是向内蕴含。此刻她这张脸，便分明是那位化妆师的“作品”了。他提升甚至再创造了她的形象。她当然知道他的必不可少，所以才忍受他的鄙俗与狎邪。难道这都是她必须付出的一种代价吗？也是一个大明星必须付出的成本吗？

忽然，我发现自己现在竟然站在舞台上。我这样一个与节目完全无关的人，竟然碍手碍脚地站在主持人身前，怎么没有人感到奇怪，没有电视台的工作人员拉我下去？跟着，我又笑自己，怎么又忘记自己是一个根本“不存在”的人了。这时，我已经注意到舞台的灯光打在我身上，竟然没有任何光亮；我还发现——自己没有影子！我试着在舞台上又跑又跳，胡跑乱跳，都不会与任何东西相撞，也没有声响。于是我便大模大样地在舞台中央盘腿一坐，嘿，谁也不可能像我这样看录制节目！从一早起来，我没吃早餐，折腾到现在，居然不渴也不饿，我是一个活人吗？我还是一个活人吗？这样活着有什么不好？

我来不及往下想，她的节目把我吸引过去。

蓝影问一个竞答的年轻人：“你能说出三个被唐诗中描写过的著名的古建筑吗？你听好了。回答我这个问题还有两个附加条件。一是你必须说出这首唐诗的作者，背诵出其中的一两句诗；二是你所说的这座古建筑必须今天还在，不能是已经损毁和消失的。明白了吗？好，现在回答——”

她说得流畅又清晰。显然她上台前做足了功课。

竞答的年轻人虽然看上去只有十四五岁，胖头胖脑傻乎乎的，却挺厉害，开口便说：“一是黄鹤楼，作者李白，‘故人西辞黄鹤楼，烟花三月下扬州’。二是滕王阁，作者王勃，‘滕王高阁临江渚，佩玉鸣鸾罢歌舞’。这是一首七言律诗，我就不全背了。”

蓝影笑了，对这年轻人说：“王勃这首诗是他写在文章《滕王阁序》结尾的诗，不大好背诵，你能背出这两句就很不错了。”

这年轻人竟然说：“《滕王阁序》全文我都能背。”他说得挺认真，又十分单纯。

演播厅里一片笑声，蓝影大笑，笑得很亲切，她表现出对这年轻人的喜爱，她说：“你真棒！但今天你先别背，你留一手，下次我们有古文竞猜竞答节目时一定请你来。你别忘了，你现在只答出黄鹤楼和滕王阁两个，还差一个与唐诗相关的古建筑没回答呢。”

这年轻人下边的回答好像一直在嘴里，他张开嘴就出来了：“寒山寺，作者张继，诗名《枫桥夜泊》，‘姑苏城外寒山寺，夜半钟声到客船’。”

观众席一片掌声。

蓝影露出惊讶，叫道：“你这么有学问，我都快成你的粉丝了。你在大学读博吗？”

年轻人说：“我初中二年级。”

蓝影说：“现在真是后生可畏，这么年轻就满腹诗文了！”她的主持真有魅力，亲和、自然、诙谐、放松，声音还分外好听，而且她掌控场面的能力极强，想放就放，想收就收。这使得现场生动活泼，很有气场。她忽问这年轻人，“你这么喜爱古典文学，也喜爱读当代的文学吗？”

这年轻人听了，有点发怔。迟疑地说：“读过一些。”

蓝影说：“我们城市近几年冒出一位名作家，现在很红，他有一本《没有翅膀的天使》你读过吧。”

我像当头给敲了一棒，震惊！完全没料到她会突然说到我，我完全蒙了。我居然这么知名吗？我很惊奇，我和这位名主持人毫无关系，她怎么会如此响亮地把我的作品说出来？难道她知道我在现场，不不！我刚才在她屋里她都不知道，现在怎么会知道我在这里？这是怎么回事？我一慌，蹿起身子，掉头便跑，我感觉有人喊我、有人拦我、有人抓我，其实没人，只是我的错觉而已。我穿过物体穿过人穿过墙，穿出演播厅，穿出电视大厦，一直跑到街对面一棵大树下边一个水泥墩子上坐下来，过了好一会儿，才使自己一点点平静下来。

这时再去想，反而更糊涂。我对蓝影更加不解，这个流光溢彩的娱乐名人居然喜欢读书？而且是读我的书。我这本书可是一本纯文学啊。在文化娱乐的时代，纯文学快要孤芳自赏了。只有深爱文学的人才会读纯文学。于是我对她产生了一种好感。这好感当然首先缘自她是我的读者。作家总是对自己的读者有一种特殊的亲近感，自己真正的读者不就是自己的知音吗？蓝影真会是痴迷于自己精神上的知音？这使我不由得对这位非同一般的读者产生了进一步的关切。

等到我穿墙入壁再次进入电视大厦，进入演播厅，里边已经空无一人。只有舞台上的空气里还有一点蓝影留下的香水的气味儿。我转身穿墙入壁，里里外外找来找去，我将大小十个演播厅全都找过也没见到她。我茫然若失。她会去哪儿？我对她究竟了解极少，她去哪儿都有可能，我唯一可以寻找的只有她家——她工作结束之后总会回家吧。

五

我不能乘坐电梯，因为我的手指无法触动开关键，我不能启动电梯，但爬楼梯却很容易，我身轻如燕，几乎是几步就蹿到了楼上。

她家的防盗门对我毫无用处，我轻而易举地穿过金属的门板，进了她的房间。我一入房间便觉得空屋里有一种特殊静谧的气味，似乎房里没人。空屋里的气氛总是异样的。我里里外外到处看看果然没人。她没有回来。这使我有机会把她的房间细细观察一看。我虽然没有窥私欲，但我想了解她。

可是对于现在的我，想再进一步了解她，根本没有可能。因为我只能用眼睛去看摆在屋里表面的物件，无法用手去打开柜子、拉开抽屉、挪动和掀开任何东西，人间的一切无法奈何于我，我对人间的一切也全都奈何不得。我好奇她桌上一大摞做节目的文案。我很想知道刚才她提到我的小说——这到底是节目编辑组给她设定的内容，还是她自己真的看过我的书？这答案应该可以从节目的文案中找到。可是我无法掀动这些纸张。我想从桌上的笔筒里拿出一把小裁纸刀来掀这些稿纸，可是我怎么可能捏起裁纸刀来？我的手指好像是透明的，非物质的，我只是一团虚无的空气！

我在她房间好似飘来飘去那样走来走去。感觉不到鞋底在地板上摩擦，感觉不到自己的身体有重量。我现在最关心的不是自己，而是她。反正她不在，我便得以从容地细心察看这位名人个人的世界。看一看“名”后边的“人”。当然，我最想知道的，还是她是否真的关切过我那本小说。

她的房间和隔壁我的房间的房型完全一样，只是方向相反。我家下了电梯从左边进单元门，她家从右边进单元门。进门一个方形的衣帽间。她的装修比我讲究，整个衣帽间都用西班牙米黄大理石作为饰材。迎面摆着一个现代风格线条流畅的黑色条案，中间一个朱红釉色的陶罐，插了一束蓝铃草。这花的蓝色与她在舞台上那蓝裙子是一个颜色。蓝色是她的标志色吗？蓝铃花是假花；但最好的假花像真花，正像最好的真花像假花。花上边是一幅抒写秋天的风景画。这样的布置叫人一进门就会感到放松，就想到去享受一下生活。她挺有品位。衣帽间的一边是鞋柜和衣架。我发现衣架上挂着一件男人的外衣，她有丈夫？不不，她的房间分明是一个单身女人的住所。

她室内的格局也和我的一样。房间一大一小，一个设施齐全的卫生间，一间宽绰的兼可用餐的开放式的厨房，厨房外还有一个不算小的阳台。这房子是去年房价正低的时候开盘的。我凭着自己两三本畅销书相当可观的稿费，加上从银行拿到的贷款，买下我那套房子。我喜欢这公寓式房子房间的结构，大间很宽敞，朝向好，又安静。我需要安静，这房子朝南面对一个老公园，树非常茂密，早晨可以听到清亮的鸟叫。

我把大间作为书房兼客厅，小间当作卧室，小间的间量也不小，除去床和衣柜，我也放了一个书桌，有时夜里忽来了灵感，便起来写一阵子。

她这房间的使用与我不同，大间是卧室。虽然只她一人，却摆一张很大的双人床；屋里虽还整齐，但床上被子不叠，乱作一团。她是不是每天起床都不叠被，晚上倒下便睡？她还有一个更乱的地方是化妆台，台上各种瓶瓶罐罐、梳子、刷子、剪子、镊子，以及不知名的稀奇古怪的器具，乱堆乱放，混乱不堪，好像一个修理工的工作台。

她房间里的家具多半都是新的，她喜欢现在流行的简约式样的造型，颜色多为蓝白黑灰，连沙发靠垫、桌布和窗帘也是深浅不同蓝色的。她为什么这么喜欢蓝色？包括她那条从不改变的舞台服——无比光鲜的蓝长裙。我忽然想这是不是与她的名字“蓝影”有关，肯定是！她太自恋了吧！还是受了符号化、标志性以及“Logo”等商业形象思维的影响——为了加强自己给公众的印象？或许她没有想得这么深，只是因为她是一个流行于娱乐圈里的人物，很自然地会受这种商业文化的影响罢了。

我没有在她的大房间里看到叫我特别关注的东西。我便去到她的小房间，那里好像是一个储藏室，堆满杂物，大概她刚搬来不久，许多东西还没来得及整理。靠东墙一边堆着很多搬家用的规格一致的牛皮纸箱，有些箱子还贴着封条没有打开，箱子外边用马克笔标着号码或写着里边的东西。有“生活杂物”“食物”“资料”“鞋”“工具”等等，还有几箱是“书”。她看什么书？文学书？她喜欢看哪类文学书？我一回头，看到一摞纸箱上有一本书，像是随手撂在那儿的，封面非常熟悉，啊！竟然就是我的《没有翅膀的天使》——我这本当下正红得发紫的小说！我禁不住惊喜地发出声来，她真的看过我的书，而且是我的粉丝！我这么肯定，是因为我看出这本书已经被翻了许多遍，封皮都卷了。我还发现里边有两三处被折页。我仿佛不存在的手指无法打开书，不知她关注的是哪页？

她一定和我海量的粉丝一样，被我的女主人公曲明珠的命运打动了。我那个主人公是个淮北的农家女，怀着一团发光的梦走出世世代代的先人们搅拌着穷困的农耕生活，到深圳打工。在底层的煎熬中一点点挣扎出来。每一步都脱一层皮。她抛掉一个真纯却贫穷的男友，一次次出卖自己，付出的代价匪夷所思，最终如愿以偿地站在万贯家财之上，成为一个企业家中大名鼎鼎的女强人，但在世人的视野之外她却是一个心灵上荒凉寂寥的孤家寡人。我把一个费解的答案留给读者自己去思考。在金钱至上的市场时代，你最终选择有真爱的人生，还是一个被庸人们膜拜、披金戴银的偶像？不是说二者不可兼得，二者兼得者凤毛麟角。如果不能兼得，你想做一个割掉翅膀的天使吗？

我在小说中说了一句话：没有爱的人生才是一个失败的人生。

我的这个人物触动过许多人心灵的隐秘。

在我从小房间走回到大房间时，我发现蓝影床前地上有张纸条，我走过去蹲下来看，是一张写了字的纸条，但是有字的一面在下边。我伸手过去想翻过来看，自然是徒劳无益。忽然，右前边很近的地方有个东西吓我一跳。一看，原来是那只大黑猫。它一直静悄悄蹲在那里吗？它瞪着一对亮晶晶的黄眼睛虎视眈眈地面对着我。我仍然不明白，它到底是能看见我，还只是凭着某种动物的灵异？

忽然，我脑袋里蹦出一个很聪明的想法，能不能叫它帮忙把地上的纸条翻过来？

于是我朝它大叫，挥舞双手，作搏斗状。黑猫好像看到了我，又像没看到我，却朝着我发出呼哧呼哧愤怒的声音，然后挥爪扑打。但我们谁也碰不到谁，我们分明是在阴阳两界，我们只是隔空相搏。我按照自己的想法，一边和它“打斗”，一边把它引到地上的这张纸条旁。它和纸条都是现实世界的。在它身体的翻滚中，尾巴一甩，真的把那纸条掀了过来，朝上的一面有一行字，我探着身子去看。不管黑猫怎么对我扑打，反正丝毫伤不到我。我却看到纸上有一行小字：

“今天完事后渔人码头见！”

这渔人码头肯定是指西城门外那个海鲜店。“今天完事”四个字肯定是指节目录完之后。关键是这短短的十个字中有一种命令的口气。这人是谁？不像是上午开车接她来的那个“滑头”，滑头不是今晚要给她送礼物来吗？这人与滑头绝不是一个人。这另一个人是谁？

我想，我应该到渔人码头去看看。

我很快起身真的像游魂一样飘然走到她的屋外。

六

我走出小区来到了街上便陷入困顿。渔人码头很远，快到海边了，我怎么去？我只知道那个消闲酒店的店名，没有去过。我既不能打出租车，也不知怎么乘坐公共汽车，又无法找人问路。我想了各种办法，最终是没有办法。我回到小区内，在树丛里一张长椅上坐下。

我坐下来，并不是因为累。自从清晨我穿墙而入蓝影房中，一天来，我还是没弄明白，自己到底是不是真的已经死了，成了幽灵。我几次想穿墙回到自己家中弄个明白，但是我不敢回去，我怕自己真的死了，怕回去看到躺在床上早已气绝身亡的自己。我知道只要灵魂一旦离开肉身再不会重新返回。到了那个时候肉体只是人间的垃圾等待处理，灵魂却四处漂泊，在茫茫宇宙中浮尘一般找不着归宿，就像我现在这样。我不知道我将面临什么。

我一直没有饥饿感，不需要吃东西喝水，不需要睡觉和休息。原来离开了现实和实在的生活，就没有任何目的了。没有人间的种种烦恼，也用不着去看《佛经》。可是——没有任何事情等着我做，又没有任何事情想去做、需要做、等着做，这是一种什么感觉。一切一切，包括“我”都变得没有意义。没有意义、没有价值、没有向往、没有目的、没有内涵、没有限定，就一定不再是人间的生活了。这是超越生命的一种状态吗？这就是人所追求的一种纯粹的自由与永恒吗？自由一定是在不自由中才有魅力，永恒一定要在“人生苦短”中才令人神往。可是，这些都是人间的道理和生命的道理，一旦死了，也都没有意义。

正为此，我不想回家，不想证明自己真的死掉。我怕自己死掉。我多么希望现在发生的事只是一个噩梦，醒来后我将感到无比庆幸。我会说：“哦，可怕的东西全过去了，一切一切，原来只是一个恐怖的梦魇！”

可是，现在我又无法证明这是一个噩梦。我真切感受到的——我是一个无法与人间的一切发生任何关系的虚无的游魂。

可能由于我刚刚来到这“另一个世界”，身上还残存着不少人间的记忆和人间的感觉，比如时间感。我知道这些记忆与感觉早晚会从我身上消失。可是我现在还有时间感，我感到我等蓝影等了太久。天已经黑了下来，还不见她回来，我便走出小区，到外边看看。刚走出小区，只见东边走来一男一女两个人。尽管那女子额前垂下的头发挡住半张脸，我还是一眼就看出是蓝影——她的体型太出众。另外那个男人，我也马上认出来是在电视台见过的那个圆头圆脑、戴眼镜的胖子。我本能地向后缩身躲避，当然我根本无须躲避。叫我奇怪的是他们到了玫瑰园小区门口，并没有走进去。尤其是蓝影，好像这小区与她无关。为什么？她故意装的？她不想叫戴眼镜的胖子知道她住在这里吗？显然，胖子不清楚她具体住在哪个小区。

他俩继续往前走，待他们至少走出去长长的三个路口，来到另一个名为

“天上人间”的小区前。蓝影站住，对这个胖男人说：

“好了，我到了，你回去吧。”

胖男人说：“噢，你搬到这么高档的地方。我送你进去。”他说话的口气好像下命令。

蓝影一笑，对他说：

“主任，你不怕人看到你？我刚才告诉你了，一会儿有朋友来串门。再说，我妹妹住在我家，我妹妹可在台里见过你。”

这胖男人原来是她的一位上司。他问蓝影：

“什么人这么晚还来串门？”

蓝影冷笑一声说：

“当然是我的朋友。我的朋友都是女的，你的朋友也都是女的，而且愈来愈年轻化。”

“少说。”胖男人说，“这不能怪我。都是她们往前凑，我都不爱搭理她们。”

“你以为你是靓男啊，谁会凑你。”蓝影依然冷笑地说。

胖男人被伤了自尊心，反唇相讥道：“你！你忘了自己是怎么上来的吗？当初你那些心思——嘿，台里的人心里都有数。你给我惹的麻烦还少？”

“滚！”蓝影被惹火了，突然吼一声，扭身进了小区，看样子真像回家去了。

我是作家，从他们这简短的几句对话，无须猜想，已经很清楚他们之间是怎么回事。

这么一来，胖男人自然不会再跟她进去，招呼一辆出租车，坐上车走了。等到我扭头再看，蓝影早已走进小区，不知去到哪里，正想该不该进去找她，忽听一阵笃笃的脚步声从里边清晰地传来，一看正是蓝影。她走出小区看看左右没人——那个胖主任已经离去，便招呼了一辆出租车。她钻进车，我赶紧过去穿车而入，坐进车里，很快随她一同回到了玫瑰园。

蓝影真有办法，她就这样甩掉了她的上司。

她开门进屋，那只跛脚的黑猫迎了上来。她和它打个招呼，把外衣和手包往椅子上一扔，转身一扑趴在床上。一只鞋掉在地上，另一只鞋还在脚上，她已经一动不动好像睡着了。显然她已经精疲力竭，散了架，看样子更像一盆水泼在床上。那只黑猫跟过去跳上床，不再打扰她，而是依顺地倚在她身旁，静静地蜷曲地卧着。似乎每天她回到家来都是这样。但现在这黑猫始终保持清醒，主人闭眼睡着，它睁眼相守，那对黄眼睛一直警惕地朝着我的方向。在它匪夷所思的灵异中，肯定有我的存在。

我倒退几步，坐在床前的沙发上。这细羊皮沙发看上去很讲究，不过我感受不到沙发的舒适，我的身子好像陷在沙发中间。我在这里静静地等候，因为知道那位给蓝影购房的“滑头”还要来送礼物呢。

等到房间完全黑下来。忽然有人按铃敲门。蓝影被敲醒了，应声回答。她起来、穿鞋、开灯、抓起床头柜上的一杯水喝了，然后一边用手整理头发和衣服，一边走到门前把门打开。进来的果然是滑头。滑头有备而来，着装休闲却又考究，头发喷了胶，皮鞋擦了油，上下全是又黑又亮。他满脸微笑，目光烁烁，显得兴致勃勃。应该承认，滑头的外表相当清俊潇洒，真有点像电影明星。

蓝影带着一点睡意地说：“人家正睡得香呢，你硬把我闹起来。”只是不知她这睡意是不是装出来的一种诱惑。

滑头说：“咱是说好晚上见的。我可是来送礼的，官儿还不打送礼的呢。你要是不要我马上就走。”他说着，一边举起一个很漂亮的小纸袋在她眼前晃。

蓝影一看，改了口气。“什么破东西，又来蒙我不懂。”蓝影说。

说话间，滑头已经从纸袋内掏出一个包装高雅、深红色、系着金色细缎带的小盒递到蓝影手中。他叫她自己打开。

蓝影一边打包装一边说：“潘多拉的盒子吧——”可是当她打开包装纸，

掀开一个真皮上烫着金字的小首饰盒的盖子一瞅，不禁“哦”了一声。

“你拿出来瞧瞧。”滑头说，“世界上最不会骗人的就是我。”

蓝影两只手从盒子里各捏着一串东西提了出来。这东西小巧玲珑，晶莹璀璨，是一双相当华美的水晶耳坠！

滑头说：“你戴上去看看。”又说，“这可是最新款的奥地利水晶。施华洛世奇！钻石都没法比！”

蓝影不再讥讽他了，乖乖地走到化妆台前去试戴这水晶耳坠。这期间，那只黑猫一直围着滑头转，显出他们很熟识。滑头对黑猫笑嘻嘻地说：“别急，也有你的，只要你不打扰我们就行。”说着他从随身公事包里抻出一袋猫食。走到屋角，撕开袋子，把一袋子猫食全倒碟子里，边对黑猫说：“这是加拿大进口的猫粮，你说我待你好不好？”

不知他这话是对黑猫还是对蓝影说的。

蓝影在化妆台那边接过话说：“你当然得对它好了。当年它在街上差点叫车轧死，是我把它抱回来的。我俩相依为命，它就是我妹妹。”

蓝影这话却叫我得知这只瘸猫的来历。使我对蓝影的认知也就更加深了一层。

这时，蓝影从化妆台前站起身来，这对耳坠确实太华丽了，两束水晶，都是由几百颗细小的水晶组成，而颗颗水晶全都切面精繁，随着蓝影一走，头儿得意地一摇，肩儿一晃，腰儿一摆，耳下的水晶闪耀出亮晶迷人、细密又夺目的光彩来。这一来，使蓝影的脸更加娇艳，整个人更加高贵。滑头很有眼光。

蓝影笑吟吟走到滑头面前，面对面。滑头问她：“怎么感谢我？撵我走吗？”

她扬起花一样动人和芬芳的小嘴要吻他。滑头伸手推住她迎上来的身体，说：

“不不，我还是要你着盛装。”

什么叫盛装？我不明白。

此时蓝影似乎很依从他。只见她转身从衣柜里拿出一件蓝色的长裙和一条浅蓝色的长纱，去到卫生间里，关上门。这蓝裙不是和她在电视节目中那套标志性的演出服完全一样吗，为什么家里也有一套？难道在家里也需要演出吗？不一会儿，卫生间的门一打开，她走了出来。一瞬间我觉得她一如在电视台演播厅登台时那样光彩照人，尤其戴上了这对水晶耳坠儿，更加华美夺目！令人惊奇的是，此时她的神气、姿态，一举手一投足，乃至整个气氛，都与她在演播厅台上的“范儿”完全一样。不同的是，现在只有一个观众，就是滑头。

滑头起劲地拍起巴掌。在他的兴奋中似乎还有一种叫人莫名其妙的满足感。下边出现的一幕叫我惊讶不解了。他的眼盯着她，目光里冒出一种极度的迷醉与贪婪，他走过去，居然动手将她的长裙一点点脱掉，他的动作很慢，似乎在玩味着自己的行为，蓝影则一动不动任由他的放纵。随后，他忽然把她拥到床上。那动作像是一头豹子扑向一只羚羊。我不想再去说我看到了什么了。

我不明白这是怎么回事？这只是一种偷情和婚外恋吗？这是一种两情相许、另类的情爱吗？不不，我看不是。他为什么非要她穿上一位明星标志性的服装再去占有她。难道这样才显示只有他能够拥有众人眼羡、高不可攀的偶像，才是一个男人在财富上获取成功的体现？其实，这些已经不该是我想的了，我与实际的人间生活无关，自然也与现实的问题无关。

于是，我既无悲哀、也无愤懑，一切一切，与我无关，我现在是极度的自由。我想起雨果在巴尔扎克墓前的那句话：“死亡是伟大的自由。”

滑头干完事，带着满足走了。钟表上的时针不到十二时。整个后半夜，她似乎都在一片不安与缭乱中。本来她该好好睡一大觉。但是她好像翻来覆去一直不能入睡。特别是她接过一个手机电话后就更加烦躁。我听不到电话，不知道内容。黑猫确是她的妹妹，偎在她身边，用又厚又软的舌头舔她的手臂与肩膀，这是猫安慰对方的方式。她两次起来吃药。吃的是镇静剂吗？但她吃的药非但不能安慰她，反而使她变得更加焦躁。她跳下床，赤着脚跑到小房间居然把我那本小说拿出来，本来我以为她想用我的小说做伴，我的小说能给她以安慰吗？谁料她忽然将我的小说从中扯开，一通发狠地撕扯，撕碎的书页遍地都是。难道我的书惹起她的烦恼？哪些内容叫她如此愤恨？

大约四点多钟，也就是夜最深的时候，她走到窗前，打开窗户，夜风吹起她的头发，她需要清醒？不，她登上窗子。她要跳楼吗？没有，她只是面朝外坐在窗台上，两只赤脚却垂在窗外。这样做是十分危险的。她的情绪不稳定，一阵阵流泪。我不了解她，只能猜测她。究竟她一天里给我太多的意想不到，尽管我对她的了解还都是一些支离破碎，有些细节、人物、人名、行为还都是谜，但我已深切感受到她的社会光鲜的背后竟有那么多穷山恶水。她忽然自言自语的一句话令我吃惊："小山，咱们那边见吧。"这小山又是谁？这很像我小说中被女主人公曲明珠抛弃的那个曾经的青梅竹马，一个因自己负心而殉情的昔日情侣？不会吧。此刻我担心的，还是她一时难以摆脱的内心的困顿而跳下楼去。我没有办法拦住她。现在只有靠那只黑猫了。但黑猫也上了窗台，并死死地卧在她的怀里。难道这灵异的黑猫已有了某种不祥之感？

可是最终谁也拦不住她，她忽然抱着黑猫一起跳了下去！她为什么抱着黑猫一同坠楼？她一定知道，一只跛脚的丑猫是很难在人间生存下去的。

我扑上去，一把去抓她，我以为自己抓住了她的胳膊，实际上什么也没有抓到。一把抓空，眼见着她坠入黑洞洞深渊一般的楼下。

我吓得失魂落魄，不知往哪儿跑才是，慌乱中也不知穿越了哪些地方。突然，我觉得自己在一个热烘烘、十分柔软的洞里。我用手摸摸周围，的确很柔软。我不是一个游魂，已经没有任何物质性的触觉了吗？怎么会感觉到一种柔软的物体？这时我听到一阵铃声就在耳边。我努力用两臂支撑，猛一使劲，竟然从一个裹缠着我的被窝里挣脱出来。我原来在我的家，在我床上，在我屋里。铃响是我的手机的来电呼叫。

我忙接听手机，一个人在话筒里叫着说："一天给你打七个电话，你怎么不接？"话筒里的声音又大又急。

谁的声音怎么这么熟悉？在一团混混沌沌中间忽然明白过来。噢，是出版社我的小说编辑黄森。这个人怎么有恍如隔世的感觉？

"什么事？"我说。

"提醒你别忘了星期天下午三时的读者见面会。报名的人都爆棚了。多带支笔啊，肯定要一通签名。"黄森说。

"知道了……"我回答。

他说的话都像是隔世的事，我自己也像隔世的人。

我费了很大劲才弄清，我没有死，我捏一捏自己身体各个部位，感觉正常，居然不再有那种神奇的虚无和"不存在感"。我跑到外屋对面墙壁前，大着胆子试试能否再次穿墙进入蓝影的房间，但每一次都是手指戳在坚硬的墙壁上。再使劲一戳，居然很疼。但此后几小时里，我由于曾经身为游魂，习惯使然，总在屋里撞东撞西，我的脑袋还在门框上撞了一个大包，被桌腿绊个跟头，还把一个暖瓶踢翻，摔得粉碎。于是，我不停地在屋里做各种事情，不停地拿东西放东西，穿袜子脱袜子，用电脑写东西，发微信，打电话，才使自己慢慢恢复了一个活人在现实世界全部真实的知觉。那么此前我的经历只是一种幻觉，一种梦游，一种因用脑过度而走火入魔，还是真的死了一阵子又神奇地还阳了？如是这般，蓝影一定已经死了。因为她纵入一片可怕又漆黑的楼下那一幕，我历历在目。

傍晚，我出门想买点吃的。刚下楼，在小区的走道上，我忽见迎面一个人匆匆走来，竟然是美丽的蓝影！她没有死，还是一个曾经和我一样死后的游魂？我脑袋里有点混乱。她分明活着，她身上香味四溢。她和我擦身而过时瞥了我一眼。只看一眼，没搭理我。昨天的一天里，我对她已经很熟了，她对我却依然陌生，她不是看过我的小说吗？我也是在媒体上常常出现的名人，她若真看过我的小说，应向我点个头，看样子她根本不知道我。那么，昨天种种的事就纯属一种虚幻。

可是，更不可思议的事是，当天晚上我在家看电视，电视里正好有她的节目。她依然穿着那条光鲜而修长的蓝裙子，一张美如天仙的面孔，好似发光一样明亮的声音。忽然我“呀”的一声叫起来，把手里的一杯咖啡扔了。因为我发现她耳朵下闪闪烁烁，五光十色，垂着那对滑头赠送给她的奥地利水晶耳坠儿，谁能向我解释这是怎么回事？

庚子大年初三

辛丑灯节定稿

原载《北京文学》2021年第7期

【作者简介】 贾若萱，生于1996年；曾在《人民文学》《江南》《芙蓉》《小说界》《青年文学》《西湖》《作品》等杂志发表小说，有作品被《中华文学选刊》《长江文艺·好小说》《海外文摘》转载，出版有短篇小说集《摘下月球砸你家玻璃》，现为河北文学院签约作家。

Jia Ruoxuan, born in 1996, once published novels on *People's Literature, Jiang Nan, Furong, Fiction World, Youth Literature, West Lake, Literature Works and other magazines.* Some of his work has been selected and reprinted on *Florilegium: Chinese Literature Today, Changjiang Literature · Good Novel and Overseas Digest.* Jia published a collection of short-stories called *Pick off the Moon and Smash the Glass of Your House*. He is currently a signed writer of college of arts and literature of Hebei University.

圣　山

贾若萱

一

庆都寺在清虚山上，气温比镇上低三五度，一来海拔较高，二来恰逢两座山相夹的风口。这是一个很小的寺，占地几百平，寺里的和尚也只有三位，一位六七十岁的住持，法号惠觉；一位三四十岁的和尚，法号慧心；一位二三十岁的行者，本名静川没有法号。与其他县市的寺庙相比，庆都寺的规模小得多，状况也萧索得多。听镇上的人讲，二十世纪九十年代，庆都寺有过一段鼎盛时期，十四个和尚住在这里，一位弟子把某位领导的隐疾治好了，领导不仅皈依了佛教，还送了一座巨大佛像，帮寺庙大肆宣传，一时之间，朝拜的人从山脚排到门口。后来死了几个人，传闻说是踩踏事件，并无考证。那位领导被停了职，寺庙便逐渐没落了。

顺着长长的阶梯往上爬，树木如同耀眼的绿油漆黏在两侧，由于人少，鸟儿清脆的鸣叫萦绕在耳，偶尔惊得飞起来，翅膀噗噜噗噜作响。上去后先看到一座青色方形门，门口有两个白石柱子，写着几个模糊的古字，猜测是“朝花夕拾”。进去后是干净的水泥地，三棵参天大树用石砖围成一圈，野草花朵在底部蔓延，立在拱形朱砂门两侧，远看交织成了一个川形。再进去就是正殿了，正前方只有一座弥勒佛，袒胸露腹，笑容可掬，脚底下摆着一张红木桌，桌上放着几盘水果和燃香鼎，供来往的人拜一拜。

我和张小婷是早上来的，路上几乎没有人，十分清静，加上寒冷的缘由，身体有种缓慢沉淀的感觉。穿袈裟的慧心接待了我们，他脸蛋圆圆，眉清目秀，确有几分儒雅之气。张小婷问他，烧香拜佛灵不灵？他只是笑笑，点头颔首，没有回答。空气里弥漫的香气和古朴的钟声形成温柔的对照，我望向远处的山头，连绵一片，苍翠欲滴，伴随日光打出的绚丽层次，像啤酒的浮沫。我们每人点了三炷香，跪在垫子上磕了三个头。张小婷悄声问我许了什么愿，我说没许愿。其实我许了，希望能找到一份满意的工作，但怕说出来就不灵了。她问，怎么，为什么不许？我问她，你许了吗？她说，许了，我希望早点找到马丽静。

拜完佛，我们坐在庭院的石凳上，右侧有一面小巧的湖，湖水清澈，几只红锦鲤游来游去，波纹隐隐触动湖面上的睡莲。我把手伸进去，转着圈圈，指尖一阵清凉。张小婷站起来，阳光穿过树的缝隙洒落在她身上，光与影在此刻交汇，她的眼睛狭长，说话时喜欢盯着人的瞳孔，透出一股自信的媚态，想必对着镜子练习了好久，一板一眼，一颦一笑，才有这样的效果。她的美像秋天的果实，和她走在一起时，我是高个子女孩儿，她是小个子女人。我并不介意这种差异，反而想和她更亲密，因为只要她在，就有着重新开始生活的可能，不然，我们怎么回到了这里？

她走过来，模仿我的动作，也把手伸进水里，说，这里真安静，适合写小说，比春天旅店好很多。我说，的确。她想了一会儿，又说，这样吧，我去问问慧心师傅，晚上能不能住在这里。她站起来，水滴顺着指尖流淌，与红色裙摆掀起的香气撞得满怀。

太阳升到了最高处，云层像一块块苍白的皮肤贴在上空，边缘模糊，和蔚蓝融为一体。不知为何，我的眼皮跳得厉害，某种奇怪的预感再次笼罩在心头。我掏出项链，说是项链，其实是一块老式怀表，表针脱落，失去了计时功能，胜在颜色干净，小巧精致。大学时在夜市上淘的，一直当项链戴在身上，背面有个暗扣，可以打开。看了一会儿，又把它放回衣服里。

张小婷沿着斑驳的树影走回来，红裙子仿佛一团燃烧的火焰。这个场景令我觉得似曾相识。她说，慧心师傅同意挂单，在这里住三天，就在西边的厢房，但我们得跟他们一起上早课和晚课。我点头，想到行李还放在春天旅店，提议下山拿一趟。她说，好，吃过斋饭再回吧。

厨房在佛堂的后侧，从庭院绕过去，穿过菜园里的木架小路就到了。整条小路被吊兰包住，两侧是五颜六色的蔬菜，黄瓜、番茄、豇豆、小白菜、莜麦，长势喜人，生机勃勃，能闻到淡淡的清香。房檐雕刻出几朵玉兰，门上红色的油漆剥落了，一进去，只有一张深灰色的木桌。桌上已摆了三碗面条，切了黄瓜丝和胡萝卜丝，配着西红柿茄丁卤。慧心师父站起来，招呼我们坐下。草草吃了几口，张小婷一直和师父聊天，从他口中得知，他是前年来的，原本在县文化馆上班，觉得乏味，就到这里来了，一来图个清静，二来想锻炼心性。老住持惠觉已经待了三十多年，曾是个皮匠，生意做得大，在镇上有个如花似玉的老婆，生产时大出血，大人小孩都没保住，消沉几年后，选择了出家。我问，那另一个行者呢？慧心说，他叫静川，去年来的，还在考核阶段，通过后即可受戒。

吃完，我们要洗碗，慧心执意他来，让我们去寺里多转转。出了厨房，穿过庭院和正殿，绕到另一侧的小钟楼。一口铜钟悬挂于中央，凑近能听到嗡嗡细响，风声回旋，相交后产生了此起彼伏的律动美。忽闻一阵奇异的香气，再往深处走，发现一座两层阁楼，立于山头另一侧，隐藏于树丛之间，需沿小石阶再往上，梁柱交错，斗拱支撑，人字形两面坡屋顶上铺着青瓦，边缘雕刻着飞扬的字符，远看极其别致。我们走上去，门口挂着一把锃亮老式方形锁，看样子经常有人来。张小婷问我，你闻到没有？我说，香味，很好闻。回头，瞥到一抹暗黄的影子，很快消失于树丛之间，不知是人还是动物，恰又处于阴影之下，风一吹浑身发冷，没有细想，便拉着张小婷下去了。她拿出手机搜了搜，说，看结构和式样，应该是藏经楼。

我们跟慧心师父道了别，表明下山拿行李，晚上再回来。路上，张小婷面露沮丧，问她怎么了，她说，我刚想到，愿望说出来就不灵了。我说，别想太多，找一个许久不联系的人本就不容易。她说，我总有一种马丽静就在附近的感觉。我安慰她，就算找不到马丽静，你也能写出来的。她没有接话，又露出那种既惶惑又胸有成竹的表情。我突然想到某个晚上，我刚进入睡眠，突然被张小婷的嘶吼声吵醒，我跑去敲她的房门，她等了一会儿才打开，告诉我，没什么事，做噩梦了。我问需不需要我陪着，她摇头，脸上就是这副表情。关门时，我透过门缝看到摔在地上的手机，屏幕碎得亮晶晶的，我隐约感觉发生了什么事，又不好问太多，心头被不安笼罩着。

张小婷依然充满神秘。

二

我和张小婷的重逢充满偶然，但偶然中又含着必然，如果不是那天碰面，也会在某一天碰面，只要时间够久，碰面是迟早的事。那天是十二月二十三号，我去北京电影学院参加研究生考试，在考场门口碰到了她。她戴红色针织帽，穿鹅黄色羽绒服，在人群中格外耀眼。她也认出了我，笑着喊，诶，是王琳吧？我们聊起来，发现了一个巧合——工作的地方在一条街上。紧接着又发现了另一个巧合——住的地方相距不到两公里，而我们从未见过。

我们是高中同学，我不记得同学聚会上有没有见过她了，印象中她应该没去，毕竟她曾是个不爱交际的人。上学时，她总坐在第一排，留给同学们一个骄傲的背影，肩膀和手臂连成一道曲线，随着写字的手上下浮动。她的名字在成绩单上也是第一个，所有老师都喜欢她，上课时叫她回答问题，她站起来，先发一个呃的音，然后叹口气，有条不紊地讲出来，声音细细的。在班里，她几乎没什么朋友，男生不喜欢她，女生也不喜欢她，可能因为她身上的神秘感——她会突然消失一两天，然后又回到课堂上，没有人知道她去了哪里。有人说她交了男朋友，是社会上的小混混，头发染得乱七八糟；有人说她和一个大肚子的老男人走在一起，动作十分亲昵。流言蜚语像雪球越滚越大，直到所有人都有所耳闻，暗地里喊她小婊子。我和她做过半年同桌，未发现她有哪些常人不能忍受的问题，反而产生了好感。但为了不被其他人孤立，我还是和她保持了一定距离，不能太亲密，也不算太疏远。她当时应该有所察觉。

考试时她坐在我斜对面，除了背影更纤瘦外，没看出其他变化，依然有股无法形容的劲头儿支撑着她。答题过程相当煎熬，白花花的卷子和草稿纸，令我头晕目眩，甚至有点恶心。我没有准备好，一鼓作气，再而衰，三而竭，何况是第四次考呢。每年都兴致盎然地报名，灰头土脸地复习，漫不经心地考试，像一场裹挟其中的游行。坐在这里的考生，应该没有比我年纪更大的了。为什么变成了这样，我不知道，我只记得，我以前不这样。但又是多久以前呢？

大学毕业后，我来了北京，先干的是专业老本行，在药企做医药代表，为了谈业务，几乎每晚都陪主任医师喝酒，一年后胃出了毛病，当机立断离了职。接着干房产中介，赶上房价涨潮，攒了一些钱，只是每天热脸贴冷屁股，心里不痛快，不免对销售行业厌倦了。思来想去，我去了一家广告公司做打字员，不用说话，只需盯着电脑，除了近视越来越严重，其他都能忍受。细细回想，这几年里我总是很麻木，唯一确定的，我讨厌工作，工作对我而言只是毫无意义的损耗。我必须找一件热爱的事，来抵抗这种无力感，如果做不到，给一些心理安慰也好啊。

深夜时我躺在床上，反复逼问自己，你到底喜欢什么，你到底喜欢什么呢？终于在某个夜晚，我想到了答案——电影。我喜欢看电影，尤其是吃晚饭的时候，必须拿出一部片子，摆在旁边，哪怕不看屏幕，也要听着声音。我不看乱七八糟的国产剧，倾向于美国大片和欧洲小成本电影，我觉得这两种类型里都有东西，至于什么东西，我说不上来。反正能够全方位集中注意力，糟糕的情绪随着电影的结束而消失。就这样，我买了几本电影理论书，决心考导演系的研究生。这个决心像小时候堆的雪人，一次次融化，又一次次堆起来，成了支撑我留在北京的唯一一件事，或者说，精神上的庇护所。甚至连结果都没那么重要了，只要是在一次次奔向考场的路上，似乎就不算完全的失败者。

张小婷考剧作的研究生，并没有令我惊讶，她喜欢在日记本上写言情小说，一章一章，环环相扣。同学们不喜欢她，却喜欢她的小说，那个本子在班里传来传去，所有人看得津津有味，催促她快点更新。我记得她写过一个烂俗的三男爱一女的故事，把读者感动得流泪。那时我问张小婷是不是想当作家，她摇头，笑着说没想那么远，只想以后多赚点钱。我才注意到，她的衣服总是洗得褪了色，白一块，黄一块，显得邋里邋遢。其实她长得很标致，稍微打扮一下就能光彩照人。但她告诉我，她家姐弟三人都在上学，经济压力不小，每月的饭钱都是勉勉强强凑出来的，没有闲钱买新衣服。

考试结束后，我们一起去大悦城吃饭，她问我考得怎么样，我摇头，说没怎么准备。她说她的专业二也没答好，估计是没戏了。我们互相安慰，没事的，还有明年。好像明年永远代表着新的希望。店里人很多，拿了号坐在门口排队，看着一个又一个疲惫的身体走过去。我说，你变得真好看。她笑着说，你一直都很好看。这两句夸赞缓解了太久未见的尴尬，我们一边叹气一边回忆高中的趣事，惊呼已经过去了九年。没想到，成年后的我们也拥有了这么长的时间跨度，而那些趣事清晰得像刚刚发生过。

一阵短暂的沉默后，她突然问我，你还记得马丽静吗？我茫然地在脑海中搜寻这个名字，一无所获。就是疯了的那个，她有些紧张，抬头看了看四周。哦，想起来了，我说，后来她退学了。是的，她说，我最近见过她一次，她抱着孩子，和老公在天安门前合影。最近？对，就是最近，不超过一个月，我一下子就认出她来了。这么巧。是啊，很巧。她有变化吗？有，老了很多，太老了，我看了她一会儿就走了。她没认出你？张小婷摇了摇头。

她一边吃着三文鱼，一边说，这顿饭我来请。我观察她的包和衣服，没看出发财的迹象，想必和我一样勉强温饱。按理说，她应该是同学中最有可能发财的人。我说，不用请，AA 就好。她没有推辞，问我，你最近换房子吗？我说，快到期了，还没续租。她说，和我一起租房吧，省钱。原来，她有一个舍友要离开北京回老家了，房子还有一年到期，想便宜转租，意味着我每月可以省下五百块，便应了下来。吃完饭，我们逛了逛商场，她买了一件打折的羽绒服，试穿时在镜子面前转圈，看着老了一点。我也不再年轻了，有天早上醒来，发现了眼角的细纹，一层层的，像植物的叶子。

一个月后，我搬到了张小婷的隔壁屋，好在东西不多，没有找搬家公司。房子在九楼，原本只有两室，房东加了隔板，弄成四室。我住的屋是餐厅改造的，方方正正，很小，放了张一米二的单人床，衣柜的门只能打开一扇，书桌紧挨着窗户，除此之外，没有别的了。张小玲问我是否满意，我说都差不多，在北京还想租什么豪宅呢。她领我参观她的屋子，地板上铺着格子地毯，墙上挂满亮闪闪的小彩灯，大飘窗上放着白色矮脚小圆桌，桌上有个咖啡机。我问她，租的房子，还弄这么好？她莞尔一笑，说，那也得享受生活嘛。这时，衣柜的门突然开了，庞大的各种颜色堆在一起的衣服，顿时松散地冲到我脚下，我不禁瞠目结舌，问，你怎么塞进去的，这么多衣服，像个火山。她不好意思地说，平时都摆在外边，你来了，我才收拾一下。

张小婷是个购物狂魔，她给自己起了个外号，叫“清扫一条街”，工资一半用来租房吃饭，一半用来购物，是个名副其实的月光族。她的生活理念是：人生苦短，及时行乐。这点和之前的她大相径庭。高中时她为了存钱，吃了上顿没下顿，我看不过去，把零食分给她，问她何苦虐待自己，她告诉我，以备不时之需嘛。有次她回了家，班里传出她退学的消息，考第二名的家伙很高兴，如果她走了，他就可以考第一了。两周后她又回来了，依然穿着那身褪色的衣服，双眼红红的。我问她怎么了，她说生病了，一直在医院输液。然后她用一种自豪的语气跟我解释，说她攒下来的钱派上了用场。我问她，你攒下了多少钱？她说，一百多块呢。听她这么说，我受到了鼓舞，也有模有样地学起来，不再吃烤肠，也不再喝汽水，把省下来的钱包到小手绢里藏起来，每晚数一数。这个习惯一直影响到我现在。

三

从山上往下看，镇子的边缘是一条宽阔的河，河面从黏土岸边开始铺展，占据了地平线。曾有一年，镇上的降水量达到顶峰，河水满溢，发了洪水，淹了附近一座化肥厂，那里地势偏低，又年久失修，所幸是晚上，没有人伤亡，但职工失了业，因为养老金问题堵在政府大楼门口，每天都能听到呐喊声，人头攒动，像将要融化在雨中的烂泥。这几年降水量少了，河水已退到一片鹅卵石和砾石河床后面，涌着缓缓的水波拍打着这片土地，不细看，就像被冻结了般。镇子是绿色的，几十年的老树和新树立满各个角落——这里的人们喜欢种树，几乎每个村子里都有一片树林，有时阳光也无法穿透，加上经常下雨，总是呈现出雾蒙蒙的形态，再不敏感的皮肤也能感受到空中的湿气。道路也比原来平整干净了许多，所有店铺的墙面刷上白漆，配上统一的招牌，显得不慌不乱。店家坐在门口摇着蒲扇，懒洋洋地等客人上门，走过时，几乎没人抬头看，都沉浸在自己的小天地里，更有热闹的人，几家聚在一起打牌，声音满天飞，偶尔吐出几句脏话，里面却藏着笑。这里的人们不喜欢惹是生非，和气候有着密不可分的关系，一个被雨水浸泡的南方小城，想必人也是温柔羸弱擅长忍耐，就像落雨，淅淅沥沥，连绵不绝。我和张小婷的性格中也含有这些成分，我们很像，只是她比我更坚韧。

乘坐山脚的公交车，三十分钟即可到达春天旅店。那里是高中情侣们的驻扎地，经常听到谁谁和谁谁又去开房了，配合着一阵意味深长的笑。张小婷也这样出现过别人口中，是那个考第二的男生先散播的，说她和一个染着黄头发的混混搂抱着进了那里，所有听到的人都没有质疑，我也没有。我只是在自习课上偷偷观察她的身体，心想这么瘦弱的肩膀怎么能承受一个成年男子？现在，这个旅店的招牌已经破旧不堪，门前修了一条水泥路，两旁新建的高楼把它挤成一长条，在雨中摇摇欲坠。我抬头看，灰蒙蒙的天空像闭合的伞罩住了这片土地，有人陆陆续续地离开，又有人陆陆续续地回来了。

前台依然坐着昨天给我们办理入住的女人，穿无袖白背心，整头泡面卷发，一动不动地抽着烟。我们去房间，各自洗了个澡，懒洋洋地躺在床上。张小婷说，好不真实啊。我说，什么不真实？她说，这里。然后她站起来，赤身裸体地走到窗边，掀开窗帘，静默地站着。在阳光的照耀下，她的皮肤又白又亮，接近透明，身体的曲线也快要消融在明亮中，光圈一轮轮转动，仿佛是飞起来了。我移开眼睛。她指着外面说，我看到了，那里是高中，我们应该去高中看看，也许老师们知道马丽静的消息。我说，学校都放假了，没有人在。她说，反正下午也没事干，你不想回去看看吗？

我并不渴望回到圣山高中，那三年我不开心，生活塌方了一半，生拉硬扯感在体内盘旋。我时刻感到前方有一道帷幕，遮住了我的未来，眼前混沌一片。也是从那时开始，我第一次思考人生的意义，发现其实并没什么意义。

圣山高中建在镇子东边的陡坡上，名字由来没人清楚，是一个规模不到一千人的私立学校，升学率不错。我中考没考好，外婆给我掏了五千块择校费，得以进去读书。张小婷自然是考进去的，不仅免了她的学费，还给了奖学金补助。那时学校门前是一条蜿蜒的土路，下过雨后泥泞不堪，经常有学生摔倒，滑下去，撞到树上。后来镇上出钱，修了一条水泥路，路边建了几个小木屋，租给商贩卖水果和零食。我是走读生，每天穿过熙熙攘攘的摊铺，在树林里瞥到情人们接吻的画面，回外婆家吃饭。张小玲是住宿生，她家在哪里，我不知道，只听说是很偏远的村子。

外婆是镇上有名的人物，被写进了当地的历史手册，第二百三十六页，贴着外婆年轻时的照片，底下介绍她的丰功伟绩，最后来了句评语：这就是我们唯一一位女镇长的日常生活，真是巾帼不让须眉呐！小时候我不懂这句话的意思，只觉得外婆年轻时真漂亮，戴的围巾也洋气。因为腿脚问题，她提前退了休，带着我从舅舅家的楼房搬到胡同里的旧平房，邻居还是原来的邻居，人们都很尊敬她。她有整面墙的书，很多个百无聊赖的午后，我坐在书房的地板上，屁股感到微弱的凉意，玩具在我手中翻来覆去，外婆始终抱着一本书，发出呼哧呼哧的喘气声。

那是一段美好的时光，甚至可以说是最美好的时光。电扇在头顶吱扭吱扭地旋转，阳光穿过树丛细碎地洒落，随着阴影和风声摇摇晃晃，时不时从屋外传来狗吠声。有时是雨天，空气中弥漫着一股甜腻的潮湿气息，雨点啪嗒啪嗒砸着房顶，忽而狂风大作，雷电交加，外婆便慢悠悠起身，关上书房的窗户，防止弄湿书本。我问她，外婆，你在写什么？她笑而不语，说我长大后就明白了。

高中毕业的暑假，外婆在床铺下发现了我攒的私房钱，突然失声痛哭，不停跟我说着对不起，看到她这副样子，我心中十分疑惑，又十分不安，也许我不该像张小婷一样偷偷攒钱。第二天，大学录取通知书下来了，我考上了省会一所二本学校，外婆很高兴，带我去镇上最好的商场吃烤肉，并给了我三千块，让我和好朋友去省会玩一玩，顺便看看妈妈。我一拖再拖，快开学时才独自出发，坐在大巴车上，看着窗外的景色由荒凉变得繁华，肩膀处逐渐热起来。那是我第一次离开镇子。我握着外婆给的地址和电话，在汽车站拦了辆出租车，到小区门口后买了串香蕉，不安地盯着来往的行人。和她们比起来，我觉得自己像只灰头土脸的老鼠，在楼下站了半小时，没有勇气上去，拎着香蕉又回了汽车站。到家后，外婆问我有没有见到妈妈，我摇了摇头。她叹了口气，没再说什么。

最终我在箱底找到了外婆的日记本，上面大多是摘抄的读书笔记，比如《红楼梦》里的人物描写、纳兰性德的诗、鲁迅杂文里的片段，还有三三两两的日记，“今天又是雨天，明天也不会晴吧，晚上腿疼得厉害，但我还不老。”“人到了一定年纪就变得淡泊了，好像这世间的事和自己毫无关系。”“我只希望我的家人身体健康，万事顺意，行将就木之时才明白生命最重要的是平安快乐。”也有几篇是写我的，比如我第一次煮方便面，让她十分惊喜，虽然没有味道，她还是吃得干干净净。她还写道：“琳琳长大后最有可能成为画家或作家，她看到电扇就脱口而出，电扇电扇，滋溜溜地转，看到画笔也会拿起来在墙上涂抹，她这么聪明，又那么敏感，我会永远爱她，直到死亡将我带走。但我希望那一天来得慢一点。”

可是，我想我永远不能实现外婆的期待了。

四

和张小婷住到一起后，我们几乎每晚都下厨，她有烤箱，可以做各种芝士焗饭，省时省力，没有油烟味。再用咖啡机磨两杯咖啡，坐在飘窗，边吃边欣赏北京的夜景。我们从没有提过定居北京的话题，因为知道不可能，唯一能做的是让这段居留时间延长，到三十岁，或者三十五岁？反正大家都是这么过的。从这方面看，也许张小婷的及时行乐是对的，还能留在这里多少年呢？但我无法放开自己，就像一个被程序控制的机器人：节衣缩食，每月固定攒三千块。只是，当我看到银行卡余额一点点多起来，宽慰之余反而有种悲凉感。

我本以为张小婷在互联网公司做程序员，她大学读的计算机专业，又是北京的一所知名院校，进大企业并无难度。但她告诉我，她在奢侈品专柜卖包，已经干了三年。我问她累不累，她说一点都不累，不用动脑子，也基本不用加班，提成也不错。我问，那么贵，有人买吗？她来了兴趣，哎呀你不知道那些人多有钱噢，随便一刷卡就是十几万几十万，好像钱不是钱，只是一个数字。我点头。她继续强调，真的，那些人太有钱了！

我想到她的高中的梦想是当个有钱人，又看到她挤眉弄眼无限憧憬的表情，不禁笑了出来。我说，你可以找一份更好的工作，凭你的学历和智商。她撇嘴，说，你们对我的期望太高了，好像有一条至理名言，考第一的人必须混得好一样，可我不想活在别人的期待里，我喜欢现在的工作环境，我很满意。听到这话，我为自己的多嘴羞愧了。连自己的人生都无法掌握，还有什么资格指导别人的人生呢？她摸摸我的胳膊，似乎在为刚才的激昂道歉，缓缓地说，我不想再动脑了，我高中那么努力，是因为我想离开那里，而现在我离开了，就想轻轻松松待着，顺便做做喜欢的事。我问，喜欢的事是写小说吗？她说是呀，我特别喜欢写东西。

看到她虔诚的表情，我终于承认，我是个没有爱好的人。读大学时，舍友们组队玩一款跑车手游，邀请我加入，我玩了一局就放弃了。对旅游也不感兴趣，看到其他人兴致勃勃地晒游客照，我动过出去看世界的心思，想想觉得麻烦，还是算了吧。食物更无法激起我的欲望，大概是因为吃什么都一个味儿吧。逛街、购物、化妆、蹦迪，年轻人喜欢做的事统统在我这儿碰了壁。最令人沮丧的是，我并非如之前所想，对电影充满热切渴望，而是把它当成了解压工具。搬来这里后，我很少看电影了。

吃完饭，张小婷会坐在书桌前写作，有时写小说，有时写自己构思的剧本。我会回房间发呆或者躺在她的床上，有一搭没一搭地和她聊天。大概是喝咖啡的原因，我开始失眠，时间分割成几部分，摇摇晃晃地离我而去。有时候睡着了，中途也会醒来，然后闭着眼到天明，大脑清晰地像被洗过。奇怪的是，我并没有困倦或者乏力，反而一天比一天精神，也许身体在与时间对抗。其间，我会想很多事，项链的事，外婆的事，妈妈的事，多是一些痛苦的回忆。

写小说的张小婷像换了一个人，有时暴躁，有时嬉笑，有时又冷冰冰。她说她已经写完了，是一部长篇，但还在修改阶段，打算改完了给出版社的编辑看。我有些惊讶，问，你要出书了？她眼里的星星闪烁着，说，不知道能不能出，投稿试一试嘛。我问她，你到底写的什么故事，给我讲讲吧。她说，题目就叫《寻找马丽静》。我恍然大悟，说，怪不得你一直提起她。她叹了口气，说，不知道为什么，她抱着孩子在天安门前的画面一直出现，一直，有时候还会梦到她，所以我才写一写。我问，那是个什么样的故事？她狡黠地说，先保密，还有可改的空间，等改好了再给你看。

五

越过陡坡，先看到一面青灰色的泥墙，当地人都喊“才子墙”，表面纹络早已剥落，留下大大小小的浅坑。这里曾是个关口，哪个朝代遗留的无从考证，只剩光秃秃的一条，像破旧的军旗。才子墙的称呼缘于一位算命大仙，他认为这所高中的升学率得益于墙的庇佑，便冠以这个名号。从墙上的门洞进去是一片开阔的平地，原本种着一些蔬菜，成熟后散给老师们吃，学生们也有偷摘的，现在已修成水泥地面，再往前走一段，就是圣山高中了。

到了高中门口，才发现牌匾上的大字换成了职业技术学校，我和张小婷面面相觑。其他都没变，教学楼立于苍穹之下，白色瓷砖一格格闪耀，偶尔传来模糊的口哨声，划破当下的寂静。空气中有股淡淡的竹子的味道，我大口呼吸，觉得肺里十分清爽。这是怎么回事？张小婷嘀咕着，朝保安亭走去。亭子里光线很暗，蓝衣服门卫坐在桌前看电影，屏幕的光映得他的脸色彩斑斓，我想不起是不是曾经那位了，他们都一样胖，也一样老。张小婷敲敲玻璃，他回头，把身子探了出来。怎么了？他的声音很大，把我吓了一跳。圣山高中搬到哪儿去了？张小婷问，她的长裙被风吹起来，亮片摩擦，发出哗啦哗啦的声响。圣山高中？门卫露出许久不思考的表情，摇摇头说，没听过。这里原来就是圣山高中，我说，现在改成了职业学校。哦，门卫说，是个私立高中吧？我们点头。他说，应该是倒闭了，镇上下达了文件，教育改革，所有的私立学校都改成公立的了。张小婷问，那老师们去哪儿了？门卫说，可能去了别的学校吧，谁知道呢，这年头，什么都不好干。

这条线索断了，张小婷说，我们没办法通过过去找到马丽静。电话是空号，所有社交账号也停止更新了，现在连高中都没了。

我拍拍她的胳膊，说，你可以在小说中虚构一个更完美的她，也许她会更高兴。张小婷说，那又有什么意义？我说，艺术不是源于生活但高于生活吗？她又露出了那种特有的表情，说，一切都很不真实。这句话你已经说过了，我问，到底是什么意思？她不再回答了。

本想进去走一走，门卫说已经放假了，不能随便让人进，只好作罢。从站立的位置望过去，能看到原来的教室，门上刷了一层绿油漆，像抹茶蛋糕。我们沿着才子墙走了一圈，看上面写的字，“XX 和 XXX 永远在一起”“XX 大傻逼”“我想考年级第一，求求墙保佑”，诸如此类的话。你在这里写过吗？她问我。我点头，你也写过吧？她摇头，说，从没写过。如果没记错的话，那句话是用红色砖块写的，我边想边往前走，继续寻找那块痕迹，果然，在一个角落里看到潦草的字迹：希望舅舅快点死掉。哪句是你写的，她凑过来问。我指给她看，她没有惊讶，盯了一会儿，说，没关系，我有时候也希望我爸爸死了。我把脸转开，渴望她能说更多，如果她对我敞开心扉，我也会毫无保留，但她又在这一刻停滞不前了。

人人都说，我舅舅是外婆最大的败笔。他很早辍学，因为外婆的关系进了邮局工作，结婚后嫌工资少，拿外婆的积蓄辞职下海，赔得血本无归。回来后一直在镇上游荡，打打零工，做点小买卖，靠外婆的退休金生活。他脾气很坏，和邻居的关系糟糕，没有人喜欢他。高中时外婆的老房子要拆迁，给一笔拆迁款，他和舅妈每天上门要钱，喊外婆老东西，喊我没人要的赔钱货，还砸了家里的书架，我每天都感觉心脏像是被巨石压着，只要他们来，便躲进柜子里。

我经常想，如果真让我回到过去的话，我又能改变什么呢？所有人都知道，命运总会在该来的那一刻伸出手，让你无所适从。接下来便是漫长的崩溃与抗争，直至妥协，你的身体又会顺流而下。

我叹了口气，并未把那句话擦去。张小婷问，你高中谈了个男朋友吧，文科班的，个子很高，皮肤挺黑的那个。我说，谈了七个月就分手了。她说，我记得他一下课就来找你，给你送奶茶，鼻头冻得通红。我说，你记忆力真好，我都想不起来了。她问，你们还有联系吗？我摇头，早没了，听说他混得不错，赚了挺多钱，交了一个模特女友。她发出赞叹的声音，笑着说，不得不承认，人生就是山重水复疑无路，柳暗花明又一村。

不知不觉，光线由金黄变为晕黄，又逐渐变为橙红，更加柔和厚重了。夕阳已有一半隐匿到山下，所照之处透出温润安详，静静等候着即将来临的夜晚。一天之中，我最喜欢这个时刻，大人们拎着菜回到家，劳作了一天的身体开始舒展，炊烟袅袅，胡同里浸漫着饭香和孩子们叽叽喳喳的笑声。小时候，我经常坐在石头上，望着布满晚霞的红色天空，心上布满沉甸甸的哀愁。

下了陡坡，拐到林中小路，树叶摇动的哗哗声响跳跃着散落，张小婷扶住裙摆，闭上眼笑起来。我摸了摸树皮，十分光滑坚硬，枝干高大，笔直地刺向天际，抬头看仿佛没有边界。我感到风穿过我的身体，带来一阵莫名的舒适，张小婷突然拉住我的手，在林中奔跑，风声、喘气声、脚步声，一同在耳边炸开。我看不清前方的路，闭上眼，任由她主宰我的身体，她大声笑着，噼里啪啦，轰轰隆隆，世界仿佛在我们身后倒塌。

六

二月份发生了两件大事。

第一件是考研成绩出来了，我的分数比去年低，不可能进复试了。张小婷也没考好，其他科目都很高，唯独政治比国家线低八分。我们都深深叹了口气。她说，没关系，明年还有机会。但我决定要放弃了，我并非真正热爱电影，事到如今，这件事总该停下来了。那晚我们没有做饭，又去大悦城吃了日料，快要春节了，街道上和商场里挂出了条幅和彩灯，行人兴高采烈地拍照合影。接下来，北京的人会越来越少，车也越来越少，离家的人总要回乡过年。去年春年我在北京，晚上饿了想吃馄饨，下楼发现那个常去的小摊也回东北了，只有路灯清冷的光投下，街道寂寂寥寥。

我问张小婷，春节回家吗？她摇头，说，不回，我很少回去，你呢？我说，我也不回。她笑着说，那挺好的，有人陪我过年了，之前都是一个人过。我们制定了很多计划，看什么电影，吃什么美食，买什么衣服，全部做好了精细的打算。

第二件是我失业了。那是个白茫茫的清晨，早上起床，发现房顶上，街道上，行人的头顶上，落满了雪花。这是入冬以来的第一场雪。我穿上厚羽绒服，戴上帽子和围巾，围得严严实实地出门上班。公司距小区只有三站地，在楼下买个鸡蛋灌饼，吃完上楼，时间刚刚好。

办公室的天花板比楼道低一些，每次刷卡进门，都感觉进入了昏暗的地下室，由于墙上只有两扇小窗户，阳光洒落的区域只属于经理的工位，所以每台桌子上都摆着护眼灯。走廊尽头有个咖啡机，免费为员工提供咖啡，为了使工作效率更高，一进来，先是浓浓的咖啡味，再是女同事的香水味。大家坐在工位上，脸色阴沉，像一颗颗落在棋盘的棋子，谁都知道，漫长的一天又要开始了。

来公司两年，我没有交到朋友，工作时禁止闲聊，下班后各回各家，没有相处的机会。这儿的人口流动率高，大多是刚毕业的学生，有的还没过试用期就走了，相比之下，我算是老员工了，一直在岗位待着，不升职不加薪。老板偶尔找我谈话，劝我再加把劲，努努力往上爬，争取当个经理什么的。我知道他的言外之意是主动加班，但我想，开支可以缩减，没必要再做毫无意义的努力。

快到中午时，老板把我叫到隔间，问我老家是哪里，来北京几年了，有没有攒下钱，我一一如实回答了。然后他喝了口咖啡，告诉我，我马上就要失业了，公司会给我一部分补偿。我困惑地看着他，他没再多解释，让我出去收拾东西。回工位的路上，我估算了银行卡余额，不出意外的话，能在北京活半年。同事们看着我，露出惶恐的表情，巡视四周，发现有几个工位已经空了，想必早有裁员的动向，只是我后知后觉。也许我从内心里并没有很在意这份工作吧。

我很快接受了这个事实，把东西装进小箱子里打车回家了，没有和其他人告别。雪堆得很厚，踩在上面咯吱作响，好几年没下过这样大的雪了，雪花不会很快融化，反而在发丝上结了一层薄薄的冰晶。为了防止滑倒，我走得很慢，步伐却越来越沉重。太冷了，我裹紧衣服，身体还是不停发抖，在小区门口买了两瓶韩国烧酒，一起带上了楼。

张小婷正在做饭，问我怎么这么早就回来了。我说，帮我也煮一份乌冬面吧，公司裁员了。她睁大眼，小声啊了一声，没了下文，跑进厨房叮叮当当。我把东西放到卧室，一个记录会议的绿皮本，一个用了很久的玻璃杯，一个小猪佩琦抱枕，一本日历，一株仙人掌。就这么几样，代表这两年多的打字员生涯，我不禁哑然失笑，本以为这份麻木会持续两三天，就像考研失败后先有一段怅然期，随后才是无尽的痛苦和挫败。但我立刻趴在床上哭了起来。我先是怀疑自己，然后转变为愤怒，最后只剩下无力感。还能怎么样？只能拿赔偿找新工作了。医药代表，房产中介，文员？在北京，一个普通的本科学历还能做什么呢？

哭够了，我擦擦眼泪，去客厅吃面，倒了两杯酒。我们喝了整整一下午，配着饮料和酸奶，最后张小婷跑到卫生间吐了，我的胃像被滚滚岩浆淋烧着，火辣辣的。晚饭没吃，我们回到房间呼呼大睡，第二天快中午时才醒来，口干舌燥，头痛欲裂。张小婷也醒来了，她洗完澡正在吹头发，一副精神抖擞的样子。见我醒了，眨巴着眼睛说，想不想出去走走，帮你散散心？我说，头疼，不想去。

我一天没有下床，闭着眼假装睡觉，心脏仿佛被一双手狠狠攥着，胀得难受，不知如何缓解。本以为对这份工作没那么在意，可真正的失去如此不堪，令我的自尊心翘起来，实在难以接受。这些年，我不想上升，只求生活平静，最好像死水一样平静，为什么连这么微小的愿望都无法满足？我感到胸腔内的气泡一个又一个地破灭了。

七

我们在镇上吃了晚饭，太阳落山后，天空变成藏蓝色，浅浅的月牙像一枚廉价的耳环。微弱的凉意渗进皮肤，从河边吹来的风含着水草的腥气，轻轻拍打在脸上。几只飞鸟从头顶掠过，穿越树林，往北方去了。张小婷说，可能一会儿要下雨了。我说，那回庆都寺吧，别让师父们等太久。

我们走到平坦的小路上，路灯湿润，雾从远处聚集到眼前。街边店铺的卷帘门，泛着白悠悠的光，与周边的暗绿形成并不浓烈的对比。偶尔擦肩一两个行人，低着头，拖着长长的影子快步走过。张小婷若有所思地盯着前方。月光朦胧地打在雾气里，无法穿透，只能看到模糊的影子，像被丝线织出来的，泛着毛边。张小婷看着我说，我能辨别出气味，靠气味辨别时间和地方，你能吗？我问，那是什么意思？她回答，比如说，学校里的气味和家里的气味不一样，而同一个地方白天的气味和傍晚的气味也不一样，你能闻出来吗？我摇头。她笑了笑说，我果然有特异功能。

她又说，我记得马丽静身上的味道，是一种渴望的味道，那渴望非常强烈，但又具有迷惑性。我沉默了。她继续说，马丽静渴望上大学，渴望走出这里，这些我全部知道，可是她又做不到，一个人的天资十分重要。我问，你是说她不够聪明吗？她说，嗯，她太容易被外界影响了，总是晚上哭，其实她不该有那么大压力。我说，高考确实让人很痛苦。她说，高考只是第一关，以后还会有更多的痛苦，可能她预知到了这个结果，索性连第一关都放弃了。我说，难道结婚生子就轻松了吗？她说，当然不，那是更严峻的挑战。我说，可是你觉得她生活得很幸福。张小婷说，这是两件事，一个是别人看到的，一个是自己体会到的，人长期处于某种环境，想法自然会受到影响。

我们继续往前走，聊一些琐碎的话题，都是关于别人的，最后谈到了她姐姐。我姐姐极有文学天赋，她说，我高中写的小说，其实是她写的，我不过是背诵后再重新写下来。我被突如其来的坦诚惊到了，她正逐渐打开那扇门，想引领我走进去。我问，真的？她说，是啊，我喜欢她，却无法停止嫉妒她，背诵她的小说时，我有一种从未有过的体验，所以我也爱上了写小说，我在心里发誓，将来我一定要写得比她好。我问，那她成为作家了吗？她黯然地说，没有，她比我大一岁，高中辍学后四处打工，再也不写了，一个人吃不饱饭，是不可能写作的。

然后，那栋房子毫无预兆地出现在我眼前了，也许曾经走过太多次，有了磁场反应。外婆在日记本中写过，一个人和故乡的联结是永恒存在的，或早或晚，终究以其他形式纾解。那栋房子比记忆中更矮小，墙被拆得只剩一半，院子里长满杂草，像一个黑黢黢的牙洞，肮脏、腐败、发臭。周围的邻居也搬走了，成了一片轰炸过后的废墟，死亡气息充满整个空间。一架飞机闪着红色的灯从头顶飞过，尾部拉了一串白色蒸汽，看起来离我们很近。我摸到项链，心脏一阵疼痛。这是你以前住的地方吧？张小婷问。我点头。她说，你从没提过你的家人。我说，你也没提过你的家人。她笑了。

我们顺着山路回到了庆都寺，爬石阶费了些时间，没有路灯，只能借助手电筒。大门已经关上，敲门上的挂铃，没一会儿，行者静川开了门。他没有剃头，穿灰色长衫，露出蓝色拖鞋的一角，羞涩地冲我们点头合十。一张窄长脸，配着炯炯有神的丹凤眼，看年纪和我们差不多大。他接过行李，领我们去了西厢房，并提醒明早五点，到大殿上早课，道过谢，他便离开了。

屋子很小，只摆着一张大床和一个书桌，灯光幽暗，黄黄地照在灰黑色水泥地面，深棕色窗帘不能完全闭合，玻璃上粘了几层厚厚的宣纸。张小婷拿布条细细擦了一遍，坐在桌前写东西。我闲得无聊，打开门，坐在门槛上，望着黑黢黢的庭院，直到脚趾发凉。这里的夜静得像一首音乐，虫鸣鸟啼夹杂其中，我抬头，看到几颗星星遥远地散在各处，不知为何，内心突然惆怅起来，再往具体里分析，想必是种无依无靠的孤独感。在北京时，总觉得还有地方可去，回到故乡才发现，一切都已悄然无影，存在的只有记忆罢了。并且终有一天，此刻的怅然感也会变成新的的记忆，在未来游移翻转模糊，直至彻底排除。

我拿出项链，打开背面的暗扣，看了一眼，随后紧紧握在手里。

张小婷叹了口气，停下了打字的手，嘟囔着，写不出来，完全写不出来。过来坐会儿吧，我喊她。她走过来，和我坐在一起，抬眼望着前方。树木影影绰绰，枝丫战栗，像飘荡的鬼魅。这里真安静，她说，就像地球上只剩下我们俩了。我说，是啊，仔细听还有蛙声。她笑着说，师父们一直待在这里，不会寂寞吗？我说，他们想要的就是这种生活吧。她说，如果是我，应该不能忍受太久，我喜欢写作，但无法戒掉俗世里的东西。这个问题令我陷入沉思，清净倒是符合需求，但一辈子待在这里，我每天做些什么？又想到毫无着落的新工作和日益减少的余额，脚底板也烦躁起来。

她说，我刚才一直想着那座藏经楼。藏经楼？是的，就是白天看到的那个二层建筑，它的形状真好看，不知是哪朝的建筑。我说，应该翻新过，看墙面不算很旧。她说，想进去看看，哪怕读读经文也好，你想，坐在二楼，相当于坐在镇上最高的地方，在那里看书，会不会风很大？我被最后一句逗笑了，说，明天请示一下住持，去藏经楼。

晚上睡不着，直愣愣躺在床上发呆，半夜忽然落雨，雨点嘣嘣砸在玻璃上，暴雨如注，几分钟后又变为小雨，淅淅沥沥，像鸟儿的悲鸣。我通过声音辨别雨的大小和风向。这是小时候常玩的游戏。外婆说我长了一对顺风耳。张小婷侧身躺着，背对着我，发出轻轻的呼噜声。床褥潮湿，空气中有一股霉味，我想到妈妈，她身上也有相似的味道，是一种古旧的、固执的、长久不运动的气息。

八

失去工作后，张小婷想了各种方法安慰我，但我像烂泥一样打不起精神，春节期间，制定的游玩计划没实施，外面敲锣打鼓，我用被子把头蒙起来，不想接受这一切。后来，她买了两张音乐剧的票，说年过完了，务必让我出去走走。我意识到不能再这样下去了，爬起来跟她去了国家大剧院。舞台很大，我们的位置靠后，只能看到几个小小的人影立在空旷的舞台。突然灯光熄灭，只剩舞台顶端的光辉投射，打在演员舞动的身体上。随着音乐缓缓响起，我头皮一紧，大腿的肌肉也紧绷绷的。张小婷的眼睛直勾勾盯着前方，随着人物的命运变化表情，时而皱眉，时而舒展，最后她满脸泪水，扑到我肩上大哭起来。我拍拍她的背，她破涕为笑，说，怪不好意思的。

回去的路上，她问，你有没有觉得女主人公很像马丽静？我想了想，因为她们最后都疯了？她说，嗯，可是马丽静已经好起来了，生了孩子，还来北京旅游。我说，那就好。她又提起，自从那次在天安门前偶然看到她后，马丽静便像水草一样缠着她的梦境，怎么也摆脱不了了。我原本没细想她的话，只当是开玩笑，现在听到她反复提及，突然也来了兴趣，在脑中搜寻关于此人的片片回忆，想拼凑出完整的形象。

其实，我对她真的没什么印象了，如果没记错，她是个小个子姑娘，脸上长满青春痘，学习成绩处于中上游。我俩说过的话不超过十句，她可能是英语课代表，要么是语文课代表，负责收作业，有时我忘了交，她催促我赶紧写。总的来说，她是个没什么存在感的人。张小婷和她做过两年舍友，了解相对多一些，她说，马丽静是她见过的最努力的人。我想了想，是的，她学习很努力，只是后来疯掉了，所以她没有考上大学，也没有走出镇子。

疯掉真是一件可怕的事，大脑突然跳到另一个世界，不管自愿与否，说的话和做的事都不被其他人理解。在我的想象中，那个世界白茫茫一片，除了白什么都没有，无穷无尽的白，不论你走到哪，躺下还是坐下，睁眼还是闭眼，看到的都是白，多么令人绝望。一旦进入那个世界，回到现实的希望十分渺茫。如果真如张小婷所说，马丽静结了婚，有了孩子，一家人还来北京旅游，应该称得上奇迹吧。

我问张小婷，你在小说中怎么写马丽静的？她说，别提了，一直差点意思。我问，写不出来？她说，不知道她究竟发生了什么，想深入了解这个人物的动机。到家后，张小婷立刻回屋改小说了，她认为之前写的都是垃圾，只有这一本真正把自己交了出去，时不时有种大汗淋漓的感觉。我真诚地为她高兴。关卧室门前，她嘻哈地说，闭关了，我要写出完美的作品，能名留青史的那种。

我躺回床上，头依然有些痛。一想到张小婷在我的隔壁屋，顿觉心安又温暖，我希望这种生活可以持续，直到成为彼此的亲人。有段时间，我以为只有女人才能组建家庭，比如我和妈妈、外婆一起生活，而邻居家的姐姐和妈妈、奶奶一起生活。直到上了学，我才发现每个家庭的结构都不一样。我先是问外婆，爸爸去哪儿了。她说在一个很远的地方，我长大了他才会回来。我又问姥爷去了哪里，她也是这样的回答。后来，妈妈也不见了，我问妈妈去了哪儿，外婆说出具体的位置——省会，只要我考上大学，她会回来接我。

我打开项链的暗扣，里面是一张黑白照片，一看便知是从报纸上剪下的，后面的字体密密麻麻。高中时，我从外婆的书本里翻出来的，一眼看去，心脏停了半拍，照片上的男人和我如此相像，眼睛、鼻子、嘴巴，简直一模一样，我固执地相信他是我的父亲，他怎么可能不是我的父亲？我不敢找外婆求证，她的麻烦事已经够多了，偷偷留下照片，直到买到项链，装进暗扣里封起来，一直带在身上。

所有人都对我父亲的事闭口不谈，包括舅舅，他讽刺我没人要，但当我问他父亲去哪儿了，他便知趣地沉默了。妈妈主动遗忘了他，嫁给了另一个宽厚的男人，生下完美的女儿。在省会读大学时她喊我去家里吃饭，我去过几次，和妹妹住在一个屋，我们长得并不像，她像她父亲，我像我父亲。那时她读初中，在一所双语学校，早上起床先用复读机听英文磁带，边听边大声朗读，她信誓旦旦地对我说，她要申请美国的大学。相较之下，我的胆怯和懦弱暴露无遗，至今能记得当时的挫败感。

我的脑子乱得厉害，打开手机逛招聘网站，投了几个工作，有文员、新媒体编辑、药品检测员等等，并决定哪个要我，就去哪里上班。长久以来我对外界的要求太多，忽略了自身实况，恰好趁这个关头来一次彻底的修正吧。既然我一无所有，那就没什么可担心了。

我又想起了外婆，一张痛哭的脸，和一张欢笑的脸。我似乎很久没一门心思地想她了，一开始，她反复出现在我的梦里，后来次数越来越少，就像不停磨损的封皮，渐渐看不清了。她说，你要好好学习。她说，你要找个好工作。她说，你要嫁个真正的好人。她懂得许多大道理，但我问她人生的意义是什么，她又说不出来。

她走的那天下着小雨，是我来北京的第一年，下午接到舅舅的电话，让我快些回去。我买了最快的机票，到省会，又拼车回了镇上，到底还是没来得及。外婆的屋子变得很高，衬得她的身体小小的。我握住她的手，很凉，像是北京街头水果摊上摆的橘子，一摸便浑身发冷。妈妈哭得直不起腰，她抱抱外婆，又紧紧抱住我，小声重复着，对不起。我突然明白了外婆发现我的私房钱时的那次痛哭，一时竟回不过神。

那晚，我和妈妈、舅舅坐在棺材前守灵。雨在棚外淅淅沥沥地下着，仿佛永远没有尽头，我观察泥土上的小水涡，溅起了一串白蒙蒙的丝线，很快又落了下去。后来我看到外婆朝我走来，手上拿着一件灰白色大衣，问我冷不冷，我摇头，感觉雨又下起来，淋到了脸上。再睁眼，外婆不见了，我趴在棺材上睡着了，一摸脸，都是泪水。葬礼结束，我把所有的东西寄到北京，和妈妈道别。她憔悴不堪，发尾又黄又涩，我叮嘱她多休息，她坚持送我到车站，出租车上，我们没有说话，候车时，我们也没有说话，直到将要进站，她才说了句，照顾好自己。我背着大包小包走进通道，回头看，她依然站在那里，像一株营养不良的植物，风一吹就要倒下了。

九

寺庙小，师父们活动的声音藏不住，不到五点，就顺着庭院传来了。我们起床，洗了把脸，去大殿上早课。由于昨夜下过雨，地面潮湿，踩上去极软，空气清透。整个晨景的色调是深蓝色的，加之有风，像涨潮的海洋，而我们正欢快地游到对岸。草丛里长着几棵蒲公英，再前方是蓬松的小灰球菌，还有几朵不知名的深红色花朵。

三位师父已在大殿等候，清一色橘黄色袈裟，坐垫前摆着木鱼。我问慧心，念的什么经？他递过来一本书，说是楞严咒。待坐定后，住持师父的木鱼一敲，三人便开始念诵，嗡嗡隆隆，耳垂振振，是从胸腔传出的气韵。我翻看经书，想找出相应音节，依旧不知所云，只觉肃穆庄严，绵密紧实，气势颇为壮观，像是数百人聚集于此。我的内心平静，看了张小婷一眼，她注视着眼前的佛像，若有所思。忽然又一下唐突的木鱼声，音调一转，齐齐吟唱起来，“擎山持杵，遍虚空界，大众仰观，畏爱兼抱，求佛哀佑，一心听佛……”我小心翼翼地跟着，不念词，只模仿音调。

上完早课后天亮了，随师父们一同去吃早饭，馒头芥菜和玉米面粥。张小婷问住持能否去藏经楼看一看。住持没有考虑，双手合十回答，藏经阁乃佛教圣地，不对外开放。张小婷继续磨，不动任何东西，只上去看看，就看一眼。住持不再回答，气定神闲地走开了。静川解释说，早已定下的规矩，我来了两年，也只去过一次。慧心附和，不要生气，施主们多多体谅。张小婷苦着一张脸，忙说没关系。吃完饭，帮着师父们打扫卫生，张小婷分到了偏殿，我分到了庭院，只有很小一块。先洒上一层水，拿竹枝扫帚把干枯的杂草花瓣和垃圾扫到一起，收起来，放进袋子里，再由静川送下山。

我站在平台一角，东方渗出了浅浅的鱼肚白。前一秒，镇子死气沉沉，后一秒就要热闹起来了，小孩子拖着困倦的身体去学校，大人们打扮得干干净净去工作，你一言我一语，街道顿时充满活力。在遥远的田野里，阳光未完全浮现，反而产生了一种暗淡，或者说一种朦胧，利用周围那些不动声色的沟壑，将在树木和草丛间停留整整一个白天。当我身处其中时，并未意识到小镇的奇妙之处，而以异乡人的心态返回时，才重新认识这里。地势低低高高，鳞次栉比，又被树木和河水环绕，从高处看，像一座与世隔绝的小岛，从低处看，又成了美妙的空中楼阁。下雨时更婉转秀丽，蒙上一层模模糊糊的暧昧感，仿若两个偷偷约会的情人在分别时刻，涌出的无限柔情。

我回到厢房等张小婷，桌上摆着她的电脑和一摞厚厚的书稿，扫了一眼封皮，《寻找马丽静》，我想看看她是如何描写马丽静，又是如何构建寻找她的情节的。我们还没有找到她，她会写个什么样的结局？我抑制住想翻开看的手，心里说，不要偷看了，如果她准备好了，自然会打开给我看的。

但马丽静这个名字又在脑中跳跃了，我不由自主回忆起一些细节，如同散落的珠子重新归位。我总是惊异于记忆的不可捉摸。某天她突然离开了学校，过了好久，又回来了，整个人性情大变——由几乎不和同学说话，变成了逢人便笑着打招呼。那笑容僵硬，好像被一根丝线生拉硬扯，透出怪异之感。那时我本能地想逃避，甚至不敢看她的眼睛。我还记得，她拿着一本高中数学，在早读课上大声朗读的情形，数学还需要朗读吗？我问她，她只是说，因为我的数学不行，因为我的数学不行。“她太想走出这里了”“那是一种渴望的味道”，张小婷的话在耳边重新响起，似乎能解释得通。

等了一会儿，张小婷没有回来，只好去偏殿找她。门口湿漉漉的，她正和静川坐在台阶上聊天。我提议，天晴了，不如去山上转转。静川说还得整理一些文件，暂不能陪同，让我们出了大门往东走，有一条河，水很清凉，还能看到半山的瀑布。按着指示出了寺庙，路是从灌木丛中踩出来的，显得杂乱，小石块随处可见，稍不注意会滑下去，我们折了根树枝当拐杖，顺着山势前进。张小婷说，晚上藏经楼见。我问怎么回事。她说，静川带我们偷偷进去，他有备用钥匙。我说，能行吗？她说，放心吧，等两位师父都睡了。

大概走了半小时，听到潺潺水声，拨开杂草，从坡上跳下去，干净的河道映入眼帘。说是河，其实只能算作溪水，细细的水流持之以恒地触击在石头上，没溅出多远，又回到原来的轨迹。我们身上出了汗，热烘烘的，坐在河滩上舀水洗了把脸。溪水极其清澈，布满平静的波纹，连底部的沙粒都看得清清楚楚，岸边多是豌豆大的小鹅卵石，有的是呈苔藓绿，有的像玉石般白皙光滑，有的为淡紫色。我捡了一颗形状最规整的放进口袋。站起来继续往前走，想找到静川口中的瀑布，却只看到周围的树林和一些蕨类、菌类植物。应该还在上游吧，张小婷不想动了，气喘吁吁坐在石头上。

其实一直在这里生活也不错，她感慨。我说，不计较吃和穿，也不计较功成名就，确实不错。她问，我们什么时候回北京？我说，当初来是你的主意，回去也全听你的。她说，那我们可以多待一阵子，觉得无聊了就回去。我问，既然都回到镇上了，你不回家看看吗？她说，不了，我跟他们断联了，只跟姐姐有联系，但也好久没见了，本来还说去北京找我，也不知怎么不来了。我问，一点联系都没了？她点头，说，我一直觉得心理健康很重要，但这里似乎没有人在乎，高中时我差点退学，因为爸爸希望我早点工作养我弟弟，为了不让我去学校，把我锁了一个多星期，那种阴影永远留在心里了，你明白吗，只要想起来，还是会不停发抖。我被她突如其来的坦诚惊到了，但很快又被这种交付和信任所感动。她继续说，我宁可不吃饭也要上学，为了赚钱，高中我就去餐馆打工，落下的功课晚上偷偷在宿舍补上，现在回想，真是后怕，如果因小失大，没有考上大学，我现在会过着什么样的生活呢，没准已经死了吧，可不去打工，我连生活费也没有，所以，也许是上天的安排吧。我不禁想到她高中时常消失而产生的神秘感，没想到是这样。我抱了抱她，她笑起来，安慰我，没关系，只是觉得委屈，你也知道，有的父母和子女的关系很畸形，但我长大了，可以选择自己的人生了。

我们在河边一直呆到了下午三点，多半时间躺在地上听风声和水声，背部凉凉的。几只蚂蚁爬到我的臂膀，天空不停旋转。远处，环绕峡谷的群山排得格外紧密，一座挨一座，那些裂缝里吐出海绵状的土壤，灌木蔓生，仿佛被世界遗忘了。张小婷说，还好有你陪着我。我说，也还好有你陪着我。

十

等了一周，我陆续收到几家公司的面试邀请，HR在电话中的声音和开的薪资并不热情，但我还是决定去看看。从柜子里翻出几年前买的正装，熨一熨，套在身上。张小婷说，穿着像卖保险的。我苦笑，没准真得去卖保险了，学历不高，也没有一技之长。

这段时间，张小婷主动辞职，不出门上班了，在家帮一个新开的影视公司做策划，负责写文案与宣传。机会来得十分偶然，不得不承认，她是个幸运的人，即使放任自己，也能在放任中抓住机会。那个公司是她的一位客户开的，大学刚毕业的女孩，家境优裕，经常找张小婷买包，一来二去，两人留了联系方式，也逐渐熟络起来。女孩有一颗艺术之心，想在此领域混出点名堂，家人支持，给了一笔钱，让她注册影视公司。她得知张小婷写过小说和剧本，看了几个后，觉得不错，便提出让她加入，在家办公，月薪一万，五险另交。这样一来，张小婷不仅可以不上班，工资也涨了，何乐而不为，当天就辞了职。

实际上，在家办公的日子也不好过，动不动几小时的电话会议，商量剧本的走向与修改。当我在外面晃荡一天回到家，听到电话那头叽叽喳喳的笑声和脏话，配着张小婷凌乱的头发和疲倦的双眼，反而觉得她更不自由了。她抱怨，每天都在想公司剧本的问题，小说完全搁置了，不知道这样值不值得。我问她，如果让你二选一，你怎么决定？她说，当然是小说，这两者区别挺大的，虽都属于文学范畴，但剧本更像是多人合作的工程，必须完全按着甲方的意思来，你几乎不能有自己的想法，虽然你能分辨什么是好的，什么是不好的，而小说没有这方面的困扰，它是一个人的世界，更自由。我劝她，也许你应该做出取舍。她说，没办法，我也爱钱，我想多赚钱。我说，钱的问题，控制消费就好了。她摇头，叹了口气，一脸愁容。

天气逐渐回暖，春天就要来了，有时走路快了还会出一身汗。不管什么时候，北京街上的人都很多，当我看到他们热烈的面孔，经常会想，难道他们不用上班吗，还是和我一样失了业，他们过着怎样的生活？每当这时候，我总会想到远去的亲人，然而我没有任何情绪。实在无聊了，我会去坐地铁，站在车厢里，什么都不想，静静看着划过去的明亮迷人的广告牌，意识再次恢复时已到终点。如果在终点站不下车会怎样，司机们会驶向何处？然而我没有一次做出出格的事，而是反向乘坐，在穿堂风和轰隆声中度过一个又一个钟头。

面试过的工作都没有收到回音，不知道哪里出了问题，奇怪的是，我已经不再像之前那样焦虑了，或者说，我认为这一切都是情理之中了。我失去了期待，也就不会失望。卡里的余额日益减少，我拿出记账本，开始了精打细算的生活，什么可以买，什么不能买，每天的花费限制在多少以内。我决定，如果实在撑不下去了，就换一个城市重新开始。

十一

吃过晚饭，我们早早回了厢房，等待黑夜来临。静川说大概十一点左右来敲房门，再从厨房绕到藏经阁。我们闲得无聊，用电脑看电影，但花花绿绿的屏幕无法吸引我，初到庆都寺时浮现的奇怪预感再次出现，项链扫过的肌肤微微灼热。张小婷察觉到我的不安，问我怎么了，我说没什么，头有些晕。十点半，静川偷偷过来，告诉我们今晚不能去，要帮师父们整理东西，明天他们下山做活动，所以改为明天白天去。

晚上睡得异常安稳，睁眼时天已大亮，张小婷坐在桌前忙活，见我醒了，说，师父们已经下山了，看你睡得香，早课没喊你。我简单洗了把脸，出门找静川师父。他正在菜园锄草，番茄和黄瓜成熟了，收在竹筐里，散出淡淡清香，我拿了一个番茄，咬下去，满满的汁水，酸酸甜甜，身上的倦意一扫而光。静川起身，把果实放进厨房，细细看了张小婷一眼，从怀里掏出钥匙。

我们三人偷偷溜到小山上，打开藏经楼的铜锁，一阵吱扭的响声，门开了，光线昏暗，进去后才看清屋内陈设。地面一尘不染，悬木房梁错落有致，几个大书架摆在水泥墙壁内侧，书籍堆得满满当当。中间有一个长方木桌，摆着蜡烛和几本书。张小婷问，这里没有通电？静川说，平时没什么人来，所以没有修整电路，一直用蜡烛。书架东侧是木质楼梯，通往二楼，台阶很高，抓住扶手才能上去。我问，上面有什么？静川回答，听住持说，什么都没有，已经废弃好久了。

张小婷翻开桌子上的书，惊呼，竟然是《聊斋志异》。我绕着大书架走了一圈，不光有佛经著作，比如《金刚经》《大般涅槃经》《法华经》《地藏菩萨本愿经》《圆觉经》《楞伽经》《净土诸经》等，还有一些小说和社科类书籍，甚至还摆着几本高中的教科书。静川解释，一般都是住持来这里，他极爱书，有时待一天一夜。张小婷说，这么清静的地方，的确适合读书。

我们沿着楼梯上二楼，谁料关口被一块石板挡住了，打不开。静川说，不用上去了，里面是空的。我注意到楼梯表面有坑坑洼洼的痕迹，像是被什么硬物砸过。听到静川的话，张小婷反而更来了兴趣，她希望推开隔板，上去看看。静川摇头，上面没有东西，不用费劲了。张小婷装出沮丧的样子，说，来都来了嘛。我点头，看着静川，他也点点头，我们三人便举起胳膊，一起用力往上顶，想把石板推到一侧，留出一道人能通过的缝隙，无奈又硬又重，无法撼动一丝一毫。

石板表面十分光滑，敲了敲，没什么异样。我摸索与关口接触的四个对角，右上角有一块硬硬的凸起，按不动，试着往左推，竟有了动静。张小婷惊讶地说，原来有机关啊。静川说，我来。遂伸手使劲一推，石板朝左缓缓掀开，伴随着钝重声响，细细的尘土落到了头上。我揉揉眼，沿着楼梯往上走，二楼漆黑一片，透过关口传来的光，发现窗户都被木板封死了。张小婷点亮木桌上的蜡烛，小心翼翼捧上二楼，这里的空间比一楼狭窄，堆放着许多乱七八糟的杂物，有的比人矮，有的比人高。张小婷问，这些是什么东西？我凑近了看，说，都是医疗器械，这些是手术刀，那些是听诊器，那边的是起搏器，还有牙医用的一些探针。她问，你怎么知道？我说，之前在药企上班，有同事是推销医疗器械的。静川诧异地说，这里怎么会有医疗器械？

我打开手电筒，穿过杂物到窗边，木板钉得歪歪扭扭，似乎很急。旁边有一个小圆木桌，放着两双筷子、几块小石子，和一个破布娃娃，再往下看，桌子底下有一些散落的纸张。我捡起来，抖掉表面厚厚的灰尘，有一些打印的文件和字迹清晰的手稿。静川和张小婷走过来，问我发现了什么，我分给他们看，静川若有所思地说，看纸张的颜色，应该有不少年头了。

其中一份手稿，是一封信，收件人是王会长，落款人是林字，信里交代了一场会议的安排以及购买物资所需的金额。有一些发票，抬头是红星教育集团，购买了口罩和酒精，印章已经看不清了。张小婷说，有一张照片。说着从地上捡起来，一张合照，日期是一九九二年三月十五，共有十人，前排四个，两男两女，后排六个，全是男人，统一穿黑色长袍，表情严肃。静川指着后排左一说，这个人很像住持。我看了一眼，果真如此，虽然脸型不一样了，依然能从五官和神态分辨。挨个看去，我惊讶地发现，后排右一的男人，和我项链中的男人是同一人！我不敢相信自己的眼睛，拿过照片，目不转睛盯着看，直到眼球酸痛。张小婷问，你认识里面的人？我打开项链给她看，她比较了几分钟，眉头紧锁，缓缓地说，是同一人。静川问，这是谁？我说，我父亲。

这样的地方，这样的时刻，没发现几个秘密似乎说不过去，但我把所有文件仔仔细细看了一遍，也不明白为何我父亲出现在这张照片中，只知道红星教育集团曾购买大量医用物资，送到哪里不知道，用来做什么也没交代，像一个黑黢黢的谜。我留下照片，身体不由自主地抖起来，张小婷安慰我，王琳，先别想太多。她的声音似乎也在颤抖。

我们离开了二楼，重新推回石板，当作从未来过。静川说，回去吧，也许师父们很快就回来了。我点头。张小婷说，总感觉哪里不对。她若有所思地望着窗外，走到书架前，抽出几本教材，嘴里嘟囔着，高中数学，全都是高中数学，为什么摆了这么多一样的书。她像是发现了什么，把书架上的书一摞摞放到地上，对我们说，过来帮忙。一点点将书架挪空后，她又说，我们把书架搬到一侧。我和静川不知道她要做什么，只好把书架搬到另一边。空出来的地方有一圈白色粉状物，围成四方形，像是某种字符。张小婷在上面摸来摸去，手一抬，两块木地板便翻了起来，下面是一个大洞，几层台阶显露。我睁大眼睛，看看静川，他也满脸诧异。

顺着台阶往下走，顿觉空气稀薄冰凉，加上黑暗的侵袭，喘气不顺。我们打开手电筒，照亮四周，极窄极湿的石壁往前延伸，看不到头，只能听到嗡嗡的类似车轮旋转的声音。静川说，是暗道，早听一些人说过，庆都寺有暗道，抗战时期留下的，谁也没找到过。张小婷说，住持肯定知道。我们决定往前走，看能到达哪里。我说，这一切都很不真实。张小婷笑了，说，那么多侦探悬疑小说不是白看的，没想到真派上了用场。

地面踩上去不硬，墙壁上挂满湿漉漉的水珠，想必是阴凉的湿气长久不散的原因。静川走在前面，张小婷拉住我的手，说，一会儿就能出去了。有时左拐，有时右拐，有时面临交叉口，我们随便选了一条，继续往前。走了大概二十分钟，前方才有一丝亮光透进来，哗啦啦的水声越来越响，我的耳膜仿佛被刺了一下。很快，出口出现在我们眼前，光线透过汹涌的水流，反射出亮晶晶的瞬移的光影，以至于看不到外面的景色。是瀑布包裹的山洞。

我们穿过瀑布，落在头顶的水流像柔软的冰块，浑身湿透了，又蹚过河床向上，到达岸边。这里是更为宽阔的平地，绿色像颜料般顺进眼里，高大的茂盛的树木将其分割为几部分。我们漫不经心地穿过，只觉淋湿的身体十分舒畅，不知不觉到达了几栋现代建筑前，大概有五六栋，砌成一个闭合的圆形，屋檐挨着屋檐，像灰暗的帐篷般延展，被雨腐化的排水管长着一层黄色和红色的绣渍，像醉酒的人的呕吐物。一面面蓝色玻璃与底下的台阶和阳台连接到一起。

张小婷问，这是哪里？静川说，应该是山的背面，这里山很多。我们走近大门，看到模糊的招牌，写着“圣山疗养院”。我和张小婷心照不宣地对视，圣山。门口没有保安，我们径直走进去，首先望见一栋灰色的楼。张小婷说，我有一种感觉，马丽静在这里。我点头，依然觉得处于梦中。进去后看到一个服务台，两个穿白大褂的女人坐在那里，问我们有什么事。张小婷说，我来看望马丽静。女人问，提前预约了吗？我说，没有。女人说，知道哪个房间吗？我说，不知道。女人叹了口气，又确定一遍名字，在电脑上查询，说，202，从左手边的楼梯上去。

我感觉脑袋右侧产生了放射性疼痛，从下颌角到太阳穴到头顶，每走一步就感觉严重一些。最后，静川只好搀扶着我走到 202，是一个粉色的房间，有单独的洗手间，布置还算温馨。一个穿黄色校服的女孩坐在桌前，低头背对着我们，嘴里发出嘀嘀咕咕的声音。张小婷轻声喊，马丽静。我的心又跳动起来，女孩回头，一张熟悉又陌生的脸映入眼帘。张小婷差点叫起来，说，你真的在这里！马丽静不急不缓地站起来，手里拿着书，我注意到，是高中数学。她的五官一点都没变，神态更为平静了，或者说呆滞。她看了我们一会儿，突然笑了，兴奋地说，我记得你，你是张小婷，我也记得你，你是王琳，真奇怪，你们怎么找到我的？

十二

就在我快要弹尽粮绝时，终于收到一份工作邀请，给一家纸媒整理微信公众号，一周上四天班，工资不高，没有五险一金。张小婷劝我不要去，说现在纸媒是夕阳产业，去了没有上升空间。我没有听她的，周一准时去公司报到，好在离家不远。公司除我之外只有三位工作人员，负责组稿、排版、审阅，我做的工作相当于在网上给杂志宣传，用吸人眼球的题目增加点击率，来换取一部分广告收入。

这个工作并不能提起我的兴趣，当然，没有一份工作能提起我的兴趣。我意识到，人能找到感兴趣的事才是最大的幸福，就像张小婷热爱写作，爱迪生喜欢发明一样，而其他人注定是陪衬，被空虚和琐碎填满，就像我，做打字员还是销售还是公众号管理者，没有任何区别，都不能给我的人生带来丝毫改变。我只需去做、去消耗时间就可以了。

街边的柳树吐出了新芽，远远看去像一条条飞舞的绿丝带，连风也变得柔和温暖，让人想闭上眼打盹。行人们的脸明显灵动起来，不像冬天时缩在帽子里无精打采，有的女孩已经光腿穿裙子了，预示着夏季的来临。我脱下厚厚的冬装，脚步轻盈地走来走去，大概是被春天的生机勃勃感染了，我突然有了一股力量，好像凭着这股力量我能做出什么惊天动地的大事来，尤其是面对张小婷的时候，我的话滔滔不绝，声调也提高了几分贝。张小婷问我，你最近怎么回事？我说，我突然想重新开始生活了。她问，怎么重新开始？我说我还没想好，但是，我想重新开始。

我频繁想到外婆的日记本，也经常打开项链看看父亲的照片，如果他还在，我的选择会不会发生改变。我长久注视着他，渐渐地，他的五官不再局限在照片上，而是在我眼前飘零。我拿出铅笔，在纸上画出他的肖像，微笑的、愁苦的、流泪的、呆滞的，凭借记忆构建他的表情和动作，他仿佛活了起来。

有天下班回到家，看到张小婷坐在我屋子里发呆，手里拿着我的素描画。我有些紧张，她问我，这是你画的？我点头。她问，这人是你男朋友？我摇头。她赞叹，画得真好，你学过美术？我说，没有，小时候学过小提琴。她激动地说，你应该上个美术培训班，这么好的天赋不要浪费了。我收起素描放进箱子里，不知怎么回答，便问她，你怎么了，发生什么了？她悲伤地看着我说，辞职了。我问怎么回事。她说，我不想再写剧本了，对我来说没有任何意义，我本以为，这份工作会让我离梦想越来越近，可反而越来越远了，人活着不能只为了赚钱，对吧？我坐到她身边，说，具体情况我不了解，你想好了就行，遵从内心的想法。她说，这几天我总想到你说重新开始的那几句话，今晚我把我的小说又看了一遍，我也决定重新开始了。她握住我的手，继续说，我们回镇上看看吧，我想去找马丽静，和她聊聊，更好地完成小说。

我没有犹豫就同意了，掰着手指头算了算，大概六年没回去过了。倒是回过几次省会，住在妈妈家。这些年，妈妈给我打过几次电话，让我回来陪陪她，我觉得没什么话说，便不再去了。我总觉得，她和我像海里的两颗礁石，涨潮时互相看不见对方，退了潮只能远远相望。

说走就走，我们买了卧铺，早上上车，第二天一早到。我们查询镇上的气温，将近三十度，正在过夏天。适合穿裙子和薄外套，张小婷建议我，她把衣服摆在床上细细挑选，打算留出二十件，再挑出最满意的十件装进箱，这个过程令她犯了难。最后她把二十件全拿上了，装不下的塞到我的箱子里。我几乎什么都没带，只带了运动鞋和工装裤，还有一瓶防蚊剂。都是为了寻找马丽静做准备。如果她家在山上，还要走很远的山路。

出发那天我打电话辞了职，没有告诉张小婷，我考虑了她的话，也许可以报个美术班训练一下，虽然并没有很强烈的念头。火车开得很慢，一垄垄绿油油的田地从眼前驶过，天空晴朗，金灿灿的阳光笼罩着低矮的建筑，苍翠欲滴的树木和斑驳的阴影一起蔓延，有一种干燥平和的美感。我们坐在铺上，吃零食听音乐打发时间。

坐在我们对面的两个学生，叽叽喳喳地聊着网上的攻略，手机大声放着一首流行歌曲。他们的快乐简单又无畏，人在年轻的时候是这样，后来就逐渐变得坚硬了。我突然又有了一丝恐惧，问张小婷，如果现在不存钱，以后怎么办？她没有被这个问题噎住，笑了笑，做出抱头的动作。我不理解，问什么意思。她说，鸵鸟精神，把头埋进沙子里，就不用想未来的事了。我说，可是未来迟早要来的。她说，是啊，人也迟早要死的嘛。

十点过后，火车熄了灯，那对年轻人依然坐在走廊上聊天，我躺在上铺，张小婷在中铺读电子书。窗外的灯光透过拥挤的玻璃闪来闪去，车厢内的明快像一组跳跃的圆舞曲，我用手指在皮肤上敲动，打出想象的节奏，是一只快乐的曲子。

在哐啷哐啷的颠簸中，我沉沉睡去，梦中我又见到了外婆，她和以前一样，穿一件轻薄的绿纹衫，坐在门口摇扇子。我知道她已经不在了，但我还是问，你在这里干吗？她说，等你回来嘛，你呀，多久没看过我了嘛。我一下子醒来了，发现天还没亮，下床洗了把脸，坐着等张小婷醒来。车厢安静得像石头，突然，我闻到了那种熟悉的下过雨之后氤氲的水汽的味道，便知道我回来了，拿出手机看地图，果然已进入老家地界。

很快，张小婷也醒了，她从铺上下来，和我一同坐在黑暗里，等待第一缕曙光的降临。她问，你知道天色怎么变化的吗，在日出之前。我说，黑色深蓝色藏蓝色青色浅蓝色鱼肚白，然后太阳就出来了。她笑笑，说，我还没看过完整的日出。我说，回到镇上可以看。她说，嗯，我们去山上看吧，你知道庆都山吧？我说，知道，就在镇子北边，小时候外婆带我去山上的寺庙烧过香。她说，是吗，那正好，我们就去山上看日出。窗外路灯的光闪到她的脸上，我一看表，四点半了。我问她，你的小说到底写了个什么故事？她说，你真想听吗？我说，是啊。她说，两个女孩回家乡寻找高中同学，无意间撞破了一个秘密。我来了兴致，问，什么秘密？她说，你还想听吗？我说，当然啦。她笑了，踮起脚尖，抱下行李箱，拿出一摞厚厚书稿，又打开手电筒，让我照在纸上，她的脸也被照亮了，一圈小小的光晕在嘴唇上旋转，她翻开封面，轻声读了起来："庆都寺在清虚山上，气温比镇上低三五度，一来海拔较高，二来恰逢两座山相夹的风口。这是一个很小的寺，占地几百平，寺里的和尚也只有三位，一位六七十岁的住持，法号惠觉；一位三四十岁的和尚，法号慧心；一位二三十岁的行者，本名静川没有法号……”

原载《中国作家》2021年第5期

【作者简介】林森，80后代表性作家、诗人，现供职于《天涯》杂志。中国作家协会会员，海南省作家协会理事。作品在《诗刊》《青年文学》《黄河文学》《文学界》《中国作家》《小说选刊》《长江文艺》等刊物发表，并入选诸多重要选本。曾参加《诗刊》社第30届青春诗会，第六、第七届全国青创会。

Lin Sen, a representative writer and poet born in the 1980s, is currently working for TianYa. He is a member of the China Writers Association, a director of the Hainan Writers Association. His works have been published in journals including *Poetry Periodical, Youth Literature, Yellow River Literature, Literary Circles, Chinese Writers, Selected Novels and Yangtze River Literature,* etc. and have been selected into many important anthologies. Lin Participated in the 30th Youth Poetry Conference of *Poetry Periodical,* and the 6th, 7th National Young Creators Conference.

唯水年轻

林　森

龙　宫

这次回乡，是接了个活儿，去拍那片些许浑浊的海。摄影还未正式开始，我跟两个队员一起划着船，在水面上寻找合适的拍摄点。晨色笼罩，船身尖锐如刀，切割荡漾的水面。我正盘算着下水后该怎么拍，便听到了曾祖母过世的消息——摄像机和我的眼睛都得闭上，螺旋桨转向，小船掉头……我得奔丧去。房屋、石磨、石棺……以海岸线为对称轴，岸上的一个个渔村，倒映下去，海里也有一个个村庄，只不过那里毫无人烟，而是鱼虾的聚集地。很多年里，那片龙宫，是我的谜，也是渔村所有人的谜。龙宫之上覆盖着的那片海，我是熟悉的，虽然对小时候的我来说，那是一处禁地——当伙伴们扑打着水花，游向传言里的龙宫，我只能在岸上，用目光追逐他们踢出的水花。当然有忍不住的时候，我扑进了苦咸苦咸的海水，双臂旋舞、双脚踢夹，可还未真正潜入水底看一眼，换来的，便是父亲用绳索绑住我的双手，把我悬挂在一棵木麻黄树上。几分钟后，绳索捆着的地方，从痛变得麻木，最终，上半身都不属于自己了。很多年后，我好像还能在手腕上看到绳子的印痕，看到当年的夜晚：海风让悬挂着的我失控，月光在水面上碎成银光。我被悬着，有时会想，会不会忽然有高大身躯从海上立起，月光像水银一般从他的头顶倾倒而下？海神……顶天立地的海神……并没有身躯立起，可海面下不绝的涌动，是不是他在潜游、叹息和伺机而动？那么多年里，打骂的阻碍和拦截，没能让我完全隔绝于那片海。

小船折返，渔村扑面而来，我很少以这个角度看我们村。是的，这些年，我潜过很多地方的海：出海，又从永不止息的海里返回岸上，可那都是别处的海——甚至有不少国外的海，我何曾这么看过这个渔村呢？成了一名水下摄影师，不仅家人想不到，我有时拍摄结束，倦怠感袭来，在异国他乡的海边酒店里躺着，潮声不歇，我头脚颠倒、心神不宁，夜色把我往海底压——倒也不是孤独，就是感到荒谬。因为这工作，父亲几乎成了我的死敌，有一回我携带摄影设备回渔村，差点儿被他摔坏，还是曾祖母斜站在门槛那儿，用冷冷的眼神，抢回了我吃饭的家伙。由于我的曾祖父和祖父都曾消失于茫茫大海，曾祖母不让父亲下海，父亲则不让我下海——出海成了我们家的禁忌。

小时候，父亲打我的轻重，与我跟海水的距离成正比。父亲盘算过村人口中的那些魔咒般的风言风语，他避开了，可他害怕会转移到我身上。我一直被他强按住读书，可我最终学了美术，毕业后在北京宋庄待过两年，有半年时间不间断地看画展，把自己看得反胃了，再也画不出来——我就拿着相机乱拍。也不知怎么的，我忽然就开始拍海底，画面里尽是些鱼虾蟹贝和水草珊瑚礁。在中国，搞水下摄影的人并不多，我接到的活儿不少，许多地理杂志、手机公司都找到我……水下摄影师的稀少，很大程度上缘于很多摄影师们水性不行，我无法想象，一个出生在西北黄土高坡上的摄影师，可以扛着机器在海底游弋。而我即便在父亲的拳打脚踢下，潜藏在骨子里的水性还是超过大多数人。我起先并没有跟家里说我拍的是水下，他们觉得我不好好在一个单位朝九晚五，是个朝不保夕的无业游民。后来是省内一家报纸，在一个京城的摄影展上采访了我，有些人拿着报纸找到父亲的饭店，向他竖起大拇指，我才暴露了。若不是我远在北京，父亲几乎就要操着饭店里的砍骨刀翻山越海追杀而来。从那之后，我和他的关系成了拉紧的弦，稍有不慎就会绷断。每年春节返乡过年，他差不多天天跟我摆擂台。他反复挂在嘴边的那句话是："你做什么不好，为什么一定要下水？"每到这时候，曾祖母用她的拐杖敲敲门板："我们家的人，离得了水？这些年，你不也靠海吃海？"曾祖母指的是，父亲那家饭馆是一家海鲜店。父亲看着我的强援，把别的话尽皆活埋。

可现在，我的强援永远离开了。

打电话告诉我曾祖母过世的，是父亲。当时我在小船上晃荡着，信号不是太好，风声灌耳，我接了之后，有一阵没听清，就挂断了。接着铃声又持续地响起。这情况太少见了，父亲很少主动给我打电话，有时不得不找我，也是母亲用她的手机拨通后，一阵闲聊，才试探性地说"可能你爸有什么事""跟你爸说两句"之类，把手机递给他。父亲的连续拨打，让我心生慌乱，只好接了。他的声音在风中起伏："你在哪儿？"我心想他是不是听到我回来的消息了，为避免后面的拍摄麻烦不断，我含糊着说："爸，忙着呢……"那头提高了声音："我不管你现在在哪儿，能多快就多快，赶紧回来。你——曾奶奶——过——了！"手机掉到船板上，发动机带动的船桨击水的声音，也没能压住父亲从手机喇叭上发出的吼叫。

回来这两天，为了避免跟父亲的冲突，我没跟任何熟人提及，把故乡当异乡，晚上住县城的旅馆，白天就准备着拍摄事宜。今天这一大早，晨色尚未从海面上褪尽，便听到了这个消息——我最后悔的，是没能回老家见见曾祖母。让小船回返时，队员不清楚发生了什么，可他们也看到了我的脸色陡变，拍拍我肩膀，没说什么。小船靠岸，阳光晒得沙滩发白，好像那不是沙子而是白花花的盐，眼睛一瞄就被刺伤。对，就是这种白，独属于我们渔村的白，即使看过多个国家不同的海，这里还是独一无二，这熟悉的热和白，把我掳回旧日。在这里，我闭上眼睛也能走回自家的院子。密密麻麻椰子树的掩映下，海风长年灌入院门如风洞。

家里的十几个人站在院子里，都眼珠泛红，有人眼角的泪还没擦干。估计没人想到，父亲电话过后不到一个小时，我就回来了，眼睛齐刷刷瞪着，嘴唇颤动，想问什么话，又没有发出声来。我知道他们想问什么，直接说：“省里有个任务，我刚好回来了。”母亲抹抹眼，拉了拉我的手，她也知道我最想问什么，低声说：“你爸送菜回来，没看到你曾奶奶起来，推门就……昨天我回来，看她还好好的……”父亲的饭店开在镇上，家里人都在镇上住着，可曾祖国坚持住在渔村里，年过九十的她，没什么病痛，还能每天自己煮饭。家里人每天送肉送菜回来，帮她忙好一些事，又会返回镇上。今天父亲回来，看到她已经……我们永远没法知道她咽气的具体时间了。

家里人自动分开，父亲走到一边的台阶上蹲下，把一根烟塞进嘴角，发抖的手滑动打火机。曾祖母就从分开的缝隙里显露出来。一块木板放在屋子中间，铺着白布，曾祖母躺在上头。堂前八仙桌上，烧香点烛，熟悉的呛鼻味。我走到八仙桌前，取出三根线香，在燃着的蜡烛上点着，插进香炉，跪拜在曾祖母面前。眼前模糊，水雾遮挡眼睛，我试图看清楚，仍是被过滤了一些，只见到曾祖母脸色平和。她嘴角微翘，好像是笑，好像昨夜到来的死亡，是她期待已久的节日——是的，对于在时光中空耗那么多年的她，这一刻的到来，是该欢喜的一刻。她昨夜躺下之前，会不会已经知道这一刻会到来？她不像死去了，灰色还未笼罩她的脸，她的手好像还能握紧拐杖，顶向地面，在沙地上留下一个个印痕。

可能我的突然出现，打乱了家里人的计划——在他们的预计中，我至少要一两天才能赶回，他们还有时间安排曾祖母的后事，可我“说曹操曹操到”，倒给他们出了难题：如何快速而妥当地把曾祖母葬下，让人手忙脚乱。我们这个县，尤其附近村子，无论活着时多么尊贵，一旦过世，便迅速“贬值”，人人唯恐避之不及，村人很快躲避开，直到逝者下葬后，村里才渐有人烟。所以，无论谁家有人过世，族里人几乎都是当日便把人葬下，极少有停灵守灵之说，若有人因外出奔丧不及，至多宽限一两天便葬下。这习俗的由来，有老人都往前推到清末了，说是一场大瘟疫带来的心理后遗症。据说当时鼠疫横行，人都是断气即埋，迅速逃离坟坑，哪还敢停灵守灵。此时，村人已经撤光了，留下一片空荡荡，无数双耳朵正等待我们家出殡的声响。

父亲召开家族会议。因曾祖母前几年就过了九十，坟地也是她早就选定的，这就从容了一些。眼前最紧要的事有两件，一是去请主持葬礼的师傅公，安排葬礼的各个环节；二是得迅速下海，到海边水下的“龙宫”里，捞上一个什么物件，好随着棺材一同埋下。第一件好办，一个堂兄自告奋勇去邻村请人了；第二件，则是我们迫切需要解决的。某一年，村里有一个老渔工在逝世前交代，让儿孙下葬他时，把他从海边“龙宫”里捞起后一直丢在院子里的一块石磨随他葬下，这习俗便逐渐传开了，人们总会在葬礼时，埋件什么水里的东西才安心。这事，当然由家里的男丁负责。

“我下水！”父亲绷紧的神经一直没放松，这话好像是出征前的壮胆。曾祖母那么大年纪了，他心里早已预演过多次她的过世，可下水这件事，终究是他的心结——毕竟，他躲避海水躲了一辈子。父亲越是信誓旦旦，我越看出他的胆怯，若不是悲伤覆盖，我可能会笑出来。我说：“爸，我去吧。”父亲说：“你觉得我不懂水？”我说：“你是不懂水。这些年，我潜了全世界的海……”说到我的工作，父亲的脸又黑了。我说：“爸，要是你今天没给我打电话，我也会下水的，我这次回来，就是下水拍东西。反正都是要下去的，我来吧，你在水池子洗个澡都手脚发硬……”

父亲沉默。作为曾祖母的孙子和曾孙，他和我是她最亲的人了，这任务只能我们来完成。而即便他随时都有着对我没来由的暴怒，他也觉得我比他更适合下水。当然，在他心里，最适合下水的是他的父亲——那个早已消失在各种语焉不详的传说里的水手。绷紧的脸皮松懈了下来，他长叹一声：“别捞太重的，随便捡块轻便的就行。”轮到母亲脸色变得难看了，她是在担心即将下海的我。父亲猛地站起来：“你下水吧。我带两个人去县城，把寿衣、棺材和香烛买回来。”

我的潜水证不是在国内学的。当时跟一个友人一同报了名，还没下海，教练还只是在泳池里跟我们讲换气和手势，那朋友热血上头，从泳池边上扑进水中，力道太猛，撞破了额头，鲜血不断涌出，他的潜水之旅便停止了。后面，天气不太好，我跟着教练下海时，海水浑浊不说，荡漾的海水把我的胆汁都摇出来了。看到眼前漂浮着的呕吐物，我特别羡慕那个在泳池里撞破头，此时正在沙滩上享受海风的朋友。小时候父亲的棍棒没能阻止我下海，可我也从没潜入过故乡的这片海。

接到省里的这一拍摄邀请之前，我查看了一些别人拍的照片和视频，也查看了一些文字材料。那些照片和视频，勉强可看而已，并不太讲究，可画面上那些水底的房屋、石磨、牌坊、石椅甚至碗碟等，还是冲击着我的心。所有的照片都在告诉我，这里，曾有人生活过，但，海里当然是没法住人的，谁会来修建这些水底建筑呢？我当然不会像村里的老人传言的一样，把这里当成龙王的宫殿或者一个海南岛版的亚特兰蒂斯；这当然也不是什么人修建的海底墓群……事实上，这时代搜索太方便，一些古旧的文字资料，若隐若现地揭示着水里的真相。

队员给我备好了潜水的装备，虽然这一趟另有任务，我还是带上了一个轻便的照相机。入水的一刻，随着水压的加重，我浑身松懈了下来，曾祖母过世的悲伤，暂时被海水隔绝开了。太阳光穿透海水，在水中形成各种光纹，像围绕在我身边的结界。很奇怪，此时我彻底安静下来了，好像这是独属于我的空间，给了我莫大的安全感，婴儿在母体里也是这样的吧？这种感受很难说清楚，我并非那种害怕见人、恐惧喧闹的人，可这些年我一次次穿着潜水服、背着氧气瓶、咬着呼吸器、扛着相机下水，倒真不仅仅是为了谋生，而是在海水里，可以变得更加自在，心里也更平静。对我们家来说，"水"是诅咒，可我没法摆脱，得一次次躲进水的包围圈。

此时的能见度不错，海水却依然有些浑浊，越往深处，越是看到各种淤泥漂浮。潜到八九米的时候，隐隐约约中，出现了传言中的龙宫。一排排残破的墙，倒塌在水中，往一侧潜游，还看到了石块垒成的水井。牌坊是保存得最完整的，毕竟它们都是以巨大的石块雕成，靠近之后，能看到上面雕刻的各种花纹。已在照片和视频上看过类似的画面，可当它们活生生出现在眼前，即使被水环绕，我还是觉得身体在燃烧。各种石块，被淤泥、海藻所覆，可它们仍倔强地显露着自己。有不少没完全倒塌的石楼，我穿行过去，进入另一个时空。在以往，我在水下拍摄，镜头和眼睛多是对着珊瑚礁、游鱼和水草，那些活物里，藏着大多数人对海底的想象。而此时，当这些毫无气息的石头出现，空荡荡之中，人是缺席的，可我好像又看到了人影憧憧。我没有打开相机——唐突的拍摄，对这一片水域的遗存，是一种不敬。我摆动双腿，在各种石墙里漂荡，把一切交给眼睛。

我没忘了自己是来干吗的，但我并不着急，我甚至找到一堵断墙，背轻轻地靠着，我需要在这里静坐一会儿。如果有人此时从我的头顶游过，看到我以某种怪异的姿势，在这海底的断墙边入定般坐着，他会不会吓破胆？他会不会以为看到了神话、漫画中的海底之人？多少年前，这墙还未断，还未泡在水中，这里应该住着一对夫妻，他们在屋内讲过悄悄话；老迈的慈母，也曾站在这堵墙前遥望儿孙的远足，挥舞的手折回，擦了擦眼角的潮湿……来不及再乱想，在氧气变得稀薄之后，我伸出手，在断墙上摸索着，抓到了块什么，已经被青苔覆盖，也没看清，不管了，缓缓释压，上浮。回到小船上，队员帮我卸下装备，我湿漉漉地呆坐着，任由海风袭来。两个队员不敢多问，别说他们，我也不知道此时自己在想什么。

我呆呆地看着拿上来的那块东西，不知道合不合适陪曾祖母下葬——那是一块石杵。

父 亲

父亲是真的没水性。

海在那里，荡漾的海面就是最大的诱惑。父亲不是没有过沉迷游水的年纪，可在村里，他是没有玩水的伙伴的。每一个与他年纪相仿的少年，都收到了家里的警告，不能跟他一同下水，否则打断腿——把一个祖父、父亲都消失在海里的人拉下海玩水，没人可以承受可能出现的意外。即使没有别人整天盯着，父亲也觉得海水有一股把他往岸上推的力道，有一圈拒绝他靠近的防护罩，当步子移到离海水还有二十米的时候，他的小腿开始颤抖，小腿内侧、后背冒涌细微的汗珠，麻痹感增强，他不得不后退到一个安全距离，望着日光在海面上碎成闪耀的金黄——他想向前，却只能退后，退到一个让自己痛哭的距离。当眼睛被苦咸苦咸的液体浸泡，眼角一阵黏糊糊，他没法分辨，这液体到底是咸风携来的海水，还是涌发自他枯竭的眼眶？

对他来讲，海水是一张巨大的口，随时要把他吞噬。我不知道当年曾祖母给他灌输过什么念头——或者，根本不需要，村人的传言，就足以把一个个宿命般的说法悬在他的头顶，毕竟，他的祖父、他的父亲虽然出海的理由不一样，但都是从海上消失的。对于海水，他有着本能般的恐惧。但即便恐惧，他会不会也幻想过，有一天跳到海水中击浪呢？或者，他会不会想去探寻他的祖父、他的父亲，到底是如何消失在海上的？海边人家，倒追起来，家家户户难免都有人葬身海底，那种全家好几代都能从海上安然归来的，反而是极为罕见的奇迹；可即便如此，曾祖母的男人、儿子全都出海未归，面对着她唯一的孙子——我的父亲——要说她不担心他下水，又怎么可能。她越是长寿，越是以不健壮却足够坚韧的身体抵御时光和海风的侵蚀，别人看她的眼光便越是怪异——好像她以多次击退阎王的长寿，熬死了家里所有的男人。

在村里的年轻人都随船往外走的时候，父亲闷着头，在自家为数不多的田里耕种。船在港口靠岸后，从渔船归来的年轻人相互簇拥着，犹如过节。船上狭窄的空间，限定了他们的步履，虽然他们可以在海水中划游，但那种摇晃与动荡，总是没那么踏实安稳，他们要回到岸上之后，才把憋在身体里的一切发泄出来。父亲也会被他们拉上，他不是太愿意参加这些聚会，但架不住那些人黝黑有力的手臂。在鱼肉焦香、鱼汤翻滚之时，父亲耳边充斥着从同龄人口中吹出的海浪和风暴。父亲闭口不言，可耳朵没法闭，话语的浪花四溅，让他有些晕。父亲的左额头，有一块清晰的疤痕，像一个畸变的"逗号"——那是他年轻时有一回，跟那些海上归来的水手们吃喝后留下的痕迹。以父亲后来嘴巴锁死的脾性，当然没有仔细跟我讲过这件事，可从曾祖母的叹息中、从其他人的唾沫星子里，也不难拼贴出当年的画面。不外乎，酒多话多之后，水手们喷着酒酸鱼腥，开始打赌，开始耍横……到了最后，不知怎么的，目标就落在了父亲身上。有人嘲笑父亲是个旱鸭子，一辈子躲着水。但父亲并不反驳，他点头哈腰："是是是……我不下水……"他的服软，并没平息水手们的"暴乱"，有人喊了一句："把他丢水里，看看他是不是真不懂！"父亲想跑，已经被手臂抓牢、举起，离开了那个杯盘狼藉的院子，迎向跳跃着的海风。任父亲如何扭动，也没法从那一双双铁钳里挣脱而出，他恐惧地呼喊，更放飞了那群被酒精麻痹的水手们。他被高高抛起，重重地落入海水之中。夜里潮汐上涨，水虽不深，父亲乱舞手臂乱踢腿脚，沉得很快。水手们指手画脚，看父亲在水中扑腾却总是没法往岸上走，笑声更大。等父亲的动作变小，身躯没入水里，水手们的笑声才变静了，惊慌爬上他们的脸。有人说："还真不懂？"立即有好几个人扑进水里，把父亲拖了上来。当时他的额头已被水里的硬物磕碰，正冒血，没下水的慌忙脱了上衣，绑住伤口——那疤痕一直没消。对父亲来说，这疤痕不是什么坏事，至少，水手们不会觉得他的不懂水性是装出来的了；甚至，有人不再炫耀出海，开始叹气，跟他说起海上的种种不易，船太小，海面和天空太大，风暴无常，吞噬一切……说着说着，还哭起来，父亲得反过来安慰他们。

二十世纪八十年代初期结婚之后，母亲连续生了两位女儿，父亲和曾祖母都慌了，据说曾祖母暗地里拜访了很多民间的“大神”，祈求给家里留一个男丁。而母亲生下两个女儿之后，已被计生人员盯上，怀上我的时候，母亲和父亲疯狂地“吵”了一架，躲回娘家。后来又悄悄去了一个远房亲戚家躲着，直到我生下来。计生人员见我母亲长期不在，已有所察觉，但父亲一见到他们，便拉着诉苦不断：“你说，不就是吵吵架，怎么……人就不见了？丢下这俩女儿……”说得别人眼睛先红了。村里的年轻水手们，每次回来，就给他丢几斤鱼虾蟹，让给女儿们尝尝鲜。直到我生下来，生米成熟饭，计生人员也不能把我给捆了手脚扔海里，只立即把母亲拉去结了扎。后来计生人员多次上门，曾祖母倚老卖老不断周旋，该罚的也罚了，该捅的屋顶也捅过，这事算是过去了。

后来海南建省，热闹得很，父亲也跑到省城找机会。那时满大街全是夹着皮包的，有人昨晚还睡街头，醒来就成了百万富翁。父亲谨小慎微，水都不敢下，更不可能在这种时代浪潮中捞到什么，也不过是帮人打打杂跑跑腿，拿点儿辛苦钱。后来看到身边熟悉的人，暴发的有，死于非命的也不少，他总觉得好像自己也会跟某些传言里的人一样，不是死在街头就是被麻袋套住丢进海里。他慌乱乱地攒了点儿钱，就回到村里。可他发现，在省城时间虽然不久，可自己已经没法适应干农活了，便到镇上买了一块地，开早餐店卖米粉，米粉店后来成了三餐都开的饭店。

我在那个时候，跟着家里到镇上生活。当时家里的最大问题，是怎么劝曾祖母一起住到镇上。那时，祖母已经变得无比随和了，也跟着到镇上过了一段，可两个月后，她还是迁回村里了。在那两个月里，她极力适应，可没办法，她完全没法入睡，到了白天，头发大把大把地掉，人像漏气的皮球，一点点变小、变皱。父亲先开口了："奶奶，要不，还是回村里？"曾祖母摇摇头。两个月后，瞧着曾祖母越来越没人样，父亲知道拖延不得，直接找来一辆车，就把曾祖母和她的衣物，全载回了村里。当时我还小，可多年之后，我仍旧记得她伸出手摸了摸我的耳垂："你会回村里看曾奶奶不？"我说："我不想上学。我想回村里给曾奶奶煮饭……"

那时的父亲母亲，就是移动的厨房，身上的油烟味盘旋在我的少年时代。每睁开眼睛，他们便在饭店里忙，除了衣裤，我甚至怀疑，油烟也渗入到他们的肌肤里，每晚无论怎么搓，无论擦多少肥皂冲多少洗澡水，他们的身体都裹着一层油腻腻，蚊子落脚都会打滑。我甚至怀疑过我身上也这样，不然有时同学们为何看到我走过，便不自觉地脚步挪动，甚至还有人抽动鼻子？我就是在那个时候，和父亲开始闹僵的。我常常从镇上跑回村里，悄悄和伙伴们浮游在海边，发现后的父亲无论多暴怒，无论用多少回的吊打，也没能阻止我一次次往海里跳——在父亲和母亲的眼中，我肯定会把自己的命丢在海里。母亲有好多回对着我叹气——我离她越来越远，终将消失于她的视力范围。当时的我，并不觉得自己有多叛逆或者说故意找碴，可能我更单纯的想法，只是想用海水一遍遍洗掉我身上也挥之不去的油烟；洗不掉，那就蒙上一层海盐的咸腥，以一种难以忍受的气味，覆盖另一种难以忍受的气味。

日子在镇上稳定之后，父亲也难免有出神的时候，他也曾在别人的鼓动之下，出过一次海。那是一条出近海的小船，大半日即回。这一次之后，父亲再不敢提出海的事，有人忍不住问他怎么样，他绷着脸没回答。后来，有人从船家那里套到了话，说是父亲从上船开始，就眩晕呕吐；船远离岸边，周围一片蔚蓝的时候，他已经没东西可吐，只是干呕。船家被他吓到，他们见过晕船的人，但晕到这程度的也是罕见，匆忙返回，连网也没撒。父亲觉得误了船家一天工，心有愧疚，点头哈腰把人家请到店里喝了几次酒。这一次后，父亲彻底死了心。我怀疑，父亲那么痛恨我下海，除了那个笼罩在我们家男人身上的“诅咒”之外，还有他对自己无能的不甘，有对我水性太好的嫉妒成恨。可即便是这样，大海的诱惑在他心中也未全然熄灭，他对海水如此痛恨，又在某种想象中，做着征服大海的梦。

我也是在好多年后，才知道父亲并没有我所想象中那么软弱，他也曾试图战胜恐惧，用自己的方式接近他所畏惧的大海——比如他之后与人合开过的水产养殖场。当时我们家在镇上稳定下来了，赚得不多，但饭馆一开，每天的收入也是看得到的。父亲想与人合开养殖场，母亲几乎闹得要离婚。和母亲几次“战争”之后，父亲还是把不少钱投入进去了。起初的两三年里，父亲基本放弃了饭店的生意，母亲成了掌柜。父亲时不时往海边跑——那是一个海湾，他和别人投资的网箱都在那里——沉在海水中的网箱，游着投放的鱼，也游着父亲关于大海的梦。那时的父亲，话最多，他每次开口，都是：“我们那水里……肯定……”那两年里，父亲几乎说完了一生的话，他滔滔不绝，全是关于水里的鱼虾。我能感觉到母亲的不安，可她没能寻出不安的根源，没能在父亲话语不绝的时候，送出干脆利落的反驳。那两年，养殖场也确实赚到了些钱，也带动了饭店生意，父亲从养殖场直供店里的鱼虾，鲜活不说，也比别家店要便宜得多，母亲这掌柜开始当得乐呵呵。转变出现在父亲参与养殖场生意三年多接近四年的时候，那年夏秋之交，台风将至的消息一直在收音机里蔓延，父亲变得无比焦躁，我们整天看不到他——他是在养殖场准备抗击台风。所有的准备，后来被证明都是徒劳，那场风太大，从海南岛东面扑来，席卷了一切，所有的东西，都朝西面倒。

台风过后，父亲病倒，人只剩下一副骨架，一年多没恢复过来。那一年多，父亲是和某种药味联系在一起的。曾祖母住到了镇上，每天给父亲熬药，她时常伸出带着药味和柴火烟熏味的手，摸摸我的额头。在曾祖母的只言片语里，我知道了父亲在养殖场的投资，被台风席卷而去，他们为抗击台风而做的准备，也全都葬进去了。父亲还好，人病了，在药汤的呼唤里，算是捡回一条命，与父亲合伙的那个人，所有身家都丢在这场风里了，没熬过去，趁着家人不注意，给自己灌了半瓶农药，人也没了。曾祖母像是无意中说着这些，又不时提醒我："你啊，要看紧你爸，别让他出事了……"当时的我不明白，本不习惯镇上生活的曾祖母怎么在镇上待了那么久，后来想通了，她是要盯紧她的孙子，不让其毁灭于一场台风的尾韵。

那也是曾祖母跟我相处最多的日子，即使镇上不如村里让她舒坦，她仍会每天醒后，便把自己收拾得干干净净，头发梳理得丝毫不乱——她是一个骄傲的女人，还将继续骄傲下去。我也是在那时，听到她说她儿子我祖父的事，也听到她说曾祖父的事——在她口中，我祖父和曾祖父永远年轻，而且，曾祖父要更加年轻一些。曾祖父几乎在还算是少年的时候就离开她，于是，在她记忆里，他是永远的少年。她有时也会看着我发呆，清澈的目光从她皱纹斑驳的脸上射出，我被看得不自在——她好像看的不是我，是另外一个人。

我年纪小，不懂安慰人，可我感觉到了她心中藏有太多不为人知的幽暗角落，月色清冷，无人光临——就像她一个人住在那空荡荡、只有咸风侵蚀的海边老家。有时，我几乎就要憋出几句什么话来了，几乎要懂得怎么安慰她了，她盯着我的目光却忽然变得温柔了——她又是在看着她的曾孙了。我快要憋出的话，瞬间消散了。她用手中的木棍撩拨炉火，药罐的盖子在气泡的咕嘟咕嘟中被挺起，中药的气味排山倒海。她褐色木藤般的手指，抚摸我的脸："以后，你不要老是下海游水了，别气你爸。他病没好呢，别再气他……"那中药味飘荡的一年多里，我好像再没下海，父亲从中药中缓过来之后，没了心气，大海的诱惑再也没能抵达他。他心无旁骛地在小镇饭馆的厨房里忙前忙后，油烟一天天熏着他，他一天天被包浆，身躯肥胖，肤色黑亮。

扬　波

我曾见过飞鱼。

当它们一只只跃出海面，开始滑翔——虽然滑翔的距离并不远——你便会有挥手和呐喊的冲动。是的，它们在海水的蔚蓝里，极力想逼近天空的蔚蓝。拍水下摄影这些年，我去过不少国家，见过各种各样的海。我曾到过挪威的西沃格岛上——这已经算是北极圈内了——暮色降临，水边的木屋灯光亮起，紧挨着的雪山闪着白光，有一种蓝消融在这天色里，倾斜的屋顶上积有残雪。在这里，自然是不敢下水的，可这里也有渔船，渔夫们是如何迎着这些冰寒出海捕捞的呢？我很想多待一些时日，跟随当地的海上勇士们，在某种极限之冷中，想象我祖父在中国南海的烈日下迎战热风。我自然也去过马尔代夫，多次在海底拍过各种水下的生物，日光猛烈之时，水下十多米，仍旧能看清画面，我拍过那里的护士鲨——关闭了闪光灯，用自然光，镜头里有一种庄严的蓝，护士鲨自如的身姿，让带着沉重器械的我，顿感人之为人的某种无能。我在菲律宾的马尼拉遭遇过台风，看着风暴中的一棵棵椰子树几乎要被连根拔起，随风而去。风也把海边老家的记忆吹来，当年曾祖父，也是在海水中央，遭遇并消失于这样一场风暴吗？马尼拉风暴之前两天，我还在夜里深潜，拍摄各种色彩斑斓的鱼，它们的长相没法描述，造物主把这些怪邪的“作品”，都藏在光线不及的深海之下。我不会跟人说起，拍到这些生物之时，由于潜得太深，我脑袋眩晕，可海水的包裹，让我不觉危险，而有某种奇特的温暖……我拍的照片在不少地方展览过——其实，也不知道从什么时候开始，去哪儿、不去哪儿，好像已经不由我自己决定了，拍摄邀约前来，若恰好踩中我的兴趣点，答应后，邀请方便会安排好出行线路，我拎上行李和拍摄设备，赶往机场即可。起初，那些照片出现在那些高精度、大开本的摄影杂志上，还是挺兴奋的，可很快也就习以为常了。在不少讲座、网络视频节目里谈到水底拍摄的时候，我没多少兴奋，倒是担心这些节目辗转被父亲看到后，引来他的轰炸。我时常能收到各家手机公司宣传部门寄来的最新款手机——如果他们的手机主打的卖点是防水和摄影。他们一般还会寄出合作的邀请函，希望我能用这款手机，拍摄一些能体现出其功能和卖点的照片。我答应过两家公司三款手机的合作，我拍摄的一些水下照片，出现在那三款手机的发布会大屏幕上，也挂在其官网上，作为其宣传照。我逐渐不太接受此类的合作，是因为国内的手机更新速度太快了，若专门干这个，就做不了别的任何事了。而飞鱼，我就是用一款手机拍到的，有照片，也有视频，那视频被剪辑、配乐之后，飞鱼震动水面水珠弹射的慢动作，让那家手机公司在微博上吹嘘了小半年。

有一日，我在北京一家金融企业的总部举行的分享会上介绍海底摄影——也是奇怪，我参加得最多的，是各种企业组织的文化活动——海底生物的照片在幻灯片上一张张滑过，下面一阵阵“哇”。活动结束后，参加活动的人纷纷来加微信，有一个微胖的中年人上来握手，说：“老乡好，老乡好。”聊了几句才知道，他叫 Z，并不是海南人，可他在海南一个景区任高管。他说景区内有一片冷泉，什么时候我回去了，请我去拍拍他们那片冷泉的水底。当时正是父亲跟我关系最僵的时候，说起回乡，顿觉山高路遥，我说：“多联系，多联系。”之后，Z 在我的微信朋友圈里特别活跃，几乎在我所有发出的照片下头点赞。有一年，他察觉我即将回海南岛过春节，飞机降落之后，把我直接载走，拉到他的那片冷泉周围，说不给他完成任务，就把我软禁，不放回家过年。已是深冬，又是冷泉，这一次拍摄真是把我折腾得够惨。冷泉的那汪水很浅，最深处也不过刚到脖子，在这样的水中，要想拍出 Z 所期待的唯美画面，角度就变得无比重要。幸好那两天日光挺好，水草和一些小鱼在画面中无比斑斓——当我打着喷嚏把一张张照片放给他看的时候，Z 说：“你帮了我的大忙，你帮了我的大忙……”那个春节，我一直在感冒的状态中度过，吃什么都觉舌尖麻木。听说了感冒的原因，父亲春节期间一直和我冷战，曾祖母没多说话，又是给我煮姜块红糖水，又是给我把甘蔗烤热，希望那些冒着热气的甜水，能驱赶我体内的寒气——那么多年，曾祖父毫无音讯，在某些身子有恙的日子里，她也是在甜水一遍遍的浇灌下，舌尖尝到一点儿甜味，才能活得下去的吧？

当 Z 邀请我回来拍摄龙宫，我第一时间想起那场感冒和父亲那从冬天阴到春天的脸，便说："我给你介绍一个朋友，他也拍得很好。"Z 说："别人，我就不叫了，你再想想。"第二天，他在微信上给我回一句话："真让别人来拍，你甘心？"当天中午，我翻来覆去没法睡，掏出手机回了一句："你把我说服了。"倒头便睡。按照 Z 的说法，自海南宣布建设自由贸易区之后，他们公司也在加快布局、探索，在我们家附近的那片龙宫推出潜水游，便是其策划的一个新项目。按照他的计划，拟在此项目推出前，先准备一批海底的照片，搞一个摄影展，先声夺人之后，在媒体上疯狂宣传，再找几个网红来做潜水直播，如果那片海底龙宫随着直播镜头缓缓展开……哇……哇……哇——他用一连串的"哇"，代替了所有想象。

没想到的是，潜水拍摄还没开始，我得先送别曾祖母。

我从龙宫捞起来的那块石杵，被装在一个小盒子里，放入她的棺材之中。棺材从祖屋往外抬之时，村人果然全都跑空了，这是我们村最"绝情"之处。在以往，别家有人出殡，我们也照样远远跑开，按说早已习惯这场景，而当终于轮到我们身上的时候，心中还是不好受——我们被抛弃、被别人恐惧，我们离死亡如此接近以至于别人只能和我们保持距离。村里人一少，回声就特别响，点燃鞭炮，吹起唢呐，那余音的一勾，让人惆怅。主持葬礼的师傅公走在前头，指挥着抬棺人，他让停就停，让快步就快步——空荡荡的村子里，他们走得曲曲折折，好像在闪避路上的什么东西。家人跟在后头，每走几步，就丢一挂鞭炮。理性告诉我，在此时应该悲痛，可我内心的真实感受，却是某种解脱——为曾祖母能够摆脱无边苦役而欣慰。活了九十四年，她当了七十几年寡妇，多少暗黑的夜，她是睁着眼睛熬过来的呢？

出了村子，往西是一个小山坡，是不少村人安眠之处。在走到进入山坡的路口时，师傅公一摆手，队伍停下，他走到父亲面前，悄声说了几句。父亲扭头，说："我们就送到这儿。"师傅公再次挥手，又一挂鞭炮炸响，抬棺的队伍继续往前，而我们家人就地等候。这是有着某种慈悲心的习俗——送行到此，下葬的事宜交给他们，就避免了亲朋的撕心裂肺哭断肠。等待的时间里，家人说什么话都不对，都沉默着；站着也疲累，就在路边蹲着，目光呆滞；也有憋不住的，掏出手机，闷着头刷起屏幕。我靠着一棵树，闭上眼睛，阵阵海风荡漾而来，穿过渔村，给鼻腔送来淡淡咸味。我们唯有安静地等，等师傅公叫人来传话，让我们去已经安葬好的墓地面前。风声里，我听到了家人传出了第一声哭，是谁呢？我没睁眼看，接着有多人的声音此起彼伏混杂一块儿，我还是没睁眼。当眼睑没法阻挡洪灾，泪水超出警戒线，不得不睁开了，眼前迷蒙一片。四十分钟后，有人过来，说可以过去了。

新土尚湿，隆起的土坡，那就是曾祖母了。在她的左侧，是一个墓；她的身后，还有一个墓。那两个墓，往年的清明节，我都跟来扫过。曾祖母左侧的墓，是曾祖父的；她身后那个，是祖父的。这两个，全是空墓。而最先埋下的，其实是祖父，在我还远远未出生的某一年，他驾船出海，整船人只回来了几个，一片哭声之后，各家人都寻找出自家葬海之人的一些遗物，埋下以当坟墓。也就是说，好多年里，我随父亲祭拜的，是一堆空无一物的土。曾祖父的那个墓的修建，我还有点儿零星印象。曾祖父不是水手，也不是船长，他虽然消失在海上，却并不是随船捕捞的船员，而是乘船前往东南亚谋生，起先还和家中有联系，最终却了无音讯了。数十年里，曾祖母一直在等待着他的归来，可她活到九十四岁，也没有再听到他的消息。其间，无论别人怎么风言风语，她一直坚信曾祖父还活着，也从不给曾祖父安坟、立碑。小学时的某一天，天还没亮，我被曾祖母的抽泣声吵醒。家人都疑惑不解地围聚过来，她慢慢止住哭声，用手背抹抹眼泪，又捋了捋我的头发，说："你公祖过了。"她让父亲去找人张罗，把曾祖父的一些存放了数十年的东西葬下，我们也才知道，已经在她的记忆里完全模糊的曾祖父，重现在她的梦里，跟她告别。此时，新坟立起，曾祖母也并没有跟她的丈夫和儿子真正"团聚"，她的身边和身后，仍旧只是两个空荡荡的土堆，她在另一个世界，仍得单枪匹马一个"人"。

点燃一挂鞭炮过后，家人尽皆跪倒，师傅公喊道：“一叩首……”

Z 摁着电脑的回车键，一遍一遍播放幻灯片。那是他之前找人拍的海底龙宫，也不是说拍得不好，问题在于，这些照片都显得比较暗。我判断有几个原因：一是拍摄时光线不足；二是这并非专业的水下拍摄设备；三是摄影师缺少水下拍摄经验，只是把陆地上的拍摄习惯不假思索迁移到水底，对水里瞬息万变的流动感把握不住。当作纪实照片来看看，也不是不行，可若是以这样的照片来吸引人，把看客转化为游客，恐怕效果未必行。曾祖母的葬礼之后五天，Z 叫辆车到渔村来把我拉到县城一个酒店里，他说话小心翼翼，怕惹到我。他也不提让我下水的事，只是拿出他之前收集到的一些照片，说是让我和他一块儿分析。

我说：“这些照片都缺少色彩，可能……那片水下龙宫本身色调太单一。光就照片来说，这些画面实在是没什么诱惑力。我的想法是，这些建筑太灰暗，但可以拍一些水下生物，用水草和鱼虾的色彩，来点活画面。”Z 拍拍我的肩膀说：“你什么时候状态好，我这边随时安排人跟你一块儿。”我说：“就明天。”

不管设备多重，一入水，我就活了过来。我是独行侠，觉得入水是一个人的事，那种被海水包裹、独自游荡的自在，没法与别人分享，所以我没有让 Z 喊来的两个人陪我一同下水，而让他们在船上接应。他们也乐得自在。入水之前，我习惯用潜水鞋在水面击打三次水花，一个翻身，射入水里。水下摄影就是这样，当你一直追着拍什么，你就总能在水下遇见什么：有人总能拍到水母，有人总能追到鲸鱼，有人则老是碰到珊瑚和巨大的贝。而我的眼睛，总是能看到艳丽的色彩——总是某一团色彩而不是某个活物最先击中我的眼睛。能见度很好，强烈的阳光让海水好像变浅了很多。对我来说，这样的潜水摄影，已经不是谋生的工作，而是修养身心的方式。陆地上的声音都被隔绝了，没有了人影，这是我的世界。

如果能真正忽略包裹周身的水，每一次海底潜游都是一次飞翔。下水前，一遍遍检查身上的设备，像是即将从半空跳伞。所谓水下拍摄变得越来越“专业”，意味着所携带的拍摄设备越来越沉重，这些器材，已经在某种程度上成了器官的延伸。当苦咸苦咸的海水，以浮力抵消掉器材的重量，那些沉重的器材就慢慢“消失了”。在这水下龙宫里潜游，看到一栋又一栋的残破房屋在我眼前展开，我不能不产生时空穿越的恍惚感。多少年来，村人只知道海边水下有这龙宫的存在，各种传言给它盖上层层迷雾，并不能让我了解得更多。可有了互联网之后，一切都变得没那么遥远，我也追寻线索，在一些旧县志里，翻阅到了这水下龙宫的来历。并不需要潜多深，十二三米，已经可以双脚踩到海底，那些斑驳的石块，颜色是很单一，却也刻满海水和时间侵蚀的痕迹，角度选好之后，是最好的拍摄对象。光是想想，自从这些房子潜埋入海水开始，从未有一个人像我一样缓慢地看着它，我就浑身颤抖。

就在这时，我看到了那条鱼，我很难讲那是一条什么鱼，颜色血红，犹如一团火在水中燃烧。对一个摄影者来讲，这是致命的诱惑，我很快地往前游动，靠近之后才发现，那条鱼几乎有我身体的三分之二那么大，颜色也越来越红——我正在靠近一团火。它并没有要逃离的意思，它甚至瞪着我看了看。暗淡的海底残屋断墙面前，需要这么一团火来点亮，我不断摁动快门，拍下了它很多的照片。它感受到了长镜头的侵扰，它游动，跨过一堵断墙，在水草间消逝。我只能快速滑动，追过去，可它更快，主动权在它那边，火光时大时小。即使身上没有背着摄影器材，我也没法追上一条试图游走的鱼；但那条鱼显然并无意逃远，当我停下，它也停，好像在等。我不得不重新游过去。待我游近两三米之后，它又再次离开，在我的相机里变幻着各种造型——一个足够自恋的模特。

追拍了二十来分钟，我不得不放弃了，我知道，携带的氧气已经不多，我得返回水面了。那条鱼显然也看出了我准备放弃，它猛地加速，竟然撞向水底的一堵墙。没什么声音，只有轻微的一缕震动，那条鱼摇摆一下尾巴，拐弯绕过墙壁，瞬间消失了。我呆呆地看了好一会儿，那条鱼撞过的地方，墙上的石块开始缓缓掉落——这些断墙在水中泡了四百多年，早已不那么牢靠。我游近那堵石块不断滑落的墙，想拍一些微距的照片。靠近一看，发现边上有块歪歪扭扭的牌坊，我捡起一个石块，刮掉牌坊上不知道是什么的覆盖物，慢慢辨认了好一会儿，半看半猜，落款的小字已完全没法辨认，倒是可以看出那几个大字。大字是“海不扬波”。这四个字让我心里咯噔一动，我选了好几个角度，好让光线充足一些，却仍没能很清晰地拍下这四个字。

等回过神来，我暗暗叫苦，呼吸到的氧气已经变得稀薄，有着多年潜水经验的我，本不该出现这种低级错误的。潜到水下，身上承受的水压变大，是不能快速上升的，否则……我不敢多想，只能放慢吸氧的频率，边游动边上浮，动作越是缓慢，我的内心则越是焦急。不能加速，不能加速，不能加速……我靠着意念来控制自己，可……即使我想加速，也没办法了，氧气残存无几，我的身子越来越沉重，那些拍摄器材已经快要把我的身子压碎，可潜意识让我没法松手……甚至，连眼皮也睁不开了。眼前开始变得暗淡，我觉得我甚至还没办法上升，又得往下掉……暗淡开始变得光彩夺目，那是刺眼的光，天崩地裂，各种轰鸣声充斥着我的耳腔，我感到了巨大的摇晃，人间的一切，都在碎裂——我自己，也要炸裂了。

一切开始变得正常，从我重新吸到充足的氧气开始——有手臂抱住我的胸，另一只手扯掉我嘴里的呼吸器，递过来另外一个，我本能地猛烈吸氧，总算是赶走了幻觉。来人和我比画着潜水手势，我连续吸了好多口之后，摘下呼吸器递给他。过一会儿，他递给我；再过一会儿，我递给他……他松开抱在我身上的手，我们交替使用他背上的氧气瓶，慢慢上升，越靠近水面，阳光越白亮。

把头探出海面，我没有抢着吸气，反而长长舒了一口气。我知道自己刚刚死里逃生。重新坐到小船上，我才感觉到，身子像是散架了。我感谢这两个跟我一起来的队友，他们发现我潜水时间太长了，就都背着氧气下水寻我了。我此时没法说出感谢的话，闪过我脑子的念头，是让他俩保密，否则，一旦传到父亲的耳朵里……刚才的那一幕，就是那个笼罩着我们家的魔咒吧，它是蹲守猎物的好猎手，无论藏匿多久，时机一到，就杀机毕现。

——当年，那一幕也是这样出现在我祖父身上的吗？

祖 父

我总觉得，祖父有过跟我一样的压力。他的父亲——我的曾祖父，随着下南洋的船消失后，曾祖母把所有的目光都放在他身上，她肯定多次幻想过，她的先生若是有一天安然回来，她至少可以坦然告诉他，我帮你把儿子养得好好的。可时局动荡，疲于生计，哪里能照看得那么周全呢？祖父终于还是和村里的大多数年轻人一样，随船出海——我们村没有港口，可出水性好的水手，他上了另外一个镇子的渔船。曾祖母也不得不同意，世事多变，在岸上未必就比海里妥当。祖父每次下船，除了给他的母亲带回海货，还带回滔滔如海浪的话——那些话后来曾祖母曾不时转述给我，有的听着像真的，有的却无比荒诞，我不得不怀疑，那是曾祖母在对她儿子的多年思念中，自己编出来的对白。“你爷爷跟你这么大的时候……”她有时会以这句话开场，接下来说了半天，其实跟我的祖父——她的儿子，可能毫无关系。

也是很多年之后，我才清楚，或许她并不是要跟别人交流她的儿子，她只是在寻找一个说话的对象而已，而且，这对象还得恰好听不懂她的话才行——她就没跟家里其他人说过。也就是说，我永远没办法明白，在“丧”夫、丧儿多年里，她心里吞下过多少惊涛骇浪。她的脸出现在我眼前的时候，衣衫永远齐整，头发服服帖帖，没有任何一缕乱发强出风头。她和村里的老妇人没什么两样，可又处处不一样，她衣裳不新却特别洁净，她把自己浑身收拾得充满秩序感——如果不是以这种程序化来让一切严丝合缝各安其位，她早失控于那些起风的暗夜，哪里能熬得住那漫长辰光？

和村里的每个老妇人一样，每一个节日她都绝不疏忽，该到沙滩上燃烧纸钱祭拜未归人，她一定去；该到关二爷庙里祈求平安，她就在通书上指定的吉时准时出现。每年还有很多次，她一个人带着香烛纸钱背海朝西，去村人的坟地。那是她一个人的时间，在前往的路上，有人跟她打招呼，她也并不回话，最多点点头。她是去祭拜她的儿子，但，也是一座空坟而已。祖父在海上消失，连一根头发都没能回到渔村，最后埋下的，是他的一些衣物什么的。“他冷啊，他是在海上没的，又离得那么远，一直泡在水里，得划多少年的水才能回到村里呢？方向不对，就永远回不来了……”她这么跟我讲过她的梦，我当年听的时候，左耳进右耳出，没有在脑海里些许停留；当她也走了，她讲过的话，反而不时闪烁，在我耳边强行起义，祸乱不绝。

曾祖父消失在海外，并不是孤例，周边村子也不鲜见曾祖母这样的妇人。有的熬得到尽头，她们的男人从海外归来了。可大多等不到，要么男人已在南洋重新成家，只是偶尔给寄些钱物回来；要么妇人熬不过孤独岁月，把自己的命结束于一棵树、一片水。这些空守着的女人，总是被异样的目光所包围——祖父年少时，受不了那些目光的挑衅，敏感而易怒，拳头时时青筋暴起，迎着目光和话语挥过去。无数的告状、争吵自然就丢到曾祖母身上。曾祖母叫来她的儿子，正要说出责备的话，可一在他的眉眼之间看到他父亲的模样，看到他脸上青一块紫一块，准备好的话只好吞回去。她清楚，她儿子的所有愤愤不平和无端发怒，都是替她出头，他渴望像一个真正的男人一样，挡在她的面前，隔断所有朝她赶来的伤害。

一九五〇年海南解放时，祖父七岁，曾祖母是个村妇，可她也知道，新的时代到来，一切都不一样了。曾祖父的身影是越来越渺茫，几乎所有下南洋的男人都跟老家断了音讯。不到十岁的祖父，跟村里的伙伴，一次次把自己丢进海岸边的龙宫里，从水里捞起海底之物。曾祖母的哽咽和泪水没能劝退祖父，她只能频繁地烧香拜佛，祈祷她儿子平安。祖父十四岁就随船下海，把自己晒得一身黑褐，身上只有眼白和牙齿是白色的，日光之下，肌肤闪着油光，一铁锤下去，能敲出乒乒乓乓的金属之响。女人出海是渔村最大的忌讳，祖母自然没随船出去过，祖父跟曾祖母说他的海上奇遇，曾祖母只能借助在岸边遥望的海面之景，想象海里的波涛。那些奇遇，最后都化成她的阵阵惊吓和夜夜噩梦，尤其是在祖父十八岁那年经历了一场风暴后。当时祖父已经是一个远海船上的主要船员，每年在海上至少待四个月，相比陆地上的安稳，他更习惯海里的摇晃。那次风暴出现在渔船返航的途中，捕捞的鱼虾蟹堆满舱，可风暴袭来的速度远超他们返航的速度，后来即使把渔获和一些重物抛下，渔船也还是和风暴正面相遇。依靠船长熟知海路，借助经验和罗盘的指引，快速奔往一个岛礁，总算是把船员的命保住了，可这一趟也算是损失惨重。回来后，光修复渔船就花了一个多月。风暴抵达村里的时候，曾祖母守着空荡荡的院门，目光空茫。风后三天，见到儿子衣衫破烂地出现，她的惊骇反而没了，只淡淡地说："你要找个婆娘了。"

问到合适的人并不容易，人家一听说出海的，他父亲也消失无踪，多给吓退了。祖父结婚已经是二十岁那年了，祖母是隔壁村的，也是渔家人，家里也在海上折损过人，并不觉得有人死在海里有什么大惊小怪的。婚后也就十多天，祖父也再次随船出海，此时，祖父已经能时不时帮一帮船长掌舵了。对于罗盘的指向和《更路经》上记载的海上航线，他也能多少知晓一些，最关键是，他水性好。出船的人，没有水性不好的，可像他那么好的仍是少见——若说有人能在海上徒手抓回条鲨鱼，这人只能是他。后面，便是我父亲出生了。祖父每次出海归来，家里就多了鱼汤味，肌肤颜色越来越深的祖父，双手钳子一般抓住他手脚粉嫩的儿子。他总是下手太重，捏出一阵阵号哭，引来家中两个女人的阵阵责骂。

曾祖母总算是松了一口气，若是有一天，她白发苍苍的夫君从国外归来，她可以带着她儿子、孙子，走到他面前说一句："我对得起你。"但这样的话，是没有机会说出来的，即使她在自己内心预演了千百遍。她去问卜过一些通灵之人，想证明自己的预感。被问询之人，无论胖瘦男女，无论法力高低，总有一点是斩钉截铁的，那就是，在某种奇特的问卜仪式之后，给她的回答都很一致：曾祖父还活着。这算是好消息还是坏消息？反正，她被这个消息笼罩了数十年，直到她过世，她幻想着重逢的画面也从未出现。如果我们生活的是上古神话世界，那她毫无疑问会变成“望夫石”之类的东西。有很多无人知晓的长夜，她侧听着不远处的潮汐涌动，渴盼从月色和海风中，搜寻到那缕熟悉的体温与呼吸。这样的渴盼，在她的儿子我的祖父命丧远海之后，更加强烈。

关于祖父的死，后来一直有好几种传说。

其一：那一趟出海，祖父已算是船长，他掌舵已经两年。这一趟，渔获颇丰，船已经归航。这一次是少见的丰收，所有人也就放松了警惕。当夕光洒满海面，橙黄色让一切都显得安详而辉煌的时候，没人会想到那艘相向靠近的船会率先开枪。祖父慌忙掉头，想甩开飞射而来的子弹。他让船员搬来米袋，堆在船舵前面，他一边躲避一边转动船身。风吹船帆，船一个错身，甩开了一段距离。船员们虽也有两杆枪，可在突然的袭击面前，已经被打傻了，忙活半天，潮湿的枪管根本射不响。虽然海上摇晃，不好瞄准，可船上还是有船员中枪了，哀号声和血腥味混合在傍晚的海风中，是死亡的信号。奔逃了有二十分钟，祖父右肩中枪之后，他终于让船停下，他只希望，袭击者可以放过他的船员。后来活下来的船员也没能说清楚，袭击者到底是别国的士兵还是神出鬼没的海盗。

其二：最先，是一个首次登上这艘渔船的船员，生了某种怪病，肚腹鼓胀，呕吐不绝，在船上鬼哭狼嚎。船员们把携带的药都翻出来，土方子都用遍了，也没一点儿效果，直到那船员气力散尽，昏睡过去，呻吟越来越弱，眼看就要咽气。祖父准备以最快的速度返航，可这一次出海太远，不是想回就能回的。最可怕的，是第二天，祖父发现自己也开始出现了和那船员一样的症状——也就是说，这是某种可以快速传染的病。七月底的暴热天气，船舱这个封闭的地方，人人自危，没有人知道将会发生什么。祖父极力控制，可扭曲的身体、发紫的脸色，掩盖不住他已被传染的事实。祖父估算了归航的时间，最快的速度也得四天半，可他这个掌舵人已经染病，相当于这艘船的大脑已经迷乱，返回到岸上的时间还会拖延得更久。如果继续归航，可能还没到达港口，船上的人便无一幸免全都被传染。祖父当即做出决定，向一个离得最近的岛礁进发。他已不能掌舵，只在一旁边呻吟喊痛边指挥，大半日之后，终于看到经书上提及的那个岛礁。岛礁不大，可此时已经是唯一的救命场所了。考虑到渔船可能已经被呕吐物污染，没犯病的船员便带着粮食和淡水登上岛礁；渔船上留下了祖父和最先犯病的那个船员。渔船在岛礁附近下锚停靠，相隔不远，船和岛礁间的海水把健康之人和病号隔开，避免怪病继续传播。幸好这一趟出来还没多久，淡水还足。前两日，岛礁上的船员不时朝船上喊话，祖父听到后，都会回应。到了第三天，船员喊了许久，没有听到任何回应。他们心慌了，有胆子大的立即登船查看，却在渔船上号哭起来。其他船员也纷纷登船，船上却没有了祖父和最先染病那船员的行踪。渔船比他们登岛礁时，还要更加干净整洁，显然被海水冲洗过。没有人知道祖父和那船员去哪了——其实，却又谁都知道。他们在渔船附近的水下搜寻好久，一无所获，只好放弃。他们知道祖父的水性，他既然已准备把船留给健康的船员，自然不会把染病的身体留在附近，他肯定已经带着那最先染病的船员游出很远，再沉溺于茫茫波涛。

其三：所谓的遇袭和怪病，并不真实，他们的船，仅仅是遇上了一阵渔家最常见的海上风暴，导致损失惨重，最后回来的，只有几个人。剩下的船员回来之后，大多语焉不详，彼此之间说的话都对不上号，不知道该相信谁。

这一场海上的灾难，一直都是一个谜，谁都没能证明哪种说法是真的。甚至有人说，其实，传言都是真的，那一趟他们先是遇袭，之后带伤逃离，伤号发炎，导致病毒传染，后来在岛礁上躲避，还遇到了一场不小的风暴……我父亲在很多年以后，曾抱着这个不解的疑团，去问了一位当年的幸存者，那老船员就是这么说的。他并没说谎，可关键是，他出海多年，会不会已经把诸多经历，混成了同一件事？会不会把一辈子待过的船舱、海面和岛礁压成同一回，也把一辈子的出海压缩成了同一次？

丈夫、儿子相继尸骨无存，在他人眼中，曾祖母的灾星之名怎么也洗不掉了。她不是没想过死，父亲后来跟我说过她身上的疤痕，一些纵横交错的刮痕，在她的大腿、手臂处交错，那是来自她的发钗还是梳子的自残？她甚至在身上绑了一块石块，准备自沉于海底龙宫，可绳子的脱落让石块先沉了下去，她被海水的浮力推向水面。几个在岸边摘椰子的少年发现了，慌忙下水把她拉回岸上。一次失败的寻死并不能完全抹杀她的绝望，最后让她打消念头的，是我的父亲。当时十余岁的父亲对她说："奶奶，以后，你跳一次，我也跳一次。"父亲看到了她唯一一次痛哭。父亲见过很多场大的台风，可在他眼中，所有的风暴，都没有那次他祖母的痛哭来得摧枯拉朽——那痛哭堆叠了之前二三十年的无望，也预支了其后四十多年的泪水。

痛哭之后，曾祖母就不再寻死了。她得和我的祖母一起，带大我的父亲。祖母是在父亲十二岁那年，也就是一九七六年过世的。我也曾问过父亲，到底是怎么过世的？父亲语焉不详，憋出眼圈的通红，只抛出一个字："病。"曾祖母也从没提过，这自然也成了我们家另一个隐秘。而这哪能藏得住呢？在村里一些上了年纪的人那里，不外乎两个字："吃药。"至于祖母吞食农药的缘由，村人则是各种猜测。可即便没有确切答案，要猜到也并不困难。这个家两代男人都消失于海上，而两代女人都活着，带刺的风言风语、带色的奇怪眼光汹涌而来，不是所有人都承受得住的，祖母毕竟不比曾祖母命硬。而我心里怅然无比的事情是，当年曾祖母牵着我父亲的手，送走我的祖母，她心事如何？作为我们村最长寿的人，时间对她来说，是奖赏还是惩罚？或者说，这是一种惩罚般的奖赏。

地　动

"以沙滩为中轴线，水下龙宫和岸上村子，是相互对称的。"

给Z的拍摄策划方案里，我写下了这么一句话。在数百年前，那片水下龙宫，又何尝不是一片岸上的村子？对我来讲，要拍摄这片水下的龙宫，首先要解决的问题，是这地方怎么来的？它们怎么出现在这一片水域之中？龙王所居、海神藏匿之类的荒诞之语，我是不信的，无论那些传言在附近村子萦绕了多少年。无论它身上覆盖着多厚的泥沙、多沉重的海水和多混乱的人言，我都得查看清楚之后，才能开始拍摄。

对我来说，小时候的每一次扫墓，都是一场心惊肉跳。我知道祖父、曾祖父的墓穴都空荡荡，可那隆起的土堆，有着消灭一切的力量，我想不明白，活生生的喜怒哀乐，凭什么全部掩埋于这些土？凭什么归于无？凭什么一丛又一丛坟上杂草这么繁茂于风霜？这两个无法被陆地捆绑的男人，消失在我们看不到的地方，那好，既然看不到，凭什么说他们死了呢？难道不是他们厌倦了这海边村子的小，于是出海远征，在我们看不到的地方开枝散叶？

曾祖母过世后一个月，是她的冥寿。往年的这一天，父亲会提前一天准备，开饭馆的他提前拟好菜单，亲自下厨。他把村里的族人都叫来，让人们在推杯换盏中称赞曾祖母的高寿和福气——在往常，族人们会因为曾祖母的“命硬”而避之不及，在这一天，则全都化为祝福。无论父亲变换多少花样搞了多少菜，曾祖母都几乎不吃，在劝人吃喝的时候，她只在面前摆放一杯刚冲好的黑咖啡，不时拿起杯子抿一抿，眉头一紧，本就皱纹斑驳的脸，更加杂线交错。她在平日里，并没有喝咖啡的习惯，可每年生日这天，那苦涩的味道就会在我们家萦绕。速溶的还不行，得是咖啡豆研磨成粉，冲泡之后黑乎乎一团，近乎药。我也是到了上大学之后，才听曾祖母说起，她第一次喝咖啡还是一九四九年前——曾祖父下南洋之后，第二年曾回来过，带回的东西就有咖啡粉。曾祖父回来两周后，曾祖母过生日时，他第一次给她冲泡了那苦涩之味。不知道是咖啡的效力还是曾祖父的话，让她一夜不眠。曾祖父低垂着头告诉她，他将在数天后，再次随船下南洋；他还说，本来想多待一些时日再做打算，可据说日本人将要到渔村来，找青壮汉子下海打捞龙宫里的东西，到那时恐怕就身不由己了。之后每年的生日，曾祖母都会让那奔腾不息的苦味，在自己的口腔里重现。可现在，曾祖母过世了，父亲说想继续搞桌宴席，母亲的脸越来越难看。

“那……就算了吧。”父亲主动认输，说完拍拍我的肩膀，“你，跟我出来一下。”

父亲点着一根烟，吞吐了好几口：“你要不要也来一根？”

“不要了，一抽上就麻烦，我老要潜水……”此前，我也抽烟的，尤其在异国之时，躺在陌生的酒店，听着陌生的海潮，烟就一根接一根，停不下。有一次潜水时忽然到来的呼吸急促，让我想到了昨夜抽掉的半包烟，还没浮上水面我就铁了心，若还想继续从事水下摄影，我需要做的第一件事，就是把烟戒了，否则我总有一天会死在这上面。父亲每吐出一口，我就觉得喉咙发涩，可又不能躲得太明显。

“有个事，我说出来，你别笑我，也别跟你妈说。”

“你外面有人了？”

“乱讲……”

“那……”

“我想让你教我学学潜水。”

——这话比在外面有人还让我惊诧，多年来一直绕水而行的他，竟然要潜水？他猛地喷出几口烟气，我被熏得咳嗽几声：“爸，你这不是没事找事嘛，哪有到这年纪了还来玩这个……”

“我倒真不一定要学会潜水，我就是也想下去看看那龙宫。村里没下水见过的男人，也就我一个人吧？邀请你回来拍照的那……什么总……要是水下旅游给他搞成了，以后来看的人肯定多，一想想我在这村子几十年了，没见过一眼，我也是不甘心。”

“爸，你一下水就紧张，心里有结，这事不好办，到时你手脚抽筋，划不动……”

“那不管，总会有办法的，实在不行给我身上绑根绳索，真上不来了，把我硬扯上来就是。反正，我得下去看看。等过几年，真开发旅游了，一是没这模样了；二是到那时，我更动不了了……”

他心意已决，我也只能应下。剩下的，则是怎么绕开母亲了。母亲不愿再给已不在的曾祖母办什么“寿宴”，说那听着都头皮发麻，父亲顺水推舟，只到祖屋祈祷一番便算完事。忙完这些后，父亲跟母亲说：“你先回店里，我下午回。”母亲从院子里翻出一辆满是灰尘锈迹的自行车，摇摇晃晃就消失在村道里。院子里变得更加安静了，我们父子俩无话可说，静得像我一个人住在院子里的这些长夜。

曾祖母过世后这段时间，我一个人住在这海边村子的院子里。母亲让我到镇上住，说什么都方便。我去了两个晚上，跟母亲说：“妈，我还是回去住，你们一大早就开店，楼下太吵……”母亲说：“你吃饭怎么办？”我说：“我一个人在国外也待过个把月，也没饿过，回到自己家了，更不会……”她跟着回村里，把家里彻底收拾了一番，有时悄悄把某些东西装到袋子里，拎出去丢掉——她是害怕曾祖母遗留的痕迹吗？夜里，我把房间的灯全打开，在电脑上处理着当日拍下的照片，灌进窗子的海风，把心跳一般的海潮声也带来了。我干脆关掉一切人工的光亮，想起小时候的幻想：那片海里，高大的海神直立而起，赤裸的上半身月光落满。海神之事，海边之人传颂不绝，可自然不会有人见过，真正的文字记录，我也只是在查询关于海底龙宫的资料时，在一本县志上见过：“琼州诸生应试，渡海归，见神人立于水面，高丈余，朱发长鬓，冠剑伟异。众惊伏下拜，神掠舟而过。次日，三舟复见，诸生大嗓拒之，神忽不见。少顷，风大作，三舟皆覆溺。”这样的话当然也是不可信的，理由很简单，要是真事，看到的人都随船覆溺了，谁来写下这样的故事？推演出这个逻辑后，我恨不得扇自己几巴掌——真是越活越无趣了。

安静让父亲显得尴尬，他丢掉烟头，去煮开水，冲了两杯浓郁的咖啡，那味道好像把曾祖母带回来了。父亲抿了一口："苦……等一会儿日头没那么晒，我们就下水吧。"

潜水服套在父亲的身上，把他身体的轮廓更加凸显出来——他的背已经弯了，无论他怎么想挺直腰板，侧面看去还是犹如一只虾。刚开始练，不能潜深，我找了一处清澈的所在，让他站在齐胸的水中，练习咬嘴呼吸器的使用。我讲了要点，就让他在水中练习，他的头不断潜入水中、不断抬起，下午的日光斜射在他身上，反光刺得我有些发晕。没练到十分钟，他站起说："是不是可以下去看龙宫了？"躺在沙滩上的我，抓起一把沙子丢到脚掌上："还远着……你先把这东西练熟了，我到时跟你配合着练，练习交换呼吸器。潜水容易有危险，一般至少要两个人以上才能下潜，还有很多手势要学——水下不能讲话，得靠手势来交流……"父亲愣住了："那么麻烦……"我说："我当时也练了四五天，你要怕学不会，就上来吧。"父亲说："……不是不想练，就是没想到，这事也……挺麻烦……"我没法跟他说，我学会了基本潜水技能，每次有不同的海域下潜，都还有大量的功课要做，水的可见度、光度、拍摄对象可能的出现时间、携带什么设备……都需要提前了解、准备。父亲不再说话，默默地练了半个小时，才上来沙滩，整个人陷进沙子里。此时，日光越来越温柔，海风已经带着凉意，人很容易在这样的日光和海风中犯困。好一会儿之后，父亲说："你说，那龙宫真像你拍的那样吗？"

"你自己去看看就知道了，比我拍的要好看。"

"你说，谁在水里修了那么大的工程？真不是龙王的宫殿？"

"就是人修的，跟龙王没关系。"

"花那么大力气，在水里修那些墙做什么？"

"本来不是修在水里。原本就跟我们村子一样，是岸上的村子，一次大地震，海边的村子全沉到水下去了，变成了今天的水下龙宫。"

父亲猛地坐起，瞪着我："你说的是真的？那以后再有地震，我们村会不会又沉下去？"

我说："准备下水拍的时候，我查了一些资料，根据记载，应该不会错。那次地震在明朝，至今已不止四百年了。那回地震太大，海南岛伤亡惨重，沿着海边数过去，有七十多个村子，全变了海底村庄。"

父亲沉默了有几分钟才挤出几个字："我——一定要——下去——看看。"他再次走入海水，嘴里咬着呼吸器，头部一会儿潜入水中，一会儿抬起。

我看着他，好像他是我的儿子，我是他的父亲。

除了练习潜水，父亲还让我帮他问护照怎么办、现在去东南亚方便不方便。一有空闲，他还到处探访村子周边的老人，神秘兮兮地打探着什么。为了撬开他藏着的话，我准备了一瓶上好的白酒，在砂锅里杂鱼煲咕嘟咕嘟的翻滚中，他轻抿一口之后，才泄了密："你曾奶奶过世后，我最近老做梦。"

"梦见曾奶奶？"

"没有。"

"其实，梦中的人看不清。可我总觉得是你曾爷爷——我的爷爷。"他回头指着墙上的一张炭笔画。

从我有记忆开始，曾祖父这张遗像就悬挂在大堂的墙上。和其他人的遗像多为老年面孔不同的是，这是曾祖父年轻的面孔。我很难说清楚那是一张什么样的脸，目光空荡荡的，好像看着什么地方，又像哪里都不看。在很多年里，我总觉得这遗像有些奇怪，又说不上奇怪在哪，也是到了高中之后，有一次拍证件照，才发现了端倪。奇怪的地方在于：那遗像上，我看到了我父亲的模样，也看到了我的影子——某种遗传的特征，隐藏在这些脸上。

"梦见他怎么了？"

"也没别的，就是狂风暴雨，台风来了，我们这院子都要掀开了。屋门被推开，我看到一个黑影站在门口，就像泡在水中一样。"

"梦中是白天还是夜里？"

"白天。"

“白天也看不清？”

“看不清。可总感觉是他。”

“所以？”

“所以，我想找些老人问问他的事；所以，我也想到东南亚看看，他后来毕竟是留在那里了。”

“问到什么了？”

“问不到。他离开的时候，挺年轻，后来回来过一回，没多久再次走了，没什么人记得这些事。”

“我们村里都问不到，去东南亚能问到？东南亚不是一个国家，是很多个国家，连他去哪个国家都不知道，去哪找？怎么打听？他出国后，可能名字都换了。”

父亲眼圈顿时发红，说不出话。我堵死了他所有的出路——通往他的祖父、通往遗存给他相似面容的血脉之路。他死活要学潜水，是不是想当一个“合格”的海边人，好逆时间之流，抓住被大地震埋藏到水下的，那更蜿蜒更漫长的根？

院子里的灯都打开了，只坐着我们父子两个，空荡荡从咕嘟咕嘟的砂锅中冒涌而出，包裹住了我们。海风是拦不住的，它们无处不在，咸腥味前赴后继。在以往，曾祖母一个人守着院子的夜，她是不是也梦见过一个看不清的黑影，在风暴中推门而来，浑身湿漉漉，披一套水的衣衫？

曾祖父

……

有自南洋归村者，传其地繁华富丽及谋生之易。心慕之，欲往一游。父亲训诫：但有不适，应速归。遂于元宵之后，步行至海口。初做此徒步远程，抵达之后，坐不思起，脚底肿热泡如火燎，筋之伤也甚矣。由海口随船至新嘉坡（注：即新加坡），海上颠簸摇荡数日，有人茶饭不思，面色黑灰；

余肚腹吐尽，口鼻腥臭苦膻。途中船板传来骚乱，据闻乃有人不堪货船摇晃之苦，心智大乱，投海而没。抵新嘉坡，未及休整，又转火车去芙蓉，乃村人工作之地也。

余随村人往橡胶园内之工寮，胶工皆为华人，琼岛之人亦不少，通乡音，时有人来探故乡事、言故乡物，无不眼红洒泪。胶工每晨四点钟即起，天黑如漆，于山涧中冷水浴，全力摩擦拍打周身，使之热。曰：非如此，胶林内阴寒瘴气侵体，必患病也。未及拂晓，入林采胶，采完，急用膳。膳后速往林中收胶，不得使胶液受日晒凝固也。午后，工人中除制胶者，余则别无他事，或于寮中聚赌，或外出逛窑子。每月劳苦所得，虽甚丰裕，然因此而钱财耗尽葬身异域者，难以胜计。辰已之际，风凉入静，属美睡之时。余不惯早起，亦不惯起身即冷水浴，更不喜其聚赌逛妓之风，便未应下胶工之活。旬余，谋寻工作尚无头绪，便因水土不服，病魔来袭，余面黄腹胀，身垮而神魄散。村人来探，知状危矣，急送救治。异域孤身，得此视护备至，感激涕零。经医治后，腹胀渐消，然全身萎靡，四肢无力，不能起身，每餐由护士以牛乳喂之；渐而能起，乃增加面包。手足不灵，屈伸莫听使唤，有如婴孩，学坐，继而扶手学立。渐改用饭，村人时备家乡菜前来，病患渐消，遂转别室疗养。疗养室园庭空阔，花木扶疏。每晨夕，余扶筇慢行于院中，心颇想家，深悔此行之谬：别父离妻，远隔重洋，尚未谋稻米一粒钱银些许，盘缠已然耗光，幸有村人援手照应，方不至客死异域。月余，复原如初。遂出院，至村人处别寻生计。

春未尽，热浪袭……

……

在电脑上把两张图片放大、再放大，也没办法看出写下这些字的是谁。相片里的纸张泛黄，字迹凌厉，每一个转笔处，没有任何逢迎，显出某种剑破长空的孤寂。写抬头的那一页没有了，有落款的那一页也没拍到——除了这空落落、没前没后的一个人，述说着他身在异域的一场病，其他全都遗失了。这不太像曾祖父写下的，在曾祖母的记忆里，他虽懂得写自己的姓名，读得一些字，也算得几个数，但也就这样了，要如此详略得当地写下异域之旅，不太可能。那，会不会是曾祖父当年让通文墨之人代写的——如果真是这样，我更感兴趣的，倒不再是曾祖父，而是那个代笔之人，他在为别人的家信琢磨词句时，会不会在其中暗藏自己的心事？可惜再也没人能说清这背后的故事了，曾祖母的过世，让一切沉入海底——就算她还在，这一切也许仍旧是谜。比如说，在数十年里，她就从没跟家里任何人说过这么一封信。

她过世后，家里人整理她的遗物，搜出一件就匆匆拿去烧掉，怕留在家里不干不净，母亲甚至不让我拍照："这些东西，拍什么拍？不怕？"看到觉得有意思的，我才悄悄用手机随便摁两张，也不敢被她发现。照片上这两张发黄的纸，就是当时随手拍下的，我记不清是不是还有其他的信笺。当时若是留点儿心，翻看两行内文，出现在我眼前的，会不会就是一个完整的故事？那陆陆续续收拾完的遗物，被父亲在曾祖母坟前点燃的打火机全送给了火光；他还顺便点了一根烟，走到一棵野树旁，在烟雾里咳嗽了几声。

也就是说，本来就对曾祖父所知不多的我，被手机里发黄的纸张搅和得更加混乱了。第一种情况：这封信跟曾祖父毫无关系，或许只是某个村人寄回，甚至有可能是当年曾祖父第一次回乡时帮人捎回的；或许，去村里问询之后，曾祖父才知道收信之人已经等不到来信，在一场病中过世或挨不住绝望而投海自尽，这封信就一直被曾祖母珍藏多年。当年曾祖父是不是还曾红着眼睛，在祖母面前掏出这封信念了起来？曾祖母先是静默无语，最后推人及己悲痛难抑，任由曾祖父如何劝慰也静歇不下，在他怀里像海潮一样摇荡了一夜？曾祖父后来再次下南洋，除了要出去谋生，是不是也要给委托他捎带信笺的人一个当面的回复：老家已经空荡荡。

如果这封信是曾祖父托人寄回的，那很显然，这应该是写在他唯一那次回乡之前，因为如果他回来过，家里人肯定已经了解他初下南洋之事，不需要再次离开之后，再写信告知。初次下南洋便遭重病，差点儿命丧异域，心中无比想家的曾祖父，为什么在回乡后仍旧义无反顾再次离开？对照那段时间，正是日军已经在海南岛上扎稳脚跟、横行无忌的时候，莫非他再次远逃，是要躲避日寇？或许，当年，曾祖父在外游历一番之后，发觉他国居也大不易，本是要回来的，却在回村不久，便听到日寇即将来渔村找人打捞龙宫的事，村里一些年轻的男丁只能外出躲避——曾祖父便再次随船远走了。这一次，他断了音讯，走出人世之外，再没跟我们家有过联系。关于那次日本人在渔村驻扎，曾祖母倒是讲过好几回，说他们杀了几个人，驻扎了一个多月，天天在沙滩边，把水性好的人往水底赶，可打捞上来的并没多少值钱的玩意儿，也就撤了。

曾祖父的再次离开，意味着曾祖母漫长、孤独、空荡的岁月开始了。

曾祖母永远在抿着嘴笑——时光摘走了她嘴边的话，更多的笑，就从她的眼角流出。随着年龄越来越大，她的话变少了，每次村里有什么老人生病或过世，她往往好几天一言不发。她最害怕的，是台风天。每次广播里预报台风将至，她一遍一遍细听，确定风暴临近的时间，提前杀好一只鸡，拉上我，到祖屋去祈祷。煮好的鸡、三碗饭摆放在八仙桌上，她握手默念，每个字我都懂，可我永远听不懂她的言下之意。她的祈祷有十多分钟，之后她来烧香、点烛、焚纸钱，而我则拿着一根线香，到祖屋外燃放一挂鞭炮。噼里啪啦，烟雾消散，她让我先离开，她继续在祖屋里一个人待上大半个小时。我也有好奇的时候，悄悄躲在门外，看着她站在昏暗的祖屋里一动不动，木刻一般。

风暴来了，海浪不断击打沙滩，要冲到家里来，空中掉落的雨水已经不是雨水，是下滚的浪；狂风更是要抹平一切的暴徒。在此时，电全停了，煤油灯在夜里闪烁着脆弱的光。家人躲在屋里，不时被门缝、窗缝钻进来的风所惊吓。曾祖母在此时是不睡的，她没法睡，一直靠窗坐。紧闭的窗已经封死了视线，可她好像可以看到海，看到迷失于海上的渔船，看到大海彼岸的异国他乡。风刮几天，她就那样呆坐几天，除了吃喝拉撒，她始终和那张椅子贴在一起。家里也没人问她，问了也不回答，谁也没法知晓她的心事——对于一个独守数十年的女人来说，她有太多心事寄予他乡客与未归人。

入　水

我在故乡的海里拍摄了一个多月，这是我摄影生涯里从未有过的体验。在以往，我前往某片陌生的海域，少的两三天，多则一般不超过一周，所拍摄的也不外乎海里的生物。而这一回，我所拍摄的竟然是一大片漫长的海底世界——这是因明朝万历年间一场大地震而沉入海底的村庄建筑。村庄太大、太长，没完没了。其间 Z 来看过照片，不怎么说话，只是用力地拍我的肩膀，开车载我到县城一家饭店，一杯接一杯给我灌酒。

“这事，成了。”他有些哽咽。

“我以前也从没想到，家门口就有这么一片海。想不到绕了一大圈，绕回来了。”

“你知道吗？看了你的照片，我也想跟你学潜水、学摄影了。”

“哈哈，我爸让我教他，现在也能潜一潜了。”

“大概什么时候可以梳理一个展览的思路出来？”

“还得拍一段。目前可选的照片还是不多，都花了那么多力气，那就做好点儿。”

“我不急，你按照你的感觉来。来……喝。你想想，覆盖了四百多年海水围墙的龙宫，就要被你掀开面纱了。”

“不过，我最近得停一停了。”

“停？”

“上次我跟你说过，一直找我合作的那家手机公司，又来催我了。”

“你不能把这拍摄忙完？”

“老这么拍，我也有点儿倦，出来的照片效果并不好；还有，这几年我一直在和那家公司合作，不想断了这联系……最主要是，现在毕竟是智能手机的时代了，每次新款旗舰手机发布，网上全是热搜。我在想，要是把那新款的手机拿到我们这个项目里试拍看看，到时手机发布时，若是现场演示用上了这照片，对你的项目来讲，不也是一件好事？”

“我看行！”Z很激动，倒了一杯酒，仰头饮尽，他从口袋里掏出手机，啪一声放到桌面上，正是跟我谈合作的那个牌子。这天晚上，Z喝了不少，我也喝了不少。他摇摇晃晃坐上他的车，由代驾送走，他身后酒气经久未散。

两天后，我飞去那手机公司所在的城市，签署了保密协议，领走了一部尚未发布的新款手机。这手机套在一个造型怪异的保护壳里，一眼看上去，没法辨别其真身。其后个把月，按照计划，我又开始了满世界飞，在各个著名的海域，拍摄各种光线下的海底世界。这期间，我还悄悄回了一趟老家，带着这部手机潜入了家门口的海底村庄。以往沉重的摄影器材，置换成做了防水保护的手机，我变得如此轻盈。当那些在海底沉睡了那么多年的建筑再次出现在我眼前，我又有了那种回到母体的感觉——虽然每一个人也许都没法说出回到母体到底是啥感觉。

把照片连同手机交给那家公司后，他们送了一张国内发布会的门票给我，我接下来了，最后却没到现场去。这款新手机的发布会，在德国和国内都分别举行了一场，我都在网上看了，我想寻找我拍摄的照片有没有出现。德国那场发布会，并未出现我拍摄的照片；国内那场，有一张我拍摄的海底世界，鱼群涌来，严整、密集、光线辉煌。我夹带私货所拍摄的海底村庄，并未出现在发布会的介绍里。我理解这种选择，一款明星产品的发布会，每个环节都疏忽不得，谁不愿意把手机最色彩斑斓、高清靓丽的摄影功能展示出来呢？同时签约的数十位摄影师，都拿出最好的照片给他们选择，发布会上用来展示的，不会超过十张，我已经足够幸运了——那些通体黑黝黝的海底建筑的照片，力道浑厚，可色彩太单调了些，不讨好眼球，还是把它们留给我自己吧。

十月底之后，时间愈加飞快，其间有一家做互联网课程的，通过曲曲折折的关系找来，让我参与录制了七集关于水底摄影的网络课程，每节四十分钟。当所有的后期完成，已经是春节之前了，我买票飞回了海南岛。刚出机场，还没赶回村里，在手机上看到了武汉有人感染新型肺炎的消息。当时也没在意，以为远隔重洋，跟我们这海南岛没什么关系。谁知道接下来，各省纷纷宣布进入紧急状态，海南也近乎封岛，网上各种消息汹涌而来。再之后，春节过去了，父亲在镇上的饭馆也没法开门，村口的路被村干部拿破渔网拦住，随时有人拿着鱼叉巡逻。家里人也都被封在村里，没法移动。

我起初还抱着幻想，以为这一波兵荒马乱很快过去，可两三个月之后，疫情布满了整个世界。往年陆续到来的摄影邀约，全都消失不见了——真邀约了，能不能去、敢不敢去、去了能不能回来，都是未知数。我干脆死了心，窝在渔村里，整理以往的照片，并把一些潜水的视频剪辑出来，开通了抖音号，陆续发出来，一个多月后，竟然有了接近十万的粉丝。父亲整天跟我同处一屋，摩擦渐多；后来形势稍微缓和，他和母亲的饭馆又可以营业了，人虽很少，可毕竟开门了，我在他眼中才顺眼了些。

我有时会把抖音号的视频转给 Z，他会发来一个大拇指，可更多时候，是毫无回应。翻看他的微信朋友圈，看到他最近老转一些心灵鸡汤的文章。我给他打了个电话，他语音低沉，说：“我还在老家待着，出不来，还没法去海南。现在这形势……”我本来想告诉他，被关在村里这段时间，哪儿都去不了，可海上无人，我不需要戴着口罩，就可以划着小船在海边闲荡，那时的海好像回到远古，空茫辽阔。不时潜入水中，拍一些照片，每次看到空荡荡的海底村庄，我心想，现在，整个世界也是这么空荡荡的吧？快要挂断电话的时候，他说：“有些对不起你，我想……这摄影展未必还能搞，你也知道，因为疫情，旅游业都停下来了，我们那几个景区，每天……唉……”我并不觉得意外，我只是有些愧疚，怪自己口拙，不知怎么安慰他——现在，这个世界上有太多需要安慰的人。

禁足在家，刷手机的时间越来越多，不但眼睛像吹多了海风一样干涩，拇指也会隐隐生痛。把手机丢下，走出院子，海潮依旧，海风也依旧，海水之下，那个村庄依然隐蔽，暗藏千古，空茫如初。在渔村躲避疫情这段时间，我挑选好海底村庄的展览的照片，也排好了每一幅照片的顺序，连哪张照片洗多大、展厅的灯光如何布置等，我都做了规划。我甚至连展览的前言都写好了，只是暂时就不发给 Z 过目了。或许，一拖拉，这个展览永远没法成为现实了；或许，随着疫情的趋稳，好消息逐渐传出，这个世界还会回到此前的模样，该春暖花开时春暖花开，该日光辉煌就日光辉煌。是的，当我在村子里游荡，人们一切如常，我时时恍惚，好像疫情从未来到，海边的潮汐从未更改过它的节奏。好吧，我等着 Z 的电话，等着万物重开，年轻恒久——但在手机铃声响起之前，就让这场展览暂时属于我一个人，只为我自己开启。我悄然走进曾祖母的岁月，逆流而上，寻回那些消散的记忆。

“唯水年轻”摄影展前言

万历三十三年五月二十八夜，海南岛地震，海沙崩裂，琼东北起声如雷，海边七十二村庄，尽沉海底，人或为鱼虾。这些倾覆在水底的房屋，在四百一十五年过去之后，解除封印，重见天日，以另外的一种方式，回到我们的眼前。地震之前，高僧憨山德清恰好身在琼州府探寻东坡遗迹，他登上郡城之时，觉得生气不佳，曾言灾难将至，让人们躲避。可惜无人相信，死伤无数。

大震让那么多村庄瞬间沉入海水，以另一种方式，抵抗着时光的腐化。后来，岸边又重新生长出村庄，我们的先人一代一代在此生活，他们中的大多数人，并不知道海底村庄所从何来，层层传说覆盖了记忆。人们出生，活着，然后死去。“海老了 / 唯水年轻 / 凡是潮刷过的也都年轻”，这是我省老诗人云逢鹤的诗句。当我潜入水中，看到海底建筑，便觉得，这片海，确实老了；可荡漾的水纹天光，又那么年轻。这一次展览中，除了海底村庄的照片，还有一些岸上的，彼此夹击，共抗时光。摄影者也颇怀私心地放入了与曾祖母、曾祖父、祖父、父亲相关的一些照片；尤其是曾祖母，她坚硬地撑住数十年时光之潮的冲刷，她并未苍老，她如水——唯水年轻。

原载《人民文学》2021 年第 10 期

【作者简介】陈玺，1966 年生，武汉大学毕业，经济学硕士。曾在华南师大任教，执迷于科学哲学，发论文数篇。现任东莞市文联党组书记。中作协会员，律师。作品发表于《十月》《中国作家》《小说选刊》《北京文学》《作家》等刊物。出版有长篇小说《暮阳解套》《一抹沧桑》《塬上童年》。

Chen Xi, born in 1966, graduated from Wuhan University with a master's degree in economics. He was once the teacher of South China Normal University, obsessed with philosophy of science, and published several research papers. Chen is the current Communist Party Secretary of the Dongguan Federation of Literary and Art Circles, a member of China Writers Association and a lawyer. His works were published on *October, Chinese Writers, Selected Novels, Beijing Literature, Writers* and other publications. Chen is the author of novels *Sunset Unlock, A Sense of Vicissitudes and Childhood on the Plains*.

戏中人

陈　玺

一

阳春三月两场雨后，槐树寨的老街泥水横流。两道车辙积着柴草，歪歪扭扭地从桥西伸到东头的壕岸上。几十年前已如蜂巢般的老屋，好些倒塌了，披着荒草的残垣断壁，就像群倔强的关中老汉，蹲瞅着头顶呼啦啦的老槐树的树冠。

老街中间坐北朝南的庄宅，里面是几间厢房，院中有棵枣树，头门趔趄地站在几根木桩撑起的框中，上面是叠着砖瓦的门楼。干裂枯凋的门扇咯吱着开了，志明老汉端着洋瓷碗，攥着蒸馍，弓着身子，晃了出来。他顺墙靠下，筷头夹起几丝咸菜，摁在蒸馍上，伸长脖子咬了口馍，手背抹着眼角，嚼了起来。

西边桥头传来突突声。志明老汉停住咀嚼，眨巴着眼睛，挺身瞥着西头，纳闷还有人走老街的泥路。志亮戴着石头坨坨眼镜，叼着黑棒棒卷烟，坐在摩托上，打着摆子，荡了过来。见志明老汉蹲在门前，他蹬在门前的硬柴堆上，盯着老汉，摇着头说："二哥！都啥年代了，午饭还吃这？"

志明老汉掰了块馍，擦净碗，喝掉酸汁，将馍块填进嘴里，腮帮子鼓着，嘿嘿着应道："吃来吃去，还是蒸馍就咸菜舒服。"

轰了下油门，志亮喷了口烟，摆着手说："好我的哥哩！把娃都惯这样了，还在人面前替娃说话哩。你都八十多岁的人了，钻在苹果树地里，给守业疏了大半天的花，他们就忍心让你回来，啃冷蒸馍？这事我得管，这不光是丢你的人哩，也把咱祖宗的人都丢尽了。"

志明老汉将碗筷放在砖块上，踩在混着柴草的泥水，提起裤脚过来，摸着摩托倒后镜，哎哎了几声，搓着脸说："好我的兄弟哩！守业他妈走了七八年了，我自个也习惯了。咱娃是个软蛋，咱又给娃娶了个包拯那样的媳妇，这都是命呀！"

轰了下油门，志亮噘着嘴，直愣愣地盯着志明，嘎巴点了档位，后轮晃了下走了。抖着干瘪的身子，志明摆手叮嘱道："兄弟，哥怕守业跟媳妇淘气，你就别吱声了！"

从壕岸往北，是槐树寨的新街，几条街道铺成了水泥路面。上了水泥路，志亮轰了脚油门，摩托喷着黑烟，轮上的泥粒飞溅，沾在他的裤脚上。街口的小卖部前，围坐着一群吃午饭的人。志亮下车，跺了几下脚，鞋和裤脚的泥粒嗒嗒落下。他摘下眼镜，撩起衣角，正在擦拭，斜对面守业家的门，哐当开了。守业抱着头，弯着腰，不停地瞄着身后，撒腿从门中跑了出来。蹲着的人纷纷站起来，走到路边。芳莉晃着扫把，追了出来，瞥了眼小卖部前的人影，见志亮家隔壁的大鹏妈端着盆子出来，她缓步愣了下，倏地加快脚步，她扯开嗓子，抖着手骂道："羞你先人哩！也不怕人笑话，还给你起了个守业的名！你去问问你先人，他让你守业，他的业在那里？我咋就没见过哩！是不是都给他女子了？"

志亮跨过树沟，一把攥住了扫帚，瞪着眼训道："芳莉，十爸给你说，打捶闹仗回家去，别在门前丢人现眼了，也不怕人笑话！"

扯了下扫把，芳莉涨红着脸，瞄着人群，吔吔了几声，扬起手说："十爸，你是方圆几里的能人，城里有生意，村里有商店。守业他伯要有你的一点本事，我还能像现在这样吗？"

志亮松开手，退了两步，叹了口气说："芳莉，你看你和守业打打闹闹这些年，街上有人管吗！咱是一个族的，我是你长辈，劝说你几句，你咋就不知好歹，还把我也扯进去了？"

瞄见守业蹲在壕岸上，芳莉嘟着脸，转身瞥了眼自家的大房托楼板的门房，摆着扫把说："十爸，这几条街的人，谁不知道这房是我十几年从苹果园子刨出来的。你是能行人，我们咋能跟你比哩？"

志亮老婆出来，扯着他的胳膊，将他推进门，回身对着芳莉笑着说："芳莉，十妈给你说，你十爸就是爱管闲事，你别往心里去。"

回到自家门前，小卖部前的人散开了。芳莉走到路中间，对着壕岸上的守业喊道："你不是整天想着你伯吗！去！跟你伯过活去！家里没你的饭，也没你的炕，你想去哪哒就去哪哒，我再也不管你了！"

咣当一声，守业家的大门关上了。大鹏他妈晃出脸，瞥着守业家晃荡的门环，见管业走过来，两人相视一笑，她摇着头缩回身。

太阳落山了。渗凉的地气腾起，田野中满目摇曳着花蕾的苹果林隐在麻黑的天宇间。村民们从果林中曳出身子，三三两两回到村子，吃了晚饭，晃到小卖部前，聚在门洞的光影中。管业走出家门，后面跟着自家的黄狗，他顺墙来到小卖部，号闹着打麻将。

估摸村民们回家了，守业蹲在地头，瞄着他伯归去的背影，他捡起几瓣花，指蛋间搓着。几只蜜蜂嗡嗡着，在他耳畔游曳。他燃起一根烟，猛吸了两口，偏头对着蜜蜂，噗地吹出一股青烟。蜜蜂颤动翅膀，消失在花蕾间。回到村口，瞭着小卖部前的人影，听到管业张罗麻将的喊叫声，守业蹲靠着柴堆，他不敢回去，他怕推开自家的头门，芳莉又将他撵出来。柴堆渗出的凉气，萦回在他的胯下，像条蛇，攀缘而上。守业撩起夹衣，裹紧肚子，弯着腰，站在墙角，朝街道张望。从他的视角看过去，小卖部门洞的光廊中，晃着没头的身子。守业缩着脖子，见志亮闪出门来，呆望着他家紧闭的头门。守业咳咳了几声，闪进光廊中，踩着他十爸的影子，走了过去。见守业进来，管业摸起张牌，指头搓着牌面，挺腰晃身，偏头笑着问："守业哥，看把你饿的！我叫娃给你取个馍过来？"

守业径直来到柜台前，撅着屁股，肘撑在柜台上，搓着脸颊，转头瞥着管业，叹了口气说："管业，哥就是这个命。包拯在阴间排了几百年的队，临出世的时候，变成了女的，偏偏又让哥娶了。你也甭笑话哥，要是你娶了，保准还不如哥哩！"

捻灭了烟头，志亮拍着守业的肩说："行了！你娃跟女包拯咋过活，我管不着。你伯还能活几天，整天一个人蹲在老街上，啃着冷蒸馍，总不是个事吧！"见老婆出来，他转过头吩咐道："去！给守业弄点吃的。"

黄狗竖耳摆尾，盯着守业望了一会儿，嘴巴啜着他的脚腕子。守业抬起脚，黄狗夹起尾巴，趔身跑了。他连忙拦住十妈，指着货架上方便面说："十妈，给我来桶牛肉面，要酸辣的。"志亮对老婆摆手。守业瞥了眼，掏出钱，放在柜台上，敲着台面说："十爸，平常我们家包拯管得紧，我就香这桶牛肉面。你就让我解解馋。谁让她不给我吃饭，反正羊毛出在羊身上。"

呼噜着吃完了方便面，守业端起纸桶，仰头喝完了汤，他伸出舌头，噗啦着舔净唇上的辣椒油，吱吱吸了几口气。他掏出香烟，递给志亮一根，燃起喷了口烟，叹气盯着屋梁上的灯，眨巴着眼睛。志亮扯了下守业的胳膊，摆着下巴，进了院子。守业低头跟了进去。走进上房，志亮摁开了灯，倒了杯开水，放在柜子上。抽着烟，两个人沉默对望了半晌。志亮摸着下巴问："守业，你伯就你一个儿，都这把年纪了，你是咋想的，十爸想问问你！"

猛吸了两口烟，守业憋着气，缓缓吐着烟，摇头笑着应道："好我的十爸哩！这些年，为了我伯的事，我不知道和芳莉吵了多少架。你也劝说过多次。我现在才体会到老人说的'江山易改，禀性难移'的味道了。今年过年的时候，我和芳莉看望她舅。她舅是个能行人，说好了要将我伯接过来。开过年，她又变卦了。今个儿，她包了顿菠菜饺子，我让根娃给我伯端上一碗。她抡着油裙，从厨房跑出来，抓住碗，往回扯。我气不过，就把碗摔了。后面的事你都看到了！哎——咱就遇上了这货，你说我还能咋样哩？"

志亮老婆推门进来，提起暖瓶，给守业续水，瞥着志亮说："守业，你家的事，你自己做主，千万别听你十爸的！常言说，家家有本难念的经。你家的情况，你最清楚。你十爸就是操心你伯的身体。"

志亮站起来，踱了几步，将老婆推出上房，带上门。他回身盯着守业，挠着头说："守业，凭良心说，芳莉泼实，做务果园，村里好些妇女比不上她。在你伯的事上，我琢磨着，咱要用些手段，得让她认事呀！"

守业呼地站起来，眼里放光，疑惑地盯着志亮，急切地问："啥手段？人家说不见南山不回头，芳莉随了她爸，就是见到南山，她也不会回头的。"

拿起柜上的黑棒棒卷烟，志亮抖出一根，叼在嘴上。守业递上火。他嘶嘶着吸了口，闭上眼睛，手指揪着眉间，沉思半晌，扯来守业，偏头伏在他耳畔，嘀咕了一阵。盯着他烟头的灰烬，守业愕然瞪大眼睛，不时点着头。志亮息声。他眨巴着眼睛问："行吗？十爸。"

二

天刚麻麻亮，推开志亮家的头门，守业晃出头来，瞄了几眼自家的头门。他侧身闪出门，快步躲到柴堆后，见街上没有响动，他顺着斜坡，猫腰溜到壕下，靠在玉米秆堆上，眯眼打量着泛白的东方。太阳裹着两道绷带，露出了大半个脸。守业颤抖了几下，掏出打火机，折了几根玉米秆，燃起一堆火。他燎着手，不时仰头侧脸，朝壕岸上瞄着。

摸了下炕头，芳莉呼地坐起来。她揉着眼，推开门，走到厢房的窗户外，见根娃蒙头睡着，才知道守业一夜未归。她操起扫把，清扫院子，推开头门，站在街上，朝东西两头瞭望了一阵。她将根娃扯起来，数落着说："你先人长本事了，晚上不知跑到哪里去了。到老街去，看你先人是不是窝在那老不死的炕上。"

根娃趿鞋噘嘴，走到院子。芳莉嘟着脸，扬起扫把说："根娃，去给你先人说一声，不想回来，我也不稀罕，就让他跟那老不死的过活去。妈也能养你。"

从后院拿出喷雾器，芳莉装上水，拉起手柄，充好气，拧开开关，喷头嗤嗤抖了几下，吱啦着喷出伞状的水雾。头门咣当一声，根娃愣头愣脑地跨进门，瞪眼扬手喊道："我爷没见到我爸！"

放下喷雾器，芳莉有点蒙。她走过去，摸着儿子的头说："你爸没啥能耐！他翻不起浪来。没准他和你管业爸打麻将去了。"

根娃推开她的手，瞪着妈妈，委屈地说："我就没见过我爸打麻将！他敢打麻将吗？"

芳莉扑哧笑了，摸着儿子的脖子，刚朝头门口走了两步。管业喘着气跑进来，跺脚扬手，哎哎着说："嫂子，我清早到壕岸上解手，见我守业哥，像个叫花子蹲在壕下的柴堆。我想拉他上来，他就是个傻笑，拽都拽不动！"

抡开了妈妈的手，根娃哇地哭号起来，他抹着眼泪，撒腿向壕里跑去。芳莉摘下油裙，拍打着裤腿，噘嘴哼哼着。管业扯了下她的衣袖，跺着脚说："嫂子，娃都这么大了，我守业哥万一有个好歹，你咋给娃交代哩！"

听到脚步声，守业瞬间耷拉下头，知道是根娃的哭喊声，他倏然感到对不住娃。临近的跑步声和越来越大的哭喊声中，他的眼眶湿了，泪滴从眼角滑落。根娃扑地跪在柴堆上，抓住守业的胳膊，晃着喊道："爸，你咋的啦？"

摸着根娃的头，守业咧着嘴巴，嘿嘿傻笑着。眯见他脸颊的泪痕，根娃哭喊着。他抓住儿子的手，搓揉着掌心，肉墩墩的掌，让他心软了，他想给儿子一个暗示，刚正过神情，听到壕岸上管业的喊叫声，他即刻转轨。根娃扯着他的胳膊，让他回家。守业晃身站起，踉跄着走了两步，对着壕岸上的人，嘿嘿傻笑。芳莉心里开始打鼓，她跟着管业，寻着根娃的哭声，站在人堆中，偏头瞪着守业。

见芳莉过来，管业摆着下巴，眼睛白着身后，挥手轻轻抖着。守业扑通坐在地上，拿起树枝，挖着地上的湿土，招手让根娃过来。根娃扯过树枝，扔在地上，见管业跑下来，晃着爸爸胳膊，瞪着岸上的妈妈哭道："爸，你成了这个样子了！"

搀扶着守业，管业喘着气，爬到半坡。芳莉站在坡头，冷冷瞥着。管业抹着额头的汗，瞪着芳莉喊道："芳莉，包文正把你都唱傻了。我哥都成了这个样子了，看你那怂样子！"

走到半坡，芳莉架起守业的胳膊，走上壕岸。她拍了下根娃的头，转过身对着邻里们说："行了！人都成傻子了，有啥好看的。"瞥了眼守业上衣兜的烟盒，她捏了几下他的胳膊，对根娃说："根娃，让你管业爸回去。跟妈把你先人弄回去！别哭了！哭个屁哩，大不了妈就当养个傻儿子。"

回家的路上，守业埋怨老婆心太狠，又可怜儿子的无辜。他揽住儿子的脖子，趄着身子，将重心偏向他那边，傻态中温存着父子间的情深。猛然想到得给老婆一点颜色，他腾起身子，嗷嗷叫了几声，靠着老婆的那条腿，倏地提起来，耷拉在空中，他将重心压在她的肩头。躺在炕上，根娃给他端来饭。他摆着手，让娃放在柜面上。芳莉站在窗外，瞄了眼，隔着窗户喊道："根娃，你别去上学了，照应你先人。妈昨晚将农药兑好了，得按时下地给苹果树喷药。"

老婆走了。守业摸出根烟，燃起喷了几口，慢慢从装傻的状态中游离了出来。想到儿子不去上学，他抓住根娃的手，指着门背后的书包说："根娃，爸感觉好多了。快考高中了，功课要紧，你赶快去上学，别操心爸！”

眨巴着眼，根娃瞅着爸爸，松开了手，拿起书包，走到门外，又回身朝炕上张望着。守业挺了下身子，喷了口烟，轻轻地摆了下手。听到自行车出门的声音，他腾地坐起来，抓起蒸馍，咬了几口，端起碗，咕噜着喝了口稀饭。

志亮蹲在门前的台阶下，给纱布挤了些机油，擦拭着摩托车的后轮。见根娃骑车上学去了，他站起来，走进小卖部，搓着茶杯，出来坐在门口的凳子上。管业从家里出来，见大鹏妈在树沟洗衣服，他招呼了一声。见志亮举起茶杯，对着守业家荡了几下，他收住脚步，缩身退回自家门前。大鹏妈站起来，拎起盆子回去了。管业快步走过马路，见街上没人，他推开守业家的门，闪了进去。

街上来辆卖菜的蹦蹦车。志亮赶紧站起来，茶杯放在窗台上，快步迎上前去，招了下手，车子停在守业家门前的马路上。解开一捆葱，志亮拿起来，对着守业家门口晃了几下。管业出来，葱堆上拣了几根葱，付完钱回家了。守业挑着担子，走到门口，用晃动的桶磕了下门框。围着车子拣菜的妇女们，回过头来，纳闷地望着守业踉跄的脚步。走到管业家门口，他抬起脚，踹开门扇，又用桶碰了下门墩石。妇女们拣菜的手停了，木然地瞥着他晃荡的身子，交头私语。

黄狗蹿出来，后面跟着管业。卖菜的收完钱，揣进口袋，攥住手把，坐上车，突突着走了。管业院子传来了哐当声。志亮眨巴着眼睛，偏头望了几眼。管业倏地回过身，伸长脖子，愣了瞬间，对着买菜的妇女，摆着手说：“哎呀呀！守业绞水，我出门问了声，他抹着眼泪，可怜兮兮的样子，八成摔倒了！”他转身跑到门口，望着晃动的井绳和转动辘轳，屈身拍着大腿喊道：“十爸！守业跳井了！”

吹掉叼在嘴上的烟，志亮撒腿跑进院子，后面跟着群妇女，他攥住辘轳把，跪在井口，对着井眼喊了几声守业。井下传来嗷嗷的叫声。志亮掏出摩托车锁匙，抖着扔给管业，下垂的喉结蠕动着喊道：“管业，骑上车去园子，快去叫芳莉回来！”大鹏妈屈身瞥了眼井口，伏在他耳边问：“我去老街，叫志明老汉过来。”志亮站起来，踱了几步，拦住大鹏妈，摆着手说：“别急！我怕我二哥受不了这样的刺激。”

跨上摩托车，管业转着油门，摩托喷着黑烟，向北边的田间蹿去，后面跟着他家的黄狗。到了地头，他将摩托靠在看守苹果的屋墙上，沿着地坎，弯腰屈身钻进去，惊慌地喊着芳莉。树冠上飘来一团水雾，混着浓烈的农药味，呛进他嘶喊的嘴巴。他捂住嘴巴，蹲下咳嗽了几下，眯眼抬头，见喷雾器的头，就像盘桓在树冠上的蛇头，滴水望着他。他闭上眼睛，呼地站起来，刚睁开眼，见头巾蒙脸的芳莉，直愣愣地盯着他。芳莉摘下头巾，抹着脸，瞪眼问：“咋咧？”

哎哎了几声，管业一把攥住芳莉的袖子，跺脚扯了下说：“嫂子，不好了！我守业哥绞水，跳井了！”

芳莉愕然瞪大眼睛，皱着眉，鼻头翘起抖了下，攥住背带，将喷雾器的药筒拎起，摔在地上，抓住粗壮树枝，咔擦折断，撩起树枝，走到地头的小屋门前。管业跟出来，急促地踱着步，扬起手说：“嫂子，你得赶紧回去！咱得将人捞上来。”

芳莉哇地哭了，她顺着墙，蹲在地上，抡着树枝，哭喊道：“槐树寨的人都说我亏待了老人，我落了个恶名。有谁知道守业没本事，我一个女人家，张罗着一家的过活，我容易吗！守业长本事了，他死了，倒落了个清净。所有的不是都落在我身上了，我扎在这人世上，还有啥意思哩！”

跨上摩托车，管业轰着油门，在芳莉面前掉了个头，伸长脖子说：“嫂子，救人要紧！快上来，我带你回村。”

盯着墙根药瓶中泛白的药水，黄狗舔着下垂的舌头，抖着颈毛，伸长脖子，将药瓶拱倒了，爪子扒拉着药瓶。芳莉闭眼呜咽着，睁开眼，见地上滚动的药瓶，她一把抓起，噗地拔掉塞子，举在空中，晃荡着喊道：“管业，我不活了，我活他妈的×哩！”

管业闻言，单腿点地，身子晃了下，手腕随着惯性，给了下油。摩托哧地滑出去，倒在地上，撩起的泥粒就像子弹，喷在芳莉的脸上。管业扑上去，想逮住她手中的药瓶。她屈身退到树林中，看着满枝的花絮说：“管业，这片园子，是我一手经管过来的。我死了，就将我埋在树下，我要看着苹果树开花结果。”

猫着腰，管业屈身扑了过去。芳莉一闪，仰头将药水倒嘴里。管业回过身来，一把抱住她，嘶吼着将药瓶抓了过来，抡起来扔在屋墙上。呯的一声，瓶子碎了，药水漫在墙上。管业抓起芳莉的胳膊，将她托在地头，抓起摩托，发疯地向村里蹿去。

听到摩托的突突声，志亮站起来，朝门口走了两步。管业飙了进来。瞥着空落落的后座，志亮盯着管业。管业下车，跺脚晃手，嘴巴哆嗦着说：“十爸，芳莉喝药了。”

志亮一愣，僵在那里。管业趴在井口，晃着井绳，急促地喊道：“守业哥，你媳妇喝药了。你如果还能撑住，我下个桶，你站在里面，抓住井绳，赶紧上来。”

拎起水桶，倒掉水，志亮将桶扣在井绳上，落到井下。守业脱掉上衣，抓起辘轳，在一群妇女的围观下，和志亮合力，将守业绞了上来。坐在井口，守业揉着腿，瞥着志亮。志亮扯着他的胳膊，跺脚说：“别再闹了！你媳妇喝农药了。”

提着摇把，管业从上房跑出来，搭在蹦蹦车的卡槽中，蹲着马步，摇了几圈。守业瘸着腿，爬上车厢，车子蹦蹦着，向果园驰去。随着群妇女出了管业家的头门，志亮抖着肩头的夹袄，摇头自语道：“哎！没想到，芳莉的性子这么烈。”大鹏妈驻步回头，摆着手应道：“包文正唱的，娃的心性都变了。”

果园里的村民跑了出来，跟着管业的蹦蹦车，拥到地头的小屋前。芳莉闭眼躺在地上，身子鞠成一团，嘴里吐着沫沫，间或抽搐着。守业跳下车子，一把抱住媳妇。管业让他单腿跪撑在地上，让芳莉趴在大腿上。守业抠着她的嘴巴，捶着她的背。志亮老婆跑过来，撩开人群，扬起手说：“守业，快将你媳妇弄到医院去，赶紧洗胃！”

站在村口，望见老婆回来，志亮快步迎上去，连声问：“咋样？”老婆瞥了眼身后，摇着头说：“满嘴的沫沫。去医院了！”志亮叹了口气说：“哎——芳莉要是有个三长两短，我二哥也就快了。”老婆白了他一眼，拍着裤腿说：“村上的年轻娃，好些都娶不上媳妇。守业丢了芳莉，怕是要打上一辈子光棍了！”

回到家，志亮恓惶得坐卧不宁。他冲杯陕青，提着凳子，来到头门前，坐在屋檐下，不停地瞅着村头。老婆攥着几根葱，蹲在边上，撕着葱皮，揪着黄叶，见志亮低头搓着茶杯，唉声叹气，转过头问：“咋的啦？还在牵心守业家的事？”

摸出黑棒棒卷烟，撕开上面的塑料纸，志亮掏出打火机，点着吸了两口，靠在屋檐上，眯眼打量着爬出云层的日头，侧过脸问：“芳莉不会有事吧？”

老婆站起来，抖着围裙，摆着手应道：“送到医院，就看她的造化了！”

走到村口的桥头，望着暮阳下空拉拉的路面，志亮期望遇到从镇上回来的人，打听情况。抽了根烟，没见到一个人，他站起来，走回家门口，见厨房飘起了烟，他推着摩托，隔着窗户说：“镇上有点事，我得去一趟。”

老婆走出厨房，盯着他的背影，让他吃了饭再去。志亮点了下档位，摆手跐溜着，蹿出了大门。

镇上的中心十字，挨路停着辆车，车厢站着几个人，叫卖着四川的橘子。志亮跨在摩托上，随着人流，向前蠕动，和街上的熟人招呼着。到了车厢边，接过卖橘人递上的橘瓣，撕掉盘在上面的白丝，嚼了几口，他竖起手指，称了几斤橘子，挂在车头，悠到南街。蹲在医院的门前，志亮趔身瞄着院内，抽了根烟。他站起来，提着橘子，顺着青砖路，拍了几下管业的蹦蹦车，走到急诊室前面。管业蹲在桐树下，见他过来，赶紧站起来，板脸摇头，哎哎了几声，抖着手说：“十爸，咱这弄的叫啥事呀！”

掏出黑棒棒卷烟，递给管业一根，瞥着屋门，志亮低声说："爸知道对不住你。咱还不是为了守业好。看来还是你十妈说得对，别人家的事，少操心。"管业白了他一眼，点着烟吸了一口，又顺着树干，蹲了下去。志亮附在他耳边问："人咋样？"

管业低头搓着头发，没有吱声。志亮踹着他的脚跟，又问了一声。管业仰起头，指着白门帘应道："冲了两次胃，灌了一次药，还在抢救哩！"志亮将橘子放在他边上，颤抖着摸出烟，抽出一支，又摁了回去，跺着脚说："这橘子，送给芳莉。我是个长辈，守在这里也不方便。我先走了。"

几天的雨，志明老汉的关节炎犯了。他揭开柜子，拿出女子买的膏药，对着炉膛烤热，撕开贴在膝盖上。吃了碗开水泡馍，坐在屋檐下，院子堆满了冬季剪下来的苹果树枝，他拿起窗台上的斧头，提着凳子，瘸着走到院子的树下，将树枝砍断，摞在墙角。日头西落的时候，刮起了北风，天空就像撩起白色纱巾的姑娘的脸，一下子清朗了。放下斧头，瞅着东边橙色的半壁屋脊，志明老汉操起烟袋，抽了锅旱烟。手摁着膝盖，他颤巍巍站起来，抓起棍子，手托着后腰，推开头门，坐在门墩石上。

壕岸上传来自行车的嗒嗒声。志明老汉扭头，见根娃骑着车子，晃着车头过来。他站起来，棍子擂了下，晃着上身，咳咳着问："根娃，咋咧？"

跃下车，根娃摇着车头，哭丧着脸说："爷，我十婆说，我妈喝了药，送到医院抢救去了！"志明老汉的身子发软，晃了几下，他双手攥住棍子，闭眼咬牙，愣了瞬间，脚哆嗦着又问："你说啥哩？"根娃推着自行车，走了两步，带着哭腔说："爷，我妈喝农药了，在镇上的医院。"

志明老汉打了个寒战，踉跄着，退了两步，顺着院墙，瘫坐在石墩上。他屈身闭眼，嘴角抽搐咂巴着，脸上的褶子皱成了包子，干涩的眼角渗出了泪滴。他的头缓缓垂下，埋在大腿间，喘气间有了丝丝的哽咽声。过了好长时间，他眯开眼睛，见酱色的蚯蚓，在泥水中蹦跶着身子。他哧哧笑了，觉得自己还不如一只蚯蚓，他没有力气蹦跶了，他也不能蹦跶了，他只能软溜着，蜷缩在这阴冷潮湿的老屋中。捏着膝盖，他挺身靠在墙上，倏然间感到，自己扎在这人世上，就是个猪嫌狗不爱的累赘。长长地叹了口气，志明老汉闭上眼睛，往事就像挂历，在他脑海中翻腾着。

三

大鹏他爷新中国成立前地多，芳莉她爷是他家长工。新中国成立后，大鹏家成了地主，芳莉她爷成了贫协主席。芳莉爸成人后，参军入伍，成了名铁道兵。宝成线上搬了几年石头，他入党了。红卫兵串联的那个秋天，他穿着没有领章帽徽的军装，扛着扁担，挑着背包，踩着秋风中的落叶，复原回家。没有几年，他做了大队书记，统领着五个自然村，成了塬上说一不二的人物。

大鹏的两个叔父到了适婚的年龄，家里是地主成分，娶不到媳妇。看着儿子娶不到媳妇，大鹏他爷急得茶饭不思。夜幕降临的时候，他摸黑溜到附近媒婆家。媒婆滴溜着眼珠，想到他家还有个闺女，提出让他将闺女许配给另个地主家，她将那家女子说给他儿子。蹲在厢房的门口，大鹏他爷抽了两锅烟，搓头跺脚，答应了换亲。小儿子快三十了，大鹏他爷实在没有办法，托人从平凉带了个寡妇下来，总算让小儿子成家了。

大鹏上学了。他爷蹲在门前，瞄着他的背景，看着出来倒水的平凉媳妇，他琢磨着得给孙子踅摸个媳妇。深秋的夜里，月光透过窗户，洒在炕上。老汉靠着枕头，想着这辈子的起落，思摸着将来的世事，寻思着给大鹏定个啥样的媳妇，才能让孙子有个好的前程。他思来想去，眼前最有用的就是芳莉他爸，他这个老地主，根本和人家搭不上话。他又想了芳莉他爷。他在自家做过长工，自家待他不薄，斗地主的时候，人家也说过几句公道话。

平时很少赶集的老地主，每逢集日，提着竹篮，弯腰晃身，低头顺着渠岸，踩着田埂，蹲在公路边，草帽压得低低的，抽着烟锅，打量着街上的行人。芳莉她爷牵着芳莉，听完样板戏，蹲在街边，捻了锅烟摊上的旱烟，闭眼噗噗抽着锅烟。他买了几斤旱烟，夹在腋下，随着人流晃了过来。大鹏他爷赶紧起身，顺着人缝迎了上去，一把攥住老汉的手，亲热地晃着问："老哥，你还认得我吗？"

芳莉她爷一愣，舌尖舔着烟锅的玉石嘴，抬手指着他的额头，笑着应道："噢——噢——你就是那个——"没等他说完，大鹏他爷抓起他的手腕，将他扯到树沟边，瞥了眼奔头偏脑的芳莉问："这娃是——"芳莉她爷摘下烟锅，笑着应道："噢——这是我孙女！"

摸索着裤兜，摸出两毛钱，大鹏他爷买了两根麻花，递给芳莉。芳莉她爷扬起手说："不好好念书，就爱唱戏。听说镇上唱戏，硬要拉着我来看戏。"咬了口麻花，嘎巴嚼了几口，芳莉抹着唇上的鼻涕，扬起手，摆了个英雄造型。他哈哈摇头，摆着手说："女子不像个女子。看了《沙家浜》，她不喜欢唱阿庆嫂，能哼哼刁德一的唱腔。村子的人，都叫她刁女子。"

大鹏他爷摸了下她的头。芳莉瞪了他一眼。大鹏他爷心里一颤，笑着说："刁了好！将来没有人敢欺负。"说着，他撩起篮子上的布，摸出一只银光闪闪的水烟壶，递上来，笑着说："这是我爸留下来的。想到咱们年轻的时候，也在一口锅里吃过饭，我心里就热乎乎的。这些年，我一直想给你补补心。这个水烟壶，你留着用吧！"

搓摸着水烟壶，芳莉她爷笑得合不拢嘴。他推让了几下，嘴搭在壶嘴吹了下。大鹏他爷瞥了眼芳莉，趔身贴在他耳边说："老哥，我觉得时代变了，咱两家缘分没有变。不瞒你说，看到你的孙女，我就想到了我那孙子，如果你不嫌弃，我想攀你这门亲。"芳莉她爷装了锅烟，咂巴着水烟壶，嘿嘿笑着。

大鹏和芳莉订婚了，槐树寨的人蒙了，缓过神来，大家都觉得地主还是地主，有眼界。大鹏他爷从小儿子婚姻的阴霾中出来了，没事的时候，他带着大鹏，在村前屋后转悠。分队的前一年，芳莉她爷走了。包产到户后第三年的严冬，他爷攥着大鹏的手，嘴巴呜啦着，咽了气。初中毕业，大鹏考上了初中专。到了年末，大鹏他爸通过媒人，提出了退婚。分队后，大队书记威风不在，芳莉她爸觉得憋屈，感到让人要弄了。来年开春的一个晚上，芳莉爸郁闷，在镇上的饭馆喝多了，他骑着自行车，吼着秦腔，在公路上摇摆着。迎面来了辆汽车，噗拉的灯光，射得他眼花头晕，尖利汽笛盖住他的吼唱，像是在骂他。车子快到的时候，一串闪灯，他扑腾倒下，一声惨叫。

躺在医院的病床上，芳莉爸闭眼前，攥着芳莉的手，搓摸了半晌，他挺身喘气，弱弱地说："到了那边，就给你爷说，他让老地主要弄了。"

葬埋了父亲，芳莉妈怕女儿闷出病来，就让她跟着个戏班子，学着唱戏。她生得五大三粗，面色又黑，看着那些提袍舞袖的角，她心里就烦。跟着师傅，唱了半年的须生，她还是觉得不合自己的心性。到了冬季，戏班的活多了。唱包拯的老汉生病了。班主试着让芳莉吼了几句，顿时瞪眼叫好。芳莉对着镜子，看着自己的扮相，挥手叫了下板，就是个畅快。

守业的表舅在戏班敲鼓。守业妈过年回娘家走亲戚，吃过午饭，一帮亲戚靠在墙角，晒着太阳，絮叨着儿女的婚事。守业妈嗑着瓜子，叹了口气，央求娘家兄弟，给守业说个媳妇。守业表舅眨巴着眼睛，趔身偏头说："我那戏班子有个芳莉，就是原来大队书记的女子，到现在还没婆家，开过年，我帮你问问。"守业妈拍着腿笑了，转念一想，她摇着头说："那不行，人家肯定不愿意。她原来定亲的那家，和我家是斜对面，低头不见抬头见，多不好意思呀！"

守业的表舅嘿嘿笑了，抹着下巴应道："你还别说，芳莉这娃和好些女娃不同，她就爱唱包拯，有男人的气势。"守业妈停住了嚅动的嘴，摆手应道："那行吧！你问问人家女子。"

麦子灌浆的时候，表舅传来话，说芳莉满口答应了，让守业家找个媒人，上门提亲。看到儿子的婚事有了着落，志明高兴得合不拢嘴。他找到芳莉她舅，让两个舅做媒人，捧上礼金，将婚事定了下来。婚期定在正月初四。芳莉她舅来到守业家，对着志明说："芳莉她妈通情达理，她没啥要求，就是想将婚礼办得排场些，不能让人笑话。”

递上茶杯，志明笑着说：“放心吧！兄弟。说实话，我前面两个女子，四十多岁才有了守业。在娃的婚事上，我啥都舍得！”

正月初六的清早，大鹏推开了门。门前围了堆人。他掏出香烟，给大家派烟。管业走过来，指着守业家的门，对大鹏说：“大鹏，看着守业结婚，心里痒痒不？这样，天黑了，哥拉上你，去闹守业的洞房，那芳莉见了你，不知道会不会将你撵出去？”

守业家的门开了。守业打着哈欠，走到门口，瞄见大鹏家门前一堆人，他挠头望着树梢上的雪。管业叫他，他就是不吱声。芳莉穿着一身红，端着脸盆出来，瞭见大鹏，她偏头愣了下，扬起脸盆，对着大鹏家的方向，将水泼在雪堆上。

村支书他妈过三周年，请来乐人和自闹班唱戏。吃过晚饭，槐树寨的人来到支书家门前。灵堂前，摆满了纸扎，花灯壁上，雕着古旧的人物，灯柱转动着。八个乐人坐在两边，鼓腮瞪眼，摆头晃身，奏着凄婉的曲子。孝子贤孙们端着盘子，上面放着做好的菜肴，走一步跪下来，对着灵堂，拜了又叩。芳莉站在路边土堆上，瞄着站在人群中的大鹏父母，她跺了几下脚，清了下嗓子，想着怎么才能吼出包拯的气势来。

灵堂献完饭，乐人收起了索拉。戏班子摆着鼓锣，调着胡琴。雨点般的鼓声响起，看到唱《祭灵》的须生站在灵堂前，芳莉退出来，来到壕岸上。走到半坡，望着头顶上的老槐树，她想起了爷爷，憋了口气，她屈身跺了下脚，吼着叫了下板，情绪瞬间涌了上来。估摸着时间，芳莉走上壕岸。边鼓雨点般响起，她知道自己的戏到了。敲边鼓的师傅抡着筷子，伸长脖子，见芳莉站在土堆上，他即刻变了节奏。胡琴奏响，芳莉仰起头，抖着上身，一声“王朝马汉喊一声”，看戏的人愣着转过脸，愕然盯着从土堆下来的芳莉，让出一条道来。芳莉盯着大鹏他爸，晃身跨了几步，扬起手喊道：“莫呼威往后退”。人群往后退了些。芳莉既不看秦香莲，也不看公主，她吼着戏词，不是盯着大鹏他爸，就是瞪着大鹏他妈。唱到“包拯应试中高魁”，考上学的好像不是大鹏，而是她芳莉。吼到“黑人黑像黑无比”，她知道大鹏他妈嫌她黑。公主要斩秦香莲，吩咐道：“要斩要斩实要斩”。芳莉的情绪被激活了，她有包拯的外形，心里蓄满了秦香莲的悲愤，她扬起手，抖了几下，指着大鹏他爸吼道：“不能不能实不能！”大鹏他爸低头缩身，退到人群后，瞄着芳莉不依不饶的神态，听着她声讨般的吼唱，他叹了口气，见老婆跟着出来，一起讪讪地回家了。

包拯唱出了名，大鹏他爸和村里人说起芳莉的时候，不愿叫她的名字，就叫她包拯。大鹏他妈学着男人的样，也叫起了包拯。听到村里人叫她包拯，芳莉知道那是她的戏唱得好，也就乐呵呵地应着。午饭的时候，邮递员骑着自行车，从桥头过来，停在守业家门前。芳莉提着担笼，从田里回来。邮递员抽出一张汇款单，问大鹏家是哪家？见大鹏家门闭着，瞥着街上的邻里，芳莉噘着嘴，摆手应道：“噢！你说的是那个陈世美呀！就是对面那家。”

田间地头，村民们提起大鹏，芳莉都用陈世美置换。时间长了，爱看热闹的村民也将大鹏叫起了陈世美。大鹏家是地主，他爸妈心里不爱，也磨不开情面和芳莉计较。北边住着包拯，南边住着陈世美，槐树寨的人延伸着，就像这块街道，叫成了“三对面”。

四

一轮圆月从东边壕岸抖动的荆棘中爬了起来，月光透过老槐树稀疏的枝叶，洒在泥泞的地上。抹着眼角的清泪，志明老汉睁开眼睛，朝桥头眯了几眼。他揉了阵膝盖，抓住棍子，慢慢站起来，晃到路中间。瞄着空落落的街道，望着荒草遮盖的破败的屋子，他想起村中和自己光着屁股长大的那茬老人。这些年，家里不愁吃来不愁穿，好些人家都住进了宽阔的大房，这些都是他们平生向往的日子。好些老人没有来得及看上一眼这样的世事，就像严冬的田禾，悄然凋零，埋进了公墓地。他就是个本分的农民，也没什么本事，却有个硬朗的身子骨，美美地见识了槐树寨后辈今天的生活。

仲夏日落时分，走出果林的志明老汉，习惯蹲在青草间，捻上锅旱烟，打量着覆着不同草皮的坟冢，想着年轻时的艰辛，脸上泛着知足的笑容。涝池边上苍劲的洋槐树，依旧屈身贴地向东方跪拜着，枝头泛出白色的花瓣。志明老汉搓着脸，想起了荒天三月靠着洋槐花果腹的日子，他瞬间感到轻快了，脚也有劲了。

过了桥，路边的果林间有间矮房子。志明老汉咳嗽着，顺着田埂，走到房前，顺墙蹲下，他叼着烟锅，咂巴着旱烟，打量着马路。想起芳莉，他心里颤抖了几下，估摸着他们吵架，八成还是为了他这把老骨头。村里好几家，媳妇厌弃公婆，儿子硬气，教训媳妇，孙子知道这些都是为了爷爷奶奶，嘟脸噘嘴，对爷爷奶奶不理不睬，媳妇走了，儿子没了过日子的心劲，临了还是将怨气撒在老人身上。思前想后，志明老汉觉得人不能活得老，老了就成下一辈的累赘了。这些年，自己就是个长工。旧社会的时候，地主家雇请长工，还得管吃管喝，年末还得给上几担粮食。自己这个儿子家的长工，连旧社会地主家的长工还不如。

远处公路的岔口，闪来一道白光，伴着突突声，白光晃了过来。志明老汉站起来，走前几步，听到志亮和管业的说话声，他退了回来。月光爬上树梢，夜风有些渗凉。他伸长脖子，朝公路那边瞄了几眼，蹲在屋檐下。想起了守业，他的心软溜溜地腾腾着，心想如果老天非要捉弄人，他宁愿搭上自己这条老命，也要确保芳莉无恙。想到了孙子，志明老汉凄然叹气，如果孙子没了妈，真不知道去了公墓地，他该怎么向老婆交代。

这些年，在村子里，但凡在人堆里提到大鹏，芳莉必口口声声叫着陈世美，夹枪带棒，指桑骂槐地抒泄着被他家退婚的怨气。志明厚道，私下让守业给媳妇说说，大家对门住着，别那样说道别人。芳莉闻言，非但没有收敛，反而对着家公裂眉瞪眼。志明老汉没有办法，又觉得对不住大鹏家。天刚麻麻黑，他扛着锄头，给果园松土回来，见大鹏爸下了壕坡，他随着下去，将他扯到坡间蹲下，捻了锅旱烟，吧嗒对望着。芳莉挺着大肚子，从田里回来，瞄见坡下两个闪烁的红点，她站在岸上的老槐树下，趔身偏头，瞥了几眼。正要离去的时候，她听见家公叹了口气说："兄弟，咱几十年的邻居，从来没有红过脸。芳莉原来和你家大鹏定了亲，现在又嫁给了守业。她是个瓜女子，说话口无遮拦，你大人大量，就别和她计较了。"

大鹏爸趔身，挪着屁股，嘿嘿笑了，喷了口烟，咳嗽着唾了口痰，摇头应道："你放心吧！几十年的地主，咱啥气没有受过。和她计较，明事理的人不会笑话她，却会笑话我，笑话咱跟个傻犟的瓜女子怼上了。"

志明站起来，撩起夹袄的前襟，抖着肩头，摇头应道："你们家大鹏有出息，绕过了这道坎。守业没能耐，摊上这样的媳妇，这也是命呀！"

见家公和大鹏爸上壕，芳莉脸憋得通红，甩着担笼，躲在槐树后面。大女子满月，芳莉回娘家住了个把多月。回来没有多长时间，她开始和守业吵架。知道吵架都是缘于自己，志明跺着脚，本着眼不见心不烦的心态，他搬回了老街的祖屋。

守业的姑父是个包工头，听老婆说守业爸搬回老屋，他将跟着自己做工的守业，叫到墙角，端着茶杯，从古讲到今，让守业归于孝道，将老人接回家。守业蹲在对面，攥着瓦片，低头画着地，就是不作声。姑父放下茶杯，踹了脚砖头，扬起手说："哎——你咋是个蔫怂哩！我口干舌燥说了半天，你总得有个态度呀！"

摸出一根烟，守业低头吸了两口，仰头笑着说："好我的姑父哩！不瞒你说，芳莉很难缠，这事我说了没用，她整天给我爸脸色看，老人能待住吗？"

姑父站起来，踱了几步，笑着说："守业，你是个男人，得有个样子，千万别事事顺着媳妇的意，这样就让人看扁了！"

守业挠着头站起来，喷了口烟，眯着树冠洒下的日头，摆着手应道："姑父，你站着说话不腰疼。芳莉那泼样，让你遇上了，也没治。哎——天下的女人，都像我姑那样就好了！"

一场大雪过后，工地停工了。守业捆上铺盖，推着自行车，刚要出工地的门。他姑父揭开帘子，端着茶缸走来，将守业叫进屋子。提起煤炉上的铝壶，倒了杯开水，放在守业跟前。姑父拍着裤腿上的土，笑着说：“守业，我这工地明年麦收前就完工了，剩下一堆材料。我和你姑商量了，明年夏天，我给你盖两间厢房，条件就是你得过年前，将你爸接回来。我知道你拿不了事，回去跟你媳妇商量下，到时给你姑回个话。”

腊月二十八，守业拉着架子车，推开了旧宅的门。志明老汉系着围裙，蹲在院子，拎着铲子，正在刮锅底的煤灰。守业过来，拎起铁锅，晃着放在台阶上，转过头来说：“爸，快要过年了，芳莉让我接你过去。”志明捻了锅烟，瞥了他一眼，摆着手应道：“噢——你心意我领了。一个人清静，我习惯了！”守业蹲在对面，偏头打量着院子说：“爸，过年亲戚来了，你在这边，人家还要跑过来，再说我脸上也没光呀！”不由分说，守业推开房门，抱起炕上的铺盖，扯着他爸的胳膊，让他锁上门，回到了北街的新宅。芳莉笑着抱起家公的铺盖，铺在炕上，清扫了一遍。志明老汉忐忑的心定稳了，他牵着后院的羊，抱起孙女，到壕下放羊。

来年夏天，守业家的厢房盖了起来。芳莉是个急性子，没有等到墙体干透，她号闹着守业，将新房粉刷了。守业要给他爸盘炕。芳莉怕熏黑了墙，就是不肯。守业只好找来两条板凳，支了个晃闪的床。苹果下树，摆在院中，一场大雪后，芳莉怕冻伤苹果，要将果子放进厢房，劝家公搬回老宅子。志明知道媳妇这是找了个堂皇的理由，想将他分出去，如果他赖着不走，后面就是一串的争吵。蹲在屋檐下，眨巴着眼睛，他笑着说：“守业，冬季快到了，爸就想着那热炕，你就让我回老宅住吧。”

守业挠着头，瞥着芳莉。芳莉抡起油裙，瞪眼将他降住了，噘嘴啪啪拍着裤腿。守业点着头，将他爸的铺盖放上架子车，临出门的时候，转头看着芳莉说：“爸！回去住可以，你就别做饭了。吃饭的时候，你还是过来吃吧！”

刚过去的那几天，吃饭的时候，看不到父亲，守业舀上饭，拿上蒸馍，给他爸送过去。他姑父捎话说工程上人手不够，让他进城帮忙。守业走了，志明老汉的饭也断了。他提起锅，搭在炉灶上，又燃起了膛火。

春节前几天，桥上来了辆小车，晃悠着停在大鹏家门前。大鹏跳下车，将抱着孩子的媳妇搀扶出来。商店前的人踱了过来，摸着孩子的脸蛋，都说像大鹏。芳莉提了笼树枝，从壕岸上过来，看到眼前一幕，她愣了下，撩起头巾，遮住嘴巴，走了过去。喜欢要弄人的妇女，接过孩子，抱着迎上来，晃着问芳莉："看！像不像大鹏！"

芳莉嘟着脸，瞥了襁褓中的婴孩一眼，摆着手大声说："哎——你还别说，真像那个陈世美。"人群笑了。大鹏媳妇眨巴着眼睛，扯着从尾箱拿行李的大鹏问："陈世美是谁？"人群又笑了。大鹏放下行李，讪笑着说："因为我们村有个包文正，就必须得有个陈世美，不然就唱不了戏了。"芳莉没占到便宜，她放下柴笼，噘嘴瞪着大鹏。大鹏赶紧低下头，拎起行李，扯了下老婆，瞄着孩子说："人家夸你儿子会读书，将来就像陈世美那样，能中状元。"芳莉拎起柴笼，磕了下门扇，咣当关上了头门。

知道了大鹏的厉害，春节期间，尽管街上热闹，芳莉很少出门。心里窝着火，她看见守业，就觉得不顺眼，不时大声数落几句。姑姑回娘家，在几间新房转悠了一圈，随着守业，回到老宅子，和哥哥絮叨了半晌。吃过午饭，姑姑进了厨房，问老人咋还住在老宅子。芳莉放下搓洗的筷子，白了她一眼，呲着嘴应道："姑，你哥舍不得热炕。新房盘炕就将屋子熏黑了！他也舍不得。"看着满院子的客，守业拽住姑姑的袖子，附耳嘀咕着，将她扯出屋子。

春天到了，槐树寨的村舍像艘船，乘着阵阵清风，漂曳在花的海洋中。大鹏爸牵着老母猪，后面跟群吱啦撒欢的猪娃，他顺着壕坡，来到果林中的矮屋前，将母猪拴在铁橛上。地头的树下，有垄返青的菠菜，他挖了堆菜，摸出香烟，点上吸了两口，见志明老汉从老街出来。他站起来，喷着烟，挥手哎哎了几声。志明老汉从老街的壕坡，走了过来，晃着手说："后院有窝猪娃，前院抱着孙子，你这年过得舒坦！”

菜须泛白，大鹏爸擂着根土，笑着应道：“哎——好我的哥哩！今年的肉和菜一般价格，猪娃不值钱！”

蹲在母猪旁，志明老汉咂巴着旱烟，打量着瞪眼哼哼的母猪，他转头竖起拇指。大鹏爸抓来一把菠菜，放在田坎上，蹲下来说：“开春的菠菜，拿回去，做顿菠菜面，淋上油泼辣子，保准你吃了还想吃！”

“大鹏来信了，说他和媳妇都要上班，让我和他妈去西安，帮着带娃！”志明老汉盯着地，没有应声。两只猪娃跑过来，嘴搓着大鹏爸的裤脚，吱吱摆尾。他揪住耳朵，提起猪娃，晃着对志明说：“猪娃我赶集卖了，这头母猪，说实话，有些舍不得。村子的年轻一辈，都不养猪了。你老哥住在老街，如不嫌弃，就将这头母猪牵过去。”

盯着母猪看了半晌，志明老汉起身，揪住猪耳朵，摸了几下猪的乳袋，回身摆手说：“说个价，我现在没钱，就算是赊的。下一窝猪娃，我卖了给你猪钱。”

大鹏爸扔掉猪娃，笑着应道：“咋样都行！猪你去喂，再产下的猪娃，你去卖。我回来了，你给钱也好，将这头老母猪还我也行。”

志明老汉笑了，他摘下烟锅，鞋帮上磕了几下。大鹏爸蹲在边上。两人趔身，手搭在一起，捏了几下，就算谈定了。过了半个月，天快黑的时候，志明老汉牵着母猪，回到了老宅子。又过了几天，午饭的间隙，大鹏坐着小车，回到槐树寨，将行李放在尾箱，招呼着父母上车。志亮出门，笑着对大鹏爸说：“你要了个好儿，都成西安人了！”

芳莉推开头门，正准备去管业家绞水，瞥见了大鹏，她缩身带上门，门缝瞄见大鹏走了，她晃着扁担出来。望着车子颠簸的尾烟，街上的人满脸羡慕。抖了几下扁担，芳莉噘着嘴说：“唉——社会变了！就连让人骂了几百年的陈世美，现在都神气起来了！”

蹲在桥头，见儿子回来了，志明老汉站起来，对跨在自行车大梁上的守业说："守业，我养了头猪。家里的潲水，给伯提过来。"守业偏头一愣，摆手应道："伯，现在猪肉的价格，养猪明摆着要赔本，你咋不和我商量哩！"抖着肩头的衫子，志明摇头说："守业，咱是分开过活的。我凭啥要和你商量！有心了，就将家里的潲水和吃不了的杂粮给伯，舍不得，我也不强求。"

收拾完锅灶，潲水倒进桶，守业叼着烟，将潲水送过来。知道他伯的猪，是从大鹏家买来的，守业心里扑腾了几下，他怕芳莉知道了和他闹仗。母猪配种了，志明老汉提着担笼，给猪割青草，他去守业果林干活的时间少了。果林回来的路上，管业媳妇说漏了嘴，芳莉知道家公的猪是大鹏家的，她腾地变脸，快步回家，蹲在屋檐下，喘气瞥着门口。守业回来，刚将铁锨挨墙放下。芳莉呼地站起来，瞪眼指着他的额头问："你伯那头猪，就是陈世美家的？"

守业退了两步，挠头嘿嘿着。芳莉撩起他的衣襟，抖着推了一把，跺着脚说："守业，陈世美他爸他妈，要去西安带孙子，你伯这是帮人家解后顾之忧。明明知道我和他家有过节，你们一家人瞒着我，变着法子讨好人家，让我的脸面给哪儿搁！"

潲水倒进桶，守业提起桶，就要出门。芳莉抢过桶，拎起桶磕着他，快步进了后院，将潲水泼在粪堆上，她回身进屋，晃着桶厉声说："守业，我给你娃招呼一声，潲水我宁愿倒掉，也不给你伯。从今往后，他就是他，我是我，咱井水不犯河水。"

初秋时节，猪肉价格飙升，母猪成了香饽饽，政府补贴养猪，猪娃一天一个价格。苹果采摘的时候，志明老汉的辛苦有了回报，母猪一窝生了十二只猪娃。探听到芳莉家公有窝猪娃，芳莉的大哥骑车过来，让妹子帮他赊上一对猪娃。听了大哥的絮叨，她扳起手指，盘算了一会儿，心头开始发热。守业从工地回来，割了两斤肉。芳莉笑着接过来，忙活着炒好，盛了碗肉，放上两个软蒸馍，让守业给他伯端过去。

接过肉碗，志明老汉愣住了，他不敢相信自己的眼睛。他嘿嘿笑了，拿起蒸馍，掰开夹上肉，蹲在檐下，舔着指头的油汁，大口嚼着。守业咽了几下口水，笑着说："伯，芳莉就是那个脾气，你别和他计较。她心好着哩！她让我割肉，炒好了给你端过来，说快到冬季了，让我接你回去住。"

听到后院的猪哼哼，志明老汉心里模糊地掠过与猪关联的存疑，想到自己就一个儿子，他打着嗝，咽下馍，舔着嘴唇，点头应了。守业倏然站起，帮着收拾好东西，一起回到了新宅子。芳莉在后院垒了个猪圈，天将黑的时候，他和守业牵着老宅子的猪群回了家。

芳莉的大哥捉走了两只猪娃。芳莉亲戚闻知，估摸着猪的行情，按捺不住发笔小财的冲动，接二连三来到芳莉家。爸爸走后，芳莉再也没有体会过这般的热求，她懵然感到自己的有用。志明老汉的一窝猪娃，就这样被赊完了。蹲在门前的檐下，望着猪娃让人分了，看着媳妇轻快的身影，志明老汉咂巴着旱烟，露出知足的笑，他终于让媳妇知道了，他这个家公还是有用的。

吃了腊八面，大鹏的父母回到了槐树寨。志明老汉蹲在头门的屋檐下，瞄着大鹏妈进出，他想起和大鹏伯的约定。吃完晚饭，他将守业叫到厢房，说了买猪的事，让他赶紧将卖猪娃的钱给他，他要还给大鹏爸。躺在床上，守业翻来覆去，他不知道该如何向芳莉开口。听到厢房老人的咳嗽声，他呼地坐起来，说了猪钱的事。芳莉赶忙爬起来，偏着头说："他的猪是赊的，我的猪娃也赊出去了，那得等我赊出去的猪娃收到了钱，再还他的猪钱。咱家的苹果没卖，春节还得花钱，无论咋说，咱不能往里面垫钱。"

猪钱没有着落，志明老汉感到食言了。街上见到大鹏爸，几句寒暄，他总感到他在用眼神，提示他猪钱的事。志明在家不愿看见媳妇嘟嘴吊脸的神态，出了门，他又怕碰到大鹏爸。走出厢房，他蹲在后院，打量着卧在草堆的母猪，寻思了半晌。他摸出烟锅，撩起烟袋，往烟锅里捻着旱烟，蓦然走出头门，站在壕岸上，瞄着夕阳下婆娑的荒草。大鹏爸上坡，瞥了他一眼。他想离去，又觉得不妥。走下壕坡，他将大鹏爸叫到田头，说了自己的难处。大鹏爸没有吱声。他挪着屁股，趔身向他靠了下，搓着脸说："兄弟，再给哥一些日子。芳莉那些亲戚，春节会来走亲戚，赊的猪娃总得有个说法。如果猪钱还没个着落，我开过年将猪还给你。"

大鹏爸趔了下身，嘿嘿笑了，转过头来说："按说戏里都是忠孝侠义，芳莉唱了这些年戏，咋就没学到点啥！这人的心性，咱说不清楚呀！"

志明老汉搓着脸颊，苦笑着应道："有些话，我只能闷在心里，不知给谁说？过年了，我撑在守业这边，就是不想让娃难堪。猪钱没着落，牵走了猪，我也就进不了娃的门了。哎——今年我算是跟着猪托福了！"他站起来，擤了把鼻涕，抹在树干上，叹了口气续道："哎——兄弟，猪比哥值钱呀！"

大年初三，守业家待客。赊猪的几家都是碎娃过来，芳莉不好吱声。大年初五，芳莉带着根娃，回到娘家，他哥和那些赊猪家的男人都没见到面，她心里不爱，又不好发作，只能让女人带话，催收赊猪的钱。志明老汉绝望了。趁着家里没人，他将铺盖搬回祖屋，牵着母猪，敲开了大鹏家的门，将猪还给了人家。

五

突突声中，志明老汉睁开眼睛，他缓缓站起来，瞭见守业开着蹦蹦车，车厢边坐着根娃。他长长吐了口气，身子软溜着蹲下，吸了几口月夜果林飘来的花香，顿感清爽了好多。桥头那户人家门房的麻将散场了。一群人出来，叼着烟，扯开裤子，对着水渠嗒嗒撒尿，还在埋怨出错了牌。志明老汉拄着棍，踩着月下抖索的影子，推开了老屋的门。

揭开柜盖，志明老汉摸索着，拿出老婆的遗像，衣袖擦了下镜框，眼泪吧嗦地放在柜面上。他拿起洋瓷碗，解开口袋，装了半碗麦子，放在遗像前。窗台上捻起几根香，操起枕砖旁的火柴，他划着燃起香，晃着插在麦碗中，撩起袖子，抹着眼眶，嘴角抽搐着说："守业妈，过年没给你上香，我今个儿给你补上。家里虚惊了一场，都好了！守业媳妇真要是有个三长两短，我真不知道去了那边，怎么见你的面？”

从世事的计较中醒来，志明老汉的心性蛰伏了。他不再去新街了，也不和人絮叨，独自蹲在老院子中，望着头顶上的老槐树。他不再恐惧公墓地，觉得那里没有纷争，清静躺在地下，看着四季变换，听着鸟鸣虫吟，比活在这世上好。麦收时节，女子过来看他，给他送来面粉和油醋。看着柜子上妈妈的遗像和碗中的香灰，她明白了父亲的孤独和可怜。她想将老人接过去。志明老汉就是不愿意。女子走的时候，他说想买只奶羊，他能喝奶，还是个伴。

半个月后，外孙牵来了一只山羊。志明老汉搬走屋子的杂物，将羊拴在屋内。他不再给守业家帮忙了。他拿起铁锨，将隔壁塌陷的桩基平整好，种上韭菜和黄瓜，将西红柿的秧搭在架上。放暑假了，根娃不时过来。他牵上羊，和爷爷蹲在老街的草丛间。爷爷就像个孩子，嚅动着掉了牙的嘴巴，怜爱的看着他，嘿嘿笑着，不再问他家的事了。根娃嘟囔着家的事，爷爷瞥着他，咂巴着旱烟，沉浸在他的世界中，好像没有听见。

从建筑工地摸黑回来，守业缩脖子，溜进老宅子。见到儿子，志明老汉就像见到孙子那样，眼神柔和得像个孩子。坐在炕边上，守业猛吸着烟，搓着脸颊，絮叨着他的苦衷。盯着老婆的遗像，志明老汉抠着手掌的老茧，像在听故事。拎起几根麻花，守业放在柜子上。出了房门，他又回过身来，瞄了眼炕上的父亲，他摸索着从裤兜掏出几张钱，递给他伯。志明老汉就像见到了蛇，摆手缩身，趔趄着挪向炕角。

夜里的一场秋风，街上的杨树叶变黄了，老宅后院的柿子树，挂满红彤彤的柿子。几只喜鹊嘎嘎着，在树冠上扑棱抖着脖子，啄着柿子。厚实泛黄的叶子，悄然飘下。坠在枝头的软柿子，噗啦落在地上。志明老汉松开山羊，捡起树叶，喂着山羊，拿起地上的柿子，塞进嘴里。他嚅动嘴巴，羊嚼着树叶。志亮推门进来。志明捡起地上的柿子，嘿嘿着递给他。志亮抽出黑棒棒卷烟，燃起喷了口，叹气说着芳莉的不孝。志明老汉揽住羊脖子，喂着树叶，指着枝头的喜鹊，依旧嘿嘿着。

抽了根烟，志亮起身，摇头叹气，回到自家门前，将守业叫过来，伏在他耳边说："守业，十爸给你说，我刚从你伯那边回来，我估摸着你伯不行了。"守业一愣，愕然瞪着志亮，挠着头，满脸茫然。志亮摇头续道："十爸知道你家的芳莉难缠。老人躺在老屋的炕上，要是有个长短，那就让方圆的人笑掉牙了！"守业摸出烟，点着猛吸了两口，喷着烟柱，眯眼说："我说几句，她肯定瞪眼要泼，跟我上墙。十爸，你在村子有威望，方便的时候，你帮我开导她几句。"

志亮呼地站起来，板着脸，咧嘴哼哼了几声，晃着手说："守业，你家的事，我还敢管吗？我觉得我老哥可怜，才抹下面子，说道你几句。你反倒将球踢给了我。行了，话我说到了，咋办！你拿主意。"守业盯着地面，猛捻着烟蒂。走了两步，志亮回身，踹了脚地上的土块说："守业，你伯要是走了，我再过问你家的事，我就羞了先人咧！"

过了两天，守业家的院子，传来了芳莉嘶吼的责骂声。志亮走出商店，伸脖侧耳辨听，刚想过去。老婆出来，扯住他的胳膊，将他推进大门。大鹏爸踱出门，见老婆晾晒衣服，他俯在耳畔低声说："哎——还是咱家造化大。大鹏当初要是娶了那媳妇，也不知道咱这日子咋过哩？"大鹏妈白了他一眼，提起脸盆，掩嘴笑着将男人推回了家。

塬上的苹果收获季是个大年。深秋的薄雾中，原野上蒙了层白白的霜，树叶凋零了，光秃秃的树冠上缀满蒜辫般红彤彤的苹果。守业跟着姑父在工地上忙活。芳莉请了几个人，趁着霜后的间期，采摘苹果，运回家，堆在院子。寒流横扫一如牛背的塬上，一场大雪过后，工地冻结了，守业回到槐树寨。看着满院子的苹果，他随着管业，坐上蹦蹦车，来到县城的果行，寻着收购苹果的客商。天快黑的时候，寒风呼啸，雪花纷飞。谈好了价格，守业回到村子，拍着满身的雪，哈气跺脚，搓手下了车。推开头门，说了价格，芳莉抡着扫把，说他卖贱了。守业拿起蒸馍，咬上两口，缩着脖子，踩着积雪，推开邻里的门，约了一帮人帮忙。

照着客商的要求，帮忙的人围着苹果堆，分拣过秤装箱。守业推着板车，将装箱的苹果拉到门前，和果行的人装上车厢。忙活了三天，院子的苹果卖了，守业心里清整了。蹲在屋檐下，抽了根烟，守业想到了他伯。他站起来，从窗台上捡起几个苹果，揣在怀中，推开头门，在小卖部转悠了一会儿，踩着车辙中的冰渣子，来到老街。几只乌鸦蹲在壕岸的老槐树上，见他过来，扑棱抖着翅膀，缩着脖子，滴溜着黑豆般的眼珠，嘎嘎叫着。树冠飘坠的雪，落在守业的脖颈中，他眯眼仰头，雪化成水顺着脊梁漫浸。他打了寒战，心口发紧，不祥的预感抽打着他。他裹紧上衣，趔身跑到老宅门口，哐当推开头门，白茫茫的雪景中，没有人活动的踪迹。守业慌了，他喊着伯，扑到屋门前，从门缝瞄了眼躺在炕上的父亲，瞥见台阶外的炕门没了热气，他哇地哭了，哗啦推开门扇，踹了脚仰头望着炕头的山羊，扑在炕上，摇晃父亲僵硬的身子，抹着崩涌的眼泪，说着忏悔的话。

靠在炕头，摸着冰冷的炕席，守业摸出烟，哽咽着燃起，搓着父亲冰冻的脸颊，他的心里堵得慌。扯了把干草，他放在山羊嘴下。山羊用嘴搓了下，仰起头，瞪着他，晃身咩咩叫着，像在责斥他。守业单腿跪下，撩起颈上下垂的毛，拍了下羊头，抹着眼泪出了院子。蹲在村头的壕岸上，望着夜色中泛着荧光的雪，他真不知道该咋办。抽了两根烟，他低头溜进小卖部，瞥了眼打麻将的管业，他推开了上房的门。瞥见守业悲戚的神情，志亮撩起被子，抬脚下炕，趿上棉鞋，急切地问："守业，咋的咧？是不是你伯不好！"

守业腾地蹲在地上，捋着头发，偏着脸哭道："十爸！我伯走了！"志亮愣了，缓过神来，叹了口气，摇头冷笑应道："哎——走了好！走了他就省心了。"

跺了下脚，志亮跟着守业，悄悄地来到守业的旧宅，推开了房门。坐在炕边上，拉着志明老汉的手，瞥着他睁眼张嘴的脸，志亮摆着手说："守业，你伯啥都知道，他心里苦啊！他走的不安心呀！"蹲在地上，守业抽泣地拍着腿。放下志明的手，志亮踱了几步说："守业，你伯死在老宅的事，别让人知道。你快回去，给你媳妇说声，让她收拾地方，等下将你伯弄过去。"见守业不挪脚，他扬起手喊道："快去！我在这儿，和你伯说说话。"

两根烟的工夫，守业回来了。他撩起被子，裹紧老人，抹着眼泪，哭喊着说："伯，我接你回去！"父亲的身子硬了，他抱在怀里，踩着积雪。志亮走在前头，瞭望招手，将老人放在了厢房的床上。抬起手腕，瞄了下表，志亮白了芳莉一眼，在守业耳边嘀咕了几句。

麻将桌上号闹正酣。守业哐当推开门，趔趄着晃进来，扬起手说："管业，你二伯走了！"管业搓麻将的手停了，喷掉嘴上的烟，撩起被单，将麻将弄成一堆，呼地站起来，瞪眼问："你说啥？"守业跺脚抖手说："你二伯走了！"管业摆了下手，来到上房，揭开门帘，给志亮说了。

志亮下炕，快步推开守业家的门，对身后的老婆嘀咕了几句，扬起手对守业喊道："去！把门关上！"芳莉没了泼相，她赶紧关上门，打开老人屋子的柜子，拿出老人的寿衣。守业端来热水。志亮拿起毛巾，抹上香皂，敷热志明老汉的胡茬，给他净了面。志亮老婆给志明穿上寿衣，几个人一起将他抬起来，放在门房的床板上。志亮拎着裹着白纸的瓦盆，放在床下，点上蜡烛，烧了几张纸，扒在床沿上，哭喊了几声。他起身踹着守业的脚跟，瞪了眼芳莉，扬起手说："你们都是孝子，把你们的孝心都哭出来吧！"

跪在床下，守业拍着床沿，哭天抢地地哭喊着，像是要将这些年的委屈号出来。志亮老婆屈身，扯着他的胳膊，劝道："守业，哭哭就行了，后面的事还靠你哩！别弄坏了身子。"芳莉愣站在边上，志亮老婆指着床下的麻包，她嘟着脸，跪在上面，瞥着抽泣的根娃，扬起手喊道："哎呀！可怜的根娃他爷呀！你咋说走就走了！"志亮哼了一声，扔掉烟头，扯了下老婆的胳膊，拉开门走了。

葬埋前的那个晚上，女子请来了乐人和花灯。芳莉说自己唱了这么多年的戏，戏班子算是她请的。她和拉弦师傅合计了一番，最后压场的是她的

《三对面》。槐树寨的人知道三对面那块地方，晚上要唱《三对面》，媳妇就是包拯，便早早地赶过来。男人们随着她的吼腔，闭眼哼唱着。女人们瞥着她的扮相，噘嘴窃窃絮叨着芳莉的不孝。收场的锣鼓响了，大鹏爸蹲在自家门前，站起来扯着老婆，就要进屋。边鼓变了节奏，嗒嗒奏响，散开的人又围了上来。站在门口，大鹏爸伸长脖子，满脸疑惑。芳莉一声叫板，几句对唱，大鹏爸知道，包拯要开铡了。他推着老婆，走进门来，刚要关门，就见芳莉站在土堆上，瞪着他家门口，扬起手来，吼了声开铡。

六

志明老汉去了公墓地，融雪的时候，雪水渗墙，守业老宅的前门楼子塌了。槐树寨生生不息的老街，没了人迹。冬雪覆盖下的残垣断壁，隐没了这方水土几百年的爱恨情仇。

父亲走了，守业就像蔫了的茄子，常蹲在村口壕岸上，望着茫茫的果林发呆。芳莉说一句，他应一声，交代的活，他低头干着，没了热情，也没了怨言。忍不住的时候，芳莉挥着扫把，厉声骂他几句。他抽着闷烟，挠头嘿嘿着，弄得芳莉哭笑不得。根娃牵着爷爷留下来的山羊，来到壕岸上。山羊站在老槐树下，撅着屁股，瞄着老街口，抖着竖起的耳朵，咩咩叫着。骑车上学走到桥头的时候，见爸爸过来，他跃下车，对守业说："羊通人性。每次走到壕岸，羊都趔身想回爷爷的老宅，它还想着我爷哩。有空你得放羊，不然我爷会埋怨咱们。"

志亮镇上的果行，来了几个客商，他忙不过来，就让守业帮忙。守业坐上管业的摩托，突突着走了。后院的山羊咩咩叫着。芳莉抡着扫把，从上房扫到门前，垂着扫把，撩起油裙，歪头愣脑地瞄着村头。镇上羊肉泡馍馆的老板，骑着摩托，从桥头过来，给餐馆收羊。芳莉走到马路中间，将他招呼过来，走到后院。他扯着缰绳，蹲下摸着羊脖子和脊梁，给了个价。芳莉不愿意。他摸出烟，叼在嘴上，摆着手说："这是奶羊，不值钱！我买回去，得和羊羔肉搭着买，才有人吃。”临出门的时候，见身后没有动静，他转身伸出指头问：“给你添十块钱，卖不卖？”

买羊的跨上摩托，点着火，扭着油门，突突了几声。芳莉招手，让他回来，噘嘴说：“那也是个活口，整天咩咩叫，烦死人了！”

装了一个通宵的苹果，天快亮的时候，志亮带着守业一帮人，回到镇上。羊肉泡馍馆飘出泛着香味的炊烟。师傅给炉膛加了锨炭，拿起铁勺，摁压着腾起的肉块，见窗外有人，他推开窗户，指着沸腾的肉锅说：“肉马上就出锅了，这么冷的天，吃碗泡馍暖和暖和。”志亮驻步，望着管业。管业嘿嘿挠着脖子。他撩起厚厚门帘说：“行了！忙活了大半夜，我请大家吃泡馍。”

呼啦进了餐馆，大家七手八脚拎起老碗，抓起锅盔，瞄着翻滚的肉锅，说笑着掰馍。管业抓了把蒜，放在守业面前，笑着问：“哥，嫂子这些年，就想唱铡陈世美的那段戏，就是没机会。二伯走了。她总算逮住机会，当着槐树寨的人，吼着将陈世美铡了。闷在心里的气出了，我估摸着你的日子也好过了。”

掰开一瓣蒜，守业没有接他的话，撕掉蒜皮，咬了口嚼了两下，哈着气说：“哎——呀呀——这冬季的蒜，咋还这么辣哩！”

师傅拎起炒锅，撩了勺肉汤，冒泡的时候，将碗中的馍倒进去，翻腾了一会儿，铁勺勾了坨油，滴在锅中，捻了几撮黄花菜、粉丝和羊血，抖撒在锅里，铁勺搅和了瞬间，抡起来倒进碗中，铁勺磕了几下炒锅。志亮拿起筷子，拨了几下，嘴搭在碗沿上，眯眼啜了口汤，对着师傅竖起拇指说：“汤不错！”夹起一片肉，咬了几口，他吐在筷头上，晃着问师傅：“你这是啥肉，咬起来这么柴！”师傅转过身，晃着铁勺笑着应道：“羊羔肉，可能火候不够！要不我再给你煮煮。”

桌上摆了排蒜瓣，守业端起老碗，连吃带喝，就着蒜瓣，呼噜刨完了。他打了串嗝，感到胸口发潮。瞄着他的吃相，师傅抖着铁勺，对志亮说：

“肉没问题，你看人家吃得多香！”守业捂住胸口，泛着饱嗝，呼地站起来，撩起门帘，跑出来蹲在侧边的夹道上，咳嗽着呕了一摊。瞥见了墙角的缰绳，上面系着红布絮，让他吸了口冷气。他挪着屁股，趔身低头，手指伸进嘴中，又是一阵咳嗽。

守业抱着管业的腰，坐上摩托，颠回村子。摩托停在守业门前。管业喊着芳莉，转着油门，喷着黑烟。芳莉探身出来，搀扶着守业，将他放在温热的床上。守业撩起被子，蒙住脸，想睡觉。芳莉嘟囔着，倒了杯水，放在柜面上。迷糊了一阵，守业腾地坐起，趿上鞋，跑进后院，瞪着空拉拉的羊圈，转头瞪着芳莉问：“羊呢？我伯的羊呢？”芳莉靠着门框，抠着指甲应道：“娃要考高中，你在外面，我家里一摊子事，哪有时间给它弄吃的。我卖了，买羊的想蒙我，没那么容易！”

跺了下脚，守业展开身子，倏然转过来，瞪眼抖手，哎哎了几声。芳莉嘴角咧了几下，摆着手说：“不就是头羊吗！你是不是想喝羊奶？我看你蔫不拉几的样子，想喝奶，开春咱买只羊回来。”守业推开她，哭丧着脸，回到屋子，哐地带上门，蒙起被子，屈身朝墙，蹬了几下腿。

大年初二，要拜志明老汉的新灵。守业他姐在桥头等上他姑，两个人戴着孝帽，手捻着白色的帕帕，从桥头哭进村。跪在灵堂前，盯着哥哥的遗像，姑姑哭得很伤心。芳莉上前搀扶。她抡起胳膊，瞪了她一眼。坟头烧完纸回来，他姑坐在上房屋檐下，不吃不喝，嘟着脸不言语。客人们走了。她抓住窗台，缓缓站起来，走进上房，板着脸，追问老人是怎么走的。守业瞥着芳莉。芳莉低头揪着衣角，踹着地。守业哎嘿了几声，他估摸姑姑知道了内情。他撩起孝衫，蹲在她前面，搓脸说着自己的无奈。姑姑叹了口气，嘿嘿笑了，眨巴着眼睛，摆了下手说：“这就是祖宗的下一代！咋说哩？我不说了。守业，你跟姑的缘分算是尽了。我今天出了这个门，你就没我这个姑姑，我也就没你这个侄子了。”

守业的姐姐哭了，她拉着姑姑的手，嘟脸劝说着。姑姑站起来，捻起几根香，燃起插在灵堂前，跪在麻袋上，合掌叩首，喃喃道：“哥，你可别怪我呀！我也没办法。你走得好，走了清静。跟着这些白眼狼，你扎在人世上，有啥意思哩！”

姑姑走了。守业蹲在屋檐下，低头抽着闷烟。根娃拿着作业，从厢房出来，瞪了妈妈一眼，低头进了上房。芳莉走到大门口，靠着门扇，眯着暮暮的日头。

年初五，芳莉回到娘家，见到了大哥，催问赊猪的钱。大哥搓着脸，摸出烟，从炕洞捡起树枝，点着吸了口，瞥着窗外院墙上的茅草，嘿嘿笑着说：“芳莉，哥不是赖账。我去年给你侄子定了门亲，借了一屁股账，手头紧巴巴的，真是没钱。”没等芳莉吱声。他妈趔身偏头，拍着炕边应道：“芳莉，你哥也不是外人，你能帮还得帮呀！”

从娘家回来，芳莉推开家门，守业白了她一眼，蹲在上房的檐下，低头抽着闷烟。芳莉放下布袋子，喝了口水，她踱到头门前，趔身靠着门扇，掏出裤兜的花生，捏破搓掉皮，捻入嘴中，嘎嘣嚼着。大鹏牵着儿子，走出家门，瞥见芳莉，他朝壕岸去了。芳莉进屋。根娃攥着作业本，驻步瞪着妈妈。晃进房间，芳莉摁开电热毯，撩起被子，蒙头躺下。她弄不明白，家公在世的时候，她和守业为了他的事，经常吵架，但守业看她眼神柔柔的。家公走了，吵架的由头没了，守业好像变了个人，不再和她拌嘴了，看她眼神没了柔意，变得冷漠了。

芳莉迷糊了一阵子，想起了儿子，爬起来，趿上棉鞋，借着窗户的光，进了上房。守业和根娃坐在炕桌边，筷子搅着方便面。芳莉坐在边上，望着根娃吸着面条的嘴，笑着问：“妈给你热点菜？”根娃趔身，嚼面摆手。喝完了汤汁，守业看着地面，摇着头说：“忙活了一年，卖了苹果，除去化肥、套袋、农药和水费，种苹果根本就不挣钱！开春我就进城，去建筑队干活。”没等芳莉吱声，他搓着脸，叹了口气说：“噢！对了，我托人，将根娃转去县城的私立中学上学，得住校，还得搭灶，这些都需要钱，还能咋办哩？”

芳莉拿起方便面的桶，扔进垃圾盆，她想说去娘家要猪钱的事，犹豫了半晌，她走进厨房，转头朝着门口说："只要娃将来能考上大学，给咱争口气，无论咋说，那都值得。"瞥了根娃一眼，守业点上烟，喷着烟柱。芳莉出来，靠着门框说："守业，管业媳妇他姐润月，在西安做家政，吃了喝了，还落下不少钱。根娃住校了，你将家里的园子租给别人，我想跟着润月，去西安做家政。"

守业仰头白了她一眼，眨眼问："家政是干啥的？是不是旧社会财东家的管家，那得识文断字，你行吗？"芳莉踹了他一脚，嗑着瓜子，噘嘴应道："守业，家政你都不知道，工地上把你弄傻了。家政不是家里的政事，就是帮人家扫地洗衣做饭啥的。"守业挪了下屁股，摆着手说："噢！那不就是保姆用人吗！还叫什么家政。"

七

果林中花瓣飘舞，蜜蜂嗡嗡的时节，芳莉和润月，坐上了客运班车，她带着对陈世美生活的好奇，来到了西安城。玉祥门车站下车，望着电视里看到过的高楼，打量着如河的车流，芳莉有些茫然了。她拎着行李，紧紧跟着润月，生怕将她遗落了。

家政公司在南门外李家村的巷子里，就两间门面。润月推开了家政公司的门，说了来意。戴眼镜的老头放下报纸，拿出一张表，让芳莉填写。她接过表，趴在桌子上，掏出身份证，在润月的指点下，歪歪扭扭填好表，递给了老头。老头摘下眼睛，盯着表格，看了一遍，仰起头问："你有啥专长？"

芳莉红着脸，挠着头，语噎摇头。润月闪过来，笑着应道："她能唱戏。在我们那个地方，也算个角。"老头戴上眼镜，嘿嘿着点头。润月伸长脖子，敲着桌面续道："她不爱唱旦角，就爱唱大净，包文正她最拿手。"

老头拿起表格，夹入夹子，笑着说："这样，你先跟着大家，帮人家打扫卫生。那家需要固定的保姆和清洁工，你的信息都在这儿了，人家觉得可以，我再安排你们见面，你情我愿，工作就算有了着落。”

芳莉眨巴着眼睛，满脸懵懂。润月扯了下她的袖子，出了公司的门，蹲在路边说：“芳莉，我刚来的时候，也是这样的，得有个过程。公司给你个床位，随着大家出去做工，给你管饭。你脾气不好，出门在外，得控制下自己，活泛些，人家才会雇你！”

跟着一群妇女，芳莉做了半个月散工。有的人有了雇主，有的人新加入进来，这里就是个培训中心。她们交流着经验，互相提点着。有了雇主的人，间或回来，拉上一群姐妹，蹲在街边，吃上一顿麻辣烫。有些人得到了雇主信息，私下让相好的姐妹过去，成了就在家政公司这边辞工。芳莉的心慢慢展脱了，脸上有了笑容，遇到费力的活，她总是抢着干，也有自己的人缘了。

一个多月后傍晚，回到家政公司租的宿舍，芳莉买了块煎饼，卷起来咬了口，端起水杯，正要喝水，润月推门进来。润月滴溜着眼珠，将她扯到门外，伏在她耳根说：“芳莉，好事来了！”芳莉咽下饼子，偏头愕然盯着她。润月将她叫到街巷中，低声说：“家政公司派钟点工，每周四下午给位老人打扫卫生。他们想找个保姆，最好是个秦腔爱好者。老头去电话，将你情况说了，人家没意见。家政公司的老头让我陪你，周四下午去给那家搞卫生，和那家人见个面。”

芳莉打了串嗝，憋着气，点着头问：“我行吗？”润月盯着她，应道：“芳莉，其实很简单，世上没有傻子，大家都是明白人，心里都有一杆秤，你真心实意地对人家好，人家就会待你好！”芳莉愣了瞬间，脸唰地红了，她瞥了眼街边的麻辣烫，热情地扯着润月的胳膊，笑着说：“你比我年龄大，咱又是平辈，我就认你做姐了。这事要是成了，我请你吃麻辣烫。”

周四中午，芳莉坐上公共汽车，进了南门，在钟楼站下车。等了好长时间，润月喘着气过来，说要收拾灶台，故而来晚了。润月拿着地址，问着街口的行人，带着芳莉，进了巷子，拐了几道弯，进了栋古旧的楼房。爬上二楼，润月月敲门，芳莉拍着裤腿，正着衣襟，心腾腾着。门开了，一位满头银发的老者，将她们让了进去。芳莉随着润月，叫了声陈老师，模仿着润月，弯腰鞠躬。指着坐在轮椅上的老伴，陈老师介绍说，她就是刘老师，腿脚不灵便。润月走过去，蹲下去，摸着轮椅的扶手，仰头问候。芳莉愣了下，蹲在另一边，叫了声刘老师。陈老师坐在阳台的藤椅上，拿起报纸，招呼了一声。芳莉将轮椅推到阳台，瞄着老两口侧耳低语。她拿起毛巾，随着润月，擦拭着家具。瞥见镜框中刘老师的剧照，芳莉抹着灰，白了润月一眼，摆了个造型。

拖完地，润月瞥了眼墙上的挂钟，探出阳台，蹲在轮椅边，攥着刘老师的手问："刘老师，晚上想吃点啥？我让芳莉给你们做。"刘老师看着陈老师。陈老师垂下报纸，摘下眼睛，笑着说："上了年纪了，胃口不好，就想吃碗软面。"

接过芳莉的拖把，润月对着她的耳根，嘀咕了几句。芳莉走进厨房，系上围裙，拉开冰箱，取出菠菜、豆腐和葱蒜。她撩起袖子，洗净手，挖了几碗面粉，接了碗桶装水，淋着水丝，筷子搅搓着，成了面絮，她放下水碗，肩膀一高一低地搓揉着。面团成形了。她搓掉手掌的面粒，撩起湿纱布，盖在面团上。蒜成泥，葱成末，豆腐成粒的时候，她将菠菜搓洗干净，放在碟中。芳莉走到厨房门口，探头瞄着润月。润月摆手点头。她回身接水，将锅放在炉头上，啪嗒打着火。她拿出面团，放在案板上，搓揉筋道，搓成条，切成条形的块，摁开扯拉，抹上菜油，放进盆子中。她撒上葱花，拌好豆腐，盛进碟子。锅沸了。她揭开盖，拿出条面，掌丘摁了下，操起擀面杖，在中间压住抖了下，捻住两头，顺着案板扯了下，撩起抖动着拉长，临入锅的时候，她的手指从中间捻住，扬手扯了下，抖落撂进水中。面条快熟的时候，她揭开锅，将菠菜扔进汤中。芳莉拿起小小的不粘锅，倒上油。她抓起笊篱，将面捞入笊篱，上下晃着，将扯面搭入碗中。菠菜放在面上，她放上蒜泥葱末，撒上盐和十三香，端起辣椒粉，她探出头来，问要不要辣椒，得到了回复，她挖了勺辣椒粉，抖在上面。她操起锅柄，将煎油吱啦淋上，面头噗拉撩起火焰，油呛葱蒜的香味，弥漫了整个空间。

润月推门进来，对着芳莉吐了下舌头，她抬起手，摁了抽油烟机的键。嗤嗤声响起，屋内飘袅着的油烟，倏然钻进了风洞。芳莉愕然低头，盯着呼呼的风巢，手搭在键上，摁了几下。饭菜上桌，芳莉解下围裙，跟着润月，将刘老师推进来。盯着冒着热气的菜面，陈老师端起碗，淋上香油和醋，搅和了几下，递给了老伴。刘老师撩起面，吹着热气，放入嘴中，嚼了几口，竖起拇指，笑着说："筋道。软硬适中。味道也不错！"陈老师夹了几粒豆腐，填入嘴中，点头笑着，让她们坐下来，一起吃饭。芳莉的心定稳了，她刚想坐下，润月扯着她的胳膊，笑着应道："陈老师，您和刘老师吃吧！我们还有事，先走了！"

见她们要出门，陈老师放下面碗，将她们叫回来，瞥着老伴说："回去给你们家政公司说声，就让芳莉留下吧！过两天，我抽空将合同签了。"润月捏了下芳莉的胳膊，白了她一眼，点头道谢。陈老师摘下眼镜，撩起纸巾，擦着镜片说："早上七点半过来，做饭搞卫生。晚上吃完饭，收好厨房，就可以走了。我这里地方有限，你得住在外面。"芳莉点头应道："公司有宿舍，没有问题。"

到了钟楼，润月拉着芳莉，转了一圈。走到面包店的橱窗前，芳莉搓着裤兜的钱，咽着口水说："姐，你是我的贵人，我请你吃面包。"润月扯着她的袖子，摆手应道："面包就是好看，吃起来就像玉米塌塌，赶不上老家的锅盔。这样，咱们还是去吃麻辣烫吧！"

出了南门，城墙下传来锣鼓胡琴的声音。芳莉驻步，伸长脖子瞭望着，侧脸问："姐，还有唱戏的？"润月摆着手应道："到了夏天，唱戏的人才多哩。你有心情，也能下去唱上一段三对面。"

坐在巷子麻辣烫摊子的矮凳上，吃着烫好的豆腐皮，润月偏着头说："芳莉，你的家常饭做得好！每天吃啥，得问主家。饭菜的口味，也要问人家，慢慢就知道人家爱吃啥和口味的咸淡了。家里乱放的小东小西，千万不能拿。买菜剩下的钱，要还给人家。老实厚道和手脚干净是家政的根本。”

拿起铁桶的竹签，芳莉要去付钱。润月拉住她，说她有工资，让她挣到工资了，再请她吃饭。临分手的时候，润月看着芳莉说：“噢——对咧！人家给你东西，有时就是试探你，千万不要收。做家政，挣工钱是咱的本分，别想七想八的。”

回到宿舍，芳莉将润月的话，在心里反复倒腾，她慢慢悟出了做家政的门道。陈老师生活简单，平时都是些家常饭，芳莉没了顾忌。她给他们做了顿老家的浇汤面。把老两口吃得直叫好。阳光盈室的时候，陈老师操起板胡，闭眼摇头，单脚跺着，曲声奏起，刘老师晃肩颤手，一声叫板，即刻就入戏了。芳莉拄着拖把，探头迷醉地听着。刘老师瞥见了，摆手让她进来，笑着问：“听说你能唱戏，哪一折子，让你叔给你伴奏。”听见刘老师变成了叔，芳莉心里热乎乎的，她挠头应道：“就三对面中包拯的那段吧！”

嘶吼的叫板后，板胡奏响，芳莉手款在腰际，瞪眼扬眉。刘老师望着她，哼唱着，竖起拇指晃着。芳莉息声。陈老师放下板胡，闭眼思默了一会儿，转头说：“戏要唱好，就得入到戏中，成为戏中人。三对面这段戏，好多人都爱唱，要唱好，就得在你生活中找到让你痛恨的那个陈世美，还要找到让你可怜的秦香莲。你对陈世美的恨有多深，对秦香莲的怜有多浓，就决定了你对角色的开掘能到什么程度。”

芳莉懵然间想起了大鹏，那是盘亘在她心里的痛。她瞬间明白了，她不是为了唱好包文正，才将大鹏纳入心中，丑化涂抹他；她是为了发泄心中的痛，才黏上了包文正这个角，嘶吼中喷泄着郁积在心中的怨气。芳莉嘴角抽搐，眼眶湿湿的，她抹着鼻子，嗤嗤了两下，崇拜地望着陈老师说：“叔！你神了，咋把我的底都说出来了。”陈老师推了下鼻梁上的眼镜，摆着手应道：“反过来看，能将自己的生活融进戏里，就说明你唱进去了。看来，你还真是个唱戏的料。”

拿起曲谱，刘老师让老伴给个音，她要测一下芳莉的音域。陈老师操起板胡，攥住弦把，扯着弦弓，张开嘴哎哎啊啊了几声，扬起手让芳莉跟唱。几个轮回下来，他站起来，手抹着下巴，踱了几步，瞥了眼芳莉，对老伴说："她的音质和音域，唱大净没有完全打开，嗓子紧了些，到了高音托腔的尾部，震颤稍显不足。这样的声线，如果唱须生，特别是老生，想象的空间更大些。"

翻开曲谱，刘老师看了一会儿，将谱子递给老伴，转头对芳莉说："你叔是难得的老师，好些名演员都是他的学生。《血泪仇》你知道吧！这样，让你叔给你个过门，你看着词，就唱手托孙女那段吧。"这个唱段，芳莉她爸做大队书记的时候，她唱过，觉得蛮过瘾的。她瞄着谱下的词，挺胸吸了口气，嘴巴噗喋着。随着板胡的节奏，刘老师扬起手，比画着节奏。芳莉声起，刘老师瞥了眼，闭眼点头露出笑容。陈老师放下板胡，端起茶杯，抿了口茶水，转身说："芳莉，如果你信得过我，想唱出点名声来，就顺着这条路往下走。我晚上有时间，帮你找几段适合你的戏，有空的时候，咱们练练。"

芳莉眨巴着眼睛，噘嘴哭了，她抬头含笑，眼泪涟涟地说："叔，我真不知道咋谢你跟我姨哩！我一个农村妇女，来到西安城，两眼一抹黑，没想到能遇上你们这样的好人。"刘老师摆着手说："芳莉，没有遇到你，我们哪能吃上地道的浇汤面。好唱戏的人，都是冥冥中和戏有缘分。因戏结缘，也是我们的福分。"

芳莉将刘老师推到客厅，递上茶。刘老师啜了口，望着窗外的树冠问："芳莉，你们老家还蒸洋槐花疙瘩吗？"芳莉笑着点头。她咂巴着说："那年春天，我到农村演出，那个村子端上了槐花疙瘩，拌上蒜水辣子，现在想起来还香。"芳莉蹲下来，拉着刘老师的手应道："姨，洋槐花在我老家不值钱。这样，我现在下楼，到农贸市场看看，碰到了，我买些回来，中午给你们蒸槐花疙瘩。"

得到了名师的提点，芳莉自信了。出了南门，她沿着城墙，寻着锣鼓声，站在人堆后面，瞄着唱戏的人，随着节奏，轻声哼哼着。边上的人闻声，趔开身子。她悠进内圈。一段唱腔完了，敲边鼓的师傅喝了口水，一手抡着筷子，一手挥着竹板，伸长脖子问："谁还能唱？"边上的观众瞥着芳莉。师傅嗒嗒着边鼓，瞥着芳莉问："来！唱哪段？"芳莉瞄着人群，清了下嗓子，摆着手应道："就唱祭灵吧！"一声叫板，几句唱腔，乐队师傅一看是个行家，精神一振，鼓点嗒嗒，松蔫的胡琴互相挑拨着，缠绕着唱腔。家伙声息，人群齐声叫好。芳莉笑了，随着观众的呼声，她站在乐队前面，拱手致谢，报上《朱吹灯放饭》的戏名。唱完戏，芳莉就要离去。敲边鼓的师傅赶紧过来，问她是干啥的。芳莉应了声家政。他嘿嘿笑着说："你肯定学过戏。我一听就知道。我们这伙人每天晚上都在这里，如不嫌弃，欢迎你过来，大家一起热闹。"

吃过午饭，刘老师望着窗外，转头对老伴说："哎，我在家待腻了，就想出去转转。"陈老师过来，喝了口茶应道："都怪我，单位分房，图上班方便，要了个二楼的旧房。我给儿子打个电话，让他过来，把你背下去。"放下抹布，芳莉抹着额头的汗，笑着说："叔，不用那么麻烦。你将轮椅拿下去，我背阿姨下楼。"刘老师上下打量着芳莉，笑着问："行吗？我重的很。"

芳莉将刘老师放在轮椅上，推着走了几步。陈老师抖着报纸，跟在后面。刘老师回头摆着手说："行了，就让芳莉推着我，到街上转转。给你放假了！"

天气好的时候，芳莉就会推着刘老师出去转悠，回来有说不完的新鲜事。陈老师一下子解放了，这些年，他围着老伴，外面的朋友都疏远了，业余的爱好也没了。他心里感激芳莉，只要有时间，他便摆开戏谱，操起胡琴，给芳莉解戏教唱。芳莉成了城墙下那个戏班的台柱了，慢慢有了名气。走出南门，她的脚步便不听使唤地朝城墙下走去，那里有戏迷热切的目光和乐队师傅酣畅的笑容。

秋天到了，城墙下护城河边的树叶黄了。陈老师单位组织老干部去东郊的半坡遗址参观，他让芳莉一起去。回到宿舍，芳莉找了件最好的衣服，放在床头。清早爬起来，搭乘公共汽车，她推开陈老家的门。陈老师正在刮脸，他摆着手说："别做饭了。我单位边上有家泡馍馆，你推上阿姨，咱们去吃羊肉泡馍。"

芳莉将刘老师背上大巴，拉着她的手，坐在前面。陈老师和一帮老同事瞥着窗外，说着旧事。进了半坡展览馆，刘老师晃着手，让芳莉将她推到罩着玻璃罩子的头盖骨前，呆愣地盯着。芳莉松开手，贴着玻璃，盯着灯光下已经有些粉化的头盖骨，瞪着额头和深陷的眼窝，她即刻想到了家公瞪眼张嘴躺在床上的情形，她臆想着给头盖骨覆上肉和皮，感到那就是家公的头颅。她心口发闷，手脚冰凉，闭眼喘了口气。再睁开眼的时候，她好像看到深陷的眼窝中滚溜着眼珠，嘴上似乎也有了牙，正在对着她瞪眼龇牙。她搓着脸，靠着玻璃罩子蹲下。刘老师扯了下她。芳莉愣了下神，推着她走开了。

冬天到了，房子开始供暖。书房中听了芳莉几段唱腔，陈老师坐在沙发上，闭眼搓着鼻梁，缓缓睁开眼睛，直起腰说："芳莉，还是那句老话。唱戏得入戏，将自己经历中最能挠动人心的那段放进去，才能进入角色的内心世界。大道理叔不讲了，我就给举个例子。你看民间那些唱包拯的，好些娃都是农村的哈怂，他内心最怕就是警察，当他唱包拯的时候，他就会将内心对警察的涂抹，幻化到包拯身上，反倒让他唱得比老实人好！"

眨巴着眼，芳莉懵懂地点头。陈老师站起来，扯开窗帘，打量着窗外萧瑟的屋舍。他转过身来，撩着白发说："芳莉，叔给你说白了，秦腔中浸泡着忠孝侠义。忠是王侯将相的本，孝是天下子民的根。进入这样的唱腔，你就想你最没尽孝道是谁，现在那个人死了或者走了，你想尽孝，也没了机会。你现在只能通过角色的唱腔，将自己的悔恨喊出来。有了这种感觉，你将来就会走红！"

芳莉抬手捂住脸，蹲下去，头埋在腿间。瞥见陈老师坐下，她慢慢抬起头，搓着脸说："叔，我懂了。说实话，我家公在世的时候，我做了好些对不住他的事，现在想起来，真是猪狗不如呀！"陈老师欠身，摆着手应道："为了唱好戏，就得想象，这和真实生活是两回事。"见芳莉眨巴着眼睛，他靠在沙发上，跷起二郎腿说："当然了，有这样的生活经历，对唱好戏，那也是种资源。"

回到宿舍，躺在床上，芳莉蒙上被子，将陈老师的话和半坡看到的头盖骨叠加起来，不停在脑海中捣倒腾着。她叹了口气，眼眶湿了。

八

到了年关，阳光明丽。吃完了早饭，芳莉从厨房出来，说年前得将屋子细细收拾干净。她将刘老师背下楼，让陈老师推着，去街上转悠。上了楼，她戴上手套，端起盆子，挪动家具，间或喊上几句秦腔。日头偏西的时候，她站在阳台，见陈老师回来了。她探出头，问吃啥？陈老师仰头，摆手说他们吃了，让她别管吃饭的事。收拾停当，芳莉摘下手套，嗒嗒下楼，将刘老师背上来。陈老师提着几封点心，放在茶几上，解下围脖，笑着说："芳莉，春节回家，我和你阿姨也没啥送你，路过那家老的副食店，我买了几封西安的水晶饼，你拿回去。"

想起当初润月的叮嘱，芳莉眨巴着眼睛，嘟着脸问："叔，是不是我做得不好，你们开年不要我了？"陈老师愣了，缓了下神，瞥了老伴一眼，摆手笑着应道："芳莉，你想多了。我们就想谢谢你，这也是人之常情吗！"刘老师撩开上衣的对襟，抖着说："芳莉，我和你叔还是念叨你的浇汤面，你得早点回来。正月初八给咱做顿浇汤面，我叫些亲戚朋友过来，你帮我们长长面子。"

芳莉扑哧笑了，来了精神，她转身蹲在刘老师旁边，攥起她的手，轻轻扯了几下说："姨，你放心吧。我们老家过年吃浇汤面，汤要回锅。你们西安人讲究，我怕人家嫌弃。不行你得买个大锅，到时咱多熬些汤。"陈老师踱着步，让她放心。

腊月二十六，芳莉和润月来到玉祥门车站，她们坐上班车，颠簸着回到了老家。守业蹲在门前的屋檐下，端着开水泡馍，脚下放着碟腌萝卜。瞄见了芳莉，他低头拿起碟子，放进碗中，推门进屋了。推开房门，根娃在炕桌上复习。她放下行李，扯下头巾。根娃白了她一眼，咧嘴浅笑，低头写着作业。蹲在他边上，芳莉掏出件上衣，将面包放在桌上，让根娃快吃。守业叼着烟，低声说了声回来了，便要出门。芳莉起身拿过一块面包，塞在守业手里，白了他一眼，笑着说："哎——成年没见了，你还长脾气了！"守业接过面包，咬了一口。芳莉捏着他的胳膊，晃着说："哎——行了！说实话，我不在家，也难为你了。想吃啥？说！我帮你做！"咽下面包，守业吐了口气，摆着手应道："甜兮兮的，这有啥好吃的！你做顿扯面吧，拿油泼下。"

年三十上午，守业带着根娃，在门房父亲的灵堂前，摆上苹果，点上蜡烛，燃起一撮香，爷俩扑腾跪下，对着灵堂磕了三个头。根娃提着纸钱，攥着蜡烛。守业扛着铁锨，随着上坟的人流，冒着刺骨的寒风，缩头屈身向公墓地走去。洗完锅灶，芳莉走到门房，贴着门框，朝街上瞄了眼。她带上门，操着手，打量着香烛后面家公的遗像，她想起了半坡的头盖骨和陈老师的教诲。她走上前，捻了三根香，对着蜡烛焰燃起，对着遗像举过头顶，跪在灵堂前，带着愧疚的神情，叩了三个头。拉开头门，她探头瞥见见志亮站在小卖部前面。她快步回到上房，拎起陈老师送的水晶饼，推开头门，弯腰缩脖走到志亮门跟前。她踹着地，抖着手里的点心，问了声好。志亮偏着头，瞪眼问："啥事？"芳莉怯怯低下头，低声说："十爸，我从西安回来，过来看看我十妈。"志亮哼了声，犹豫着摆了下手，看着芳莉进了内院。

从志亮家回来，芳莉见守业还没有回来，她心里有些恓惶，便顺着壕岸，踩着和着冰渣子的泥路，来到老街，进到老宅的后院。山羊喝水的盆子，靠在羊圈的护栏上。提起坑坑洼洼的瓷盆，看着山羊卧过的草摊，见守业还没有回来，她撩起头巾，遮上脸颊，来到壕岸上的老槐树下。老街破败萧瑟，见四周没人，芳莉顺着墙根，晃到老宅门前。她弓着身子，跨过坍陷的门楼，踹着满院的荒草，掏出钥匙，打开厢房的门。家婆的遗像还在柜子上，前面是盛着半碗麦粒，坠着灰烬的破碗，炕上焦黄的席子黑了几个洞。她嘟着脸，拿起家婆的遗像，袖子擦着，揣在怀里。回到家，她拿起湿毛巾，拭去缝隙的尘，放在灵堂前家公的遗像旁。

守业扛着铁锨，叼着香烟，推开家门，趔身瞥见妈妈老屋的遗像，摆在父亲的遗像边，守业僵住了，他眨巴着眼睛，瞥着上房的门口。他喷掉烟头，喊着根娃，张罗着贴春联。芳莉摘着葱，从上房出来，扬手笑了。戏班的师傅推着自行车，和站在凳子贴春联的守业招呼着，他进了头门，撑着自行车，笑着问："芳莉，听人说你在西安唱戏出名了。年初三晚上，我接了个白事，主家点了你的三对面，你得过去撑撑场子！"将师傅让进上房，递上茶水，见守业进来，芳莉摆手笑着说："叔，我不唱包拯了！现在唱须生。"抿了口茶，师傅站起来，晃着手说："那行！走了，我还得去找人。"

年初二，志明老汉的新灵。守业姑姑家没人来。坟头烧纸的时候，守业见坟冢前刚烧了一堆灰，在坟冢间转悠了半晌，他问渠岸上的老人，才知道表哥骑着摩托，烧完纸刚走。送走了客人，天色暗了下来。芳莉将守业叫到上房，搓着脸说："守业，在西安打工的日子，我有幸遇上陈老师一家。我跟着他学戏，更明白了做人的道理。姑姑是长辈，咱是晚辈，她伤心了，那是咱不对。明年就是伯的三年，这样僵下去，姑姑这门亲戚怕就真的丢了。我初六要回西安，明天咱带上根娃，过去看望姑姑，赔个不是。"守业哧哧笑了，扬起手应道："好嘛！你总算开窍了。将你从西安带的水晶饼拿上。"

拎了袋自家的苹果和柿饼，提着篮土鸡蛋，芳莉回到了西安城。农家的家常饭，将陈老师的亲朋好友吃的抹着嘴巴，啧啧夸赞。阳春三月，树枝上的芽苞，吐出嫩绿。芳莉推着刘老师，回到小区门口。陈老师快步过来，抖着手里的纸说："芳莉，我上午见到了原来的几位同事，他们策划要在省电视台，举办秦腔大赛，挖掘民间秦腔人才。我说了你的情况，人家说你就是他们要找选手。我拿表回来，等下填好了，我送过去。”芳莉接过表，瞄了眼，疑惑地问：“叔，我就是个农村妇女，我行吗？别给你丢人！”

陈老师双肘抱在胸前，打量着芳莉，走前几步，捋着头发说：“芳莉，叔弄了一辈子秦腔，我心里有底。秦腔和别的戏曲不同。好多戏曲讲究雅。秦腔不同，它更讲究情感的饱满和喷涌。你知道秦腔的观众，都是上了年纪的人，为啥？因为只有历经世事的磨砺，才能体会到看似粗放的声腔中吼出的那份情。”刘老师扯了下芳莉的袖子，偏头说：“你叔厉害着哩！你按他的话做，肯定错不了。”陈老师瞄了老伴一眼，续道：“芳莉，叔不主张小娃娃就学秦腔，戏里的悲苦爱恨，娃理解不了。理解了，对这些碎娃也不好。叔也不主张家境富裕的娃学秦腔，这些娃没有经历，入不了戏。你看这秦腔怪不怪。有些戏曲，唱戏的人老了，声腔就跟不上了。秦腔不一样，越老越有味道。你扳着手指数数，三秦儿女喜欢的还是那些老名家。”

接下来的日子里，陈老师给芳莉精选了几段唱腔，从身段、手势和表情多个方面，一句一句地辅导。想着可怜的家公，她将情绪和愧疚潜入戏中，一个唱段下来，常常掩面抽泣。出了南门，走到城墙下，敲边鼓的师傅瞄见了，一阵嗒嗒的鼓声，仰起头对着人群喊道：“看！秦腔大嫂过来了。”热情的观众转过头，交头接耳地嘀咕着。鼓点奏起，芳莉将白天练习的唱段，带着表情，摆着手势，顿着台步，展演了一段。乐队师傅齐声叫好。城墙下的秦腔大嫂，成了芳莉的艺称。

半年后，经过层层选拔，芳莉不负众望，成了秦腔大奖赛的季度冠军。槐树寨的人看着电视，田间地头讨论着她能不能成为年度的冠军。秋天到了，在媳妇成名的热潮中，守业和管业瞅准了下次比赛的时间，跑到西安，找到了润月。润月带着他们，蹲在巷子的小吃店前，吃了碗酸汤水饺，他们寻着锣鼓声，来到南门外的护城河边。听到芳莉高亢嘶哑的叫板声，他们加快脚步，挤进人头涌动的人堆中。瞥见润月，芳莉笑着摆了下手。一曲终了，她不顾观众期待的挽留，牵着润月的手，挤到人群外，愕然白了眼挠头的守业。管业闪出来，笑着说："嫂子，你可成了咱塬上的名人了！十爸说你给咱户族争光了，鼓动我们过来看你，也算是你家乡的亲友团。"

周六晚上比赛，芳莉硬着头皮，让陈老师找了几张票。守业揣着票，和润月管业来到电视台门口，递上票，问演出大厅的位置。听说是芳莉的亲属，门卫小伙咧嘴笑了，将他们送到大厅的门口。

打量着五彩斑斓的楼宇，指着楼顶扑闪的红灯，管业对守业说："哥，咱在老家看到的电视，就是从这里出来的，你说神奇不神奇！"守业仰望着楼顶应道："噢！咱等下进去，只要镜头晃到了，整个陕西的人都能看到咱。"

比赛到了最后的环节，守业紧张得坐卧不宁。轮到芳莉登台，一串嗒嗒的边鼓声，他低头捂脸，紧张得两腿打战。听到芳莉的叫板声，守业推开管业，猫着腰溜出演播厅，推开洗手间的门，摸出香烟，捻在嘴上，猛了两口。心情刚刚平复，就听门外传来了呵斥声，问谁在抽烟。守业扔掉烟头，哗地提起裤子，踩了下冲水阀，腾腾的心定稳了。走进演播厅的时候，主持人宣布比赛的结果，芳莉获得秦腔大奖赛的年度季军，领取了奖金。

走出演播大厅，守业扯着管业，瞥着舞台那边的门，单脚在路肩上蹦跳着。润月见过世面，她张望着过去，见芳莉卸妆出来，招手喊了声。守业和管业跑过去。芳莉推着刘老师，给他们介绍。陈老师握着他们的手，笑着说："难得！太难得了！前面那两位演员原来都是专业演员，退休张罗了个戏班子，在农村赶场唱戏，唱功没得弹闲。只有芳莉算是群众演员。"芳莉眨巴着眼睛，搓着刘老师的手，激动地说："叔，没有你和姨的指导，我哪有今天。我在西安城算是遇到了贵人，当然也有我姐的关照。这奖金我不能要，就当我补的学费。"说着，她掏出信封，递给陈老师。

陈老师扬起手，高声说："芳莉，你这是埋汰叔哩！快收起来。再这样，咱的缘分就尽了。"润月笑着说："陈老师，就让芳莉请你们二位吃餐饭，算是答谢师恩了。"刘老师摆着手，应道："算了！就别破费了。我还想着到你们乡下走走，还是你们那里的浇汤面好吃。我们去了，咋招待，我们都没有意见！”陈老师点着头，目送着他们消失在斑斓的夜色中。

离开西安的时候，芳莉将自己的奖金塞给了守业，商量着将老人的三周年，改在正月初二。到了腊月，芳莉记起刘老师曾经开着玩笑的愿望，洗完碗筷，她撩起围裙，搓着手说：“叔，初二我给老人过三年，阿姨说过想到乡下看看，我邀请你们到我老家过年，回味一下农村的年味。”陈老师放下报纸，笑着瞥了眼老伴，抹着下巴应道：“芳莉，除夕和初一，我们就不打扰你们了，正月初二，我带上板胡，到你们老家热闹一下，吃吃你们纯真的浇汤面。”

城墙下的戏摊，改在每周三晚上。收拾完家务，芳莉出了南门，顺着护城河来到那块地方。师傅们正在摆锣鼓，调胡琴。见她这么早过来，敲边鼓的师傅抡起筷子，给了个节奏，大家站起来，扭头贺着芳莉。芳莉笑着说：“哎！没有各位老师的鼓乐和城墙下观众的鼓励，哪有我芳莉的今天。这样，等下结束了，找个地方，我请大家吃饭。”

走进城墙下的那家火锅店，大家将乐器放在墙角。芳莉拿起菜单，和边鼓师傅点好菜。她问大家喝啥？白的还是啤的。边鼓师傅搓着手说：“天冷，白的吧！”说着他转过身，对着收银台，搓了下手，让服务员拿了两瓶十五年的西凤，转脸对芳莉摆了下手说：“菜是你的，酒是我的。你也不容易，就别和我争了！”

给各位师傅敬了轮酒，盯着翻滚的油锅，看到热闹的场面，芳莉站起来，说了番感谢的话。边鼓师傅叼着烟，拿起筷子，敲着碗沿，扇着冒起的热气说：“这样！我觉得芳莉的说道，也有道理，她的季军也有大家的辛苦。开过年，咱就将城墙下秦腔大嫂的名号立起来。”大家举起酒杯，衬着热气，趁着热情，和着热闹，碰杯仰头喝了杯。拿起筷子，芳莉搅和着，给大家夹菜，笑着说：“正月初二，我在老家给家公过三周年，秦腔界的名人陈老师携秦腔名角刘老师，过去凑个热闹。大家如有兴致，就一起过去。我给大家做老家的浇汤面。”边鼓师傅吹掉嘴上的烟蒂，敲着桌子，缓缓站起来，瞄着大家说：“这样！我那小子有辆中巴，我让他开车。大家带上家伙，一起去热闹吧！”听说有车，芳莉让边鼓师傅联系陈老师，到时接上他们。边鼓师傅打着嗝，摆手让她放心。

离开县城的时候，芳莉路过戏院，她要几张包拯的宣传挂图，揣进包中。知道她回来了，槐树寨的秦腔发烧友站在街上，好像欢迎明星。推开头门，芳莉刚落座，志亮老婆端着碗油汪汪的饸烙，递给芳莉，让她趁热吃。她坐在芳莉对面，摆手笑着说：“芳莉，你在西安待了这么长时间，也算是见过世面的人了。你十爸就是个倔驴，他就是不想让槐树寨的人笑话咱们户族，他要是言语上伤亏了你，你也别往心里去。”掌灯十分，芳莉推开院门，见志亮门前门洞灯影下的人散开了，她回身走到上房，拎起两瓶西凤酒，扯着守业胳膊说：“守业，十妈给我端了碗热饸烙，咱得过十爸那边去，我给他赔个不是。他的心结没了，咱爸的三年才能过好。”守业笑了，他腾地站起来，拎起两瓶酒，和芳莉进了志亮的门。守业撩开上房的门帘，笑着闪了门。志亮撩起被角，挪着屁股从炕上下来，见芳莉跟在后面，他抬起腿，回到炕上。他端起茶配，抿了口茶，啜着嘴唇上的茶叶，白了她一眼，拿起电视遥控器，嗒嗒摁着。志亮老婆进来，她笑着拎起暖瓶，给芳莉斟了杯茶。芳莉搓着茶杯，笑着应说：“十爸，我在村子的时候，就盯着脚下的苹果园子，没啥见识，对于老人也做了不少糊涂事，让你跟着脸上无光。我和守业过来，就是给你赔个不是。你是长辈，也别和我们计较了。”志亮放下茶杯，弯腰搓着面颊，摇头叹了口气。芳莉走前两步，屁股搭在炕边上，搓着围巾的头续道：“我去了西安，跟着陈老师学戏，我才觉得自己活得敞亮了。”

接过守业递上的香烟，志亮对着伸过来的火苗燃起，他眯眼喷了口烟，缓缓地应道：“芳莉，槐树寨对老人不孝的媳妇多的是，这也一种风气，十爸也不过分地埋怨你。你现在能有这个态度，说实话，我和你十妈都高兴。”

他弯着身子，闭眼摇头，自语道："唉，可惜我那二哥看不到了。"志亮老婆噘着嘴，白了男人一眼，扬手说："过去的事就让它过去吧。老纠结那些陈年旧事，这日子还过不过呀！"她又转身笑着说："芳莉，你给咱槐树寨和咱们户族，争光了！镇上人说到你，我就说那是我侄媳妇。十爸就是嘴硬，他也跟着你沾光了！"

年二十八，芳莉提着糕点，坐上守业的摩托，来到姑姑家。姑父将他们让进屋子。姑姑从炕上下来，白了芳莉一眼，噘嘴摆手说："哎——我还担心死了，娘家没人来哩！看来芳莉懂事了，娘家的门我也能进了。"芳莉红着脸，瞥着守业，笑着说："姑，我和守业商量了，初二给我伯过三年。你和姑父得提前过去，给我们操操心。"姑姑趔身问："芳莉，我在电视看你咋就不唱包拯了？"守业挠头应道："姑，芳莉唱须生和老旦了。"姑姑挺直腰，噢了声，拍着被子转头说："这就对了！包拯唱久了，人的心性就变了。现在这世事多好，多唱些孝道的戏，吼着吼着，人也就有孝心了。"

除夕赶集的时候，听说西安城有名角要来槐树寨，戏迷们相约，初二去看戏。志亮过来，带着户族的小伙子，帮着守业，在门前搭了个戏台。年初二早上，附近村子的人吃完浇汤面，成群结伙来到守业家门前，期盼着名角的到来。十点多钟，根娃骑着自行车，从桥头奔过来，一个急刹，跨在车梁上，喘着气说："汽车来了！"芳莉停下活，带着润月，向桥头走去。坐在前排的边鼓师傅瞄见了迎上的芳莉，拎起筷子，嗒嗒着边鼓。芳莉和大家招呼了一声，带着车子，停在壕岸上。人群让出条道，芳莉将刘老师背下来，放在轮椅上，和陈老师进了大门。守业招呼着摆上凉菜。志亮敬了一番酒，让管业上浇汤面。志亮喝了口汤，对西安客人说："你们放心吃吧！汤就用一次，咱不回锅。"

撑起锣鼓家伙，边鼓师傅嗒嗒给了节奏。穿着孝衫的守业和芳莉，将安放在家里三年的灵堂搬出来，放在台前。根娃拎着几个麻袋，放在灵堂前。点上蜡烛，燃起香，守业提着纸糊的包拯，芳莉拎着纸扎的山羊，放在灵堂前。包拯的贴面是花脸名角的彩图画像。陈老师瞥了眼刘老师，摸着下巴，摇头笑了。跪在灵堂前，烧了包拯和山羊，边鼓师傅喷掉嘴上的香烟，家伙响起。芳莉跪在灵堂前，瞄着烛焰后家公扑闪的面容，比画着唱了折《祭灵》。胡琴声息，她泪滴涟涟，泣不成声。志亮介绍完刘老师，她对着观众，招了下手。边鼓奏响，平时只能在电视中看到的名角，给大家唱了段《探窑》。听得那些妇女嘟脸噘嘴，撩衣抹泪。

锣鼓声息，伴奏的师傅燃起香烟，端起冒着热气的茶缸，吹着水面上的陕青末子，吱吱喝着茶。陈老师站起来，走到芳莉边上，嘀咕几句，又回身对着司鼓吩咐了两句。司鼓师傅啜掉嘴上叼着的烟蒂，拎起两根筷子，噘嘴嗒嗒了几下，仰头喊道："《朱吹灯放饭》来了！"芳莉哭喊着，踩着鼓点，从大门出来。她要将眼前的一切，融进唱腔中，在这严冬空旷苍凉的塬上，对着天地呐喊，忏悔自己过往的不孝。守业手拄着裹着白纸的细棍，看到芳莉抖着孝衫的衣袖，瞄着灵堂烛光后的遗像，癫着身子，抹泪哭吼，他赶紧撩起几张白纸，对着烛火燃起，摆动着扔进纸盆，随即举起孝棍，对着遗像磕头。

一折子戏下来，芳莉屁股搭在凳子上，转头瞄见了人群后面闪动的大鹏妈的脸。管业手夹着烟，晃了几下，闪到人群前面，伸长脖子笑着说："嫂子，你去了西安，方圆十里八村的人家过事，请来戏班子，大家听了好几个包文正的唱腔，还是觉得你吼得最过瘾。今个儿我爷过三年，你就撂开嗓子，给咱吼吼。"芳莉咕咚了几口茶水，放下杯子应道："管业，你也看到了，我将包拯给烧了，不是说人家不好，只是说我从今往后不再唱包拯了。"管业朝人群挥了下手，大家号闹着。芳莉抬手，马步晃了几下身段说："如果诸位乡里不嫌弃，我就献丑给大家来段《三对面》中秦香莲的唱段。"没有司鼓的前奏，芳莉长袖掩面，一声凄然的叫板，胡琴声起，她碎步走到台前。大鹏妈挤到志亮身后，俯身叹气，拍着他的肩膀说："老人活着时候，她是个啥样子，村里人谁不知道？老人入土三年了，她又在人面前要弄她小心，也不知道心里是咋想的？”志亮偏着仰起头，喷了口烟应道：“这就是世事！”芳莉喊着戏词中的陈世美。边上人盯着大鹏妈，戏弄着说人家喊你娃哩。大鹏妈嘟脸噘嘴，从人群中滑溜出来，踩着地上的薄雪回家了。

送走了客人，守业脱掉孝衫，摁开电热毯，撩起被子，蒙头睡了一觉。窗外响起稀落的爆竹声，他掀开被子，坐起来，看见窗外天色暗了下来。守业穿好衣服，推开屋门，在纷纷扬扬大雪中走到街上。树沟堆着垃圾，烧了半边的包拯的脸，抖动着露在雪层外面，好像在向漫天的雪花诉说自己的冤屈。守业蹲下身，捡起包拯的半边脸，他掏出打火机，撩起衣襟，燃起纸片，晃着仍在空中。他缩着脖子，蜷曲着身子，在老街已经倒塌的旧屋转悠了半晌，他蹲在东边的壕岸上，呆望着村口盘旋着几只乌鸦的老槐树。

志亮家的门开了。他搬出两筒烟花，点燃后捂耳趔身躲开，随着几声噗噗声，一串串火球射向夜空，伴随清脆炸响，夜空瞬时就像撑开了几把五彩的花伞。守业就像一尊石雕，闪着斑斓的轮廓。他吹掉叼在嘴上被雪浸灭的烟蒂，挂着雪片的睫毛晃了几下，回望着身后璀璨的夜空，裹紧上衣，弯腰向志亮家门口走去。志亮拎起冒烟烟花筒，见守业过来，直夸他家事过得排场。守业跺着脚上的雪，随志亮进屋。他递上香烟，帮志亮点着，低头用脚踹着地上翘起的砖，沉思了半晌，抬头问：“十爸，我就纳闷包拯刚直不阿，清正廉洁，他能是个不孝之子吗？”志亮摇头笑了，闭眼吐了几口烟，偏头应道：“守业，这事你得问西安来的陈老师。十爸就知道包拯陈州放粮和铡了陈世美。”

喝了几口茶，守业听到芳莉喊他回家。他放下茶缸，走出房门，又问：“十爸，莫非咱今天把包拯冤枉了？”志亮拍了下他的肩，应道：“守业，包拯连当朝驸马爷都敢铡，那是多大的官呀！你个平头老百姓，没有资格冤枉人家。”院门外传来芳莉又一声吼叫。如果说前两声是老旦的韵致，那么刚才这一声吼，就成了大净的嘶吼。守业身子打了个摆子，推开门应了一声，跨越树沟时一个趔趄，随即坐在地上，嗷嗷揉着脚腕子。芳莉赶紧过来，将守业架回家。

窗外雪花纷飞。守业躺在开着电热毯的床上，摸着隆起的脚腕子，他思来想去，觉得还是冤枉了人家包文正。

原载《十月》2021 年第 5 期

【作者简介】阿航，本名陈增航。中国作协会员，浙江青田人。出版作品有长篇小说《走入欧洲》《漂泊人生》《遥远的风车》等，系列电视剧《走入欧洲》，散文集《雪若梨花》，短篇小说和散文见于《收获》《钟山》《美文》《遥远的风车》等。

Ah Hang, autonym Chen Zenghang, is a member of the China Writers Association, born in Qingtian, Zhejiang Province. His work ranging from novels including Walk into Europe, Wandering Life, Distant Windmill, etc., TV series Walk into Europe, to proses collection Snow Pear Flower. Ah Hang's fictions and essays has been published on Harvest, Zhong Shan, Mei Wen, Distant Windmill and so on.

桃花红李花白

阿　航

一

过去同厂子的阮和军，拿到火电厂地块后，不晓得是矫情抑或情怀萌发，提议说我们与母厂搞个告别仪式吧。我说现在母校很流行，母厂倒是头一遭听闻哦。阮和军没搭我话茬，说，那个叶观忠，跟你穿同一条裤子的，你来联系吧！

电话里叶观忠说，那个破厂有什么好告别的？早已八竿子打不着了，就不必吃饱了撑着告别了吧。阮和军说，这次告别仪式除了死掉的人，一个不能少！他亲自与叶观忠通过电话后说，那家伙离婚了，正处于情绪低落期呢……我一听笑开了，这年头居然还有这样的傻子，我赠送了他一句至理名言，人生三大幸事，当官发财死老婆，黄脸婆自动离岗岂不正好腾笼换鸟么！

叶观忠从希腊回来。一照面，我便酸溜溜地说人家房地产老板面子大嘛。叶观忠笑笑说，那倒不是。我略嫌刻薄地说道，鸟笼已经腾出，这回是要换只金丝雀啰？叶观忠说，我还没考虑呢。这家伙胚壳变化不甚大，头发白了一小半，灰塌塌的，脸庞犹如脐橙被钳子挤兑过，显出如许褶皱。体形仍旧偏瘦挺拔，不像我等油腻中年男腆个小肚腩，肩胛圆溜溜地抹去了款型。他的性情显然变样了，修养太好，水无法泼进去，一如包浆的小叶紫檀手串。

俗话说，士别三日当刮目相看。况且我与他阴差阳错将近二十年未碰面了，人家说不定早已草鸡进化成凤凰了呀。

所谓的与母厂告别仪式，基本上就是观望烟囱的爆破了。老火电厂那杆巍峨烟囱屹立于县城东南角的江对岸，起码有四五十个年头了，已深深烙入县城好几代人的脑子里。我们一干人在阮和军的组织与安排下，登上梅坞村村长洋楼顶部大晒台。吃茶谈笑间，只听一声闷响，腾起几缕尘土，庞大的烟囱随即如同褪下的裤子化作了一堆废砖头，从此人间蒸发。

第二天，由阮和军做东前往 C 城游玩两日。在刘基广场集合时，叶观忠开来一辆小轿车。在场的人面面相觑，不晓得他啥子意思。房地产开发商的头脑毕竟灵光——阮和军嚷道，叶观忠你牛逼嘛，是要开小灶对吧！叶观忠脸膛泛红喃喃说道，我想……图个方便啦。

叶观忠向旅游大巴上的我招手道，做个伴行吗？

上路后我问，怎么想到要自己开车哪？叶观忠答非所问道，反正无所谓的。

返回头夜，吃过晚饭大家自由活动，有 K 歌的有洗脚的有敲背的，叶观忠拉我进了一家酒吧。落座后我问，酒还没喝够？晚上阮和军放血上茅台了呀。叶观忠嘻嘻一笑道，主要是我们兄弟说说话呗。

此语一出，这家伙数日来端着的身段算是松懈下来了。

半知不懂地聊了一通所谓的酒文化——我脑子凭空跳到了那段年少的日子——当年我和叶观忠在火电厂做学徒工，工资没几块，缴过家里伙食费与买够食堂饭菜票，便所剩无几了。为弄下酒菜，我们偷过叶观忠隔壁邻居的鸡。我们连夜把鸡宰了吃进肚子，把鸡毛鸡内脏一股脑倒入公共厕所的粪坑里。另有一次，是个落雪天，天寒地冻。我和叶观忠缩着脖子在馒头店门口吃馒头（本地方言馒头即包子）。有条小黑狗不晓得从哪儿钻出来，眼睛滴溜溜地朝着我们转，垂涎三尺。我们扣下嘴边的馒头，拿它作诱饵，将贪吃的小黑狗引诱到一处停工停产的厂子里。

一位蓄八字须老兄在此值班守摊子。这鸟人会两下子三脚猫二胡，以呜呜咽咽的琴声为尖端武器，招蜂惹蝶。气候寒冷，老兄与一位乡文化站进城办事的女孩躺在值班室的被窝里相互取暖。外头围墙的铁栅栏门不用说已锁死，我们拼命摇晃铁栅栏门，大声喊道，张健康，赶快烧开水，我们弄来了一条狗，立刻杀！八字胡披军大衣趿拉北京土布鞋踱出，进城办事的乡文化站女孩蓬头垢面随后出现。

我们手中已空无一物，小黑狗依旧乖乖跟进。很显然，它拿我们当可信赖可亲热的人了。我在雪地跑动，小黑狗追逐我，咬住我的裤管又赶紧放开。它懂的，如若把我裤脚咬住不松口，我会恼怒的。八字胡与红棉袄女孩并排站台阶上，哈出两团白雾状的气体。女孩大惊小怪嚷道，这么小的狗……把它杀了太可怜了吧。八字胡道，这屁大的狗……怎么够吃噢。叶观忠道，这狗肉墩墩的，斤两可不轻。八字胡道，不要叫其他人了……我去围墙外顺几个菜头来凑（菜头即萝卜）。我嚷道，阮和军要叫上的！

我去叫阮和军，叶观忠去买酒。临走前，叶观忠转身将小黑狗踢得半天高。小黑狗像团棉絮一样落下，不动弹了。叶观忠说，埋雪里回来再杀吧……

我轻拍一记桌子喟叹道，脑子胡思乱想，一不小心想到那回吃狗肉的事了……年纪越大，心里越不是滋味呢。叶观忠端起的酒杯垂直落下，沉了脑袋叹气道，过去的事、过去那个我……简直是罪孽深重啊！

那天后来发生的情形，说句要遭雷劈的话，不为过的。

我去厂房后面扒雪堆取狗，叶观忠跟来。我扒开覆盖在小黑狗身上的浮雪，手指头刚触及它的皮毛——蜷缩一团的小黑狗冷不丁地站立了起来，丝毫没走样。它抖抖身上雪末，两泓泉水般清澈的眼光望向我们，一点怨恨的意思都没有，甚至还不停地摇晃起尾巴……我一屁股坐在雪地上，手脚并用往后倒退。小黑狗撒开蹄子在雪地跑上一圈，而后中规中矩地在原位停下，臀部落地，前脚支撑，安静地看着我们。

借着冲力，叶观忠这脚踢的更为狠劲，小黑狗被踢到上头树杈上，停了一秒，旋即跌落下来。小黑狗在雪地上蠕动抽搐，但见叶观忠穿高统雨靴的脚踩在了它脑袋上……我至今记得，雪地上那个不规则圆圈，以及宛若一朵朵梅花瓣的小黑狗脚印。

二

第二日，旅游大巴开走后，我与叶观忠从宾馆大门外进来。服务台有位女的喊道，这位、这位就是程宗民先生吧。我抬头见叶观忠跟那女的点了下头，愈发丈二和尚摸不着头脑。我尚未开口，那女的笑吟吟说道，是这样的，昨天您朋友叶先生替您报了温莎温泉三日游，需要您的身份证登记一下。

昨晚叶观忠拉我到酒吧，是叫我陪他在 C 城再待上几日。我说这个地方，充其量是座中等偏下城市吧，两天转下来差不多了呀。叶观忠说，这座城市旅游资源相当丰富呢，两天时间只能说是蜻蜓点水，连走马观花都谈不上的。我说，就算这里有许多地方可玩，我们怎么可以脱离队伍呢，大家一块来一块走才合乎常理的啊！叶观忠道，好吧，我就不寻理由了……这么说吧，凭我们当年的关系，你就答应留几天吧。

叶观忠怕我无聊，安排我去泡温泉。

所谓的温莎温泉在山旮旯里。先是国道线，而后省道线，县级公路，最后五公里的道路为度假村自个开掘出来的。靠在旅游大巴软椅上，车厢温度适中，我脑子里头微波荡漾，泛起不少与叶观忠有关联的陈年旧事。

叶观忠这人貌似一心狠手辣家伙，其实大多数时候，他是一只软柿子，胆小如鼠。

当年我们火电厂与所在地的梅坞村闹矛盾。火电厂的烟囱冒出滚滚浓烟，煤灰漫天飞舞，遮天蔽日，村里的农作物大受影响，产量下降，卖相打折扣。村民晾晒于竹竿上的衣裳被褥，以及摊地上晒的谷米、山粉、番薯丝等，遭煤灰粉尘铺盖，一如火山喷发后的场景。村民们以不法的行为进行对抗，千方百计挖社会主义墙脚。火电厂煤场里的大同煤堆积如山，乌黑发亮。村民们晓得它们不菲的价格。一年当中，总有几回让他们逮着滋事的理由与机会，于是村民们成群结队，明目张胆地用板车过来拉煤。厂方自然阻拦。他们振振有词反驳道，你们的厂设在我们村，寿命起码短五年哎，拉几板车煤还不够赔棺材本哪！更多的情况是零敲碎打。他们以户为单位，趁天高月小之夜在围墙上挖洞（屡堵屡挖），蚂蚁搬家一样地偷窃煤炭。

我们火电厂一拨青工，正当血气方刚年纪，咽不下这口窝囊气，与村里的青壮劳力干过数次群架。他们的家伙五花八门，锄头、铁耙、扁担、铳担，甚至斧头草刀齐上阵；我们清一色手执钢管子，头戴鲜艳塑料壳安全帽。我发现，每回叶观忠均落在队伍后面，拖着钢管子毫无斗志。有次打头阵的邱松青安全帽被铁耙齿戳穿，鲜血如蚯蚓般爬满脸颊……我偶一回头，发现叶观忠已跳进水田，烂泥将他陷住，这家伙拼命张牙舞爪挣扎，好生滑稽相。

有天傍晚时分，我和叶观忠乘渡船过来。埠头上去路坎的后山上有座老庙，当年派做学堂用场的。叶观忠说他听到了风琴声。我停下脚步，果真听到老庙木栅栏窗里头飘出的琴声。

那年头恐怕没夜自修或者说村小条件要差一些吧，派做教室用场的庙堂里居然没装电灯。我们在门口探头探脑，借着微薄天光，辨识出风琴及两位女孩的轮廓。一位坐在琴前，一位立于窗口旁侧，整个场景浅明与暗淡相交融，雕塑般富有立体感。

叶观忠脱口嚷道，好美啊！

两位女教师的宿舍，先前想必是和尚或尼姑住宿的屋子，倒是悬挂了灯泡的。一位女教师说，这里不装电灯，无法批改作业的呀。两位女教师尽其所有，在煤油炉上用红糖炒了一盘甜洋芋，温上两斤农村家里带来的自酿黄酒。

我们吃甜洋芋，喝了一汤碗热乎乎的黄酒。

说是谈恋爱，应该还没到那份上的。双方互生好感，已是显而易见。与叶观忠交往的那位叫黄桂兰，与我约会去县总工会舞厅跳过几次交谊舞的这位叫夏捷。那阵子，我们度过了一段快乐的光阴啊。

梅坞村村支书的儿子与村长的儿子，分别追求两位女教师。两位女教师的身份为民办教师，按社会地位与经济状况作横向比较，村支书儿子与村长儿子的条件绰绰有余。但人家当教师的人有文艺细胞，理想略大于现实，并未瞧上两位公子哥。

两位公子哥在不同场合，分别教训过我和叶观忠。教训我的那次在渡船上。我上渡船过江，机动船驶到江中央后，同船的支书儿子叫船老大熄火。支书儿子手下四五人围住我，他自个坐船头，点上烟说道，明白了吧，如果再与夏捷来往……略一停顿，其他几位齐声喊话道，就把你扔进江里喂鱼！我嘟囔道，我会游泳的……一小喽啰冷笑道，拿撑篙敲下狗脑袋，量再好的水性也是秤锤哦！

这截江面，江两边的山峦分别叫作雌山与雄山。雌山圆融，雄山长出一道笔直山梁。过去吃水上饭的放排人、撑船人，视此处为鬼门关。按民间阴阳先生的风水学说法，世上万物皆由两性组成，同性相斥，异性相吸，山亦同理。雄山受雌山的挑逗与勾搭，山体的一部分延伸至江中，水流受阻挡，形成一个巨大的洄。有次漫大水，我亲眼所见一艘本地两头尖的蚱蜢船，被梅坞洄旋卷进水肚不见了踪影，待第二日才在下游的山脚湾洄浮现出来。

支书儿子这伙人，主观上是吓唬吓唬我，但人一旦落水，那就不好说了呀。

叶观忠劝告我道，出地老鼠坐地猫，识势头为妙吧。

当时的情形是我与夏捷渐入佳境，柳暗花明，貌似要拐入迷人的港湾了。

暗地里，我没舍得放开夏捷。有次我们俩躲在水竹林里，一边眺望江帆点点，一边煲甜言蜜语这锅汤。我铺下两张随身携带的旧报纸，没花多大力气即把半推半就的夏捷给摆平了……支书儿子一伙人，早已盯梢上，他们从四只角穿插进来，将我们俩团团围住。支书儿子脸色发青，大喝一声道，不讲信用的无赖，给老叔公跪下！好汉不吃眼前亏，我跪倒在了铺满腐烂水竹叶的潮湿泥地上。支书儿子上前左右开弓甩了两记清脆耳光，我眼前金星飞溅，火辣辣痛。小喽啰递给我一张纸一支圆珠笔，厉声说道，口说无凭，这回得白纸黑字写保证书！

我照他们口述，写下一纸屈辱文字。

鸡屎尚冒三寸气呢，到了忍无可忍的地步了啊！

我找阮和军商量。他沉吟道，在人家地盘上，我们不占上风……但是，这次的风头不掰过来，日后人家就爬我们头上屙屎屙尿啦！

夏日午后，蝉声聒噪。村办企业蜡果厂院子里，除蝉鸣嘹亮外一片静悄悄。在厂里跑供销业务的支书儿子，是时躺在休息室床铺睡午觉。我们天兵天将般突然降临，一拥而入，说时迟那时快，将他按在床板上乱拳暴雨般落下，痛快淋漓地揍了一顿。

村里青壮劳力闻讯赶到，来个瓮中捉鳖，加倍揍了我们一顿。

那起事件，在去的路上叶观忠半途开溜了。

在酒吧的那个晚上，叶观忠提起过当年为何偷邻居家鸡的事。

回顾起来，当年的我当真四肢发达头脑简单呢，傻瓜蛋一枚。那年头县城居民几乎户户养鸡，为什么叶观忠独独领我去偷自己邻居家的鸡呢？此间必有蹊跷。可是我连个问号影子都没产生过。事过境迁，我记住了叶观忠一个交代，他让我抓母鸡。我说抓鸡为吃肉，母的与公的有区别吗？叶观忠道，老母鸡补身子，我外婆说过的……你一定要抓母鸡哦！

当年居民人家屋里没洗手间，屋外搭个油毛毡屋棚置放粪桶或马桶，另外鸡呀兔呀等七零八碎的物事也在这里头。我摸黑推开棚屋简易木门，随手掩上，旋即陷入伸手不见五指的天地。气味不好闻，我压根无暇顾及。我张开双臂打太极拳似的一番摸索，差点将手探入粪桶里。兔子的眼珠子在夜间发出红彤彤的光斑，形同红宝石。兔子肉软绵绵不好吃，这个结论如飞蛾扑火般在我脑子里一闪而过。我探到鸡埘，听见了鸡们的轻微咯咯声。偷鸡可不敢胡来，是门具有一定技术含量的活。要是搅成鸡飞蛋打的局面，岂不遭殃。我手掌肉头厚，如一块抹桌子的海绵。我拿它抚摸鸡的背部羽毛，轻重适度，润物细无声，鸡们好生享受，咯咯声愈发细弱，直至伏着身子一动未动。我顺着脖颈摸至头部，鸡冠高昂，妈的是只公鸡。摸到第四只，方为母鸡。母鸡在我手掌的抚摩下更加受用，矮下去的身子羽毛蓬松，大了一小倍，这畜牲怕是以为公鸡上身了吧，连鸡屁股都翘了起来。就是它了！我悄没声息地卡住鸡脖子将其扭转，在另一只手协助下，把鸡头塞进鸡翅膀窝里夹住。整个过程一气呵成，没弄出丁点声响。

开膛掉出一颗完整的蛋，卡屁股眼上，次日待生的。而后是软壳蛋，一个个小下去，一个个皮薄下去，最末为黄灿灿豌豆粒般的小小蛋的胎胚。按当年说法，这是一户人家的蛋罐子啊……

我问叶观忠道，你为什么执意要偷母鸡不要公鸡呢？我到今天还搞不懂哎。

叶观忠将杯中酒一饮而尽。

叶观忠说，我是一个极其自卑的人……因自卑而下作，干出这种下三烂的事……

这话我摸不着头脑。叶观忠的家庭基本情况我大致晓得，比上不足比下有余。叶观忠本人，五官个子周正，身体无先天性疾病，成长过程据我所知无啥挫折，顺风顺水，波澜不惊，属于中不溜秋吧。论说起来，他与那个“自卑”是不搭界的呀。

但叶观忠偏说，我的自卑情结隐蔽在内里，外人一般瞧不出来，我自己心知肚明的。

叶观忠在当年我们那拨青工里头，称得上是位好学的人。我们的文化程度普遍不高，初中生占大面，小学毕业或没毕业的也有，撑死有一两位高中生——叶观忠为高中生之一。那年头时兴读电大、夜大、函大什么的，叶观忠参加了其中一个的课程学习。叶观忠的隔壁邻居张星，同样是一位上进青年，与叶观忠一块学习。有一回张星开叶观忠玩笑，趁他站起回答问题时抽走其屁股底下的骨牌凳。叶观忠的回答准确、完整，获得辅导老师的颔首称赞。叶观忠红光满面落座，一屁股打在地上，如同老牛翻倒四仰八叉。叶观忠尾骨震得生疼，让他更为恼怒的是全班人的哄堂大笑。但是，叶观忠神色未变，出人意料地挂起笑意从地上爬起。张星觉得玩笑开过头了，赶紧替他拍打身上尘土，连声说对不起。

面上看，叶观忠与张星的关系丝毫未走样。同桌听课，结伴来去，讨论学习心得。但叶观忠心里，无时无刻不在受煎熬，仇恨的种子雨后春笋般破土而出，根本没法子遏制住。

叶观忠道，碰到这种事情，解决的方法可以有两种，第一种当场发飙，撕破脸，骂他一顿或者揍他一顿未尝不可，瘦骨伶仃的张星并非他的对手；第二种是选择原谅和忽略不计。张星毕竟没恶意，况且又是邻居加朋友，人家开个玩笑，虽然让自己出了点小丑，这又有什么大不了呢。

我插嘴道，你采取了明面上和好如初，暗地里砸人家蛋罐子的阴招。

叶观忠道，这就是自卑心态在作祟呀。

三

泡温泉回来后，我在 C 城又待了数日。叶观忠每日里早出晚归，风尘仆仆，忙得不可开交的样子。为稳住我的情绪，叶观忠请我吃海鲜，吃山珍，C 城几家有点名头的餐馆全吃了个遍。一位成年人，光图个口福当然没用。我到了忍无可忍的地步，顾自订下次日的动车票。当天晚上饭桌上，叶观忠说，我想在这里买套写字楼，国内行情你懂，帮我参谋参谋好吗。我大惑不解问道，你在这里买房产？这种城市上不上下不下的，不管是拿来投资还是租赁，前景都没名堂的。叶观忠道，我喜欢这座城市，所以嘛……买套写字楼呗。我说做生意可千万别带感情色彩哦……你是不是在希腊发了大财，不差钱对吧？叶观忠说哪里呀，我小店的生意比萤火虫光亮不了多少，已经出手掉……真没几块钱。我说，那你更要慎重了……像这类三四线城市，成事不足败事有余，说不定你那几块血汗钱投进去就打水漂了！

第二天，叶观忠领我去当地一家房产公司售楼部。该家房产公司，在本地排不上号的。我不清楚叶观忠这么长时间摸底下来，怎么看中这家的。莫非这家公司出售的写字楼，性价比上有优势？

我们走进一间大办公室，七八号人，皆浓妆艳抹的靓妹。售楼小妹们眼睛一亮，纷纷站起，问候的问候，泡茶的泡茶，请坐的请坐。叶观忠置之不理，径直往一角走去。我发现，这边角落头孤零零摆张办公桌，一位年过半百的半老头坐于其后。

显然是意料之外了，半老头慌乱中碰翻了保暖杯，金红色的枸杞子滚了小半桌。叶观忠礼貌地问道，请问这位先生，现在有空吗？我想看下你们公司的写字楼。半老头举起胸前挂牌道，我叫张宽通，叫老张好了，我这就带你们去！

靓妹们面面相觑，傻了眼，不晓得这演的是一出什么戏。

我同样不晓得是出啥子戏。

在靓妹占绝大多数的售楼行业，老张无疑属于另类。一年到头，恐怕没几张单子落他头上，可以想象，平日里的他该是一副可怜兮兮的模样罢。

今天太阳从西边出来，西装革履的叶观忠对靓妹视而不见，偏偏选中了他。这一缕小阳光，使得老张浑身灿烂无比。他如一只老公鸡般昂起头颅，目不斜视地从大办公室走出去。我们老家有种草本植物，生长在水边湿地。这种植物把它连根拔起，暴晒数日，眼看都要晒焦了，但是，只要一旦让它碰到水，立马就能活泛过来，重新焕发出一派碧绿。我们土话称它为“见水还阳”。

老张这人，使我联想起了这种植物。

出大楼后老张说，你们这是慧眼识珠呢，买房子又不是来看人脸的，诚实的态度和精良的业务水平才是最为重要的啦。我土生土长本地人，对本地的城市布局、商业行情、地段差异等等情况，胸有成竹，滚瓜烂熟，两位先生找我绝对是对上门路了！

电梯乘上乘下，走马观花看了两幢楼后，叶观忠订下一套写字楼。我本想劝他莫操之过急的，买房产究竟不是买大白菜，一想反正还是口头上议议的，便将话头咽了回去。

老张心花怒放，脸膛通红。他说，中午我请客，我就喜欢结交叶先生你这种痛快的朋友啊！老张这类人，缺智慧好小聪明，至少目光短浅吧——一盏茶工夫，这家伙便已将我与叶观忠撇得门儿清了。

去的是一家小炒店，门脸窄，几张小桌子硬板凳油腻腻的。已是秋天清凉气候，却依然有苍蝇，一只，两只，三只，在耳畔飞舞，嗡嗡叫。我皱起眉头说，这家店，怕不卫生吧。叶观忠向我努嘴使眼色，嫌我嘴碎的表情。老张大言不惭嚷道，我是土生土长本地人，要想吃到富有地方特色的小吃，还非这种小店莫属呢，这里的田螺煲，那叫一绝味，远近闻名的。

搭配金华火腿肉丁的所谓田螺煲还行，偏咸。老张道，我吩咐厨师做淡点了的……叶先生你待在希腊，海边的人吃海鲜，口味应该清淡的吧？叶观忠点头道，不错不错，果然名不虚传哪。老张卖弄道，希腊那个国家，可是一个千岛之国嘞，浪漫的爱琴海，一望无际的海洋，房屋像搭积木一样，一律白色的墙体，蔚蓝色的门窗……海产品非常丰富，吃海鲜的人寿命长哪，皮肤又白又嫩，就拿叶先生你来说，虽然只比我小上几岁，可不知情的人肯定认为我们是属于两代人噢。叶观忠津津有味吸吮田螺肉，抬脸道，希腊海岛很多，是的，千岛之国没错。

两人牛头不搭马嘴扯淡，特滑稽。

饭后，老张催促叶观忠去公司把订金交了。这个节点，我不能再持观望态度了，如那句歌词所唱的，该出手时就出手。既然老张这鸟人没拿我当回事，我无所谓他的脸皮不脸皮了。当老张面，我把叶观忠拉到一旁说，订金先别付了，那写字楼又不是抢手货，考虑成熟再付不迟的，主动权要掌握在自己手中。叶观忠说，订金也就五万块钱，老张做单子不容易，给他吃颗定心丸吧。我故意提高调门说道，你跟他又不沾亲带故的，管他呢！

老张分明听清楚了，顷刻间人矮了一截，脸上的表情，与痔疮患者蹲茅坑屙屎时的表情如出一辙。

三人走一块时，老张贴近我悄声说道，程先生，我如有怠慢之处，请你高抬贵手了。路过花鸟市场，老张买下两盆佛手，说，佛手是我们这里的特产，摆上一盆佛手大吉大利啊，叶先生、程先生，这份薄礼请收下。

他们两人进去缴纳订金，我在门外花圃前抽烟。既然叶观忠执意要慈悲为怀富有同情心，老张又讨好过我的，夹于中间的人就没必要作梗了罢。

不过这件事本身，我仍旧一头雾水。

这次来 C 城，叶观忠是有预谋的——要不然他开车过来干吗？开车过来的目的就是要留下来嘛。叶观忠说过去没来过 C 城，实际情况证明他对 C 城完全是陌生的。那么，问题来了，一个从未来过的陌生小城市，凭什么能使他在此地买房产呢？而且从今天的一系列情况来看，疑点就更多了。首先是老张这个人，便值得推敲一番。老张自认为人家看中他的是沉稳，老马识途经验足，其实那是狗屁。叶观忠冲他而去，明摆着别有名堂。而老张这人利令智昏，压根没用脑子想一想。其次仍是那句话，买房子不是买大白菜，哪有兜上一圈就忙着付订金下单的？房产公司的广告词上说，楼盘销售火爆。可我们去看房子时，进出的仅为我们几人。广告词上还说，靠近地铁交通便捷。我问老张地铁口在哪里？老张说，这地底下全挖空了，明年、最迟后年肯定能通地铁。如此漏洞百出，难道叶观忠这个在域外漂荡多年的老江湖，就一点没觉察到？！

老张吞下定心丸，笑容愈发绽放，犹如一朵日头佛花。一把年纪的人，走路居然颠起了花俏步伐。老张道，今天我不尽到地主之谊说不过去的，晚上两位飞鹤山庄有请，吃海鲜大餐！那家店我们吃过，就那么回事。我说其他酒店还有没有？老张道，海鲜就飞鹤山庄最地道了。我说你们这个内陆城市，海鲜不会太新鲜吧。老张道，还好吧……当然与海边城市不能比的，叶先生从希腊归来，喜欢吃海鲜，我们将就一下呗。叶观忠摆手道，张先生这你搞错了，海鲜不海鲜我真无所谓……我倒是愿意到家里吃点，烧几个家常菜，喝杯土烧或老酒，那样子有人情味呢。老张眼珠子瞪得比铜锣大，嚷道，叶先生你这么一提，我想起来了，我老婆、我老婆和你们是老乡哎，让她做几个你们的家乡菜，保证合胃口！

老张给老婆打电话，语无伦次，什么贵宾啦、侨领啦、尊敬的客户啦、你的老乡啦，扯了个遍。

这时节，我心头分明咯噔了一下。世上怕极少有这样凑巧的事吧——叶观忠买房子找老张，而老张老婆恰巧又是我们老乡——我似乎隐约窥见了叶观忠闷葫芦里卖的是啥子药了。

时间尚早，去附近公园转转。从始至终，老张一直喋喋不休。他主要是诉苦，诉说自己的命比黄连苦，比祥林嫂有过之而无不及。从老张口中，得知他是一位下岗工人，为生计，一把年纪的人跑到房产公司与小女孩抢饭碗。老张说，像我这种半老头当房屋销售员，只有像你叶先生这种国外回来有修养的人，才不会嫌弃呢。谁人不喜欢年轻漂亮的女孩陪伴哇，别的不说，光看着就养眼了，一开口说话娇滴滴的，笑起来银铃一般……客户原先可能没购房意愿的，经那么三磨四泡，秀色可餐嘛，对了，秀色可餐，客户就下单了呗！而像我这种人，一月两月能谈成一单都不容易，虽然我比她们业务更精，态度更诚恳，更加不厌其烦，可现在是个看脸的时代啊……我故意刺他道，张先生，刚刚上午你还说买房不是看脸蛋，怎么现在豆腐翻过来煎了？这不是自己抽自己嘴巴么。老张摸了一把头发稀疏的脑袋，结巴说道，买房不看脸，理必定是那个理了，但社会上俗人多嘛……我现在指的是那种俗人，而上午，我是针对叶先生说那话的呀，说话的对象不同，表达的意思就不同了呗……叶观忠道，张先生，我懂你意思。

老张的家在老城区，祖上传下的砖木结构老房子。老张唠叨道，拆迁的事说了不止十个年头了，光响雷不下雨，当初政府部门态度积极的时候，有几户人家说三道四，条件咬得死死的，现在大家统一思想了，都愿意拆迁，可政府部门说新的规划方案出台了，要保护这块老城区，彻底没戏了。

我要小便，老张领我去了天井，此处有间搭建的屋棚。我在洗手间撒尿，听见叶观忠在外头说道，屋子收拾得很整洁呀，窗明几净！老张道，破房子啦……本来不好意思领你们来的，后来想想，既然叶先生不嫌弃，我就不怕献丑啰。我从洗手间出来，但见叶观忠双手兜在背后，站在几盆花草前面，一副饶有兴致的神情。

老张从冰箱里拿出一盒未启封的茶叶，郑重其事地给我们泡了两杯茶。老张道，地道的台湾乌龙茶，朋友去台湾旅游在阿里山的山脚购买的。

过后回忆起那天情形，觉着颇有几分诡异。

我们踏进老张家，老张光顾念他那套“苦经”，讲述房屋不能拆迁的遗憾事。我路上憋一泡尿，没多大工夫便要找洗手间，老张领我去后头天井。叶观忠随即跟进，在天井一边欣赏花草，一边与老张扯闲话。也就是说，直到坐下来喝茶了，老张的老婆还没露脸。

老张老婆端菜出来，老张醒了神，急忙站起嚷道，瞧我这个猪脑子……刚才怎么就忘了先作介绍呢，苗苗，这位叶先生和程先生，就是我在电话里对你说的贵宾，是你的老乡！叶观忠说，真是有缘哪，没想到，在这里会碰见老家的人呢。或许方才炒菜的缘故吧，金苗苗的脸本来即有些许泛红，此时添加一层，如红富士苹果。金苗苗放下菜盘说，是难得的，在这里碰到老乡，多年来一只手的数没凑够的。老张道，你们先前见过吗？按理说，你们县城地盘不大的呀，说不定会留有印象的。叶观忠仔细看上一眼金苗苗，说，好像有几分面熟……请问，你过去……是做衣服的吧？金苗苗尚未答话，老张已跳起脚大声嚷道，叶先生你说对了，苗苗是摆裁缝铺的，就是现在，她还摆裁缝铺哪！叶观忠说，这下子想起了，你裁缝铺……摆在药店街的是啵？

毋庸置疑，我瞧出叶观忠与金苗苗是在演戏了。金苗苗刚一现身，三秒钟内，我即辨识出她的原形了。时间已过去多年，但有些人的变化不会太大，金苗苗便是如此。她身材没走形，抬头纹与眼角鱼尾纹皆有了，一头秀发依旧乌溜溜，轮廓大体原样。许是经济条件所限吧，她的穿着相当素朴，倒是生发出了一缕“旧时光”的韵致。

老张用脚尖从床底勾出一只失去原色的酒瓶子，边冲洗边说道，这瓶白酒，整整存放十个年头了，只有像你们这样的贵客临门，才舍得拿出来喝的。

吃喝一通后，叶观忠夸张造作地说道，好久没吃到这么合口味的家乡菜了，好亲切啊！老张自作聪明说道，菜是寻常菜，但浓浓的乡情，使得你这位海外游子感受到亲切了呗。

老张与我们碰杯喝下一盅酒，颇有几分自鸣得意。

叶观忠问，你们家小孩呢？老张道，就一根独苗，我当年有个破单位，逃不过计划生育这张网哪……金苗苗接嘴道，儿子在山西那边，搞刻字的。叶观忠问是刻私章吗？老张摆动蒲扇般大手道，你叶先生在国外待多年不了解行情了，现在谁还用私章，都是签名按手指印了呀……我儿子这个刻字，那可是大手笔哦。金苗苗说，我儿子做牌匾的，山西那边不是寺院多么，寺庙里常挂的譬如“佑我黎民”啦，“国泰民安”啦，“风调雨顺”啦，“有求必应”啦，他做这个活的。老张道，牌匾上的字也是他自己写的，我儿子从小练大字，当年人家说，学好数理化，走遍天下都不怕。我对我儿子的教育是，练好毛笔字，走遍天下饿不死。叶观忠笑道，不是很押韵哦。老张道，关键是我这话应验了呀。

金苗苗问，那你家呢，应该一切都很好吧。叶观忠说，我两个儿子，一个在美国工作，一个还在读研究生。老张道，龙生龙凤生凤，这古话说得没错……你要早把家底露出来，我都不好意思说我儿子那点破事了呢。金苗苗白上老张一眼，说，儿子怎么了，儿子把你楣倒掉了？儿子凭刻字吃饭，我还替他骄傲哪。

四

从老张家出来，我说叶观忠你不去美国中情局混算是糟蹋人才了。叶观忠笑嘻嘻道，由你怎么挖苦吧。我说，你得如实招来，立功赎罪。

叶观忠承认，这次就是冲金苗苗而来 C 城的。叶观忠说，你认为你打电话我不回来，阮和军打电话我就回来了，是势利眼……其实情况不是这样的，阮和军对我说，告别仪式后，要出去玩两天，我一听是要来这里，便答应回来了。

叶观忠说，我和苗苗谈过恋爱的事，当年你是有数的，不晓得你还记不记得，有次我们去温州买来一块布料，应该是比较特别的布料吧，就是拿到苗苗裁缝铺做的裤子，我们身高差不多，胖瘦差不多……那时你没现在这么胖嘛，裤子的尺码是一样的，我们穿着一模一样的裤子，厂里人才把我们说成穿同一条裤子的……我打断他的话分辩道，厂里人说我们穿同一条裤子不是这个意思，是指我们偷鸡摸狗都在一块，往坏里说就是狼狈为奸。叶观忠说，内容可能有那方面意思，但一开头，是因为我们穿一样的裤子。我说这不重要别扯了，你就说说与金苗苗的那点破事吧。

有些事我现在还不能多说，不是我守口如瓶不说，而是我心里不愿意面对，就像烂疮疤，不想抓破，抓破会痛，怎么说呢，我对她是有愧的……叶观忠字斟句酌道。

我说，但这次的事，我被卷入进来，害得我在这里耗费这么长光阴，一寸光阴一寸金喔，你得给我一五一十道来。叶观忠清下嗓子说，两年前吧，我偶然听人家提到苗苗在这个地方，当时我没当回事……可最近，脑子里老是想起她……我插嘴问，这跟你的离婚有关系吧？叶观忠点头道，有直接关系，家庭一散伙，两个儿子又不在身边，一个人就特别会胡思乱想，什么陈年旧事都会掏出来……刚好阮和军说要安排来这里旅游，我就下决心，要过来把她找到。我问，你是怎么找到她的？叶观忠说，我用的是最笨的办法，苗苗原先不是开裁缝铺的么，我就每天上街找裁缝铺……我一听笑出声来，我说你这不是笨办法，是愚蠢至极，这年头衣服都是买现成的，谁还开裁缝铺？叶观忠说，我在国外时间待长了，脑子还停留在那个年代里，还真没意识到这一点。我说，要找人，直接去当地派出所查户口登录就行了呗，难道国外不是这样做的？叶观忠说，我确实是糊涂了，可能心太急，脑子直不笼统了……我笑道，叫人称奇的是，这位金苗苗还当真开着老古董的裁缝铺！叶观忠道，我找得好辛苦啊，我开着车沿着一条条街道，蜗牛一样爬行，没落下街道两旁任何一家店铺，你泡温泉三天，我穿行了不下三十条大街小巷，有些窄巷车子开不进，我就停下来步行，连公厕都没放过，生怕那也是一家店铺……我说，你这叫草木皆兵，走火入魔了。叶观忠未理会我这捎带揶揄的话语，顾自往下说道，你泡温泉回来的第二三天吧，我脑袋突然开了窍，眼前出现了一道明亮的光，真的，我凭空就有了方向感，而且心里清楚有十拿九稳的把握……没等我插嘴提问，叶观忠便把包袱给抖落出来：我一直在新城区寻找，因为整座城市新城区占大面嘛，闹市区地标性建筑全在这里，人很容易被这块大吸铁石吸住……但是，裁缝铺这行当，像你说的那样，已经是老古董行当了呀，怎么可能会摆在寸土寸金的新城区呢？我方向盘一转，往老城区开去。老城区车子不让进，戴红袖套的老头大妈气势汹汹拦住我，叫我睁眼看看上方的牌子，这一带成民俗文化街了……老城区像一张蜘蛛网，小街小巷横七竖八，我走走停停，钻进拱出，终于工夫不负有心人……喝了酒的缘故，我小有兴奋地嚷道，找到梦中情人啦！

回宾馆洗洗躺下。熄灯后，叶观忠抽身靠在墙壁上。借着窗帘边缝挤进的微弱灯光，我看见他的两只眼睛发出绿莹莹的光斑，一如夜间蹿出捕食的野兽眼睛。这家伙长叹短吁，轻声问，你，还没睡吧？我咕哝道，天塌下来……明天再作计较吧。叶观忠说，我睡不着。我翻过身，后背朝他。叶观忠说，我心里太纠缠太矛盾……你问我在这里买写字楼派何用场，我没回答你，那是我还没考虑好，干脆我这么对你说吧，如果，我说的是如果，我要娶苗苗，那么，我就把房子送给老张，算作对他的补偿吧，如果不动那个脑子，那就写给苗苗，作为她名下的资产……我对老张颇有几分感冒，趁机说你既然对金苗苗藕断丝连割舍不了，现在你又是单身人一个，讨她当老婆不妨的。这家伙假惺惺地又长吁短叹，说，老张这人，是不怎么样，但人家是无辜的呀，我这样子做，破坏人家家庭……不太好嘛。我说那也未必，像他这种见钱眼开没见过大钱的人，一套写字楼砸下去，说不定他还认为合算呢。叶观忠摇头道，这不能相提并论的，人是人，物是物。我索性一坏到底，说，我看得出来，金苗苗跟他在一块是蛮无奈的，根本谈不上和睦，更谈不上有何幸福指数了……说到底，碰到这种鼻涕一样的男人，哪个女人不讨厌？你这样子做，可是把苗苗从水深火热中拯救出来噢！半晌，叶观忠嘀咕道，你这话，有一定道理吧。

过后，这家伙许是心里踏实了吧，呼呼入睡。

我被自个的挑拨离间恶语弄得神经兮兮，反倒醒了个把钟头。

第二天起来，套裤子时发现牛仔裤屁股破开了一道二十多公分的口子。

这次来C城，事先预定只住两夜，我没带换洗裤子。好在牛仔裤耐脏，八九天十来天穿下来，尚能凑合。我变了腔调嚷道，这是怎么回事？我的裤子怎么有这么一个大洞！叶观忠在洗手间出恭，瓮声瓮气说道，裤子有洞，肯定是被钉子钩了呗。我粗脖子嚷道，怎么可能！我又没在刀口铁耙上坐过，昨天晚上还是好好的呀。随着抽水马桶轰隆一声响，系着裤带的叶观忠走出洗手间。他脸上明显有诡异样，眼神飘忽不定。我立马明白了个大概。我说，你这家伙是要找由头去金苗苗裁缝铺对吧？这他妈的也太缺德了啊！

叶观忠道，裤子，我赔你十条。

当即我没作细想。去个金苗苗裁缝铺，干吗要如此大费周章，得让我付出裸露屁股的代价！那天去了之后，我才慢慢琢磨出这里头的名堂。事实上，叶观忠的东想西想，全是建立在沙器上的，连毛毛雨都经受不住。叶观忠弄得自己好像哈姆雷特似的，究竟抉择金苗苗做老婆好呢，还是祝愿他们白头偕老、家庭美满为好？

这个权力，并不掌握在他手上。

我按住屁股走出宾馆大门。乘车到老街口，下车时忘了按住屁股，招惹来两位妙龄女郎的一声犀利尖叫。我脸红如烂熟水蜜桃，脑门汗星子密布。我发牢骚道，为讨好女人，你就这样糟蹋我！叶观忠搓手道，好在天气不冷，要不还真吃不消呢。

一街之隔，两边的世界截然有别。眼前出现了打铁铺、竹器铺、木器铺、修鞋铺、绣花铺、剃头铺，甚至已成昔日印记的老虎灶仍然如活化石般存在。犹如时光倒流，我忘记了难堪，产生了几分恍惚感。

叶观忠率先走进窄街一侧的裁缝铺。他转身向我招手道，进来呀，裤子破了不补怎么行，那还不出洋相死了！金苗苗从缝纫机后头站起，带笑脸问道，宗民裤子破了？叶观忠道，他说叫你补裤子不好意思，我说这有什么不好意思呢，总不能屁股开天窗上路吧！

我勾着脑袋走进店铺，还真有几分羞涩神色。

金苗苗说，到布帘后头换下吧。

裁缝铺后面拉了一根铅丝，上头垂挂一块印花布帘。我走进去，里头是张单人钢丝床，想必是金苗苗休息用的吧。我把裤子褪下，交到随后跟进的叶观忠手上。这家伙向我挤眉弄眼，老顽童似的。

床铺整洁，一条所谓的“空调被”叠得方方正正。不知不觉间，我嗅到了一股好闻的气息。床头枕边有本书——我的手伸到一半停顿下来。在这个人人划手机的年代，一位老城区裁缝铺女人有本书搁枕边，让我有点好奇。好奇归好奇，乱翻人家物事终归不妥，这点我懂的。

隔着布帘，我听到叶观忠拖来椅子坐下。叶观忠问，生意还好吧。金苗苗道，怎么说呢，只能用细水长流来形容了，一年到头会有几套订制的衣服，大部分都是缝缝补补。这边房租不贵，开支不大的。叶观忠说，听你口气，好像对眼前的日子……还是比较满足的吧。金苗苗说，满足谈不上，不满足也不会……我记得过去你说的一段话，你说是课文里鲁迅的话，大概意思是石油大亨有石油大亨的烦恼，北平捡煤渣的老太婆有北平捡煤渣老太婆的快乐……叶观忠说，谢谢你到现在还记得我说过的话，我自己已经忘得一干二净了。金苗苗说，我也是无意中记住的，说不定还没记准确呢。

有那么片刻，仅剩缝纫机的车线沙沙声。

金苗苗说，好了，你拿去给宗民穿上吧。这家伙胡诌道，让他多歇会儿吧，昨晚他一夜没睡好，眼皮都水肿了，房间里有蚊虫，光咬他 A 型血的人。金苗苗说，你们不是住在大英豪么，这么高级的宾馆也有蚊虫？叶观忠说，是呵，国内的宾馆门面豪华，铺张浪费，内部的卫生还是不达标的。金苗苗说，反正我没去过国外，不晓得外面世界的花样了。叶观忠说，要想去国外还不小菜一碟，我现在就可以邀请你去希腊，到爱琴海乘游轮，晒日光浴，开支费用包我身上。金苗苗没有吱声。叶观忠切换为正儿八经的口吻说道，我现在很后悔，苗苗……当年，没有和你在一块啊……金苗苗还是没吱声，能听出她的呼吸声急促了。叶观忠用念台词的调门说道，我祈求上苍能够宽恕我这个罪人，再赐予我一次机会，我叶某人保证好好珍惜，万分珍爱！金苗苗的呼吸声愈发急促。叶观忠转成哀求语气说道，苗苗，你就开个口嘛……给我透露个口风吧，好使我这颗心不要再悬挂在空中了……话音刚落，便听见外头脚步声纷至沓来。我掀开布帘子探头一看，但见一小群邋里邋遢的民工，抱一大团破衣烂裳涌入店门，大声喧哗，汗臭味熏天。

回来的第二天，叶观忠给我打电话，说车在你楼下。我疑惑问道，又要往哪儿跑？叶观忠说，去大株坪头转转。我松口气说，那地方有什么好转的，全是乱坟岗。叶观忠说天气好，转转不妨的。

叶观忠问，有个叫叶山春的人，不晓得你还留有印象啵？我说听名字有点熟。叶观忠说，当年我们打扑克，玩四十分，他参与过几回的。扯到“四十分”这种扑克游戏，我记忆的闸门启开了一只角。牌友叶山春，脸色苍白，走路轻飘飘，背地里，我们给他起了个“山魈”的绰号。他牌技不赖，更为要紧的是他进入打牌状态后，聚精会神，心无旁骛。窗外刮风下雨，或有棵树轰然倒下，这家伙浑然不觉，每次打牌赢多输少。我嚷道，你说他呀，我想起来了，当年给他赢了不少钱哦。叶观忠说，那时就那么几块工资，再输也没几块钱了。我说那可是我的香烟钱噢，每次输了，我得小半月没有烟吃。叶观忠说，今天我给他弟弟打电话，叫他领个路，他弟弟说没空，说大株坪头你自己去找吧，有墓碑有名字的……我稍稍一惊，问，他死了？

大株坪头不通车，连条机耕道都没有。我们在山脚停车，走路上山。随着经济条件的日益提高，或者说海外的钱款源源不断地汇入进来（我们这里有许多华侨），再加上本地民间历来有厚葬陋习，山上的坟墓越造越排场，牌坊亭阁，石狮石桌石凳悉数齐全。

叶山春的坟，仅一土堆。

路上，叶观忠对我说，叶山春精神失常后送到湖州神经病医院治疗，回来后有天他跑到瓯江边玩耍，水没膝盖深，人被淹死了。

我们花了一两个钟头才在荒草丛中寻到叶山春的坟。叶观忠有板有眼地插上三炷香，点两根蜡烛。他从塑料袋里取出一刀窄窄的草纸，说环翠庵的尼姑在上头念过经文的。叶观忠烧草纸时，不小心燃着了茅草。眨眼工夫，浓烟弥漫火势蔓延，火星子噼里啪啦响。我们各执树枝条，分别从两头往中间扑火。风一忽儿往东边吹，我呼吸困难，脸面灼烫得生疼，鼻涕眼泪一股脑淌下；风一忽儿往西边吹，叶观忠洁白的衬衫霎时变为灰色调的衬衫。

两人狼狈不堪。

有天叶观忠叫我陪他喝酒。他眉结分开说道，想通了……我选择放弃！我笑笑说，你不放弃，就有戏？叶观忠脖子一梗嚷道，怎么没戏？我什么人老张什么货色？分明是螺蛳和海螺的差别嘛！

五

叶观忠再次拉我去 C 城。

到 C 城后，叶观忠叫老张领他去看住宅房。这回叶观忠并未匆促做决定，看得很认真，两天转悠下来仍未敲定。叶观忠对老张说道，我想叫苗苗帮我参谋参谋，女人看房子眼光不一样，听听她这位家庭主妇意见吧。

过后叶观忠对我说，看房子那天，金苗苗的态度有个循序渐进的过程。先是无所谓的，走马观花没上心。到后头，她全身心地投入进去了。

老张干房屋销售行当，金苗苗却从未踏脚过待售的楼房。金苗苗对叶观忠说道，既然买不起的物事，就没必要去看了呀。

在一套临江房子里，金苗苗迟迟不舍离去。叶观忠问，你认为这套好？金苗苗下意识答道，很好啊。叶观忠道，那就订这套吧！金苗苗吓得不轻，赶忙说我不懂的，我随便说的，你自己拿主张吧。

叶观忠道，苗苗，你的选择，至关重要啊！

或许身处一套好房子吧——金苗苗情不自禁地展开双臂，在客厅里旋转出一道弧线。

这一举止，于金苗苗来说非同寻常。

金苗苗满脸羡慕神色说道，这房子太漂亮了，美死你了哎！金苗苗跑到阳台，手撑栏杆向远方望去，她指着对面山峦问，那是桃山吧？叶观忠道，我又不是本地人，哪晓得是桃山还是李山哇。金苗苗说，是桃山，没错就是桃山，这真好，不用出门在阳台就能欣赏到满山遍野的桃花呢。叶观忠道，还能观赏一江春水向东流哦。金苗苗道，一辈子住在这样的房子里，值了啊。

叶观忠临阵胡编乱造道，这个房间采光好，透气，做主卧室了。金苗苗点头认可。叶观忠说，这个房间嘛，安静，做书房……你别见笑，我肚子里墨水是没几滴，但现在书房好像是标配哦。金苗苗说，你爱学习，应该有个书房的。叶观忠突然鼻腔酸涩，好生感动。他说，你还记得我爱学习呀。金苗苗道，你这点……对我有影响，当然，我就是爱看个闲书而已，没出息的。叶观忠正色道，那天宗民还对我说呢，说你床头搁着书本，这年头少有的。这话显然受用，金苗苗问，他真的说过这话呀？叶观忠道，那家伙眼光很毒的。

转到另一间房间。叶观忠说，这个小间么，本来就按用人房设计的，到时看需要吧，如不需要阿姨，那就堆放零碎杂物用。略为停顿，金苗苗问道，你来这里住，你家里人会愿意吗？叶观忠道，瞧你记性……就那么差劲？我不说过么，我离婚了呀。金苗苗垂了眼帘说，你还有儿子的啊。叶观忠说，国外长大的孩子，独立性强，不会和长辈住一块的，再说，他们都在外头工作，回来住的可能性几乎为零……所以我一个人，爱住哪里就住哪里噢。

剩下的房间不大不小，该是孩子的房间了。叶观忠说，我想把这套房子改装作花房。

花房？金苗苗眼珠子睁得大大的。

叶观忠道，前几年去云南，结交上一位兰友，激发出了我的兴趣爱好，兰为四君子之一，养养兰花对人的身心大有裨益啊。金苗苗问，兰花种在房间里？叶观忠道，这你就不晓得田螺内里弯了吧，兰草非一般草，顶级的一株兰，少说万把以上，娇嫩着呢。室内保持恒温，光照适度，浇水均匀，如放在室外，风吹雨打日头晒，那岂不翘辫哀哉。金苗苗道，你好有雅兴哎。叶观忠煞有介事道，劳碌半辈子，该享享清福了。

金苗苗问，你又不长住在这里，既然这些兰花需要精心打理，你人不在怎么办？叶观忠说，我考虑好了，我走前把老张教会，老张这人小机灵还是有的，我人不在就由他来管理好了。金苗苗道，老张他有事的呀，忙起来的时候还蛮忙的。叶观忠道，皇帝没白差，我自然不会让老张白帮忙的，工钱从优啦。

金苗苗下意识地皱了下眉头。

饭点到，金苗苗说，打电话把宗民和老张叫来吧。叶观忠说，我想单独和你吃个饭，不赏脸？金苗苗脚尖在地面画着半圆圈，说我觉得别扭。叶观忠道，老朋友见面吃餐饭说说话，谈不上过分的。

叶观忠要了酒，金苗苗喝当地作兴的米汤。菜很快上来，叶观忠将箸从箸套里抽出递给金苗苗，问，你恨我吗？金苗苗拿箸的手轻微颤抖，搁下箸说，当年肯定有……现在，无所谓了。叶观忠复将箸捡起递她手上，说，别耽搁吃饭。金苗苗夹一块鱼肉放叶观忠碗里，说你吃。叶观忠夹一叶小菜放金苗苗碗里，说你吃。金苗苗扑哧笑道，像演双簧哦。

叶观忠道，没想到你对我还……这么友好。金苗苗道，不是说时间是魔术师么，在时间这位魔术师面前，人世间的什么事都被风吹走了呀。叶观忠道，我也以为时间会抹掉一切的……但没有。这么对你说吧，许多场景，历历在目，全都复原了……我这次迫切要寻到你，就是想要得到你的原谅，或者说，试图想……我们重归于好。金苗苗道，老皇历翻过去了呀。叶观忠摇头道，我没翻过去……前阵子，我去叶山春坟墓了……在他面前，我罪孽深重，这辈子怕都没法子摆脱了……

叶观忠的叙述卡住在这里。

我问道，你、金苗苗，以及那位叶山春，是不是三角恋关系？叶观忠道，要仅仅是三角恋爱，那就轻描淡写喽。我问，那到底属于什么关系？我搞不懂两男一女之间，还会存在其他什么关系？

……

时间回溯到在梅坞火电厂上班的日子。

当年县城尚未并入电网——火电厂单机运行。送电，县城即有光；拉闸，县城即陷入黑暗。有天夜里零点班，叶观忠在厂房外头水槽洗脸。他说，平时我把洗脸水倒水槽里的，那天我打了个激灵，一扬手将脸盆里水泼出一丈开外。

水溅着底下沟里一根电线，发出噼啪电火花。

过后不久，锅炉的一台鼓风机停止运作，汽压降下来，当班班长下令紧急拉闸，停机检查修理。

检查结果为输入鼓风机的一根电线老化，导致漏电短路所造成的。

发电机组重新运行送电后，作为汽轮机工的叶观忠，背靠暖融融的蒸汽机打了个盹。朦胧间，听到有人石破天惊地喊道，县城里起火了，火势很大！

早上下班后，叶观忠去了县城的废墟。司下街大半截街路断墙残垣。四处弥漫着水蒸气和浓浓的糊焦味，因消防水龙头留下了大量的水，地面上沟壑纵横。

叶观忠缩短脖颈，压低帽檐。围观的人议论纷纷，叶观忠大体搞清楚了来龙去脉：年关将至，裁缝铺生意忙得四脚朝天，裁缝老司连夜赶货烫衣服。毫无征兆情况下断电后（正常停电程序为断电、送电、再断电），裁缝老司认为电会再来，坐着没挪动。期间抽了两支香烟，仍旧漆黑一片。多日来积累成堆的疲困乘虚而入，裁缝老司哈欠连连，眼皮子如两爿铅皮沉重地耷拉下来。他挣扎着站起，扶住墙壁深一脚浅一脚地摸进房间，没脱衣服，头一挨枕即进入了香甜梦乡。

裁缝老司犯下一个致命错误，忘记拔掉电熨斗插头了。

隔江东南方位的火电厂，经过工人师傅们的紧张排查与抢修后，三台鼓风机重新发出欢快的马达声，优质大同煤在锅炉炉膛里飘起美丽绝伦的蓝色火焰，汽压上来了，电压上来了，配电工合上输电闸刀。

裁缝铺里电熨斗把衣服烧着，衣服把楼板烧着，顷刻间火头以迅雷不及掩耳之势蔓延开来……睡梦中惊醒的裁缝老司一看势头不妙，赤脚大仙夺路而逃。

寒风中一位酒糟鼻男人，喉咙堵口痰、艰难地发出声音下结论道，这叫畏罪潜逃，罪加一等，这家伙少说得蹲七八年班房啦。

有一天，叶观忠从中国银行坎下的水井头经过，突然出现几位持枪武警，命令路人避让。没多大工夫，两位武装到牙齿的武警战士押解一位戴手铐的青光头小白脸后生过来，快速上了囚车。水井头一位知情妇人说道，这个人就是司下街火灾逃掉的裁缝老司，被判刑送劳改场了。

我插嘴问道，金苗苗是裁缝老司的徒弟？叶观忠没回答。我自作聪明说道，在学艺的岁月里，日夜厮守，两人擦出火花，谈起了师徒恋？

叶观忠道，我和苗苗交往一段日子后，才晓得这起事……当时的我……被一团乱麻缠住，喘不过气来……

我问，她与师傅有过一段情，或许已经有肉体关系了……你心里头跨越不过去是吧？

叶观忠道，那倒不是，我不是那种太追究过去的人。

我说，既然如此，那就没什么好心烦了呀。

叶观忠说，我过不了关的是那次火灾。

我不响，静候下文。

叶观忠说，我想到过蒙混过关，那件事，天知地知我一人知，人家不晓得青红皂白……但是难哪……本来他们成一对，不说美满的话起码是匹配的吧，现在一个蹲了班房，一个却要嫁给我这个罪人……做夫妻是年长月久一辈子的事，我怕自己心理有障碍扛不住啊……

叶观忠缓口气说道，分手提不出理由，我便说两人性情不和，合不来什么的……苗苗问我怎么合不来了？两人不是有说有笑、有商有量的么……我哑口无言。苗苗神经过敏，想到其他方面去，认为自己个体户没正式工作单位，被我嫌弃了……我说绝对不是那么回事，你配我高出一头，我没资格挑三拣四的……这样子一来，一时半会没法子分手了。

我脑子里头跳出叶山春那张苍白的脸。

我问，你让叶山春出场救急了？

六

叶观忠的心思反反复复。

这天早上起床，他说我做出最后决定了，与金苗苗做纯粹朋友！

我说这就对了。

叶观忠问，为什么这么说？

我反问道，现如今，你对金苗苗究竟是愧疚的成分占多，还是两情相悦的成分占多？

叶观忠一时愣住。

叶观忠退掉写字楼换成住宅房，那是因为他觉得金苗苗住的老屋太破旧太潮湿了。但房子是作为他与她的爱巢呢，还是赠送给他们夫妇“改善生活质量”，这一点他一直举棋不定。

我说，你既然决定了，那就对他们挑明房子是替他们买的吧。

叶观忠沉吟道，先对苗苗一个人说。

我说，这不是脱裤子放屁多此一举么，人家两公婆住一块的……为何不干脆点呢！

叶观忠说，老张这人，我还是难以说服自己……苗苗当年不是走投无路，破罐子破摔，天鹅肉怎么着也轮不到他这只癞蛤蟆的……我一想到这点，就替苗苗惋惜，替她喊屈，心里不是滋味，一朵鲜花插在了牛粪上！

我笑着问道，那你想怎么办？

叶观忠道，先拖吧，暂时不签过户合同。

我说，旧的矛盾解决了，新的矛盾又产生了。

叶观忠问，怎么说？

我说，你省吃俭用一个子儿一个子儿地存几个钱不容易……你亏欠金苗苗，认为值这个价，但是……让老张坐享其成，你心里就不痛快了。

叶观忠说，你这张毒嘴！

我玩笑说道，最理想的状况是金苗苗与老张离婚，独享这套房子。

叶观忠点头道，那我就心甘情愿了。

我说，你猪脑袋哇，老张前脚走，后脚即有男人跟进来了，那才叫鸠占鹊巢呢！

叶观忠差点没恼羞成怒。

老张献殷勤，领我们去本地一个明朝时凿成的地下岩洞。

这个地下岩洞，由人工开凿而成，宽敞到可跑马的地步。老张一如孩童般活泼，指着岩壁上的凿印说道，你们看看，这么整齐划一的花纹，多漂亮哇！往深处走上一截，老张活灵活现嚷道，这么宽大的空间，仅靠为数不多的石柱支撑住，有专家称，就是当今用电脑来计算的话，在力学原理方面也是很难做到这般精确度的。我问，这是个采石料的洞吧？老张道，正是。不过这里头有个谜，数量如此庞大的石料运到哪儿去了呢？专家们在方圆一百公里内找了个遍，没发现有大型的石头砌的建筑物，也没发现堆成山的石头……有专家提出这些石头运到沿海地带了，海边那个什么地方，不是有堵南长城么，当年戚继光抵抗倭寇用的，不过问题又来了，运输是个问题呀，路途那么远，怎么运？干吗舍近求远呢……专家总是两片嘴皮子由他说的了，又有一拨专家判定岩洞是藏兵用的，洞里发现好几处烟熏过的地方，备战备荒嘛……叶观忠不以为然说道，天方夜谭！老张讨好道，我也认为是无稽之谈呢。叶观忠问，典故讲完了？老张道，还有一个事情也蛮有趣的，这个地下岩洞直到二十世纪七八十年代才被发现。先前洞口是一口池塘，那里的水冬暖夏凉，没引起人的注意。有一年几个好事的村民说看见池塘里有鱼游动，好大好大的鱼，他们搬来水泵，要把水抽干捉鱼，这一抽可不得了，抽了七天七夜，外头都水漫金山寺了，可池塘里的水位没见浅下去，这可把几位村民吓坏了，以为碰到龙王宫触到龙脉了……这事惊动了某位领导，领导动用全民力量，搬来二十多台水泵，日夜兼程抽水，抽了一两个月吧，终于见着庐山真面目了！

爬上爬下转一大圈，口干舌燥。老张殷勤问道，叶先生口渴了吧。叶观忠道，是有那么一点。老张跑出老远，捧回三瓶饮料。叶观忠说，忘了对你说了，我不喝碳酸饮料的。老张道，这饮料还贵呢……叶先生你要喝矿泉水是啵？叶观忠说是的。老张问，叶先生要哪种牌子的？叶观忠戏言道，只选贵的不选对的。昨晚在宾馆看电视，电视上有则洗涤用品广告词：只选对的不选贵的。这家伙活学活用倒过来说了。我悄声提醒他道，在他们家吃饭那天，你让老张出去买烟，苗苗的表情不是很高兴哦。叶观忠一脸不屑说道，有什么好不高兴？不就买包烟么，我给他钱的呀。

叶观忠让我去对金苗苗说房子送她的事。我连忙摆手道，这么重的人情，必须你自己亲口对她说才对！叶观忠说，这个口不大好开哪，我怕当面说这话，人家会觉得我是在施舍……苗苗这人特别敏感，只怕到时双方都尴尬。

我跑到金苗苗裁缝铺。有位白须老头捧来一条便裤，裤管长了得折上一寸；有位跳广场舞的胖大嫂拎来一条灯笼裤，偏偏是裤裆肥了，要夹半寸进去。忙乎停当，金苗苗笑着问我，观忠叫你来的吧。我嚷道，你真是诸葛亮嗳！金苗苗道，天气热，别给我戴高帽子了。

在聪明人面前，无须拐弯抹角。我直截了当说道，叶观忠他不好意思提头……就是那套房子，是替你买的。金苗苗的神态，并没如想象中的那样惊喜，甚至连惊讶也没有。我补充道，叶观忠交代，房子登记在你名下，老张他……有使用权，不拥有财产权。

金苗苗没说话。

我问，房子的事，你心中已有数?

金苗苗说，观忠他的脾性……多少了解的，看房子那天他话语特别多，比平日花里胡哨……我不禁嚷道，知叶观忠者，非金苗苗莫属嗳!

金苗苗缓缓说道，日子如流水，这水已从紧水滩流到了梅坞洄，重新回去……不可能了。

我舔舔嘴皮说道，不管怎么说，他愿意送你房子，这份诚意是没话好说的呀。

金苗苗道，那是。

我说，你们家居住条件不好，有了这房子，可以改善一下了哟。

金苗苗道，怎么说呢，我的日子原本风平浪静，现在倒像是池塘里扔进了一块石子……实话实说吧，这段日子我睡得不太好，本来我的睡眠质量一直好的，很有规律性的。

我问，你不希望叶观忠在你生活中出现?或者说，出现了……也不要有太大的人情?

金苗苗道，我心里矛盾……观忠的一番好意、他的用心良苦，我完完全全理解，有人挂念，愿意为你付出许多，碰到任何人都会深受感动的……再说了，能住上那样的江景房，谁人不欢喜呢……对我而言，几乎是一辈子的梦想了，我一个普通女人，心里不高兴那是不可能的……

……

时光回到过去——梅坞洄的水逆流到了紧水滩。

三十多年前的某天，叶观忠与叶山春拿布料去金苗苗裁缝铺做衣服（叶观忠与我是拿布料去做裤子）。第二次登门，叶山春的衣服做好了，叶观忠的还没做。这等事可谓心照不宣了。过后，叶观忠借机数次骑脚踏车过去取衣服。金苗苗问，你着急要穿吗?叶观忠小偷被当众逮住一般红了脸，说，没有啊。金苗苗说，你工作肯定很忙吧。叶观忠说，今天我轮休。金苗苗说，那你干吗不肯下车呀，小店挤是挤了点，一张凳子还是摆得下的哦。

叶观忠有次来，发现一位比他迟好多日子送布料来的大妈正在试穿新衣服，对着穿衣镜搔首弄姿。他心中有了谱，暗自窃喜。金苗苗说，这段日子忙死了，接下来保证先做你的衣服哦。叶观忠胆子大了，说没关系的，最好一年后再做吧。金苗苗一脸认真劲说道，那怎么行，你是跟我开玩笑吧，一年后这衣服的款式怕不流行了哟。

头次约会是看电影。那年头青年男女愿意单独一块看电影，等同于恋爱的序幕徐徐拉开了。

看的是啥电影，叶观忠淡忘了。那时口香糖这玩意儿刚流行——眼神散淡，口中漫不经心地嚼一粒口香糖，是当年小镇年轻人的一种时尚。叶观忠从口袋里掏出绿箭牌口香糖，递给金苗苗一片，自己剥了一片含进嘴里。

叶观忠没心思观看电影，借着银幕的微光偷看金苗苗的侧脸。金苗苗目不斜视。有个镜头蛮紧张的，随着恐怖的背景音乐奏响，她情不自禁地抓住了叶观忠的手。

一段日子后，叶观忠凭空瘦了一圈，神色憔悴。金苗苗问，你身体哪不舒服吗？叶观忠鼓起勇气说道，我们……分手吧。

花开一枝话分两头。

叶山春自从第一次与金苗苗见面后，即暗恋上她了。叶观忠获得金苗苗的青睐，并开始了富有荷尔蒙气息的交往与接触，使得叶山春万分痛苦。

暗地里，叶山春关注他们俩的细枝末节，有过盯梢跟踪的行为。

叶观忠与金苗苗处于拉锯战阶段——有天叶山春跑到叶观忠的小阁楼。憋了半天他终于吐露心声道，我爱金苗苗，她是我心目中的女神，我已到了病入膏肓的地步啊……你现在不与她好了，那么，请允许我追求她吧！叶观忠没作回答。他心里头不用说是难受的，油煎火燎一般，但是，长痛不如短痛哪。

叶观忠采取躲避措施。下班后不回县城，轮休日照样住在隔一渡水的单位宿舍里。那时个人没有电话，金苗苗联系不上叶观忠，心急如焚。她关掉店门过江跑来，将叶观忠堵在宿舍里。叶观忠脸色铁青，冷漠说道，天底下男人有的是，你没必要在我这棵树上吊死的。金苗苗潸然泪下，万念俱灰。

叶山春是位典型的闷骚男人。他既不敢明目张胆地对金苗苗发起攻势，穷追不舍；也不会寻三两知己借酒消愁，发发酒疯把郁闷宣泄掉。叶山春的烦恼，比少年维特之烦恼有过之而无不及，海量的烦恼一股脑闷在肚子里，曲酿酒一样日夜膨胀。

如他这等偏执性格的人，无疑脑子一根筋了，压根不会移情别恋，山外有山天外有天对他来说是不存在的。于是乎，这嫩头后生的精神方面出现了破绽，裂开了口子。

叶山春的言行文质彬彬。他每天衣着干净，发丝服帖，站于一所学堂的校门口。落雨天里，他撑把雨伞；出毒日头，他撑把阳伞，丝毫不乱。叶山春神态安详，时含微笑，进出校门的师生们逐渐见怪不怪，将他视作了一尊雕像。

学堂的校门口位置，与金苗苗裁缝铺斜对面，距离不足十米。金苗苗抬头，首先映入她眼帘的必定是叶山春的单薄身影，如一枚树叶挂在那里。而叶山春一对充电满格的眼睛，则无时无刻不罩在她身上，能溅出火星子。

没有人能揣测出金苗苗当时的压力有多大，痛苦有多深重。

金苗苗关掉裁缝铺，从此在县城销声匿迹。

叶观忠叙述完这段——我依稀想起了他当年的些许状况。

叶观忠与我同宿舍，一个小间两铺床，彼此的呼吸声磨牙声放屁声清晰入耳。那阵子叶观忠失眠严重，整夜打草席（“打草席”为本地俚语，在床上翻来覆去意思）。我起来小解，但见他身披单位发的工作棉衣靠在床后壁，一团臃肿。叶观忠的长吁短叹，有着悠久历史，年纪轻轻的他已然开始。他吞服的西药叫谷维素，有次我翻抽屉见到过药瓶子。叶观忠采纳中西药配合治疗方案，抓来一捆捆中药，成分有地龙（实为蚯蚓）、蝉衣，以及如许草头柴脑。上班时，他将药罐子坐电炉盘上。熬中药的气息随处飘浮，略带清味、苦味、涩味，蛮好闻的。所熬的药汤未必上口，颜色乌七八黑，气味腥气重——那腥气味，想必为煮烂的蚯蚓导致的吧。每次，叶观忠蹙紧眉头喝下满搪瓷碗的药汤后，一次性剥两粒大白兔奶糖塞进嘴里。

叶观忠枕巾上和床前地面上，散落许多发丝。他苦笑道，有命没毛，命如保牢，头发必须要掉。

七

这次老张要领我们去古村落玩。他说古村落藏在深闺人未识，清一色石头屋，不见一寸水泥，原汁原味。叶观忠道，把苗苗一块叫上吧。老张结结巴巴说道，她替自个干活……店门一关零收入，关键是……人家有活送上门，一看店铺关门……还误以为，误以为……这家裁缝铺停止营业了呢，日后的生意……就得受到影响啊……叶观忠不耐烦问道，店铺一天多少收入？老张眼珠骨碌转，说多是不多，两百来块吧，有时……三五百也不是没有的。叶观忠从皮夹里取出一千块钞票递给他。老张像怕被蛇咬住似的赶紧缩回手，跳起脚嚷道，这怎么可以，坚决不可以的……我这就给苗苗打电话，叫她把店门关了马上过来！

金苗苗小跑过来，脸色红润难掩喜色。我充当调料作用打趣道，这店门一关，损失不小哦。金苗苗道，我早就想出去走走，透透空气了，可人穷志短掉铜钿眼里了呀。叶观忠心情大悦，老调重弹道，面包会有的，一切都会有的。

他们两人，心领神会地对视上了一眼。

车子从柏油公路下来，拐入乡村机耕道。道路两旁为菜地，满垄的秋季农作物长势喜人。叶观忠揿下音响键，老外的迪斯科音乐震天价响。低调收敛的金苗苗受其感染蛊惑，难能可贵地和着节奏摇晃起脑袋，一副陶醉样子。叶观忠大声嚷道，想当年，我们年轻时代，在广场通宵达旦蹦迪，那有多疯狂啊！破例得意忘形的金苗苗同样大声嚷道，那种场面，热血沸腾哪！

在“新农村建设”的产物——乡村公共厕所方便过后——老张见叶观忠兴高采烈，精神抖擞，便斗胆向他提出一个稍嫌过分的要求：这里没交警，叶先生，能不能……让我过过车瘾哇。叶观忠二话没说下了车，由老张摆弄方向盘。老张兴奋得上下牙打架，磕磕巴巴嚷道，人一开上车，就好比……就好比身上长出了翅膀，天高任鸟飞，太痛快了！

七八分钟光景后，车子撞到前头一辆机动三轮车上。驾车的老汉一如大鸟飞将出去，脑袋不偏不倚磕在路边一棵歪脖子树上。

老汉的脑袋霎时成了血葫芦。

老张勉强下车，吓瘫倒在地，淌出两挂青龙鼻涕。

叶观忠相对沉静，掏出手机叫救护车。

金苗苗快步过去托起老汉的头，唤我拿手巾纸来。我们给老汉擦拭脸面上血迹。老汉闭着眼睛，不省人事。

瘫痪在地的老张哭腔说道，叶先生……你别报警好吗。叶观忠问，干吗？老张哭出声来，说，我该死啊，我这是害人哪……对不起了叶先生，我、我没驾驶证的啊……已在拨手机的叶观忠停顿下来，厉声问道，你既然没驾照，为什么还要开我的车？！老张一把眼泪一把鼻涕说道，我好高骛远啊……我以为这农村的路开开没关系的……叶先生，我罪该万死啊。叶观忠嚷道，事情到这步田地，你说该怎么办？这宝马车，我是问亲戚借用的，叫我怎么向人家交代噢！老张道，叶先生，你看这样行不行……这截路没摄像头，要不、要不就说车是你开的吧……那样子，车的修理费和医疗费，就可以由保险公司买单了。叶观忠沉下脑袋想了一想，说，不行，要是这人有个三长两短追究起刑事责任来，那是有牢狱之灾的。老张道，如真的要坐牢，到时候再换过来由我去坐牢好了。叶观忠没好气嚷道，那法院是你家开的？你算老几，你叫谁坐牢就叫谁坐牢？！

老汉车斗上有条狗，由于慌乱，我们将它忽略掉了。此时，狗发作了疯癫病似的扑向叶观忠，咬住他卡其休闲裤的裤脚不松口，一副凶神恶煞的面目。老张一骨碌从地上爬起，寻来石头往狗身上砸。狗任由石块如雨点般落身上，俨然咬住岩壁的青松一般坚忍不拔……恍然间，我发觉这条狗似曾相识，乌黑的皮毛，蜷曲的尾巴，一条腿上长块银圆大的白斑——分明就是当年被叶观忠踢死的那只小黑狗的成年版嘛！

我不由得倒吸一口冷气。

乱中添乱，老张不小心将一块三角形石头砸在了叶观忠脚面上。叶观忠痛得龇牙咧嘴，咆哮大骂道，老张我操你妈逼，你这种鼻涕一样的人渣活在世上，除了糟蹋粮食没丝毫用处……你他妈的把老子害惨了啊！

……

过后有天碰到叶观忠，他说金苗苗没接受他赠送的房子，婉拒了。我忖度，这可能跟那天出车祸时他的所作所为不无关联。我劝慰他道，你心意已尽，顺其自然吧。叶观忠愁眉苦脸道，可……我心结没解开，现如今，竟成一死结了。叶观忠说的不无道理。人家态度温和地拒绝了他的馈赠，说明人家的心扉合上了。之前存在缝隙，现在不留口子了。

一套四室一厅大户型江景房，对于贫困的小户人家来说，简直可说是一步登天了，其吸引力该有多么巨大！而这个金苗苗，却将它挡在了门外。

那天叶观忠的确失态了，出口伤人、骂粗话无论如何都是大错特错的。但拿此事与房子事作掂量——至少在他人看来，孰轻孰重是不好同日而语的啊。

叶观忠说，那天苗苗叫我把车开到郊外，来到一处山坳。天近黄昏，山顶飘浮晚霞，很有层次感，庄稼起伏色彩饱满……我估摸，这家伙遭受打击后，怕是精神层面有创伤了，咋抒发上烂情调了呢？

但，叶观忠接下来所述内容，却是不能不承认与该调调相吻合的。

叶观忠续说道，……眼前出现一座秀气的山峦，上头密密麻麻长着同一种树木。苗苗问我，山上长的是什么树呀？我摇头。苗苗说，你猜猜看，我给你一个提示，是一种果树哦。我哪有心思猜树，依旧摇头。苗苗说，那天在房子晒台上看见桃山，你无意中提到了李山，我对你说哎，我们这里还真有一座李山，这山上长的全是李树！我心不在焉地说，这有什么稀奇吗？苗苗说，你怕是忘记掉了……我一直记住当年你说过的一句话，桃花红李花白。我问，我有说过这话吗？苗苗说，那天的情景还在我眼前呢，你骑脚踏车带我去乡下买土鸡蛋，到山脚下，下起了雨，是那种牛毛一样的细雨，我们没带伞，一点都不怕淋湿，那时我们年轻，雨淋湿了也不怕伤风感冒哦……上山的那条山路很陡，台阶路面又窄又滑，你说不用怕，有力地牵住我的手，那时候，一股暖流通到了我身上，我有了依靠的感觉，觉得自己是世上最安全、最幸福的小女人了……苗苗说到这里，我到底有些想起来了，隐约记得那户农家附近好多高低不平的水田，映照着天光，雨滴落上头，冒出一个个小水泡……一群山羊，在翠绿得逼人眼目的山崖上走动，像一朵朵小小的白云……农家的屋前屋后、田头地角，栽种了许多桃树和李树，正放花，春雨潇潇……粉红的桃花与洁白的李花在春雨潇潇的节气里……花团锦簇，红白相衔，清新可人。

原载《上海文学》2021 年第 9 期

主持人：**梁鸿鹰**

梁鸿鹰，文学批评家，《文艺报》总编辑。

Liang Hongying, literary critic and editor-in-chief of *Journal of Literature and Art*.

短篇

推荐语

《偶回乡书》写一知名小说家回到地震后的故乡整修震坏的老土屋，却发现乡亲们已给他捏造了子虚乌有的故居。不愿张冠李戴的他只能狼狈逃离故乡。想留住乡愁，没寻觅到乡愁，却发现故乡真的在故去，作品是小说家的一次纸上还乡，但他抵达的却是乡愁的乌托邦。

《半张脸》于单眼皮男人对双眼皮女青年的一场阴差阳错偶遇的描写，写各自内心隐藏的记忆之伤的浮出。口罩恰好掩盖着各自的半张脸，既是最适合的道具，也给对方以想象的空间，不动声色中反映了各自试图解决自己的精神危机的冒险博弈，探寻个体生命成长中与世界的碰撞，触及了大时代之下个人的心灵困境和情感矛盾。

《爱情蓬勃如春》通过对大龄女青年木清清生活波折的描写，凸显了这个怀有一颗浪漫赤子之心女性的情感追求。面对亲身所感的父母爱情在母亲去世后，父亲陡然选择新人开始新生活，她选择了正视，小说在揭示女性内心种种忧思与隐秘的时候，能够深入人的灵魂本质，体现出静水深流的意蕴。

小说《和解》演绎一个话剧演员与生活的龃中，试图找到和解之道的样貌。作品引领读者走进那出名为《熄灭》的话剧，又走进一个光怪陆离的名利场。主人公游荡在新旧交杂的城市中，面对诸多的文化人、书法家、演员和饕餮客之间学习察言观色、社交礼仪，在融入和拒斥那个虚伪、浮夸和假惺惺的世界的选择中进退两难，作品在讲述与抒情并重的复调形式下，将小说人物化身为带有时代普遍意义的情感吸纳器，促使我们将无处安放的情感重新投入到生活中，去爱所爱、恨所恨，始终怀揣希望。

【作者简介】潘灵，布依族，云南省作家协会副主席，《边疆文学》杂志社社长兼总编辑。享受国务院特殊津贴专家，中宣部全国文化名家暨四个一批人才，云南省委联系专家。出版有长篇小说《泥太阳》《翡暖翠寒》《血恋》等八部，结集出版中篇小说集《风吹雪》《奔跑的木头》等两部。作品曾获第十届全国少数民族文学创作骏马奖等。

Pan Ling, Buyi nationality, is the vice chairman of Yunnan Writers Association, president and chief editor of *Frontier Literature Magazine*, the State Council Expert for Special Allowance, the national cultural masters of the Central Propaganda Department and a group of four talents, a contact expert of Yunnan Provincial Party Committee. He has published eight novels including *Mud Sun, Feinuan and Cuihan,* and *Blood Love*, two novelette collections including *Wind Blowing Snow and Running Wood.* His works have won the 10th Horse Award for National Minority Literary Creation.

偶回乡书

潘　灵

1

老家发生地震的消息，是表弟打电话告诉我的，当时，我正陪着诗人何独在复兴路的一家小饭馆里喝酒。借酒浇愁，自古就是无聊文人爱干的事，何独也不例外。下午的时候，何独在微信里问我，能否陪他喝两杯。当时我正在写我的小说，卡在了节骨眼上，也正想找人排解内心的烦躁，就答应了。还是复兴路那家，我带酒？何独回微信，说当然，你知道我没酒。我于是就提上两瓶醉明月，赶往复兴路那家好灶头小饭馆了。

我进到好灶头的时候，何独已经点好了菜，选了一个临窗的卡座等着我了。我见他眉头紧锁拉长脸的样子，就知道这家伙肯定遇上不开心的事。我瞥了他一眼，一边把脱下的外套往椅背上放一边说，怎么？又掰啦？

在我的印象里，何独就是爱情这江湖里的一个多情浪子，半生都走在恋爱和失恋这条路上，从未偏离这样的轨迹。

掰？跟谁掰？老子早清心寡欲了。他眼睛翻了一下，给了我个白眼仁，看着窗外，脸上一筹莫展。

有屁就放，给我玩深沉？我也翻了一下白眼仁。

唉，何独正了正身子，一脸严肃，目光像一个要钓起重要答案的钩子似的望着我说，有个故乡就那么重要吗？就他妈了不起吗？

我被他问得一头雾水，将打开的醉明月酒往他钢化玻璃杯里倒满，又给自己倒了一杯后说，什么鸟问题？是人都有故乡。有何了不起？

可他们说我没有。

他的话听上去可怜巴巴，甚至带了点哭腔。

我心里骂了一句，什么鸟诗人，情感毫无出处。一个年过半百的中年男人，瞬间竟像个三岁孩儿。就在我正欲取笑他的时候，我竟然发现他沧桑的脸上，有了泪珠。

他竟然——竟然真的可耻地哭了。这让我大感意外。

我于是打消了取笑他的念头，一本正经地说，何独，到底发生了什么事，告诉我。

何独说他下午开了一个诗歌与乡愁的讨论会。在这个会上，他被众诗人们取笑了，诗人们说他没有资格参加这会，因为他没有故乡。何独是本市人，打小就生活在一条叫青云街的小巷子里。

何独认为青云街就是自己的故乡。但话才出口就被众诗人们否定了。说青云街怎么能算乡，就算是，你也依然没有故乡，青云街拆了好几年了，现在都成了高档住宅社区，连名字都改成盛世豪庭了。

大家于是就起哄，这一哄，何独自己也认为自己没有了故乡。没有故乡的人，还要在此谈什么诗歌与乡愁？这样一想，就觉得自己真的不合适待在这会场里了。他选了一个大家讨论得热火朝天的时段，灰溜溜地悄悄退场了。

退场的他，心里挫败惨了。

知道了事情的原委，我有些哭笑不得，端起酒杯冲一脸泪水的何独说，为这也生气？干吧。

他不端酒杯，而是目光凶狠地盯着酒杯，显然是对我轻描淡写的话不满。你们小说家懂个屁，肤浅！成天就只知道编故事。你知道那帮孙子诗人想干什么？他们想挑战我的权威，想把我说得一无是处。

我实在忍不住，笑了说，嘿，哪有那么严重。诗歌，在这个城市里，你从来都是头牌，撼不动的，喝酒，喝酒。

他端起了酒杯，一副暴怒的样子，目光如炬地瞪着我，你也取笑我？连你也取笑我？

看着面前这个情绪近乎失控的家伙，我正欲说你误会了我时，何独却重重地把酒杯摔在了地上。杯子炸裂的声音，惊得整个小饭馆里的人都朝我们这里看。

何独，过分了！

我的语气里充满了警告。

过分？我过分？他们才过分！他们说我没故乡，说我没有故乡的写作，是无根的写作，哪个过分？唉！

他冲我大喊大叫。

邻座一个漂亮的女孩，低声对她正在看菜单的男友说，是个疯子，还是换家饭馆吧。

我想，该换饭馆的应该是我们。就起身说，何独，走吧。我拿上外套，强行把他拉出了小饭馆。

刚出饭馆，手机就响了。

我接完表弟的电话，对站在一旁还没消气的何独摊了摊手说，何独，你太厉害了，你这一生气，我老家就地震了。

地震？何独的身子怔了一下说，严重不？亲人没事吧？

没伤人，是小震，但表弟说我家的山墙倒了。

一听说地震，何独不好意思再生气，我们俩像调换了一个角色似的，他安慰我说，别急，墙震倒了，可以修，没伤人就万幸了。

我说，我急啥，小震嘛，我从小就生活在地震断裂带上，习惯了。

墙都震倒了，还小震？你可得赶紧回老家去。何独焦急地说。

我淡然说，是打算回去，那房是土坯的，脑袋跟一个行将就木的老人似的，我正寻思着跟我弟弟商量一下，从此拆了它。

拆？何独愕然，他摆摆手说，不能拆，要把它修复。

何独还强调说，必须修旧如旧。

我笑道，几间破土屋，你以为是你采风见过的那些百年老宅子呀？何独，我实话跟你说吧，要不是我那乡下表弟阻挠，我早就把它拆了，我老家镇政府的领导都催过我十数遍了。说那几间老屋不仅有碍观瞻，而且严重影响了他们的政绩。

何独说，你表弟比你有文化。

我说，这与文化没半毛钱的关系。

有！何独加重了语气，意在提醒，说你千万别干傻事，你要真拆了，你就跟我一样，没故乡了！

2

我下决心回老家去，不是因为我表弟的那个电话。而是在跟何独告别后，我接到的另一个电话。

电话是香港的郑治远郑老先生打来的。

郑老先生与我是同乡。我知道他是我同乡，是前几年的事。前几年，我的一本小说在香港出版，出版方邀请我去签售，签售会上来了个老先生，见了我就激动得向父亲见了失散多年的儿子，老泪纵横地把我紧紧抱住。他声音颤抖地说，我的小乡党呀，今天老朽终于见到你了！我不太习惯这突如其来又过于炽烈的热情，就说，先生也是乌蒙山人？要买书吗？老先生把头点得像鸡啄米，买买买，我全买了！我笑了，摆摆手说不行，你要全买了，我拿啥签给别人。老先生想想，说此话有理，我书就不买了，老眼昏花，瞎子翻书，装模作样，看不清个所以然，我请你吃饭，镛记酒家，飞天烧鹅。小乡党，要赏脸哦。

我还就这样真的去了镛记酒家，轻易地就接受了一个刚认识的陌生人的邀请。后来想起来，我知道这都是乡情使然。这举止唐突的老者，豪爽的性格太像我们乌蒙山人，当然，名声在外的镛记酒家，这家香港著名的老饭店，特别是那只听说过没尝过的飞天烧鹅，已诱惑了我这个吃货。

因为故乡，两个原本陌生的人在一张餐桌上迅速就变成了忘年交似的老朋友。吃着带有陈皮香味的烧鹅肉，我内心里开始对那个喋喋不休刨根究底的香港报社的专访记者生出了好感。不是他，郑老先生就不会从报纸上读到我是他的同乡的信息，我自然也就与这顿美味佳肴失之交臂了。

郑老先生并没有因为我那难看的吃相心生不快，而是笑吟吟地看着我大快朵颐。他说他 20 世纪 40 年代跟父亲来香港，第一次吃这烧鹅也这样。当后来我知道郑老先生来香港时才五岁，我就不由自主地脸红了，毕竟郑老先生请我吃烧鹅的时候，我已经年过五十了。

一个五岁就离开故乡的孩子，对故乡并没有多少清晰的记忆，他记忆中最清晰的就是故居郑家大院右厢房旁边那棵宝珠梨树。春天，那梨花比雪还白，夏天那梨比冰糖还甜，他这样对我说的时候，还不禁咽了一下口水。

我说郑家大院改成了一所村办小学了，我当年就在那院子里读的小学，打小就知道那大院是郑财主家的，新中国成立后充了公，最早是村里的保管室，后来让给了学校，那棵梨树，确实就像郑老先生说的那样花白果甜。

郑老先生对我说，我的小乡党呀，你说这人怪不怪，我现在有半山别墅，有海景洋房，它们比那大院子漂亮了无数倍，但当我年事已高，每晚来入梦的，却都是我郑家那藏在乌蒙山的郑家院子，在我梦里，那一树的梨花开得就像幼稚园里玩耍的孩童，热闹又喧嚣。

作为一个写作者，基本的共情能力我自是具备的。我能理解郑老先生的心情。我们于是就谈论起那个郑家大院，郑老先生说，他前些年偶尔也回去过，还以捐资助学的名义捐资修缮了院子。他说他老了，现在不能长途奔波，我就安慰他说，院子现在毕竟还在，又能为桑梓的教育做贡献，已经是两全其美啦。

临别前，郑老先生忽然向我提了个要求，说今后如果我回老家，一定要替他去院子里走走看看。我笑了说，我的走走看看，代替不了您的。郑老先生以为我不愿意为他尽这个义务，就说，小乡党呀，不会白看的，我今后给你邮寄你爱吃的飞天烧鹅。

说来也奇怪，我从香港签售回来，就把自己当成了一个接受使命的使者，回了老家，在郑家大院里来来回回仔细地看。郑家大院，虽不是什么雕梁画栋的豪华宅子，但红砖黛瓦，青石小径，依旧有一种沉稳安详的美。主人建造它时也很用心，前庭后园，都经过精心设计，只是常年风雨侵蚀，又疏于打理，显得有些破败和荒芜。特别是成为学校后，那些粉墙被顽童涂鸦，看上去就像个蓬头垢面的老者了。我吩咐给我家老土屋看家的表弟，要他也常来走走看看，有啥问题，就告诉郑老先生。我离开时，没忘记将郑老先生的联系方式给表弟。后来表弟轻易就取代了我，把自己变成了郑老先生的使者。郑老先生自从跟表弟联络上后，就很少跟我联系，只是每年逢年过节的日子照常给我寄飞天烧鹅。

如果不是地震，郑老先生是不会打电话给我的。我接电话的时候，有些意外，长期疏于联系，都不知如何寒暄才好。但郑老先生不像我，他省去了寒暄这个序曲，直奔主题。

听富贵说老家地震了。

郑老先生说的富贵是我表弟。

我说是，我也是听富贵说的。

听说你家的老屋震倒了。电话里能听出郑老先生关切的语气。

没全倒，我解释说，垮了一面山墙。

富贵说我家院子的老屋也伤得不轻。郑老先生把话题引向他的祖屋郑家院子。

我哦了一声，说是吗。

我承认我忽略了郑老先生焦虑的心情，他对我的心不在焉有些不满，所以在电话里加重了语气——

富贵说瓦片掉了一地！

听他语气急促，知道他的着急。我于是安慰他，说震级就四点五级，小震而已，你郑家大院是砖木结构，不会有大问题，地震掉落几块瓦片，在老家是常有的事。

我的安慰显然起了作用，郑老先生语气不再急促，他缓和了一下语气说，听富贵说你要回老家去。

我犹豫了一下说，还没完全决定。

听我这么一说，孙老先生的语气又急促起来，还没？不行，你得下定决心回去！

这近乎命令的口气让我有些不快，说什么呀？

郑老先生显然没感受到我的不快，接着又说，回去，一定得回去！我的老屋就交你处理了，修缮费多少，我都出。你要当自己的事办。

我心里嘀咕道，我啥时成了你郑老先生的义务使者了？

对郑老先生的指手画脚，我心有不悦，但一个年迈的老者的急切，我也心生同情，就迟疑了一会，便应了下来。

我向朋友借了辆 SUV，驾车回老家去。出发之前，何独气喘吁吁送来

50 条蚊帐，说是他一个开店的朋友，没卖出的存货，捐给我做救灾物资。何独说，大夏天的，山里的蚊叮虫咬是常事，兴许能救急，帮上点小忙。

我真诚地向何独的爱心表示了感谢，驾车奔老家而去。

3

其实回老家的路并不远，特别是近年高速公路已经由市里修到了县城，我借的 SUV 跑了不到三个小时就到了县城。到县城后我没急着往老家的山里赶，而是去见了我那在政府部门里当科长的弟弟。

弟弟见到我，表情漠然。他拿出 2000 元钱，说哥，我现在供着家孝念大学，手头不宽余。家孝是弟弟的独子，在上海复旦读本科，是弟弟和弟媳的骄傲。弟弟把我当成了要修房钱的，这让我心生不快。我说，你什么意思呀？弟弟以为我嫌钱少，就说，哥，公务员一月就几千元死工资。我说，我不是这个意思。弟看见我愤怒的脸，摊摊手说，哥，那你究竟是什么意思，说嘛。

我说，来找你，是想跟你商量，我想拆了那老屋。

弟弟听我这么说，脸像春天的冰面，微微动了一下。他说，哥，你不是要保留它做故居的吗？

我说，我什么时候说过我要它做故居，名人的老屋才是故居。你哥虽是一个有点虚名的小文人，还是晓得自己几斤几两的，不会轻狂得连自己是谁都不知道。这话你千万别再说，传出去会被人笑话的。

弟弟哼了一声，说富贵不是善茬，拉大旗做虎皮，狐假虎威。我前不久下乡顺道回老家，有乡亲告诉我，富贵打我家老屋地基的主意，我还不信，现在知道是真的了。

我说，弟，你别这样想，大家老表弟兄的，他不过是想保住我们的老屋，把我抬高，拿此吓唬村镇领导罢了。人家有自己的宅基地。

弟弟一脸轻蔑，说我们的表弟富贵，他狐狸的尾巴，我早看出来了，他到处找人看我们老屋的风水，是想给他儿子结婚，寻个修房的好地基。

我笑了一下说，我知道富贵心眼多，但想给自己孩子找个结婚修新屋的好地基，也是情理之中的事，我们答应他又何妨，也算做个顺水人情。

弟弟说，哥，你有所不知，他儿子才16岁，结婚还早着呢。

我哑然。

沉默了一会，我说，怎么办呢?

弟弟说，拆呀！因为这老屋，县领导都找我谈过好几回话了，说我一个国家干部不能学做钉子户。去年本来是组织考虑让我去一个局任局长的，有人就拿老屋说事，后来不就黄了。为这，你弟妹没少埋怨我，说人家的哥哥处处为弟弟着想，你哥可好，只想自己，身前事都想不过来，就开始想身后。

听了弟弟的话，我重重地在他肩头拍了一巴掌，大声说出了一个字——

拆!

弟弟猝不及防地笑了，他说，确实早就该拆了。

我点点头说，我们一起回去，把这事处理了。

听我约他回去，弟弟收敛了笑容，说人在政府，身不由己。

我马上知道了他的心思，他是不想得罪我们的表弟富贵。

我不再勉强，心里想，这得罪人的事，我来做好了。

我于是又驱车往老家赶。

从县城到老家，也就百余公里，但县级公路，车跑起来却费劲许多。我的SUV，在坑洼的路上剧烈颠簸，一路上，我都能见到贴了抗震救灾的载重卡车，这让我暗自思量，这地震不能只看震级，老家地方的赈灾，并不像想象的那么轻。越往山里走，行路越难，本就不够宽的县级公路上，间有落石横于路面，车得小心绕着走。百余公里地，我开了六个小时多，才到了镇上。

镇子原本就潦草零乱，现在就更是一塌糊涂，到处都是东一地西一处的赈灾帐篷，到处都能见穿了迷彩服的武警，围着重型大卡搬些救灾物资。我停下车，打量着像一口正翻炒着豆子的铁锅似的镇子，问我身边一个不停地嗑着葵花子的女人，说灾情如何。女人吐出两瓣葵花子壳，说倒了些房，都是空心砖的，死了三个人。

女人打量了我一下，问我去哪里？我说我回老家，女人又问我的老家在哪个村，我说羊角村，她说好远的，还有三十里地，你不能去，有落石。地震倒的房没压死人，死的三个，都是被落石打的。

女人边说边指了指前面一家好再来的旅馆，说那是她开的，平时五十一间房，现在一百。非常时期，要我理解，并声明说她是涨价幅度最小的。

我摇头，说我必须得去。

她说，不要命了呀？

我说，我得去看看我的老屋。

她说，金屋子呀？

我说，土坯房。

她伸了一下舌头，说一个老土屋，竟然也能让你这么光鲜的男人牵肠挂肚？你怕是嫌我旅馆床贵，我跟你打八折如何？

不是价钱的事，我解释说，我真得走。

女人瘪了一下嘴，说你以为我惦记你口袋里的钱拉你生意？人家是看你人模人样的，丢了性命可惜。

我笑了一下，笑得有些尴尬，冲她说声谢谢，就上了车，掉转车头，绕过镇子，往老家羊角村赶。

去羊角村的路是村级公路，路面硬化得有些马虎，柏油铺得像猫盖屎。路上见不到车辆，连行人也少，偶尔有骑摩托的从我身旁掠过。山越来越深，路上的落石也越来越多，我的 SUV 像一只蜗牛，缓慢地在路上爬行。

从镇上出来，折腾了半个小时，车开出了数十里，终于不得不熄火停下来。公路中央有一个黝黑的巨石，像头威严的大象堵住了去路。下了车的我，下车围着巨石转了一圈。看着从路边斜坡上滑下来的石头在路面砸出的深坑，我知道它的分量，没有十数个人是动摇不了它的。我有些后悔自己没听镇口那个女人的话。我蹲下身子，无能为力又无可奈何，索性从上衣口袋里摸出一支烟，燃上后恨不得将一肚子的沮丧都吐出来。

吸了半支烟后，我准备掉头，驱车回镇上去。我想还是去那家好再来旅馆好了，大不了忍受那女人一顿数落，总比困在这前不着村后不就店的地方强。

其实，说此地前不着村后不就店，并不准确，路侧下数十米，就有一农家。这种单家独户人家，在我故乡是司空见惯的事，因为很难找出一块几十户人家围在一起的平地，散户也就是自然而然了。我还看见被巨石堵的路的旁边，一块绿油油的菜地，蔬菜长势喜人。

这时我听见路前方啪啪几声响，就站起身来，手上捏着燃了半截的烟，往路的前方看。我看见一农家少年，赶着一条牛，怡然自得地边走边甩动他手上赶牛的长鞭。长鞭在空中划出优美的弧线，将空气击打得啪啪作响。如果不是地震影响我的心情，我会把这当成一幅赏心悦目的牧归图，嵌刻在我的记忆的光盘上。

他走近我，赶忙上前，拉住牵牛的鼻绳，样子像是我要抢他的牛似的。唉，我跟他打招呼，他看我一脸和善，也匆忙唉了一声。

我抽出一支烟，递过去，他给我摆手，说不会。给陌生人主动递烟，是我们山里人表示友好的规矩。我的行为让他顿时消除了对陌生人的提防心，他看着我跑得脏兮兮的车，又看着横亘在路上的巨石说，地震震滑落的。

我说，怎么没人把它搬走。

那么大的石头，咋搬得走？再说，有力气的人都进城打工去了。他解释说。

我叹了一口气，说，那今天是过不去了。

他说，你要去哪里？

我说，我要回老家。

老家？他有些好奇地看着我，你老家在哪里？你这样子像城里人。

你凭啥说我是城里人？我说，我脸上又没写。

他就咯咯笑了，露一口黄牙，指着我说，细皮嫩肉的，还骗我不是城里人。

我说，我老家是前面羊角村的。

羊角村？他扭转身，指着路的前方说，还有十好几里地哩。

我点点头说，没错。几百公里我都走了，就难在这十好几里地哩，我家老屋震坏了，真急人。

看我一脸犯愁的样子，他松开牛鼻绳，任牛慢悠悠地走。他现在不关心他的牛，开始关心我的车。他左看右看、前看后看之后，拉扯了一下我的衣角，指着那片长势蓬勃的菜地说，从这里兴许能过去。

我看了看菜地的地势，又看了看我的 SUV 的轮高，发现确实像少年说的那样，兴许能过去。

但我还是摇了摇头。

他看着我，以为我胆小。屋子震坏了是大事，知道你急，难道你不想试试吗？

我从他的话语中获得了鼓励和诱惑。

不是我不敢试，我端详着菜地说，这是人家的菜地。

少年说，这是我家的菜地，你放心过。

少年的好心让我感动不已。

他用鼓励的眼神看着我，说你过，我帮你看轮子。

我感激地点点头，开车门，上车坐定，启动油门。车子轰鸣着，从路边慢慢移向菜地。少年在我的前面一步一步倒退，眼盯着我的车轮，给我做着往前走的手势，样子像一个成年引路老手。

我甚至闻到了蔬菜被碾压后发出的菜腥味。我想，少年的心会不会也像这些蔬菜一样受伤。车在经过几次努力后终于成功地穿越菜地，重新回到正途上。我停下车，拉开车门，跳下后，激动地掏出一支烟，猛吸一口，又猛地吐出，我恨不得要大叫一声了。

我们老师说，做事要有一颗勇敢的心。

少年冲我竖着大拇指说。

他全然没顾去看被我车碾压坏的菜地。我抽出一支烟，递过去。他依旧像从前一样挥挥手，说不会。我说，不会也拿上。他犹豫了一下接过，把它卡在耳朵上。

我想他一定知道，这不是一支烟，而是一份谢意。少年一定是读懂了这份谢意的，乐于助人又善解人意，这个穿着脏旧衣服蓬头垢面的少年，我把他当成了天使。

我的鼻孔里又有山风塞进了菜腥味，看着惨不忍睹的菜地，就又觉得自己不能这样心安理得离去。

我掏出钱夹，抽出一张面额 50 元的人民币，递给少年。少年本能地伸了一下手，随即又被什么烫了一下似的缩了回去，他慌乱地向我摆手。

我将钱硬塞给了他。

我上了车，继续赶路，车开的时候我从后视镜看见，少年把我给他的香烟点上了。我从后视镜里看到他吐出一团烟雾，咳得东倒西歪的他还一直冲我的车屁股挥舞着手臂。

4

终于在天黑前赶到了故乡羊角村。

村里的人都挤到郑家大院去了。才进村时，我还以为是一个空村。黄昏时分的羊角村，不见炊烟，除了山风拂过核桃树和栗树的声音，就只剩下我的 SVU 马达的轰鸣声。

SUV 的马达声唤出的是我的表弟，他从郑家大院的院门里探出身子来时腋下还夹着一床脏兮兮的被子。我想来的就是你！他看着停了车打开车门的我大声说。

我看着一脸英明表情的表弟问，乡亲们呢？

表弟努努嘴，说都在后边的操场上。

我知道郑家大院后面的那块操场。当年小学校搬进来，就把后院原本是郑家的菜地平了，做了小学校的操场。我儿时最惦记和向往的，就是它。因为在它上面，立了两个木制的篮球架。

我说，地震不都过去了吗?

表弟说，县地震办通知说还有余震。

我边说边往郑家大院里走。

表弟见我急匆匆的样子就说，不去看看老屋吗?

我说，明天看。

表弟紧跑几步，与我并排了走。又说，没吃晚饭吧。我说，没。表弟说，只好将就了，刚建的临时食堂，红豆酸菜汤泡饭。

我一出现在操场上，就被人围住了。大家都以为是上面派来的救灾干部，七嘴八舌地问我救灾物资啥时到，竟然没有一个人真正认出我是谁。

表弟见状，就提高嗓门说，他不是领导，是我表哥。

一听不是上面派来的领导，人们就散开了。几个年纪大的，盯着我看了一阵，点头说，是小林，当年出去时胡子都没长齐，现在都成老头了。

我就笑说，少小离家老大回嘛。好多人认不得我，我也认不得好多人了。我于是就掏口袋，发香烟，寒暄。老乡见老乡，热乎劲一下子就上来了。谈兴正浓时，表弟捅了捅我说，该吃饭了，过会就没得吃了。

我就跟表弟去临时食堂，说是食堂，其实就是从教室里搬出的桌椅，在操场西南角拼成的几张简易饭桌，角落里有一口大锅，上面熬煮着酸菜红豆，临时用红砖垒成的灶上，摆着一大锅饭。

表弟拿出一个大土碗，盛了大半碗米饭，用大勺舀了一大勺红豆酸菜汤浇上递给我。我伸手接过，正准备狼吞虎咽时，一群人陪着一个三十岁左右、穿戴整齐干净外表清秀的年轻人向我这儿走了过来。

地震把大作家招回来啦?他粗声粗气的嗓音与他的外表大相径庭，给人一种不和谐感。

你……是？我看着他，全然陌生。

表弟赶忙介绍，说这是我们的陈副镇长。

陈……镇长，我招呼说，一起吃饭。

饭在镇上吃过了，陈副镇长拿一个塑料圆凳往我对面一坐说，大作家，我也挺喜欢文学，大学读书时，我也经常读小说，特别是马克尔斯的，我特别喜欢，可以说是他忠实的铁粉。

马克尔斯？我赶忙检索记忆，发现脑子里没有一个叫马克尔斯的作家。

大作家不会不知道马克尔斯吧？看我一脸茫然，陈副镇长脸上浮过一阵轻蔑后用卖弄的语气说，他写的《孤独百年》，我读出了千年孤独的味道。

我哦了一声，终于明白他说的作家是马尔克斯，说的书是《百年孤独》。

不好意思，他谦逊道，都是大学时读的，现在在基层工作，忙得看书的时间都没了。话又说回来，中国作家的东西，不读也罢，没几个有思想的。

我心里想，从假谦逊到真狂妄，就一步之遥。我说，陈镇长，我们还是不谈文学的好，你喜欢魔幻，再谈就成荒诞了。

看来我是班门弄斧了，陈副镇长摘下眼镜，擦了擦说，实话说吧，我这次就是为你这大作家来的。

他把我说笑了，我说，镇长编故事呀？我是神不知鬼不觉进的村，镇长难道有超自然的能力？

你看，大作家就不一样，骂人都不带脏字，你真以为我哄你？我哪敢，是书记派我来的。

书记？我说，哪个书记？

镇党委唐书记啊，陈副镇长说，是你在县上工作的弟弟打电话告诉他的。听说你回来，忙着抗震救灾的书记，硬是挤出时间开了个临时党委会。会后又派我来亲自来找你听取意见。

我叹了口气，说，我何德何能？拆个老土屋，惊动了领导，不好意思，不好意思。

拆……站在一旁的表弟意外地说，老屋要拆？陈副镇长，我表哥赶了一天的路，一定是累糊涂了，老屋不是要拆，而是要修。

陈副镇长摆摆手说，拆，一定拆。我们大作家再累，脑子也比你清醒。

我扒了口饭，咽下，用抱歉的口气对表弟说。对不住了，来得匆忙，也没跟你商量，实话跟你说吧，我这次回来，就是来拆老屋的。

你对不住的不是我，表弟瞄一眼我说，你对不住的是舅舅。

表弟说的舅舅，是我过世的父亲。我没想到情急之下的表弟，会端出我父亲来压我，这让我心生不快。就算这房子是你舅舅的，我瞪他一眼，用提醒的语气说，我是你舅舅的儿子，有权处理他的遗产。

表弟听我这么说，竟然火气上头来了，他憋一张大红脸说，这老土屋碍你啥了？伤你面子了？还是丢你的人了？你为何一意孤行要拆它？你留着它，你后辈儿孙就有个老家，他们就知道他们的来处。我晓得你成名人了，名人再有名，也得有老家，你知道你拆的是什么吗？是故居！

错了！陈副镇长挥手打断表弟的话，斩钉截铁地说，我们大作家拆的不是故居，那老土屋不过是我们大作家在童年时住过一段时间的老房子。我们经过多方考证，也找过村里上年纪的老者，确定这才是我们大作家真正的故居！

陈副镇长边说边指着眼前的郑家大院划了个半圆弧。

我愕然，继而是瞠目结舌。我站起身，抹了抹嘴，独自离开。心里竟然有了委屈和愤怒。晚风拂过，我感觉到了它的硬和冷。

在陈副镇长一副讨好我的表情里，我看到的却是十足的傲慢。

身后，传来表弟的声音。陈副镇长，这个院子姓郑，不姓林。

你懂个屁！——这是陈副镇长的声音。

5

月黑风高，我跟一大群乡亲在操场上露天睡觉，我难以入眠，睁着眼看着满天的繁星。那些忽明忽暗闪烁的星群，像绽放和凋谢交替的花朵，更像一些说不清道不明的心事，它们出现，消逝；它们消逝，继而又出现。

表弟睡在我的旁边，我知道他在假眠，他偶尔发出一阵夸张的鼾声，刻意而做作。我唤了他几声，他的鼾声更大，我终于明白了那句话，你永远唤不醒一个装睡的人。

但蚊子能。那些恣意在我们裸露的脑袋之上嗡嗡作响的蚊子，总是冷不丁就在我们的颈上额上扎上一口。我已经被这种偷袭严重骚扰，内心甚至产生了烦躁。偶尔偏头看一眼纹丝不动的表弟，不明白为何他百毒不侵，连蚊子也奈何他不得。我越不明白，心里就越佩服。我甚至想，是不是蚊子也懂亲疏，只跟陌生人作对？但我的想入非非马上让我扑哧一笑。我听见了啪的一声，随即就是一句骂——

死蚊子！

死蚊子咋会咬人，咬人的都是活的，我揄揶说，你醒了呀？你睡得才像死蚊子，怎么都叫不醒。

你不好好睡觉叫我做甚？表弟说。难道你反悔了，不想拆老屋啦？

正是。我说。

表弟一激灵就从地上弹将起来，他说，你终于不犯迷糊啦。你知道镇上打你啥主意？人家看出你那老屋风水好，在文脉上，早就准备把小学校建在那啦。

我说，那为何要等到今天。

没钱呗，表弟说，这一震，钱不就来了。

什么意思？我有点发蒙。

谁敢让学生在危房里念书？表弟说。

这郑家大院是砖木结构，这点地震咋就成危房了？我说。

危不危，又不是你我说了算，表弟说，还不是领导一句话，领导认定它是危房，就能借此向县里甚至市里要钱重新建学校，晓得不？你以为你真是了不起的人物呀，你前脚到，人家一个副镇长后脚就跟来了，看把你美的！

我笑了，说我知道自己几斤几两。我还说，如果我老屋那地方修学校，真能多培养出几个有志向的娃，我就……

你不会又想再改主意吧？表弟看着躺倒的我说。

想。我说。

神经病！表弟骂了一句，随即给后脑勺一巴掌。

我起身，坐在地铺上说，你骂谁神经病？

表弟没好气地说，我骂那些咬人的蚊子。

我说我带来了几十条蚊帐，放在后备厢里。我吩咐表弟，让他明天发给乡亲们。

表弟摆摆手说，要发你找村主任去发，你那可是救灾物资。凡救灾物资都归村委会决定统一调拨。

我说，睡吧，明天我找陈主任去。

第二天一大早，我还没来得及去找村主任，村主任就找我来了。跟在他后面的，还有那看上去一脸斯文相的陈副镇长。我当时正蹲在一个简易的塑料盆前洗漱。村主任见一额头都是小山丘一样肿包的我，就掏出一小盒清凉油，拧开，用右手大拇指挖了一下就往我脑门上抹，还说，我们羊角村，有三恶，一是婆娘恶，二是母狗恶，三是母蚊子恶。大作家，看来不仅女粉丝喜欢你，连母蚊子也喜欢你。

我不太习惯村主任的亲热，更不习惯他粗俗的玩笑。我说我带来了几十条蚊帐，就在我车的后备厢里。村主任就击掌，说这是雪中送炭。我掏出车钥匙，让他派人去搬蚊帐。村主任接过钥匙，往我表弟手上一塞，说，富贵，都搬村委会去，等下午我来亲自发放给大家。今早，我和陈副镇长陪大作家去看看老房子。

一路上，陈副镇长都显得很谦恭，对我都是溢美之词。他说我不仅才华了得，而且高风亮节。被人戴高帽子的感觉，并不都爽，我现在就觉得芒刺在背，我说，老屋拆了建学校，我没意见，但硬生生地让我多出个所谓故居来，我是不会同意的。

陈副镇长说，你为何不同意？怎么能说是硬生生地呢？林大作家，实话跟你说，我们也是充分调查研究过的，那确实是你的故居。

我苦笑了一下说，即使我同意，人家郑家后人也不会同意。香港的郑治远先生，在我回乡之前还给我打过电话，对郑家大院在地震中的处境充满关切。

嗯，陈副镇长哼了一声，说这郑家大院自从新中国成立后，就不姓郑了。

我哑然，说那姓啥？

姓公！陈副镇长挥了一下手说，新中国成立后我们政府没收了郑家大院，把它做了村公所，后来村公所搬出去，它成了村上的保管室，现在郑家大院是村上的公有财产，我们完全有处置权。

陈副镇长此时的语气显露出了领导人的霸气。我看着他冲动的表情和如数家珍的说话，想起了一个成语——义正词严。

也许我的目光，让他的态度从高亢重回了温婉。当然，他摘下眼镜，哈一口热气，掏出一张餐巾纸，边擦边说，考虑到郑老先生是爱国同胞，对故乡有感情，镇上本着人性化的考虑，还是把在郑家大院设立你故居的想法，向他做了通报。

他现在用和缓的语气说的话，在我听来，比之前冲动的话语还要粗暴。我想他不仅冒犯了郑治远先生，也冒犯了我。我心里嘀咕道，这世上有这样明目张胆张冠李戴的吗？我想，郑老先生会被气个半死的。

我说，你们不应该这样，郑老先生年事已高，就不怕气死他？

嘿，陈副镇长笑了一下，把擦干净的眼镜重新戴上，说郑老先生觉悟高，他愉快地答应了，在电话里一个劲地称道，说我们这个创意好，他还说如果镇上在打造你的故居上有经济困难，愿意给予支持。

听陈副镇长这么说，我不想让他和村主任陪我去看我的老土屋了。我对他说，陈镇长，我真的改主意了，那老房子我不拆了，我要的故居，是它，不是郑家大院。

我转过身，扬长而去。

6

我径直去了我小学班主任凡老师家。

凡老师是我的班主任，也是我的语文老师。他是当年我们村小请的民办教师。从 20 世纪 70 年代，一直任教到 90 年代。后来民转公因超龄没办成，就回家务农了。我后来能成一个作家，是拜他所教。他在我小学三年级时，送给了我一本叫《童年》的小说。那是俄国当时叫苏联的作家高尔基的自传体小说。我十数遍熟读了这本小说，按今天时髦的说法，正是阅读这本书，我心里有了今后做一个写作者的初心。

我推开凡老师家的柴门，见他怡然自得地躺在竹躺椅上晒太阳。在清晨温暖而明丽的阳光下，凡老师苍老而慵懒的样子像极了一个超然世外的智者，就像地震没发生过一样。让我心中浮现出一个词语，第一次没有再讨厌它。

岁月静好。

我的到来破坏了这份静好。见我来，凡老师有些意外地站起身来，说你是回来救灾的吗?

我没有正面回答，而是责备他为啥不去郑家大院避震。他笑了，说金窝银窝，岂能比自己的狗窝。在这死了，是寿终正寝，要死在外边，还不成孤魂野鬼。

我听了就笑，说我就是孤魂野鬼。

错也！凡老师说，你现在可是不仅有故乡，还有故居的人。镇上要把郑家大院打造成你的故居，就没领导给你通气?

我尴尬地笑了一下说，这你也信? 再说，这张冠李戴的事你老人家的学生会做?

非也！凡老师摆了摆手说，这怎么会是张冠李戴呢？我看你那副书生脾气，人到中年都还没改掉。

我抢白说，你喜欢教训人的脾气不也没改掉？

我今天还真就想教训你！凡老师边说边又招呼凡师母给我泡茶。

我上前，重新把他扶回竹躺椅上，顺手抓过一个小板凳，坐在他身边说，请教训吧。

他笑了，张一口没牙的嘴，天真得像个孩子。他说，喝茶喝茶。

我说不渴。

你不要敬茶不吃吃罚茶，他说，别以为自己成了名家，就任性了。凡事都不要武断，郑家大院，怎么就不可以是你的故居？人家镇上，是要花工夫打造咱羊角村，这是美丽乡村的一部分，你有责任也有义务支持，这毕竟是你的桑梓地。人家打造你的故居，是想让村子多一丝文气，让外人看这里不仅山清水秀，还人杰地灵。

我打断凡老师的话，说老师，能帮故乡做点事，我自是乐意，但不能指鹿为马，违背事实。那是郑家大院，它从来也没姓过林。我要同意了这事，今后传出去，岂不要被世人笑话？再说了，故居这词听上去怪别扭的，在我的印象里，只有逝者从前的居所才叫故居的。人还活着的，一般都叫旧居。

凡老师听了我的话，就笑了。他说，原来你是有忌讳，那我给镇领导建议，在你生前，就叫旧居。

听凡老师这一说，我只有苦笑了。看我这样子，凡老师嗔道，你笑的样子，比哭还难看。

我耸了一下肩，说老师，你误会了，我是说，那郑家大院，是姓郑的，不是我姓林的老屋。

凡老师一听这话，有些不高兴了。他说，作家都能做，咋还这样死脑筋？郑家大院就该是郑家的？谁告诉你的？新中国成立后，郑家大院不姓郑了，它姓的是我们全村人所有的姓，当然也可以姓林。

这话从自己的恩师的嘴里蹦出来，是完全出乎我意料的。我瞪大眼睛吃惊地看着凡老师，像看一个陌生人。不，更像看一个陌生的怪物。我知道，我得选择礼貌地离开了，否则，我和凡老师，彼此都会让对方不愉快。

我对凡老师说，我还是想去看一下我那震垮的老土屋。那面山墙上，有我当年在上面写的字。那些字，都是当年上小学时，我写错后被凡老师用红笔勾出来又在墙上重写的。

老师有权利和义务纠正学生的错误，这是共识。但如果老师犯了错，学生该怎么做？告别了凡老师，我走在乡间小路上，总觉得这是个现实难题。

我独自来到我的老屋前，它的破败和不堪，超出了我的想象。房顶上，杂草长得正欢，院子里，蒿草已高过了人头。我站在院子里，看着这老屋，就像面对一个风烛残年的老人。我有些打心里佩服我那表弟了，让他帮我们看老屋，他真的就只是“看”了。

山墙并没完全倒，只是震垮了一部分。墙体已斑驳，我从前在墙上写的那些字也难以辨认。没有人住的房子，腐朽得特别快。我惊奇地发现，瓦檐的木头上，长出了几朵粉色的蘑菇，刺眼得就像一个老贵妇苍老手上戴的珠宝。我皱了眉头想，让这样的房子立着，就像让一个年事已高的老人立正站着，是不人道的。我甚至觉得它连拆的价值都没有，直接放倒了事就好。

我转过身，走出柴门，心中竟然有了伤感。我感觉到自己将失去的不仅是老屋，还有故乡。我走在曾生养自己的土地上，物是人非，有一种陌生人般的孤独。

我又回到了郑家大院。在我的 SUV 旁，陈副镇长和村主任站在那里等我，他们似乎害怕我悄然而去。他们看见我，脸上都有欣喜的表情。从车边一地的烟头我知道，他们一定耐了性子等了我许久。

还是去看看你的老屋吧，大作家。

陈副镇长的语气里有央求。

我说去过了，要拆，你们就拆吧。

听说我又改了主意，陈副镇长如释重负。他击掌说，大作家就是深明大义，下面，我们还是谈谈打造故居的事。

谈什么谈？我摊摊手说，从今往后，我已经是没有故居的人了。

大作家，陈副镇长摆摆手说，这就是气话了。你说我们张冠李戴，那是冤枉了我们了。我们虽然是基层政府，但做事为政就讲个实事求是。据我们多方调查，你就出生在郑家大院。

我出生在郑家大院？我愕然道，我怎么不知道？

你要不信，村主任插话说，你可以去问问那些年事已高的老人。

7

是夜，我被表弟领着，继续睡操场。

操场上依旧是那清一色敞胸露怀的大通铺。

通铺之上，蚊子依旧嗡嗡，像战场上空的轰炸机群。

我问表弟，我带来的那些蚊帐，为何还不分发给乡亲们。

表弟说，分不了。

我问为何分不了。

表弟说，羊角村百户，你倒好，带来五十条蚊帐，咋分？

就因为这没分？我说。

分了，村支书去分的，没分下去，现在全堆在村委会会议室。表弟解释说。

有五十条就分五十户，有这么难吗？我有些不解。

不难？你去分分试试？表弟白了我一眼说，白天村支书都气得差点岔了气。人家村民说，要分，得人人有份，不能厚此薄彼。还有更过分的，要求村支书将一条蚊帐剪两段，每家每户拿一段走。

我沉默了。我想我要在场，也会像村支书一样气得岔了气。表弟的这番话，比蚊叮虫咬让我难受百倍。

喂，表弟见我不说话，唤了我一声说，表哥，你也别生气，乡亲们的觉悟，不能跟你们文化人比。说实话，基层这些干部也挺难的，你看那陈副镇长，为你故居的事，嘴上都结了泡，涂了蓝药水。其实，那老土层没法修缮了，郑家大院做你故居，更合适。

表弟也这么看，出乎我意料。我说，人家郑家人的房子，做我的所谓故居，合适？我知道他们基层领导的辛苦，但有些做法我不敢苟同。今天白天，陈副镇长和你们村主任，公然说我生在郑家大院，他们凭啥要撒这样的弥天大谎？

这不是谎，表弟说，我妈生前给我说过，你就生在郑家大院的门房里。妈还说，舅舅娶舅妈，外婆是不同意的，原因是舅妈家成分高，是富农。舅妈进了门，干啥外婆都看不上，成天数落她。外婆的态度让舅舅很生气，舅舅一生气就带着舅妈离家住进了村上的保管房，也就是郑家大院。舅舅是村保管房的保管员兼看门人。舅妈住进村保管房的门房前，也怀上了你，几个月后你就生在了此。而且还在那里住到你半岁。因为你的出生，让外婆改变了态度，她亲自上门向舅妈求情，让舅妈住回去，因为外婆太疼你这个孙子。后来舅舅就在你出生半年后，将舅妈和你送回了老屋。也许是外婆和舅舅舅妈不愿再提及那之前的不愉快，就没给你讲。表哥，你说人家陈副镇长们张冠李戴，冤枉了人家。

听了表弟一席话，我虽然对陈副镇长他们的做法不再心生反感。但要我接受郑家大院是我的故居，我知道自己是难以做到的。

我很清楚，明天陈副镇长还会找我。他还会使用各种手段，让我认下这所谓的故居，因为这是组织上交给他的任务，他必须去履行，去完成。

我想，明天该是为难的一天。

就在我苦思冥想明天该怎么说，才能让陈副镇长理解我坚决拒绝郑家大院作为我故居的态度的时候，我接到了郑治远老先生发来的微信。郑治远老先生在微信中说，郑家大院能成为他的一个朋友、一个乡党、一个作家的故居，他感到荣幸，当然，这也是郑家大院的荣幸。

我知道这都是陈副镇长的功劳，他一定是做了郑老先生的工作。我看着这条微信，五味杂陈。我回了郑老先生一条微信，我说：郑家大院是你的故居，不是我的。我不要故居，我只要故乡。

第二天一早，我从大通铺上起来，悄悄一个人溜出了郑家大院，我头没梳，脸没洗，牙没刷，就上了我的 SUV。我启动了车子，在晨曦中悄然离开了故乡羊角村。

我的样子疲惫而狼狈，像一个逃兵。我知道，逃跑这是我唯一可以做的选择。

我在出村后不久遇到了一辆拉救灾物资的卡车。这辆对头车停了下来，鸣了两声喇叭，司机在驾驶室里用沙哑的声音问我，羊角村还有多远。

我告诉他不远，也就十来里路。

司机重新轰响油门，我大声问他，车上拉的物资里有没有蚊帐。

他想想，冲我摇摇头，说蚊帐？没有。

我有些失望，说要再有五十条蚊帐就好了。

司机有些懵逼，他说，啥意思呀？一轰油门，就与我擦身而过了。

再往前走，太阳就从山顶上冒了出来，在太阳下，浓雾丝丝缕缕消散开去。虽然才遭了地震，但故乡的景色依然看上去美不胜收。

又见那团黑黝黝的巨石，它依然定在路中央。两天过去了，怎么没有人搬了它？我停下去，看见过去那块绿油油的菜地上，全是粗暴的车辙。不同的是，菜地顶头处，多了一根用新砍的楠竹做的拦车杆。我心中有些内疚，是我率先糟蹋了这块菜地。我于是就想起那个放牛的少年，我是否利用了人家那份纯朴善良。

当我想着少年，少年就出现了。我看出来了，他跟我一样，连脸都没洗，眼角有眼屎，在早晨的阳光里，金光闪闪。

二十块钱一辆车。他冲我喊。

他边喊边走向那泛着翠绿的楠竹做的临时拦车杆。

我掏钱包，发现没有零钱。我说，可以微信支付吗？

他说，现金。

我说，没零钱。

他从口袋里掏出一叠零钱说，百元大钞，我也找得开。

我边掏钱包边想，这真的是我来时遇到的那个少年吗？

我下了车，递给他一张百元钞。这时少年认出了我，他愣了一下，说声是你呀，随即就去掏口袋。他掏出了一包紫云香烟，抽出一支递给我说，烟有点屁，别嫌弃哦。

我接过烟，他自己又拿出一支，叼在嘴上，摸索口袋，掏出一个火机，要给我点烟。我摆摆手，自己掏火机点了烟。他见我不愿他代劳，就自顾点了，深吸一口，吐出了一口浓烟，咳嗽了起来。

我看着他，说你不是不会抽烟的吗？

他止住咳嗽，对我嬉笑了说，学呗。

我说，收钱呗。

他摆摆手说，老朋友，免了。你教了我生财之道，就当学费吧。

他油腔滑调的样子，突然让我心生不快。我说，我可没教你，你还是收了这过路钱吧。

他看我坚决的样子，不再推辞，接过钱，熟练地找补了我八十元零钞。

我重新驾车，穿过那片伤痕累累的菜地上路。

但少年的话却总萦绕我耳际。

——你教会了我生财之道。

是我教的吗？

难道不是吗？

我的心中，两种问话此起彼伏。

我的手机响了一下，是微信的铃声。我在一个路边再次停下车，掏出手机看微信。

微信是诗人何独的，他给我转账了八百元钱，附言说是刚收到的诗歌稿酬，给我修老屋做补贴。

我给他回了微信，说这钱我不收，我已经决定拆掉那老屋了。

回了何独微信，我决定继续赶路，但拉开车门后，又关上了它。

我站在路边，用手机拍了一张茫茫群山的照片，并把照片发了朋友圈，我在发朋友圈时还写了一句话。那是一个作家朋友写故乡的话——

山河破碎，终是故乡！

原载《青年作家》2021 年第 7 期

【作者简介】石一枫，1979年生于北京，1998年考入北京大学中文系，文学硕士。著有长篇小说《红旗下的果儿》《恋恋北京》《借命而生》等，小说集《世间已无陈金芳》《特别能战斗》等。作品曾获鲁迅文学奖、冯牧文学奖、十月文学奖、百花文学奖、《小说选刊》奖等。

Shi Yifeng, born in Beijing in 1979, was admitted to the Department of Chinese Language and Literature of Peking University in 1998 and graduated with a degree of master of arts. He is the author of long novels including *Guoer under the Red Flag, Love in Beijing, Born by Fate, etc.*, and the collection of novels *There is No Chen Jinfang in the World, Strong Fighting Ability* and so on. His works have won the Lu Xun Literature Award, the Feng Mu Literature Award, the Literature Award of October, the Bai Hua Prize by Fiction Monthly, and the Literature award of *Selected Novels*.

半张脸

石一枫

“我仿佛在哪儿见过你。”

“真的是你？”

对话是这么开始的，既顺理成章又猝不及防。

夜晚明亮，但毕竟是夜，因而也有难得的、幽暗的角落。俩人坐在一个过道里，头上缀满半街霓虹。滑不溜秋的台阶下，石板路通向熙攘的四方街。再往远看，那个标志性的大水车遥遥在望，白天也不动，这时却似随着光的流溢而缓缓旋转。

发起这场对话时，单眼皮男人已经给自己留好了退路——一旦对方感到冒犯，那么他可以声称认错人了，随即全身而退。而这又是多么陈腐的路数，甚而带有某种怀旧色彩。在他生活的北方城市，类似的一幕曾在不同时空反复上演。就连单眼皮男人本人也尝试过不知多少次了，在酒店大堂，在夜店舞池，在停车场里进口跑车的车窗内外。每次都是同样的话，一字儿不差：我仿佛在哪儿见过你。说得多了，近乎箴言，更像咒语。但那往往是一句失效的咒语。大多数被搭讪的姑娘会翻个白眼儿唯恐避之不及，而他则自我安慰：这未见得说明她们讨厌他，毕竟都挺忙的。到了他这个年代，连拒绝也缺乏必要的仪式感。

哪儿像传说中的当年，“飒蜜”会啪啦抖开一柄扇子，上书两个大字：有主。

唯一有点儿意思的是在某所著名艺术院校的内部餐厅里，受其滋扰的姑娘立刻露出了八颗牙的标准微笑，转眼掏出一根签字笔来：

“我只能给你签个名，合影的话得问我经纪人。”

因此，对于这位搭讪爱好者来说，眼前双眼皮女青年的回答，不亚于一场意外收获。简直是对他锲而不舍的精神的奖励，天道酬勤啊。

单眼皮男人打了个激灵，至此才第一次认真打量起了对方。在刚才，他只是晕头转向地溜到酒吧门外，找个公共厕所卸掉膀胱中的残留物。酒吧有卫生间，但和他一起的那些人正在排队，老家伙们的前列腺多半又不太好。所以他才差点儿踢到台阶上这个单薄的背影，进而腿一软坐了下来，又进而判断出对方的身份——女的，活的——随后便甩出了那句陈词滥调。那话脱口而出，滑溜得像嚼过无数遍的口香糖。即使放在单眼皮男人那并不漫长的搭讪史中加以考量，这也是少有的、未经踌躇的率性而为。

在某种意义上，也要感谢他们所处的这块地方。古城里尽是陌生人，天南海北，虽然陌生却建立了熟悉的共识，因而同时具有陌生人的轻松和熟人的热络。记得刚下飞机时，他就看见了赫然写着“约吗”的广告牌。那时他就觉得类似的召唤过分直接了。

嗯，缺乏仪式感，是他这个年代的通病。

所以现在，单眼皮男人正在尽力补上那一课——郑重而不失谨慎地凝视着双眼皮女青年。对方眼神儿没躲，令他如受激励，愈战愈勇。除去长了一双明艳的大眼睛，这位女青年给人的整体印象是清瘦、镇定，脑门儿还幽幽映着微光。头发半长、略黄，在脑后随意扎了个辫子，像喜鹊的翘尾。在他的印象中，类似面貌经常属于学校的女田径队员，脸部造型或如鹿类般温婉，或带有肉食尖嘴小兽的狡黠。在他还是个孩子的时候，就曾对上述两种脸型的异性着迷，并拖着书包郁郁寡欢地在操场外围假装来回路过。

可惜他只看见了半张脸，脸的下半部分蒙在蓝色医用外科口罩里。

这当然也不奇怪，这是今天世界的常态。在来时的大巴上，一车人只有半张脸；在民宿的前台，茶几背后端坐着半张脸；在载歌载舞的表演现场，篝火照亮的都是披金戴银的半张脸。防疫举措不能停，佩戴口罩常洗手。已经有多久了？身边人们习惯了除去吃和睡，仅以半张脸示人，尤其是陌生人。也正是在诸如此类的不懈努力下，他这样的异乡来客才有机会离开半张脸的城市，登上半张脸的飞机，降落在半张脸的古城。

没错儿，此刻他的脸上同样蒙着这玩意儿。而对面的半张脸也在盯着他，并声称认出了他的半张脸。这才是令单眼皮男青年倍感振奋的原因，同时还有些许诧异。他不确定自己的半张脸是否有那么特征突出，分明也没有刀疤或者少了条眉毛嘛。

于是单眼皮男人清了清喉咙："我可没跟你开玩笑……"

不料，双眼皮女青年也清了清喉咙："我像是在跟你开玩笑吗？"

听这话时，单眼皮男人忍不住竖起耳朵，试图辨别对方的口音。很可惜，那是一嘴纯正的、近乎播音腔的普通话，不带任何地域特征。经过又一轮的试探，对方的反问愈发笃定，这倒令单眼皮男人有点儿心虚了。难不成他果然偶遇了一个故人，并且对方还先于他而认出了他？倘若如此，倒真是一件神奇的事儿，不过想来也不是没有可能。毕竟这些年来，他匆匆忙忙见过太多的人，却与其中的大多数再未发生什么交集。他们变成了通讯录上的一个号码，抽屉底部的一张名片，或者社交软件上永不互动的一个好友。这是他的生活状态所决定的，也可以说，与今天人们的普遍状态相关。我们活得兵荒马乱，天知道哪个回合就被取了首级。那么话说回来，眼前这姑娘是谁？他到底在哪儿碰到过她？还有，尽管他是发起对话的那一方，但凭什么她对他有印象而他对她没有，她的记性怎么就那么好呢？

还是说，他具有某种令人过目不忘的特殊气质——起码对她而言？

这么想着，单眼皮男人不禁稍微有些得意了。但想想又是多么可笑，他这个岁数的男人了，居然还不放过任何一个自我陶醉的机会。妈的，油腻。除去建立必要的仪式感，我们生活中的另一要义就是避免油腻。单眼皮男人纠正了他的“北京瘫”，改为正襟危坐，姿态略显谦恭。他还有意无意地把右手放在左腕上，遮住了伯爵手表和硕大的紫檀手串。与此同时，他继续打量并努力辨认着对面蓝色医用外科口罩上方露出的那半张脸。

无数人影从他眼前飘过，无数场景在他心里重组。他像个积极配合警方调查的目击者，正在尝试根据草图复原嫌疑人的长相——然而未果。

这又让他焦躁起来，与之伴随的还有惭愧。

终于，他抬起手来，伸向耳畔的口罩系带——如果他这样做了，那么对方也应报以同样的坦诚和互信。世界骤变之后，也只有真正的熟人之间才能裸脸相见。再打个夸张的比方，就像老夫老妻才敢于不带避孕套去过性生活。

而按她的说法，他们不是早就认识了吗？都熟到仅凭半张脸就能彼此相认了。

但立刻，单眼皮男人听见双眼皮女青年说：“别，千万别。”

他听出她话音打战，如同畏惧。难道她是一个防范意识极强的抗疫模范？这当然也不稀奇，他的生意伙伴里就有那种开门之前都要用酒精擦拭一遍把手的老大姐。只不过倘若如此，她又何必来到这个古镇，出现在摩肩接踵的酒吧街呢？

单眼皮男人站起身来，向后退了两步。他示意给对方留出了安全距离，并再次揪住了口罩。然而双眼皮女青年也警觉地站了起来，背手靠在墙上，眼光流向台阶之下，一副随时要逃之夭夭的模样。酒吧里的光换了个角度照在她的半张脸上，如同兵刃出鞘。突如其来地，单眼皮男人有了似曾相识之感——他的确认为自己“仿佛在哪儿见过她”了。但陡然，他又听见双眼皮女青年的口气软了下来，甚而是在哀求：

“……还是算了吧。”

“什么算了？”单眼皮男人愣了一愣，反问她。

“我们就戴着口罩聊会儿吧。”双眼皮女青年沉吟片刻，又说，“反正我们也早就知道对方长什么模样了……不是吗？”

单眼皮男人迟疑着点了点头，使得双眼皮女青年松懈下来，但她又像怕冷一样把外衣拉链往上提了提。这个动作其实没有必要，正是高原的春季，白天阳光肆无忌惮，留下的余温尚未褪去。单眼皮男人自己只穿了一件松松垮垮、形同道袍的定制款亚麻衬衫，还热得微微冒汗呢。他也注意到她穿得挺“潮”，尽管是一身破洞牛仔裤配运动帽衫，但牌子相当讲究，做工也不像淘宝上买的冒牌货。而纵观他在与异性交往方面取得的成就，又有多久没被这种“痞帅范儿”的女青年另眼相看过了啊。

尤其这两年，在他彻底改头换面以后，贴上身来的就尽是些肉隐肉现的十八线网红了，以及少数靠装疯卖傻来博取关注的女文青。没劲，俗。他一边和她们周旋却一边避免琢磨她们，他的周旋是套路却为她们的套路而感到乏味。

随即，双眼皮女青年的另一个动作又让单眼皮男人心里怦然一跳。何止是怦然，简直是轰然。只见她反手拽了拽运动衫背后的帽子，从里面掏出一包香烟与一只打火机来。那动作灵巧而滑稽，让人想起猴子在挠痒痒。女孩身上兜少，如此这般携带不值钱的零碎物品也情有可原。不过，她干吗宁可不背包，倒把帽子当成了百宝囊呢？

双眼皮女青年从烟盒里掏出一支，两指夹住，另一只手正要点火时却扑哧一笑。她好像这时才想起自己也戴着口罩，而口罩除了防止病毒以外还可以防止吸烟。她耸了耸肩，把那盒混合型的“中南海”放在他们之间的台阶上。

单眼皮男人接手捡起烟来，也掏出一支。

他不抽烟，但他宁可夹起一支陪着对方，尽管对方同样有烟抽不了。经由那个反手从帽子里掏烟的动作，他开始回忆。

大概是七八年前了吧。地点是他所来的那个北方城市。二环里，金融街，两栋玻璃外墙的写字楼之间。人在这种地方会幻觉自己的影像被重叠倒映，一直反弹到天上去。那时单眼皮男青年已经在一家银行工作了若干年，刚从柜台转为大堂经理。

他总会在午休时间来到写字楼之间的小花坛。花坛没花，一圈儿水泥台子，对面的垃圾箱前放了两个半满水的可乐罐，权当吸烟处。写字楼里不让抽烟，因而此处人们络绎不绝。前面说过，他不抽烟，但他愿意过来透透气。

他相当累，但越累越得拿出振奋的模样。不仅人前如此，独处更不能松懈。他会脱了西装，小心地叠好装进塑料袋，然后蹦蹦跳跳，在没有花的花坛上压腿。午饭有时也在这里解决，吃的是从自助餐厅里拿出来的三明治。中午不要摄取过多的糖分和脂肪，那会造成下午犯困。饭后他还会打开手机播放广播体操的音乐，像个中学生一样做操。

这一天，身后恍然多了个人。当他停下来，扭头看见身后站着一位双眼皮女青年。不是半张脸而是一张脸，像即将上场比赛的女田径队员一样清瘦、镇定。对方从容地收拢胳膊，并起双腿。她刚跟他一起完成了一套“调整运动”。

做个操也有人凑热闹。单眼皮男人似乎这才从疲惫中醒过神来，话也滑了出来：“我仿佛在哪儿见过你……”

在那时，他还没培养起和异性搭讪的勇气，更没有随时随地找点儿乐子的闲情逸致，因而这话仅仅是它字面的意思。他单纯地感到双眼皮女青年有些眼熟。

而对方朝一旁甩了甩头：“没错，就那儿。”

顺着尖下巴的指向，他越过对方的肩头，往垃圾桶和可乐罐望去。那个角落簇拥着另外几个男女青年，岁数都比他小不少，虽然套着各式制服但一律衣冠不整，此外染着黄头发、打着耳钉，还有两个男孩胳膊上盘旋着大片文身。那些孩子抽着烟，嘻嘻哈哈地观望着他们。很显然，他们把双眼皮女青年的行为视为了一场即兴的游戏。

也很显然，那些孩子虽然和他同在一片写字楼里，但却属于另一个族群。他们不是金融机构的雇员，连公司前台都不是，而是些楼下底商的售货员、服务员和外卖员。通常情况下，单眼皮男人也只有在叫快餐、和客户喝咖啡或者结束加班后去便利店买夜宵的时候才会与他们发生简短的对话。在他的印象里，他们也是这片楼里活得最悠闲的一个族群了，所以有大把的时间溜到外面来厮混，也不知怎么就那么大的烟瘾。他不仅会在每天中午的休息时间瞥见他们，有时呆立在银行大堂里，以肃穆的站姿两手捂裆茫然望向窗外，也会看见他们正凑在花坛旁边打闹——夸张的造型夸张的表情夸张的动作。

在那时，他又会做出经典的政治经济学判断：这些孩子活得如此悠闲，并不是因为有着悠闲的资本，而是因为注定无法获得“不悠闲”的资格。而为了不沦为这一族群中的一员，他又曾经付出过多么持久、勤奋的努力啊。

所以他再看回双眼皮女青年时，分明带有隔阂的冷漠，目光是俯视性的。

对于他的言外之意，双眼皮女青年当然有所察觉。对方本已露出了半个笑脸，突然眼里一凛，两颊也绷了起来。在对方看来，他这人起码“不太识逗”。

双眼皮女青年搪塞了一句：“我看您天天做操，也想跟着动弹动弹……”

说完转身，走向她的同伴。她一定吐了吐舌头或撇了撇嘴，男孩女孩们哄笑了起来，还有人噗地喷出一口烟。这无疑让单眼皮男人不快，如果是在对方工作的店里——通过她罩在运动帽衫里的围裙，他已经知道她是一楼茶餐厅的服务员了——那么他很可能会发起一场投诉，就像那些银行里不耐烦的客户会不分青红皂白地投诉他一样。

也就在这时，啪啦一记声响打断了他的迁怒。

地上落着一枚打火机，它掉出来的地方，居然是运动衫的连体帽。单眼皮男人这才看清，双眼皮女青年正在做出一个灵巧而滑稽的动作，试图反手从帽子里往外掏香烟，好像一只猴子正在抓痒痒。不巧围裙绷得太紧，碍手碍脚，于是没拿稳。基于条件反射，单眼皮男人捡起了打火机，递回给对方。他在银行大堂里总这么做。

双眼皮女青年接过打火机，点了支“中南海”：“谢谢啊。”

单眼皮男人顺势问：“东西干吗放这儿？”

“店里有规定，上班不让带包，身上兜儿又少。”

单眼皮男人又接口道：“这是哪门子规定？”

“老板宣布的，怕我们往外‘顺’吃的。”

双眼皮女青年好像在说一句天经地义的事儿，单眼皮男人却忍不住替她委屈了起来，同时顾影自怜。他联想到了自己工作中的种种规定。有些当然是白纸黑字，还有些就是领导的潜规则了，旨在拢住优质客户，防止被他这样的小年轻“挖角”。因为犯过此类忌讳，他还遭受了排挤，否则也不会在此时孤零零地晃悠到写字楼外。而在那一瞬间，他甚而感到和这个打搅了他的女青年同病相怜了。他们都像防贼似的被人防着。

所以他面无表情，牙缝里呲出一个“操”；气流很轻，听起来像“擦”。

一“擦”之下，双眼皮女青年眼里似有火苗晃动，两人之间的温度也提高了似的。在某些情况下，人们对于某些事情的态度会让他们拉近距离，好像突然认出了“自己人”。双眼皮女青年也“擦”了一声，然后把话头拽回去：

“你做的是第八套广播体操吧？”

“您”变成了“你”。单眼皮男人问：“你也学过？”

“那当然。”她说，“不过我上学的时候，已经改成第九套了。”

回忆着上述场景，单眼皮男人和双眼皮女青年正在古镇里踽踽而行。他们漫无方向，不时躲避着身穿纳西服或汉服或破洞乞丐服的游人。也不知是谁先走起来的，反正他们下了台阶，开始游荡，每人手上夹着一支无法点燃的香烟。除去吃喝以外，迎面飘来的满街男女也尽是半张脸，这是一座昼夜不分、今古不分、中外不分的半面之城。

对话是由单眼皮男人发起的，但换了个地方，就变成了双眼皮女青年喋喋不休，而他顶多在对方喘口气的时候“嗯”“哦”“啊”一声，像个滥竽充数的捧哏演员。但也怪了，双眼皮女青年所说的话却跟往事无关，她的注意力似乎尽被眼前的景象吸引了。当然也可以从眼下的特殊时期来理解：整个儿世界都在经历萧条，国内也刚复苏不久，因此仅仅是摩肩接踵的人群就足够令人兴奋的了。

她的话音缠绕在他耳边：

“这种‘云腿’煲汤反而浪费，按伊比利亚的做法切片配乳扇就挺好。”

“国际友人寥寥无几了哈？民俗贩子们的生意不好做了。”

“都什么时候了怎么还尽是敲鼓唱民谣的？哼，千篇一律的时髦。还有那些门脸的装潢，用昆德拉的话说，这就叫脱俗也即媚俗吧？”

她似乎对这地方很熟，透着来过不止来过一次。而她又是什么时候开始对昆德拉感兴趣的？这就有点儿不像印象中的双眼皮女青年了。即使是他这个受过高等教育的人，也是近年来才开始恶补那些拗口的文化符号——主要目的是为了混进另一个圈子，同时也有提高搭讪品位的功效。但话说回来，毕竟时隔已久，或许在这些年里，双眼皮女青年也经历了一些变化。此外还可以猜测她过得不错：昆德拉、服装牌子以及来到古镇这个行为本身，都说明她八成不再是一个职高毕业、薪水日结的服务员了。

单眼皮男人一边走神，一边揣测，一边继续回忆。如果她果真过得不错，也就说明那件事情并没对他构成什么影响。这令他心安，甚而可以说是今晚的另一个惊喜。而那件事情又是怎么发生的呢？临时起意还是酝酿已久？他仿佛第一次有了反思的愿望。

在此之前，还得说说他们在那段日子的日常交往。还和广播体操有关。有了第一次，在日复一日的午休时刻，双眼皮女青年每每会不打招呼来到他身后，和他一起做操。可见她不仅以模仿他来取乐，她的确是一个广播体操的拥趸。这当然也没什么好奇怪的，现在的孩子总有些不合时宜的复古爱好，还有人在网上收集不同版本的《毛主席语录》呢。

不光是她，就连她的那些同伴也加入了进来。孩子们在他身后列成阵势，随着手机洪亮的功放，扩胸、踢腿、下腰。初时还是凑热闹，到后来居然一个比一个认真，打完收工，每人额上一层薄汗。这就构成了两栋写字楼之间引人注目的一景。人多势众，连他都觉得此时的做操又和往日不同，不再是宣泄，倒像示威了。

同事都问他："你怎么跳上广场舞了？"

还有人评价："没想到这哥们儿是个搞行为艺术的。"

说时用力挤眼，好像意在证明他是一个多么古怪的、不合群的人。

单眼皮男人无言以对。的确，他也知道自己在原来的群落里不受待见，同时意识到自己无意间开拓出了另一个群落。在新的群落里，他拥有发言权，可以决定是做第八套广播体操还是第九套广播体操；他展示了慷慨的气度，可以把留着招待客户用的"软中华"拆开两盒分给大伙儿；他还建立了不怒自威的仪态，现在那些孩子称呼他时，都是在姓氏后面加个"哥"了，透着亲热与敬重。令他稍感可悲，孩子头儿不都是那种甘愿自降身份的成年人吗？但这个角色又给他带来了一丝欣慰。他想起自己小时候，也爱跟在工厂宿舍区里的几个青工屁股后面转悠，人家多看他一眼就能让他激动不已。只可惜当他也到了可以培养一群狐假虎威的小跟班的年纪，宿舍就拆迁了，连他父母都一并搬到远郊去了。

他甚而还获得了行侠仗义的机会。做了约莫一个多月的操，包括双眼皮女青年在内的几个孩子试用期满，拿到了劳务公司发下来的合同，围在花坛旁互相比对。而他扫了一眼就发现了纰漏：基本工资低于法定标准，没有节假日的加班费，更关键的是连保险都没上全。他把问题指出，引得众人一片“擦擦擦”，但也表示没辙，还怕一有怨言就把他们换掉，连班儿都没得上。都是本地孩子，看着挺“野”，骨子里还是老实，既好管又好骗。单眼皮男青年笑了笑，给他们讲清形势：依照劳动法，这种情况一告一个准儿；再说打工的需要店，开店的需要人，说到底都是博弈，你以为现在低端劳动力就不紧缺吗?

又是“博弈”又是“紧缺”，说得孩子们直犯愣，连那个戳人的“低端”都给忽略了。后来就决定，去找劳务公司闹一闹，有枣没枣打三杆子。他还给他们介绍了一家跟银行有业务关系的律所，那种地方为了扩大影响，会做点儿法律援助之类的公益事业。一竿子下去，果然打下来仨瓜俩枣，各人的合同条款纷纷得到了改善。一切反动派都是纸老虎，大家表示，他这个“哥”可真不是白当的。

有了战果就要庆祝，众人同去撸串，不过后来还是“哥”请的。那天他也没少喝，晕头转向地走进西二环里狭窄的胡同，身边只剩下双眼皮女青年。

前面还没说吧，这时他跟她已经很熟了。俩人除了中午做操，还养成了晚上溜胡同的习惯。他们每天结束加班的时间刚好相似。溜的时候往往也没话，各怀心事。胡同其实不黑，头顶就是通体放光的写字楼，还有那些网红店的半街霓虹。他们踽踽而行，不时侧身避开迎面飘来的魑魅魍魉，就和多年以后单眼皮男人在古镇所经历的情形相仿。

往复几个来回，一个奔了地铁站，一个去赶末班公共汽车。

只是那天他没想到，双眼皮女青年会突然一拍他肩膀，接着就把脑袋拱到他胸前，在他的制服上发出了类似于擤鼻涕的声音。然后他才发现这姑娘哭了起来。不过这同样没什么好奇怪的，谁喝多了情绪都不稳定，哪个酒吧门口没坐着俩一把鼻涕一把泪的“果儿”？

接着，双眼皮女青年就说：“你有对象吗？没有我去你家。”

就连这也不奇怪。混得久了，他知道她那个族群在男女方面相当随意，身边没合适的还能网上约。这就和他所处的环境不一样，起码占了个磊落，不像他的前女朋友，在一家赫赫有名的公司做销售，自打好上就没让他碰过，有一天正逛着街突然血崩了，送到医院急救，才知道子宫都快被刮漏了。

单眼皮男青年反问：“我要有对象呢？”

双眼皮女青年就说：“那咱们去宾馆。”

说得单眼皮男人咯咯一乐，随即摊开一只手掌，按在双眼皮女青年的天灵盖上。她的脑袋在他手里像个小皮球，而按她那个岁数人的流行用语，这个动作被称为“摸头杀”。杀了一会儿，他把那只小皮球轻轻挪开：

“我看咱们还是聊点儿别的吧。”

也和多年以后的情况相仿，当他们走到古镇的另一端站定，单眼皮男人突然提议：“我看咱们还是聊点儿别的吧。”只不过事先省略了那记“摸头杀”，这是因为对方不再是个可以让人随便胡撸脑袋的孩子了。唉，她也大了，而他都快老了。

对面的半张脸问：“咱们不是一直都在聊吗？”

单眼皮男人说：“但聊得太务虚了。我是说，可以聊点儿具体的，跟我们有关系的……”

“我们有什么关系吗？”双眼皮女青年突然怼了他一句，又带着十足的挑衅意味问道，“那你说吧，你想听点儿什么？”

单眼皮男人既搪塞又试探：“可以聊聊你这些年……”

“我这些年？你还有工夫关心这个？”双眼皮女青年咄咄逼人地再次插嘴，俄尔一笑，古怪而讽刺，头颅也随之微微转动，向他露出了侧脸弧线。刚才的一路上，单眼皮男人注意到，她总是乐于将侧脸朝向他，或许她对自己这个角度的视觉效果更有信心。根据他所了解的知识，这叫作“侧颜杀”。只不过印象里的双眼皮女青年是没有这个习惯的，此外如果从侧面看去，眼前的双眼皮女青年似乎也和过去不太一样了……怎么说呢，她的耳朵变尖了，腮部轮廓呈现出近乎西方人的棱角……不过他好像也记不住她以前侧面的长相，再说人都在变……单眼皮男人这么说服着自己，打消了蠢蠢欲动的疑虑。

“瞧你说的。我是挺忙的，但还是会时不常地想起你来，毕竟我们……”他继续搪塞并试探着，“对了，你后来去哪儿工作了？”

这时他听见双眼皮女青年说：“去了深圳那家公司，做媒体运营。你给介绍的门路还挺地道，没忽悠人——所以我得谢谢你呀，师兄。”

单眼皮男人也正是在这时意识到事情不对的。他按住了口罩，也按住了口罩下面尚未合拢的嘴，近乎惊悚地瞪着双眼皮女青年。

跑偏了，两岔儿了。单眼皮男人仿佛看到两条缠绕在一处的曲线，原本越来越近几乎重叠，突然间却往相反的方向滑去。

比方说，他记得他们是在距今更为久远的年代认识的，那时银行还可以称为一个热门行业，苹果手机也刚出到第五代。但按照双眼皮女青年的说法，当他们开始“交往”之时，大批纸媒已经开始纷纷倒闭转型了，而他送了她一台 iphone 8 plus。再比方说，他们从没去过那座城市北部的上地和西二旗一带，可在双眼皮女青年的叙述中，两人的见面地点却总在联想总部斜对面的“孵化器”附近。所谓“孵化器”其实也是一栋写字楼，楼下恰巧也有一个吸烟处。还比方说，他明明记得是她先来招惹他的，如果不是她跟他有样学样，他们才不会结成一个做广播体操的小分队。然而双眼皮女青年却把他描述成了一个相当孟浪的形象——径直把手伸到她的帽子里，掏出烟来点上，然后眉飞色舞地等她相认。

更孰论他们压根儿就不是什么“师兄”和“师妹”。

一言以蔽之，认错人了。刚开始是她认错了他，后来他也认错了她。现在就像肥皂泡被戳破，留下一片真相大白的空洞。

至于认错的原因，首当其冲当然是口罩喽。他们所露出的半张脸一定与对方以为的“那个人”高度相似，无论是眉眼、年龄还是神色。其实自打习惯于戴着口罩出门，单眼皮男人就总在怀疑，如果只看半张脸的话，人与人之间的相似程度会陡然增高。你完全有可能把丑陋的认成俊俏的，把猥琐的认成端庄的，把晦暗的认成明艳的。除此之外，口罩也过滤了他们的声音，一律失真地发闷，都变成了老款收音机里的质地。他还有一个经验，在口罩的掩护下，完全可以碰上不想打招呼的人却坦然地视若无睹。

可既然如此，他们又为何非要如此积极地“相认”呢？这就不能不涉及俩人的另一个心态了——在某种意义上，他们也许同时渴望着他乡遇故知的戏剧性效果。

回看方才走过的那段路，也堪称一个小小的奇迹：他们不仅不明就里，而且还像还真正的熟人一样相互鼓劲，已经远离了人烟稠密之处，顺着崎岖的台阶，直爬到一座半山腰上来了。朝远方望去，白天银装素裹的雪山成了一团暗影，漂浮在墨蓝色的云里。身边是一家新开的客栈，门可罗雀且散发着新木头和漆的味道。到底氧气稀薄，双眼皮女青年两手撑膝喘了会儿气，而后走进那道门里。

临进门她说：“师兄，我们坐会儿吧。”

客栈自带回廊露台，提供茶水饮料，他们相向坐在靠边的桌旁。

也奇怪了，在单眼皮男人的视线中，刚才怎么看怎么熟稔的半张脸，现在就怎么看怎么陌生了。可见在某种意义上，“认识”只是一个心理概念，要先“认”后“识”。不识庐山真面目，只认他乡作故乡。

更奇怪的是，他居然迟迟没向对方指出那个错误。现在的情形是他心知肚明，对方却还一派懵懂。这就有点儿成心了。难道他还指望着以“师兄”的身份和“师妹”发生点儿什么吗？当然，事情虽然略显诡异，但还不至于发展成一出拙劣的喜剧，“谁家师妹上错床”之类的。当双眼皮女青年喘息甫定，又开始继续她的讲述时，单眼皮男人便屡屡涌起冲动，想要结束眼下的尴尬场面了。看着对面的半张脸，他还隐隐担忧会不会陷入什么意想不到的麻烦。别人的事儿最好不要知道得太多，尤其是陌生人。只不过他又发现，局面已经变得骑虎难下——如果此刻贸然戳穿，对方又会怎么看他？会不会认为他实际上已经将错就错地窥探了自己的隐私，进而认定他是个居心叵测的变态呢？

尤其是在这样一个前提下：双眼皮女青年刚一落座就声称，当初她和“师兄”交往也并不是因为“喜欢上了对方”，而其实是“另有所图”。

“所以你大可不必自我感觉良好，至于我呢，说得损点儿跟‘卖’也差不多。”说这话时，她的口吻变成了近乎恶毒的坦率。

这让单眼皮男人愈发心悸。他又寄希望于外界因素能帮自己脱困，于是向吧台招了招手。什么都可以，看着上就行。上来的又是啤酒，对待仅有的一桌客人，服务员反而心不在焉。但这就够了，喝什么倒是其次，关键是“喝”这个动作所伴随的必要条件——单眼皮男人再次将手伸向口罩，并尽力装得像个下意识的动作。

他又听见双眼皮女青年断然厉喝：“打住——停。”

双眼皮女青年冷峻地盯着他，眸子像猫眼一样扩张放大。对于单眼皮男人的小把戏，她洞若观火。对于只能“戴着口罩聊会儿”的原则，她保持着毫不通融的坚守。单眼皮男人忍不住叫起屈来：“这又何必呢？一定要蒙着脸吗？你要是不放心，我可以向你出示我的健康码，比绿帽子还绿……社区还要求我做过好几遍核酸，都没问题……”

双眼皮女青年说：“你别装傻了，我不摘口罩可不是因为这个。”

“那为了什么呢？这不是自己折腾自己吗？”单眼皮男人试图说服她，“你觉不觉得闷得慌？我都快喘不过气来啦——”

双眼皮女青年又说：“为了什么你还不知道？当初不是你答应，我们再不见面的吗？”

单眼皮男人恍惚道：“你是说——只要戴着口罩，那我们就不算见面？”

“是这个意思。”

“这就有点儿自欺欺人了——”

“自欺欺人就自欺欺人吧，反正我就是这么觉得的：说了不见就不见。”

“那你又干吗非说认出我来了呢？你明明可以掉头就走，像碰上一个臭流氓一样让我哪儿凉快哪儿待着去。如果你那么做，朗朗乾坤我也不敢造次吧？”

“你当然不敢。但我一直好奇，如今你对那件事是怎么看的？”

“哪件事？”

“你又装傻，该不会连那件事都想否认吧？”

俩人语速越来越快，又在一瞬间定格，迷茫地看着对方。

那是半张脸与半张脸的面面相觑，单眼皮男人越发猜不透对面的口罩下藏着什么了——可能并不是一个鼻子一张嘴，而是空洞，是云团，是他从未到过也难以想象的未知之境。他还心惊胆战地意识到，原来他们的心里都藏着一个“那件事”。在这个异乡之夜，令他们互相吸引的与其说是误会、是寂寞，倒不如说是“那件事”。

与双眼皮女青年那半张脸上的锋芒毕露相反，单眼皮男人的半张脸上写满了无奈。不仅无奈，还有疲倦。事实上，他已经装不下去了。他缓缓站了起来，扫了双眼皮女青年一眼，然后迟疑地转身，朝客栈门外走了两步。既然他掉进了一场错乱而对方又不给他纠正错乱的权力，那么还是适时地抽身而出吧。再多说一句，他已经察觉到这个双眼皮女青年有点儿不正常了，他很后悔自己选错了搭讪对象。

临走前，他拿起啤酒，在另一瓶啤酒上碰了一记，权当是个告别。

但他又对自己失算了。当他听见背后传来一声“回来”，立刻就回来了。对面的口罩里传来一声“坐下”，他立刻就乖乖地坐下了。他怎么变得这么听话？像被慑住了一般。慑住他的是双眼皮女青年那偏执的、不容争辩的态度，还是古城之夜亦幻亦真的氛围？抑或仅仅是“那件事”——藏在他们心里但又呼之欲出的“那件事”？

正当单眼皮男人既战战兢兢又魂不守舍之时，双眼皮女青年便开始了新一轮的讲述。她的嗓音不再尖锐，语调也变得和缓。她眼里的光芒熄灭了，口罩上方的半张脸也好像暗了一层。与之相应，连她所说的话都不再没头没尾，而是逻辑清晰地串联在了一起，前后照应且环环相扣。就像一个醉酒的人忽然醒了，或者一个癫狂的、胡言乱语的家伙忽然意识到自己正在做报告。但也恰因如此，单眼皮男人心里又升起了一个疑虑：如果她是在对“师兄”讲述，而师兄又是“那件事”的当事人，她又何必事无巨细地从头讲起呢？是时隔久远因此她怕“师兄”忘了，还是说，她其实早已知道他并不是她的“师兄”？

念头划过，像触电一样，令单眼皮男人脑中嗡然一响。

但还没等再深想下去，他已经被裹挟进了一个与己无关的陌生故事。他半推半就，随波逐流。故事的内容，乍听起来不过是一场常见的男欢女爱，简直常见到了男不欢女不爱的地步。双眼皮女青年也是在写字楼下的吸烟处遇到了“师兄”，她那时刚毕业，正在熬过如履薄冰的试用期，并不知道自己能否留下，此外还刚结束了一场旷日持久的异地恋。乘虚而入，当“师兄”认出了她，俩人就此好上了。也按照她此前的说法，双眼皮女青年之所以会开始这场逢场作戏的办公室恋爱，图的无非是在公司里有个靠山罢了。他们那个新媒体公司是做“内容服务”的，写手们采访热点事件，写成报道出售给网上的公号，再按照点击数量从广告费里分成。谁的报道上头条，谁的报道动用更多资源去推，已经混成策划总监的“师兄”还是有发言权的。毕竟不是在学校里的时候了，游戏规则大家都明白。

这样的关系，俩人谁也没真当回事儿。事实上，没过多久，双眼皮女青年就不再到“师兄”那儿去过夜了。相看两厌，连自己都讨厌。又然后，“师兄”替她介绍了一个薪水不错的新职位，地方在深圳。这说起来是“替她打算”，当然更主要的还是免得为个“萌新”在公司里落人口舌。游戏规则大家都明白。

听到这里，单眼皮男人几乎在口罩后面打起哈欠来了。晚上第一场没少喝，又鬼使神差地出来溜了一圈儿，酒劲儿返上来了。对于那位“师兄”的做法，他不仅理解，而且还认为处理得相当得当呢。有那么两次，他也是如此这般摆脱麻烦的。

但他又听见双眼皮女青年说：“你也别觉得我是想缠着你，我现在不用靠……男人过日子了。我想说的还是‘那件事’。”

单眼皮男人机械地重复：“那件事？”

“是啊。”双眼皮女青年再度无法压抑情绪，蓦地拖出哭腔，“咱们玩儿就玩儿，你让我走我就走，干吗逼我去害别人呢？”

话题终于绕回到了“那件事”上。而单眼皮男人意识到，他等的其实是这个。他叹了口气，任由双眼皮女青年疾风骤雨般地倾吐着言语。这时她就没有能力故作镇定了，话含在嗓子眼儿里像一口滚水，必须在最短的时间内排空，否则会把她烫伤。单眼皮男人也终于听明白了：“师兄”还希望她做一件事，就是把她所在的微信“写手群”里的某些聊天记录截屏发给自己。群里有个老写手，姓岑，在报社做深度调查出身，爱发些不合时宜的牢骚。而那位老岑死盯着不放的两个案子，正好与深圳那家公司有些利益冲突，人家忌恨他很久了。如果能找个由头敲打敲打老岑，让他收手，也算是双眼皮女青年带过去的投名状。

就连“师兄”也有好处：趁机整顿一下写手团队，将来做事更顺畅些。对于这一点，“师兄”未曾讳言。毕竟有此前的关系在，谁也不必遮掩什么了。

“所以你后来还不是……”听到这里，单眼皮男人插嘴道。这话几乎是替那位“师兄”说的了，他还想开导双眼皮女青年：做都做了，就别事后瞎琢磨了。

但双眼皮女青年说：“对，我答应了你……我太需要一份工作了，毕业以后漂了两年，房租还得管家里要，我爸我妈唠叨得我脑袋都快炸了。那时我也没想到那么做会有多大后果，觉得顶多是内部警告老岑两句罢了。可谁想到你们把他的话断章取义放到网上去了呢？又谁想到正好赶上了一个网络风潮，那帖子会产生那么大的影响，还有那么多不相干的人旷日持久地声讨他人肉他，导致公司不得不开除了他——你知道他现在怎么样了吗？”

“怎么样了……”单眼皮男人只好再替“师兄”问道。

“你们没问过吧？我打听过。他没再找着工作，别处都不敢要他。他老婆本来就有抑郁症，后来崩溃了，从楼上跳了下去，脸都摔没了一半。去年他来到古城隐居，租了间房子住着，文章也不写了，靠在工艺品商店给人看摊儿糊口。也不瞒你说，我刚去看过他，都戴着口罩，半张脸也没被认出来……不过就算认出来也没意义，他到现在还不知道当初是谁把那些截屏传了出去，再说我也不敢承认……”

双眼皮女青年的语速慢了下来，音量渐小，但她的两眼又开始灼灼放光，死盯着单眼皮男人。她还做出了一个举动，划开手机找出一张照片，展示在单眼皮男人面前。照片上是一家古城常见的商店，做旧的木门脸，柜台旁坐着个黑瘦男人。单眼皮男人下意识地一闪。他与此事无关，尽管被迫听了但他与此事无关，他这么提醒着自己。而再回过头去，却看见双眼皮女青年面色潮红，太阳穴上凸出了淡蓝色的青筋。

她霍地起身，连手机也没拿，快步冲向一侧的卫生间。

木板门后传来断断续续的呕吐和冲水声，单眼皮男人这才意识到对方其实也早喝多了。俩人身上的酒味儿混在一处，此前竟未留意。风一吹，她终于也上头了。而他刚刚经历了什么？酒后吐真言吗？她又希望“师兄”作何反应？忏悔，道歉，无地自容？此外还有，此刻在她眼里，他又是谁？到底是不是“师兄”？如果是的话，方才的问题又回来了，她何必把“那件事”画蛇添足地再讲一遍呢？

在酒与重重疑虑的共同发酵下，单眼皮男人几乎不知自己身在何处。然而他的手却做出了一个明确的动作：拿起双眼皮女青年落在桌上的手机，点亮屏幕。刚才他就看见了对方的解锁密码，只要在沿着九个小圆点画出一个“Z”就行，也幸亏双眼皮女青年没给手机设置面部识别。这动作充满了冒险，也很不符合他现在的身份，此外他还觉得吧台后面那个半张脸的服务员正在鄙夷地审视着他。然而单眼皮男人不由自主。

微信里没什么好看的，她看起来没有男朋友，交际面也很窄，和他这种人恰好相反。关掉微信后，单眼皮男人又扫了一眼双眼皮女青年的常用软件，这才发现了那款他从没用过也没听说过的 APP。一个蓝色的小方格子，中间有片不规则的红色印记，看了一会儿他才辨别出那图案是一张嘴。软件的名称叫作“说出秘密的一百万种方法”，从商业推广的角度考虑，这恐怕不是一个好名字，太长了。

单眼皮男人的手指在屏幕上悬了几秒，正犹豫着是否点开那款软件，卫生间的木门吱扭响了一声。他迅速按灭了手机屏幕，重新放回桌上。而完成了一场倾诉和呕吐，双眼皮女青年又复归了平静。她闭上眼睛，似乎养了会儿神才开口：

“事儿就是这么个事儿，我说完了。”

她也不管他叫“师兄”了。她吊起了他的胃口，但这时单眼皮男人才明白，她其实并不在意自己做何感想。她是一个毫无责任感的悬念制造者，说完了就完了。

果不其然，双眼皮女青年站起身来，其姿态不仅如释重负，简直身轻如燕。她拿起一瓶啤酒，和另一瓶啤酒上碰了碰。他们消耗了两支没抽的烟和两瓶没喝的酒，终于迎来了毫无仪式感的告别。但此时，他绝不能将双眼皮女青年视为一个没有仪式感的人了，相反，他认为她的仪式感有些太强了。他想劝告她，这其实不一定是个好习惯。

他还想问她：我是一百万分之一吧？

但连这也没说，他只是答道：“是有点儿晚了，还有人等我。”

“……你不会怪我吧？”双眼皮女青年指了指半张脸下方的口罩。

单眼皮男人摇头：“说好不见就不见，这不是大家都同意的吗？”

“谢谢你。”

“不客气。”

“对了，还有件事……”

“您说。”

“当初你那位‘师兄’……哦不，就是我……我跟你打招呼的时候，说了点儿什么呢？”

“就一句：我仿佛在哪儿见过你。”

俩人点了点头，双眼皮女青年拿起手机，转身出门。她的身影缓缓飘向山下，逐渐融入黑暗之中，但在即将完全隐去之前又停下，亮起了一小团光。点烟的时候，她的口罩总算可以摘下去了吧，但单眼皮男人已经看不见她执意深藏的另外半张脸了。

坐了很久，单眼皮男人才结了账，从客栈里出去。

这才发现回去的路其实不远，十来分钟就走到了。这也与夜彻底深了下来有关，街上稀稀落落，道路变得畅通，半面之城正逐渐接近一座空城。

酒吧的包间里塞满了人，那场流动的盛宴仍在继续。朋友，朋友的朋友，天知道在这个千里之外的异乡还能遇到多少拐弯抹角的熟人。他那个圈子的人们每逢这种季节大都是要出国的，但今年特殊，假如你不想滞留在哪个海滩或者哪艘邮轮上有家不能回，那么最好把相对安全的国内景区当成备选方案。

也和他所来的那座城市一样，类似聚会上总少不了几个来路不明的“果儿”，而在人困马乏的下半场，老男人们的兴趣就只剩下了跟她们穷撩：

“别看我现在就一俗人，当年也算知识分子，还有教授职称呢。”

“您这身板儿，搁教授里绝对是比较壮硕的类型吧？”

“别听丫瞎扯，他是体育系的教授。”

“妹妹也读诗吗？”

“我特喜欢徐志摩。”

“你不必欢喜，更无须讶异——”

当单眼皮男人出现，酒桌上立时飞升起一串儿杯子：扎啤杯，红酒杯，威士忌方杯……单眼皮男人也捏起一只色彩斑斓的珐琅杯，与众人相碰后把白酒送到嘴边，这才发现隔着一层口罩。他惶然着半张脸，看着四周那片或通红或惨白、或浮肿或干枯、或涂粉或冒油但一律完整的脸，尴尬地把杯子放下，找了个溜边的沙发座，将自己缩了进去。

立时又有人大呼着“没劲”要把他揪起来，还有人咬定他不肯摘口罩是因为“在哪儿刷浆糊让人挠了”。单眼皮男人既客气又虚弱地应付着，叫来服务员添了轮酒，这才得以脱身。他点开自己的手机，下载了一个程序：说出秘密的一百万种方法。

再次印证了单眼皮男人的判断，这绝对是个毫无市场前景的软件：注册人数极少，其内容也类似于过时的论坛，无非是几个或真或假的心理咨询师在对会员进行义务疏导。按照那些人的说法，秘密在心里存久了会影响身心健康，就像过期食物会在地窖里腐败发酵，最终把整栋房子搞得臭气熏天。因此他们建议，要尽可能地把秘密倾倒出去，但他们又提醒大家，尽可能地不要在网上尝试这种行为，那毕竟不安全——而这也就是那个软件存在的真正意义了，会员们集思广益，互相交流着“绝对不会造成麻烦”的向陌生人说出秘密的方法。这些方法又被统称为“找树洞”，这大概来源于一个童话，而在那些人看来，世界上行走着无数个活的、可靠的、可以随时发挥作用的“树洞”，只看你能不能在恰当的时间以恰当的方式将他们激活了……

单眼皮男人瘫在沙发里，诡异地笑了一声。他刚刚经历了一场故弄玄虚的网上游戏。多幼稚啊，几乎不是他这个年龄的人所能理解的。但他确实被激活了。像个开关咔吧响了一声，他的酒也醒了，脑子里一派澄明。

趁着酒桌上掀了新的混战，他抽了个空又溜了出去。夜凉如水，让他坦露的半张脸感到寒冷，但他隐藏的那半张脸却还闷得发热。营业场所纷纷关门，剩下的门脸就像嘴里寥寥无几的牙。在一条仿佛来过的街上，他看见了那家仿佛来过的商店。门脸不大，内里也不幽深，摆设的尽是一些“民族风”的手工艺品，东巴纸、刺绣或木雕之类的。

门口的方凳上坐一黑瘦男人，面目不清的半张脸，仿佛也是在哪里见过的。单眼皮男人走过去，累垮了似的坐在店门口的青石板台阶上。

黑瘦男人用普通话问：“要点儿什么？”

单眼皮男人说：“喘不上气，我歇会儿。”

黑瘦男人打量他一眼说：“你口罩该换了，戴一晚上又没少说话吧？都潮了，不透气。”

说完欠身，从柜台里拿出几幅口罩递给他。当地作坊做的，缎面刺绣，并不符合防疫标准，但聊胜于无。口罩上绣着各色图案，有鸳鸯戏水，有东巴文的字句，单眼皮男人挑了一副格外显眼的换上。那图案是张血红的嘴，微微开启，似在言语。空气果然透亮了许多，单眼皮男人问了价，用手机扫了款。

然后他问：“你不是本地人？”

黑瘦男人一笑：“这儿就没什么本地人。”

一群外地人在外地接待外地人，构成了这座半面之城。这的确是一个适合吐露秘密的地方。黑瘦男人掏出一盒烟来，放在两人身边——对于半张脸，烟只是个摆设，但同时意味着一场对话的开始。

大家都有过往，此时恰巧又都没事可做，聊聊就聊聊。

然而单眼皮男人心里虽然涌起了一些话，却还是打消了把它们说出来的念头。和那位双眼皮女青年不一样，他已经过了吐露秘密的年龄。他的生活需要仪式感，但就像墓前的贡品罢了，宣告着墓里的内容虽然永远存在但又被永远埋藏。

就像另一位双眼皮女青年，其实单眼皮男人已经记不清她的长相了。别说半张脸，就算看见了整张脸他也认不出她。然而他知道，和她相关的故事不是感伤，而是欺诈。当他还是个银行职员时，就清楚地判断出那份职业没有再做下去的价值了——网点正被大量清撤，未来的风口属于那些野蛮生长的新行当。他也早和写字楼里的一些机构的人接洽过，如果带着足够数量的客户投奔过去，可以在人家那里占据一席之地。包括双眼皮女青年在内的那些孩子都成了他的投名状。他们既缺钱又乐于相信他，是新风口新行当里难得的优质资源。至于此后那些孩子又会经历什么，却与他无关了。追债，威胁，“社死”，都是下游产业的勾当。在“金融科创公司”的账面上，他们都是报表上的漂亮数字。

单眼皮男人还记得当年，在那个同样明亮而又突然空旷下来的夜里，他们松松散散地说了几句话。被一记“摸头杀”推开，双眼皮女青年点了支烟，随口问他想聊点儿什么。单眼皮男人说聊聊你吧，这份工作你还想一直做下去？双眼皮女青年说当然不想，她只是想攒点儿钱。单眼皮男人说，攒钱做什么？双眼皮女青年说了古城的名字。她想来，因为人家来过。单眼皮男人告诉她，何必攒钱呢，参加一个金融计划就可以，也不用抵押也不用证明。他还说如果能介绍更多的参与者，她的利率可以打折。但他从没告诉过她，在那份令人眼花缭乱的电子合同里，利率算法和人们通常以为的不一样。

在那以后，他就再没见过那个双眼皮女青年。他也从来不指望能见到她，直到今晚。而今晚实际已经结束，手表显示，早就是第二天凌晨了。他度过了旧的一天又换上了新的半张脸，和一个似曾相识的男人坐在一起，像古城的所有过客一样内心沉默。那两个双眼皮的女青年却早已离他们远去。

街边突然又嘈杂起来，一群夜归的游人经过，被单眼皮男人吸引了视线，旋即侧目而视着匆忙离开。那男人的半张脸上敞着一张血红的嘴，好像露出了秘密的一角。

原载《野草》2021 年第 5 期

【作者简介】马金莲，女，回族，1982 年生，宁夏人，宁夏作协副主席。发表作品四百余万字，出版小说集《长河》《1987 年的浆水和酸菜》《我的母亲喜进花》等十二部，长篇小说《马兰花开》《孤独树》等四部。小说集《长河》、长篇小说《马兰花开》分别被翻译为英文、阿拉伯文在国外出版，多篇作品入选外文选本。作品曾获鲁迅文学奖、全国少数民族文学创作骏马奖、中宣部五个一工程奖、茅盾文学新人奖等。

Ma Jinlian, female, Hui nationality, born in 1982 in Ningxia Province, is the vice chairman of Ningxia Writers Association and published more than 4 million characters of literature works. Ma is the author of 12 novel collections including *Changhe, Slurry and Sauerkraut in 1987*, *My Mother Xi Jin Hua*, and four novels including *The Blossom of Ma Lanhua and Lonely Tree*. The collection of novels *The Long River and the novel The Blossom of Ma Lanhua* have been translated into English and Arabic respectively and published abroad. Many of her works have been selected by literature selection in foreign languages. Her works have won the Lu Xun Literature Award, the Horse Award of National Minority Literature Creation, the Five One Project Award of the Publicity Department of the CPC Central Committee, and the Newcomer Award of Mao Dun Literature Award.

爱情蓬勃如春

马金莲

1

木清清择偶的标准是她爸木先生。高大，英俊，脾气好，对老婆几十年如一日地疼。前后有几十个男青年吧，被这个标准的尺子给量下去了。他们要么不够高大，要么不够挺拔，要么不够皮肤亮白，要么五官不够端正，要么脾气有一点大，要么不能保证一辈子对老婆好。这些缺点，是木清清自己检验出来的。木清清有一万条可操作的详细准则，随便拎出来一条，往头上一按，就能让一个男青年原形毕露无处遁形。比如吧，男青年说亲爱的，我会一辈子对你好，你是我的心肝，我的眼睛，我的全世界。木清清说如果我和你妈同时掉进水里，我们都不会游泳，你先救谁？

青年甲眼神闪过一丝犹豫，被木清清淘汰，她说你犹豫说明你心里在掂量，就算是你最后可能会说救我，可我已经不敢相信。青年乙眼神坚定毫不犹豫，说救你。木清清说淘汰，你不孝，自己母亲都不救的人，紧急关头老婆一样可以舍弃。青年丙眼神坚定毫不犹豫地说救两个，哪怕舍出自己生命也要都救。木清清说淘汰，你太贪心，贪多嚼不烂，你会害死所有人。青年丁说他会游泳，他有能力不让所有人落水。木清清说淘汰，你是个吹大牛的人，不牢靠，因为你不可能是万能的，生活里总会有你不熟悉的领域。青年戊望着木清清笑，说你也太幼稚了吧，这老掉牙的问题你觉得有回答的必要吗？

木清清暂留了青年戊，她觉得这个人有木先生的神韵，遇到事情会反方向思考，有勇气拒绝。木先生在生活里就时不时这样发问，质疑，思考。他喜欢针砭时弊，专门给本地报纸写时评，批评当今的社会风气。他除了在一家大学当教授，还是本地的政协委员，出门腋下夹个黑色公文包。他的锐利、思辨、敏捷，你都没办法反感，相反你会愉快地接受，因为他同时还是儒雅温和的。他会微微含笑望着你，一条一条列出他的想法，条理明晰，道理深刻，事例生动，口气和善。这样的木先生你能讨厌得起来？你只会产生一个感觉，世上的男人要都是这个气息，这样聪明，这样儒雅，这样温厚，这样包容，这样豁达，这世界就真的有意思多了。

木清清和青年戊交往了一段时间，又黄了。她发现他只和木先生有一小方面相似，大部分差得太远。木清清就这样筛选了十几年，从二十几岁蹉跎到了三十好几。无数的男人，前赴后继，从她的筛子眼里掉下去了，没有一个能有幸长留在筛网上头。木先生等不及了，催她差不多就行，选一个结婚吧。木太太更是两眼都盼直了，说随便找一个结吧，好日子都是过出来的，好男人是日子养出来的，先把日子过起来才是正事。木清清觉得不可思议，说妈你不要站着说话不腰疼，你自己碰到了好男人你就偷着乐吧，不是谁都像你那么好命。能把随便一个男人用日子给养成我爸这样！不可能不可能，现在的男人你不知道都有多柴，我是宁缺毋滥，大不了一辈子不嫁。气得木太太抹眼泪，拿木清清没一点办法。有时候你真是想不到，她这样温婉和善又低调的女人，怎么就生出来这样一个骄傲高调目空四海的女儿。

木太太就为女儿发愁，清清一天不嫁，她一天心里不踏实，女人怎么能不嫁男人呢？嫁汉嫁汉，就算如今的女子不靠男人穿衣吃饭，好歹嫁个汉子才能算一辈子圆满嘛。木清清也想圆满，可除却巫山不是云啊，从小到大见识了木先生这样的好男人，被好男人的气息包围着，熏陶着，滋润着，影响着，如此环境里长大的女孩，如今你叫她随便找个人凑合，她不甘心，她不想妥协。她说再等等吧，说不定我的真命天子出现得迟一些，等到他我就嫁，做贤妻良母，和他琴瑟和鸣，举案齐眉。

这一天木太太是看不到了。她子宫里长了一个瘤。等发现的时候已经严重了。取了样本做了活检，大夫说是恶性的，已经扩散了。木清清从春风和暖一头扎进了冰雪风寒。生活就这样变化了。她再也没有时间继续相亲找对象了。她天天陪着木太太。有几天在医院，有几天出院在家里，再过几天又送到医院。木清清回想以前的日子，发现过去的三十九年就是她生命中的黄金时段，她从来没有真正地明白什么叫人间忧愁。现在人间忧愁来了。原来这样具体，这样细碎，这样繁多，是一分一秒地挤压，一个钟头一个钟头地累积，一个夜晚一个白天地重复。木清清除了泼眼泪，真不知道还能做啥。她的眼泪原来这样多，一碗一碗的，忽然就失控了，两个眼睛是水龙头，两碗水哗啦啦泼出来，把脸洗一遍。过一会儿，闸门忽然又开了，哗啦啦再洗一遍。她没心情洗脸，抹油，做面膜，保养。她像个八十岁的老妇人，披头散发，以泪洗面。她才发现在生死面前，从前喜欢做的那些事，都是没有意义的，都不能帮她留住想留的人。她哭得昏天黑地，她不能接受没有木太太的日子，没法想象没有她的日子，自己要怎么活。

木先生再一次做出了表率。他帮女儿擦眼泪，哄她吃饭，换她回去睡觉，他拉着木太太的手，说不要紧，还有天堂哩，有一天我们一家人会在天堂里团聚。他对女儿说，你妈妈只不过早一天去那个地方罢了，就像全家旅游前，她提前去为我们订房子，订饭，看环境，一个道理。听到这样的话，木清清平静下来了，透过迷离的泪眼，她有一点不是那么恐惧了，她看到了明天或者后天，木太太不在以后的日子，生活里还有木先生，家还在，家里的一切都不变，木先生会在家里等她，木先生会学习做饭，学习打扫卫生，会变着花样买菜做女儿爱吃的美食。完整的生活，木太太会带走一半，好在木先生还能留住另一半。这就已经很好了。残余的一半，也可以让她木清清躲避风雨，求得一点庇护。

木太太的病查出来后，木先生也有过失魂落魄，确诊的那一夜他在医院病房外走廊上走了一夜，像一个丢了灵魂的影子，在苦苦寻找自己。他和清清轮换守夜。他擦屎，接尿，擦身子，喂饭。女儿能做的，他都能做。护士建议雇个护工，不然家属也会熬坏身体的。木先生不答应。他不是舍不得钱，他工资高，不缺钱。他舍不得把木太太交给陌生人照顾。那段时间还不是暑假，木先生夜里陪护，白天还得匆匆赶往学校去上课。病情第一次稳定下来后，他建议带木太太去北京，到大医院看一下。省医院已经诊断得很明确，也在网上请北京的专家做了远程会诊。他还是要去北京。他在北京有朋友，还有个学医的学生就在大医院。北京之行还算顺利，去了就挂到了专家号，住进了医院。结果和省医院一样。住了一个星期，学生建议他们出院，因为实在太迟了，癌细胞扩散到了全身，再住没有实际意义。木太太就又回来了，躺在床上熬最后的日子。

木清清算是度过了以泪洗面的阶段。她知道母亲留不住了，要先走一步了，她和木先生都尽力了。有些事情不是你拼尽全力就能如愿的。生命里有美好，也有残酷，现在他们一家遇上了。她开始做抢救性的挽留，给木太太拍照，录像，留语音，逗她笑，送她康乃馨，拍她的睡容。这可是母亲要留给她的巨额财产啊，都是千金难买的。她还给父母拍各种镜头的合影。她要记录他们恩爱生活的模样。他们恩爱了几十年，眼看老了，还是照旧，这得是多么难得的事。多少夫妻一辈子打打闹闹，走着走着就散了，更有反目成仇横眉冷对的，像木先生木太太这样和和气气一辈子的，世上少有。木清清遗憾自己明白得太迟，这样的记录应该早上十年，哦不，二十年，三十年，很早的时候就开始，就记录下每一年，每一天，每一顿饭，每一个温馨的时刻。可惜太迟了，过去她把这一切当作很普通的事，以为他们一家会长长久久在一起。谁能想到命运要给母亲按停止键。她真是想不通，这样好的木太太，这样好的木先生，这样好的一个家，为什么要被活活地拆开？生死的大手啊，它不讲理，不给你讲理的机会。

好在以前他们留下了不少照片。每年的结婚纪念日，每次出去旅游，每个人的生日，都要过一过的，这时候木先生会送礼物，玫瑰、首饰、化妆品，都是能让木太太喜悦的东西，然后就会留合影。合影里的木太太永远都是一脸温婉可人的笑。笑容清清的，淡淡的，不满，也不浅，好像日子对于她，既没有恓恓惶惶，也没有自满自傲，她永远都不抱怨，不炫耀，不夸张，不自卑。她是这样好。这样的好女人，配得上木先生的宠爱，配得上命运赐予她的幸福。木清清被自己的回忆深深打动，那些美好的日子回不来了，她要做个视频，把父母的合影都放进去，把现在的照片和录像都放进去，以时间为轴，串联起他们的几十年。她要写一本回忆录，《我的父母爱情》。不为出名，不为换稿酬，只为纪念父母这辈子的美好生活。

定下这样一个目标以后，木清清的悲伤没有那么沉重了，不再铺天盖地遮蔽她的全部世界，她清醒而冷静地陪母亲走完最后的时间。当木太太合上双眼的最后一刻，木先生身子滑在地上，他跪下了。木清清搀扶起木先生，说爸你还有我，妈妈没了，我们还有彼此。她担心木先生会追随母亲而去。她太了解他们夫妻的感情了，木先生真的有可能会想不开寻短见的。木清清瞬间成熟了，她知道考虑问题的方方面面了。她一遍遍告诉木先生，妈妈走了，清清还在，清清会陪着爸爸，照顾爸爸，会让爸爸有个幸福的晚年。她甚至渴望马上就遇到那个命里等待的白马王子，和他组建一个幸福的家，把木先生接到一起，大家相亲相依过日子。日子会像过去一样的，木先生和木太太过出的那种日子，只要她的丈夫像木先生一样好，她自己也一定能像木太太一样好，他们一定会经营出木先生木太太过过的那种日子。

2

木太太走后木清清开始安排木先生。她制定了一个计划，计划框架很大，包括了方方面面，以时间作战线，拉得很长，基本上延伸到了木先生后半辈子所有的时光。具体指木先生的吃喝拉撒睡，包括眼下的，明年退休以后的，未来在各种疾病和变故面前的。木清清把自己放置在了有能力也有义务照顾木先生余生的位置上，她要尽为人子女的孝，她更想像木太太那样照顾木先生。以她三十几年的人生经验推断，没有了木太太，木先生应该像一个失去了亲娘的孤儿，他肯定要忧伤，孤独，无措，无助，甚至不会生活——尽管这几十年他也在挣钱，也会购物，偶尔帮木太太做做家务，他从来没有缺席他和木太太的共同生活。但是，木清清觉得他被木太太宠坏了。他宠木太太，是男人对女人的宠。木太太宠他，是女人对男人的宠。两者是不一样的。木清清在他们生活里做了三十几年的旁观者，她把什么都看在眼里，沉淀在记忆里，她觉得自己早就掌握了其中的精髓要义。她知道木先生早就离不开木太太了。是那种几十年相依相伴朝夕相处积淀下来的依赖。他怎么离得了木太太，他夜里睡觉搂着木太太，出差回来就诉苦说宾馆睡不好，没有木太太搂，他胳膊弯里空，他心里就好像丢了什么一样。他吃饭要木太太看着，木太太给他荤素搭配营养平衡，他穿衣打扮都是木太太操持，他衣冠楚楚光头整脸，背后都是木太太在料理。他就是木太太宠着的一个老婴儿。

现在监护人走了，这老婴儿可怎么活？木清清心头升腾起一种辽阔的母爱，好像一种沉睡的天然母性苏醒了，热腾腾的，不断膨胀，支配着她，让她越来越强烈地感觉到，母亲没了，她留下的空缺，她得顶上去，她要继续做老婴儿的监护人，照顾者。她要让他像母亲活着时候一样幸福地活下去，直到寿终正寝。

木清清开始学习做饭。最基本的生存，从衣食住行开始。家常日子里，吃不就是最重要最基本的？她洗手做羹汤，成了一名乖乖女。木太太病着这段日子，她已经开始学了，简单的面、饭、菜，都涉猎了一下。那时候心不静，充满了无尽的担忧，和各种奇怪的幻想，老担心木太太会立刻去世，幻想科技忽然发达到了能够治疗一切疑难杂症的程度，木太太的癌就是小儿科，不会夺走生命，她很快就健康如初。她甚至幻想，自己是武功高手，能用真气和内功救人，她对着木太太发功，木太太的病灶就被彻底拔除了。那时候她其实成天晕晕乎乎的，人处于撕扯分裂的状态，心悬起来吊着。做饭是为了让木太太吃，是病号餐。现在她静下心来了，她做的是家常饭菜，她一边努力回忆木太太生前做饭的情景，一边把自己想象成另一个木太太，她正在撑起没有木太太的日子，她要成长为木太太一样的女人，就算可能这辈子都遇不到木先生这样的好男人来跟自己相伴，她也有信心把日子过成木太太活着的样子。

这其实是一种宿命。不管你最初多么离经叛道，最后，当时间画出足够大的圈，你会回到一条似曾相识的道路上。她正在越来越像木太太。她要做又一个木太太。木太太过过的那些日子，那种氛围，那美好的感觉，她是这样怀念，留恋，渴望，她想重建，把美好延续下去。为自己，也为木先生。做这些的时候，木清清发现自己很喜悦，心里充满了愉快，她一点点回味着过去的美好。木太太是多好的女人，木先生是多好的男人，那么好的男人和那么好的女人，成了夫妻，就有了一段好上加好的姻缘。她很幸运，做了他们的女儿，目睹和享受了这份美满姻缘造就的幸福。就算现在木太太走了，木先生成了孤雁，这一点也不能削弱他们美好爱情的感人力量。而且，可能正是因为这份未能白头偕老的残缺，更加提纯了它的美好。还有什么比阴阳相隔的爱更让人绝望？还有什么比这种绝望产生的令人窒息的爱更崇高？木清清真是羡慕木太太，有时候她甚至会冒出一个有点阴暗的念头，凭什么木太太那么幸运，遇上了木先生这样的好男人？为什么我遇不到？难道所有的好运都被她一个人独占了？更过分的是，她会幻想，如果木先生不是木太太的丈夫，她也不是他的女儿，那么有一天她遇到了木先生，会不会不顾一切地爱上他？并且死心塌地地要嫁给他？哪怕是做什么二奶小三，她都可能会考虑。她为自己的卑鄙偷偷苦笑，怎么能有这种念头？木先生为人正派，木太太心地善良，他们的女儿怎么能有这种十恶不赦的念头？她掐灭火苗，驱赶邪念，重新做回那个单纯善良乐观开朗的木清清。

有一天木先生在饭桌上告诉木清清，对面大厦有公寓，可以租一套让木清清先搬过去，然后着手买一套房子给她住，房款他承担。木清清没太明白木先生的意思，啥意思？赶我走？嫌我烦您？我话太多，还是饭做得不好？您就将就些吧，毕竟人家才开始学习，假以时日啊，我会成长为我妈那样的多面手，让您吃得好住得舒适，还不寂寞，这不，您喜欢古诗词，喝点小酒就作诗填词，吟诵给我妈听，我从前是对这个没兴趣，现在我开始学习了，那本《古诗词鉴赏》买回来了，还有网上的古典诗词入门培训班，我也报了，我已经从平仄押韵学起了啊，给我时间，我会像我妈一样懂您。

木先生不急着解释，他慢慢吃菜，等着女儿一口气表达完所有的想法，他才清清嗓子，含着微笑说清清啊，每个人都有自己的生活，生命是互相独立的个体，你有你的生活要过——木清清秒懂，赶紧打断他，不就是怕拖累我嘛，放心吧，不会的，您现在思维清晰，行动敏捷，腿脚健全，生活完全能自理，明年一退休更好，给您买个大躺椅，您没事就在阳台上晒太阳，慢慢地摇，慢慢地晒，慢慢地享受生活，好日子长着呢。您真的一点都拖累不着我，等十年二十年以后吧，如果那时候身体不好了，行动不便了，不能自理了，而我正好太忙，那我们就请家政，现在的保姆很专业的，保证让您满意。

木先生又很有耐心地等女儿表达完，才接着往下说，说清清我不是怕拖累你，爸的意思是，你有你的生活，爸也有爸的生活，爸才五十九岁，还有几十年日子要过，这后面的日子，我想过得质量高一点。

木清清眼睛大了一圈儿。木先生的话不好懂，也不好下咽，像泥沙里头掺了大石头，噎得人呼吸不畅。木先生什么意思？赶我走，不是担心拖累我，耽误我结婚生孩子，而是……过质量高一点的生活。是他，要过质量高的生活？立足点压根不是她木清清，而是木先生自己，也就是说，木先生考虑的不是木清清，是他本人。木清清伤心了，什么时候，父亲变成了这样的人？只为自己考虑，不替女儿着想？这还是木先生吗？他不是最疼木清清的吗？说她是他的掌上明珠，前世的小情人儿。他常说自己这辈子有两个女儿，木太太是大女儿，木清清是小女儿，大女儿小女儿都是手心里的宝。难道能因为大宝的离去，就不喜欢小宝了？不应该更加地跟小宝相依为命吗？难道现在不是了？就因为木太太不在的缘故？

木清清的眼泪下来了。顺着面颊簌簌地滴答。木先生没有伸手来擦，只是递了一张面巾纸。木清清的心在一点点变凉，她看出来了，木先生没有跟女儿说笑，他说的是实话。而且，她在哭，他看到了，可他没为她擦泪，只是递上纸巾。从前可不是这样的，从前只要她稍微不开心，他多忙都会抽出时间来哄，他的手不知道给她擦了多少次眼泪，有时候掬在手心里，笑呵呵地说这可是金豆豆，金贵着呢，可不能随便抛洒。今天她已经落泪如雨了，他竟然没有伸手擦一擦的意思。难道是，有什么变化了吗？一抹阴影闪过心头。木清清有一点明白了，木先生是认真的，他在赶她走，要把她从他的生活里赶走，他不需要她和他共处的生活，他需要一个人待着。

他是伤心过度性情大变了吗？木清清惊骇过后，开始同情。看来木太太离世对他的伤害，远比自己预料的要严重。打击是沉重的。他连亲生女儿都不再接纳，他要把自己封闭在一个人的世界里，关上通往外界的门。木清清又感佩，又伤悲。为父母的真挚爱情，为木先生对爱情的执着，为相爱之人不能相伴到老的凄凉。可敬可叹哪。世人说鸳鸯情深，大雁情痴，问世间情为何物，直教人生死相许，木先生对木太太的心，真是不输于鸳鸯和大雁。如果木太太在世时，木清清看到的是融化在柴米油盐酱醋茶当中的琐碎，那么在她身后，木清清看到了爱情的真正力量。死亡升华了爱情，让平凡普通的人间情感迸发出伟大耀眼的光芒。

3

公寓租好后，木先生亲自帮木清清搬家。这件事木清清从头到尾不愿意，以前她也一个人在外头住过，有时候一个人租房子，有时候和闺蜜合租，有时候忽然就回家来住。木先生木太太就她一个宝贝女儿，哪怕是已经三十多岁的老闺女了，在父母眼里也还是个孩子，她啥时候回家他们都接纳。她要是一周时间不回家住，木太太肯定打电话喊，做一桌好吃的等。这些年木清清像一只自由的鸟儿，想在哪个窝里栖息都可以。木太太病后这半年，她退掉外头的房子，一直住在家里。现在要搬出去，她以为跟以前一样，带几件换洗衣服就可以，反正还得经常回来，帮木先生洒扫清洗，做饭给他吃。她总不能在这关头抛下木先生不管。木先生不需要她天天守着照顾，那她就隔三岔五吧，难道还真忍心把这老婴儿丢下任其自生自灭？

木清清一边上班一边利用下班后的空闲整理新房子，洗洗刷刷前后忙了六天，第七天是周末，她一大早起来回家，顺手在街头早市买了一堆菜蔬，边开门边盘算着要给木先生做什么早餐。稀饭得有，凉拌绿菜得有，煎鸡蛋，热牛奶，摊两张葱花饼吧，反正要丰富，要色香味俱全，让木先生有食欲，好好吃上一顿。这几天真不知道他是怎么凑合的。想起木太太在世的日子，每天都在花费心思操持吃喝，一心只想让木先生木清清吃好喝好。想起她，木清清都会鼻子酸楚眼泪盈盈，时间过去三个月了，还是冲不淡她对她的思念。

钥匙在门锁里转，转了两圈，门没开。木清清失散的心神凝聚回来，不想木太太了，专心开门。又转了一圈儿，没开。她拔出钥匙，插进去再开。心想这楼房有年头了，门锁也不利索了。木太太活着时候，木先生说过要换房子的，买到本城最新开发的大小区去，贵点他们不怕，又不缺钱。木太太终究是福浅，没能住进新房子。木清清叹了口气。钥匙转了两圈，有什么卡住了，就在幽深处，手能感觉到，眼睛看不到。像长在人身体里的瘤子，你知道出了问题，究竟什么样的问题，却看不到。门锁坏了？还是……她不甘心。忽然就担心起来，莫不是木先生出事了？把自己反锁在里头，自杀了？殉情了！木清清的心疯狂地跳荡起来，要从嘴里蹦出来。她用劲拍门，她从来不曾这样大声地拍打过门。木先生和木太太的家教好，她从小就学会了轻手轻脚，慢声细语。要不是慌乱到了疯狂的程度，她是不会这样失仪的。

门开了。谢天谢地。

木清清看到木先生还活着。谢天谢地。

清清你做什么？

木先生兜头问。

木清清被问呆了。是啊，我在干什么？木先生不活得好好的吗，有胳膊有腿儿地站在眼前。哪里就殉情自杀了？

木先生穿着一件长睡袍。看样子是睡梦间被惊醒，慌忙赶来开门的，来不及换衣服，睡袍前襟草草合在一起，下摆露出光腿，他还光着脚。一夜酣眠发出的温热气息，兜头扑面。看来木先生确实是被从梦里惊醒了过来。

木清清略有歉意，提起脚边的大小袋子，侧身进屋，示意菜买来了，她来做早餐。

家里没有木清清想象得那么乱，也没有木太太活着时候那样整洁。木清清捕捉到了一种气息。一抹有点奇怪的气息。她把大小袋子堆在餐桌上。拉开冰箱，准备往里头摆放。冰箱里有菜。白的豆腐，绿的油菜，红的西红柿，泡发的木耳，颜色各异，荤素齐全。木先生居然没让自己饿着。人的生存潜能是不可小觑的。从前木先生十指从来不沾阳春水，都是木太太宠出来的。木太太临终最放心不下的，就是木先生的饮食，这样一个只知道做学问的人，没人照顾只怕会饿坏。看看，哪里就真能饿着了。木太太真是白操心了。

木清清飞快地淘米熬稀饭，打鸡蛋摊饼子，洗菜烧开水。木先生来了，他已经换掉了睡袍。又是穿着家居服的木先生了。这是木清清熟悉的木先生。整齐，严谨，从不松松垮垮，哪怕是在家里，也从来都有很好的边幅。

木清清用母亲看孩子的目光瞅他一眼，用责备的口气说以后睡觉不要反锁门，你说你一个大男人家，有啥要反锁的。你不知道打不开门人家心里多着急。

木先生要在餐桌前落座，屁股有点犹豫。在半空中搁置了几秒钟，坐了下来。

木清清看了看他的侧影，一周没见，他好像有了变化。这屋里也有了变化。说不清变在哪里。但有。是一种感觉。她感觉哪里有点不对劲。

早饭，做三个人的吧。木先生说。

木清清打鸡蛋的手一顿，心突地荡了一下。

什么意思？这个家早就不是三口之家了。那幸福的铁三角组合早就成了历史。多做一份，难道要放凉，再倒掉？还是他替木太太吃掉？

给小丽做上。

木先生说。

木清清在脑子里想一个问题，小丽是谁？

是啊，小丽，是谁？

有人从卧室里出来了。一个女人。

一股更浓郁的睡眠的气息，被她携带出来。

木清清感觉周围的空气骤然变得黏稠，浑浊，她呼吸有点困难。

女人挨近木先生，站在他身后，两个手环绕着抱住了木先生的脖子，眼睛看木清清，眼神荡漾起一抹似乎放肆又似乎胆怯的神色，说，这就是清清啊？清清，欢迎你常来坐坐。

前一句是跟木先生说。后一句在跟木清清搭讪。

锅底的油早热得冒白烟了。

木清清忽然手一甩，三个鸡蛋连皮带瓤丢了进去。

白烟和刺啦声同时炸起。

木清清解下围裙，走到木先生跟前，瞅着他认真看了看，说行啊你，还有这一手？以前咋没看出来？

说完她换上自己的鞋，摔门而去。

4

有些事情需要足够的时间才能慢慢明白。

木清清现在才醒悟木先生让自己搬出去的原因，压根不是父女俩住着不便，也不是他要一个人独自思念木太太。他是要领一个人回来。木清清在就是个电灯泡。把木清清支开以后，他换了门锁。他不再像过去那样，三五天不见就打电话催清清回家吃饭。他好像忘了世上还有个女儿。

好啊木先生，真有你的。女儿还担心你会饿着，会想不开干出傻事儿。原来你早就过起了另一种小日子。那女人叫小丽对吧，听听，叫得多亲近，小丽，也不觉得肉麻！那小丽比他能年轻二十岁吧，跟木清清差不多大，好你个木先生，真是下得去口。

木清清想不到合适的言语来形容她的感受，没有办法排遣她的气愤。她忽然纠结起一个问题来，那小丽，究竟有什么魅力，用什么办法让木先生在这么短的时间里放下了木太太，把她带进这个家，还过起了日子。难道木太太真的那么容易忘掉？难道木先生和木太太那些年的恩爱，就那么不牢靠？不，不不不，木清清没有勇气往下想。再想下去她会崩溃，那些美好的记忆时光会化作噩梦。

也许吧，木先生自有木先生的苦衷。他上了年岁；他不会打理具体的生活；他需要一个人陪伴，来照顾他的起居；他孤独，需要有个人说话；他可能还有性生活的需要。这些都是女儿帮不到的，所以就有了小丽。所以，小丽没有错，木先生也没有错，错的是命运，过早带走了木太太。如今有人陪在木先生身边，木先生愿意让一个女人来陪伴，也许木太太泉下有知会开心的，这样她就彻底放心了。

木清清用这些理由开导自己。开导了一遍，又一遍。等到木先生和小丽的婚礼低调举办的时候，木清清已经活过来了，她盘了头发，做了妆容，穿了长裙，她风姿绰约地参加婚礼。她给所有宾客敬酒，嘴巴甜甜地喊木先生爸爸，喊小丽阿姨。她让所有来客都看到了木先生有一个通情达理的好女儿，她在真诚祝福父亲晚年婚姻快乐，白头偕老。低头往嘴里抿酒的时候，她的眼泪悄悄落进玻璃杯中。透过迷离泪雾，她看见倒映在杯中的新娘子好年轻啊，那唇红齿白巧笑嫣然的模样，让木清清感到恍惚，她怀疑时光温柔地实现了倒退，一直退回到三十八年前，那时候小城里也曾举办过一场婚礼，英俊青年木先生和温婉淑女木太太喜结连理，成为小城芸芸众生中最般配的佳偶。

原载《民族文学》2021 年第 10 期

【作者简介】赵依，中国作家协会会员，清华大学中文系博士生。有评论、小说作品若干。作品曾获“华语青年作家奖”短篇小说提名奖、《北京文学》优秀新人新作奖、《小说选刊》最受读者欢迎小说奖等。

Zhao Yi, is a member of the China Writers Association and a PhD student in the Department of Chinese Language and Literature of Tsinghua University. Zhao is the author of several reviews and novels. His work has won the Short Story Nomination of Young Writer Award in Chinese Language, Outstanding Newcomer Award of *Beijing Literature*, Readers' Favorite Novel Award of *Selected Novels,* etc.

和　解

赵　依

气温接近四十摄氏度。太阳辐射强。

在灼烧的、不同波长的各种色光下，香水作为香精和酒精溶液，挥发速度得到了极大提升，使何伟此刻闻起来比往常浓烈许多。正好，前方又有一股热风升腾，两米开外的广告牌背面，悬浮起来大量灰尘。由于灰尘颗粒物对阳光中色光具有的反射和吸收能力，它们平衡出了一堵磨砂墙般的灰色，但又缺少墙的物理效果，从这个距离就开始呛人。

在香水味和土味中，一只麻雀兴风作浪，在那里扑腾起灰尘。它又蹦了两三下，啄食起广告牌下的那堆东西。

何伟走近时忍不住多看了一眼，倒吸一口气。口罩紧贴在汗湿的脸上，内层因此吸收了新遭遇到的油汗混合物，不多不少，外层仍然干燥且密不透风，防护效果良好；夹在鼻梁上的墨镜也随即往上一窜，取下来时应该可以通过防晒霜堆砌的印痕显示出位移变化的轨迹。

麻雀大快朵颐的是一摊猩红色的呕吐物。何伟想象昨晚在这里呕吐的那个人，提醒自己今晚坚决不能也喝成这样。

确信自己身上的香水味此刻散发得万分不合时宜，何伟突然有点儿犯恶心，抬脚迈了几个大步，迅速绕开，远行。

早上刚洗过的头发，用了院线级别的护发素和发膜进行双重修护，中途还戴了十五分钟蒸汽帽加强热感水疗作用。这时，发尾还没干透就已经脏了，不管是客观事实还是心理作用，何伟反正就是觉得脏了。早知道还是应该扎起来的。选择以演员为职业，何伟生活自律而精致，外貌和身形保养到边边角角，既是敬业精神，还有点儿匠人匠心的意思。脸也是巴掌大小，上镜正合适，可惜身高弱了点，也就一米七的样子，经常影响他接戏。说是影响倒也不是不能调和，只要制片方和导演愿意用他，搭戏的时候选好拍摄角度再垫着点儿就行。所以功课时常要做在戏外，比如今晚的饭局。

快走到路口了，还好是绿灯，不然又得晒着，尤其这种直行带左转车道的，变个灯得等上好一阵儿。何伟赶紧快步向前。大概是怀揣类似的想法，迎面过来的少年也瞄准何伟这边加速。他应该不到二十岁，理个毛寸，肤色比何伟要黑不少，套着件没有印花的白 T 恤，穿着黑色休闲裤加运动鞋，没有戴口罩。到底是还没长大，还不知道害怕。何伟看见他头发层次间隙里透露出来的汗水的光亮，以及额头上密排而未及滚落的大颗汗珠，两侧鬓角那里也有连成线往下滴的汗水，鼻尖、嘴唇附近还冒着汗珠。

他热成这样，应该体感温度比我高吧。眼皮上也有不少汗，再这么顺着睫毛往里淌，进了眼睛多半会很难受。T 恤远看着还挺白的，杵近了看却是皱巴巴，每一道褶皱上都有污渍，不知道是摔过跤还是好几天没换洗。不过——他怎么离我这么近？

等何伟反应过来的时候，少年的脑袋就倚在他的肩头，身体顺势还要向何伟靠上去。

正常来讲，何伟的反应速度是不会这么慢的。平时，一个人距离何伟半步之遥，他就会提高注意力，对方要是再得寸进尺，他就装作不经意间向后退个半步，总之保持微笑、礼貌和距离。

没想到，口罩和墨镜形成的安全屏障使何伟像猫失去胡须一样丧失了敏感，最终迟钝到这个人几乎要贴上自己的紧要瞬间才本能地闪身。即便成功地以镇定自若的姿态往斜对角的街口走去，何伟还是久久不能平静，远远又回头冲那个人的背影怒目了一番。

这个人想干吗？有什么目的？碰瓷，小偷，硬抢，变态？

该不会以为我是女的，想占我便宜？

何伟想到自己为了造型，头发已经齐肩，染了偏灰的栗子色以后，头发毛鳞片受损，发质总有些毛躁。护理过的头发不容易吹干，披着倒是顺滑。今天的打扮也是大码的上衣、骑行裤和“老爹鞋”，女孩儿通勤也有喜欢这么穿，香水还是中性香。

这会儿，何伟得先去趟剧院，一来是去侧楼的小剧场排练，二来是请导演留几张预演的票，他准备邀请些关键人物来看。导演留的票，会用剧场淡黄色的硬壳信封装好搁在检票台。“某某剧场”四个字是某位领导题的，导演也会在信封正面偏右的地方留字，“给某某”，然后颇有风格地签上大名和场次日期。

就是这些微不足道的荣誉感成为了职业获得感，支撑了何伟十年。起码有两千来个日夜，何伟都沉溺在不怎么赚钱的实验小剧场搞话剧表演。当然，这里竞争同样激烈。何伟凭借艺考高分上的一流表演高校，兼修剧本创作，毕业后过五关斩六将才考进这里，领教到艺术创作和表演领域按资排辈的厉害，职称晋级在这里同样需要争得头破血流。事实上，人与人关系的真相，在哪儿都一样，而且人总是喜欢依照自己的美学毁了别人或自己。这里不少人都在业内有沾亲带故的联系，何伟的父母早年也在制片厂，只不过后来随着调动也就离得远了，虽说认识一些说得上话的老友，但是何伟父母一直不动用这层关系，何伟全靠自己。但依然有人到处宣传何伟是个“演二代”，这让他吃了两方面的亏，一是任凭自己的勤奋努力取得的任何成绩都会被附会为有别的加持，二是不能真的发火或据理力争。

当导演说起明天要如何如何，就表示今天的各种事项基本结束。排练散场，何伟蹲在楼外垃圾桶边上抽烟，旁边还有几个演员，男男女女一伙人，没人抽电子烟，也没人借火，大家各抽各的。排的戏叫《熄灭》，讲的是一个女孩经历人生各阶段然后被迫熄灭生命的故事，聚众吸烟竟然有点反讽美学的意味。

艺术探求心旺盛和动摇表演的本质，经常是一线之隔。关于一个传递的动作，导演要求何伟用现代舞呈现，以舒展柔软的身体骤然爆发力量，同时又要节制，情绪的表达要在喧闹中著一冷眼，冷淡处存一热心，把疑惑、拒绝、妥协、合流、内疚、弥补的感情层次演绎到位。第一幕随之结束，谢幕的动作是何伟把双手架在扮演女孩的女演员胳肢窝上把她托举起来。下台后，女演员告诉何伟他弄得她生疼。何伟猜她大概乳腺有增生了，最近总生闷气。

这是何伟近期演出的最后一部话剧，场次不算多，然后就要转去拍电视剧。为了签到经纪公司获得平台资源，何伟放弃了剧场演员的编制，这部话剧巡演结束后，手续也能大概走完程序。为了重新启航和宣发便利，同时规避一些不必要的麻烦，何伟采纳经纪人的建议起了个艺名，叫何兴玮。他心里也将这番出逃当作对父母的惩罚。惩罚他们没有陪伴自己成长，惩罚他们当初没有告诉自己剧场里复杂的人际关系，惩罚他们呈现出的那种溃败和衰落，既不曾像自己一样努力过，如今又无法回归质朴和纯粹，反而在各方面都停滞在一种类似种群思维的家长姿态上，对他想当然地引以为傲和提出要求。

何伟早就发现，对自己引以为傲这一点使父母特别容易被钻空子，只要谁在他们面前夸上自己几句，说点儿为人父母都爱听的话，父母就觉得这是个好人，轻而易举地被予取予求。父母对自己提出要求当然不是要索取什么，只不过是觉得给你吃的、穿的，养你长这么大，就能以此缔结出头等的话语权，以便去彻底地爱你。倒不一定是与日俱增，但至少是日复一日。

何伟不认同这架势，但也不是一开始就要反其道行之。自己虽然资历浅，在剧院演了几年就陆续有后辈进来，有时也介绍一些工作给他们，如果有上一辈互相认识的，也会记得照应。可是人有时候就是会好心办坏事。朋友的剧组需要一些演员，何伟介绍了好几个人过去，其中也包括彼此父母有些交集的一个姑娘。明明正式演出大家都上了戏，按理说是挺圆满，可是直到何伟一次南下跑场遇到那个姑娘的母亲，她抱怨何伟介绍的工作在单位不计演出成果和分数，搞得她们年底抓瞎，到处找戏去上，差点耽误考核。女人喋喋不休，不分场合，进了电梯也丝毫没有停止的意思，电梯里还有好几位何伟敬重的业界前辈。

事后，何伟越来越想不通，明明完全是出于好意，给姑娘多提供一些锻炼的机会，认认人，练练演技，熟悉正式演出的流程和氛围。至于考核计不计分，他一开始就没有谈及，而且如果姑娘就指望着何伟找的这个活儿来填满考核，只能证明她自己平时不够勤奋。他又凭什么要在公开场合被再三责难。他回过神儿，其实更气自己的老实，下意识地就赔了不是，丢了是非黑白。

后来，何伟就钻了牛角尖，有的人来看演出，拍了他的照片顺手转发给何伟父母，然后演出结束把聊天记录展示给他看，以示熟识和亲近。何伟当面就说，父母他们不搞创作，他们是他们，我是我，而且很不一样。何伟本来就全靠自己努力，何必再牵扯进什么别的，他绝不允许自己和父母再吃这方面的亏，更不能容忍自己的好意再遭受任何防不胜防的恶意损害。现在何伟辞了铁饭碗，跟父母的要求完全相反。所以暂时还跟父母住一起的何伟只好将自己隔离，明明三个人都在家，他却只在跟父母的微信群里发信息，经常拒绝当面交流。辞职行为激起的怒火和唠叨，被耳朵里塞着的蓝牙耳机降噪，不是听音乐就是听广播剧，反正拒绝听话。一旦干扰过甚，他就以疯狂的咆哮去反制，曾经表演课后刻苦的发声训练在生活中有了用武之地。他庆幸自己的不懈努力！

等到何伟谈恋爱，就借机果断搬了出去，这一点上父母倒是没多说什么。本来也有民间传说，老年人跟年轻人生活在一起，年轻人会越来越有暮气，老年人倒是越发精神，就像白骨精吸唐僧精气或者老夫少妻之类的。何伟身边也有几例，其中有代表性的一对刚生完二胎，女孩自得自满仿佛青云直上，神态上已经不似三十出头的样子，老天可能真的要送她上青云了。

城市空间的特点之一似乎是，你以为不会迷路，交通和信息都很发达，但你却始终不确定身在何处，好像去到哪里都差不多。这样的环境让一些人执着于尘世的幸福，不得已妥协了理想与自尊；也让一些人当面讨好背后插刀，加冕上几副左右逢源的精巧面具；还让一些人撕毁体面，干脆扮演起小人和坏蛋；更多的，是让一些你信任的人没来由地背叛，让一些你欣赏的人堕落与沉沦，反正你不能怪他们，似乎也不能真的去反击什么，但恨他们是没问题的。

而难办的是，不似父母子女之间天然盟约的彼此期待和相互失望，生根于复杂的虚妄，时时怀揣的恨意其实缺少切实的对象，以至于也找不到有效的救赎和安慰，情绪的宣泄也总是隔靴搔痒一般，还免不了借题发挥的逼仄。何伟常感胸口发闷，纵使咿咿呀呀大吼大叫，自己听起来仍是仿若挽歌。

他倒是客观，早已认清自己是一个压根儿做不到无欲则刚的主，也难以做到纯粹的善良，哪怕谈起恋爱也多半是为了逃离，生拉硬拽另一个人当了自己渡劫的道具。女友没少被何伟发的邪火折磨，有时十分伤心，先双手捧着脸爆发一阵号啕，然后在哭腔里期期艾艾诉着委屈，上气根本接不上下气，看着真的有点儿可怜了。

其实何伟也一直在琢磨，到底对她有什么不满，仿佛她无论做什么自己都看不上似的。

她明明是重庆人，却像极了潮汕媳妇，每天换着花样儿给他做饭、煲汤，打理家里的一切。算不上是缺点的一点就是不上进，在事业单位按部就班，从没再想着要在专业上继续搞搞创作，基本上放弃了舞蹈艺术和过去二十年的苦功。对照一下此前剧场里的那些女演员，个个都是铆足了劲儿，生怕离用力过猛的境界差个一星半点儿，首先在态度上就输别人一截儿。想到这里，何伟发现，自己对女性的态度在不知不觉中已经变得有些复杂。身为男演员，自己应该算是条件不错，勤奋也勤奋，但从结果来看，行业内的影响力就是不如她们，接到的戏或角色跟她们的也差着口碑、品质和分量，她们显得比自己强出了一大截。而自己可能也不是个合格的竞争者，心里总是愤愤的，做不到剧本里写的读作“对手”写作“挚友”的竞争关系。再具体到女友身上，奋斗的意识又实在太弱，连跟自己齐头并进都难，更不用说也成为剧场女同事那样的人。假使她真能像她们那样，自己还能征服这样一名女性吗？

这个想法是这样的懦弱、变态和可笑，让何伟突然看不起自己，继而又因为看不起自己而变得恼怒，对女友的嫌弃又加深一层。说到对女友的不满，还极有可能存在于她太爱他这一点上，并且爱得是那么的不得要领，甚至有点类似于他的父母，对父母抱有的那种矛盾的抵抗情绪，也就因此也移情到了女友身上。

“你以为你不需要这样的日常照料，然而你就是这么一直被照顾着成长，并且维持着海绵式的索取状态；你以为你渴求交流，其实你已无意识地完成了相当程度上的精神自足，以至于他们和她对你说任何话你都觉得多余且没有意义。”

自己果然是有毛病啊。

女友呢？是不是也出现了自我认知上的偏差，又或许是自我意识里的某种过剩？以这样的姿态付出，以为在经营一段关系，成就一次自我牺牲，其实又恰恰可能是她最不齿的那种胆怯？看似在寻求着不知存在于何处的爱情的终极理解，也早已看清在他身上根本不可能实现，却还在坚持着、忍受着、幻想着，与爱情理想渐行渐远，但就是不愿从中解脱。

人果然太容易自相矛盾了。

自己又何尝不是呢？眼下要去的饭局，自己也不是真的想去，但也不是真的不想去。毕竟是正在筹备的电视剧的制片人邀约。据说，导演和女主角也去。说是男女主角，这部剧实际分成了上下两部，上部讲述男女主角青壮年时期的恋爱、成长和奋斗史，由圈里面已经有流量的实力演员担当；下部则主要是中老年的男女主角面对世界金融市场挑战的博弈，由何伟和今晚同去饭局的女演员饰演。上下部的剧本质量都很高，题材上依托了某省的产业结构发展脉络真实故事，已有相关的项目支持和前期宣传。但对于何伟和女演员来说，则有一个关键的区别。整个下部的拍摄过程中，他们都必须进行特效化妆，不仅耗时和艰辛，在演技上反复磨炼表情、体态、声音、动作也都是应该的，令人担心的无非是通过由外而内的方法支撑中老年人设，定妆照已经出片，显示出了一种高水平的面目全非，预示着即便电视剧火了，他们恐怕也没什么辨识度，皱巴巴的面部形象和佝偻的体态实在有点儿圈粉困难。

何伟当然不会对此吭声，好作品才能成就好演员，成名更不在这一时。说实话他挺佩服这制片人的，一开始也不是干这行，在二十世纪八九十年代主要是做进口摄影器材的贸易，也是偶然遇到一个剧组收货以后回不了款，转了好几个弯儿才托到人，想跟他商量能不能不要钱，以这批器材入股剧组拍成的剧，肯定能让他多赚。就这么着，慢慢地，搞贸易的许总成了开传媒公司的许总，不仅是钱越挣越多，还越来越有情怀了，做剧开始讲究，喜欢拍家国历史和现实生活的题材。此刻何伟下车走在二环以里的窄街上，兜兜转转，就是找不到许总发的语音中描述的那个院子，而在定位导航的手机地图上，代表何伟的蓝色圆点与院子坐落的小红点几近重叠，多少暴露出了这个城市的疯狂。土地在这里并非绵延的平坦，硬要说的话，还真是垂直的呵，高楼大厦已经司空见惯，如今按地图比例尺估算不过十步之遥的地方，竟然也凭空不见于眼前，让人不得不想上天入地。

“何伟？你到啦？”女演员从背后喊他，脸上没有口罩和墨镜，倒是戴了顶品牌新一季的渔夫帽，大半个头都被框里边儿了。

“行啊，我裹这么严实都被你认出来了。我这不刚下车找地儿呢，导航说就在这儿附近，但我找不到啊。”

“许总跟我说了，得进这小区后门，是一私人住的小四合院，在小区后头。走吧。”

都说三角形结构稳定，但三个人之间的情况却大不相同。三个人中，往往只能有一个人感受到突出的快乐，且至少有一个人觉得略微被排挤了出去。

就像《熄灭》里的一幕，戏前的过场，用了荒诞的表现方法。何伟和另两个女演员身穿粗布黑衣和皮靴，其他演员穿白衣、光脚立于舞台后排。黑暗中，追光灯挨个点亮人物，他们面向观众，用粉底扑白的脸上挂着不按唇线涂红的血盆大口，何伟和女主演开始由弱到强、从慢至快地控制着声音，台词被渲染得慎重而热烈。演员们诉说的内容大致相同，排比句式，无关情节，主要是在抒情和引导，情感和情绪交错，有些段落像诗，何伟并不完全懂。“西红柿没有番茄的味道，洋芋拒绝土豆，生活不像生活。”这句之后，所有演员变得面目狰狞，朝着观众此起彼伏且不及物地骂着，一边骂一边反复摔打自己近旁的桌椅，道具组挑选的桌椅带有金属脚架，摔出去的声音清亮而尖锐，一些观众开始皱眉。接着，所有演员按要求表演出一种失控感，把用纸箱、废旧电器、枕头堆砌的舞台装置撕毁、拆除，卸下来的一些部件被奋力掷向站在远端的演员——导演说这呈现的是暴力美学。

尽管台词在内容上基本相同，但由于演员们自说自话，配合舞台灯光产生了时间差，诗化和排比的台词风格使句与句之间间或还有长短不一的停顿，所以三个主演中，总有一个人保持着沉默，一个人在逐渐释放，一个人率先开始喊叫。哪怕是后面众声喧哗的部分，三个演员之间闭合的节奏和默契也并未打破，始终在多声部里呈现出复调，好似孤岛。

此刻在这个城市的隐秘角落里，氛围就有些类似。

院子的如意门只开了一扇，何伟和女演员一前一后把自己挤了进去，也没想细瞧天井里栽种的花草，就直奔会客厅去。那里已经落座了四合院主人夫妇和他们的三五好友，听介绍都是写诗和研究文学的，许总也在列，看上去跟他们很熟。导演杜姐是个干练的中年女性，北京土著，差不多紧挨着何伟他们进来了。

杜姐身后跟着翻沙的声音，大概是小区物业在修缮什么。女主人放下茶盏示意在院子里忙活的人赶紧关门，别扰了小院独有的清净。许总对何伟他们说“来啦来啦”，然后起身，倒序介绍三人，导演、女演员和何伟。大家亦起身，先跟杜姐握了手，然后纷纷冲女演员点头微笑，再友好地向何伟扫上一眼。何伟一时间被社交上的鄙视链羞辱，好不自在，想去抽根烟，又觉得不合适。

幸好，饭点即刻就到，有人提议移步餐厅。虽然这移步的过程仍然是亦步亦趋，走在很后面的何伟却多少得以在行动中转换了心情。直到入席，看见女演员挨着杜姐坐在了对面，何伟的左右都坐着他不认识的人，再次化身成这圆桌上的一个孤点。

这种出入情绪的高频次转换，很可能来自职业技能的惯性。何伟今天来，最主要是因为许总的缘故。人长这么大，不懂事可不行，再有几个月，何伟就要上许总的剧了，吃个饭怎么能推脱。这些年，许总喜欢跟有文化的人打交道，对这些所谓的文化人谈及的一切都感兴趣，爱看他们对人对事下直接的判断，愿意听他们赞许或批评某部作品，然后被文化人身上毫无遮掩的自信所感染，再眼看着他们喝多，骇人而可爱。

何伟一杯一杯地敬酒，清不清醒不重要，重要的是姿态，这也是今晚别人会对他形成的印象，礼貌、开朗、谦让，都将维持很长时间，刻板而难以改变，直至日后成为反过来拿捏他的标尺。菜式是女主人根据食材定制的，说家里食材都是来自有机农场，采摘空运过来，健康新鲜还助农，朋友定期主动送，吃都吃不完；说家里新请的厨师以前做过国宴、学过御膳，比如这看上去混沌一片的例汤就很讲究——让何伟稍等一下，算错了人头，少做了他那份；说这餐厅刚改了陈设，那头的茶室是新辟出来的，书画台刚加上，木头名贵；说挂在墙上的书画来历，有灵性和洪福，护佑了家人，主要也跟院子的文脉相辅相成，才能在这里结交大家；关于厨师的高级，虽然从味道上真觉不出来，但基本上每上一道菜女主人就要重复一遍，除了何伟他们几个搞影视和表演的，其余这帮文化人有点不解风情，就是不肯就此接话，只是附和上一句半句“牛 ×”。

男主人旁边坐着的文化人是个书法家，酒过三巡，有人说要不现场给大家写一幅，笔墨纸砚都是上好的，女主人每天都在这里写写画画，正好还省了临时准备笔墨纸砚的麻烦。书法家温厚大脸上架着的玳瑁镜框里，两只眼睛笑得眯起来，嘴里说，在座诸位都是大家，在下不宜班门弄斧。书法家下巴连着脖子，一圈肉配合着手的摆幅上下晃荡，众人不好辨别婉拒的真伪，便不肯作罢，频频邀书法家举笔。中间又有人说自己先来献唱一段，算是抛砖，请书法家备好玉。说罢就唱起了花儿，唱者的老家特产，有艺术真情和表演性，很是助兴。再来一首再来一首，花儿一般都不太长，众人逮住不放，要求继续。

此时的何伟悄然起身，想去方便。不料，洗手间单独设立在另一个房间，需斜穿四合院的天井。何伟生怕自己又迷路，只好向女主人问话，进而惊动了左右在座诸公，成为一种冒失。往返途中，何伟在天井里共抽了三根烟。这里的风景已不似傍晚亮如白昼，八点半一过，就模糊成一团，管它是栀子、月季、茉莉还是鸡冠，抽起烟了看不清也闻不到。站在天井里能听到钢琴曲，听音辨位，应该是小区公寓楼的高层住户有人在练弹巴赫。曲调太熟悉了，但是何伟想不起来，同时也急着熄灭烟屁股奔厕所而去。复返时，何伟拿手机打开一款音乐软件听歌识曲。点烟的功夫就有了结果——BWV 565，D 小调托卡塔与赋格。这遍弹完，何伟又连听了两遍，耗费另一根烟，他有点恼火自己退化的艺术记忆。他搜索了练弹巴赫的顺序，一般从小步舞曲、摩塞塔舞曲这些简单的复调乐曲开始，然后是二部创意曲、三部创意曲，最后混弹平均律、英国组曲、法国组曲等。何伟猜想弹琴的是钢琴专业的学生，快期末了，希望他或她主课考试顺利。

回到餐厅，没人关注何伟这趟出去方便的时间是否长了些，也没人闻到他身上复杂的味道，早上的香水在排练结束时就已经消散，他简单在剧院收拾了一下就叫了个车往这边赶了，剧院洗手液的香草味盖住了汗味，然后这里的饭菜酒油湮没了人造香精，接着又是三根烟熏染，汇合成何伟一日的烟火和气息。此时，这股气息叠加起宣纸和墨水的味道，大家已从圆桌食汇上辗转，并在屏风映衬的案台周边再次形成合围，呼之欲出的正是书法家的大秀。无论何伟懂不懂书法，他都没有什么选择的余地，他必须像排练舞台走位一样迅速移动到适合自己的一个定点，挤进内圈显然不妥，立定在视野不被遮挡的某个外切点上就很好，一方面做一个严格遵守既定秩序的小年轻，另一方面又显示出这位年轻人是多么的热心、积极和好学，看他目光炯炯，就这么靠近文化、目睹文化、拥抱文化。

书法家提笔点入砚池，笔酣而墨饱时，并未往东西南北去，而是悬在几近宣纸正中的位置稍一挥，旋即发力落笔。墨色一出，迅速由力量的韧性和入笔的角度把控，行草笔法拉开一团氤氲光泽，宣纸晕墨恰到好处，据说今晚墨法的秘密在于以酒调墨，配合榜书运笔，浓淡焦枯。

与此同时，书法家又毫无征兆地赤颜叫嚣起来，先是“啊、啊、啊”三声，逐一抬高音调并且抑扬顿挫，随后押上一声气势如虹的“哈——”，众人被吓得集体打挺。随之显形的是“虎”字最后一笔，如果以国画或者象形的思维逻辑，大概就是老虎的尾巴外加虎躯一震。有知情的文化人表示，这场面他以前就见过，或者说这独特的艺术行为正是书法家的特色，把自己作为方法，写“虎”闻声，蜚声遐迩，如虎添翼。

众人大赞妙不可言，好一个“虎”字，书法家真是字如其人、猛虎出山，幸亏咱们没放弃，才终于在此领教了。大家赶紧入席，共同提上三杯，分头作战，敬祝书法家，更上层楼。众人之中，有许总的示意：“何伟，干吗呢？跟上啊。”

何伟立马拿起酒杯往书法家身前拱，有那么一秒，他思考该说点儿什么好。对于刚才那个“虎”字，说实话何伟看得模糊，留下的印象不在于行草难以辨识的别致字形，更多的是明暗墨色里静默如谜的温润和气息，何伟觉得质感熟悉、深刻而有层次，仿佛有切肤之爱，但他总不能夸墨调得好吧。失语的何伟突然陷入不会交谈的窘境，举着酒杯跟书法家哑然相对，他只好微笑，先干为敬。

有人觉出差点意思，说要不请演员给朗诵朗诵作品，助助兴，人家发声训练和情感把控都是专业的。书法家说，要朗诵肯定得朗诵兄的大作，刚拜读，大气象。说罢甩出一个左手拇指，也不知道是谁就这么把他油浸浸的手机递到了何伟手上，屏幕已解锁，搜索页面上爬满分行文字，何伟的表情立刻跟着分行：嘴上在笑，眼角岿然不动。

突然间，何伟直觉到关于自我的真相，他太像自己的父母了，而且是过于相像，已经没有什么气魄好去展露棱角，别人对待他们极可能是既看不上又懒得得罪，顺便还总盼着挖一挖他们身上的边边角角。有人举着手机准备拍视频，说正好一些诵读平台在约名人读名作，互相宣传。何伟想说自己所属的经纪公司不让，而且也没这么干的，甚至他也算不上什么名人，但他就是发不出火，并且短短数分钟内已两度失语。

然而沉默总归不能太久，何伟说他先坐下看一看文本，酝酿一下。

即便被打倒。
哪怕坠落。
只要认真活下去，
终会有人伸出手来！

——这是诗吗？何伟不懂。反正里面写的那种人，何伟身边并不多见，多半都是袖手旁观或者假装眼瞎。硬要问为什么，可能人就是一面镜子吧，何伟自己也不是会伸手的人，映照出的周围，自然也是如此。

日新月异的信息时代。
诗歌的文化记忆。
也只能
作为行车时的背景音。
以及，茶余饭后。
深夜的消遣。以延缓，
悬挂边缘的命运。

——这描述的不就是此时此刻吗？让自己这个局外人来读诗，真的是在避免这种边缘化吗？还是说彻底成为帮凶，加重这项危机……这群文化人到底行不行啊？

经历痛苦吧。
拥抱美好吧。
真正的人的光辉，

伤痛与折磨是一种必要。

——自己的怀疑极可能是正确的。这些文化人纵然有着各式各样的才能，对文化有着或多或少的喜爱，但促使他们选择如今的职业，并非那些与生俱来的天赋和情感，而是为了解决最普通不过的温饱和生活问题。他们甚至是创造了一种生产方式，以文化人的身份为生产要素，以投机替代真正的付出，虽然尚不违背什么经济学的根本规律，但这恰恰是非文化和反文化的。

“哎，这儿又喝了好几杯了，何伟准备好了吧？”杜姐声音冲着对面，笑看的其实是许总。许总说肯定啊，人家何伟是专业的。

何伟离喝多还有些距离，但宛若受了梦想的刺激，醉后复苏般沮丧而清醒。“诗很长，还没看完，就读个一两段吧，免得理解不透，把握不好。”

“好好好。”

“没问题。”

“行行行。”

“读吧读吧。”

接话的有好几个，何伟几乎分不清谁是谁。他把那几节诗读完，感觉自己制造了讽刺，对诗、对表演、对“专业”二字。他刚刚完成的这一行为艺术，还缺乏一些文化人来解读和宣传，否则也必将被奉为佳话。

朗诵结束又是一轮推杯问盏，何伟一杯又一杯。

能认清现实，然后挣扎求生，一直是何伟的优点；对现实妥协后的努力意志，如果可以算作一种励志，那也是何伟的优点；但是何伟还是有点看不起自己，症结所在还是对“妥协”的警惕。

好像还在上菜，女主人还在讲授《随息居饮食谱》，教大家有关津津有味的应知应会，举例说明食物中的药与便方。女演员好像唱了曲，有人说姑娘早晚会大红大紫，在此之前，恐怕谁都得忍受一段匿名的时光。好像有谁在剥虾，顺便谈到服饰与文化，打了个比喻说手里的活计就好像是女人脱旗袍。然后似乎谈起了生肖和星座，话题大概跟那个“虎”字相关。这里，何伟突然无视一切，开始自报起出生年月和血型，分析在座的一位文化人跟自己女友属同一星座，但是他无法描述太细，他舌头打结，眼神空空荡荡，他不想夸女友，也不想贬低她，只能泛泛总结这个星座的特点，实际又放之四海而皆准。他询问起那个文化人的籍贯，并从方位上判断与女友和自己有无关联，还试图从地域和口音上找寻性格的佐证。接着，何伟的精神成为一个生理过程，体现在脑部器官起锚驶向坠落，在深渊里不顾忌地探寻绝望般的希望，最终获得一种不可避免的解脱感。

好在何伟始终没有失去意识，也没吐出什么来，到家就沉沉睡去，麻烦一点的仅仅是次日清晨被女友好一顿说，但他无所谓了。

何伟又来到剧院的小剧场。出门前，他吃过早餐，女友虽然唠叨而缺乏个性，但总归对何伟是十分关心的，清粥加小菜，他就恢复元气了。

来剧院，为的还是《熄灭》这部戏。女孩既是积极的悲观主义者，又是一个消极的乐观主义者，总之看上去很正常。何伟扮演的男主，成为女孩争取的对象，并不太像是感情上的，反而像是观念和立场上的。比如电影选修课要研究的对象，女孩觉得选文艺片，她就要何伟也拒斥商业片；比如实践课，女孩说去调研楼兰古城遗迹，她就暗示何伟长三角沿海城市随时都能去。

楼兰的颓墙、倒木与佛塔是布景的重点，这些令人震撼的往日云烟，最饱满地定义着历史、人生和情感的废墟，演员吟唱苏菲派歌谣：

我是破烂王
篝火是我的宝座

窝棚是我的宫殿
世界在我眼中一如废墟
我的左脸已被情火烧伤
右脸仍在唱情歌

女演员比何伟多吟唱一遍，诗与歌烘托青年演员非凡的面庞，呈现出别样的精致、艺术和神秘。沙漠里过去的故乡，毗邻汇水中心，源于天山、昆仑山的雪水河从四面八方流入盆地，形成了绿洲和湖泊，以条状和星星点点的形态被涂抹在背景幕布上，还有些晕染的渐层，代表密密麻麻的流动沙丘，以及包裹着红柳死根的固定沙包。

何伟把背着的馕分给女孩，动作笨拙又夸张，表情憨而呆，都是为了增添喜剧，而喜剧的核心其实是悲剧。这时，女演员唱歌给风和沙，何伟负责表演啃馕。两人各自带走一捧沙，女孩说："据说，带走这里的沙就无法回到这里。"何伟说："倾听时间又倾听我们，沙是艺术品，留个纪念。"

旁白起：

旷野里，迷茫的青年离开你们，解开对表演和艺术的无耻豢养，风和沙还有空气里的干燥，终于都做回了观众，是最好的观众！看，一握沙将去到城市，在这个剧场的舞台上，观看你们，此时此刻，观看你们这群人。

这个世界恐怕没有绝对的傻子。愿意花时间坐在小剧场里观看实验话剧的人，大概多少能察觉到自己正在被冒犯，但也多半不会真的去在意是否被批判；他们忽见断岩起伏，突兀迭出、一线流泻之沙，想要触碰的是那些被湮灭的辉煌和被遮蔽的声响，哪怕是片刻的凿心为窟——这是上次排练空档的讲解，话题最后甚至落在了幸存者偏差上。

下面排的一幕戏是重头，各处细节抠得仔细，道具也是正式演出时要用的。所以就实打实演过两遍，何伟等人浑身已经泼满了油墨，形式上的效果算是有了基本保障，但是何伟对自己尾声时的爆发力仍然不甚满意。甚至，倘若没有拟音师和灯光师，何伟几乎要怀疑自己的表演丝毫没有力量感可言。接下来可得好好琢磨琢磨戏了。

但是哪有那么多新的时间呢？当下和旧时光都不会仅仅属于自己，那些和别人一起经营的日常，也就自然不会对自己听之任之。简单擦洗以后，何伟还是决定立刻回家梳洗，傍晚再去一趟许总的公司讨论项目，顺便认认门，杜姐和女演员当然不会缺席，还会有其他人。

见面时，何伟觉得今天正是对昨天的重复，他坐立不安。

其实也没什么要商量的，主创和主演借机碰个面，过一些文件，再统筹协调各位的场次、档期，编剧团队到时得跟过去；许总、导演和副导演跟大家讲几句，再介绍一下戏的定位和各项支持以及预约的平台，投的钱预计一年半可以收回来，前景乐观，大家倾力付出，肯定不会辜负。

最关键的还是会后小范围聚个餐，订的地方离得不远，有人开车过去，有人走着就去了，何伟属于后者。晚高峰，路上成群结队的人和车。有个学生模样的男孩在马路牙子上扫码骑了一辆共享单车，就是不上自行车道，跟在何伟后面压得盲道咯咯噔噔地响，搞得何伟特别紧张，生怕被碾着脚后跟。加速走到包间的何伟，又是早到的，甚至开车的那几个都还没拐过来，通通堵在楼下掉头的路口。

饭桌上的全套餐具已经摆放整齐，酒杯已高高低低立正稍息，餐盘大大小小又重重叠叠，它们那额外的繁复和面积，使吃饭的人需要付出额外的麻烦、周到和优雅。包间辟出来的茶室，茶几上的烟灰缸看上去跟餐具成套，但又有点儿像何伟家里的爱马仕配货，是那种又橘又黄的彩绘感。走菜的案台上，红酒和白酒就位，应当是司机提前送过来的，服务员捧着红酒问何伟，需要先醒一醒吗？又问何伟，白酒呢，需要几个分酒器？今天吃的好像是某一菜系的土菜，既家常又有特色，但其实菜品对今天的食客并不重要，他们既不在意白酒或红酒就着红肉或白肉，也不在意食材是否空运而来。

来食者和昨天的呈现出大面积重叠，何伟不得不接着喝，就像表演一样。

唯二的两个新面孔各说了一个故事，何伟记住了他们。

其一：

最近忒忙，连续加班三个月，几乎每天睡在办公室。前段时间，出门送件，路上被猫抓了。回到办公室，却越想越放心不下，要不要打个针呢？请假吧，好像不太好意思，不请假吧，又着实忐忑，生命诚可贵，岂能就这么心存侥幸？最后，单位年长的同事发话，算了，先别加班了，去打个针吧，万一那猫真是狂犬病病毒携带猫，负不起责啊。

此后，前前后后三针下去，花了两千元人民币，自费药不报销，可又的确是因工作被动挨抓，并非主动生事挑衅猫，令人想不通哇。

其二：

读书时候，班里一个男生爱恋一个女同学。虽不至于茶饭不思，但也长期苦于不敢表白，日复一日，始终久处不厌，见了每每还想再见，及至某个浪漫节日，特别想去送上祝福。于是，佳节当日，班里所有人都获得了一张男生送的精美贺卡。

将心比心，有时饭局也极其类似，你可能只是特别想见某一个人，却又不好意思单约，甚至单约了还可能被拒绝，便大费周章地组局，潜行于邀约的迷雾，以解相思，有点罗曼蒂克哇。

在这场还在进行的饭局上，何伟已经无心社交。是的，饭局从来不是概念中的吃饭，它看上去是一个更加时髦的洋场，一群内部有秩序、外部却看上去近似的人，在谈论家庭生活、日常劳动以及虚荣的雕虫小技；有时候会被撞破，然后不停遮掩，接着再寻机显示出自满和夸耀的本真。人不知道为什么总是需要向比自己更厉害的人吹嘘，即便这些更高阶或更富有、更成功的人能够很容易识破他们的虚荣心，但他们还是不断释放着渴求被肯定的热情。

这里，有餐盘而无食欲，不知怎么的，人们正吃着的对象变成了人，三三两两地陪伴着、包围着、缠绕着，促成一撮撮骇人的人吃人景观，只有独坐着的何伟在具体地吃着饭菜，坦然面对逐一平躺的食材，真诚回应它们已然献祭的热烈生命。他与鸡、鸭、鱼、猪、羊、牛嫁接起某种炽热的友谊，味蕾混杂醺醺然，麻木又细腻地，见证一个个生命滴流而出的伤感价值，以及些许稍显漫长的无意义。此刻的它们是那么的有静气和匠心，优雅又精致，创造性鲜明；抬头所见，高等动物们正在反复运作怪异的习惯和陈腐的趣味。朋友们，广阔世界正在到来，熟悉的信念好像又回到我的心中，但它也更孤独，或者更虚伪。

散场时分，雨渐渐下了起来，何伟今天比昨天清醒。车回小区，何伟向司机道谢，此刻雨势倾盆瓢泼，总觉得司机比自己还要辛苦些。返回的路途顺畅，穿越城东的五环和三环，只花了二十来分钟，城市的远方果然不在郊区，而是在高楼之上，在落地的大窗户、在宽敞的阳台、在独立的屋顶，拥有这里的一砖一瓦，人要走上很久很久。

门口的保安拦着不让进，何伟掏不出门禁卡，雨越下越突兀，顿时领悟一种生动的耻感。费了很多口舌，何伟终于向物业证明了自己租户的身份，但他狂怒于为什么保安就拦着他一个，前面进去的必须是牛鬼蛇神，否则讲不通怎么没核实他们。何伟吵闹着要投诉出一个令他信服的解释。物业工作人员也可怜巴巴地站在雨里陪着，想缓和，又怕激怒，不出声，又怕成炮灰。保安的主管接到呼叫也赶来了，态度上是连连说着今后多注意，但挡不住何伟舌战群雄的架势。

泄气的时刻同样来得突然，手机来电打断了何伟酣畅的质询，一看是父母家里的座机，何伟便顿感失望，他想大吵大闹，数落他们为什么总要添乱。这个电话被挂断得干脆利落，铃声来不及响到第二个小节，更谈不上后面旋律的反复。但是何伟没了兴致，于是适时地领受了保安和物业给的台阶，缓和又不失严肃地客套上几句希望务必改进，就算是放过了彼此。他湿嗒嗒地进了大厅，呼叫开单元门，又站在电梯间等了等，上楼穿过防火门，终于输入密码开锁到家。

醒来是由于小区里割草机轰轰烈烈的声音穿窗而过。昨夜暴雨，雨水飘过防护栅栏和纱窗，落在了卧室的实木地板上，现在看上去是四溅的泥点和一汪污浊的水渍，中心处未干，正在反射新一天的阳光，而青草和雨是那么相配，连气息也是。何伟闭目养神，像是到了草原，天高云淡，他和同行者一路骑行。牛羊成群结队，他在马背上低头看一眼它们，露出一种近似慈祥的和蔼，转而平视望向的远处，草色粼粼，光线雨点似的一颗一颗打在上面，仰头却找不到太阳的轮廓，但通透、疏阔和带有方向的温暖让何伟脸上的茸毛立了起来，风吹草低，阳光的味道是一种触觉。

再睁眼，何伟闻到了不知哪一家的包子香。他本能地想象包子皮褶皱卷起的那个溢出汁水的旋窝，还有它表面油脂浸出的痕迹，想象里面的馅儿是散松绵柔的，而不是机器打出的那种肉馅。何伟完全醒了，他发现女友不在，似乎昨晚就没回来。

何伟偏不联系她。

上个月女友也出了趟差，说是去海南的几个城市，还问何伟是否需要她从免税店带点什么。

这一天，何伟路过广告牌的时候，发现呕吐物莫名多起来。兴许是下暴雨，店里的客人越喝越多，醉至雨止，回去时在路边乱作一团，所以地上到处是呕吐物。有的呕吐物跟广告牌上的铁锈似的，有的已经变黑，搭配上涉水的黏腻潮气，反正麻雀是不来了。

怎么回事？麻雀不来了，女友不来了，父母不好来了，就像观众不来剧院，自己不往人生里去。

何伟又想起前两天那个冲撞自己的男人。仿佛遭受无妄之灾一般，那股挥之不去的委屈，被表面的紧迫和怒火一一压制，他稍稍提振了自己，不去想为什么，但是，真想再碰见他啊。他妈的。

明天是首场演出，今天的排练需要遵循中庸之道，既不能太累着把戏飙过头，也不能太怠惰把状态搞散了。何伟觉得自己也算是对传统文化经世致用，不像那帮文化人非得舞文弄墨地展示。

说到舞文弄墨，何伟也是真佩服编剧和导演。届时，观众在《熄灭》最后一幕的重头戏里，将看到何伟像疯子一样提着个装满墨汁的塑料桶呈现他的崩溃。何伟饰演的男人，跟女孩本来并没有什么特别深刻的关系，只不过是一起读书、一起成长、互相见证，但是男人却被填满了她的观念、态度和立场，被生拉硬拽进一次次非此即彼的选择，不断丧失自己的社交、生活和思考。何伟将手持漆刷、蘸着墨汁，化身为手里提着的这只亟待清空的桶，把墨汁甩向女演员和观众席。为此，观众席前三排设有透明的塑料挡布，进场时会有工作人员提醒：最后一幕时请用它遮盖全身。

但何伟自信于可以把墨汁舞向更远的后排。

何伟静歇于车后座，正午，夏日投影，T恤和运动短裤的交界位置映射一截纤细扭捏的枝丫，路边一棵高大的国槐正在被剪除残枝，也可能是易断枝。何伟忙于演出，还未给父母回电，他们也没再打来，也许也是因为双方都无话。何伟的绝大部分感情和语言，自认是已经表达进了表演艺术，成就一种乍看之下十分高雅的做作。他并不知道，今晨更早一些时候，大概五点左右，他的母亲一个人坐在另一座城市的酒店大堂里。

大堂的这个休息区，设置得比较随意，离旋转门不太远，不多的人进进出出，在这个时间刻意地保持无声无息，但有热风会跟着刮进来。恰好，何伟的母亲此刻正需要执着于一种浮躁，以免静下来就要沉沦进另一种深刻的痛苦。无声无息时，或者静谧之中，其实正暗自涌动着不可释然的不自然，需要独处的时间来任由着坐卧难安的内心呼喊、紧攥强烈的无可奈何，最平静也最激荡，最暗淡也最鲜亮。这不是何伟在拆解现代艺术，而是她的母亲扶着不宽的额头，皱起的表情明显，姿势整体上不如平时生动，甚至有点干枯和蜷缩，显然地毫无睡意，并且内心煎熬。

到底是进了一家门的人，此时的何伟也在不由得地痛苦，甚至是陷入了巨大的恐惧。前方拥堵，何伟换乘地铁。

话剧公演后，经由铺天盖地的专业评论狠狠造势一把，各方媒体和商业广告联合推送，口碑做起来，票就卖得很快，以至于一度一票难求。黄牛倒票倒得欢、话剧爱好者蜂拥，意料之中地有人要出来高喊，说自己既未觉得值回票价，专家评论显然也并不专业，他们中间势必有人昧了艺术良心，进而在自媒体平台、论坛、贴吧等网络社群出现了众多的演出实录、中肯意见和关于竭尽所能全渠道购买高价话剧票却仍未获得美好艺术体验的那些被坑了的伤心故事荟萃。这些非虚构作品，一旦在某一层面拥有了哭穷的故事性，便立刻被赋予了草根属性，作为叙事主体的消费者被圈定在没有太多消费能力的学生、低薪群体和将剧院视为艺术殿堂的票友中，而他们又进一步被赋魅上“大众”一词，使得剧院、出品方、导演、编剧、演员、教授、学者、剧评家，纷纷遭受质问，每一篇阅读量十万加的文章都代表着按下不表的集体决策，大众恨不得问斩这些寡不敌众的所谓的精英。

何伟并不是首当其冲的人，相反，即便是被迫消费这场舆论灾难，何伟也正实打实地处于他演艺生涯中少有的高曝光率时刻。网友对他还算公允，演得卖力也有功力，他的过错最多就是没长一张大男主的脸外加某场演出破了音，以及台词偶尔出现磕巴。这让许总那边很高兴，并且基本决定了要取消他“何兴玮”的名号，要沿着这一难能可贵的艺术事件加大对新锐话剧演员何伟的正反两面宣传，肯定年轻人或者是批评年轻人，说到底都呈现了一种可关注、可期待的眼光。于是，何伟从起初的痛苦和忧惧中转圜出微弱的生机，他为自己没被一竿子打死感激涕零，但是作为生还者又惶惑不安，既庆幸又羞耻的频繁更替中，他已完全丧失借名新生的可能，他得作为何伟继续战斗下去。

其实他很想发表点意见。这话剧他们从最开始的读本、设计、排演，每一个环节的认真是真的，怎么可能真有这么差？当然，也不可能有开始吹捧得那么好。如此差，最大原因是名实不副；没那么好，充其量是过誉，而且那几个闪光点真有可能有那么好。但这双方共有的欺骗性，没有人来统一地骂。为什么有人放大差，有人夸大好，为什么喊差的说叫好的没水平、假专业，为什么叫好的指责喊差的夹带私货、以偏概全。剧场演出的特点就是即兴和交互性，而且用的都是通用语言，谁都能搅和搅和，为何搅和、如何搅和，这些几乎已经算得上十分明显的东西，本来还是社会学该专门研究的事儿，社会学家都去哪儿了？况且，这些网络侠士里还很可能潜藏着那天在十字路口冲撞自己的那个人，想到这里，何伟恨不得纵身跃入词语的深渊，与那些个意见领袖展开殊死搏斗，再以一个毫无态度的表情结尾——自己并非视死如归，就像某篇微信公众号文章末尾的一些评论者，自带表情包里那个笑着哭出两大滴泪的。何伟一直觉得那是哭笑不得的意思，没想到最近微信官方的解释是“破涕为笑”。所以说，何伟一直表错了情。

表错情是如此容易，何伟立刻不敢多说什么。

比何伟出道早的前辈们，已经拍过一些热播剧，但是他们告诉何伟，在街上是不会被任何人认出来的。

所以何伟就这么又出门了，忐忐忑忑地。

清早，那个擦身而过的老人提着个鸟笼，白布一遮。地上的麻雀今天没有来。何伟生活得如此小心并且空泛，不断压缩的情绪置于真空之中，一旦被细微尖锐的芒刺洞穿，变具有了异乎寻常的势能，引发现象级的炸裂。麻雀不知是否被捉，女友为何失联？何伟频频奉劝自己克制。

老人一般没什么火气，大夏天还穿着长袖罩衫，头顶的帽子大小刚刚好，一看就不为遮阳只为保暖，面料与鸟笼的幕布近似。傍晚迎面走来的这对也是这样，好像老人都穿相似的衣服，而且四季皆如此，他们重复着差不多的事，过完了一天，又日复一日。两位老人一个拎着袋子，里面的小葱像水仙一样出挑着弯腰探身，另一个背手拉着买菜车，车身看上去是藏青色的帆布制成，他们并排，但中间隔着如陌生人的距离——或许根本就是陌生人，而何伟就是觉得他们是一家子。突然地，何伟想姥姥和姥爷了。人就是这样，童年的丁点的温暖会长久地根植于心，不像成人世界里收获的那些那么容易反复。你终于落难了而且看上去很不容易复起，众人会慢慢开始同情你；等你勉强好起来，他们又立刻回收温情、悔不当初，并且自然地加入那些要跟你操练的人群。

地铁上挨挨挤挤，何伟不怕别人认出自己，因为谁对谁都是扫一冷眼，然后又盯着手机不管不顾。要去的地方，在地图上显示于一个小区中，收到的信息仅写地址，没有说明餐厅名字和确切时间，更没再提包间还是大厅，想必又是不太好找。隐身、消失，均任意可得，显形、登场，放肆随意又有欺瞒，何伟甚至开始思考转去做幕后工作，这种显而易见的自由令他安心和从容。何伟惊觉，自己竟然会在这样的机缘下理解了女友，小溪漫流不争先，争一个滔滔不绝也无妨。女友大概一直都大智若愚，早早舍弃了场面上的风光，在另一个序列里分摊自我艺术的权威？

和解就像生离死别，绝不会以一种意料中的、确定的、可以主动去拥抱的方式发生。女友的样貌、身形，她曾在练功房舞蹈的那种裹挟着柔弱的强势，以及由修长四肢纤纤延伸的坚韧，苦痛、沉浸、透着光亮的神情所发散的安宁和脆弱感，当初如一股原始力量吸引着自己，现在，它们又像更为本能的什么猛地弥散在这地铁1号线的车厢里。何伟几乎想就地跟女友跳一支现代舞，不，不是共舞，他希望女友领舞，自己扮演一个物，比如钢琴。对，他就是一架钢琴，是渴求着女友悉数弹奏的黑白键，是等待女友偶一抚摩的铸铁骨架，是张弦总成的共鸣盘，是踏板，是一切准备就绪随时可以释放的激情……

但是，把自己的意愿交付于女友的判断，又天然得那么忧郁而惨淡，想象那音乐无差别地回旋于每一个可见或不可见的听众，哪怕自己成为一个物，就甘愿这样放弃热爱和它的主动吗？做编剧、当作家，学那些诗人、书法家，号称个文化人吗？就算没有自己，有才能的年轻人也会不断涌现，这是现实；创作是很残酷的，光靠努力也打不破的高墙确实存在，这也是现实。其实这些文化人又比自己的境遇好多少呢？别人见了无非就问两件事，一是代表作或成名作；二是——哎，你们是不是到处采风玩儿啊？

而风景呢，早就消失在城市，何伟的散步成了对它的再发现。刚搬进小区时，何伟有过一阵儿早上九点半出门，那会儿路上行人不多，仿若住在这繁华地带的都不用工作，质朴的工人阶级在这里遁形；再早半小时，却是熙熙攘攘的，何伟据此认定附近的金融中心、高级律所、高端商场是九点半左右智能打卡或刷脸签到。人与人摩肩接踵急行军，狭小街巷上偶然遭遇，迎面双方默契避让，来不及看清对方性别及模样；要是再早一些出门，八点半不到，遛狗的人纷纷停留在路边，手里抽的是电子烟，此刻也有人跑步，发带、护腕、红衣、黑裤，装备整齐，远方执勤的交通协管员挥舞小红旗，嘴里喊道：快速通过、快速通过。这一带的小区住户们的年龄差显著，老一辈土著喜笑颜开，带着孙子孙女，租房的年轻人持高薪抱守优雅，中年人大多是家政保姆，操外地口音，成为小区环境设施的真正受益人和享受者。这跟何伟姥姥、姥爷在那座西南工业重镇安家的小区很不一样，那里随处可见三代同堂，小夫妻亲自推婴儿车四处逛，回迁户每天七八点在院门口公交车站牌乌泱乌泱地等车，并且，每个季节都能看见几回灵棚，其间麻将声响彻夜，血战到底，瓜子和花生皮开肉绽，卖盒饭的逡巡叫卖：“泡菜炒饭来一份不？”

何伟不结婚的决心算是坚决，即便结婚了也不想生育，谁来带孩子，谁来承担这座城市的教育成本？他也怕，几十年人生尽头，带给亲人的只不过是平息又复起的伤害、厌恶和负担。恋爱、婚姻、家庭生活和职业选择，甚至人生，都有点儿像他爱喝的罐装冰啤，只有第一口是最好喝的，他其实只想听听易拉罐打开时冒气的声音。上次，坐主位的德高望重者盯着他一饮而尽，眼神强制并且冒犯，何伟内心不仅不服，更对圆桌上仅在开席时做过介绍、全程便不再说任何话的几位“新朋友”感到疑惑。他们为何而来？他们跟“主位”是何交情？他们这样待着会觉得自在吗？或者他们就不担心引起何伟们的不自在吗？今晚，何伟准备照章办理，保持静默和高级感。

“乘客您好，列车运行前方是八宝山站，下车的乘客请提前做好准备。列车从八宝山站起将要开启左侧车门，请坐稳扶好，不要倚靠或手扶车门。各位乘客，乘车时请先下后上，有序乘车，谢谢合作。The next station is BABAOSHAN. Please get ready for your arrival. The door on the left side will be used. Please keep clear of the door.”

手机地图的到站提醒功能与之齐头并进：“八宝山站，到了。We are arriving at BABAOSHAN station. ”同时，何伟母亲还是体谅地给何伟发了条微信。姥姥重病，女友已经替他陪伴在侧。还有，APP 也弹出一条作家日签：

> 出生，而非死亡，才是难以承受的损失。
>
> ——露易丝·格丽克《棉口蛇之国》

原载《天涯》2021 年 5 期

【作者简介】蔡测海，1952 年出生于湘西龙山，毕业于北京大学中文系，中国作协全国委员会委员，湖南省作协名誉主席。著有小说集《母船》《今天的太阳》《穿过死亡的黑洞》《蔡测海小说选》，长篇小说《地方》《三世界》《套狼》《非常良民陈次包》《家园万岁》等。作品曾获 1982 年全国优秀短篇小说奖，第一、二、三届全国少数民族文学创作奖，庄重文文学奖等多种奖项。著述一千多万字，部分作品被译成英文、法文、日文等。

Cai Cehai was born in Longshan, Xiangxi in 1952. He graduated from the Department of Chinese Language and Literature of Peking University. Cai is a member of the National Committee of the China Writers Association and honorary chairman of Hunan Writers Association. He is the Author of novel collections including *Mother Ship, Today's Sun, Through the Black Hole of Death, Selected Novels by Cai Cehai, and the novels including Places, Three Worlds, catching Wolf, Model Citizen Chen Cibao, Long live the Homeland,* etc. His works have won the National Excellent Short Story Award in 1982, the first, second and third National Minority Literature Creation Award, and the Zhuang Chongwen Literature Award. He has written more than ten million words, and some of his works have been translated into English, French, Japanese, etc.

父亲简史

蔡测海

从现在开始，你和我一样，没爹了。失去父亲，你就是你自己。父亲说。

父亲的故事在我出生之前和出生之后。有人对我讲，你要讲的，以前都讲过。我一点也不生气。好像我以后的几十年，就是那个以前，我很有耐心，一切从头讲起。

父亲是氏族的标志性人物。父亲的父亲，也就是我的亲祖父，是个读书人，考中秀才，只差一笔就可考中举人。在试卷上，把亘字写成旦字。主考大人阅卷时，那旦字却是亘字。亘古，千秋。绵绵不绝。那亘字上头一横，却是一只黑蚂蚁添成。这应是祖上积阴德，有神蚁相助。主考官极苛严，目光如炬，又一生廉洁刚正。神蚁不忍坏主考官的清廉，移开那一笔，现出旦字。主考官大怒，学问不可欺，怎拿黑蚁欺世盗功名？旦而不古，何来千秋？此等人若中科举，必祸国殃民，千里之堤，必溃于蚁穴。祖父笔误，原误于师，国文老师教他，亘旦不分，害祖父落榜，还挨了板子，屁股一生留红，虽为秀才，乡人只戏称他为猴子屁股。祖父的父亲，往上的父亲们，族谱中有记，又有记高祖汉代人蔡伦，造纸有功。蔡伦宫中太监，断无后人，一门怎可为第几代子孙？族谱也是靠不住的。

祖父，带着猴子屁股，几块胎记，在武陵山中开垦和种植，继续他的耕读人生。

祖父领父亲到屋后的竹林，对父亲说，一根好竹子，会生发好笋子。你要成为一根好竹子。父亲出生，祖父看了他的掌纹，像几行字。那些字后来长成一个钱字，祖父叹了口气说，这孩子以后要么是个捞钱的命，要么是个花钱的种。祖父对父亲说，你有两条路，一条路是读书，另一条路是使牛。不要习艺，不要偷盗，不要行乞，不要赌博，不要欺诈，不见财起意，不卖友求荣……祖父列举种种。他要把家族变成没腥味的鱼群，没邪念的族类。

父亲进了几年学堂，学堂就改名熬字堂，他熬了几年字膏，跳窗逃离熬字堂，在树林里躲了半天，偷偷回家。祖父把牛轭套在父亲肩上说，你去拉犁吧，这辈子就做一头牛，你要做不得牛，就别误阳春。

祖父言，是家传，金玉良言。后来，父亲染上赌瘾，十赌九输，竟说出没出息的话，他老人家那些金玉良言，真是金子是宝玉多好。父亲接祖父的年代，兵荒，匪乱，日本人，子弹拖着蓝光，像萤火虫乱飞，击中在黑夜里也无法躲藏的树。经年，从树的伤疤里挖出子弹，满篮子卖废品收购站，换成糖、盐和花布。一切正如收割后的庄稼地，拾取散落的粮食。运气好可以拾得一把刀，一支汉阳造快枪，有人会拾得机关枪和迫击炮。父亲拾得一挺机关枪，他与武器没什么缘分。机关枪已不威风，一架有病的机器，不是因为它的锈蚀，是因为它短暂的百年威名已经过去。生锈的荣耀，黯然失色。

父亲从无可能在战场上拾得一挺机关枪，他一生没有战场，他不是战士，连硝烟都算不上。这是运气。他赌博的运气也很差。这不算运气，叫手气。赌场输，梦中会赢，他常常从梦中惊醒，父亲相信，手气差，运气就会好。手气是一碗饭，运气是粮仓。手气太好，把运气吃完，一辈子就没得吃了。赌博名声不好，父亲三十岁还是单身。祖父咯血半年，野山参汤延长几天阳寿。落气时对父亲讲，往后没人打你骂你，你要记事，房屋田土耕牛，我不能帮你管了。等你变成穷光蛋，你那些酒肉朋友，你死了他们也不会埋你。光棍儿父亲到旧施赶集，碰到赌友牛客。牛客卖了牛，请父亲下馆子喝酒吃汤锅牛杂。醉了赌杠子宝。牛客说，你赢了，就做我女婿，你输了，房屋田土全归我，做我家长工。父亲做了牛客的长工。后来，牛客成了我的外公。有时候，输就是赢。父亲的运气战胜了手气。这是他一生中唯一一次得胜。

父亲做了丈夫，好像变了一个人。父亲做儿子时，经常挨打，打痛，打哭。每挨一次打，人会有一些觉悟，痛定思痛吧。父亲就是不长记性。父亲变了，每天起得比鸡早，干活儿比牛狠。谷仓是满的，一年杀三头肥猪，木楼挂满腊肉。菜园子睡满南瓜、冬瓜、萝卜，又大又甜，青菜像芭蕉树。农历七月有半月闲，外公要和父亲赌杠子宝，父亲答，戒了戒了，我捉黄鳝泥鳅给你下酒。那时的水生物多，不会深潜的多遭捕杀。人们认准可食的当美味。外公喜欢吃鱼，鱼跑得快，他就吃跑得慢的，黄鳝、泥鳅、螺蛳、虾虫，外公不欺侮人，只受人欺侮。他欺侮水生物，他不在乎。外公吃着油炸泥鳅、黄焖鳝鱼，一粒流弹从左边的太阳穴进去，从右边太阳穴出来，酒和血，流了一地。官兵和土匪对射，击中正喝酒的外公。不知道那粒子弹是官兵的，还是土匪的。一个人被击杀，不知道仇人是谁。子弹是铜的，是官兵的，是铁沙，是土匪的。一家人找了一阵子，也没找到击杀外公的子弹。一家人在外公凶死的屋里又住了几十年，我母亲多少次扫屋，也没见那粒子弹。没有看见，没证据，不完整。

对射的官兵叫祝三部队，土匪是师兴周团伙。官兵以首脑命名的，都不是国军党军，是地方武装，比土匪级别高不了多少。迫击炮不响了，机关枪不响了，打排子枪的也停了，最后稀稀拉拉的冷枪也停了。

家里请来道士，杀猪杀鸡，给外公办丧事。不管谁的子弹杀死了一个人，总是要丧葬的。摆好酒席，放起鞭炮，几十个土匪进村。头上包帕子不扎腰带穿草鞋的是土匪。村人认得出。再说，土匪群里也有三五个熟人。有个匪兵，人称班长，是不是班长？反正人长得像个班长，和父亲相熟。班长对父亲说："兄弟，赶上你家办酒席，弟兄们饿了，劳你家招待。"匪兵们吃完酒席，又去牵我家那头黄牯牛。父亲不让牵那头牛，对土匪说："班长兄弟，一家人过日子靠它呢。"班长说："你也入伙啊，还可以吃牛肉。"班长抓着牛鼻绳，一个十几岁的小匪兵在牛屁股后边赶牛。黄牯牛一甩后腿，把小匪兵踢出一丈多远。它再埋头，犄角顶进班长的肚子，牛头挂着人肠子，一阵风逃跑了。

这头老实的黄牯牛，一下变得这么凶。

突然响起一阵枪声，人们以为放鞭炮。官兵杀过来了。官兵是戴帽子、扎腰带、打绑腿、穿胶鞋的，个个外地口音，四川话。官兵也抢饭吃，见土匪吐在地上的骨头，很生气。说父亲通匪，吊在树上用皮带抽打。母亲拿出几块银圆和金银首饰，给官兵带头的，让官兵消气。官兵吃完残菜剩饭，养足精神，追剿土匪去了。

官兵和土匪去了几日，黄牯牛回来了。那时候，黄牯牛已经三岁，懂事，耕土犁田，一身好功夫。父亲心痛牛，每到四月初八，过牛节，父亲给牛吃大米饭，吃盐拌嫩草。父亲从不打牛。

打牛，牛痛。

父亲挨过不少打，祖父多次打他。祖父也是个读书人，他相信棍棒之下出好人。祖父在世，父亲皮肉之苦不断。祖父去世，给父亲留下房屋田土耕牛，很少的钱和很多瘀伤。祖父去世后，父亲瘀伤未除。兵荒匪乱，兵去匪来。土匪来了打劫勒索，官兵来了又说父亲通匪。反正是挨打，挨打多了，人不知伤痛。那年正月初一，刚过完大年三十。父亲端一碗滚烫的油茶，一边喝油茶，一边咬一块烤糍粑。几个土匪进来，进屋就抢东西。父亲大吼一声：大年初一也来打劫啊？父亲把一碗滚烫的油茶泼向一个匪兵。那是几个小毛贼。大土匪过大年不出手，放假，小毛贼不放假。

那一次父亲挨打很重，躺了几天，屙屎血尿。请名医张安子来把脉，张安子也不开方子取药，说怕过不了正月十五。来了个过路客，讲四川话的。那时天已麻麻黑。父亲叫过路客留宿，二三十里无村无店。热菜热饭给过路客吃了，拿出一床新缎被，开客铺。那条被子是母亲的陪嫁，一直没舍得用。天亮，母亲已做好一锅油茶，猪大肠炸油，很香。又烤好糍粑，叫过路客起来过早。人不见了，那床被子也不见了。中午时分，几个人绑了那过路客来，还有我家那床缎被。近处村寨，只有我家有一床缎被，见过的都认得。一个中年男人，我应该叫表舅的说："这个人拿缎被卖，我一看就认出来，当年接亲，这条被子还是我抬回来的。"父亲坐起来，看了看那被子说："这条缎被是我家的，是我送这位过路客的，它放在家里也没什么用。出门在外的人，拿它换几个钱，做盘缠。"

过路客从口袋里摸出个小盒子，里面有几粒丸子。说是打伤药，也治蛇咬伤，过路客是个盗贼。盗贼都有打伤药。

父亲吃了药丸，屙了一大盆黑便，人好了。他以后挨过几次打，吃一粒打伤药，人就没事。盗贼的打伤药是最好的。盗贼不怕挨打，有秘药。父亲后来一部分经历和秘药有关。

父亲的前半生在找人。后半生在等一个人。他请刘二先生、胡八字先生两位高人算过命，两位高人说他命中带贵人。他寻找一个能帮他改变命运的人，不会挨打，不会担心黄牯牛被抢，青黄不接的时节不要借粮，一生有余。客来有酒有肉。他还要一口天旱不干涸的水井，一袋灾年不歉收的种子。他需要一个粮食英雄，帮他装满粮仓。父亲在前人开垦的土地种植，一边过日子一边想，他要找一个帮他的人。

父亲算过命两三年，是太平日子，官兵不来了，土匪活儿也少了。涨水也有消水的时候。

父亲的日子是一条直线，他记日子长短的方法，不是日出日落，不是农时节气，他记朝代。他经历过光绪、宣统，大脑壳，小脑壳，还经历过韩国。日本人来了，打长沙，打常德，占武陵山再去打重庆。在来凤修飞机场。父亲被征去帮日本人修飞机场。父亲的这段经历很可疑，是谁征他？他在劳工营得了伤寒病。这个病传人。他从劳工营跑出来，往日本人堆里跑。要传病，也传给日本人，父亲糊里糊涂跑进日本人的医院。一位好看的女护士见他像一块烧红的铁，给他打针吃药，救了他。女护士会讲中国话，告诉父亲，她不是日本人是韩国人。父亲才知道，除了中国和外国，还有个韩国。韩国是哪个朝代？他想。父亲后来提了一篮鸡蛋和两只鸡，去飞机场看那位女护士，没见到人。日本人跑了，这一带的日本人，被一个叫王耀武的中国人给灭了。

父亲背了头半大的猪，去召市赶集市。我们一地有三个市，召市、贾市、苗市。召市最大，当然没有汉口、重庆大，是乡里小集市。一头猪，在小集市是大买卖。可以换回几斤盐，几斤烧酒，几尺布。一头半大猪能卖十一二块钱。父亲把钱捏在手里，去杂货店买东西。他拿出一块钱买盐。剩下的钱踩在脚板底下，这是防盗的好办法。这边还在称盐，那边就有人喊："红军回来了！"有部队经过集市，领头的骑马。这时的红军已改名叫解放军，没改变的是帽子上的红五角星。父亲看着队伍发了一阵呆，然后就去追赶队伍。我大伯当年跟贺龙当红军，一去杳无音信。父亲那时年纪小，跟大伯走了一段路，没跟上。大伯在红军队伍里喊："回去吧，照顾好爹娘。"这回红军队伍又回来了，他想看看大伯是不是在队伍里，能打听到大伯的消息也好。队伍走得快，没追上。

父亲踩在脚板底下的钱也丢了。还好，几斤盐还在。他一路往回走，边走边想：我大哥参加红军骑马，我这个人背猪，让猪骑我，这叫命呢。算命先生也难算呢。回家，母亲问父亲，那么大一头猪，就换了这点盐？你又去赌钱输了吧？父亲一点愧疚也没有，笑嘻嘻的。他在集市上的遭遇，抵得上一头大肥猪。父亲对母亲说，他在集市上见到了伯父的队伍。有一天，伯父会骑一匹大马回来。

陡坡那边响起枪炮声。解放军四十七军郑波师剿匪。枪炮声响了一天一夜，静下来。父亲去陡坡那边打望，看看我大伯是不是打回来了。父亲站在一块石头上，摘下斗笠，四处张望。几位戴红五角星帽子的解放军用枪指着父亲，把他当土匪的探子，大喝："干什么的？"父亲先是吓了一跳，见是戴红五角星帽子的，镇定下来。父亲怯怯地问："我来看我大哥在不在队伍里，他当红军去了二十多年，没跟你们回来？"过来一位叫邵排长的，摸了摸父亲的手，又摸了摸父亲的肩膀。邵排长嗯了一声，叫父亲回去，关好门，不要出来。子弹不认人。父亲看邵排长年轻，讲话像大哥口气。我大伯对我父亲讲话从来只有叮嘱没有客气。

母亲从柴屋里抱柴，回来对父亲悄悄说："柴屋里有个伤兵，快要死了。"父亲到柴屋一看，是戴红五角星军帽的，父亲把他抱进屋，放在床上，用盐水给伤兵洗了伤口，用干净衣物换下那一身血污的军装，又给他吃了盗贼留下的打伤药，伤兵活过来了，母亲杀了一只老母鸡，用瓦罐煲了汤，一勺一勺地喂那伤兵。伤兵渐渐康复，说要去找部队。父亲打听到，解放军部队往沅陵那边去了。父亲和伤兵的告别仪式是在夜晚。母亲炒了几个好菜，有腊猪头肉、韭菜炒鸡蛋。父亲拿出一坛窖藏的苞谷烧。他和伤兵对饮，母亲在门外纳鞋放风。叫班长的土匪闻到酒肉香，过来赶嘴。见母亲，讨好地说："大表姐，姐夫一个人在家喝酒吃肉，我过来陪他喝酒。"母亲说："哪有肉吃？还是过年吃过肉呢。肉骨掉在火塘里，烧着了香呢，让我流口水呢。你姐夫一个人生闷气，没心思陪你喝酒。改天有肉吃再请你啊。”班长悻悻地走了。

戴红五星的手枪已子弹上膛，土匪捡了一条命。

喝了两碗酒，伤兵告诉父亲，他是郑波师长属下的一个连长，叫钟石。河北保定人。老乡，你知道保定在哪里吗？就是刘邦打过仗的地方、包公当过官的地方。父亲直点头，他听说书的讲过刘邦和包文正。

钟石穿了父亲的衣服，把军装留给父亲。他交代父亲，解放军还会来，你拿这军装给他们看，这上边有我的部队编号。你对他们讲，你救过解放军的伤员，会给你记功的。父亲说：“喝酒喝酒。我大哥也是红军，一家人，不要功。你要见了我大哥，要他回来看看。田土房屋耕牛还在呢。我大哥叫策胡子，大耳朵，下巴上有粒痣。”钟石说记住了，都在部队，哪一天就碰上你要找的人了呢。

钟石是外地人，路上讲话不方便。父亲不放心，一路送到沅陵码头。连夜出门，天亮到咱果坪，过保靖、花垣、吉首、泸溪，走三天三晚、扮作牛客。路边有人家就上门，借碗水，要餐饭。这一路人家，都是好主。解放军大部队还在沅陵，还有大批俘虏的土匪，学习整编，准备去抗美援朝。上边有指示，再仇恨，也不杀俘虏，留着上朝鲜战场打敌人。上边传话下来，剿灭湘西土匪，功在湘西人民。省主席程潜和平起义了，战事平息。

沅陵码头，父亲第一次见那么大的河。父亲目送钟石上船。钟石在船上挥手喊：“老乡，记住啊——”父亲抹了一把眼泪，也挥了挥手喊：“你也要记得，你打过仗的地方啊——”

解放军再来的时候，叫土改工作队，队长叫邵排长。父亲见他眼熟。正是剿匪的邵排长，摸过父亲的手和肩膀的。邵排长也认出了父亲。邵排长要父亲带个头，当农会主席。父亲说：“当这么大的事，怕当不好。”邵排长说：“我们调查过，你是红军家属。红军连杀头都不怕，你怕当农会主席？”

父亲答应当农会主席。这主席我先帮我大哥当着，等大哥回来，让他当。你们见过我大哥没？他叫策胡子。大耳朵，下巴上有粒痣。邵排长悄悄对父亲讲，你这个人，怎么像个落后分子？

那位叫班长的土匪来找过我父亲，要父亲帮他讲几句好话。他鼻涕眼泪地对我父亲讲，表姐夫，我当土匪，也是无路可走，人家吃鸡腿，我吃鸡骨头。我没抢过穷人，只抢过曾财主家一条裤子。见那条自贡呢裤子好，我没穿过那么好的裤子，见财起意吧。姐夫，我们是亲上加亲，你不帮我，我会挨枪子的。他找我父亲哭诉一回，人就不见了。听说他跑到沅陵，找到解放军，说他当过土匪，要求收编。土匪俘虏有认得他的，帮他讲话。他就被收编了。他随队伍开往东北，过鸭绿江，去抗美援朝。这一回，他的部队叫志愿军。收编人员叫他班长，志愿军首长真让他当了班长，带领十几个收编人员。他们编入志愿军 12 军 31 师，入朝不久，这个整编部队随 31 师参加了军事史上著名的上甘岭战役。公元 1952 年，中国年的龙年，上甘岭战役打了一个半月结束，我在那一年八月出生。那场战役真是肉磨子。志愿军死亡 7000 多人，联合国军死亡 11 000 多人。伤亡比为 1 : 1.6。在 1 千米的狭长地带，双方 10 万人厮杀。从沅陵出发的改编部队，大多数人死在朝鲜战场。班长的那个班，上甘岭战役结束还剩一个半人。打扫战场时，班长埋在雪里，半条腿露在外边。另一位手抓住敌人的机枪管，手掌和枪管粘在一起，下半身被子弹打成肉浆。这个班活下来就这一个半人。这半个人手掌被机枪管烫坏，手指黏在一起，像鸭掌。班长给他取了个绰号，叫大巴掌。这一个半人回来，一共有两枚纪念章。一枚志愿军纪念章，一枚上甘岭战役二等功纪念章，关于这两枚纪念章，村里有过争论。男人们多半认为是铜的，女人们多半认为是金子的。男人争不过女人，最后一致认为是金子的。这个结论是正确的。纪念章几十年以后不生锈，包着的红绸布打开，纪念章仍旧金光闪闪。

班长年纪有点大，三十几岁吧。他娶的妻子成分有点高，地主的女儿。人漂亮聪明，我要讲，班长的妻子是他又一枚纪念章，同他熬过苦日子，过上衣食无忧的好生活，直到终老。他们生养了个女儿，叫金爱。像百合花，一位仙女。

班长要是不结婚，他就不是我岳父。他要是不生一位女儿，也不会是我岳父，要是没有父亲，谁都不会是我岳父。班长回来，邵排长和土改工作队走了。邵排长没走，班长的婚事怕搞不成。邵排长领导斗地主分浮财、分田地、分房屋，一位革命军人怎么能娶地主的女儿？这是阶级路线问题。村里人认为，一个男人九死一生回来，就应该成家，娶妻生子。村里也只剩地主家的女儿未嫁，这婚事合情合理。总不能让一个男人戴着军功章打光棍儿吧？

班长办喜酒，父亲和大巴掌坐上席。班长成了家，大巴掌就住进他家。大巴掌有资格住干休所。班长对他讲，你就把我家当干休所吧。大巴掌的轮椅没有轮，一条板凳用手支撑，挪到山顶，看日出日落。日出像冲锋，日落是躲进掩体。夜里惊梦，大喊："大鼻子来了！大鼻子来了！上刺刀，缴枪不杀！"有时候他会喊一句外国话："头到阿姆是舍夫！"也是缴枪不杀的意思。

大巴掌藏着一罐压缩饼干，一盒牛肉罐头，朝鲜战场缴获的。过苦日子挨饿，喝凉水吃野菜，也没舍得吃，留着有用，万一哪天又打仗呢？

公元 1954 年冬天，下十天冻雨，大地结出冰壳，油光滑亮，叫油光凌。这年马年，父亲的本命年。这年我两岁。我是公元 1952 年 8 月生的，龙年。母亲在地里捡绿豆，回去煮绿豆汤。母亲把我生在绿豆地里。干旱 50 多天，突然下暴雨。母亲说我命大，一出世就涨水。母亲不记得，脐带是她掐断的，还是我自己挣断的。那时候，正是上甘岭战役结束的时候。1954 年冬天，父亲和班长他们送公粮到洗车河。那里是区公所，有粮库。一路上，过皮渡河，上翻坡，过召市，上洛塔，一百多里山路。一人一担粮，人组成驮队。送粮队伍，穿了草鞋，草鞋套上铁码，冰壳上不会打滑。班长在朝鲜冰雪地里打过仗，走得快，冰壳子在脚下，咔嚓咔嚓响。班长一路上领先，放下自己的担子，再折回来，帮我父亲担一段路。这让父亲很过意不去。担子压在谁身上也一样重。到了洗车河，交了公粮，父亲请班长吃米豆腐。父亲对班长说："我这农会主席，本来是帮我大哥当的，大哥没回来，人还在不在也说不定，你来当这个农会主席吧，我当不好。你来担这个担子。你有办法，以后日子长，大家跟你过好日子了。"

那时还没有人民公社，成立了农业合作社，初级社，高级社。农会主席这个职务没有了。班长当了农业合作社的社长。人在自己家里吃饭，田土、耕牛、农具全归合作社公有。父亲找到班长，要求慢点入社。班长跟我父亲讲，不入社搞单干，是落后分子啊。父亲讲，只落后一两个月。父亲心痛他的牛，他要给牛放一两个月假。他每天给牛喂黄豆玉米。那头黄牛长得膘肥体壮。两个月以后，端午节那天，父亲牵头牛，把牛鼻绳交给班长，说："我现在入社了。"这头牛的体质好，脾气也好。后来成立人民公社，它还是一头好耕牛。

我六岁时，父亲要我上学读书。他让我读书只有一条理由，有朝一日找到大伯的下落，好给他老人家写信。我读书，也就用心识字，到小学三年级，我就会认字典，一本四角号码字典，从头认到尾，错别字一起，一共能写一千多个字。这些字，没能给大伯写信，只是帮父亲写检讨书，父亲总爱讲落后话，讲种卫星苞谷不好，讲密植不好，讲农药化肥不好。办他的学习班，连他当年帮日本人修飞机场的历史问题也扯出来了。办学习班是为了父亲进步。班长和大巴掌坚持，不让开父亲的斗争会。说父亲的问题是先进和落后的问题，人民内部矛盾。父亲的问题，最先是阿亮提出来的。阿亮也是亲戚，叫我母亲大姐。旧社会讨米，我们家也经常接济他，生的熟的，匀出粮食给他。我父亲说阿亮懒，好手好脚不该讨米。阿亮是记住了。阿亮对我父亲最不满是不该背后叫他亮瞎子。什么人啦！当面叫亮主席，背后叫亮瞎子！我大小也是贫下中农协会主席！

大巴掌和阿亮吵了一架，是在开群众大会的时候。阿亮在台上讲话，讲有些人就是落后，反对新生事物，这个人帮日本人修飞机场，是汉奸。大巴掌撑着板凳，一步一步挪上台，对台下百十人喊话。帮日本人修飞机场，不是一个两个人，都是汉奸？那是拉夫强迫。我大巴掌还当过土匪呢！阿亮先愣了一下，对大巴掌喊："你，大巴掌！听好了，你当过土匪就光荣？"大巴掌想站起来，但没有腿，他挺直了腰，拍着胸脯说："大家看看，我当土匪是丑事，我这抗美援朝纪念章是光荣的。人要讲良心。阿亮，我就不讲你了，你，为大家办了什么事？"班长把大巴掌抱下台。阿亮没喊散会，一个人先退场了。

我帮父亲写检讨书，越写越生气，对父亲说："爹，你怎么不跟大伯去当红军？怎么要帮日本人修飞机场？你那时没想过，你以后会是我爹吗？"父亲什么也不说，只是吧嗒吧嗒地抽旱烟，口水顺着烟杆流下来。父亲抽烟从不流口水，他抽烟的架势和做农活儿的架势都可上教科书。人抽着烟流口水，就同牛羊这类反刍动物差不多了。

良久，父亲吐了一口烟，他对我说："儿子，我以前不知道，有一天我会是你爹。真的，我从未想过。"

"儿子。"

"嗯。"

"儿子。"

"爹。"

我接着写父亲的检讨书。这不是父亲的检讨，是我与他的合谋。我写父亲说农药不好，农药用多了，人会得肝炎病。杀死害虫，就有了杀不死的害虫。化肥让土壤板结。邓家槽种卫星苞谷，密植就是高产，亩产千斤粮。集中劳力，白天干，晚上燃起火把干。苞谷种子拌了桐油和硫黄，防鸟防病虫害，也防种苞谷的人饿了偷吃种子。晚上干部清点人头，见父亲溜了，大声喊。我和父亲躲在岩角落里。父亲要我不出声，捉住要扣工分，还要挨打的。喊声很恶，我害怕。听到班长对干部大声讲，他肚子疼，请假回家了。病好后让他补工。

十二岁以前，我只知道父亲就是天天下地干活儿的一个人。人长到成年，才发现那个人就是父亲。一个人发现父亲，或早或迟，一般是在十二岁以后。我比十二岁长一岁。我在自信、期待、不安中考上中学，去召市小镇读初中。我喜欢两样东西，校长包胜的板书和毛笔字，植物学课朱长径的显微镜。朱老让我见细胞世界，这对我以后学医很有帮助，让我很好地领会渗透压是什么。课外必读书是《毛泽东选集》《鲁迅文集》，列宁的书，《共产党宣言》《进化论》，我全归类为文学书。书的世界很干净，我们都能背诵老三篇，《愚公移山》《纪念白求恩》和《为人民服务》，做一个高尚的人，纯粹的人，脱离低级趣味的人，有益于人民的人。

我认真读书。认真读书就不觉得饿。字可充饥，吃饭用笔筒。

端午节那天，父亲来到学校。他那样子，一看就是个爹。很多同学打量他，不知道是谁的爹。父亲大喊我的小名。我慌忙跑过去，叫父亲别大喊大叫，影响不好。父亲只叫我把东西清好，回家。我不知道出了什么事，只觉得事情严重。父亲说："看你们学校成什么样子，到处是大字报，校长都不敢讲话，还读什么书？"书是读不成了。跟父亲回家。学校的青砖白屋越来越远，看不见了。父亲一路讲他的道理，说我没读书的命。儿啊，你会认字典，回去一边帮我做点事，一边还可认字，比学堂里读书费时合算。我跟在父亲身后，这真是人生的倒行逆施。真的心痛，心痛得说不出一句话。

天黑了，还要翻过一座山。我和父亲保持一丈远的距离。父亲在我和山的黑影之间移动。

我们那一届上中学的，后来全离开了学校，说上头有文件，那一届初中一级的，要返回去读小学六年级。几十年后，我在旧书摊上买回那个时期的文件汇编，花 300 元钱，也就是一个月工资，买那本旧册子，查看关于那个时期升了初中再复读小学的文件，没那样的记载，没有证据。我只查到初中不再升高中，高中不再升大学的证据，那些证据与我无关。我把那册旧文件交给一家档案馆，得了 1000 元奖金，我用这 1000 元又买下宋版《史记》12

册，木刻本，转让给一位朋友，发了笔横财。一切因果，都有自己的路径。

农耕农事，锄禾当午，种子，农具，父亲。这样的名词组合，经不起父亲的打量。父亲是主语，我和粮食是宾语。父亲的人生就是个祈使句。牛、农具、种子、泥土，都有父亲的气息。它们是父亲的一部分，是父亲身上的某个器官。母亲说，犁头和锄柄，让父亲摸成玉了。

十五六岁，父亲教会我使犁打耙，每天能挣 10 个工分。父亲对我很满意，认为我值得 10 个工分，生产队男人最高的工分值，等值四角多钱，等值三斤半大米，等值一只母鸡一天下了 10 个鸡蛋。

生产的男人全劳动力，一个劳动力日记 10 分工，妇女劳动力记 8 分工，半劳力记 5 分工。阿亮不是劳动力，记 10 分工。大巴掌由县民政局发钱，不记工分。大巴掌每天编两双草鞋交生产队，不记工分。兴修水利，大巴掌编的草鞋结实，男人女人穿他的草鞋，立了大功。阿亮有个要求，说他这个贫下中农协会主席没功劳有苦劳，要记一个全劳力的工分，再加贫协主席的工分，记一个半劳动力的工分。阿亮找班长讲了几回，大巴掌对阿亮说："社会主义是按劳分配，人要有点觉悟，你一张口就要，一要就有，你把大家当共产主义啊？"

大巴掌的草鞋在公屋里挂着，谁要谁拿。父亲穿自己编织的草鞋。草鞋让给不会编草鞋的人。自己有，莫取公家的，自己会做，多做一点。

修完贾坝水库，父亲被评为劳模。他把奖状贴在神龛下方。神龛上方是毛泽东主席像，覆盖在家仙纸上面。阿亮给班长反映，说我们家出了大事。班长来看了，对父亲说："老兄弟，能不能把家仙纸取下来？"父亲说："你要我入社，我依你，让我去修水利，我依你。这个不依你。家仙纸上写的天地国亲师位，世世代代供着，把它取了还是神龛吗？"班长不再说什么，叹一口气，一个人扛着犁弯不换肩，没办法。

父亲唱着歌谣从桥上走来。单干好比独木桥，走一步来摇三摇。合作社是石板桥，风吹雨打不坚牢。人民公社是金桥……

喀斯特地貌分布地区的人民公社，水比黄金贵。一桶水，洗完菜洗脚，洗完脚喂牛。人民公社修了三座水库。卧龙水库、三元水库和贾坝水库。人民公社引两条地下阴河变地上河。洛塔的河流和接龙河。水利工地，班长说修贾坝水库就是战上甘岭，人人都是战士。父亲穿烂了 18 双草鞋，自己编的。大巴掌编织了 200 双草鞋。那是有霜有雪有冰的冬天，修水利的精神就是胡萝卜精神，每个人的手指脚趾冻得像胡萝卜。有人脚后跟皲裂，开口子像鱼嘴巴，用鸡油填上，再涂上生漆。父亲评上水利劳模，得了奖状和一条毛巾。他把毛巾给了我，说我是识字劳模，同龄的和大几岁的，我是识字最多的。15 岁时，我能按顺序默写一本四角号码字典。可到 50 岁时，我只记住不多的汉字。

父亲要我记住，有了大伯的下落，给大伯写信，青岩山有湖有河，不缺水。大伯为争半桶岩浆水，和别人打了一架。父亲还要我捎上一笔，挑土也能当劳模。

修水利，是喀斯特地貌分布地区的大行动。班长说，领导人叫华国锋，他来看过洛塔的河流。我读过华国锋写过的一首民歌体诗：高山顶上修条河，河水哗哗笑山坡。昔日在你脚下走，今日从你头上过。

这是写韶山灌渠，我想是写洛塔。修完那些大型水利工程，过去十年，到公元 1978 年，又一两年时间，人民公社改建制为乡镇，班长当上村长。父亲领回农具和那头老黄牛，分到几百亩山林和土地。父亲供养老黄牛。不再用它耕地，买了一台小型耕地机器，不吃草，比牛好使。老黄牛算是退休了。父亲给它吃嫩草拌盐，吃苞谷和黄豆。老黄牛过惯了人民公社的集体生活，不习惯孤独，在栏里总是打栏。父亲放它出栏找伴。老黄牛见了年轻母牛就兴奋，一同吃嫩草，它会让母牛们先吃。那些母牛被卖，老黄牛一直跟着。到了公路，那些母牛被赶上汽车拖走。老黄牛追了很远，它大喊大叫，不知道那些怪物拖着母牛去了哪里。老黄牛死了，41 岁，高龄。父亲一个人，在一棵松柏树下挖了个坑，把老黄牛埋了，一个很深的坑，怕老黄牛让什么野物吃了。

大巴掌领每月 2400 百块钱。阿亮吃低保。父亲有了病痛，前胸和后背两处。母亲去世两年，父亲的病痛更严重。后背痛，是腰肌劳损，椎间盘突出。这个病，不知是当年土匪打的还是官兵打的？是给日本人修飞机场留下的还是修贾坝水库留下的。医生讲，是一个人一生的劳累留下的病。前胸痛，医生讲是胃癌。吃多了霉玉米。吃多了霉玉米，会长胃癌。父亲不知道，要早知道，他会不吃，多吃红苕，不会长出个胃癌来。

父亲到尿桶撒尿，在板壁上见到我的尿线，五尺高。父亲说我，不尿在桶里撒在板壁上，杉木板壁不经沤。又说我该找老婆了。五尺高的尿线，是婚姻线。我对父亲说，我要马六，幺姨嫁到召市街上，吃喜酒时我见过马六，长辫子，瓜子脸，漂亮。街上的姑娘，就像酸麦李子，好看不好吃。不会喂猪，不会种苞谷。请媒人去班长家，他家女儿身子结实、勤快，人也好看。班长女儿叫金爱，是我小学同学，聪明、好看。父子俩意见一致，齐心合力，班长就成了我岳父。订婚放鞭炮，告知乡邻，金爱算是名花有主了。请算命先生合了八字，择了结婚日子，金爱突然得了一种叫阴蛇上树的怪病，从脚底痛到心脏。只一天半，人就没了。躺在门板上，白布盖着，只露出一双绣花鞋。那几天，喜鹊不叫乌鸦叫。野樱红了，刺莓红了，麦子快熟了，苞谷苗一节节地长高。

父亲不停地砍树，那些树全是他年轻时栽的。他先砍了那棵酸麦李子树，再砍那棵酸梨子树，连那半酸半甜的桃树也砍了。一个人生命快完结的时候，会毁掉一些亲手制造的东西。我很心痛，那些酸涩的果子，是我童年的伙伴，它们随父亲去了。

父亲把我叫到床前，他从枕头下拿出一个包袱，打开，一套旧军服，斑驳的痕迹，一顶有红五角星的军帽。他对我讲了救解放军伤员的故事。钟石，河北保定人。保定，你知道吗？刘邦打仗的地方，包文正当官的地方。他要来了，你把这些东西还他，问他见到你大伯没有，你大伯是红军。他要没来，这东西你要收好。

父亲最后对我说："我死了，你就和我一样，没爹了。我把那些酸果树全砍了，你以后要栽，就栽甜的。有了你大伯的下落，要给他写信。"

酉时，太阳落山。父亲走了。我叫了声爹。我没爹了。

我离开父亲的山寨，去北京大学读书，我的专业考试是120分。我能默写四角号码字典。这是父爱，祖父要我这么做的。离开山寨的时候，来了个钟将军，县里的人陪他来的，他就是钟石，我把父亲留下的那套旧军服和五角星军帽交给他。钟石将军说："留给你吧。"

未名湖边，我见到一株桃树，那一定不是父亲栽的。

有了大伯的下落，我会给他写信。

原载《芙蓉》2021年第5期

主持人：王干

王干，文学批评家，鲁迅文学奖得主，“新写实小说”倡导者。

Wang Gan is a literary critic, winner of Lu Xun Literature Prize, and an advocate of "new realistic novel".

微小说

推荐语

刘正权的《灯头火》将老祖宗留下的遗训赋予新的时代气息和新的职业操守。退休警察龙吴东是灯，金盆洗手的疤棍如火，为让浪子回头的三闷子，他们联袂上演了一出烤灯头火的好戏，既为乡政府排忧解难，又把安全隐患消灭在萌芽状态。小说语言简洁，富有生活气息。

非鱼的《冬天总会下雪》用纯净、唯美的语言，讲述了一个少年和一家人的故事。故事里有隐隐约约的爱情，更多的则是人间亲情。大妞和小建哥两个人物形象鲜明，尤其是对于人物、背景细微处的刻画，生动准确，有现场感，大大增强了作品的可读性。

斯是好茶，应该如何去品？崔立的《好茶来一杯》有两条线，明写茶饮，实则也是写人的历练与坚持，坚持做一辈子苦尽甘来的事，坚持喝一辈子甘苦自知的茶。茶如人生，人生如茶，值得用心用情去品味。

余清平的《将军白马》讲述了抗联第十军的军长汪雅臣，为了新中国的诞生，掩护战友，亲自断后，阻击日寇，不幸献出年轻的生命。作为一个共产党员，他把生的希望留给跟随他艰苦抗日的部下，展现了一个抗联干部高尚的不怕牺牲的革命精神。

聂鑫森的《老班派》娓娓道来，老班派的老行健，就像一块古玉，在岁月的擦拭中永远温润，清白照人。他的儿子、孙子，都是衣钵相传的中医，结局处孙子老学坚带着老行健抄录的几个防治新冠病的古方，几句送别赠言，动人肝肠。风萧萧，雪飘飘。

安谅的《老杨认友》写老杨一辈子阅尽千帆，从台前到退休后的舞台，前来的人，谁淡泊真诚，谁势利趋骛，皆在一目了然之间。欲速而不达，人生路漫漫，淡泊一些，真诚一点，也许坦途还更多。

李忠元的《麦收时节》以暴雨到来前的麦收为叙事主线，通过多方对比的写法，交代了主人公周月在男人外出打工，同时得罪黄嫂的前提下，求助无门，而关键时刻，黄嫂不计前嫌，主动找社主任为周月家抢收麦子，凸显了村风民风的淳朴和阔大，揭示了新时代新农村人与人和谐相处的社会现实。

田洪波的《莽昆仑》千把字篇幅，折射一个时代。在改天换地的雪海中，一个怀有崇高理想和信念的群体，带着诗意走进我们的视野。作品运用电影蒙太奇的手法，镜头聚焦于可爱单纯的知识青年，如何历经浪漫和惊险，带给人无尽回味和思索。

张凯的《我奶这辈子》从生活细微处入笔，讲述了一对乡村老夫妻一辈子的生活，其情真实感人；全文无一“爱”字，却处处是包容，字字充满爱，可谓微言大义隐藏在平凡的真实生活里。

李爱明的《小贵客》及时捕捉到了社会生活的新气象：妻子进城当月嫂，带孩子视同己出，月嫂变成了“家人”，以真诚赢得了信任，也赢得了亲情，这在当下这个时代实属难能可贵，表现了新的时代内涵；一个数星星的细节，流露出孩童成长的乐趣。全篇字里行间，涌动着真情的热流，饱含时代前行的温馨气息。

【作者简介】刘正权，中国作协会员。作品散见于《中国当代文学选本》《小说选刊》《台湾文学选刊》等国内刊物。中篇小说《单开伙》被收入《中国文学年鉴2019》，已出版作品集十五部，有作品被译成日文，英文。

Liu Zhengquan is a member of the China Writers Association. His works are published on domestic publications including *Selected Works of Contemporary Chinese Literature, Selected Novels, Selected Works of Taiwan Literature,* etc. The novella *Single Life* was included in the *Chinese Literature Yearbook of 2019.* He has published 15 different collections works, and some have been translated into Japanese and English.

灯头火

刘正权

疤棍把一双手拢在嘴边，一丝热气都不给往外漏，龙吴东见了，忍不住奚落，再冷不烤灯头火，疤棍你能啊，烤上嘴边火了。

嘴边火，指香烟。

疤棍戒烟有日子了。

疤棍脸色不自然，你咋晓得我抽烟，我捂那么严实。

龙吴东笑，我鼻子灵比狗都灵，这谁的原话？

疤棍不吭声了。

年轻时疤棍但凡犯点事，不过一根烟的工夫，龙吴东准能顺着蛛丝马迹找上门。

被龙吴东追得实在无路可逃的疤棍，每次被抓住嘴里都恨声不绝，你狗托生的啊，鼻子那么灵？狗鼻子便成了龙吴东的代名词。

要我说这鼻子跟上你们当警察啊，退休了都不能安生！疤棍把拢在嘴边的手掌撤下，那烟头就一明一灭地冲龙吴东打招呼。

又生什么邪念了？龙吴东从疤棍嘴里拽下烟头，身子都咳成一张弓了，不知情的还以为你给我玩鞠躬尽瘁呢。

你别说，我还真想让你死而后已！疤棍笑嘻嘻地。

这笑容龙吴东熟悉，别人着了疤棍套路才有的神情。

龙吴东忍不住怔了一下，难不成，自己着疤棍道了？

怔归怔，龙吴东不当回事，疤棍能在他一个退休警察身上翻多大的浪。

还真跟浪有关。

疤棍说，带你去个地方，敢去不？

能怕了你？龙吴东回答很干脆，跟上疤棍一瘸一瘸的步伐，那是两人年轻时交手，龙吴东给疤棍身体留下的纪念。

路上，有三三两两人加进队伍，龙吴东认得其中两个面孔，年轻时都跟疤棍很紧，和龙吴东打的交道相应也不少。

见两人并肩走着，没人敢上前搭话，都闷声不响跟在身后，扎着头抽烟。

捡起来了？龙吴东意味深长把之前从疤棍嘴里拽下的香烟举到疤棍鼻子跟前，问。

疤棍知道龙吴东醉翁之意不在酒，装糊涂，戒烟啊，这个是很简单的，我都成功戒过好几回了。

好笑吗？龙吴东冷着脸，不觉得这个梗很冷？

疤棍来个王顾左右而言他，你不觉得今天天气很冷？

是冷，见疤棍脚步缓下，龙吴东眼光四处扫描一看，不知不觉间，两人居然站在乡郊的湖边。

有风，浪不大，水风却带着寒气，让人嘴唇不由得哆嗦一下。

就有人哆嗦着发话了，断电不？今儿个！

疤棍回头看那人，你他妈想断饭碗吧，没看见龙所长在？

龙吴东就晓得，疤棍该亮底牌了。

果不其然，疤棍从龙吴东手里把烟要过去，之前你说什么来着，再冷不烤灯头火？

龙吴东点头。

啥个意思，我第一次听说呢。

这句话的意思告诉我们，不管有多么的冷，都不要用灯头的火来烤火，以前农村灯是煤油灯，要留下火种，同时灯还是唯一的照明工具，相比烤火更加重要。

疤棍一副求知欲很强的样子，我好像听后面还有一句叫再饿不吃播种粮。

是啊，这句话用来提醒人们，做事要分清主次，不能只顾眼前的利益，捡了芝麻丢了西瓜，因小失大。

听见没？疤棍忽然一声大吼，龙吴东这才发现，那些人不知啥时都悄悄围拢在身边。

疤棍你这唱的什么隔壁子戏？龙吴东警惕性上升。

乡政府里搞开发，要把这湖塘承包给外地人！疤棍把烟点上。

有这回事？龙吴东奇怪，三闷子不是承包得好好的吗。

这湖塘，是当年三闷子出狱后，龙吴东给找的活路，承包湖塘，贩鱼到菜市场卖，养活一家老小。

说话间，三闷子从人群中站到龙吴东面前，龙所长，这湖塘你知道的，是我一家人的灯头火呢，乡里要承包给外地人我也没办法，但这些电线杆全是当年老哥们资助，给我把电送到湖塘的，我把电断了，电线杆电线给拆了，还老哥们人情，不算犯法吧。

龙吴东就明白过来，疤棍他们是要给新来的承包人一个下马威呢。

好端端的电线路一旦毁掉，再重新栽电线杆，拉线，得经过不少农田，现在农田都承包个人，花钱未必人家给你松口，加上疤棍三闷子都是土生土长的本地人，谁敢不给几分薄面。

龙吴东瞪一眼疤棍，说把烟给我！

疤棍递过烟，龙吴东冲三闷子板着脸说，你还老哥们人情，确实不算犯法，可你那是犯错，有我龙吴东在一天，就不允许你三闷子再有重新犯错的机会。

说完这话，龙吴东又冲三闷子招手。

三闷子不明白，望着龙吴东打出的手势发呆。

骑上你的摩托车，送我们一起去趟乡政府。

我那是贩鱼用的，三闷子嘴巴蠕动着，坐上去，腥气大着呢。

鱼腥气总比血腥气好闻得多！龙吴东鼻子翕动着，依照疤棍三闷子这些人的脾气，肯定会跟新来的承包人，搞出什么大动干戈的事来，得把一切治安隐患，消失在萌芽状态。

让乡政府烤一烤灯头火！很有必要。

原载《啄木鸟》2021年第9期

【作者简介】非鱼，河南三门峡人，中国作家协会会员，三门峡市作协副主席，河南省小小说学会副会长，作品曾获第四届小小说金麻雀奖、莽原文学奖。出版有小小说集《一念之间》《来不及相爱》《追风的人》《尽妖娆》等六部。

Fei Yu, a native of Sanmenxia, Henan Province, is a member of the China Writers Association, the vice chairman of the Sanmenxia Writers Association, and the vice chairman of the Henan Short-short stories Society. His works have won the 4th Golden Sparrow Award for Short-short stories and the Mangyuan Literature Award. Fei has published six collections of short-short stories including *Between Thoughts, Too Late to Fall in Love, The Man Who Chased the Wind*, and *Enchanting*, etc.

冬天总会下雪

非 鱼

一到冬天，落过第一场雪，或者第二场雪后，小建哥就该来了。

他每次来，都不是空着手，这也是大妞盼望着他的原因。

一根锃亮发红的扁担，一头挑了毛茸茸的野兔、獾、野鸡，一头挑了布袋子，里面装了干的木耳、蘑菇、毛栗子、山玉米糁。

小建哥是个沉默寡言的人。他从崖头上走过时，邻居们看见就会喊他，小建啊，下山了，来看你干大了。他不回答，就笑笑。从门洞往地坑院下的时候，他的脚步很重，一步一步发出“嗵——嗵——嗵——”的回响。大妞一听到这脚步声，就知道那个一年只出现一次的小建哥来了。

他进到院子里，进到窑洞里，把肩上的东西一一卸下来放好，还是没有说一句话。大妞喊他，小建哥。他也是笑笑，看看她。

父亲还没有回来，母亲招呼他在炕沿上坐了，问他冷不冷，鞋湿不湿，饿不饿，他一一闷声答了。母亲去给他做饭，他去院里找扫帚和铁锨，把西院的积雪往猪圈那边堆。吃过饭，母亲说，你先去歇会，这一路怪累的。小建说，不累。母亲拿出一双半新的棉鞋，让他换上，说他的鞋底湿了，得拿去烤烤。

他坐不住，扭身又出了窑，把下院堆的一些废木头、树枝子整整，猪圈门的铁丝拧拧，实在没事干了，就站在院子里。大妞一会儿扒拉扒拉那些堆在地上的野兔和野鸡，一会儿去小建哥跟前转转。

哎，小建哥，那些兔子都是你打的吗？

嗯。

山上怎么什么都有啊。

多哩。

还有啥啊？

野猪，豹子，老虎，狼，都有。

我不信。

他不说话，仰头看着地坑院上方的一片天。他好像无法给大妞解释清楚大山里的景象，那些高耸入云的大树，那些奔跑的各种动物，盛开的各种花朵。他想说，我带你上山看看吧，可他不敢。

天黑的时候，父亲回来了。看见干大，小建似乎不那么拘束了。父亲拿出烟笸箩，给小建卷了一根纸烟，他用烟袋，爷俩围着一个火盆，抽烟。父亲问他大、他妈的身体，问今年的山庄稼收成，问都打了啥稀罕物，小建一一答了。两个人又没话了，盆里的火还在毕毕剥剥地烧着，呛人的烟在窑里盘旋、弥漫。过了许久，父亲说，这回在家多住几天。小建说，不了，明天就回。他从棉袄兜里掏出一个鸡蛋大的油纸包，差点忘了，这是獾油。

小建哥真要走。母亲怎么挽留都不行，大妞拉了他的胳膊，差点把自己整个身体都吊在他身上。他脸憋通红，只说，回，得回了。母亲拿出早就准备好的一身黑布棉袄、棉裤，三双棉鞋，一大包淋了香油揉好的烟叶，还有半袋子白面，父亲塞给他五块钱，说，要走就早走，路上慢点。

小建哥走后，那天中午，母亲用一只兔子肉拌了粉条和面，又擀了两大张面皮做底和盖，蒸了满满一大竹篦的蒸肉，窑里、院里香气四溢。大妞非要端着碗站在院里吃，她看见了崖头上趴着的那几个黑脑袋，她就是要故意显摆，馋他们。她冲他们喊，我小建哥送来的，野兔肉，可香了，还有獾，还有野鸡，还有好多好吃的。她甚至能听见那些黑脑袋们咽口水的声音。

大妞十三岁那年，小建哥突然就不来了。大妞很奇怪，她问父亲，你干儿子怎么没来？父亲说，不知道。她问母亲，母亲说，谁知道呢，有事吧。

大妞想让父亲上山看看，看小建哥是不是出什么事了，她给父亲说，我跟你一起上山吧，去看看小建哥。父亲说，你不去。女孩子家的，瞎跑啥。

大妞觉得委屈，她关心小建哥也有错，那可是他干儿子哩，亏人家年年送东西，哼。

后来，大妞再也没有见过小建哥。那包獾油一直在抽屉里放着，谁哪里烧了烫了，小刀挑一点涂了，很快就好。每到这时候，大妞就会说，这还是小建哥拿来的。父亲和母亲谁也不接她的话茬，好像小建这个名字、这个人成了一家人的避讳。

大妞十七岁了，有媒人来提亲，父亲和母亲对男孩和家里光景都很满意，两个人趁大妞不在，一个坐在炕上纳鞋底，一个坐在炕边抽烟，商量着大妞的终身大事。

妞也不小了，先换鞋样，等过了二十就发落她出门。

行嘛。

得亏没跟了小建，要不妞一辈子就窝山里了。

我当时也就那么随口一应承，谁知道他们还当了真。年龄差着七八岁哩。

啥都能胡咧咧，你要在山上再多住几天，把家都许给人家了。

那不会，不会。都认了干亲了，聊闲天呢，说到大妞，他大说等娃大了亲上加亲。喝了两碗烧酒，顺嘴就应了。可咱这一直当干儿子，不妨他大提了这茬，娃也没法来了。

小建是个好娃。还好他也娶了媳妇，生了娃了，要不我这心里老对不住他。

是好娃。你再纳几身小娃娃的棉衣裳，弹几斤棉花，我哪天送上去。

能行哩。可千万别让大妞知道。

其实，大妞一直躲在窗户底下偷听，从她的婚事到小建哥，她都听到了。十七岁她心情复杂，两颊通红，额头上冒出一层细密的汗珠。

在她身后，这年冬天的第一场雪，已经在院子里铺了厚厚的一层。

原载《天池小小说》2021 年第 19 期

【作者简介】崔立，上海人，中国微型小说学会理事、专栏作家，迄今在《北京文学》《天津文学》《山花》《飞天》等报刊发表短篇、小小说1200多篇，近半数被《小说选刊》《人民文摘》《读者》《青年文摘》等转载，或入选100多本年选及权威选本，获奖100多次。出版著作《那年夏天的知了》《风雨后的阳光》《春水淌心间》等。

Cui Li, a native of Shanghai, is a member of the China Mini-stories Society, and a columnist, who has published more than 1,200 short-short stories on newspapers and magazines including *Beijing Literature, Tianjin Literature, Shan Hua, and Fei Tian.* Nearly half of them have been published and reprints by Selected Novels. People's Digest, Reader, Youth Digest, or been selected in more than 100 selections and authoritative anthologies of the year, and winning more than 100 awards. He is the author of literature works including *The Cicada of That Summer, Sunshine After Wind and Rain, Spring Water Flows in the Heart,* etc.

好茶来一杯

崔　立

父亲说："这是好茶。"又说，"走！"

父亲抖了抖手上拎的那盒阳羡茶。

我们坐上车。父亲的这台老客货车，轰隆轰隆地开了好几年。从我去远方求学，到毕业归来，该参加工作了。

前几天，父亲回来特别兴奋，说今天载了个人聊得很好，他女儿和你一样也是学园林的，比你早毕业两年，现在一家绿化公司，做得很好、很好、很好呢！

父亲连着说了三个很好，说得我的头低了下去，低了下去，又低了下去。

自毕业后，我已经在家三个多月，这浑浑噩噩地难耐时光，连大门我都不敢出。我怕别人说，喏，这老霍家的孩子，读了这么多年书又读回家了。

车子在马路上开了有多久，我的心就游移了有多久。出门前，父亲说："待会你客气一点，叔叔阿姨要叫的，脸上要带点笑。"母亲说："这一次要能成，你的工作就有着落了，不然你还是要待在家里。"我的手心里沁出了汗，潮潮的，像我紧张的心情。

车子开进了一条狭窄的泥路。农村里多的是这样的泥路，雨一下就不得了，车轮碾压而过，留下深深浅浅的水沟和一团团的烂糊泥。

所幸，那天没有下雨，可看这天，阴沉沉地也随时像要下雨。

父亲说："到了，下车吧。"

不知道是不是我坐久了的缘故，脚都麻了。我挣扎着下车。父亲手上拎着那盒茶叶。父亲说，那是值得喝一辈子的好茶。

屋子里，两位和父亲母亲差不多年纪的男女，看到我们来了，赶紧说："快进来，快进来。"又是搬椅子，又是倒水，非常的热情。我轻轻唤了声："叔叔，阿姨，你们好。"父亲也忙说："麻烦你们了，谢谢，谢谢——"

坐下后。父亲先是说了一番客气的话儿，无非也是遇上是缘分，不早一点也不晚一点刚刚好。又说到了他们女儿有出息，刚毕业两年就在绿化公司站稳了脚跟，说明还是挺有能力的，不容易，相当不容易呢。

在父亲的一番赞扬后，对方的父亲话匣子也打开了，说："其实我们日常对孩子的教育也是很用心的，从小就要求她要吃苦耐劳，别看她是个女孩子，家里的家务活少不了要做的，学习也是要跟上的，学习不好将来连饭都吃不上，还有……"父亲连连点头，说："是，是，说的很对。"

回顾这段往事时，父亲已经退休，客货车也早已不开了。而我，也靠着自己的努力，成为那家行业领军绿化公司的副总。

四邻八乡的，常有人为能去我所在的公司上班来找上门。无一例外地，都会带上一盒阳羡茶。他们知道父亲喜欢喝这茶叶。

父亲都会微笑地请他们进屋。离开时，父亲又让他们把茶叶带回去，说："你们要不带回去，那这事就不要再提了。"

一个多月前，邻村的一个男孩，通过我来到公司。他先去了工地，放样、挖树穴、种树、浇水等等。男孩待了半个月就跑了。每一个介绍进公司的人，都需要从工地上做起。我当年也没有例外。那个介绍我进来的女儿，已经成为了我的妻子，她常常开玩笑说："还是我介绍的人强吧，你看你介绍的人，一个个地都跑了。"我哈哈一笑。

这一天，我开车回家，接了父亲去了老丈人家。那年的泥路已成了宽阔平坦的水泥路。老丈人在门口等候多时，远远地朝我们挥了挥手。

进了屋，拆开的阳羡茶，老丈人熟稔地抓了一把放进茶壶，又倒满热水。满溢开的茶叶，像舞者跳起动人的舞姿，一股淡淡的茶香飘然而起，沁人心脾。

老丈人说："老霍，来一杯？"父亲点点头，说："来，满上。"两个老头子嘻嘻哈哈地乐呵起来。

多年前，我们要离开。父亲放下了那盒阳羡茶，说："一点小心意，你们尝尝。"那个女儿的父亲说："那怎么可以，认识是缘分，拿东西就见外了。"父亲怎么推他们就是不拿。没办法，父亲只好连连感谢，又把茶叶给带了回去。

这辈子，对阳羡茶，父亲一直视若珍宝。

父亲常摇晃着日渐斑白的头，念叨："小时，我住宜兴南部，闻着漫山的茶香长大……"

原载《小小说月刊》2021 年第 7 期下

【**作者简介**】余清平（砌步者）。中国作家协会会员，广东省作家协会会员，广州市花都区作协副主席。作品曾获"善德武陵"杯•全国微小说精品奖一等奖、广东省小小说学会"双年奖"特等奖等多个奖项并入选"新中国七十年微小说精选"。作品已在《小说选刊》《微型小说选刊》《辽河》等二百多家刊物发表。

Yu Qingping (also known as Qi Buzhe), is a member of the China Writers Association, a member of Guangdong Writers Association, and Vice Chairman of Writers Association of Huadu District, Guangzhou City. His works have won the first prize of the National Micro-fiction Excellence Award of "Shan De Wu Ling" Cup, the Grand Prize of Biannual Award of Guangdong Short-short Stories Society, and been selected in the "Mini-stories Selection of Seventy Years of China". His works have been published in more than two hundred publications including *Selected Novels, Selected Mini-stories,* and *Liao He*, etc.

将军白马

余清平

风停了，雪花大过磨盘，一团团从天上砸下。

一群衣衫褴褛的抗联战士，与一匹驮着两个受伤女战士的瘦马，一起在雪野中，冲过雪幕，往北山冲去。一串白色的脚印像一条打了结的绳索，在山野雪原上蜿蜒。

将军，与留下的三个战士趴在雪地里阻击鬼子。将军依着大树，目视前方，手里的快慢机随着手臂的挥动，发出声声怒吼。子弹像长了眼睛，往山下"嗷嗷"叫着扑来的鬼子身上钻。鬼子被撂倒好几个。将军清楚，拦不住鬼子，就不能保证战士们安全突围出去。雪花虽然下得很猛，但至少也得半个时辰才能盖住突围战士的脚印。

将军见鬼子停止冲锋，扭头望向心爱的坐骑，直到驮着女伤员越跑越远的白马，和战士们的身影一起隐入北山。白马与将军一样，虽然瘦，却很神骏，驮着伤员，驰骋起来，依旧十分快捷。负伤的两个女伤员，一个是抗联的女卫生员，另一个也是抗联的女卫生员。将军本来是带着她们去北山洼给抗联伤病员医治伤病的，不幸被叛徒告密，被鬼子的一个联队追上。跟随将军的抗联战士只有四、五十人，与十倍于己的鬼子周旋一番，牺牲了几个。将军率队边打便往山林中撤退。将军也负了重伤。将军考虑坚决不能让女战士落入鬼子之手。鬼子的狠辣，将军很清楚。鬼子没有人性，凶残，特别对待抗联女战士，凌辱的手段，无所不用其极。将军与三个战士占据这垭口的有利位置，鬼子人多，但施展不开。将军身上中了鬼子两颗罪恶的子弹，鲜血将他身下的白雪染得殷虹，像一面红色的旗帜。

将军的故乡是山东蓬莱县。蓬莱自古以来就是仙山，可是，仙山也不能够带给穷苦人活路。幼年时的将军全家逃荒至黑龙江省五常县。这里白山黑水。白山，是长白山。黑水，是黑龙江。这里有大片的森林，白山黑水成为将军的新家。十五岁的将军当了伐木工人，担当起养家糊口的责任。

本来，白山黑水有太多太多穷苦的伐木工人。他们每天伐木，获得微薄收入，养家糊口。后来，却来了土匪。土匪来了，就找伐木工人收保护费。土匪只收钱。

可是，一九三一年，日寇来了，伐木工人更没法活命。日寇霸占这里的一切矿产资源，包括生长在这里的人。将军愤怒了。将军绝不允许“胡马度阴山”，自己的家园怎能任由日寇践踏？将军组织了几百个伐木工人，又说服了一批不愿入关打内战的东北军，降服了一些有良知的土匪，共一千多人，组成抗联第十军。誓师大会上，将军站上一张桌子，高举右手，号召白山黑水的人们，摈弃相互间的恩怨，誓将驱除鞑虏，还我河山！

将军想起过往，笑容爬上了嘴角。几年前，他率领十几个抗联战士，在一个村庄遇到一个旅的伪军，旅长姓邓，将军认识。将军一人一枪独闯伪军旅部。将军对邓旅长说，中国人要枪口对外，不打中国人。

邓旅长说，你才一个人？向你服输，我不是很没面子？

将军说，向我服输，你丢什么人？都是中国人。

邓旅长佩服将军的胆量和爱国精神，连忙答应，以后绝对不打抗联战士，并暗中支持，当即拿出一些枪支弹药送给将军。将军有了好武器，不久，就率队夜袭山河屯的鬼子守备队。几十个鬼子，一窝端了。

这时，山下枪声大作，鬼子又发起了冲锋，有两个战士不幸中弹牺牲。将军的心痛到极点。将军负伤太重，胸部和肚子上的伤口虽然被撕下的衣服塞住绑着，但血却一直在往外汩。将军的手渐渐举不起枪。将军见山坡下的鬼子越来越近，他把握枪的手，平放在雪地上。他命令那个战士突围。

突然，将军看到一道白影在雪山里飞驰而至。是他的白马。白马像雪山的精灵。将军知道突围的战士遇到接应队伍了。他命令战士骑马快走。战士不从，匍匐过来把将军架上白马。顿时，雪山里一袭血衣一匹白马映着雪白的山林。白马长嘶一声，如同天马，凌空跨步。

又一排罪恶的机枪子弹飞来……新中国成立之前，在白山黑水，人们经常看到一位将军骑着白马在山林里巡梭。

原载《辽河》2021 年第 10 期

【作者简介】聂鑫森，男，1948 年生。曾任湖南省作协副主席、名誉主席，为中国作协会员、湖南省文史研究馆馆员。出版过长篇小说、中短篇小说集、诗集、散文随笔集、文化专著七十余部。曾获“庄重文文学奖”、《小说月报》“百花奖”及《北京文学》奖、《小说选刊》奖等多种奖项。

Nie Xinsen, male, born in 1948. He used to be the vice chairman and honorary chairman of the Hunan Writers Association, a member of the China Writers Association, and a librarian of the Hunan Provincial Museum of Literature and History. He has published more than 70 novels, collections of novella, short story, collections of poems, collections of essays, and cultural monographs. Nie has won various awards including Zhuang Chongwen Literature Award, Bai Hua Prize by *Fiction Monthly, Literature Award of Beijing Literature*, and Literature Award of *Selected Novels*.

老班派

聂鑫森

在古城湘潭的方言中，称上年纪的人为“老班辈”。“老班辈”中凡事讲礼数，论规矩，德才兼备的人物，又称之为“老班派”也就是与时尚显得有些疏离的老派人物。

住在和顺巷的老行健，是大家公认的“老班派”。

年届八十的老行健，字兼省。其名来自古语“天行健，君子自强不息”，而“兼省”二字乃“兼抑自省”的意思。他曾是中医院的坐堂医生，俗称“郎中”，退休已经二十年了。老家的院子不小，四世同堂，他和老妻、一子一媳、一孙子一孙媳，加上一个上幼儿园的曾孙，热热闹闹七口之众，很让人羡慕。

老家的院子里，或盆栽或畦种，花花草草流光溢彩。这些花草不止是为了观赏，重在有药用价值，其叶、花及果实。有的还采摘下来，或晾干或晒干，装入各种坛坛罐罐，以作备用。

老行健白发、白眉、白胡须，瘦高个，一副仙风道骨的模样。尤其是早、晚两次在院中打太极拳的时候，着一身白衣白裤，进退腾挪，行步、舒臂，如猱似鹤。如此高龄，没有什么病痛缠身，硬朗且快乐。他虽然退休了，依旧不改初心，时有邻居和老友上门问诊。号脉后，他开单方，必用毛笔，一律是小楷，工整、端肃，以让药店捡药的人看得清认得准。诊费一概不收，他说退休前为公家做事，收诊费是那里的规矩，现在呢，是我的规矩。如果单方中的药，自家有，他也慷慨相赠。

有小孩子被毒蚊虫叮了脚背，肿得穿不了鞋，由家长领了来。老行健扯了几根蒲公英，捣烂成一团糊糊，敷在孩子的脚背上，再用纱布裹住。“一个小时后就消肿，你会跑得飞快！”

有妇女脸色发青，言说月经有血块，老行健拿出一包晒干的桃花，告诉她用粳米、红糖、桃花放在砂锅里小火熬粥，每早喝一次，喝一段日子，可以活血化瘀，让脸色光鲜好看。

“你不必掏钱，桃花反正是要落的，我只是洗净、晒干而已，这叫废物利用。”

凡来看病的，不论男女老少告别时，老行健一定要送到大门口，说一声：“你好走！”礼数周全，让人又感动又佩服。

连早晨用过餐后，儿孙辈去上班、上学，老行健和妻子也要送到大门口，还要叮嘱一句：“用心做事，注意安全，我们等着你们傍晚回家来。”

街坊邻居也有不因看病而来拜访老行健的。比如四十岁出头的刘六，是个技艺精良的木匠，还开着一个家具小作坊。居委会办公室请刘六打造了一套办公桌、文件柜、茶几、靠背椅，主任李大为却迟迟没有付款，刘六心里烦闷，又不好意思去催，只好来向老行健吐苦水。

“小刘，一共多少钱呵？”

“李主任交代要用好材料，要做工精细，林林总总二十多件，不到两万块钱。”

“欠债还钱，天经地义，你直接和他说呀。”

“磨不开面子，开不了口。”

老行健说：“我我记起来了，李主任说办公室墙上要挂一幅字，请我来写。我写好请你带去，他应该明白是什么意思。”

四尺整张宣纸写的是：“清风明月不用一钱买，公仆雅怀最念草根情。”

“刘六，这意思是说只有清风明月是不要钱买的，做家具的材料和手工是要花钱的，当干部的要不忘老百姓的切身利益。”

“谢谢。”

刘六后来告诉老行健，李主任打开一看，立刻仰天大笑，然后说：“你放心，我马上让财务室结账！”

老班派的老行健，真像一块古玉，在岁月的擦拭中永远温润，清白照人。

老行健的儿子、孙子，都是衣钵相传的中医。

前年冬，武汉发生了疫情，全国人民都揪心揪肺地记挂着。接着，各地的医务工作者驰援武汉。

老行健的儿子、孙子都工作于中医院，两人都要求去武汉，最终只批准了孙子老学坚。

“孙子，你年轻，正是为国献忠出力的时候！我是一个老党员，理应去的，打电话给领导，他们说：你年纪大了，有你孙子去哩。我抄录了几个防治新冠病的古方，你带去，或许用得上！”

那天老学坚清晨告别家人出门，老行健夫妇领着儿子、儿媳、孙媳，一直送到大门口。

“爷爷，请留步。我不会给老家丢脸，你们放心。”

“孙子，按礼数，你是小辈子，我只送到大门口。但这次你是去上阵打仗，风险多多，我要破例送出巷口，送到接你的大巴车门前！记着，我们在家等你凯旋，届时爷爷一定为你设洗尘宴！”

老学坚的双眼盈满了泪水。

老行健牵着孙子的手，朝巷口外的大街走去。

风萧萧，雪飘飘。

原载《红岩》2021 年第 4 期

【作者简介】安谅，本名闵师林，上海人。中国作家协会会员，经济学博士。二十世纪八十年代开始在省市级以上报刊发表各类文学作品，并出版著作三十余本，作品获《萌芽》报告文学奖，冰心散文奖，《小说选刊》双年奖、最受读者欢迎奖等数十种奖项。

An Liang, autonym Min Shilin, is a native of Shanghai, a member of the China Writers Association, and a PhD in Economics. In the 1980s, he began to publish various literary works on newspapers and magazines of provincial and municipal levels, and published more than 30 books. His works won the Reportage Award of *Sprout*, Bing Xin Prose Award, Biennial Award of *Selected Novels*, the Most Popular Writer Awards, etc.

老杨认友

安　谅

老杨是明人的老领导，他退休之后，依然新朋旧友如云。

一日，明人拜访老杨，正巧有一个机关的副处长也来造访。此人看似谦和，对老杨不住地赞美，多是德高望重、平易近人之类的用词，间或也恭贺老杨乐于助人，桃李满天下。等他走后，明人问："这个人真的可交吗？"老杨答："他虽无半句所托，但我凭直觉，并不可交。话语太谄媚，临走又加了你明人这个在职领导的微信……"

没过几天，那人果然拜访了明人，有所求。明人婉拒，把经过向老杨说了，赞道："您真有眼力，这点时间，就看透了他的心事。""阅人无数，总会有一些获得。"老杨说，"你周末来茶叙，我让你再见识几位。"

那天，老杨的庭院，先有一位小伙子寡言少语地坐着，见到明人礼貌地点了点头。他帮老杨处理了一些繁杂琐碎的事宜后，空下来，便默默喝茶，并不多话。之后，明人又看到了一个陌生的男子，粗黑的肌肤，胡子拉碴的。老杨介绍说，这是他有过一面之交的东北朋友。那东北朋友一落座，就爽朗热情地跟老杨聊起来，最后，有点难为情地开口，向老杨和明人咨询他女儿毕业后工作的一些问题。老杨说："这样吧，我还是要先看你女儿的简历。"东北朋友告辞后，老杨对明人表示，如果孩子不够优秀，他是不会当推荐人的。"那么，孩子的父亲，可交吗？"明人再问。老杨反问道："你说呢？"明人："可交与可不交之间？"老杨微笑。

说话间，院子的门铃清脆地响起。那位一直独自品茗，却显然很有教养的小伙子小俞，就起身去开门了。随后，有一位精干的小伙子，着一身运动装，迈着轻快的步子，尾随小俞而入。

"杨伯，这位先生说，是与您约好的。"小俞说。

精干的小伙子说："杨伯伯，我是李平的儿子，小李子，在出版社工作的。"小李子说完，朝老杨欠身致意。老杨请他坐下，先走开了一会。小李子打量了明人一眼，主动搭讪道："您好，您是……？"

明人说："我是老杨的老部下。""哦哦，杨伯伯的老部下真多，好多人都任要职了。不知道您在哪里高就啊？"明人开始并不想作答，但发觉小李子有着刨根问底、不追问到结果不罢休的精神，就简单敷衍了几句，同时，不免心生厌烦。

小俞礼貌地给小李子递上了一杯热茶，小李子眼珠一转，又转向了小俞，笑嘻嘻地问道："你是杨伯伯的家里人吧？"小俞不置可否，笑笑说："您请坐。"说完，又去忙什么事务了。

过了一会，老杨回来了。小李子笑容满面地迎向了他。他们交谈时，明人借故上洗手间，暂时回避了。返回时，那位小李子已经走了，明人忽觉一阵轻松。

老杨说："小俞经常来我这里，从不问这问那的，也不找我办这办那的。

他是淡泊的，也是真心和我相处，有点君子之交的感觉。而那位叫小李子的，只限这一面之交了。哎，他远不如我的老战友李平啊……”老杨摇摇头。

明人笑道：“不管怎么说，老马识途，老杨认友，这是江湖一绝呀。”

原载《新民周刊》2021 年 6 月 23 日

【作者简介】李忠元，新闻记者、中国作家协会会员、中国微型小说学会会员。作品发表在《文艺报》《人民日报》《光明日报》等多家报刊并入选40余本小小说年选，曾获第九届、第十五届全国微型小说年度评选三等奖。《小区鸡鸣》《奇特募捐》等20余篇小小说入选全国20多个省市中高考模拟试卷。

Li Zhongyuan, is a journalist, a member of the China Writers Association, and a member of the Chinese Mini-stories Society. His works have been published on many newspapers and periodicals including *Journal of Literature and Art, People's Daily, Guang Ming Daily* and been selected into more than 40 short-short story collections. Li won the third prize of the Annual Selection in the 9th and 15th National Mini-stories Award. More than 20 short stories including *Rooster in the Community* and *Strange Donation* were selected into the simulation test papers of the college entrance examination of more than 20 provinces and cities across the country.

麦收时节

李忠元

太阳像个大火球，低低地挂在头顶，烤得人汗流浃背。周月独自站在地头，手搭凉棚，不停地向远处张望。

眼前，是一望无际的麦田，麦子金黄金黄的，风儿起处，金波涌浪，传来阵阵麦香，一群叽叽喳喳的麻雀从头顶盘旋而过，更让周月心生无限焦虑。

此时正逢酷夏，正是麦收的黄金时节，如果再不收麦子，就让这些家雀和散养的鸡给败坏光了。可眼下，家家都在忙着收麦，周月却在这个关键的节骨眼上崴了脚。

即便身体康泰，她一个留守乡村的女人又能奈何？丈夫离家这几年，还不是人家村里的光棍汉王二帮衬。

可今年又和往年不同，今年自己伤病在身，走路都有些费劲呢，更别说干活了。那个光棍王二呢？也跟着村里的男人们出去打工了，如今这个村子称得上男人的，就只有几个年迈的长者和乳臭未干的小孩牙子了。

周月抬起头，远处那几个吓唬家雀的人偶一时忘了自己承担的历史重任，只是耷拉着手臂，呆呆地立在麦田里，任凭那些叽叽喳喳的家雀为非作歹。

一想到自己崴了的脚，周月猛然想起那个可气的黄嫂，要不是她从中作梗，自己能在这麦子掉脑袋时束手无策吗？

怎么办？眼下正是麦收关键时刻，再耽搁两三天，毒日持续晒下去，这金黄的麦子恐怕就只能任它落在地上，喂家雀了。

周月站在麦地头，一时急得汗如雨下。

正在这时，天空里猛然掠过几丝云朵，在金黄的麦田里投下一些斑驳的暗影。周月立时感到心里一阵舒爽，如果这些云朵能遮住毒日，麦子还可能再晚收几日。这样一想，她像得到了宽慰，心里舒坦了不少。

周月正在地里愣神，村子里的大广播喇叭突然响了起来，村主任李凤的声音由远及近，虽然离得有些远，声音有些小，她却听得一清二楚：广大村民注意了，据气象部门最新发布的消息，明天午后到夜间阴、大风，有暴雨，望各家各户抓紧抢收，确保麦子颗粒归仓，全面做好迎接暴风雨的准备……

啊！周月刚刚还觉舒爽的内心顷刻土崩瓦解，远天里的一丝阴云顿时就像一块巨石压在了心头，她颓废地一屁股坐在了地上，彻底傻眼了。

这可怎么办啊？

真是屋漏偏遭连夜雨，船迟又遇打头风。周月抬头望着金黄的麦田，一时急得眼泪都下来了。

此刻，周月真想丈夫能不远万里回来解燃眉之急，可那是多么遥不可及的事啊。丈夫自从外出打工之后，基本没回来过几趟，一般只有在过年时才能回到家团聚，就是现在真让他回来到家黄瓜菜都凉了。

想到这，周月左手猛地触地，踩到弹簧一样蹿了起来。大雨在即，容不得自己迟疑。她三步并作两步，急急地往村里赶，她要找村里的姐妹帮忙，将自家的麦子抢收回来，不能眼睁睁地看着这半垧地金黄的麦子就这么泡汤了。

村子里并不平静，大家听了李凤的喊话，都在忙忙碌碌，火急火燎地迎接那场招之即来声势浩大的暴风雨。

场院里，弥漫着暖暖的麦香。收回麦子的，都在忙着翻晒，地上满是金黄的麦粒，被蹚成一垄一垄的，活像南方如诗如画的梯田；凉好了的，在忙着灌袋，等待适时归仓。虽然一个个白色的塑料袋装得都不太满，但东倒西歪地摆放着，倒凸显了收获的欣喜。

周月来不及欣赏这些生产生活的美好图景，她的心里只有自己的麦子，是啊，要是不能赶在下雨之前收回麦子，那这一年的功夫就都白搭了。

跑了东家跑西家，周月见家家都在忙碌，也不好意思开口。等她来到李凤家时，已是下午。可当她反复敲了几次门，接连喊了好几嗓子，竟然始终没人应声。到最后，惊动了西院的陈嫂，陈嫂说，李主任家的麦子也没收呢，这不听说要下暴雨，大中午就跑出去，到别的村找收割机回来抢收。

周月一时傻眼了，连村子里最乐于助人的李凤都指望不上，那别人就更不用提了，看来自己这半垧地麦子铁定泡汤了。

求助无望，周月一时心灰意冷。

周月垂头丧气地赶回家，径直来到场院里，一头躺在了晾得干干的打麦场上，回想起那些有男人的日子，心里思潮翻滚，不禁泪流满面。

周月躺在地上，不一会儿就睡着了。她梦见自己的丈夫回来了，一回到家就去地里收麦，把家里的活都扛起来，一件也不让她粘手，她每日清闲自在，优哉游哉。

睡着，睡着，周月猛然被一阵“突突”的马达声警醒，她坐起来，使劲揉了揉眼睛，睁眼一看，发现一辆“小四轮”拉了车麦子，已经驶进她家场院。

周月不明就里，满腹狐疑地站起身，用探寻的目光向来人张望。只见“小四轮”上下来个女人，正是自己没敢去找的黄嫂。

上几天，周月刚刚因为黄嫂养的小鸡偷吃了她家麦子的事，闹了个半红脸，所以，周月去搬救兵，走到最后一家院门口却退缩了。

还没等周月和黄嫂搭话，另一辆“小四轮”也风驰电掣到了，跳下车的正是李凤。李主任爽朗地笑着说，你家的麦子都收回来了，请查收吧！

周月望着李凤，又望了望黄嫂，一时瞠目结舌。

李凤见周月望着黄嫂发愣，接着说，虽然大雨将至，大家都在忙，但每年你都帮着大家收麦，今年你又撵鸡崴了脚，黄嫂就找到我，发动大家帮你抢收麦子……

听了李凤的话，周月顿时泪如雨下。

原载《西安日报》2021 年 7 月 3 日西岳副刊

【**作者简介**】田洪波，中国作协会员。在《草原》《朔方》《青年作家》《飞天》《黄河文学》《北京文学》等刊发表作品百万字，多篇被《小说选刊》《青年博览》等转载，被选为中学各类语文模拟试题。著有小小说集《请叫我麦子》等7部。获第七届小小说金麻雀奖。

Tian Hongbo is a member of the China Writers Association, and published millions of words on *Grassland, Shuo Fang, Young Writers, Fei Tian, Yellow River Literature, Beijing Literature* and other journals. Many of his work were selected into the *simulation test papers* for *middle school test*. Tian is the author of 7 short-short Stories collections, including *Please Call Me Wheat.* He won the 7th Golden Sparrow Award for short-short stories.

莽昆仑

田洪波

雪花裹挟着凌厉的风，纵横肆虐，北国天地一片苍茫无垠。在浩渺的大兴凯湖和小兴凯湖间，雄阔的浑然一体的雪幕中，缓缓移动着几个小黑点。

他们没按既定的两个大小湖之间的湖岗路行进，而是从兴凯湖泄洪闸出发，蜿蜒斜插于小兴凯湖的冰封湖面。目的地是近20公里，地处蜂蜜山脚下的知青农场三连队部。为驱寒气，他们刻意选择在午饭后，尽管天地依然混沌无序，根本见不到阳光。

他们是兴凯湖农场总部的十一名知青，多是文艺宣传员。全会召开，他们连夜写好了大红喜报，编排了节目，要在短时间内，把盛会召开的喜悦分享给战友。

一夜狂飙，冰上积雪已半尺盈余。此刻，大颗雪粒依然在天地间飞舞，尽管他们几乎武装到了牙齿，多穿着厚重的棉军大衣，戴狗皮帽子、耳包及棉手焖子，军用大头皮鞋或棉鞑靰，依然抵御不住刺骨的寒冷，蜷缩着身躯，蜗蜗前行。

孙红梅向天喊出一声高八度。她是宣传队的顶梁柱，此刻只有她有这样的底气。雪花的向面而来，与呼出的热气形成冷霜，几乎把她的眼睛霜住了。

“北国风光，千里冰封，万里雪飘。”有人抬头向天吟诵伟人的诗句。

孙红梅的笑声刺破天宇：“接着来！”

于是有人呼应：“望长城内外，惟余莽莽；大河上下，顿失滔滔。”

孙红梅挥展两臂：“山舞银蛇，原驰蜡象，欲与天公试比高。”

紧接着响起众诵声：“须晴日，看红装素裹，分外妖娆。江山如此多娇，引无数英雄竞折腰。惜秦皇汉武，略输文采。唐宗宋祖，稍逊风骚。一代天骄，成吉思汗，只识弯弓射大雕。俱往矣，数风流人物，还看今朝！”

澎湃和激昂浸染了他们，脚下似乎变得轻松了，步子灵巧了，刚刚还肆意妄为的雪粒，此刻也似乎一下缩紧了纷扬的频率，变得小了。

他们继续前行，开始讨论还有多少公里数，感叹幸亏穿插走小兴凯湖，如若走湖岗，指不定何时到达呢。

有人提醒说还不是孙红梅的主意，大家哄哄着乱嚷，北京妞儿就是不一般。

距离在不觉间缩短，似乎明天的太阳就要在前方升起，引得人们忘了寒冷，倍添活力。不知谁起头，又高声吟出：“横空出世，莽昆仑，阅尽人间春色。”

这回不待引领，早有人接上：“飞起玉龙三百万，搅得周天寒彻。”

孙红梅笑声清脆着吟：“夏日消融，江河横溢，人或为鱼鳖。千秋功罪，谁人曾与评说？”

犹如亲人间的默契，大家又一起争诵：“而今我谓昆仑，不要这高，不要这多雪。安得倚天抽宝剑，把汝裁为三截？一截遗欧，一截赠美，一截还东国。太平世界，环球同此凉热！”

“环球同此凉热”被大家一声高过一声，吟诵了好几遍。然后，齐刷刷看向远方的蜂蜜山。此时的蜂蜜山白雪皑皑，与在阔大冰面上行走的他们形成强烈反差。在他们眼里，它不就是莽莽昆仑山一样，令人难以企及吗？在它面前，人是渺小的，可若较起真儿来，他们并不惧怕它的高度和遥远。

“等一下！”孙红梅突然声音颤抖着喊了一声。

大家定睛于孙红梅。孙红梅扎撒着戴着棉手焖子的两只手，脸上的表情僵硬，嘴角微微抽搐。有人问她怎么了，孙红梅示意他别出声，然后，他们似乎共同听到，脚下的冰面传出一声清脆的断裂声。这声音让他们头皮发麻，四肢无力杵在原地，呆若大鸟。

“不会吧？”孙红梅红着小脸，颤着声音问众人，又似自语。没人回应她。奇怪的是，那断裂之声再未出现，这让他们迷茫，莫不是出现了幻听？再次辨识，确认刚才听到的就是冰层的断裂声，这让他们又躁动起来。

孙红梅让大家静下来，她似乎已思考出对策。她让大家拉开前后距离，减少行进速度。特别是不要扎堆走在一起，要散开。交代到最后，她说出自己的判断：现在是十二月底，冰面应已冻实，只要不垂直重压，应没问题。

大家点头称是，脚下依然胆战，不敢再用力走，似乎每踩一步，都会把冰面压裂一层，加速冰面的坍塌。

真的没人敢掉以轻心，小湖与大湖迥然不同，大湖水底平坦丝滑，游至百米才齐腰深，小湖湖底则水草丛生，且多为沼泽地，一旦陷进去，将万劫不复。

孙红梅停下脚步，提议帮她把身上背的黄书包解下来：“喜报在包里装着呢，宁肯我掉下去，也不能糟蹋了喜报。真要是掉下去了，你们就把我埋在蜂蜜山下吧，让我看着你们改天换地。另外告诉我爸妈，让我妹妹也来下乡，算是实现我的理想吧。”

有人带着哭腔提醒孙红梅别胡说，说还指望你演节目呢。在孙红梅心事重叠的笑声中，大家蹒跚着，默默前行。笑声不再有，也没人再诵读诗句，他们形成的黑点，像大地上的惊叹号，直指蜂蜜山。

不知何时，风力似乎小了，抬头间，蜂蜜山已遥可相望。

走出小兴凯湖冰面那一刻，孙红梅瘫在了雪地上，几个女孩子抱在一起痛哭。

不久，蜂蜜山下的三连队部，响起欢呼声，惊得雪花一时间飞扬满天，乱了分寸。

原载《小说月刊》2021 年第 7 期

【**作者简介**】张凯，安徽省怀远人。部分作品被《小说选刊》等刊物转载，小说曾入选高等院校“十一五”规划教材《大学语文》。

Zhang Kai comes from Huaiyuan, Anhui Province. Some of his works were selected and reprinted by *Selected Novels* and other publications. The novel was selected into the textbook of University Chinese Learning of the "Eleventh Five-Year Plan" of colleges and universities.

我奶这辈子

张　凯

我爹（方言，即爷爷）我奶，经媒人撮合，按当地风俗，拜堂成亲。回门的路上，大吵一架，这一吵就是六十多年。

每次吵架，我爹声震天地，歇斯底里，有时还想动粗。我奶呢？任凭我爹发火，总是对劝架的邻居笑笑：“他爷（方言，即父亲）脾气臭，发发火，就没事了。”

村里人背地里说，我爹不配我奶。我爹除下河逮鱼摸虾外，其他的一无是处。倒是上帝钟情我奶，似乎把女人的优点全都给了她，就是随意一笑，也不知有多少男人倾心。

我爷我姑，很争气，有出息。

那年冬天，我姑对我奶说：“娘，我忙里忙外，没时间带金铃，想叫你过去领金铃，好吗？”我奶一听，笑得合不拢嘴：“闺女哎，我正想外孙呢。”我姑就从爹身边把我奶接到上海。

也是那年冬天，我爷对我爹说：“爷，洪伟可想爹了。我一天到晚瞎忙，家里没人看门，不放心。我娘到我妹家，您在家孤单，不如跟我去北京，也能好好孝顺您。”我爹想想也是。

“老头子哎，我这哪叫带外孙啊。”我奶抱着电话说，“你看看，你看看，我来都来了，还找保姆带金铃，就是有钱烧的。还别说，闺女女婿真孝顺，给我穿得像大闺女，老带我满上海溜达，吃这喝那，高楼都快把眼晃荡瞎了，真没白疼这闺女。”

“哎呀，他娘，知道不？儿子媳妇呐，别提有多疼俺喽。”爹也抱着电话笑呵呵地说，“嘿嘿，那屌孩子，光叫我吃好的穿好的，这还不算，花钱叫我学什么拉二胡、唱京剧，陪我到巷子里瞎转悠。你说说有什么好转的？说是我一个老头子在家孤独，都大半辈子了，还怕什么孤独，真是的，也不知道省两个钱。”

我奶听我爹像孩子似的，说升国旗说天安门，说故宫说金銮殿。我奶就在电话那头哈哈大笑，说我爹真是老土。我爹听我奶年轻十岁的笑声，就嘿、嘿嘿地听我奶说许多丢人的事，说淮源的贞节牌坊白立了，还听我奶说到一个破山洞，举旗子的小伙子非说成是鲤鱼嘴，年纪轻轻的真会瞎编。

转眼半年过去了。我爹打电话对我奶说：“这些天老上火，走路腿脚不好使，睡不好觉，心里长了茅草。”

我爷看我爹瘦一圈，心里着急，请假带我爹到京城几家大医院检查，钱花了不少，药吃了一堆，就是不见好。

我奶也对我爹说：“我丢头就做梦，吃饭饭不香，连个屁也不放了，一脚踩不死蚂蚁，掉魂的一样。”

我姑看到我奶没精打采，走路没劲，病恹恹的样子，心里不踏实，带我奶去医院检查，什么病也没查出来，花了钱，害得我奶心疼得牙根酸。

我爹听到我奶说话软绵绵的，知道她病了，就冲电话发火：“你是怎么弄的，黄土都埋到哪里了，还不知道？整天跟小孩子一样，就不让人省心，都照顾不好自己，能带好外孙吗？要是还那样，你死在上海我也不给你收尸！”

我姑看到我奶拿着话筒不说话，耷拉着脸，知道我爹又吼她了。夺过电话冲我爹说：“我爷，我娘有病，你不安慰就算了，还吼她，咋想的？”

我奶看我姑发火了，就喃喃地对我姑说：“闺女，你爷就那脾气，他心里急呢，别和他一样。”

有一天，我姑问我奶：“娘，能对我讲，你想啥呢？”

我奶想都没想就说：“我就想你爷！”

我爷知道我爹深更半夜睡不着，拿他没有办法，就问我爹：“爷，你说你，天天不睡觉，到底想什么呀？”

我爹把手里的《西游记》一扔，骂道：“臭小子，老子想你娘！不能吗？”

我爹骂的我爷心里“咯噔”一下，终于明白，我爹我奶怕我爷我姑笑话，才忍着彼此的思念和牵挂，无声无息地待在相隔几千里的北京和上海。

我爷和我姑商量，把我爹我奶送回淮源。

刚回到淮源，我爹就打赤脚下地干活，晚上回到家，看到我奶忙得像小钻，一进门，就扯着粗大的嗓门发火：“你看你，就是命贱，一点都闲不住！”

我奶听了，没觉得一点受屈，笑呵呵地说：“就你命金贵，就你能闲得住，不要跑去耪地啊。还有脸说我呢？真是的。”

原载《红豆》2021 年第 9 期

【作者简介】李爱明，70后，江苏兴化戴窑人。闲时爱好阅读写作，偶有散文、诗词习作见于《泰州晚报》《扬州晚报》及其他微信平台。

Li Aiming, born in the 1970s in Daiyao, Jiangsu Province. Li likes reading and writing in spare time. His proses and poetry can be seen in *Taizhou Evening Paper, Yangzhou Evening Paper* and other WeChat platforms.

小贵客

李爱明

妻在滨海做保姆，电话里每每提起要将宵宵小朋友带回来玩，我提醒她："这大老远的，人家大人放心吗？"

"碍什么事啊！从他出生，三年了，都是我带着。"

是啊，妻到这户人家快三年了。前年元宵节时，我们去街上看"舞火把"，滨海那边电话来了，说是孩子已经出生，让妻赶紧到位。她带着简单行李，说好两个月的档期，主人家一次又一次续约。孩子周岁后，妻执意回来，主人则说在他家一年多了，他们都习惯了；他们一家无论外出到哪里，把孩子和妻丢在家里都十分放心；且又夸妻带孩子如同己出。妻真诚地跟他们讲："孩子大了，你们可以找育儿嫂了，而且育儿嫂工资也比我少！"

后来，妻到另一户人家，一周不到，主人家打给妻的电话一个接一个，催着赶紧回他家去。妻耐心解释："月嫂也要讲信誉，这家是一个月档期，要我回去，也要等这单结束！"妻再过去时，他们将合同签到了年底，待遇还是月嫂的待遇。

前晚妻在电话中说，孩子爸妈出差深圳数日，他们同意她带宵宵回来玩几天。我一边关照她路上小心，一边找来一水泥方块将门前井盖压起。然后赶紧电话烦请舅弟早点去 204 国道上迎接，而后又将干净的床被晾到阳台上。

下午我和妻视频，见小客人已在我家院子里了。于是我对着手机屏幕喊："宵宵！你在干什么呢？"

"我在浇花呢！"宵宵答应着。小大人正举着我日常浇花的水壶，向花上洒水呢！

"宵宵是只勤劳的小蜜蜂！"妻在视频里说，那个自顾浇花的小身影再懒得回答我的话了。

我和宵宵的交流是从手机屏幕上开始的，我和妻视频时，他就在旁边。从最初月子中肉嘟嘟的小脸，到后来牙牙学语，再到如今小小帅哥的模样，都留在我的相册里。等他会说话时，我在视频上逗着他说笑，妻一边让他叫着我"叔叔！"稚嫩的声音，着实让我着迷。如今半头花发的我，别人家孩子每每见到时叫着我"爷爷"，和这孩子视频时，我仿佛年轻了十岁。

晚上我抱上他，在院子里数起了天上的星星。

"宵宵，这星星像什么呀？"

"像眼睛！"他回答着。

"月亮呢？"

他抬头看着说："像镰刀！"

"月亮在哪里呢？"

"在云里！"

"还在哪里呢？"

"滨海！"他脱口而出。

睡觉前，妻和宵宵妈妈视频着，妈妈问他"喜不喜欢阿姨家"时，这小家伙一边大声说着"喜欢"，一边开心地在床上蹦！

说好玩几天的，今天九点多时，妻在电话里说，宵宵爸妈下午来接，我则赶紧前往附近市场采购了螃蟹给他们带回家去。

五点多，他们到了。大家一起喝着茶谈笑着，更多的是有关宵宵的趣事。饭桌上情形不必多说，坐在我岳父一旁的孩子爸爸，不断往我岳父母碟子里夹着菜肴。知道我爱写东西，约我去滨海“采风”，我邀约他们春节时再来。他们又与我和妻商量着，说是请妻一直带到孩子入学。我笑着说这事全凭妻来定夺，看着他们谈兴正浓，我的心头拾得几句“小诗”：

云开楚水生光彩，
秋到东村黄菊开。
何事农家多笑语，
只为贵客乘风来。

原载《泰州晚报》

主持人：古耜

古耜，文学批评家、散文家。

Gu Si, literary critic and essayist.

散文

推荐语

阎晶明是作家中的学者，也是学者中的作家，这样一种个体资质决定了其笔下的散文随笔创作，常常呈现出“审智”的特点，而这种“审智”又总是以求真求新，别开生面为旨归。《以虚怀若谷的态度对待创作》正可作如是观。这篇作品所论及的毛泽东诗词创作，曾得到学界的广泛关注，而阎晶明研究同一对象，避开了常见的主题阐发和诗艺鉴赏的路径，而选择从诗人的主体世界和创作态度进入，着重发掘和展示其精益求精的写作习惯与虚怀若谷的精神风尚，以及高屋建瓴、精深辟透的诗歌主张，从而使读者对作为诗人和艺术家的毛泽东，有了更加广泛深入和立体多面的了解。

陈建功的散文和他的小说一样，以塑造和再现人物见长。散文新作《落英缤纷忆故人》又一次展现了作家这方面的功力和优长。在这篇作品中，作家从自己的经历和记忆出发，驱动质朴而不失雅致，深情而兼有诙谐的笔墨，生动描述了历史进入新时期后，一批历经风雨重返文坛的老作家，会聚于北京市作协的工作、生活和创作情况，再现了他们在文艺春天里的精神个性和音容笑貌。一时间，王蒙充满智慧的幽默，赵大年透着善意的“自炫”，李陀以真诚打底子的“睥睨众生”，以及浩然的忠厚，萧军的“豪横”，雷加的认真，骆宾基的执着，等等，形神兼备，跃然纸间，他们构成了摇曳多姿的人物长廊，同时也留下了一段珍贵的历史投影。

看得出来，侯磊是一位知识结构和创作题材都比较独特的作家。他的散文《穿越时空而来的人》为我们激活了京城里“真正的活古人”张卫东先生——他不用手机，也很少用电脑，写字首选毛笔、繁体和文言；他精通古琴和昆曲，酷爱旧物和民俗，身为现代人，讲课时仍穿着祖父九十年前穿过的长袍马褂……作家为如此奇人立传，或许包含了属于自己的某些人生意趣乃至文化理想，但这位奇人留给读者的，却不仅仅是一种古人的“范”，更重要的恐怕还是一种为人处世的一丝不苟和践行理想的完全彻底。

罗张琴是近年来散文创作领域比较活跃的赣籍女作家。她的新作《十里江山》凭借清新、诙谐但又不时浸入苦涩的叙事，以及一系列饱含着生活原汁原味的场景和细节，写活了儿媳妇眼中的婆婆。这位婆婆虽然是没有什么文化的农村妇女，但她勤劳，善良，豁达，自尊，能吃苦，爱帮人，也有一股不达目的不罢休的执着和闯劲，所以最终在繁华的省城找到了自己的“活法”。毫无疑问，婆婆身上体现着中国劳动妇女的本真状态和优秀品质，这自有其文学价值；但这样一位婆婆出现在中国社会快速转型的今天，似乎还有另一重意义：为农民进城后生活态度与方式的改变，提供了形象化的参照。

【**作者简介**】阎晶明，全国政协委员、中国作家协会副主席。长期从事中国现当代文学研究与评论，兼事散文随笔创作。已出版鲁迅研究著作《鲁迅还在》《鲁迅与陈西滢》《须仰视才见——从五四到鲁迅》《箭正离弦——〈野草〉全景观》，同时选编《鲁迅演讲集》《鲁迅箴言新编》等。

Yan Jingming is a member of the National Committee of the Chinese People's Political Consultative Conference and vice chairman of the China Writers Association. He has long been engaged in the research and commentary of Chinese modern and contemporary literature, and concurrently wrote prose essays. Yan published research works of Lu Xun including *Lu Xun Is Still, Lu Xun and Chen Xiying, You Must Look Up-From the May Fourth Movement to Lu Xun, The Arrow Is Now Standing——<Ye Cao> Full Landscape, and edited Lu Xun's Speech Collection, New Edition of Lu Xun's Proverbs,* etc.

以虚怀若谷的态度对待创作

——《毛泽东年谱》里的文艺之三

（外一篇）

阎晶明

毛泽东是当代著名诗人。这一称号还不是从领袖诗词角度来讲的，他的诗词在诗意和诗艺上都堪称一流，令许多专业从事诗词创作的人发自内心地钦佩。毛泽东在诗词创作上有很多值得总结的地方，其中，总是以谦虚的态度对待自己已经完成的作品，向各方面人士征求修改意见并认真思考、斟酌后臻于完善，是毛泽东诗词创作中的一贯作风。以下几个例证很能说明这一点。

话说 1956 年 11 月，中国作家协会筹备创办《诗刊》杂志。臧克家等以编委会名义给毛泽东写信，请他亲自审定自己创作的诗词，并同意在《诗刊》创刊号上发表。信中说："我们请求您，帮我们办好这个诗人们自己的刊物，给我们一些指示，给我们一些支持。""我们希望在创刊号上，发表您的八首诗词。""其次，我们希望您能将外边还没有流传的旧作或新诗寄给我们。那对我国的诗坛，将是一件盛事，对我们诗人将是极大的鼓舞。"

1957 年 1 月 12 日，臧克家等人收到了毛泽东的复信。信中写道："惠书早已收到，迟复为歉！遵嘱将记得起来的旧体诗词，连同你们寄来的八首，一共十八首，抄寄如另纸，请加审处。这些东西，我历来不愿意正式发表，因为是旧体，怕谬种流传，贻误青年；再者诗味不多，没有什么特色。既然你们以为可以刊载，又可为已经传抄的几首改正错字，那末，就照你们的意见办吧。《诗刊》出版，很好，祝它成长发展。诗当然应以新诗为主体，旧诗可以写一些，但是不宜在青年中提倡，因为这种体裁束缚思想，又不易学。这些话仅供你们参考。""诗味不多，没有什么特色"，毛泽东如此看待自己的诗词，当然是一种谦虚的态度，也体现出他对诗歌创作的敬畏以及在创作上永不满足的追求。

1957 年 3 月 12 日，在全国宣传工作会议上，毛泽东曾说："当自己写文章的时候，不要老是想着'我多么高明'，而要采取和读者处于完全平等地位的态度。"这是一个创作者的心得，同时也是一种创作态度的表达。

1959 年 9 月 7 日，毛泽东就自己的两首诗《七律 · 到韶山》和《七律 · 登庐山》致信胡乔木，信中说："诗两首，请你送给郭沫若同志一阅，看有什么毛病没有？加以笔削，是为至要。"进而谈到，这些诗"主题虽好，诗意无多，只有几句较好一些的，例如云横九派浮黄鹤之类。诗难，不易写，经历者如鱼饮水，冷暖自知，不足为外人道也。"同月 13 日再致信胡乔木："沫若同志两信都读，给了我启发。两诗又改了一点字句，请再送呈沫若一观，请他再予审改，以其意见告我为盼。"

关于郭沫若为毛泽东修改诗句，学者汪建新曾介绍说：《七律·登庐山》里，“跃上葱茏四百旋”一句，原先是“欲上逶迤四百旋”，郭沫若认为“欲上逶迤”四字有踯躅不进之感，拟改成“坦道蜿蜒”。而“热风吹雨洒江天”一句，原先是“热风吹雨洒南天”。郭沫若“觉得和上句‘冷眼向洋观世界’不大协谐，如改为‘热情挥雨洒山川’，似较鲜明”。（汪建新《毛泽东诗词的字斟句酌》，原载2020年10月2日《学习时报》）毛泽东后来的定稿，显然是参考了郭沫若的意见，但又不是完全照搬，而是针对其意见做了新的思考和斟酌，所以信中说是“给了我启发”，非常实事求是。

1962年4月下旬，毛泽东从《人民文学》编辑部呈上请求发表的10余首中选出6首，略加修改，题为《词六首》，寄还编辑部，并请《人民文学》副主编陈白尘斟酌修改。

4月24日，获悉《词六首》准备在《人民文学》5月号发表，以及编辑部还希望得到《词六首》的部分手迹，在刊物上同时发表后，复信陈白尘：“请你斟酌修改，然后退我，你为何不给我认真的修改一次呢？要我写字，似乎可以，你们的五月刊物几时出版几时交稿呢？请告为荷。”毛泽东总是谦逊地请专业的文学家对自己的作品提出修改意见甚至直接修改。陈白尘是一位剧作家，估计他出于谨慎和谦虚未就毛泽东诗词作文字上的修改。方有此问。

也是在同一天，为《词六首》发表问题，毛泽东复信《诗刊》主编臧克家说：“数信收到，甚为感谢！同时在两个刊物发表，不甚相宜。因为是《人民文学》搜集来的，另有几首可以考虑在《诗刊》上发表，《诗刊》5月号何时排版，请告确期。你细心给我修改了几处，改得好，完全同意。还有什么可改之处没有？请费心斟酌，赐教为盼。”

4月27日，毛泽东再次复信臧克家：“书信都收到，深为感谢！应当修改之处都照尊意改了。唯此次拟只在《人民文学》发表那六首旧词，不在《诗刊》再发表东西了；在《诗刊》发表的待将来再说。违命之处，乞谅为荷。”在主动声明不做一稿两投的事的同时，又感谢修改之举，做事可谓周全。

会见外宾时也会谈到文学。1963 年 11 月 24 日晚上，毛泽东会见莫三鼻给（后通译为莫桑比克）解放阵线外事兼组织书记桑托斯。桑托斯说，我们很多人要遵循您的榜样，在政治和斗争方面学习您的教导。另外也有一些人从另外一方面学习您，学您的诗，我就是这样，我要用诗表达人民的痛苦。

毛泽东说：你三十四岁，很年轻，我学打仗就是你这么大。打仗会有失败，经过成功和失败，最后取得胜利。如写诗一样，有些诗不能用，要经过修改，写文章和写诗不经过修改是很少的。为什么要修改，甚至还要从头写？就是因为文字不正确，或者思想好，但文字表达不好，要经过修改。你写过不要修改的诗吗？我要修改，有时还要征求别人的意见，别人有不同意见，我就要想想。“你写过不要修改的诗吗？”毛泽东在诗词创作上的反复修改，向他人请教、求改，出手发表之慎重，始终如一。“别人有不同意见，我就要想想”，想想，但不一定照意见直接改过，而是细心琢磨，力争完美。

1965 年 7 月 21 日，毛泽东为改诗事致信陈毅。信中说：“你叫我改诗，我不能改，因为我对五言律，从来没有学习过，也没有发表过一首五言律。你的大作，大气磅礴，只是在字面上（形式上）感觉与律诗稍有未合。因律诗要讲平仄，不讲平仄，即非律诗。我看你于此道，同我一样，还未入门。我偶尔写过几首七律，没有一首是我自己满意的，如同你会写自由诗一样，我则对长短句的词学稍懂一点。剑英善七律，董老善五律，你要学律诗，可向他们请教。”

“又诗要用形象思维，不能如散文那样直说，所以比、兴两法是不能不用的。赋也可以用，如杜甫之《北征》，可谓‘敷成其事而直言之也’，然其中亦有比、兴，比者，以彼物比此物也；兴者，先言它物以引起所咏之词也。韩愈以文为诗，有些人说他完全不知诗，则未免太过。如《山石》《衡岳》《八月十五酬张公曹》之类，还是可以的，据此可以知为诗之不易。宋人多数不懂诗是要用形象思维的，一反唐人规律，所以味同嚼蜡。”

不好为人师，还另荐名师，又忍不住要谈自己对诗歌创作的看法，且十分专业、内行，这是一种真心热爱诗歌、喜欢创作、颇有心得，又十分审慎地表达自己看法，不以诗人自居的品质和态度。这种虚怀若谷和谦虚谨慎，既是一种古风的传承，又包含着艺术真谛永无止境的认知。

原载《人民政协报》2021 年 8 月 2 日

由苏轼而引发的联想

阎晶明

网上大多认为，1 月 31 日是苏轼诞辰日。其实，苏轼到底生于哪一天，恐怕没几个人能说清楚。但大家都这么纪念了。苏轼是“网络红人”，是文化热点，是千年之后的雅俗通吃型人才。一个人，既是官员，又是文章高手、诗词大家、书法家、画家、美食家，这要是当今文艺界出这么个人，谁敢相信?

这一千年，恐怕只有苏东坡做到了这样：既高雅，又有烟火气，还能服众。做个猪肉都能被命名成“东坡肉”，用毛笔写诗文都能留下“东坡体”。和黄庭坚并列那叫“苏黄”，和辛弃疾比肩史称“苏辛”。不排第一，历代群众都不答应。

我对苏学素无研究。不过，我只觉得，在苏东坡所有的经历、性情里，乐观放达、大度包容最值得敬仰。况且，天赋异禀也学不到啊。苏轼能把被贬后的生活过得有滋有味，仿佛在山林快活得不想庙堂了。这直叫许多害他的众臣都难以平衡。所以才有他一再被放逐，越逐越远的故事。

然而这故事也变成了传奇。到处都是他的痕迹。我几年前到广东惠州，知道了惠州有一座西湖。中国叫西湖的不在少数，福州也有。但惠州的西湖却与杭州西湖有直接关联，这关联的人物就是苏轼。苏轼的妻子王氏就葬在惠州。苏轼俨然已经是惠州最有名的文化遗产。连吃个荔枝，最有名的广告词也出自苏轼："日啖荔枝三百颗，不辞长作岭南人。"

据说到了海南儋州，连方言里都有一种叫"东坡话"。去年访江西抚州。王安石与苏轼、司马光文名相当、政见不同的故事让人印象深刻。不过其中最闪光的则是苏王二人的交往史。晚年王安石曾救过苏轼一命，苏轼专程去看望了生命垂危的王安石。不管算不算"相逢一笑泯恩仇"吧，作为文人故事，还是可以作为消解"文人相轻"这一铁律的例证吧。

我曾在全国政协委员漫谈群里听杨孟飞院士讲述令人振奋的中国航天故事。这一天，1 月 31 日，正好与坊间之苏轼诞辰日重合，不禁又让人产生联想。大家都问，咱们国家什么时候实现载人登上月球？答案是：正在深度论证中。

不过我当时就想，要说以想象方式，以艺术方式实现"登月"，中国人肯定是世界上最早实现这一目标的。秦汉时期就有了嫦娥奔月故事，其后又有了吴刚伐桂的故事，牛郎织女一年一见的故事。月球上如果真有月宫，住的应该都是咱们的人。可是这么多年来，文人笔下的月亮，愿望是美好的，代表着思念，思念亲人、爱人、故乡，这种象征性符号到现在都没有改变。《月亮代表我的心》唱出的是无数人的心声。可是如果让诗人想象月宫里的生活，他们都会警告你，那上面冷清、寂寞，去不得。这是一种什么心理先不说，月宫就是冷宫的同义词。

苏轼也是如此。"我欲乘风归去，又恐琼楼玉宇，高处不胜寒。起舞弄清影，何似在人间！"还是人间最值得留恋。毛泽东主席有诗句"寂寞嫦娥舒广袖"，限定词也很明确。鲁迅曾专门写过嫦娥的故事，这就是小说《奔月》。嫦娥因为受不了和后羿过天天吃"乌鸦肉炸酱面"的苦日子，偷了升天药奔月而去。然而，笔调间充满了"哀其不幸，怒其不争"的悲悯。

今日之中国，嫦娥奔月是铁的事实，而且"嫦娥五号"之后还有"六号""七号"。嫦娥不再寂寞，重名的就有好几位。

把基于科学技术的航天器命名为“嫦娥”，接续了中国人几千年来孜孜以求的梦想，是对一种遥不可及的梦想的伟大实现。这种自豪，是包括苏轼在内的所有古人无法想象的，是包括鲁迅在内的近代以来的仁人志士梦寐以求的。所以，我们生活的是最接近伟大梦想实现的新时代！

原载《中国社会报》2021 年 10 月 11 日

【**作者简介**】陈建功，著名作家，中国作协副主席。广西北海人，1973年开始文学创作，1982年从北京大学毕业后，到北京作家协会从事专业创作。著有小说集《迷乱的星空》《陈建功小说选》《丹凤眼》《前科》和《找乐》，散文随笔集《从实招来》《北京滋味》《嬉笑歌哭》《建功散文精选》《我和父亲之间》等。作品曾多次获全国重要文学奖，并被译成英、法、日、捷、韩等文字在海外出版。

Chen Jiangong, famous writer, vice chairman of the Chinese Writers Association. A native of Beihai, Guangxi Province, he began literary creation in 1973. After graduating from Peking University in 1982, he went to the Beijing Writers Association to engage in professional creation. Chen is the author of novel collections *The Confused Starry Sky, Chen Jiangong's Novel Selection, Dan Fengyan, Previous Records and Looking for Fun, proses collections Recruiting from the Real, Beijing Taste, Songs and Cries, Selected Proses of Jiangong* , Between Me and Father, etc. His works have won many important national literary awards and have been translated into English, French, Japanese, Czech, Korean and other languages and published overseas.

落英缤纷忆故人

陈建功

一

人在年轻的时候，都有些调皮。就算表面上老实，心底还是调皮的。近半个世纪以前，1982年初，我大学毕业，入职北京市文联所辖的作家协会从事专业创作。那时已过而立之年，却是北京市属的“专业作家”里最年轻的一个。专业作家们大抵每月集中一次，传达文件啦、领会精神啦，如赶上有重要的文件，甚至得集中几天，反复“学习”，反复“领会”。我所说的“调皮”，就是有些会议开到累时，就不得不“调皮”一下——拎起会议室的空暖瓶，名正言顺地走出去。顺道儿到隔壁的《北京文学》，找陈世崇、傅用霖等等，和他们意气扬扬，海阔天空。当然，我也“乖”，不出半个时辰，也会拎着灌满的暖瓶回去，继续“学习领会”。时隔半个世纪，犹记当年蹑步轻声溜回会场的“肃然”。我知道，端坐于堂的前辈、师长——萧军啦、骆宾基啦，直到杲向真、浩然，谁不心如明镜儿？当然人家也不点破。长者，总会有长者的矜持。只有一次，我被正在讲话的王蒙现场抓了个“哏”。

我回屋时，王蒙大概谈兴正浓，暖瓶的归来打断了他的话题。他看看我，索性不再继续，说：“你小子干吗去了？我刚才说的那么精彩，你整个儿就没听着！”我不无遗憾地苦笑，说：“打水。您总得有水喝！”王蒙说：“您这‘雷锋’也学得忒费劲儿了，一壶水打了一个钟头，您这是到人大会堂打水去了？”人皆大笑，他却不动声色，继续昏天黑地谈他的学习心得。

王蒙揶揄我，并不令我意外。人家也有资格揶揄我，我的第一本小说集《迷乱的星空》，就是他写的序言。因此敬其为“恩师”也不为过，只是不知他认不认就是了。一起开会时，他也时不时揶揄别人，有时，一语言罢，还看看我，我们便会心地笑。他的揶揄绝无敌意，甚至说那是“幽默”或是“耍笑”更为准确。其实大概也就是“调皮”而已，但不能否认，这调皮里还是有内涵的。比如有一次，言必呼吁关注“现代派”的李陀，在会上宏论世界文学大势。一会儿说萨特，一会儿说弗洛伊德；一会儿说“拉美文学爆炸”，一会儿说巴尔加斯·略萨。李陀阅读的广泛和思想的敏锐在北京作协是众口一词称许的，当然，观点上未必一致认同，但大家都承认，因为他，活跃了思想打开了眼界。就连当时已年近古稀的雷加，都听得全神贯注，因为耳力不逮，甚至用手掌拢着耳朵听，听不清楚，还得打断李陀，请他重复一遍。时值开放之始，很多洋人名字前所未闻。雷加好学，对于有时李陀叽里咕噜说出的名字，他说：对不起，您还得慢慢的、一字一顿地告诉我，我得找他们的书来看呀。坦率地说，初始我觉得这老爷子有点儿“装”——您都七十岁了，还看啥“现代派”嘛。雷加逝世后，读他子女整理出版的《雷加日记》才发现，当年他一次次追问的书名儿人名儿，赫然记在日记里，很多我们当年读起来佶屈聱牙的现代派小说，他不光读了，还都记下了读后感。和雷加的“刨根问底”相映照，插科打诨百无禁忌更是北京作家们的“家常菜”。那次，李陀从海德格尔一直讲到德里达，给雷加掰开揉碎报洋名儿的时候，王蒙颔首一笑。他歪着脑袋对我说：“啧，瞧人家！人家不说‘好’，人家说‘蒿’，多有洋味儿……”看过《茶馆》的，是不会不知道这句经典台词的。没等我笑出来，学戏剧文学专业出身的陈祖芬已经笑喷了……

王蒙的大脑永远如陀螺般飞转，从他脸上读出，不难。别人发言时，他会凝神倾听，有所触动时，也会微微点头。触动更大时，这“颔首”就变成了扬下巴——微张着嘴，一扬一扬，满脸都是照单全收的沉浸。当然，这“沉浸”也曾遭我揶揄——某次有位老同志年事较高，发言的逻辑有些混乱，我听得一头雾水，王蒙竟也下巴一扬一扬，貌似有滋有味地品咂。会议休息时我便调侃他：“您真听懂了？我怎么听不懂呢？”王蒙不置可否地笑。我说，看您扬那下巴，以为您拳拳服膺呢。他咧开嘴，正色道：“十二级以上，一分钟扬一次；十二级到十八级，两分钟扬一次。要是你小子上去摆活，我这下巴一下儿也不扬！……”

二十世纪八十年代的北京作协，开心解颐，甚至可以肆无忌惮。

二

初到北京作协驻会，发现早已相熟的作家不少。不只是王蒙，我应称之为“恩师”的，还有好几位。“文革”后期，在京西挖煤的我，得以以“煤矿工人”的身份，参加北京业余作者的培训。几位应邀改稿的作者都住到花市东兴隆街五十一号，似乎是北洋政府某机构的旧址，那时成了“毛主席著作出版办公室”（即后来的北京出版社）的招待所。院子里前后两幢小洋楼。浩然和李学鳌住在前楼，分别在写长篇小说《金光大道》和长诗《向秀丽》。因为同在一个食堂吃饭，住在后楼的我们就和二位逐渐熟悉起来。浩然、学鳌都是工农出身，对业余作者格外体贴。承蒙他们推荐，我才在《北京文艺》发表了处女作。所谓“文学之路”，尽管起步稚嫩，迈开第一步，对浩然和李学鳌是不敢忘怀的。此外还有草明老师，她因《原动力》《火车头》和《乘风破浪》，被誉为“新中国工业题材”的开拓者。我也是由写工人开始创作的，听说有一个请教的机会，就很认真地誊抄了小说的稿子，请她指教。没想到入职北京文联，竟和草明老师在一个党支部！令我感动的是，几天前，有一位青年文学研究者来访，说在中国现代文学馆查到我发表的第一篇小说《铁扁担上任》的誊写稿。捐赠人叫吴纳嘉。立刻想起，所说的就是1973 年我登门求教时，特别认真地誊抄并交给草明老师的那篇。从那时到2002 年草明老师逝世，已近三十年，难得的是，老师居然把这稚嫩的文稿保留到辞世，而后才由她的女儿吴纳嘉捐赠到了现代文学馆。

彼时北京作协的驻会作家们，说是“四世同堂”也不为过。时已年逾七旬的“鲁门弟子”萧军，应是最年长的。萧军屡遭磨难，那时终于被认可为“有民族气节的革命作家”，回归“革命文艺队伍”了，最终到北京作协驻会。萧军戏称自己是“出土文物”。同时“出土”的，还有同属东北作家群的端木蕻良、骆宾基。年龄届于端木和骆宾基之间的，是雷加。我在大学时，曾循着现代文学史的踪迹，一一读过他们以及其他被纳入“东北作家群”作家的作品。鲁迅在为萧军《八月的乡村》所写的序言里说：“作者的心血和失去的天空，土地，受难的人民以至失去的茂草、高粱、蝈蝈、蚊子，搅成一团，鲜红的在读者眼前展开，显示着中国的一份和全部，现在和未来，死路和活路。”鲁迅精准地概括出那一时期流亡关内的东北作家们的望乡泣血之思，及其苍凉粗砺的艺术风貌。我熟悉萧军们的早期作品，当然也知道萧军、萧红、端木蕻良、骆宾基之间的恩怨故事，甚至还曾试图甄别各种八卦。后来看到许鞍华导演拍成的《黄金时代》。在人物塑造上，我以为有些拘谨，或在潜意识深处，仍有不便臧否的因由？但这影片毕竟讲出了一群颠沛流离的年轻人，他们青春与爱情的黄金时代，如何与离乱的中国搅作一团，使人叹惋人生之惨烈，青春之悲壮。入职北京文联，给我的第一个意外就是，和萧红密切相关的三个男人都聚齐于此。萧军并不如他所自嘲，是“出土文物”，反倒使我一下子想到他发表处女作时的笔名：“酡颜三郎”。人固老矣，但寸头，白发，脸膛红润，和扣在白发之上的暗红色毛线帽一起，昭示“虫沙几历身犹健，烽火频经胆未寒”。人说十五年前，也就是“文革”初起时，萧军还撸胳膊挽袖，替骆宾基跟红卫兵叫板。萧军是习过武的，遭难时曾以教习武术为生。据说那时萧军往街口一戳，威风八面，拼命三郎的架势端得有模有样儿，真就把那些“造反派”吓了回去。自此骆宾基才活得安生了。后来我见到萧军的女儿萧耘，忍不住求证此事。萧耘说，可不是！文庙烧戏装斗“反动文人”，就是逼得老舍投了太平湖那次，老爷子还拔着脯儿跟红卫兵们吼呢！老爷子老那么豪横，挨了斗也没断了出门溜达。您猜我妈每次都叮嘱他什么？——“早去早回，别找人打架去啊！”……

相比之下，比萧军小十岁的骆宾基似乎柔弱许多。初见几次，就很久没能见到他来开会，再见时已因中风而蹒跚。一次会议相邻而坐，很偶然看到他打开的笔记本，满页的字没几个，个个如核桃大，他说是他记下的钟鼎铭文。当时李陀正向我力荐老人家写于二十世纪五六十年代间的一篇报告文学，感慨说，看他把春天写得何等富于激情！可惜他不写啦，迷上上古金文啦。我也不禁连说可惜。几年后，看到骆宾老有四五十万字的《金文新考》出版，据说他为此书殚精竭虑凡三十年之久。那一次，看着蹒跚离会的骆宾老的身影，李陀忽然问我：你读过《乡亲——康天刚》吗？当时只觉得他话里有不胜今昔之慨，多年之后，忽想，李陀所说，或是感叹这身影里，透着康天刚式的倔强？

三

李陀在许多人眼里，是激进而好辩的，初识者或会以为他桀骜不驯，睥睨众生。我也没少被他“睥睨”，说这篇，写得太笨了，那篇，写得太浅了。有时候他甚至连粗话都带出来了。当然他对成功的作品——不管是老人还是新人——也不吝夸赞。那种欣喜，也是由衷的，比如他跟我夸过端木蕻良的《科尔沁旗草原》——“老辣！那是他二十一岁时的文笔啊。”给我背阮章竞的《漳河水》——“艳艳红天掉在河里面，漳水染成桃花片”；背张志民的《死不着》——“豆渣麻饼常断顿儿，嚼一口盐花喝一口水”。他说，他们的贡献是用自己的诗歌证明，向民歌民谣索取，诗歌才有活力。

故此，大家乐见李陀滔滔不绝，即便被他骂到头上，也明白他是每时每刻为文场诸公着急上火。何况李陀还会给你开书单，让你自己去读，去想，去试。如同古人所说“道之所存，师之所存”。岂不乐哉？

坦率地说，就文学观念而言，几代作家，或说不同时代不同阅历的作家们，持论未必一致，有些甚至还有巨大的分歧。比如浩然，二十世纪的七十年代，他几乎是中国唯一的作家，故有“八个样板戏一个作家”之说。而到了七八十年代之交，他似乎跌入了人生和创作的谷底。被“文革”噤声多年的老同志有些怨气，以“新时期文学”的实绩“走红”的中青年一代，包括我以及受过他关照的北京业余作家们，也都渐渐觉得，在对文学的理解上，和浩然有了“代沟”。不过大家相处，还是平等的、良善的。很多人都知道，浩然尽管在那一时期如日中天，甚至还受命于“旗手”，去慰问部队，写《西沙儿女》，但他却不为“四人帮”抛出的官位所诱，没整人没害人。七十年代初，他说自己谢绝了“当官”，连访问日本的安排都谢绝了，只想写，快快写。我为此写过回忆，也接受过访谈。浩然对我以及其他业余作者，格外热情而恳切。他说，我也是业余作者出身，我知道你们的心思！

置身于政治旋涡的文化界，总是应该一次比一次进步的。

在我的记忆中，浩然在党支部生活会上，曾就“文革”后期所历做过一次“思想汇报”。他说自己“不是小爬虫，也不是小爪牙，当然也缺乏警觉，只是因为更珍惜手中这支笔，不愿意脱离农村，脱离农民，才对一切诱惑退避三舍。”他声明，对时代的变化，他会慢慢地去体会、去调整，但“写农民为农民写”的信念一如既往。散会以后他就到农村去了。数年以后，他的《苍生》出版。

每个人都有自己的心路历程，也都知道自己会有局限性。大家都理解这种局限，也相信别人会寻找着、完善着。所谓“各美其美”“美美与共”，包括了“文人相亲”的良善，也包括了对心路历程和艺术风格的宽厚。

即使是同一“科”的作家，比如当年风头正劲的“四只小天鹅”——我已经忘记这是哪位对王蒙、邓友梅、从维熙和刘绍棠的戏谑了——王蒙汪洋恣肆地放飞“风筝飘带”，邓友梅有滋有味儿地讲述旧京故事，从维熙营造他的“大墙文学”，刘绍棠则沉浸于大运河的桨声灯影……他们文学主张和风格上的似与不似，几乎人所共知。再加上以《班主任》开拓了新时期文学的刘心武，持寂寞之道、醉心于“怪味小说”的林斤澜，还有对“个人化”和“社会性”命题有不同关注的张洁和谌容……八十年代北京的驻会作家们，“人人握灵蛇之珠，家家抱荆山之玉”。而小说之外，还有理由、陈祖芬以报告文学鼎立一方，杲向真、葛翠琳、刘厚明在儿童文学独辟天地……也有几位交流不多的作家，甚至我对他们的作品，所读都是有限的，但想起他们，我无不充满敬意。如管桦、古立高、李克、钱小惠、李方立，几位都年长我二三十岁，也就是说，我还没出生，他们就参加革命并有代表作问世了。管桦的《小英雄雨来》，是我读小学时就出现在课本上的篇章。二十世纪五十年代，古立高则以长篇小说《群峰屹立》和一系列中短篇小说赢得读者。李克，则是人们熟悉的《地道战》的作者之一。钱小惠的父亲，就是戏剧家、藏书家、太阳社的创办者之一阿英（钱杏邨），现代文学史上颇负盛名。小惠的长兄钱毅是作家，也是烈士，战地采访时被俘，“威武不能屈，临难不苟免”（黄克诚语），牺牲时年仅二十二岁。钱小惠的身上，丝毫没有某些“红二代”的优越与“文二代”的自负。那不是刻意的低调，而是本色的素朴。他去世后，子女整理《钱小惠作品集》出版并寄赠给我，我才知道他不仅是作家，而且还是个版画家，有木刻、速写、漫画存世。李方立，则另有一番传奇。刘心武告诉我，他就是 1940 年带着十六岁的贺敬之和另外两个同学，从四川梓潼投奔延安鲁艺的“方立大哥”呀……

身边的诸位似乎都裹挟着某一时代的风雨，而最不动声色的几位，故事一点也不比别人少。

比如杨沫，她投身时代洪流的写照，其实已经在《青春之歌》里面了。1995 年她逝世前，曾嘱托我把这部长篇小说改编为电视剧。她说，希望改编后的电视剧，尽可能葆有她当年的激情，也尽可能加入她经霜历雨后的人生思考。我和李功达，合作中念兹在兹，特别注意对余永泽的形象进行再创造。我以为，杨沫大姐有知，或许也会认可的吧。

杨沫作品写得好，为人也慈祥善良。有一次，任职于鲁迅博物馆的作家韩霭丽就嘻嘻笑着告诉我：你们那杨沫老太太，真是一个好老太太！韩霭丽说那天到北京文联办事，碰上了杨沫。走时又被老太太截住，非让去她办公室一趟。“你猜她干吗？她非塞给我一包袜子，说小韩呀，天凉了，你得穿袜子呀。”——“天呐，”韩霭丽说自己当时都笑歪了，“我老老实实对老太太说，我从来不穿袜子的，冬天也不穿，您不会以为我买不起袜子吧？”

四

有位曾经和我一起挖过煤的朋友，稍晚到了北京市委宣传部工作。初入宣传部，在某个场合遇见我，说，实在闹不明白，为什么每次派人到文化口各单位去听会，小青年们都抢着去你们那儿？你们怎么那么招人？

我掰着指头给他算，说这有啥新鲜？我们这儿净是有故事的人啊，何况人人都是讲故事出身。到这儿开会，就是听故事来啦。

最会讲故事的，赵大年应算一个。

赵大年调入北京作协驻会，比我早一年多。那时他是北京农机局的干部，因电影剧本《车水马龙》而成名。大年那时应当已年过半百，秃顶油亮，只有一圈银发烘托，我戏说是“彩云追月”。他架着一副金丝眼镜，言语擅夸饰而又透着自嘲。我总是想，这是不是由贵而衰的“子弟”们习惯而成的修辞方式？大年的举止透着令我艳羡的“范儿”，以至我曾问过他鼻梁上的眼镜架是否真真儿的金丝？大年撇了撇嘴说，甭管是不是金丝，九百块钱呢！二十世纪九十年代，九百块钱算是天价，24K 金每克也不过一百元。您这哪儿淘换的“金贵玩意儿”？闹得我心惊肉跳！

大年便说这眼镜的故事，原来是到深圳参观，欲领风气之先，被不良商家给坑了。大年却始终不说这“坑”字，面子是绝对不能服软儿的。我说既让人宰了就甭嘴硬啦，大年还不认，只说开了眼了。“怕啥，不就九百块吗？把这事写篇文章，立马赚回来！”我只好学阿 Q 口气，说赵太爷真是豪横啊，咱家阔，咱怕谁？

我比大年小十八岁，却可以毫无顾忌地和他抬杠，打击他“八旗子弟”的优越，当然也逗他把有趣的故事讲下去。他却不恼，呵呵笑着，越发“倚老卖老”。

他甚至自豪于腿上的肌肉。那天由我的腰椎受伤肌肉萎缩说起，恰他身着短裤，伸直了大腿给我秀。自诩重庆参军后到湘西剿匪，登山越岭，便落下这丰腿肥臀。“别不当回事！有个日本作家来家做客，非跟我较劲，让他掐来掐去愣没掐住这股四头肌，输了我一根日本名牌儿钓鱼竿儿呢。”

有一次话题扯到戏剧。邓友梅说自己之所以走上文学道路，源于在新四军的文工团被分配担纲“提词”——“那时演的大多是‘活报剧’，下午剧本编出来，晚上就演出了。哪有什么排练呀，连台词都背不下来！文工团的领导看我小，演不了恶霸，更演不了英雄。好歹认得俩字，说，小邓，站到大幕后边去，提词儿！……这活儿干着干着我就想，原来剧本儿就是这么一回事儿呀，不就是甲说乙说吗，得，我也来一个！就那么着，我也写了一个活报剧的剧本，没想到还在部队的小报儿上印出来了。有一天，我们班长拿来一袋花生米，说小邓，这是你的稿费！我一想，呵，真不赖，写剧本还能赚稿费，有花生米吃，就这么做上文艺战士啦……闻之大年则接话，说，你得好好反省你做文艺的动机！革命有早晚，起点可不一样！我演戏，可是“反封建”起家，怎么着我也是重庆南开中学男女同台第一人呢！——为找机会抄他“拐子”，我逗他：您比曹禺还“前卫”呢，还有一个黄宗江！

曹禺、黄宗江在天津南开演戏的时代，还不允许男女同台，因此他们都是男饰女角。而大年演话剧时，世风已渐渐开禁，据他说，“那也得到学校的训导处立下‘军令状’，谨记‘男女之大防’呢。”我又逗他，您这动机很可疑，其实也就是趁机到舞台上摸摸人家女生的小手儿罢！……

有一次学习的话题似乎是说到抗美援朝。大年直指我，又一次牛哄哄，说，像陈建功这样的，我当志愿军出国时，你才生下来！我说，可不，多亏您保家卫国，我今儿这好日子，有您的牺牲奉献！大年更来劲儿了：“烈士罗盛教知道不？国际共产主义战士！他牺牲的时候我在现场，我是团小组长。”我问，团小组长干啥去了？他说，递板子扔绳子呀，救那个冰窟窿里的小孩儿！最后四处找人，才发现罗盛教没了。我便问：你老实说，你真刀真枪冲锋陷阵了没有？大年有点儿不好意思地呵呵两下，说，我是翻译。我的任务是教战士们说英文。我说，嗨！你那英文，也就是“缴枪不杀”呗，不服你说点儿新词儿我听听！大年大笑，说几十年了，我一句也不会说了。旁边看不过去的邓友梅说：“大年，你别让这小子给唬住，我教你一招儿，喝点酒，你就全想起来了！我告诉你，我在日本当劳工那几年，日本话已经说得溜溜儿的了。1945 年回来，四十年，全忘了。前几天接待日本作家代表团，开始一句也说不上来。可等到几杯酒下肚，我叽里咕噜一通说，那些日本作家，还有陈喜儒，都听傻了！”所说的陈喜儒，那时是中国作协外联部的日语翻译，我听他说过这事，“几杯清酒下肚，老邓如有神助！日语说得叽里呱啦。那些日本作家听得目瞪口呆，我问日本客人都听懂了么？他们连说，听懂了，听懂了！我说，怎么我反倒听不大懂似的？日本客人们哈哈大笑。有位作家委婉地说，邓先生说的，是比较粗俗的底层用语，真得在日本的底层混过，才说得出来的呢。”我当即证明，邓友梅所言不虚，至于赵大年能不能说得比“缴枪不杀”多一点儿，得赶紧喝一回酒才知道。

“斗嘴”归“斗嘴”，交情是深的。回想起来，甚至还一起在文学界“兴风作浪”过。二十世纪八九十年代之交，文场兴起了“换笔”风。其实先行者是四川的马识途和湖北的徐迟，人家已经悄悄开始电脑写作了。北京人似乎更心忧天下，自己换了笔，还要张罗着更多的作家换笔。1992 年，经某文化公司筹划，北京作协居然在长城饭店开起了一个“换笔大会”。参与的有张洁、谌容、李国文、王蒙、史铁生、叶楠、邵燕祥、邓友梅、阎纲……不胜枚举。更有一位痴迷于“奇技淫巧”的作家吴越，通俗小说纪实文学叙事长诗民俗调查等等无所不做，甚至连世界语都很热衷，普及电脑写作岂可或缺？便见他在作家间奔走。当时的电脑也就是 286 型，每部竟至七八千元，是一笔不菲的开销。作家们“换笔”，大年同样“伯也执殳，为王前驱”，甚至把杨沫也拉来了，杨沫称自己年岁已高，无力新潮，但动员作家们早换快换，跟上时代。赵大年则说自己虽年届甲子，猛志犹在，一通勇立潮头霸气十足地忽悠。我记得和他们开玩笑，说你们一个唱白脸儿，一个唱红脸儿，有点儿闹上史册的豪迈呢。

那时人还傻，不知道跟电脑公司索取“代言费”，也不知道让商家给打个折扣。

别看会上豪言煌煌，俨然电脑写作的行家，其实大年于电脑，也是初学乍练，用后来的说法，菜鸟一枚而已。我比他略强。于是惨的便是我了——两家楼上楼下住着，大年又是半夜三更才开始写作，午夜惊铃便时时响起了。有时问：“我这回车键怎么就没反应呢？”有时说：“你还是下来一趟吧，我这页面儿怎么也对不齐哦！”……夜深人静，守电梯的女工已经下班，只能摸着黑走楼道下去，幸好只有一层。

如此夜半登门，大约三个月之久。

那时大年乖的很，也不摆“老革命”资格了。每次进门，都是客客气气地把我往电脑桌前让：“您来！您来！”

我说，我现在是“翻身农奴把歌唱”啦！

五

终于，抬杠抬到了九十年代，《皇城根》就把我和大年捏到了一块儿。时任北京电视剧中心主任的李牧，对大众文化的趋势有足够的敏锐。他先是组织了《渴望》的创作，未待杀青，已经开始组织《编辑部的故事》和《皇城根》了。“《渴望》算是正剧，《编辑部的故事》是个喜剧，《皇城根》算是悬疑剧……”我当时就惊叹这位李牧的谋划何以如此精心，后来才知道是大众文化产品生产的思路。以后他和他的团队，又选中了曹桂林的《北京人在纽约》，则更是借鉴海外文化、拓展文化产业的典范。“观众都关心出国打拼的呢，得先让王启明惨惨惨，满足他们的嫉妒心。等到观众也觉得惨不忍睹了，就得让王启明火火火，满足他们的同情心！”我已忘记这话出自何人，但这话经常被我引述，成为市场经济条件下文化产品与市场互动的例证。

我和大年，就是为这“悬疑剧”的设置，开始合作的。

大年擅于编故事，我则注重塑造人物。为这我们没少了吵来吵去，甚至面红耳赤。好在都是豁达之人，心思全在剧本上，并不计较。

三十集电视连续剧各写了十五集 ，凑到一块儿以后，大年问我：“咱找端木题写片名怎样？”

那时端木蕻良已年近八十，固然都是熟人 ，又都住在一个家属楼里，找他，也还是不情之请。

我知道赵大年早就拍过马屁，他会上说过，1950 年在重庆参军，唱的就是端木蕻良作词的《嘉陵江上》，为此被解放军文工团挑上。因此可以说，端木蕻良，是他与文艺结缘的“红娘”。

我笑着说，你这马屁拍得倒蛮到位的，不过老端木那歌，的确雄浑大气啊——

…………

敌人打到了我的村庄，
我便失去了我的田舍、家人和牛羊。
如今我徘徊在嘉陵江上，
我仿佛闻到故乡泥土的芳香。
一样的流水，一样的月亮，
我已失去了一切欢笑和梦想。
江水每夜呜咽的流过，
都仿佛流在我的心上。

…………

这支歌，现在想来依然荡气回肠。“拍马屁”是玩笑，其实，初学写作时，我也是反复揣摩过这歌词的。

当然，端木老很快就题写了《皇城根》的篇名。我们把它用在电视连续剧片头和同名长篇小说的封面。

几年以后，端木去世了。那时我没在北京，事过之后在楼道里遇见了端木的夫人钟耀群。钟大姐说，端木走得安详而从容，他远行前甚至和家人，几代人，一一拥抱。

我问钟大姐，当年端木剪下的、萧红的那缕头发在哪里？——我想起了普希金纪念馆里，展陈着普希金的那一绺——大姐说，已经捐给萧红家乡了，葬在萧红的衣冠冢里。

2019 年 7 月 1 日，大年也离我们而去了。

呜呼。上面提及的师长，不少竟已先后离去。甚至还有一位活泼开朗的好朋友，也在疫情期间远行。我不知道是家人或她本人的意愿，至今也没有对外宣布。在此我也只能默默地为她祈祷。也好，就像她永远在我们中间一样。

所幸还有几位师长、朋友，硬硬朗朗的。有的人还通过电子腕表，天天发来计步的结果，闹得我若不努力奔着每天一万步，都有些羞愧。

我不敢说，每一位经历过八十年代的北京驻会作家，都会怀念那些日子。我却是怀念的。

2021年4月18日于北海

5月2日修改

原载《人民文学》2021年第十期

【作者简介】侯磊，作家、诗人、昆曲曲友，中国人民大学文学硕士，北京人。曾做过编辑、教师、记者等职业。著有长篇小说《还阳》，中短篇小说集《冰下的人》《觉岸》，“北京非虚构”三部曲《声色野记》《北京烟树》《燕都怪谈》，文史随笔《唐诗中的大唐》《宋词中的大宋》《天堂图书馆》等。作品曾发表在《人民文学》《北京文学》《青年文学》《诗刊》等刊物，并被多家选刊转载，部分文字被改编成影视作品或翻译为外文。

Hou Lei, writer, poet, Kunqu opera fans, Master of Arts of Renmin University of China, is a native of Beijing. He has worked as an editor, teacher, reporter and other professions. Hou is the author of the novel *Returning to Life*, the novel collection *People under the Ice, Jue'an*, "Beijing Non-fiction trilogy": *Wildness Record, Beijing Smoke Tree, Tales of Capital*, proses on literature and history *The Great Tang in Tang Poetry, The Great Song in Song Ci, The Library of Heaven,* etc. His works have been published on *People's Literature, Beijing Literature, Youth Literature, Poetry Periodical* and other publications, and have been reprinted and re-posted by many selected journals. Some works have been adapted into film and television or translated into foreign languages.

穿越时空而来的人

侯 磊

这几年传统文化有了抬头，国学被开成各种补课班当买卖来做了。北京的市面上流行起了昆曲、古琴、茶道和瑜伽“四大俗”，四处都是各种旧式装帧的会所，冒出了各类名目的大师，街头开起了各种太太学堂，中产乃至小资，闲来无事时，也要风雅一番。

我想，京城里应该始终深藏着真正的老派人物，他们自幼学琴学画不是为了考级加分，读古文也不是为了应付考试，只觉得人生应该这样。

此时，我有幸认识了张卫东先生，一位真正的活古人——不用手机，写字首选毛笔和繁体，讲课时会穿上自己祖父那件九十年前的长袍马褂，宝蓝色的长衫暗藏印花，而家中还存着双一百二十年历史的朝靴以及花盆底的女旗鞋。

一

2010 年的一天，无意间随一位茶友到后海恭王府附近古逸茗庄的二楼，去听一位老师的昆曲课。

上得二楼来，屋中被用作琴房，墙上挂满了名家手斫的古琴，中间用琴桌拼成一条长几案，学生们沿着几案围成一圈，都是会唱的资深曲友。往后则是一圈不靠几案、只坐椅子的初步入门者。我悄悄到最后靠墙根儿坐下，远听张先生拍曲擪笛，教学严肃中带着诙谐。

但见先生相貌高古，脑门处有些谢顶，脑后留得有点长，宛如清末刚刚剪了辫子的“马子盖”，要是风扇吹在头上，则又是另一个称为“帽樱子”的发型。一身中式对襟儿裤褂，脚踏一双内联升千层底儿礼服呢小圆口儿手工鞋，如果有人也穿中式服装，他会给你用手比一下纽襻儿的长度说：“老式的应该二寸五，你这三寸，长了。”

张先生一张口，自是一口清末民国时我奶奶那代人说的北京话。我在此语境下长到十七岁后祖母殡天，胡同的北半面也拆迁了，自此与京腔话别。张先生的出现，让我找回了十几年没听过的音儿、词汇甚至语法，有时还捡了不少老妈妈令（母亲教育孩子明事理懂规矩一类的话）。

他讲课时会说“这事较比起来吧”，“较比”就是比较，在老舍小说里都这么用，同样还有“道地”一词，是地道的意思。在现代的北京城中听人说一百年前的话，穿越感立马悠然升起。

这一次拍曲散会时，我上前与张先生打招呼。

先生说：“这小孩说一口京话，住城区的吧？”

我说：“我住北新桥儿，还住胡同。”

这自然与张先生熟识起来。北京过去一条胡同有几个宅门，彼此都是圈套圈的亲戚。张先生是旗人，满洲正白旗霍罗氏后裔，太祖色尔固善是咸丰年间的福州都统，《清史稿》上有记载，曾祖万禄擅鉴赏金石书画，祖父、父亲皆擅儒学医。我有位亲家奶奶是侍郎高家的后裔，夫家姓爱新觉罗，高侍郎的堂妹嫁了言菊朋，言菊朋的母亲崇氏，便是张先生大祖母的姑姑。

就这么个八竿子远的关系，张先生更对我亲近，别人问：“这是您徒弟？”张先生说：“不是，这是我家亲戚。”

二

张先生在戏曲、民俗、老京文化等旧学上无一不精。我当时醉心于昆曲，遇到这样的名家，自然想找机会问艺求教，交流时还想露一点我接触过的戏曲艺术，以免先生把我当外行。

这点小心思自然瞒不了张先生，他并不多说，大多只是一两句引子，深入浅出，给我留下空白：“花脸最早有郎德山那么一路的唱法，高而尖，直筒儿的。早年刘鸿声也那样。”又或者说：“我那某某文章你没好好看。”

他嗓子极好，高低没挡，会好多已经绝迹的戏和曲艺说唱，连几乎失传的京高腔，也能唱不少；做工也佳，看他唱《草诏》中方孝孺的录像，在台上扑跌闪转，令人叫绝。然而，十几年前，他在报刊上对“流行昆曲”一一炮轰后，为了坚持他的昆曲理想，便不怎么唱了。

人人都为他惋惜，他有太多太好的戏都得到了名家传授。如《夜奔》这出北昆名剧，他特意记录了表演的关键，却从未显露于舞台。剧团虽然月薪不高，凭借国家一级演员的名气身份，走走穴，就能赚大钱。可他偏不，仍给不知名的报纸写稿子，去不知名的学校里讲学。

他多年来办了西山采蘋曲社、霓裳续咏子弟八角鼓票房和易雍书会，场面上的桌围子都是不多见的京绣。学生送他礼物，他会高兴地收下，很快再转身分给大家享用。曲社象征性地攒些会费维持活动，但有几种可以不交：学生不交；没有工作收入的不交；生活条件不好，有病有灾的不交；实在不方便的，也可不交。

他说："当老师是把自己撕碎了，喂给学生。什么时候我嗓子唱嗝儿了，你们也就学出来了。"

有次，与我们论及《牡丹亭》和《玉簪记·琴挑》中的情情爱爱，他冲着学生说："读古书是吃正餐，而这（昆曲）是甜食，人不能一辈子只吃甜食。不把古文读透了，不配来唱昆曲。"

甚至一手用力攥着笛子说："好好读古书，甭学这下流玩意儿。"

而张先生演这类戏，却极为精妙。比如他讲《琴挑》中潘必正挑逗陈妙常的细节：

"（生）小生实未有妻。

"（旦）也不干我事。

…………

"（旦）潘相公，花阴深处，仔细行走。"

三句两句，便讲解出戏词间暗指的春色，此时才理解，这类戏才真是少儿不宜。

中国自古视伶人为下九流，他的编制又不在高校和研究院，主流学界不一定服他，闻风而来追随他的粉丝，又有多少能读他推崇的古书？

我感受到张先生身上的某种分裂。在一个学者们都争当演员的时代，他这个真正的好演员，却要做古之学者。他擅演的，无论是《千钟戮·草诏》中的方孝孺、《一捧雪·祭姬》中的戚继光、《牧羊记·望乡》中的苏武，还是《浣纱记·寄子》中的伍子胥、《长生殿·骂贼》中的雷海青，无不是忠臣良相，且多是身处逆境却刚直不阿、忠孝双全的士大夫，继承了他的老师朱家溍在《别母乱箭》中饰演的周遇吉的形象和气质。

或许，这就是儒家的理想主义与悲剧精神——知其不可为而为之吧。

三

多年来，我到处随张先生学曲。张先生外出讲学或小范围雅集，我有时打打下手，拙手笨脚，常碰了茶壶弄洒了茶碗儿。

一开始我唱昆曲没调，唱八角鼓没板，直唱得该有人发我一副快板，改成呱唧呱数着字儿唱快板的样子。我便扯着嗓子喊着唱，唱完两个半钟头昆曲，嗓子成了公鸭。有时觉得不错，张先生说跑调了；有时嗓子明明不在家，张先生说进步多了。

终于有一天，他说："找到调了，昆曲本是黄钟大吕，阔口曲目众多，而绝不仅是咿咿呀呀。"

不过，一次我去鲁迅文学院进修，张先生也被请到文学院讲过一次昆曲，我在台上领唱，张嘴就冒调了。张先生直接说"跑调了"。事后有同学来议论，认为张先生对我太不含蓄。

其实私底下，他批评我向来直接，因含蓄了我听不懂。一次他谈艺术需要天赋，我便问："写文章也要天赋么？"

"要，你就没天赋。"

众人哈哈大笑。

张先生后来说，我说过你几回，没想到没有把你说跑，倒是学得勤了。

其实，这旧式师生相处方式，我已经习惯了。

当着生人的面，张先生倒一个劲儿地夸我，而在邮件中，则总数落我的"不是"，有时还惭愧说没教我什么东西——张先生不用手机，偶尔使用电子信箱，还是与师母共用，用繁体字给我的回信，多是简约的几个字，但要是为了修改指导，文字却绝不吝啬。

他早先与北京民俗作家、火神庙里的小老道常人春先生合著的《喜庆堂会》一书，是早期研究北京堂会演出的重要作品。因跨越年代很久，资料多是他到国家图书馆里泡一整天，逐字逐句从老报纸上摘抄下来的（老报纸多不能复印）。书原本有八十万字，可出版时只有薄薄一册，中间还丢过一次手抄的原始稿子——这都是二位多年来对北京民俗业考察研究的结晶，如今常人春先生羽化登仙，想研究都没去处了。

他教过大批学生，不少下海从艺，博得些名声。京城文化界的大小名人，都来这儿摞叶子摘桃，研究古代戏曲曲艺和吟诵的硕士、博士，不少都是张先生给列过论文大纲，也会有人将先生的学问拿来改头换面，立即兑现。

可张先生却这么想：能把学问开枝散叶，落地生根，多好啊！

四

要说张先生在戏台上的“古”是扮出来的，那生活中的“古”则是骨子里带出来的。

我偶尔会拿生活中的事劳烦先生，比如向他请教如何养好水仙花，他回信详尽：

> “（水仙）不要剥皮，放在阴暗处，等到腊月初一再装盆儿加水，白天把水倒少一点晒太阳，晚上加点水放在窗台上，如此初一前后就可以开花啦。
>
> 要是打算刻水仙就是用竹刀把中间切开一点儿，横着切一少半儿，留着花芽子，在尖上划一刀，加上棉花蓄水，白天晒，晚上放在温暖的地方。等到初一几天就可以看到怪状的水仙了，讲究有双喜、蟹爪等造型……”

这还不算，他在邮件中为人讲述搬家时的讲究，那是一个让人开眼：

“搬家先放镇宅之物，宝剑、四书、佛经、石头等博古葫芦都可以，有太阳的时候窗子打开三天，正厅放一个水缸或是一盆水，用扇子扇扇，再把原来老宅的天井土带来一包撒到四角……

第一顿饭给工人吃，留下剩饭皮，等工人走了再继续食用……也可以叫上几个朋友一起吃饭温居贺喜，依然是吃米饭炒菜上供蒸肉等。

馒头、豆包、打卤面也是可以的，但是必须有外人参加才好……最讲究是用人或是工人，亲友其次……”

只要我用文言给他写了信或稿子，他都夸我文言进步，要我写新的思想和内容，要摒弃俗语，少用“你”“我”“他”，并指出文法上的幼稚。我也把早年写的几行旧诗发给他，先生更是逐一改过，并转化成繁体字回复。

他的父亲张振啓老先生是同仁堂坐堂的名医，他虽没有自幼从医，却也见多识广，每次我嗓子发炎，他要我吃牛黄上清丸，说我不是嗓子的事儿，泻肚后就好了，不用再吃别的药。而眼睛发炎，也不用上眼药水，用石斛熬水擦洗，能消炎清火。

张先生如此“复古”，大概是因为其从未受过新学（西学）的“污染”。他小时候写字，先用的毛笔，再用的铅笔，是用毛笔在北海里画写生出身；先随章太炎的弟子吴承仕之子吴鸿迈先生学《孝经》《道德经》《四书》以及昆曲后再上的小学，自三年级起就学习戏曲，而后上了戏校。

期末考试时，别人都在抢着复习，他兜里揣着几根笔，大摇大摆把语文考个接近满分，而数学则会考个不及格。民国时沪上画坛有“三吴一樊”四大家，“樊”是樊少云先生，而张先生就是由樊少云的公子樊伯炎教的古琴、昆曲与绘画，他十八岁时画的扇面，俱是古人风范了。

每与他谈民国诸位大师，他都不屑一顾甚至嗤之以鼻。

他说民国时多不用前清宿儒，专用刚留洋回来的毛头小子当教授，把旧学都废了，如此旧学不废也会极度消亡。他还说，冯友兰二十世纪九十年代找助手，专门点名要找没“上过学”的——就是没受过新式教育的。

其实张先生在二十世纪八十年代也曾“潮”过两年，他研究过基督教和西方文明，在中央戏剧学院学习话剧影视编导，还参加舞美培训班。但越接触西学，越见那中华文化才是追本溯源的根，反而更坚定他对传统的理解和忠贞。从此便身着中式的对襟和千层底的布鞋，手里提拉着一老太太买菜时的兜子，里面装着曲谱、笛子和《论语》，挤着公交和地铁，穿梭于首都各个高校教昆曲与儒学。若是冬天，他会把笛子揣进怀里以防止冻裂。有时他招待老友在台基厂的一条龙雅集，连吃带唱，很多是他做东，若是别人掏腰包，会按旧式请客的习惯提前讲明。

他站到饱受后世攻伐的朱子学的一面，认可朱熹一脉的学术思想，最为顶礼的人物和理想的年代，是孔子和西周，日常生活里对孔孟之道身体力行：讲规矩，重礼仪，习惯于老年间的一切。

五

张先生的命运中还得到最后的文化老人的真传，那是二十世纪八十年代最后一批旧文化的遗存，都是不往上爬的旧文人，也是真文人。文博界的启功、周汝昌、赵其昌、宗璞都最爱他的昆曲，他说汪曾祺的文章是花美人，汪曾祺能随唐兰（文字学家、金石学家、历史学家）治文字学和史学，又与做过北大副校长的语言学家朱德熙是同学，他们一个吹一个唱，朱德熙喜欢唱旦角，汪曾祺再三唱老生。

“但你们不要学他们表面——大教授好唱戏的，都是学有余力而当玩。”我信他，起码他认识汪曾祺。

张先生接触过部分晚年的大师，有很多亲耳聆听过的事。记得他描述过被批判了后半生的俞平伯耿直得有些愚鲁，他模拟俞平伯的口音时，神态语言都极像：“我？你问我什么成分？我家祖上是做官的！到了我这一辈不做官了，是教书的！”

他还说叶圣陶先生聪明且自保，一辈子提倡白话文，可自己却喜欢看文言，唱昆曲，写书法，还督促王泗原先生用文言校点《楚辞》。

令人诧异的是，张先生全无收藏癖。他小时候，朱德熙给他改过作业，王泗原讲《楚辞》时也给他留下手稿，他都并没刻意收起来，而众人雅会的活动记录却都留着。

这兴许与他的老师朱家溍先生有关。朱先生家向故宫博物院、社科院、承德避暑山庄、浙江省博物馆等无偿捐赠了一千多件古碑帖、两万多册古籍，大量的明清黄花梨、紫檀家具，数十件古代字画和古琴，晚年却喜好临摹古画消遣，夫人患病临去世时，工资卡里所剩无几。

张先生多次提到朱家溍先生论及文物的名言：“聚是一乐，散亦是一乐。”并言及，痴迷于收藏并不好，若只迷恋于找名人签字合影，注定会荒废学问。在朱家溍先生百年诞辰之际，张先生主持了《季黄先生十年祭》（朱家溍字季黄）的礼仪安排，在前门外西河沿的正乙祠戏台，举行了京城家庭自办的祭祀，并依照古法不施粉墨，水青脸着装，登台献戏《浣纱记·寄子》。

曲友中有位邵怀民老先生，九十六岁尚能登台演《天官赐福》中的织女，还有旦角嗓子。他出身于福州三坊七巷的世家，父亲是学者，母亲也是大家闺秀，本人却一生坎坷，无儿无女，酷爱戏曲书画，保存有一支他的母亲传下来的笛子，晚年时已不能随着音律按孔，但还不时地拿出来吹奏。在他百岁寿诞之际，同好们还为他举办了曲会庆祝。

在邵老先生一百零二岁那年的某天，张先生夫妇行在三里屯，想起距离邵老家不远，就给他家打电话准备看望。不料邵老侄女接电话，哭泣说老人刚走，无疾而终，“正给穿衣服呢”。张先生夫妇赶去，坐在老先生的床榻边，用那支百年以上的笛子，最后吹了一曲《万年欢》——这是请神送神的曲子，算为邵先生身归极乐世界送行。家人说，这把笛子送您吧。张先生却说，还是随着邵老一起走吧。随后，那笛子也跟着一起火化了。

事后我问，邵老家人已经说送您了，笛子好歹也一百多年了，怎么不留下来当个念想儿，以睹物思人?

张先生当即批评我：“最好的学问是记在脑子里的，最好的念想儿是留在心里！”

想起小提琴家盛雪去世，他的儿子盛中国将他的琴陪着火化了；而2018 年 9 月盛中国去世，仍旧是他最喜欢的一把琴一并陪葬，空余一具琴盒。这便是高山流水的意境，是乐师与琴的归宿。夫子云“朝闻道，夕死可矣！”具有古人情志的张先生，以人生百岁譬如朝露的豁达，活得通透潇洒。

在张先生的著作《赏花有时，度曲有道》附录里，有一篇《妻子眼中的张卫东》，是师母潘姝雅女士所作，对先生有不顾家的埋怨，却又饱含默默温情。师母最早是学调酒的，做过编辑，还出过一部长篇武侠小说《镜世莲华》，后多年持家，两人极为相敬如宾。

张先生在她心中，总是那个修铅笔的大男孩，这是变相地秀恩爱。从爱情角度，先生主张终身如一，敬重俞平伯与许宝驯，周有光与张允和，启功与章宝琛的爱情。

六

和这样一位“古人”一起，乐趣也颇多。平日里，张先生常用老年间的方法带着我们“玩”，五月初五、七月初七、八月十五、九月初九，甚至冬至，都按照旧京的习俗摆供拜神，每次大家都每人带一个拿手菜，中午一起做饭，下午唱昆曲。我们一般会找个旧式装帧的会所，或是郊区一个再简朴不过的院子，按照旧式的礼制摆上供桌，然后要么琴雅双清，要么琴、曲、鼓梅花三弄。

头一回过八月十五，我们学着先生的手法，把点心供果儿在供桌上堆起来，可堆上就倒。仔细观瞧，原来张先生码出的“供尖儿”，是用牙签将点心供果儿串起来的，外面看不出来。他说这不叫“山”型，而叫“塔”型，小孩子从几岁就上手跟着干，长大了是自然而然代代相传。

随后他又如变戏法一般，不知从哪拿出个“月宫码儿”，上面印着一只站起来捣药的兔子，要用个硬木的“插牌子”（摆在桌上的小型屏风），把月宫码儿贴上，再供上兔儿爷，最后要在晚上祭祀后焚化。他一边动手，一边讲着“兔儿爷”的读音、文化、制作、深层的内涵，连带着讲了牌子曲《五圣朝天》【梅华调】中“哎哪兔儿爷我”的包袱在哪，“兔儿爷山”这个词在旧京戏园子里是怎样一种座位的比喻，那种座位怎么安排……于聊天干活中，就传道授业解惑矣。

晚饭前后唱八角鼓，而每逢玉兔东升，便有人弹起古琴，张先生随着古琴的伴奏，唱《阳关三叠》《关山月》，或用旦角的嗓子唱《秋风词》的琴曲。

前些年大家都没这么忙，我们随着先生在护国寺小吃店喝豆汁，白天中山公园赏牡丹，晚上逛北海，于濠濮间吹笛唱曲，听他讲曾于中秋月夜北海中划船赏月，清闲雅歌，弦索畅弹；也曾夜游北大，石舫上唱《游园惊梦》，惹得一对对爱河中的学子，纷纷在花丛中停止呢喃，循声静听。

有时中午一起吃过饭，晚上还要去曲社，下午几个钟头，张先生就带我们去龙潭湖，找个亭子唱《西游记·认子》。在砖塔胡同正阳书局的砖塔下，在沙滩中老胡同的四合书院里，都曾有丝竹不断、燕语莺歌的雅集，由中国音乐学院的一位学生弹琵琶，看张先生带身段唱徐渭的《四声猿·骂曹》，北曲正宗之风范在诞生之地依然传留。

跟着张先生上妙峰山看走会，先生虔诚地给喜神殿里供奉着的梨园行祖师爷大礼参拜，放上功德钱与大家齐唱北曲《天官赐福》。也曾跟着先生到清东陵踏青祭扫，在神功胜德碑的碑亭中，唱康熙喜欢的昆曲，唱乾隆喜欢的八角鼓。七月十五，还会跟他到西四的广济寺中去磕个头。

他与白云观的道士皆乃世交，懂得佛道科仪，且不排斥民间俗信。每次吃饭，都选一家味儿好价低的餐馆，点最值得一尝的菜，顺带说说过去怎么做饭吃饭，也会警告我们年轻人吃相儿难看，需要端正礼仪。时间长了，不论大家是否饿瘪，都要上齐四个菜才动筷子。

先生谈到儒家社会安于天命，多大岁数，什么身份的人，都安于自己的身份做事。看见现在母亲和女儿赛着捯饬，他说：“过去没有和女儿一起比美的，和女儿比美的不是妈妈，是领家儿妈妈（老鸨）！”看见有的女孩子乱穿旗袍盘发髻，会说：“那种花色是当了婆婆的人才穿的。”

只有先生的几个学生在偷笑，其他人没听懂。

张先生说，说损话是北京人的天赋，过去的人臭嘴不臭心，有一回朱家溍先生在曲社演出，因为谁派什么角儿的事被周铨庵给呛了，朱先生在屋里坐不住，不到十分钟掀帘子出去了。可下次俩人见面又和好如初，互相让烟：“您来我这个。”

张先生也有严肃发火的时候，他训斥在场胡闹的小孩儿，数落不会端茶倒水、擦抹桌案却贸然伸手的“热心者”。他对小孩儿绝不无规则地溺爱娇宠，要孩子随大人一起规矩地行动坐卧，并说孩子要“从小在典礼等大场合镇着他，生活条理要从五岁就开始养成”，“大凡没逻辑没条理的，都是小时候缺栽培”。

曾有人说先生是京城遗少，不几年也能算京城遗老。可这是一个想做遗老而不得的时代，电视里到处都是辫子戏，网上到处都是辫子迷，四处都在贩卖历史情怀与怀旧，搞得有人想当遗老，开始装样子，并永远只能是装样子。原因再简单不过——真的遗老，哪位不通经史子集？

论遗老，我们不配。

尾声

冬天时，先生穿了双毛窝（北京话：棉鞋）来家串门，看我家破瓦寒窑的小院子，劝我知足常乐，说能在二环内有一间安静的小房，再简陋也要心安：“不孝有三无后为大，你早就该结婚生子，但过了时候也无所谓了，雍者修文，赶紧把《四书》念了。”

他在我家做饭，教我做传统的素什锦，还炖了羊肉和罗宋汤。吃完后，悠扬的笛声混着羊油味儿，都凝聚在这胡同寒窑中了。

我开车送他回家，半路上临时起意，去张家东四六条的故居看看。到了六条下了车，只见那原有的门楼已认不出来，更何能保留院落的布局？张先生没怎么说话，很快就上了车，我送他到垂杨柳再返回北新桥，就在午夜从东三环到北二环的时间内，到家打开邮箱，却见他发来一首五言古诗：

松鋆至祱权家访后有感

别后意萧然，相逢话未完。
尘封以往事，忧愤长绵绵。
念祖灵光显，眷顾旧家园。
岁月如流水，寒夜困顿还。

祱权提议癸巳腊月二十五
夜访六条东口祖宅遗迹

“松鋆”是他的号，他热心为学生取笔名和号，并言经常用笔名会带来好运。他为我取的名字很怪，叫“祱权”。意思是我应该增加点权力和正派。“祱”是为了和我名字里的“磊”同音，但字典上读作 shuì 或 lèi，我担心别人不认识，很少用。

在邮件中，他要我和上一首，我至今也没有完成。不过，想必先生终不会苛责我。

这首诗，让我想起他的挚友、日本学者芦川北平先生说过的事：在日本东京的街头，芦川先生送张先生走了很长一阵，于地铁口分别时，张先生旁若无人地演唱了一段《秋景 · 黄鹂调》，这是出自王实甫《西厢记》中的一曲《长亭送别 · 正宫 · 端正好》：

“碧云天，黄花地，西风紧，北雁南飞。晓来谁染霜林醉？总是离人泪。”

唱完拱手作揖，转身飘然而走进地铁，消失于东京地铁入口的尽头。

原载《满族文学》2021 年第 4 期

【作者简介】罗张琴，女，中国作家协会会员、鲁迅文学院第29届高研班学员，第八次全国青创会代表。曾在《中国作家》《上海文学》《天涯》《散文》等刊物发表作品，部分作品选入《21世纪散文年选》《中国随笔精选》《中国年度散文》《中国精短美文精选》《民生散文选》等，出版有散文集《鄱湖生灵》等。现居南昌。

Luo Zhangqin, female, a member of the China Writers Association, a student of the 29th Advanced Study Class of Lu Xun College of Literature, and a representative of the 8th National Young Creators Conference. She has published works on *Chinese Writers, Shanghai Literature, Tianya, Prose* and other publications. Some of his works were selected into *21st Century Prose Selection, Selected Chinese Essays, Chinese Annual Prose, Selected Chinese Short and Beautiful Essays, Selected Essays on People's Livelihood*, etc. Luo published a collection of proses *Life in Pohu*, etc, and now lives in Nanchang.

十里江山

罗张琴

一

“骎骎”“悾悾”，凌晨三点，夜的宁静被诸如此类的粗线条声响打破。

她起床了。她自言自语大声说了四句话，还大声关了两扇房门、六扇橱柜门并踢翻了一个垃圾桶。

她显然是有意的，有意让你知道她起床了，有意“逼”你起床面对面地抗议她。只是目的，你却不明。这些年，你大概早已从一弯烂漫欢快的小溪变成了一条不动声色的长河，遇事总是一副静水流深的样子。这样目的不明的声响又算得了什么呢？你一言不发，将“有意”轻轻用平稳的呼吸吹开、拂远。

发出巨大动静却被消弭于无形，仿佛满身力气砸在了一堆棉花上，急性子的她，干脆直接推开了你的房门：“我本来不想吵你，但睡觉前又忘记说今天要起早卖菜的事，等会你送奥特曼上学。千万记得！”

“嗯，好。”你波澜不惊，应承下来。她想再说点什么，还是停住，迟疑两秒后，她带着她卖菜的那些家当，“咣当”一声，出了门。

她是你的婆婆。你知道，她迟疑是想表达歉疚。半夜三更搅扰人，总是不好。你当然也明白，她之前有意为之的动静，不过是想激发你的怒气。人愤怒时，容易吼叫。只要你一嗓子吼出去，她心里悬着的那块歉疚的石头也就顺利落了地，她便可以心无挂碍、专心致志去卖她的菜了。顾虑重重地卖菜，与世上所有瞻前顾后的事情一样，不仅让人心里不踏实、不享受，更容易使人长久活在忐忑憋屈里。尽管只是个农妇，但无论在乡间、在县城还是在省城，她从不压抑自己。兵来将挡，水来土掩；有话就说，有气就顺；吵得赢就吵，吵不赢就跑。能屈能伸的她，一辈子活得敞敞亮亮。

不过，搬来南昌前，对她是否适应省城生活，你依然还是有担忧的。一个目不识丁的老人，不会讲普通话的同时，审美空白，心思马虎，脾气倔强，处世生猛，除却善良、能干及累积出来的一些经验，她似乎再没有什么能拿得出手的好牌。当然，你一直把这些担忧深藏在了心底，当你的爱人调不过来，你必须给她足够的勇气和信心，毕竟，南昌的家，只你跟两个年幼的孩子是撑不住的，会倾斜的，她来了，一座屋子的四梁八柱才齐整，屋子齐整才能换一家人四平八稳的生活。

调省城，机遇难得，错过不会再有；去省城，孩子们能有一个更高起点，家庭可谋更好未来……关于这些，年过六旬的她，心里跟面明镜似的。所以，无须你做更多思想工作，她自己早就在大张旗鼓做着准备了。

她并没有舍不得你的公公。她向你调侃过自己的命运，说生来命苦，家道凋零的娘家什么都没有，却又能硬生生塞个地主成分给她；她对你的公公一无所知，只听介绍人说他是贫农兼带还有过继给烈士作义子的一份光荣，便像捡了个大便宜似的迅速嫁了；嫁过去才发现，这个家里里外外大体是她一个人操劳着。

于她，放不下的，只有土地。这个地道的农民，一辈子对土地充满执念，在她心里，费心养大的孩子，翅膀硬了就会飞；飞得近，还能拱拱羽毛，远了，边都挨不着；不会离开她的永远是土地，种水稻、种烟叶、栽树苗，再苦再累，只要手脚还能动，付出就有回报，土地是从不欺她的。在她心里，勤力稼穑的快乐远大过含饴弄孙的甜蜜。

二

奥特曼刚出生那会儿，你还在县城上班，她没办法，放下锄头，离了乡。

县城的家，只有阳台，没有土地，她过得很不自在，才周二、周三哩，就开始收拾自己与奥特曼的行李。周五下午一到，一分钟不耽搁，逃也似的奔回老家，回乡后的她，仿佛是那入了水的鱼，一路敞着嗓门和乡人打招呼。她将你的奥特曼往孩子堆里一放，戴张斗笠，扛把锄头，拎袋化肥，背个药桶，利利索索，就去地里忙活。

她不止一次向你提及门卫老戴，总羡慕并嫉妒老戴夫妇能在宿舍院子里开荒，侍弄偌大一块菜地。她越来越无精打采，越来越失魂落魄，常常无端就骂起自己来，说自己百无一用，过的是“坐吃等死”的生活。她口吐怨言，说老戴夫妇做人不凭良心，领着宿舍门卫的薪水，却一天到晚在自家菜园子里头栽花种草。土地是农民的根基，农民是扎根泥土的植物，你深深理解她，觉得站在阳台上发散怨气的她，既合理又悲壮。

“妈，你看看，能不能在附近也找块空地？”你的话让她眉开眼笑。很快，她就在你宿舍前后，整理出了三处大小菜园，还和老戴夫妇成了要好的朋友。园子里的菜，除却日常餐桌所需，她还用做人情，再往后，居然扎成捆或论斤开卖了。她日渐饱满，连浮荡在空气里的笑声都水汽充盈。

你清楚记得，搬离县城时，她将三处园子托付给老戴夫妇，有一双憋了几十年的红眼圈，泄下了全部的闸。

对于南昌，以及南昌背后意味着的庞大未知，她其实有紧张，会不安。你观察到她特意去县里的大超市买了身好衣裳、一双真皮皮鞋，并特意去装修豪华的某理发店花高价钱剪了发。出发那天，是盛夏，车里开足了冷气，约两百公里行程，她一个劲冒汗，一口水不喝却叫停了两次服务区说是要上厕所；下车，她抬眼望了一下三十几层高的楼盘，没有站稳，慌里慌张，踩脏了你家彪姑娘的白球鞋，抓疼了你家奥特曼的小手腕。当你放弃远处公立幼儿园而选择离家最近、不用坐公交就能到的私立幼儿园时，她明显长舒了一口气。

你交代初来乍到的她，要端庄持重，要文明舒缓，同时，更要谨慎克制，心怀警惕。起初，她一丝不苟地配合执行着，不敢有丝毫偏差、丝毫孟浪。当然，这样做，她并非为了自己，骨子里，她其实是天不怕地不怕的，用她自己的话来说，做人，一不偷，二不抢，三冇坏心思，四能自食其力，走遍天下都不怕。她不过是想为你及孩子们攒个口碑，挣点面子。直到某个周末，带奥特曼在小区玩耍的她，目睹了一对老夫妻的争吵。起因据说是丈夫怀疑妻子拿了他放在厅柜上的三十八元钱，而妻子说没拿。他们互不信任，相互数落，以“三十八元钱”为原点，发散到日常相处的方方面面，继而上升到性格缺陷、人格缺损、品格缺失……越吵越激动的两个老人，突然就拉扯着“拜天”。所谓“拜天”，是民间较为粗暴的一种赌咒发誓仪式。他们双手举过头顶，轮流向老天爷发着“若我拿的钱，天打雷劈”，“若我冤枉了她，出门就让车撞死”的毒誓。

“嗒”，门锁一开，她撇开奥特曼，率先冲了进来。左脚踩右脚，浅口皮鞋的右只“噗”一声脱向地板，有零星几粒泥丸滚落下来；左脚悬空，用力甩几秒，浅口皮鞋的左只沿一根粗暴弧线，“啪”一下，差点砸在奥特曼的鼻梁上。“奶——奶——！”奥特曼号叫。“吵——死——！”她丝毫不理会抗议，越过客厅，径直来到你的小书房。“呀肋（哎呀嘞），大城市的人怎么这样哩？不过三十八元钱。想想，还比不得我们乡下银（人）。”她像发现新大陆般，用极高的音量向你夸张评论所见，“之前坐电梯，碰过几次，穿得齐齐整整，对人冷冷清清。我怕自己土气，怕自己没文化，从来都不敢跟他们讲话。谁知道他们竟是咯样（这样）！跌股（丢脸）。跌股（丢脸）。”说这些话的时候，她的腰板挺得直直的，眉眼写满不屑。你断定，那一刻，一颗城里人不如乡下人的种子，已然在她心里生根发芽。

不再怯场的她，勇敢伸出天性中外向、生猛的触角，在方圆十里之内，用自己半生不熟的乡音普通话，辅以夸张又精准的肢体语言，热情又质朴地试探着这个城市的反应。

三

“阿嚏！”你打了很响一个喷嚏，你摸索遥控器将房间的温度调高两度，并拍了拍奥特曼有些被惊动的睡姿。

夜，是那样无聊。无聊的你，在黑夜里睁大眼睛，推测喷嚏的成因。嗯，百分之八十是出了门的她在嘟囔你。因为，喜欢痛快的她最受不得别人的波澜不惊。哎，不对，与其说她是在嘟囔你，不如说是她对看不见光阴的愤愤不平。她一定很难理解，光阴里究竟藏着个什么厉害玩意，能让她待见的大儿媳妇——你，从一只跟她性格雷同的爆辣子变成一杯了无争斗生趣的温开水。

据你老公说，她是从你们定亲那天起喜欢上你的。那天，两家亲戚聚完餐，正三五一群，手拉着手，站在马路边上，轮流发表着假装熟络的临别宣言。两辆三轮摩的，心急火燎地挤过来揽生意，发生了剐蹭。剐蹭就剐蹭呗，干吗将口舌引发的拳脚之争祸及无辜人群？二十出头的你，没记着自己是准新娘子，得矜持，眉毛一挺，大衣一扔，第一个冲上去理论，唇枪舌剑间似乎还一掌推远了某个失控的拳头。她当时就乐了，跟你老公说，咯女俚（这女孩），找得好。急性子，敢担事，有恨心。

嘿，老人，眼真毒。秉性耿直的你，确实有一说一、爱憎分明。对待是非曲直，你最推崇孔子的“以德报德，以直报怨”。天地悠悠、古往今来，对待“怨”的方式，你以为再没有比老夫子“怎么舒服怎么来”的方式更为率真的了；你最无法忘却的银幕形象，是电影《九品芝麻官》里的包龙星，你总说是那些场妙趣横生的经典骂仗让他的可爱举世无双。天知道，你有多渴望自己能做个快意恩仇的女侠士，或者干脆就是个睚眦必报的小妇人。

彼时，因为有些文字功底和表达能力，你被举荐从学校借调进了机关。某天，经过体育场，你目睹了某领导怪异的运动姿势和围观下属们荒谬的吹捧言语后，实在没能忍住，放声大笑起来。天性所至的大笑，让你一笑成名，你因此有了一个名号：没吃过油盐的二愣子。慢慢，“没吃过油盐”背后的凶险，一波接一波地，显露出来。

举荐你去机关的教育局长，曾告诉你“借”是“老虎借猪头，有借没还”，是“一年半载，无大错就会调”；而你所经历的“借”却是前不着村、后不着店，一借五六年。五年多来，人人似乎都管得着你，但人人又是你指望不到的；五年多来，你事事要做且必须得好，偏偏到了每次年终测评，都有人特意知会你不用参评，仿佛你只是一个努力的影子而已……在漫无尽头的“借”里，你挣扎又无助，能干又自卑，你变得谨小慎微，变得顺从沉默，变得压抑怯懦，你锐气尽失，棱角尽平，你始终都在担心，不知道你命运的哪个环节会在什么时候因为你的“率真、莽撞”而卡壳。你恐惧卡壳，就像恐惧缚在身上的无形绳索。

正式调入的那天，不会喝酒的你，主动把自己灌醉。醉里不知身是客，满船清梦压星河。醒来，你对着窗外的蓝天白云狠狠发誓，这辈子，打死也不再“借”了。然而，命运它就是个可爱又可气的老顽童。你想打死不“借”，他偏要让“借”成为你不服输的命数。边借边考，边考边借，几乎贯穿你所经历过的全部职业生涯。

你一步一个脚印，在职场里艰难跋涉，苦苦突破。而突破点大多集中指向你所喜欢的写作。走走在《想往火里跳》中写过，作家不是一种静止的状态，出过多少书，有过怎样的名声，都没法帮助一个写作者固定在作家的位置上，一直待在那里。这句话说到你心坎里去了。是的，你必须不断地写写写。只有写，才能证明你的才华还在。只有才华依旧，你的未来才有坚不可摧的基础。披荆斩棘的疼痛里，充满了动荡的荒寒与无边的孤寂。别人追剧你在看书，别人锻炼你在构思，别人游玩你在码字。睡不着、掉头发、嗜甜，胸部因焦虑而板结硬块，脸色蜡黄到油腻……一篇完成，不过是西西弗斯的石头推至山顶的短暂踏实。很快，你又将开始新一轮推着石头上山并做好被石头一遍又一遍砸坏自己的准备。你越来越害怕失败，越来越害怕江郎才尽，你常常担心会不会有一天，自己所有咬牙坚持的一切都付与东流水。

更使你难过的是，生而为人的许多时候，树欲静而风不止。总会有一些人，扯着“木秀于林，风必摧之”的人性大旗，在点滴可能的机会里，打压你。

你深刻理解人性的两面，就像悲悯这些年在梦中不断与人吵架的自己。

四

譬如，刚刚，在你的婆婆发动声响之前，你又一次在梦里与人酣畅地吵着架。

梦里，你是复仇者联盟，你两手叉腰，双目圆瞪，嗓门高昂，言辞犀利，不顾情面，气壮山河，很快就将那个在现实中欺负你的坏人衣冠里的各种“小”榨了出来。你两眼放光地看着那匹草泥马从起伏的胸膛跑出，飞过老屋屋顶，在南山岭呼啸驰骋。

梦是一面照妖镜，你每在凌晨两三点醒来一次，它就出卖你一次。你下意识地抹了一把脸，无汗。接着，又将双臂轻轻抬起，无伤。你趿着拖鞋，去餐厅喝了一大杯水。

此时此刻，世界上，究竟有多少人因为惦记生计而醒？又有多少人正做着一场接一场对抗现实的梦？你突然很想好好地抽根烟。虽然你从未抽过，但这丝毫不妨碍你对一根香烟近乎病态的渴望。想抽烟这件事，跟梦里与人吵架，给你的感觉是一样的。事实上，自“借”开始后的二十余年里，你几乎从不与人吵架。吵架，需要天赋，而你嗓门细、泪点低，底气荡然无存。

嘴角扬起一阵苦笑。隐匿的角落里，脆弱无所遁形。这真使人沮丧。奥特曼一个转身，搂住你的脖子，你看着他平展甜蜜的嘴角，嘴角竟又很快上扬。你突然无比羡慕起凌晨三四点欢天喜地去卖菜的你的婆婆来。不是贩卖的卖，是自给自足、自种自卖的卖。

在你家小区东边，隔条马路，有一块拍卖已久却未开发的商用土地，一直用高高的围墙圈养着。你不曾留心，以为里面圈的只是荒地，谁知，竟是比南山岭还要大上几倍的菜园子。关于南山岭，你在《岁月里的空心菜》一文详细描述过：南山岭不是岭，它是我们村的一处大菜园子……它是你已故姑婆的精神疆域，是你最爱的故土家园。

她起先也压根不知道围墙之内藏着自己朝思暮想的菜园，直到有天，东边住五栋高层的邻居邀请她去家里玩。一路参观到阳台，一探头，眼都直了。乖乖，一畦绿，一畦绿，绵绵延延，像波涛，似春雷，强烈冲击着她的心海，她忍不住惊叫起来。之后，失魂落魄的她，常去菜园附近转悠。她不停跟人套近乎，并顺着各种各样的梯子（菜地无门，在里头种菜的人家都自备了梯子）往围墙高处爬。骑上墙头，坐稳，一个反手，帮人拉扯梯子搁里头墙面，再顺着梯子下到菜地。踏上菜地的她再挪不动脚，她一边一个劲夸人种菜手艺好，一边主动帮人运水、除草、择菜，从不求回报。

精诚所至，金石为开；人终究还是讲感情的……坚持着这些朴素真理的她，一个月后，果然打动了某“地主”，让出三垄地给她种。她有种开心到要飞上天的感觉。她迅速吩咐你给在老家工作的爱人、小姑子、弟媳妇打电话，让他们帮着置办种菜所需的各种工具、种子，还有化肥。接到电话的你的爱人，跟她在微信视频里大吵了一架。

“寸土寸金的省城，你一老人家想学别人当地主，做梦吧！”

“别人让土地，我自食其力，不犯法！”

“再过几年，就七十了，享享清福，不好？”

“你外婆九十岁了，天天做，身体更好！”

“爬上爬下，磕着碰着怎么办？”

“生死有命，福贵在天。”

“大超市什么没得卖，要你种？”

“你不稀罕，我就拿去卖。”

“这个家要是沦落到需要你去赚钱，不完蛋了！”

“你是你咯，我是我咯，我上有娘亲要孝敬，下有子孙要看顾。”

…………

你盯着据理力争的她看了许久，鼓起掌来。你很快挑边站，成了她最可靠的同盟。然而，你万万也没想到，取得完胜的她会率先将“攻城拔寨”的霍霍刀枪指向家中那方小阳台，你最为中意的小阳台。

时常，你会很矛盾地喜欢那些看上去很矛盾的词，比如：玲珑与笨拙，沧浪与清流，江山与草堂，风致与粗糙。选房子时，你特别渴望能遇见那样一幢恰如其分的房子能将这些意境风韵融在一起，就像这些年你和她很融洽地相处在同一屋檐下一样。

你捂着为数不多的银子，去选楼盘，选来选去，总觉得差了那么一环。直到某天，你站上这方小阳台：繁花低处开，绿树江边合，滔滔赣江的水汽越过天桥扑面而来；抬眼望，蔚蓝天空辽远得近乎失真，仿佛梦想在星辰大海里翻涌；低眉处，是喧闹而有序的十字路口，红灯停，绿灯行，警示之间，芸芸众生悲欣交集地赶着路，恍兮惚兮，似有菩萨藏匿于透明的落地玻璃中……你内心缺失的那环，瞬间被严丝合缝地扣上。假如大厅不做任何隔断，假如地板一铺到底，假如打通搁置空调外机的过道堆放杂碎，假如用落地白纱配小阳台的落地玻璃，再摆上若干盆生机盎然的绿意盆栽……你以最快的速度买下并在假如的推进里装修好这幢房子。

看看她的强势改造吧——将两幅飘逸的落地白纱“呼啦”两响，靠边收紧，并各打一个大结高挽起来；用许多五颜六色、奇形怪状的包裹将小阳台填满；把那些株绿意盆栽一盆接一盆地从小阳台挪去大阳台，再从大阳台挪到屋子外，最终沦为野花野草的养料。

五

一个夕阳很美的黄昏，万物由远及近，披上一层薄过一层的柔媚金纱。在这层金纱的映衬抑或修正下，一切色彩喧嚣，被彻底过滤。

穿着红花短袖上衣、橙青条纹长裤的她，以及摊在她黑乎乎大脚丫子间的新旧不一、颜色各异的硬币、纸币，以及收着她蓝色拖鞋、包裹、纸箱、酒缸的小阳台，凑在一起，不再显得难看，反而生发出一种奇异的温厚来。

“不数了，不数了，总共不过几十块，数得作死。”她见你回来，胡乱将地板上的元角分用脚一拢，扯过旁边箱子里藏着的一只塑料袋将钱一卷，扭个结，丢在了一边。

她很想克制，但却实在没能管理好自己的表情。瞧瞧，越咧越大的嘴早早让脸上的喜悦开出两朵大花来。你用脚趾头都能猜到，她的南昌卖菜生涯正式开始了。

“呀肋，读过书的人就是聪明。”她在讨好你。

“说吧，需要我做什么？”你看着她。

“呀肋，哈弄（怎么）咯么（这么）直接哩。”她似乎觉得刚才的讨好有点用力过猛，“城里人真懒，出门钱都不带，买什么都用手机。我今天头回跟着别人去菜市场卖菜，买几根葱的问我要码，买半斤椒的问我要码，买把白菜的也问我要码，我不懂得，他们放下菜就走了，搞得所有菜都没卖圆（完），只好全散给别人吃了。你可不可以帮我作一个码，那种一扫就能收钱的码？只要成本不超过五百元，费用我出。”

你从小包里掏出收款码给她。串着红脖带的卡套里的收款码，仿佛一张极具象征意义的代表证。她一把接住，孩子气地很快将它挂在了脖子上。戴上收款码的她，眼里都是星星。一闪一闪的小星星，将她的脸照耀得闪闪发光，那些黑乎乎的老年斑、干巴巴的难看褶皱似乎瞬间神采飞扬起来。你跟她说，很像代表哇，一辈子没当过代表的她，只冲你傻乐。乐到中途，突然转场，说你形容得不好，它不像代表证，更像和氏璧。你忽然觉得没文化的婆婆很多时候其实比你活得高级。

麻雀虽小、五脏俱全的菜市场坐落在十里江山小区里。不远，就在你小区斜对面，过两个红绿灯。有了收款码的她，地越占越多，卖菜都快卖疯了。她特别宝贝这个挂在脖子上的码，当有别的卖菜老人要借扫一下时，她总觉得自己送给别人天大的人情。她不会使用智能机，收款码是你的，你是她的账户先生，一到家，就迫不及待让你查验收成，她尤其关心别人借扫的那些笔，那可是她预先就垫付出去的。你告诉她有，她就显摆自己是个人物；倘若说没，她会惆怅得连做饭的心思都没有。

她谁都不怵。先是吐槽城里老人没啥可横，抖来抖去不过抖子女的威风；再是鄙夷城里女人精作（精明），买把豆角都要掐头去尾，她气不过，会一把将菜从人手里夺下，说是看着心里不痛快干脆不卖；最后，竟跟你叨叨起菜市场税务管理员的不是来，说每天早上八点开始上班的税务，总要收她五元钱摊位费，简直就是穷银（人）头上搁把勺——天上落点露都要劫走的坏人。

不知是哪个缺心眼的跟她支招，让她凌晨三四点赶到菜市场，尽量将菜卖给菜贩子，菜贩子实在不收，天亮后还有早起买菜的人，好歹赶在八点之前卖完走人，就不用交摊位费了。可怜她竟一拍大腿，如梦初醒般地大喊：“真价（绝）！”又好气又好笑的你，担心她黑灯瞎火出意外，自毁同盟，转个身站在对面，强行制止她再去卖菜。

不能再去卖菜的她，在家气鼓鼓磨了两天，莫名其妙，就生起病来。那种病来如山倒的架势，把你吓坏了，架着她跑医院打了好几天点滴。本来越活越有生气的她，仿佛一夜之间苍老了十岁，背又弓得像一只老虾了。

大眼瞪小眼、相看两无言式的对擂，你的婆婆明显干不过你。干不过你的她有天就跟你说起她做的梦来。你大吃一惊，因为她曾说过，她从小到大都不会做梦，也不喜欢做梦。她还说，做梦是自欺欺人，是一个人阳火不盛的表现。阳火不盛是几个意思呢？大概就是指一个人因能力不足、心气不够、欲望过多而导致的畏畏缩缩的怂样吧。

她竟然开始做梦了，而且还是一个与你大吵一架的梦。

六

在她委屈巴巴的讲述里，园子里的那些菜，每一株苗、每一片叶子在每一个凌晨三点都会散发微弱光芒。那些微弱的光芒，一束一束，持续汇聚，成了照亮夜晚的明灯，能点亮她人生的所有希望。

喜欢坐在时间溪水里垂钓天上星辰的人，不可以劝勤劳的人节制勤劳。好比，无数个夜深人静的暗黑时刻，从电脑屏幕上反射出来的束束蓝光，不也照亮了你码的字，燃烧了你对文学的赤子衷肠吗？假如有一天，有人不让你写，又或者你再也写不出来，会不会你也生出一场大病，活成生无可恋的模样？你心有戚戚。你想起泰戈尔说过的一句话：“鸟以为把鱼举在空中是一种善行。”你突然觉得，自己是一只把鱼举在空中的鸟。你突然有些羞愧，你懂的只是人生哲学，她懂的却是人生。

你向她表达歉疚，重新支持她开始卖菜生涯。

窗外，虫鸣在夜海里掀起微澜，你头枕微澜，回味并琢磨着你们的梦。

人生如海，海海无边。生、老、病、死、爱别离、怨长久、求不得、放不下，貌似正常的日子之下，每个人内心深处，都会涌动一些无法宣泄的风暴。在你的理解里，一方面，梦是被压抑的天性，是现实中各种不如意的累积。另一方面，梦又是风暴之下，既可围困又能解救每个人的潮水。做梦，就是一场场撑船渡海的自我救赎。而梦境所系之地，应该指向你人生底气最足处。

你每次梦里与人吵架，地点从来不是成年后的生活圈、工作圈，而是固定在儿时老屋、南山岭，这使你很有些难过。因为，从某种意义而言，这意味着成年之后的你，始终没有获得过真正的安全感。离角色最近、离自己最远的中年的你啊，伴随推土机的轰鸣声，南山岭早已变形为并排而行的水泥公路，而老屋也随姑婆的离世破败不堪。斑驳的墙面，就像斑驳的岁月一样，再也回不去了，属于你的十里江山，究竟该指向何方？

而你的婆婆，一个大字不识的、年近七旬的、进城不久的农妇，头回梦里与你吵架，居然直接就将场子摆在了十里江山的大门口。是的。不是她出生的野背村，不是她住了几十年的阆田村，不是她儿子工作的县城，不是你们现在一起住的小区，而是她常去卖菜的菜市场所在的十里江山，这是否说明，只要她能在那里卖一天，她就能持续拥有江山永固的信念？

理直而气不壮，理不直而气壮。这里头都是命运。你记不清是哪个作家写过的这句话了，你只在这一刻无端感慨起来。中年的你，真该好好向你的婆婆学。学她活得简单，有想法就争取，有委屈就表达。从来，简单就通达，通达就快乐；学她对土地的热爱，始终如一，不像你，对于写作，常常心生怀疑；最紧要，是学她当一天地主卖一天菜，永远快乐地活在当下，过往的辛酸，该死的未来，不过只是你来我往、穿堂而过的一阵风。只要你心不动，定力常在，这穿堂之风又能奈你何？

就这样想着，天竟然亮了。你随手拿起一本书，慢慢看，感觉像是打开了一个全新的世界。

原载《湖南文学》2021 年第 10 期

主持人：李少君

李少君，诗人、文学批评家，《诗刊》主编。

Li Shaojun, poet, literary critic, editor-in-chief of *Poetry Journal*.

诗歌

推荐语

今年中秋节前夕，《诗刊》社和快手联合举办了一个“快来读诗”的诗歌朗诵活动，就是把自己朗诵诗歌的视频发到快手“快来读诗”话题，没想到这个活动一石激起千层浪，一个多月时间有数百位诗人和诗歌爱好者、朗诵者参与，投放作品 2400 多个，总播放量过 1.4 亿，成为了一个现象级的诗歌活动，被媒体广为报道。这个朗诵活动中播放量最高的是俄罗斯女诗人唐曦兰朗诵的秦立彦的诗作《迎春花》，播放量 150 多万。因此，我有些好奇地重新阅读了一下《迎春花》，一个外国女诗人为什么会选中这首中国当代诗歌，而且播放量如此之高？这一看才发现，这首诗确实有动人之处，写的是雪后雾霾中泥泞地里，迎春花灿烂绽放，“抓住永恒中这属于自己的一瞬”，万千花蕾盛开！这简直就是一个女性的诗歌宣言。女性诗歌的爆发，也许将成为新时代诗歌的一个重要特征。

现在诗歌界热烈讨论新时代诗歌，我认为：新时代诗歌最有可能在三个方面破题。一是主题写作，二是女性诗歌，三是生态写作或者说自然写作。主题写作这些年出现了一些反响很大的有些作品，比如王单单的《花鹿坪手记》，是对脱贫攻坚这一伟大历史实践的真实书写，这样的作品有经典化的可能。当然，这样的作品还有一些，有待时间考验。另外，对主题写作的概念不宜窄化。像对黄河、长江、大运河的深度书写，也是一种主题写作；对爱情、亲情、友情的深刻描述和吟咏，也可以说是主题写作。很多主题写作生动而充满生活和时代氛围，比如缪克构的《“我们的日子来了”》，表达了对一个新的时代到来的欢欣喜悦，很口语化，但地域和时代的气息扑面而来；姚辉的《马灯》，写长征途中遵义苟坝发生的一个有些神秘的历史传说。马灯就是信念，在风中摇晃但坚持。马灯作为象征之物，是伟大转折的希望和光芒。诗歌从一个侧面叙说这一传奇；李郁葱的《船上的幽光》，写的是嘉兴南湖上那条著名的船，历史先驱者的声音仍在这里萦绕。

生态写作或者说自然写作正在成为新时代诗歌的一个潮流，沈苇、雷平阳、李元胜、陈先发、阿信、胡弦等是其中的代表性诗人，这里所选的诗歌，都颇能代表其诗歌风格、语言特点和审美艺术水准。沈苇的《开都河畔与一只蚂蚁共度一个下午》，写对一只蚂蚁的关注，与一只蚂蚁的交谈，感叹太阳对每个生灵公正地分配阳光；李元胜的《北屏即兴》，写到自然国度里的野性；阿信的《对视》，真诚地表示要从牦牛的眼中学习，那种清澈，那种镇定；胡弦的《尼洋河·之一》，是藏地游历的亲眼所见和亲身感受，诗里写道“万山接受的是彩虹的教育”。这里值得一提的是，生态写作和自然写作的概念，多有争议。小说散文界多用生态写作的概念，因为事关社会及生态环境问题。而诗歌界多用自然写作，因为对自然的感觉是人的基本感觉，诗人多是直觉写作之人。尤其在当代社会，只要关注自然就会关注生态问题，写自然本身包含生态意识。所以诗人总是更敏感，从自然的角度出发，关注更广阔的社会问题和生态环境问题。

女性诗歌正蔚然成风，海男的《精灵就是我自己》，也堪称女性诗歌的宣言，成为诗人，拥有明亮的时辰，这是女性的觉醒时刻。这些年，书写女人命运的诗歌也越来越多，比如鲁娟的《春天里》，女性黄金的缄默，守护民族和家族的历史；陆辉艳的《小镇》，女性成长历史的回顾；康雪的《赞美诗》和陈鹏宇的《玉兰》，女性观察和理解生活的独特视角的呈现；段若兮的《老妇人》和闻畔的《为你所有的可爱之处着想》，对女性历史和秘密的探询，对苦难的反省和传统的传承，都令人警醒。

对日常生活的执着书写，其实也是一种主题写作，是一种常态式的写作，正因为如此，写作的难度和挑战性极高。柏桦的《家居》，细水长流与微妙的细小变化，娓娓道来；人邻的《山里的房子》，留白式的勾勒；黄梵的《姑姑的照片》，一种往事追忆和怀念；牛梦牛的《牧羊人》，死亡带来的触目惊心。平淡生活里的波澜不惊，或表面平静下的惊心动魄，都可窥视一二。

青年总带来新的惊喜。李继豪的《青年叙事》，其实是火热的青春回顾；袁馨怡的《遇见白鹭》，写出了白鹭的高冷感，用词精准而独到。

【**作者简介**】秦立彦，诗人，任教于北京大学中文系，美国圣地亚哥加州大学比较文学博士，北京大学硕士、学士。著有诗集《地铁里的博尔赫斯》《可以幸福的时刻》《各自的世界》，译有《华兹华斯叙事诗选》《我孤独地漫游，如一朵云——华兹华斯抒情诗选》等，并有《理想世界及其裂隙——华兹华斯叙事诗研究》等学术著述。

Qin Liyan, poet, now is a professor at the Department of Chinese Language and Literature of Peking University. She obtained her PhD in Comparative Literature in University of California, San Diego, and her MA and BA from Peking University. Her published volumes of poems include *Borges in the Subway, A Moment When We Should Have Been Happy, One Another's Worlds*. She is also a translator, having translated *Selected Narrative Poems by William Wordsworth* and *Selected Lyric Poems by William Wordsworth*. She also published academic works, among which is her book *The Ideal World with Its Cracks: Studies of the Narrative Poems by William Wordsworth*.

迎春花

秦立彦

哪怕是在雾霾里，
在刚刚下过一场雪的日子，
在水泥的马路边，
隆隆的车声之中，

它们依然开放，
仿佛一盏盏灿烂的灯。

它们只有一个执着，
就是抓住永恒中这属于自己的一瞬。
它们把全部的热情都贯注于此。

万千未开的花蕾，
如同搭在弦上的箭，
不能不发。

否则，过去一年的沉默是为了什么，
为什么要忍耐寒冬和别的一切。

原载《诗刊》2021年8月号上半月刊

【作者简介】缪克构，1974年出生于温州。现为中国作家协会会员，上海市作家协会诗歌专业委员会主任。中学时代开始诗歌创作，大学时期被评为中国十大校园作家，同时开始小说创作。迄今主要出版诗集《独自开放》《时光的炼金术》《盐的家族》，长篇小说《漂流瓶》《少年海》《少年远望》，散文集《黄鱼的叫喊》，自选集《渔鼓》等十余种。部分诗歌和短篇小说被翻译推介到国外。作品曾获中国长诗奖、上海文学奖、上海长江韬奋奖等奖项。

Miao Kegou, born in Wenzhou in 1974. He is currently a member of the China Writers Association and the director of the Poetry Professional Committee of the Shanghai Writers Association. He began to write poetry in middle school, was rated as one of the top ten campus writers in China when he was in college, and began to write novels at the same time. So far, he has mainly published more than ten kinds of literature works including poems: *Opening Alone, The Alchemy of Time, The Family of Salt, novels: Drifting Bottle, Young Sea, Junior Far Looking, proses: Cry of Yellow Fish, self-selected collection: Fishing Drum*, etc. Some poems and short stories were translated and promoted abroad. His works have won the China Long Poetry Award, Shanghai Literature Award, Shanghai Changjiang Taofen Award and other awards.

“我们的日子来了”

缪克构

1949年5月27日
人们将这一天
称为上海的早晨
这一天的早晨下着雨
人们在沉沉的黑夜里醒来
在潮湿的、寂静的

枪声平息的时刻
打开家门——
世界不一样了！世界
开始有了色彩
那是被一面面旗帜染上的
喷薄的红色和盈盈的笑意

多么喜悦哟
这欢快的晨曲
昨日还是布满碉堡街垒
阴森可怕的街道
现在已充满了节日的欢欣
多么喜悦哟
工人和市民的队伍、学生的行列
出现在街头
标语上写着——
“我们的日子来了”

多么喜悦哟
这早晨的歌谣激荡着
给每一个战士
献上一朵胜利花
多么喜悦哟
这欢呼的锣鼓声
把伟人的巨像
在世界的大门前挂起来

没有一个早晨不会到来
黎明，那薄雾的晨曦
仍带着寒意
黎明，那亮光蝉翼般张开
是这样的，用了千钧的伟力！
黎明前，那是怎样凝固的黑暗
一定得用镰刀、锤头
去敲打，去击碎，去摧毁！
大地啊，那是怎样坚固的牢笼
一定得用鲜血、生命
去挣脱，去革除，去改造！

只有经历过苦难的人们
才会深深体会光明的分量
只有经历过囚禁的人们
才会深深懂得自由的宝贵
那么，就让我们弹奏一首交响曲
去告别那个漫长的黑夜
那么，就让我们用一个崭新的时间
去命名一个早晨的开始
“我们的日子来了”

原载《诗刊》2021年10月号上半月刊

【作者简介】姚辉，1965年生，贵州仁怀人。出版诗集《苍茫的诺言》、散文诗集《在高原上》、小说集《走过无边的雨》等10余种作品，曾获第五届汉语诗歌双年十佳、第九届中国•散文诗大奖、贵州省德艺双馨文艺工作者、山花文学双年奖、十月诗歌奖、2020“黄姚古镇杯”星星散文诗年度奖、刘章诗歌奖等。有部分作品被翻译成外文。

Yao Hui, born in 1965, is a native of Renhuai, Guizhou Province. He published more than 10 works including the collection of poems *The Boundless Promise*, the collection of proses poems *On the Plateau,* and the collection of novels *Walking Through the Boundless Rain.* Yao won the top ten of the Fifth Chinese Poetry Biennale, the Ninth China • Prose Poetry Grand Prize, Shuangxin Artists and Artists in Guizhou Province, Shanhua Literature Biennial Award, Poetry Award of *October* , 2020 Star Prose Poetry Annual Award of "Huangyao Ancient Town Cup", Liu Zhang Poetry Award, etc. Some of his works have been translated into foreign languages.

马　灯

姚　辉

风烈。灯盏被轮番敲打的肋骨
铮然有声　那些在风中
艰难穿行的人　记得
灯盏不朽的位置

灯盏聚拢风声　1935
父辈的苦难　依旧绵延
一盏灯　超越过多少苦难

而灯的身后闪出了更多的灯盏
一盏衰老的灯
被风一般炽烈的千种灯盏
唤醒 灯的梦想 不会锈蚀
不会让源自种族的信念
被一一捻碎在 暗夜深处

一双手 将灯
挂在西斜的风上
他给了灯盏骄傲的理由

血已经漫流过了 血
仍将会让回旋的风
灯一般 活着

——灯盏的守候
便是青史最初的守候 ......

原载《诗刊》2021 年 8 月号上半月刊

【作者简介】李郁葱，1971 年 6 月出生于余姚，中国作家协会会员，现居杭州。1990 年前后开始创作，文字见于各类杂志，出版有诗集《岁月之光》《醒来在秋天的早上》《此一时 彼一时》《浮世绘》《沙与树》《山水相对论》，散文集《盛夏的低语》等多种。曾获《人民文学》创刊 45 周年诗歌奖、《山花》文学奖、《安徽文学》年度诗歌奖、李杜诗歌奖等。

Li Yucong, born in Yuyao in June 1971, is a member of the China Writers Association, now lives in Hangzhou. Li started to create literature works around 1990, and the works has published on various magazines. He is the author of collections of poems including *Light of the Years, Wake up in the Autumn Morning, This Time and Another Time, Ukiyo-e, Sand and Trees, Landscape Relativity, and proses The Whispers of Midsummer,* etc. He has won the Poetry Award of *People's Literature* 45th Anniversary, Literature Award of *Shanhua*, Annual Poetry Award of *Anhui Literature*, Li Du Poetry Award, etc.

船上的幽光

李郁葱

此时正好有皓月当空，跃入
我们的视野，所及之处皆是锦绣
但当年的低语还在暗处婉转
水波荡漾，隔着百年的时间

那些人，露出了身体里的锥子
愤世嫉俗，对于世道的忧患
使他们踏入这条船，在尘世的苍茫间

他们有一腔的热血赠予这入夜的时代

像是鹰用清唳撕开了云层
把身体当作一只打出去的拳头，世界
需要一把钥匙的开启：启蒙
敢于表明自己的态度，13 个人

从暮色走向黎明时，同行者越来越多
但这一天的风声证明着他们的勇敢
为众人抱薪，当众人站成了墙
他们最初的声音依然在船舱间萦绕

原载《诗刊》2021 年 8 月号上半月刊

【作者简介】沈苇，浙江湖州人，浙江传媒学院教授。毕业于浙江师范大学中文系，曾在新疆生活工作30年。著有诗文集《沈苇诗选》《新疆词典》《正午的诗神》《书斋与旷野》等二十多部。获鲁迅文学奖、华语文学传媒大奖、《诗刊》年度诗歌奖、十月文学奖等。参加过韩国、波兰、以色列、委内瑞拉等国举办的国际诗歌节。作品被译成十多种文字。

Shen Wei, born in Huzhou, Zhejiang Province, is a professor at Zhejiang Media College. Shen graduated from the Department of chinese Language and Literature of Zhejiang Normal University, lived and worked in Xinjiang Uygur Autonomous Region for 30 years. He is the author of more than 20 poems and proses including Poems of *Shen Wei, Xinjiang Dictionary, The God of Poetry at Noon, The Study and the Wilderness*, and won Lu Xun Literature Award, Chinese Literature Media Award, Annual Poetry Award of *Poetry Periodical*, Literature Award of October, etc. Shen participated in international poetry festivals held in South Korea, Poland, Israel, Venezuela and other countries. His literature works have been translated into more than 10 languages.

开都河畔与一只蚂蚁共度一个下午

沈　苇

在开都河畔，我与一只蚂蚁共度了一个下午
这只小小的蚂蚁，有一个浑圆的肚子
扛着食物匆匆走在回家路上
它有健康的黑色，灵活而纤细的脚
与别处的蚂蚁没有什么区别

但是，有谁会注意一只蚂蚁的辛劳

当它活着，不会令任何人愉快
当它死去，没有最简单的葬礼
更不会影响整个宇宙的进程

我俯下身，与蚂蚁交谈
并且倾听它对世界的看法
这是开都河畔我与蚂蚁共度的一个下午
太阳向每个生灵公正地分配阳光

原载《诗刊》2021 年 8 月 29 日微信公众号

【**作者简介**】李元胜，诗人、博物旅行家。重庆文学院专业作家，重庆市作协副主席、中国作协诗歌委员会委员，曾获鲁迅文学奖、诗刊年度诗人奖、人民文学奖、十月文学奖、重庆市科技进步二等奖。

Li Yuansheng, poet and naturalist traveler, is a professional writer of the Department of Chinese Language and Literature of Chongqing University, vice chairman of Chongqing Writers Association, member of Poetry Committee of China Writers Association. Li won Lu Xun Literature Award, Poet of the Year Award of Poetry Periodical, People's Literature Award, Literature Award of October, and Second Prize in Science and Technology Progress of Chongqing .

北屏即兴

李元胜

一生中登过的山
都被我带到了这里，我昂首向天
它们也都一起昂首向天

一生中迷恋过的树
也被我带到这里，我们默契地
把闪电藏在身后

群峰之上，天马之国
可以挽狂风奔雷飞驰
也可以安坐溪谷，放下幽蓝的水潭

上面漂浮历年的落花

满山遍野的山樱上
有忍耐过无数冬天的碎银
有鹰滑过的影子

这是适合我们的国度，总有狂野之物
和我一样，友好而忍耐
但不可驯服

原载《诗刊》2021 年 8 月 30 日微信公众号

【作者简介】阿信，1964年生，甘肃临洮人，毕业于西北师范大学历史系，长期在甘南藏区工作、生活。著有《草地诗篇》《那些年，在桑多河边》《惊喜记》等多部诗集。曾获徐志摩诗歌奖、昌耀诗歌奖、陈子昂年度诗人奖等奖项。

Ah Xin, born in 1964, from Lintao, Gansu Province, graduated from the History Department of Northwest Normal University. He has worked and lived in Gannan Tibetan area for a long time. He is the author of a number of poems including *Poems on the Grassland, In those Years, by the Sando River* and *Surprises*. Axin has won Xu Zhimo Poetry Award, Changyao Poetry Award, Chen Ziang Poet Award of the Year and other awards.

对　视

阿　信

牦牛无知
在与她长时间的对视中，
在雪线下的扎尕那，一面长满牛蒡和格桑花的草坡上
我原本丰盈、安宁的心，突然变得凌乱、荒凉

局促和不安
牦牛眼眸中那一泓清澈、镇定，倒映出雪山和蓝天的
深潭，为我所不具备

原载《诗刊》2021年8月31日微信公众号

【作者简介】胡弦，诗人、散文家，江苏作协副主席，中国诗歌学会副会长，《扬子江诗刊》主编。著有诗集《阵雨》《沙漏》《空楼梯》、散文集《永远无法返乡的人》《蔬菜江湖》等。曾获诗刊社“新世纪十佳青年诗人”称号及《诗刊》《星星》《作品》《芳草》等杂志年度诗歌奖、花地文学榜年度诗歌奖金奖、柔刚诗歌奖、十月文学奖、鲁迅文学奖等。现居南京。

Hu Xian, poet and essayist, is the vice chairman of Jiangsu Writers Association, the vice chairman of China Poetry Society, editor-in-chief of *Yangtze River Poetry Journal.* He is the author of collection of poems including Showers, Sourglass, Smpty Stairs, and proses including *People Who Can Never Return Home, Vegetable World,* etc. He has won the title of "Top Ten Young Poets in the New Century" by the Poetry Periodical, the annual poetry awards in magazines including *Poetry Periodical, Stars, Literature Works, and Fang Cao*, the gold award of annual poetry prize of the Huadi Literary List, the Rougang Poetry Award, the Literature Award of October, Lu Xun Literature Award, etc. Hu now lives in Nanjing.

尼洋河·之一

胡　弦

米拉山口，经幡如繁花。
山下，泥浪如沸。

古堡不解世情，
猛虎面具是移动的废墟。
缘峡谷行，峭壁上的树斜着身子，
朝山顶逃去。

至工布江达，水清如碧。
水中一块巨石，
据说是菩萨讲经时所坐。
半坡上，风马如激流，
谷底堆满没有棱角的石子。

近林芝，时有小雨，
万山接受的是彩虹的教育。

原载《诗刊》2021 年 9 月 1 日微信公众号

【**作者简介**】海男，作家，诗人，画家。毕业于鲁迅文学院·北京师范大学文艺理论研究生班。著有跨文本写作集、长篇小说集、散文集、诗歌集九十多部。有多部作品已被翻译成册，传行海内外。曾获刘丽安诗歌奖、中国新时期十大女诗人殊荣奖、中国女性文学奖、第六届鲁迅文学奖（诗歌奖）等。

Hai Nan, writer, poet, painter, graduated from postgraduate class of literary theory held by Lu Xun College of Literature•Beijing Normal University. She is the author of more than 90 collections of cross-text writing, collections of novels, collections of proses, and collections of poems. Many works have been translated into books and promoted to the world. She has won the Liu Li'an Poetry Award, the Top Ten Female Poets of China in the New Era, the Chinese Women's Literature Award, and the Sixth Lu Xun Literature Award (Poetry Award), etc.

精灵就是我自己

海　男

爱你，证明我爱你以后，又将开始旅行
箱子打开，阳光明媚。无任何一只困兽
在野外游荡，而精灵就是我自己

鹤与你的蜻蜓有各自的翅膀，当一只灰鹤
沿风向不得不离开你的位置，你的三只蜻蜓
在一束束犁沟之上飞翔，稻花多么香

我们有不同的、幸存于世间的秘密武器

亲爱的，慢一点上台阶，慢慢拍击翅膀
慢慢地，让我们越过帷幕再相遇

在云边，我随同混沌的迷雾，成为了你的
诗人。就像倚靠迷雾，我重又回到你耳语下
成为了一卷卷蓝色的云絮

黑暗早已撤离，手心中有种籽的人们
早在春天就完成了播种。这是明亮的时辰
你正在使用语词，千千万万的灵魂在漫游

原载《诗刊》2021 年 9 月号上半月刊

【**作者简介**】鲁娟，彝族，2013 年获首届“四川省十大青年诗人”称号，2015 年获第六届“四川少数民族文学创作优秀作品奖”,2016 年获第十一届全国少数民族文学创作“骏马奖”，2018 年获第九届“四川文学奖特别奖”，2021 年获第六届剑桥徐志摩诗歌艺术节“徐志摩银柳叶——青年诗歌奖”。作品入选多种选本，被翻译成英文、西班牙文在国外参展，出版有诗集《五月的蓝》《好时光》。

Lu Juan, Yi nationality, won the title of the first "Top Ten Young Poets in Sichuan Province" in 2013, the 6th "Outstanding Works Award for Sichuan Minority Literature Creation" in 2015, the "Horse Award" for 11th National Minority Literature Creation in 2016, the "Special Award of 9th Sichuan Literature Award" in 2018, and “Xu Zhimo Silver Willow Leaf-Youth Poetry Award” of the 6th Cambridge Xu Zhimo Poetry Art Festival in 2021. His works were selected into a variety of anthologies, translated into English and Spanish, and exhibited abroad. His poems *May's Blue* and *Good Times* were published.

春天里

鲁 娟

第一个孩子出生便夭折，第二个亦如此
她几乎活不下去
直到有了第三个孩子，第四个，甚至第五个

山上住着多少这样的女人
历经破碎依然完整
历经伤害却反弹出更多的爱

她们双手穿梭于春天卷曲的灵魂
满山蕨草一次次被摘取
又一遍遍疯狂生长

她们如祖母在夜里静静端坐
怀揣黄金的缄默
省略春雷般惊天动地的往事

原载《诗刊》2021 年 8 月号下半月刊

【**作者简介**】陆辉艳，1981年出生于广西灌阳。出版诗集《高处和低处》《心中的灰熊》《湾木腊密码》等。作品散见于《十月》《青年文学》《诗刊》《星星》《天涯》《上海文学》等刊物。曾获2017"华文青年诗人奖"，第八届广西文艺创作铜鼓奖，2015青年文学•首届中国青年诗人奖等多种奖项。鲁迅文学院第29届高研班学员，参加诗刊社第32届青春诗会。

Lu Huiyan was born in Guanyang, Guangxi Province in 1981, and published collections of poems including *High and Low, Grizzly Bear in Heart, Wan Mula Code,* etc. His works are published on *October, Youth Literature, Poetry Periodical, Stars, Tianya, Shanghai Literature* and other publications. He has won the 2017 "Chinese Young Poet Award", the 8th Guangxi Literature and Art Creation Bronze Drum Award, 2015 Youth Literature • The First Chinese Young Poet Award and many other awards. Lu participated in the 29th Advanced Study Class of Lu Xun College of Literature, and the 32nd Youth Poetry Society of Poetry Periodical.

小　镇

陆辉艳

是不是所有的小镇
通往医院的街道，都是阒静的

我走在上小学时走过的路上
银杏树叶落了满地
我却从未见过它的果实
挂在树上的样子
木门虚掩，雕花窗户已脱落

同样地，我也从未见过
它们一天中是如何投下阴影
夕阳里紧闭的门窗下
更不会有人大喊着：“玛利亚，钥匙！”

我想着父亲年轻时也健步在这条路上
经过陈旧的照相馆、新华书店
日用百货店，米粉店的招牌常年沾满油渍
经过门前晒满药草的中药铺
在它隔壁，依然是棺材铺和寿衣店
再走过去，经过陶瓷店
才是镇医院

夜色中，它们顶着沉重的露水
站在街道两旁
——告诉时间这是最合理的安排

原载《诗刊》2021 年 8 月号下半月刊

【作者简介】康雪，1990 年冬天生，湖南新化人，现居长沙。曾参加《诗刊》社第 34 届青春诗会，著有诗集《回到一朵苹果花上》。

Kang Xue, born in the winter of 1990, is a native of Xinhua, Hunan Province, and currently lives in Changsha. Kang participated in the 34th Youth Poetry Society of *Poetry Periodical,* and is the author of collection of poems *Back to an Apple Flower.*

赞美诗

康　雪

是的，我过得还好
只有过得还好的人
才会在路上停下，细看几株
寻常的野花。
花褶上的水珠
每一颗，都有雨过天晴的
闪烁。
是的，我竟然还有余力
没来由地欢喜
只有过得还好的人
才能带着一双本来苦着的眼睛
把这个世界越看越甜。

原载《诗刊》2021 年 8 月号下半月刊

【作者简介】陈鹏宇，笔名东隅，河南禹州人，90后女诗人。诗歌作品散见《诗刊》《星星》《青春》《诗歌月刊》《翠苑》等期刊。小说曾获野草文学奖、包商杯征文奖等。

Dongyu, autonym as Chen Pengyu, born in Yuzhou, Henan Province, is a post-90s female poet. Her poetry works are published on *Poetry Periodical, Stars, Youth, Poetry Monthly, Cuiyuan* and other periodicals. Her novel has won the Wild Grass Literature Award and the Baoshang Cup Literature Award, etc.

玉　兰

陈鹏宇

仰望一棵玉兰树
成为自然气候的完美代表
身下，泥土留存着千百年前的潮湿
躯干纹路，堪堪容纳着世间闲美风物
遇见春风，如同遇见爱人
一身小情绪怦然迸发
随着日光、月光奔涌泛滥
羡慕花虫，舒适地享用整个春天

原载《诗刊》2021年8月号下半月刊

【**作者简介**】段若兮，出版诗集《人间烟火》《去见见你的仇人》。作品入选“21 世纪文学之星丛书”，参加诗刊社第 33 届青春诗会。鲁迅文学院第 34 届高研班学员。中国作家协会会员。甘肃省“诗歌八骏”之一。现就读于鲁迅文学院与北京师范大学合办研究生班。

Duan Ruoxi published a collection of poems *Fireworks in the World* and *Go Meet Your Enemy*. Her works were selected into the "21st Century Literary Star Series". Duan participated in the 33rd Youth Poetry Conference of Poetry Periodical, is a member of 34th Advanced Study Class of Lu Xun College of Literature.and is a member of the China Writers Association. Duan is one of the "Eight Talents of Poetry" in Gansu Province. She now studying a postgraduate class jointly organized by Lu Xun College of Literature and Beijing Normal University.

老妇人

段若兮

一定是你把青春给了我
——迎面走来的老妇人。你蹒跚、臃肿、白发稀落
那么的寂寞

我们擦肩而过。没有言语
只是你用刀刻的皱纹和接近透明的白发向我诉说
时光里覆没的青春。我读到麻花辫、蝴蝶结
情书和旋转的裙摆

一定是你把青春给了我。让我拥有女人的形体和容颜
而你疲惫、贫瘠，垂目无神，穿着灰色的衣裳隐入人群
我们素不相识，可是生命认识生命本身
时光也读得懂时光的赐予，如每一条河
都知晓它的源头

不会再见面了。亲爱的老妇人，人海必将淹没我们
下一个路口，我会把用身体和灵魂葆有的女人代代相传的
生命密码，交付给一位穿白裙的少女
随后转身，沿着你走过的路
追寻你而去

原载《诗刊》2021 年 8 月号下半月刊

【**作者简介**】闻畔，本名潘凤妍，1996年生于四川万源。作品散见《诗刊》《星星》《广西文学》等，曾获2018中国·星星年度“大学生诗人奖”、第三十五届全国大学生樱花诗歌邀请赛二等奖等，参加中国·《星星》大学生诗歌夏令营（2018），《中国诗歌》“新发现诗歌营”（2018）。

Wen Pan, autonym as Pan Fengyan, was born in Wanyuan, Sichuan Province in 1996. Works are published on *Poetry Periodical*, *Stars, Guangxi Literature,* etc. He won the "College Poet Award" of 2018 China · Stars Annual, Second Prize of the 35th National College Student Sakura Poetry Invitational, etc. Pan also participated in China•College Poetry Summer Camp of *Stars*(2018), and "New Discovery Poetry Camp" of Chinese *Poetry*(2018).

为你所有的可爱之处着想①

闻　畔

出生时，母亲的腹部再次受伤
那是手术刀精准探入的地域
是孤独的海湾，在撕裂的过程中
对抗着迷途的潮水和不稳的风

第一次受伤，是在多年前的夜晚
性情暴戾的丈夫醉酒，将拳头和脚掌

① 出自安妮·塞克斯顿《爸爸妈妈之舞》。

都摔向脆弱而敏感的夜色中
这是一段被原谅的往事，仅是偶尔作痛

时间小心缝合了母亲腹部的裂痕
也悄无声息地，将那个夜晚的伤口缝补
她孤僻又胆怯，在崭新的日子里
缓慢又小心翼翼地生长

她是被众人忽略的小孩，谨慎坐在桌角
为陌生的姐姐，剥开一粒粒
浸透砂糖的干炒瓜子
沾满泥垢的手，摊开无数质朴与真诚

宴饮结束后，人们回到畅谈的位子上
无人再提及令她失望的黝黑肤色
在沙发上，她拿着父亲的旧手机
滑动无止休的短视频

后来，她从凹陷的沙发里
寻得一只破旧小熊，一只岁月亏欠过她的
玩偶，如此安静与从容，仿佛是
人间赠予她的小份的幸福

原载《诗刊》2021 年 8 月号下半月刊

【**作者简介**】柏桦，1956 年 1 月生于重庆。现为西南交通大学人文学院中文系教授。出版诗集及学术著作多种。最新出版的有：英文诗集 Wind Says（《风在说》），法语诗集《在清朝》，《为你消得万古愁》（诗集），《革命要诗与学问》（诗集），《秋变与春乐》（诗集），《惟有旧日子带给我们幸福》（诗集），《蜡灯红》（随笔集），《白小集》（随笔集），《水绘仙侣：冒辟疆与董小宛——1642-1651》（诗集），《竹笑：同芥川龙之介东游》（诗集），《夏天还很远》（诗集）。曾获安高（Anne Kao）诗歌奖、《上海文学》诗歌奖、柔刚诗歌奖、重庆"红岩文学奖"、羊城晚报"花地文学奖"、第九届四川文学奖、首届东吴文学奖。

Bai Hua was born in Chongqing in January 1956, is a professor in the Department of Chinese Language and Literature of Southwest Jiaotong University. His works ranging from a variety of collections of poems and academic works. The latest publications include: English poetry collection *Wind Says*, French poetry collection *In the Qing Dynasty, Relieving Eternal Sadness for You*(Poem Collection), *Revolutionary Needs Poems and Knowledge*(Poem Collection), *Autumn Changes And Music with Spring*(Poem Collection), *Only the Old Days Bring Us Happiness*(Poem Collection), *Wax Lantern Red*(Prose Collection), *Bai Xiao Ji* (Prose Collection), *Water Painted Fairy Couple: Mao Pijiang and Dong Xiaowan—1642-1651*(Poem Collection), *Bamboo Smile: A Journey to the East with Akutagawa Ryu*(Poem Collection), *Summer Is Far Away*(Poem Collection). Bai won the Anne Kao Poetry Award, Poetry Award of Shanghai Literature, Rougang Poetry Award, "Hongyan Literature Award" of Chongqing, "Huadi Literature Award" of *Yangcheng Evening Paper*, the 9th Sichuan Literature Award, and the first Dongwu Literary Award.

家 居

柏 桦

三日细雨，二日晴朗

门前停云寂寞

院里飘满微凉
秋深了
家居的日子又临了

古朴的居室宽敞大方
祖父的肖像挂在壁上
帘子很旧，但干干净净

屋里屋外都已打扫
几把竹椅还摆在老地方
仿佛去年回家时的模样

父亲，家居的日子多快乐
再让我邀二三知己

原载《诗刊》2021 年 10 月号上半月刊

【作者简介】人邻，祖籍河南洛阳老城。出版诗集《白纸上的风景》《最后的美》《晚安》，散文集《闲情偶拾》《桑麻之野》《找食儿》，评传《百年巨匠齐白石》《江文湛评传》等。现居兰州。

Ren Lin, ancestral home in Luoyang Old Town, Henan Province. He is the author of poetry collections *Landscape on White Paper, Last Beauty, Good Night, proses collections Illustration of Leisure Time, The Field of Sang Ma, Looking for Food, commentaries and biography Master of Century Qi Baishi, Jiang Wenzhan Critics* and so on. Ren now lives in Lanzhou.

山里的房子

人　邻

山里的房子
白天是不锁门的
早晨推开，风进来了
落叶进来了，青草的气息进来了
清凉的阳光也进来了
鸡鸭和狗在门外张望
也都是可以进来的
到了晚上
薄雾蒙蒙起了
浓重的露水禁不住啊，也下来了
屋门才到了要关上的时候

——那门，“吱扭”一声
似乎是风吹着关上的
似乎是自己把自己关上的

原载《诗刊》2021 年 10 月号上半月刊

【作者简介】黄梵，原名黄帆，诗人、小说家。已出版《第十一诫》《月亮已失眠》《浮色》《南京哀歌》《等待青春消失》《女校先生》《中国走徒》《一寸师》《意象的帝国》等。作品曾获紫金山文学奖、北京文学奖、"2015-2016年度十大好诗"提名奖、《芳草》汉语双年诗歌十佳奖、金陵文学奖、《作家》金短篇小说奖、《后天》双年度文化艺术奖、美国亨利•鲁斯基金会汉语诗歌奖、博鳌国际诗歌奖等。作品被译成英、德、意、希腊、韩、法、日、波斯、罗马尼亚、西班牙等语种。

Huang Fan, autonym as Huang Fan, is a poet and novelist. He has published *The Eleventh Commandment, The Moon Has Insomnia, Floating Color, Nanjing Elegy, Waiting for the Disappearance of Youth, Mr. in a Girls' School, Chinese Walker, One-inch Master, The Empire of Images* and so on. His works have won the Purple Mountain Literature Award, Beijing Literature Award, Nomination Award of "2015-2016 Top Ten Good Poems",Top Ten of *Fang Cao* Chinese Biennial Poetry Award, Jinling Literature Award, Golden Short Story Award of *Writer*, Biennial Culture and Art Award of *Hou Tian*, Chinese Poetry Award of Henry Ruth Foundation, Boao International Poetry Award, etc. The works have been translated into English, German, Italian, Greek, Korean, French, Japanese, Persian, Romanian, Spanish and other languages.

姑姑的照片

黄　梵

姑姑扮青衣的照片，是我书房的装饰
她每天用戏装之美，给我的人生打气
那时，她的命运正在汉剧中高飞
家史还没有成为，一件刺向她的凶器

自从她被赶出剧团
悠长的唱腔是长巷，总把她引向戏台
直到砌墙的泥刀，在她手下铮铮响成曲调
直到一代名旦，变成炊烟中的巧妇

每个来书房的人，都赞叹她的美
这样的美，能给中年人补钙
能让修行人，心里开一朵莲花
能给我书房的寂静，安上灯塔

一股秋风想用吟唱，引出她的唱腔
我试着用伤感的诗句，为她配词
像是催促她重登戏台，但生锈的唱腔
早已适应安静，习惯让秋风做它的替身

原载《诗刊》2021 年 8 月号上半月刊

【作者简介】牛梦牛，本名牛梦龙，1977 年生于山西高平。组诗发表于《诗刊》《星星》《诗潮》《草原》《中国新诗》等刊物，并入选多种诗歌选本。

Niu Mengniu, autonym Niu Menglong, was born in Gaoping, Shanxi Province in 1977. His collection of poems was published on *Poetry Periodical, Stars, Poetry Trend, Cao Yuan, Chinese New Poetry* and other journals, and was selected into a variety of poetry anthologies.

牧羊人

牛梦牛

他放了一辈子羊
也和羊说了一辈子话
东家长，西家短
当他说到跑了的妻子、早夭的儿子
他看到羊的眼睛里
泪珠滚滚

这个孤寡老人，死后埋在了半山腰
羊到他的坟地里吃草
这些羊，是他放过的羊的
子子孙孙
它们咩咩地叫着，身穿白衣
仿佛一群披麻戴孝之人

原载《诗刊》2021 年 10 月号下半月刊

【**作者简介**】李继豪，1996 年生于山东淄博，现就读于武汉大学文学院，有诗歌作品发表于《诗刊》《长江文艺》《延河》《中国校园文学》《汉诗》《中国诗歌》等。

Li Jihao, born in Zibo, Shandong Province in 1996, is currently studying in the Department of Chinese Language and Literature of of Wuhan University. His poems have been published on *Poetry Periodical, Yangtze River Literature, Yanhe, Chinese Campus Literature, Hanshi, Chinese Poetry* and so on.

青年叙事

李继豪

1

白昼将尽，粗砺的金色海面上，
夕阳正吞咽着城市的壳。
你来过了，光明从窗格间涌入，
是树影的流转让我们默然相对。

我知道，这里曾诞生过一切：
你抛却第一次目睹潮汐的惊讶，
将小船划向身体的中心。

后来，你告别冗长的建筑史，

只一声敬告，时间在崩塌之余
长出新的刻度。

2

远洋多风雨，烛光照亮了几点钟？
飘荡的夜晚无人应答。
唯有雷声大作，催促你写下
父辈不曾完成过的生活。

航线漫长如未来。书页间旧相片
掀起庭院一角，蝴蝶和抒情诗。
故乡葬在古典的月牙上，
亮闪闪的小东西坠落在睡眠里。

你置身于伟大的暗示中，
莫名地，又想起岸上的某个人，
猜他正垂着脑袋，终结平静的一天。
而世界的重心，远在世界之外。

3

往事已然虚空，波纹消失了，
如老友旧址，有去信而无回信。
你苦思，怎样解开那个悬浮的结。

窗外，一个耐心的季候浮动着，
全体的合唱从树冠之间升起，
你加入其中，也落尽感伤的叶子。

那个正午，你无比尖锐地
从白塔里走出，漫游在沸腾的街头，
看道路如何交错出空无之有。

烈日下，你强壮起来，移动的景观
不再把你卷进荒芜的草色，
意义的完整，成熟于秋日的辽阔。

4

1920 年代的轮渡，开远了，
汽笛声仍回响在未来。

我穿过所有灰尘和鲜花来到这里，
晴空下白羽翻飞，无尽的漩涡
把你带向更遥远的面孔。

我确信，在那些略显陈旧的途中，
你曾抵达过不同的尽头。
正如此刻，我站在风暴眼般的寂静前
辨认你永恒上升的形象。

又一个历史的早晨，浩瀚的蓝
匍匐在海面。你从甲板上走下来，
比快要降临的日出还要迫切。

原载《诗刊》2021 年 10 月号下半月刊

【**作者简介**】袁馨怡，2000 年出生于湖北武汉，现就读于江汉大学中文系。18 岁开始写诗。曾在《中国校园文学》《诗刊》等刊物发表作品。

Yuan Xinyi, born in Wuhan, Hubei Province in 2000, is currently studying in the Department of Chinese Language and Literature of Jianghan University. Yuan started to write poetry at the age of 18, and has published works on journals including *Chinese Campus Literature* and *Poetry Periodical*.

遇见白鹭

袁馨怡

如此优雅
转身即见一群白鹭
伫立在荒凉的湖面
俯身向黑色的湖水寻觅

命中注定的意象——
鹭
蕴藏在洁白躯体里的时间
古老，又静寂
在这里，风永不停息

暮色从远处将我们包裹在一起

为了凝望你，我忍受冷风
片刻的美被安放于高楼之间

在被夜晚浸没之前短暂地
停留，然后飞回它们的岛屿

原载《诗刊》2021 年 10 月号下半月刊

主持人：

曾攀，文学批评家，《南方文坛》副主编。

Zeng Pan, literary critic, deputy editor-in-chief of *Southern Culture Forum*.

评论

推荐语

在全球化语境中，当代中国文学无疑需要拓开新的表达空间和价值意义，一方面应对百年未有之大变局中的现实历史更迭，甚至不得不直面外在世界所形成的倒逼的力量；另一方面则在于文学内部涌现的新的文化参数，在这种情况下，当代文学再也无法故步自封，而亟待做出新的探究和求索。

季进的《论当代文学海外传播的“走出去”与“走回来”》梳理了当代文学海外传播经历的三个时期，分别是起步期（1949—1977）和发展期（1978—2000）再到爆发期（2001 年至今），并指出其中的重要形态及路径方法。在此基础上，进一步将当代中国文学推向世界的语境之中，在“走出去”与“走进去”之间形成回环式的辩证关系，在文本的旅行中重建对于“世界”与“中国”的深度互文，从回到文学本体、走向多元协商、走向民间交流、走向人机对话等层面，建构一种开放性的与未来感的“世界中的中国文学”，这既是当代中国文学海外传播所面临的难题，同时也意味着新的文化开拓。对于当代中国文学而言，在获得了前所未有的世界影响力的前提下，如何从具体的与差异性的文本出发，兼及政治、文化与媒介等元素，在综合性与整体性视野中开凿新的价值空间，在全球化语境中探询独特的文学经验和审美价值，对于发出中国声音、塑造中国形象，无疑有着深刻的理论启示。

【作者简介】季进，苏州大学文学院教授，兼任苏州大学海外汉学研究中心主任、唐文治书院常务副院长，国家社科基金重大项目首席专家。主要研究方向：中国现当代文学及其海外传播研究、现代中外文学关系研究。主要著作有《钱钟书与现代西学》《李欧梵季进对话录》等。编注有《夏志清夏济安书信集》(五卷本)。主编或合作主编有“西方现代批评经典译丛”“海外中国现代文学研究译丛”“苏州大学海外汉学研究丛书”以及《世界主义的人文视景》《当代人文的三个方向》《文学赤子》等文集。

Ji Jin, a professor at the School of Liberal Arts of Soochow University, is concurrently the director of the Overseas Sinology Research Center of Soochow University, the executive vice president of Tang Wenzhi College, and the chief expert of major projects of the National Social Science Fund. His main research directions is: research of Chinese modern and contemporary literature and its overseas communication, research of modern Sino-foreign literature relations. Ji's main works including *Qian Zhongshu and Modern Western Learning, Li Oufan Jijin Dialogue, etc. Compiled and annotated Letters collection of Xia Zhiqing and Xia Ji'an*(five-volume edition). Ji is the editor-in-chief or co-editor of "Classical Translations of Western Modern Criticism", "Overseas Modern Chinese Literature Research Translations", "Suzhou University Overseas Sinology Research Series", and *Cosmopolitan Humanistic Perspectives, Three Directions of Contemporary Humanities, A New Born of Literary* and other collections.

论当代文学海外传播的“走出去”与“走回来”

季　进

内容提要　当代文学海外传播的70年历程可以划分为起步期、发展期和爆发期三个阶段。当代文学海外传播中存在着“中国性”与“世界性”的矛盾，借助于“全球世界文学”与“‘世界中’的中国文学”概念，可以展开关于当代文学海外传播“走出去”与“走回来”的理论辩证。“走回来”包括了走回当代文学本体、走向多元协商、走向民间交流和走向人机对话四个方面。通过当代文学的海外传播，重新迂回进入自身，既可以彰显中国当代文学的独特价值，又可以寻求当代文学与世界文学对话融合的可能性，从而呈现“作为世界文学的中国当代文学”的文学经验和审美价值。

关键词 当代文学；海外传播；走出去；走回来

一

中国当代文学的海外传播历经 70 年的发展已经蔚为大观。中国当代文学成为向世界展示中国社会主义文学经验、讲述中国故事、形塑中国形象的有效载体。当代文学的审美实践、海外翻译与有效阐释，以及经纪人、编辑、出版者、文学活动等传播机制，环环相扣，构成了中国当代文学海外传播的逻辑链条，呈现出连续性和阶段性的特征。当代文学的海外传播经历了起步期（1949—1977）和发展期（1978—2000）再到爆发期（2001 年至今），在文学内在特质与海外传播外在机制的共同作用下，中国当代文学正以其独特的审美实践不断地走向世界文学，融入世界文学。

首先是冷战背景下当代文学海外传播的起步期（1949—1977）。这个时期的当代文学海外传播，国家外宣机构占绝对的主导地位。《中国文学》杂志（1951—2000）和外文出版社作为主要的外宣出版机构，以展现中国文学魅力、塑造新中国形象为目的，向海外持续译介中国文学作品。外文出版社先后翻译出版了九千余种图书，占新中国对外翻译出版图书总量的 90% 以上，其中当代文学作品有一百多部[1]。这些作品大多以革命战争题材、农民题材等“红色文学”为主，以展示新中国形象、传达社会主义意识形态为目的，《三里湾》《红日》《三家巷》《红岩》《保卫延安》等当代文学经典均得到了及时的译介。1966年以后，更是以“革命样板戏”“红色电影剧本”“红色经典小说”为主。在国家外宣机构之外，苏联以及捷克、东德、波兰等国，也对中国当代文学表现出较高的热情，尤其是苏联，先后译介了《林海雪原》《山乡巨变》等100多部（篇）作品。相比较而言，冷战背景下欧美世界的中国当代文学传播则乏善可陈，只有服务于区域研究的零星的译介。应该说，无论是国家外宣机构的主动译介，还是社会主义阵营的友情关注，或者欧美国家的零星传播，这个时期的当代文学海外传播的实际效果相当有限，致远恐泥，不宜过于高估，最多只是为西方世界了解中国和中国当代文学提供了一些可能性。

然后是改革开放背景下当代文学海外传播的发展期（1978—2000）。当代文学海外传播进入到一个蓬勃发展的新时期，无论是传播的广度、深度，还是影响力，都远超起步期。当代文学海外传播主体，除了《中国文学》杂志、“熊猫丛书”外，更重要的是欧美国家对新时期文学的追踪式译介，出现了中国当代文学海外传播的一个高潮。一是中长篇小说纷纷得到译介。虽然时间上有所延迟，但新时期文学的代表性作品基本上都得到了译介，比如《小鲍庄》《黑骏马》《沉重的翅膀》《红高粱》《棋王》《三寸金莲》《浮躁》《妻妾成群》等，向西方读者展现了新时期文学的多姿多彩。二是当代文学选本陆续出版，集束性介绍改革开放之后当代文学的新变与成果，比如杜迈可（Michael Duke）编的《当代中国文学》（Contemporary Chinese Literature, Armonk: M.E.Sharpe, 1985）、王德威等编的《狂奔：中国新锐作家》（Running Wild: New Chinese Writers, NY: Columbia University Press, 1994）、王瑾编的《中国先锋小说选》（China's Avant-garde Fiction: An Anthology, Durham: Duke University Press, 1998）等。三是《中国文学》杂志的译介日益多样，“熊猫丛书”也于1981年正式启动，但影响力远远不如欧美国家的主动式译介。欧美国家的主动译介在一定程度上已成为当代文学传播的主要力量，涌现了一批致力于当代文学翻译与研究的学者和译者，在中国当代文学“走出去”方面发挥了重要的推手作用。

接下来是全球化背景下当代文学海外传播的繁荣期（2001 年至今）。这个时期中国当代文学海外传播的传播主体、传播对象、传播规模和传播途径都发生巨大的变化。传播主体日益丰富，官方机构、民间资源、学院力量、出版媒体等，多方合作，形成合力，使当代文学得到较为全面的传播与呈现。不仅“50 后”和“60 后”作家如莫言、苏童、余华、王安忆、毕飞宇、阿来等人的作品得到较为持续与广泛的传播，“70 后”作家如盛可以、徐则臣等人也紧随其后，特别是当代科幻小说、网络小说等类型文学受到热捧。从传播途径来看，仍以西方商业出版为主，国家机构的赞助译介也更多采取与西方商业出版社合作的模式。同时，大学出版社、民间翻译成为重要的传播力量，比如俄克拉荷马大学出版社、哥伦比亚大学出版社、“纸托邦”等，都成为当代文学海外传播的重要品牌。值得一提的是，中国当代作家屡获各种国际文学大奖，诺贝尔文学奖、卡佛文学奖、雨果奖等纷纷收入囊中，刘慈欣、麦家等人的作品销量迭创新高，甚至引发旋风。这些都在表明，在“世界文学”的动态运作系统中，中国当代文学日趋活跃，不断地释放和彰显着自身的丰富性、多元性和复杂性。

必须说明的是，由于英语、法语、德语、日语、俄语等各大语种以及其他语种的当代文学海外传播，所涉资料极为庞杂，难以在有限的篇幅中加以处理，本文的回顾与概览，只能以英语世界为主，英语世界是成果最丰、也最具战略意义的目标受众区域。但是，关于当代文学海外传播的基本特征、“中国性”与“世界性”、“走出去”与“走回来”等问题的思考，则跳出英语世界，兼顾了其他语种情况，指向当代文学海外传播的普遍性问题。

当代文学 70 年的海外传播历史，从总体上表现出两个特征。一是当代文学的海外传播，在改革开放前后产生了明显的变化。如果说此前带有明显的意识形态色彩与功利目的，那么20世纪80年代以后则日趋活跃和多元，更多地凸显当代文学的审美特质。特别是新世纪以来，“中国文化走出去”成为重要的国家战略，直接推动了当代文学的海外传播，中国当代文学逐渐成为世界文学版图上一道亮丽的风景线。当然，“当代文学”并非一个封闭的概念，而是面向未来不断延展，始终处于动态变化过程中的文学实践。对于习惯于将“中国文学”塑造为静态统一形象的海外市场而言，当代文学的“当下性”无疑带来了一些理解和阐释上的困难。但是，这种转瞬即逝的“当下性”，恰恰又是全球化时代最普遍的感觉结构，包含着共通的信念与焦虑，因而又为当代文学与世界文学的跨文化沟通与对话带来新的可能。二是由于政治、经济、文化等因素的制约或推动，当代文学海外传播的传播主体、传播途径、传播内容等，70年间不停地发生转变，背后隐含着诸多可以探究的问题，但总体而言，当代文学的开放性日益增强，西方文学审美趣味的变化和主流媒体报道的增多带来了对中国文学更多的认知与包容，全球化语境下世界市场和文学资本的博弈，也使中国话语权稳步提升。但是，未来当代文学的海外传播依然面临巨大的挑战，需要从理论层面深入反思，从实践层面不断调适，从而尽可能地修正文化循环与文学交流中的不平衡与不平等，推动中国文学与世界文学的对话与融合。

一般而言，通过反思当代文学海外传播的历史与现状，可以总结当代文学海外传播的经验与教训，辨析其与社会主义中国文学形象塑造、世界文学体系建构、跨文化对话之间的复杂联系，推进中国当代文学的“走出去”。但是，如果反向思考一下，我们注重的“走出去”，是指当代文学在何种程度上、在哪些范围中被西方接受，却有意无意地忽略了中国当代文学海外传播的“走回来”，即当代文学海外传播如何助益中国文学发展的问题。因此，本文试图在“全球世界文学”[2]与“‘世界中’（worlding）的中国文学”[3]

框架下，展开中国当代文学海外传播“走出去”与“走回来”的理论辩证。一方面，知识的全球流通，使得歌德预言的“世界文学”时代成为现实，但如何从理论和实践两方面做出发展，一直是悬而未决的问题。通过当代文学海外传播研究，可以反思“世界文学”到底在何种意义上存在，而中国文学又在何种意义上“走出去”，成为“世界文学”不可或缺的一部分，从而凸显新中国文学的当代性以及这种当代性对世界文学的意义。另一方面，当代文学/文化的发展，应该重视国际市场与国际影响，充分考虑到本土写作的世界意义，特别是中国当代文学海外传播在形塑社会主义中国形象方面发挥了不可替代的重要作用。当代文学海外传播研究从“走出去”到“走回来”，既可以向世界显示中国当代文学的独特价值，又可以反观本国文学，助益当代文学发展，寻求与世界文学对话融合的可能性。在与世界文学的对话中，建构起既蕴含中国本土经验又符合世界文学潮流的中国当代文学，彰显“作为世界文学的中国当代文学”的独特价值。

二

无论是“全球世界文学”，还是“‘世界中’的中国文学”，其核心的论述语境都是“世界文学”。以歌德为代表的传统的“世界文学”概念，已经开枝散叶，发展出卡萨诺瓦（Pascale Casanova）的“文学世界共和国”（La République mondiale des lettres）[4]、莫莱蒂（Franco Moretti）的“世界文学体系”（world literary system）[5]等新的理论表述。丹穆若什（David Damrosch，亦译“大卫·达姆罗什”）就将“世界文学”理解为一种椭圆形折射：“源文化和主体文化提供了两个焦点，生成了这个椭圆空间，其中，任何一部作为世界文学而存在的文学作品，都与两种不同的文化紧密联系，而不是由任何一方单独决定。”[6]对他而言，“世界文学”不是一个给定的抽象概念，而是在具体历史脉络里，经由多方角力而逐渐显形的协商过程。既为协商，就不免存在权力的不均、错位，乃至误用，因此，“世界文学”

代表了一种并不均质的关系形态，或积极，或消极，亦或中立。在某种意义上，世界文学的本质就是一种流通模式[7]，而协商和流通的最重要的通道则是处理非同源语言间对话问题的翻译行为。翻译行为也正是我们讨论中国当代文学海外传播首先必须面临的问题。

应该说，“翻译”所指涉的绝不止于译文和原作的关系，而是囊括了从生产到阅读、从流通到消费、从宣传到教育、从文化认同到意识形态的方方面面。翻译不是由此及彼的透明的过程，推动文学翻译的也不仅是纯粹的文学或学术力量。诚如韦努蒂（Lawrence Venuti）在《翻译之耻》中令人信服地指出的那样，翻译生产的原因不一而足，有文学的、商业的、教育的、技术的，也有宣传的、外交的，“然而，没有哪个译者或翻译机构的发起人，能希望控制或者意识到生产翻译的每个条件；也没有哪个翻译代理人能够预期到每次的结果，或是预期翻译的使用情况、效能与传递的价值观念”[8]。这意味着，一方面翻译总是事关策略与风格，预设了种种价值目标和意识形态，但另一方面，恰恰因其关涉诸多传播环节，任何一方都难以掌控全局，反倒揭示了翻译过程中的各种不对等关系和知识盘剥，引发了对于翻译过程中权力运作和话语操纵的反思。其实，本雅明（Walter Benjamin）早就指出了翻译实践中的不可控，体物会心，正尔不远，翻译赋予原作以不可预测的“来世”[9]。

显然，翻译也是中国当代文学走向世界的基本前提，显示出越来越重要的地位。翻译的不可测性，在当代文学海外传播中突出体现于“中国性”与“世界性”的关系问题，到底是要通过翻译彰显文本中的“中国性”，还是赋予文本以“世界性”，海外翻译界和学术界曾经围绕北岛《八月梦游者》的英译本展开过一场关于“中国性”与“世界性”的著名论争。宇文所安（Stephen Owen）认为北岛的诗作缺乏必要的翻译难度，他预设了国际读者，轻易放弃了丰富的“中国性”（Chineseness）[10]。宇文所安的批评，可能本意并不在翻译本身，而是以此讨论更大的文化属性问题。翻译成了评判不同文化之间是否存在可比性的重要标尺。对宇文所安而言，翻译应当具备一定的难度，正是借由此难度，我们得以指认中国文学的独特风格。换句话说，对文学技巧的考量，并不纯粹是对作家叙事能力、抒情方式或审美取向的判断，而是涉及更深层次的文学形象的想象与定位的问题。

奚密和周蕾认为，宇文所安的批评表现出一种家长做派，这种做派导致他对中国当代文学复杂性的视而不见[11]。他的逻辑重复了典型的厚古薄今和贵西贱中的文化认知观。换言之，通过翻译呈现出来的“中国性”，不仅不能成为当代文学的评判标准，甚至还有可能成为一种压迫性的力量，导致对中国文学概念化、程式化的认知。“中国性”一方面成为当代文学走向世界文学的标识筹码，另一方面却回避了当代文学的复杂性，将当代文学扁平化。奚密试图看到“中国性”中的历史复杂度，而周蕾则提出其他可供补充与对比的参照。这些意见或都言之成理，但是，对宇文所安来讲，“世界诗歌”的关键是帮助我们正视诗歌书写和民族语言的关系。他说：“我愿意承认，当代诗歌仍然主要在国别文学和国别语言的语境中运作。如果说国际认可是一种压力，那它只是以不同的程度、用不同方式在国别文学的边缘产生作用。”[12]换句话说，“中国性”固然是一个令人不安的指代，似乎当代文学只能更多地追求民族化和区域化，但也提醒我们，过分地强调国际化或世界性，却有可能阻碍当代文学的正常发展。北岛诗歌的精彩翻译，虽然增强了其全球的能见度，却无力改善中国诗歌在当代世界文学舞台上的整体状况。因此，“中国性”反而成了一种必要的敦促，提醒我们回到“诗歌的世界”、文学的世界，而不是令人憧憬的“世界”。

“中国性”与“世界性”的矛盾，正是当代文学“走出去”过程中所面临的普遍问题。随着中国文学外译和推广实践的不断展开，所谓迟到的国家文学的焦虑感也在迅速蔓延。我们的文学是否符合西方趣味，是否可以被西方快速地识别和定位往往成为有关问题的核心关切。当我们一再提出中国文学“走向世界”时，似乎是将“世界”想象成了一块文化势力均衡的平面图，“走向世界”最终成了走向西方中心视域下的“经典”序列，将西方社会的理解和期待当作世界的召唤，并以此作为批评和研究的标尺。然而，通过翻译所传播的中国当代文学，充满了不可测性，如何既保持“中国性”又能引发世界性共鸣，其实是相当艰巨的任务。借用宇文所安的话来讲，一方面文学存在一个“不依赖任何特定民族语言的新身份”[13]，可以通过翻译获得其世界性的身份；另一方面对于民族文学来说，“真正经典的诗人不能在不毁坏整个系统的情况下被分离出来”[14]，真正优秀的文学总是离不开民族文学的母体。世界范围内的文化霸权结构仍十分坚固，并不是短时间内可以被消解的。特别是当代文学的“走出去”，或者“走进去”，涉及文化层面与技术层面的各个环节，包括意识形态、审美趣味、作者与译者、代理人与出版社等方方面面，要想穿透欧风美雨的帷幕，消解西方卖花担头之看桃李的尴尬，也非一日之功。

因此，西方文学并非世界文学的唯一标准，走向世界也不是走向西方文学。我们所能做的，可能是在规范之内进行抵抗（resistance-in-givenness），以便构成一种“非西方却受西化影响的脉络之中的现代性”[15]，将当代文学的“走出去”悄然转化为“走回来”，在当代文学的中国书写中，更多地寻求世界性的表达，表现普世性的情感与主题，比如人性、战争、贫困、疾病、环境等议题。这不仅有助于减少翻译中不必要的价值流失，而且透过这些具体的全球话题，还可以超越民族、国家的界限，而切实感受到“命运共同体”的存在。尽管不同时代、不同地区的文学，对这些议题的反映与表现千差万别，甚至相互矛盾，但是，通过这些重大的世界性的主题，我们可以与他国文学产生交集，进而成为对话的起点。唐丽园（Karen Thornber）把全球范围内处理这些世界性问题的作品，称为“全球世界文学”（global world literature），并视其为世界文学的一支[16]。她将“流通”的理念，从翻译活动带回到了书写本身，认为“世界文学”的达成也许不必完全借用后天的语言转换。或者说，对她而言，翻译活动在人们书写此类全球问题时，就已然展开。它发生在人们用不同的语言去再现问题的那一刻。它只是前置了翻译的时间，让“世界文学”和“民族文学”同步发生，而不是借由后续的流通或遴选来进行。

“全球世界文学”有效综合了话题的普遍性与表达的差异性的问题，可以看成一种折中。只要书写的对象是全球性的，那么，书写本身就有可能是世界文学的。对于中国当代文学来说，世界文学属性的彰显不在于如何通过翻译传播“走出去”，而是需要回到文学书写主体的世界性体验，关注“书写”作为一种言说行为的发生时刻，是如何与世界进行对话的。在这个意义上，“全球世界文学”的概念也可以与王德威借用海德格尔“世界中”概念而提出的“‘世界中’（worlding）的中国文学”并置讨论。王德威认为，中国文学始终处在一个动态的变化过程中，在一个“持续更新现实、感知和观念”的开放的状态下“遭遇”世界[17]。在时刻变化着的“世界中”，中国文学主客体的历史存在得以在一种动态的世界经验中被揭示，“中国文学”与“世界文学”也在这变化的经验中同步发生。与“全球世界文学”的设想相似，“世界中”的动态概念强调“民族文学”与“世界文学”同步态的“书写”，关注双向互渗的文化流通：“不仅观察中国如何遭遇世界，也将‘世界带入中国’。”[18]“‘世界中’的中国文学”和“全球世界文学”概念中双向同步的动态意指，或可为中国文学走向世界提供一个有效方案，把中国当代文学的“走出去”转化为“世界中”，在变化的世界经验中从“走出去”再迂回地“走回来”，“中国性”与“世界性”合二为一，从而将担心被世界文学排除在外的进退失据变为融为一体的气定神闲。

三

无论是莫莱蒂的“世界文学体系”，丹穆若什的文学流通与阅读模式，还是卡萨诺瓦的世界文学空间，20世纪末以来有关世界文学的讨论很难囿于文学文本，而是需要持续关注文学作品外部的世界文学场域和世界文学场域内不断变化的文学流通机制。如果世界文学代表全球文化流通的愿景，它实际指向的就是一个以国际文学市场为中心的现实场域。一部文学作品即便自身具有超乎寻常的审美价值，并且兼顾“中国性”与“世界性”，它也需要经过跨文化翻译、传播和接受等一系列程序机制才能跻身世界文学之列，最终在相应的经典化机制下被纳入或排除于世界文学经典的序列。因此，对于绝大多数中国当代文学文本来说，“走出去”与“走进去”之间往往存在难以跨越的鸿沟。我们应该重新审视“走出去”与“走进去”之间那种假定的直线式方案，以及进入之后“经典化”的憧憬。“走出去”总以西方为代表的世界文学场域为目标，或为引发关注，或求公平对待，反倒对此文化旅行所能带来的自我反馈关注不够。在“全球世界文学”和“‘世界中’的中国文学”的框架下，我们有必要在走不进去的失落中，反躬自省，重新探索世界范围内文学交流与对话的可能，重新反思世界文学语境下中国当代文学的定位与处境，从而预判当代文学海外传播未来发展的可能。换句话说，对当代文学海外传播的理解，应该把诉求点放在自我的重塑和发展上，将其视为方法和反馈，而不是现象或结果，通过当代文学的海外传播，重新迂回进入自身，通过他者反观自我。

一般而言，当代文学海外传播中的“自我”和“他者”范畴清晰，所指明确，地理上的区隔明确划分出了两者界限。但是，追溯当代文学生成发展的历史脉络，则会发现这种自我性和他者性其实内涵相当混杂。当代文学受惠于世界文学的影响，你中有我，我中有你；同时它作为现代文学的自然延续，也继承了其中转化自国外的文化资源。换句话说，在当代文学的海外传播中简单区分“自我”和“他者”，反而容易落入二元思维，并不足以揭示当代文学发展的复杂性和多重缘起的特征。比如，既然当代文学中包含有他者的因素，那么在其传播过程中，到底是这种异质特性引起了西方的共鸣，还是中国文学自身的某种属性吸引了西方的目光？当代文学的可译性，到底是在翻译一种文化的共识，还是追寻影响的身影？与其对这些问题追问不舍，不如调整方向，借助于“全球世界文学”和“‘世界中’的中国文学”的思路，把中国当代文学海外传播视为一个开放的对话空间，最大限度地实现彼此理解和融合。在此空间中，我们努力发展一种基于交往的理性，并不要求他者完全接受中国当代文学，而是努力提升当代文学的审美特质，尽可能消弭当代文学海外传播中的不平等现象，并努力将之转化为进行自我改进的正能量。与其将当代文学走向世界的主动权交予他人，不妨回收这种寄托来自我更新。在这个意义上，“走回来”可以和“走出去”“走进去”形成新的辩证关系，以迂回的方式重建文本旅行的方向和效果。我们可以从不同方面来理解当代文学海外传播的“走回来”命题。

一是走回当代文学本体。中国当代文学已经越来越紧密地成为世界文学的重要组成部分。“世界”命题在中国当代文学以及中国当代文学海外传播方面的意义不言自明。无论是当代文学书写，还是当代文学海外传播，“世界文学”都或隐或显地被囊括在其中。我们应该更多地从当代文学的审美经验与书写实践出发，在历史与现实、中国与世界的互动对话中，思辨中国文学走出去的动能与局限。既拓展当代文学的审美内涵，又重视当代文学的翻译实践，同时完善海外传播的机制环节，向世界完整、真实、生动地讲述中国故事。换言之，将当代文学海外传播作为反观当代文学独特审美经验、建构当代文学国际化视野的有效机制，既帮助我们客观地认识与评价当代文学之于世界文学的地位与价值，又可以为当代文学与世界文学的对话，争取更好的话语权，以中国当代文学的审美表达与整体成就，打破西方话语霸权，甚至提供关于何为世界文学、何为中国文学的“中国方案”。

二是走向多元协商。世界文学所触动的不同文化间的对话，必然引出多元文化协商共存的问题。文化多元主义既强调不同文化话语的平等，也允诺主流与边缘的协商共荣。盖瑞斯•詹金斯（Gareth Jenkins）鼓励我们把文化多元主义理论化，“你可以在尊重一个人的自身文化权利的同时又对那些存有争议的文化行为加以批判，不管它来自多数民族文化还是少数民族文化。通过文化间的对话，我们就可以在争议价值之上建立共同点”[19]。在这个意义上，当代文学的海外传播应该更多地从国族化、区域化、文学史化的进程中超拔出来，去面对和回应更复杂更广大的世界文学的多元面相，与各种文化、各种文学协商共存。当代文学海外传播，不能只以西方文学标准为嚆矢，而是既要走出自身，又要走回自身，解构经典、文化、国族所划下的固定边界，以便用一种审慎的、平等的眼光面对自我和他者，面对当代文学与世界文学，在多元文化与文学的协商对话中，形成一种“归去来”式的自觉机制，彰显作为世界文学的中国当代文学形象。

三是走向民间交流。唐丽园曾提出“接触星云”（contact nebulae）的设想，所谓的接触广泛地发生在“读者”“作者”“文本”“语言”四个领域，且相互缠绕，有如边界模糊的“星云”，而非界限清晰的“区域”（zone），而“建立社区”是“接触星云”的重要部分[20]。尽管中西文学的交流形态远比唐丽园所讨论的东亚状况更复杂，但是，当代文学海外传播“走回来”，建立各种当代文学海外传播的自主的文学社区，让不同的社区产生“接触星云”的效果，共同汇成海外传播之势，这是可以预期的。美国人陶建（Eric Abrahamsen）于 2007 年创办的民间网站 Paper Republic（纸托邦）是很好的例证。它作为一个以文字共和理念来运营的跨文化窗口，虽然带有相当的乌托邦色彩，但意外地发展蓬勃，成为当代文学海外传播中重要的民间力量。类似的文学翻译平台，还有英语的“Wuxia World”（武侠世界）、“Gravity Tales”（引力小说）、“Novel Updates”，法语的“La nouvelle dans la littérature chinoise contemporaine”（当代华文中短篇小说），日语的“中国現代文学翻訳会”（中国现代文学翻译会）等。尽管运营方式各异，但都充分显示了建立民间传播社区的可能。某种意义上，这种民间传播社区，与主流的、传统的传播方式，亦可形成良好的互补，产生“接触星云”之效果。

四是走向人机对话。随着人工智能技术的不断发展，未来当代文学海外传播所要应对的问题，不仅包括了传统翻译的文本与译者的关系，而且还包含文本与新兴的翻译软件的关系。虽然目前看来人机对话为时尚早，但假以时日，传统的译者会不会为更前卫也更客观的机器设备所取代令人担忧。当我们思考当代文学海外传播“走回来”命题时，必须回应的是，也许这些新的机器译者，将提供更为精良的翻译效果，但翻译背后的文化转换如何实现？当代文学海外传播也许会变成更加个人化的选择，缺少了必要的机制规范和文化引导，一个异国的读者到底是加深了对中国文学的了解，还是强化了某种偏见？此外，翻译的伦理再次浮出地表，翻译是为了增进了解，还是用于某种目的的知识扩展？在翻译变得更加“容易”之后，它内蕴的其他层面，如“易‘文’改装”“文化交‘易’”等层面，又会受到怎样的挑战？这些问题都是未来当代文学海外传播所可能面临的挑战。

总之，新世纪以来，中国当代文学在世界范围内获得了前所未有的知名度和影响力，莫言、余华、苏童、毕飞宇、麦家、刘慈欣、曹文轩等风格各异的作家在国际文学奖项中大放异彩，当代文学日益成为世界文学动态系统中的重要力量。但是，纵观整个中国当代文学在世界范围内的存在感、影响力乃至实际的销售量，则不得不承认当代文学海外传播还有巨大发展空间。当然，当代文学海外传播并不仅是一系列数据或指标的罗列，而是由一个个具体的、差异性的案例所组成，其中政治的、文化的、媒介因素的作用加之不同具体语境，其成效也往往因缘际会，因人而异。在世界文学语境中，当代文学与世界文学的对话，并没有一位超然中立的仲裁者，而只有若干苦苦协商的中间人。当代文学开放的多重表现形态，以翻译为中介，不断地向世界展示着一种流动的全球在地的风貌。因此，更需要我们沉下心来，确立中国当代文学的主体性，检视与反省“‘世界中’的中国文学”的交互往返，积极寻求中国当代文学在世界文学时代发展的可能，从而更为全面和深入地呈现“作为世界文学的中国当代文学”的独特文学经验和审美价值。

注释

［1］参见何明星《中华人民共和国外文图书出版发行编年史：1949—1979》(上)，学习出版社 2013 年版。

［2］参见唐丽园《全球（世界）文学和医学人文学》，华媛媛译，《文学理论前沿》第 14 辑，第 22—38 页，清华大学出版社 2016 年版。

［3］参见王德威《“世界中”的中国文学》，《哈佛新编中国现代文学史》(上册)，第 23—55 页，台北麦田出版公司 2021 年版。

［4］参见帕斯卡尔•卡萨诺瓦《文学世界共和国》，罗国祥、陈新丽、赵妮译，北京大学出版社 2015 年版。

［5］See Franco Moretti, “Conjectures on World Literature”, New Left Review, 2000(1), pp.54-68.

［6］［7］大卫•丹穆若什：《什么是世界文学？》，查明建、宋明炜等译，第 311 页，第 6 页，北京大学出版社 2014 年版。

［8］劳伦斯•韦努蒂：《翻译之耻——走向差异伦理》，蒋童译，第 5 页，商务印书馆 2019 年版。

［9］本雅明：《译作者的任务》，《启迪：本雅明文选》，汉娜•阿伦特编，张旭东、王斑译，第 83 页，三联书店 2008 年版。

［10］参见宇文所安《前进与后退：“世界”诗歌的问题和可能》，刘倩译，《世界文学理论读本》，大卫·达姆罗什、刘洪涛、尹星主编，第 233—246 页，北京大学出版社 2013 年版。

［11］有关此争论的概述参阅安德鲁·琼斯《“世界”文学经济中的中国文学》，刘倩译，《世界文学理论读本》，第 217—221 页。

［12］［13］［14］宇文所安：《前进与后退：“世界”诗歌的问题和可能》，刘倩译，《世界文学理论读本》，第 234 页，第 234 页，第 238 页。

［15］周蕾：《妇女与中国现代性：西方与东方之间的阅读政治》，蔡青松译，第 261 页，上海三联书店 2008 年版。

［16］唐丽园：《全球（世界）文学和医学人文学》，华媛媛译，见《文学理论前沿》第 14 辑，第 27 页。

［17］［18］王德威：《“世界中”的中国文学》，《哈佛新编中国现代文学史》（上册），第 38 页，第 40 页。

［19］盖瑞斯·詹金斯：《文化与多元文化主义》，陈后亮译，《国外理论动态》2012 年第 6 期。

［20］唐丽园：《反思世界文学中的“世界”：中国大陆、台湾，东亚及文学接触星云》，崔潇月译，《世界文学理论读本》，第 273 页。

作者单位：苏州大学文学院

本文原刊《文学评论》2021 年第 5 期

主持人：付秀莹

付秀莹，小说家，《中国作家》副主编。

Fu Xiuying is a novelist, and currently she serves as deputy editor-in-chief of *Chinese Writers*.

长篇

推荐语

本季度长篇小说创作成果丰硕。作家们经过多年沉潜和积累，纷纷奉献出各自最新力作，既有军旅作家朱秀海《远去的白马》对英雄群像的深情礼赞，又有王小鹰《纪念碑》、老藤《北地》对时代生活的深刻思考。既有刚健硬朗、主旋律高昂的战争叙事，又有如林白《北流》一般细腻湿润、富有丰沛女性特质的艺术探索。

朱秀海是一位有着丰厚生活积累和艺术积淀的军旅作家，多年来，他的战争书写充满了对作为个体的普通人物命运的深切观照和细腻体察。新作《远去的白马》着力探索战争背景下人的内心世界，在历史景深中凸显人性的复杂、丰富以及其中的微妙起伏。小说在人物塑造上颇见功力，在英雄群像的刻画上匠心独具，为中国当代军旅文学人物画廊贡献了独特的“这一个”。无独有偶，同样是现实主义创作手法，同样是正面强攻的现实主义书写，老藤在《北地》中刻画了以主人公常克勋为代表的一代北地建设者的形象，他们怀揣理想信念艰苦奋斗不懈努力，终于让北大荒变成北大仓，个体奋斗与时代激流交相辉映，焕发出动人的时代光彩。同时，两位女作家王小鹰和林白均有出色表现。如果说王小鹰的《纪念碑》行走在现实主义的广阔道路之上，那么林白的《北流》则选择了另一条人迹罕至的艺术小径。如果说《纪念碑》是书写时代生活的高大宏伟的“纪念碑”，那么《北流》则是一条书写民间经验、时代记忆的充满女性色彩的动荡不安的“河流”。两部作品在不同的道路上各自掘进，最终都引领读者获得了对思想和艺术的“隐秘之境”的抵达。

本季度长篇小说创作可称佳作迭出，宏大叙事和个体记忆相互交织，历史经验与民间经验彼此辉映，既有现实主义传统的赓续和传承，又有艺术品质的探索和创新，可谓杂花生树，蔚为大观。

2021年第4季度优秀长篇小说选目			
作者	作品名称	作品出处	内容简介
朱秀海	远去的白马	十月文艺出版社2021年2月	小说成功塑造了一组优秀共产党人的群像，个性鲜明而又神采各异，其中女主人公的形象尤为独特而突出。作品在历史与现实中往返交错，以现实主义笔法礼赞英雄、讴歌英雄，满怀悲悯与理解、体贴与爱，表达了对生活和生命的深切洞察。
林白	北流	《十月》2021年第3、4期	这部小说以独特的文本结构，独特而又富有鲜明个人辨识度的话语方式，试图呈现一个复杂而丰富、多种意蕴交织的艺术世界，女性成长经验与大时代变动相互对照，互为依据、因果和表里，显示出作者强大的叙事能力和写作抱负。
老藤	北地	人民文学出版社，2021年7月	小说以现实主义创作手法，书写了一代北地建设者们的生动形象，他们坚定不移的理想信念和坚持不懈的努力奋斗，展现出一代建设者的精神风貌和时代标高。个体的情感命运与大时代的滚滚洪流交融交汇，谱写出一首振奋人心的时代篇章。
王小鹰	纪念碑	人民文学出版社，2021年7月	小说围绕改革开放后区长史引霄一家展开故事情节，书写主人公以及其身边的各色人等，由于阶层不同、身份各异、立场差别，在新的时代风潮中面临的困惑和抉择，经历的蜕变和成长。作品既有宏大的历史视角观照，又有具体而微的日常生活书写，显示出作家对长篇小说出色的驾驭能力。